CW01500048

Milton Keynes UK
Ingram Content Group UK Ltd.
UKHW031323271124
451618UK00008B/295

Bram Stoker

Dracula

LIWI

LITERATUR- UND WISSENSCHAFTSVERLAG

Bibliografische Information der Deutschen Nationalbibliothek
Die Deutsche Nationalbibliothek verzeichnet diese Publikation in der Deutschen Nationalbibliografie;
detaillierte bibliografische Daten sind im Internet über http://dnb.dnb.de abrufbar.

Bram Stoker
Dracula
Übersetzt von Heinz Widtmann
Englischsprachiges Original: Archibald Constable and Company, London 1897.
Erstdruck der hier vorliegenden Übersetzung:
Dracula. Ein Vampyr-Roman. Deutsch von Heinz Widtmann, Max Altmann, Leipzig 1908.
Durchgesehener Neusatz, der Text dieser Ausgabe
folgt dem Druck dieser Übersetzung im Fischer Taschenbuch-Verlag.
Vollständige Neuausgabe, Göttingen 2024.
Umschlaggestaltung und Buchsatz: LIWI Verlag
LIWI Literatur- und Wissenschaftsverlag
Thomas Löding, Bergenstr. 3, 37075 Göttingen
Internet: liwi-verlag.de | Instagram: instagram.com/liwiverlag | Facebook: facebook.com/liwiverlag
Druck: Libri Plureos GmbH, Friedensallee 273, 22763 Hamburg
ISBN Taschenbuch: 978-3-96542-878-2
ISBN Gebundene Ausgabe: 978-3-96542-879-9

Vorwort

Wie diese Blätter entstanden sind, ergibt sich aus deren Lektüre. Alles Überflüssige ist ausgelassen worden, sodaß sie, unabhängig von dem Glauben oder Nichtglauben späterer Geschlechter, als einfache historische Tatsachen dastehen. Sie sind durchaus keine Erzählungen vergangener Dinge, in denen das Gedächtnis sich irren kann, sondern alle Berichte sind sofort niedergeschrieben und spiegeln den Standpunkt und die Auffassung der betreffenden Schreiber treu wieder.

Erstes Kapitel.

Jonathan Harkers Tagebuch

(Stenogramm.)

Bistritz, 3. Mai. – München ab am 1. Mai 8.35 abends. Wien am frühen Morgen des nächsten Tages; sollte eigentlich 6.46 ankommen, der Zug hatte aber eine Stunde Verspätung. Budapest scheint eine herrliche Stadt zu sein, soweit ich es aus dem Waggon und in der kurzen Zeit, die mir zu einem Spaziergang zur Verfügung stand, beurteilen konnte. Ich fürchtete nämlich, mich allzuweit vom Bahnhofe zu entfernen, da wir so spät angekommen waren und jedenfalls so pünktlich als möglich abfahren würden. Der Eindruck war der, daß man den Occident verlassen und den Orient betreten hatte; die westlichste der prächtigen Brücken über die Donau, die hier eine beträchtliche Breite und Tiefe aufweist, versetzte einen jedenfalls mitten in die Zeit der Türkenherrschaft.

Wir fuhren rechtzeitig ab und kamen nach Einbruch der Nacht nach Klausenburg. Ich wohnte im Hotel Royal. Zum Diner oder vielmehr Souper aß ich ein Huhn, das mit rotem Pfeffer zubereitet war; sehr schmackhaft, aber dursterregend (Anm. Rezept für Mina verlangen). Auf meine Frage sagte mir der Kellner, man nenne es »Paprikahend'l!« und ich würde es, da es Nationalgericht sei, überall in den Karpathen bekommen. Mein bischen Deutsch kam mir hier sehr zustatten; ich wüßte nicht, wie ich ohne es durchgekommen wäre.

Da ich in London noch etwas Zeit gehabt hatte, hatte ich das Britische Museum besucht und dort unter den Büchern und Karten über Transsylvanien eine Auswahl getroffen, da ich hoffte, einige Vorkenntnisse würden mir für den Verkehr mit den Edlen des Landes jedenfalls von Nutzen sein. Der Distrikt liegt im äußersten Osten des Landes, da, wo sich die Grenzen dreier Staaten, Transsylvanien, Moldau und Bukowina, treffen, mitten in den Karpathen. Einen genauen Anhalt für die Lage des Schlosses Dracula konnte ich jedoch nicht finden, da die Landkarten jener Zeit mit denen unserer Landesvermessung nicht zu vergleichen sind, aber ich fand, daß Bistritz, die Poststation für Dracula, ein ziemlich bekannter Platz ist. Ich will einige meiner Notizen hier eintragen; sie sollen mir als Anhalt dienen, wenn ich mit Mina über meine Reisen plaudern werde.

Die Bevölkerung Transsylvaniens setzt sich aus vier verschiedenen Nationalitäten zusammen: die Sachsen im Süden und, gemischt mit ihnen, die Wallachen, Nachkommen der Dacier; die Magyaren im Westen und Szekels im Osten und Norden. Ich gehe zu den Letztgenannten, die von Attila und den Hunnen abstammen sollen. Das mag sich wohl so verhalten; denn als die Magyaren im elften Jahrhundert das Land eroberten, fanden sie die Hunnen dort ansässig. Ich las, daß jeder nur erdenkliche Aberglaube dort unten in dem hufeisenförmigen Zuge der Karpathen zu Hause sei, als sei dort das Zentrum eines Wirbels abergläubischer Vorstellungen. In dieser Beziehung wird mein Aufenthalt wohl viel des Interessanten bieten (Anm. Ich muß den Grafen darüber befragen).

Ich schlief nicht gut, obgleich mein Bett ziemlich bequem war, denn ich hatte alle möglichen verworrenen Träume. Die ganze Nacht heulte ein Hund unter meinem Fenster, welches zu ihm in irgend einer Beziehung zu stehen schien; oder der Paprika war schuld, ich hatte alles Wasser in meiner Karaffe ausgetrunken und war doch immer noch durstig. Gegen morgen schlief ich endlich ein und erwachte erst auf heftiges Klopfen an meiner Türe, woraus ich schließe, daß ich sehr fest geschlafen haben muß. Zum Frühstück aß ich wiederum Paprika; eine Suppe von Maismehl, welches sie »Mamalika« nennen, und Eierkuchen mit einem Füllsel von gehacktem Fleisch, die »Impletata« (Anm. Auch hiervon das Rezept verlangen). Ich mußte sehr rasch frühstücken, denn mein Zug ging kurz vor 8 Uhr, d. h. er sollte zu dieser Zeit gehen; als ich mich um 7.30 auf der Station einfand, mußte ich fast eine Stunde im Wagen sitzen, bis endlich die Abfahrt erfolgte. Mir scheint es, als gingen die Züge um so unpünktlicher, je weiter man nach Osten kommt; wie mag es da erst in China sein?

Den ganzen Tag bummelte der Zug durch eine äußerst reizvolle Gegend. Manchmal sahen wir kleine Schlösser und Türme auf steilen Hügeln, ganz wie man sie in alten Chroniken abgebildet sieht; zuweilen passierten wir Flüsse und Bäche, die, nach den breiten Geröllstreifen auf beiden Seiten zu schließen, wohl häufig aus ihren Ufern treten.

Auf jeder Station lungerten größere oder kleinere Gruppen von Eingeborenen in allen möglichen Trachten herum. Einige von ihnen glichen ganz den Bauern, wie ich sie zu Hause oder auf meiner Reise durch Deutschland und Frankreich sah. Kurze Jacken, runde Hüte und Hosen aus hausgewebtem Tuch. Andere sahen wieder sehr malerisch aus. Die Frauen machten einen hübschen Eindruck, jedoch nur in der Entfernung, denn sie waren sehr plump um die Hüften. Sie hatten alle weite Ärmel; die meisten von ihnen trugen breite Gürtel, von denen Streifen herunterflatterten, wie Ballettkleider, nur hatten sie unter diesen ohne Zweifel Unterröcke. Am seltsamsten sahen die Slovacken aus, barbarischer als alle andern, mit ihren mächtigen Cowboyhüten, weiten schmutzigweißen Pluderhosen und ungeheueren, schweren, fast einen Fuß breiten Ledergürteln, die über und über mit Messingnägeln besetzt waren. Sie trugen hohe Stiefel, in welche sie die Hosen gesteckt hatten, und zeichneten sich durch langes schwarzes Haar und große schwarze Schnurrbärte aus. Sie machen zwar einen malerischen, aber nicht sehr vertrauenerweckenden Eindruck. Auf den Stationen hockten sie beieinander wie orientalische Räuberbanden, sind aber, wie mir gesagt wurde, äußerst harmlos und selbstzufrieden.

Die Dämmerung war hereingebrochen, als wir in Bistritz, einer alten, interessanten Stadt, ankamen. Sie liegt zweckentsprechend hart an der Grenze – von hier aus führt der Borgopaß in die Bukowina – und hatte demgemäß eine sehr stürmische Vergangenheit, von der sie noch heute Spuren trägt. Vor fünfzig Jahren hatten ungeheuere Feuersbrünste dort gewütet, fünfmal war sie ein Raub der Flammen geworden. Gleich zu Beginn des 17. Jahrhunderts wurde sie belagert; sie verlor hierbei 13 000 Einwohner, da außer den Gefechten auch noch Hunger und Seuchen viel Opfer forderten.

Graf Dracula hatte mir geraten, im Hotel Goldene Krone zu übernachten, einem Haus nach altem Stil – zu meiner Freude, da ich so viel als möglich von dem sehen wollte, was das Land bietet. Ich wurde offenbar erwartet, denn als ich eintrat, traf ich eine ältere, gutmütig aussehende Frau in dem gewöhnlichen landesüblichen Kostüm. Weißes Unterkleid mit langer doppelter, hinten und vorne herunterhängender Schürze aus buntem Tuch, die allerdings zu knapp anlag. Als ich näher trat, machte sie einen Knix und sagte »Der Herr Engländer?« »Ja«, sagte ich, »Jonathan Harker.« Sie lächelte und gab einem ältlichen Mann in weißen Hemdärmeln, der ihr bis zur Türe gefolgt war, einen Auftrag. Er ging, kam aber gleich darauf mit einem Briefe in der Hand wieder zurück:

»Mein Freund! Willkommen in den Karpathen. Ich erwarte Sie mit Ungeduld. Schlafen Sie wohl für heute. Um drei Uhr morgens geht die Postkutsche nach der Bukowina, ein Platz ist für Sie reserviert. Am Borgopaß wird mein Wagen Sie erwarten und zu mir bringen. Ich hoffe, daß Sie eine gute Reise von London bis hierher hatten und daß Sie sich Ihres Aufenthalts in meiner herrlichen Heimat freuen mögen.

Ihr Freund Dracula.«

4. Mai. – Ich brachte in Erfahrung, daß der Wirt einen Brief des Grafen erhalten hatte, der ihn beauftragte, den besten Platz in der Postkutsche zu belegen; als ich ihn über Details ausfragen wollte, wurde er jedoch zurückhaltend und gab vor, mein Deutsch nicht zu verstehen. Das konnte nur eine Ausrede sein, denn bisher hatte er es verstanden; wenigstens schien es so, denn auf alle meine Fragen war mir stets eine genaue Antwort zuteil geworden. Er und seine Frau, die alte Dame, die mich empfangen hatte, sahen sich erschrocken an. Als ich ihn fragte, ob er den Grafen Dracula kenne und mir etwas von dessen Schloß erzählen wolle, bekreuzigten sich beide und brachen einfach das Gespräch ab, indem sie sagten, sie wüßten nichts davon. Das Geld wäre in einem Briefe gesandt worden, das wäre alles. Es war nur mehr wenig Zeit bis zur Abreise, so daß ich nicht mehr fragen konnte; übrigens war die Sache recht geheimnisvoll und wenig erfreulich für mich.

Kurz bevor ich wegging, kam die alte Dame zu mir aufs Zimmer und sagte in hysterischem Tone: » *Müssen* Sie denn hingehen, junger Herr? Müssen Sie denn wirklich gehen?« Sie war dermaßen erregt, daß sie das wenige Deutsch, das sie konnte, vergessen zu haben schien, denn sie mischte es mit Worten einer anderen Sprache, die ich absolut nicht verstand. Ich konnte ihr nur soweit folgen, um zu erkennen, daß sie Fragen stellte. Als ich ihr aber sagte, daß ich gehen müsse und daß wichtige Geschäfte mich riefen, fragte sie wieder:

»Wissen Sie denn, was heute für ein Tag ist?« Ich antwortete, es wäre der 4. Mai. Sie schüttelte den Kopf und sagte wieder: »O ja, ich weiß, ich weiß; aber wissen Sie denn nicht, was für ein Tag heute ist?« Als ich verneinte, fuhr sie fort:

»Es ist St. Georgsnacht; wissen Sie nicht, daß, wenn die Uhr heute Mitternacht schlägt, alle bösen Dinge in der Welt freien Lauf haben? Wissen Sie, wohin Sie gehen und zu wem Sie gehen?«

Sie war so verstört, daß ich den Versuch machte sie zu trösten, aber vergebens. Schließlich warf sie sich auf die Knie und flehte mich an, nicht zu gehen, wenigstens meine Abfahrt um einen oder zwei Tage zu verschieben. Es war zu lächerlich, das alles, aber dennoch fühlte ich mich unbehaglich. Auf alle Fälle hatte ich meinem Dienst nachzukommen und nichts durfte mich davon abhalten. Ich hob sie also auf, trocknete ihre Tränen und sie gab mir dann ein Kruzifix, das sie von ihrem Halse genommen. Ich wußte nicht recht, was ich damit anfangen sollte, denn als englischer Christ hatte ich gelernt, solche Dinge als mehr oder minder götzendienerisch anzusehen; ich brachte es aber auch nicht übers Herz, das Geschenk der alten Frau, die es so gut mit mir meinte und sich in einer solchen Erregung befand, zurückzuweisen. Vermutlich sah sie mir diese Zweifel am Gesicht an, denn sie legte mir den Rosenkranz um den

Hals und sagte: »Um Ihrer Mutter willen.« Dann ging sie aus dem Zimmer. Ich schreibe diesen Teil meines Tagebuches, während ich auf die Post warte, die sich ohne Zweifel verspätet hat. Der Rosenkranz hing noch um meinen Hals. Ich weiß nicht, ist es der Aberglaube der alten Frau oder die gespenstigen Traditionen der Gegend oder das Kruzifix selbst, aber ich fühlte mich nicht so zuversichtlich als sonst. Wenn dieses Buch Mina vor mir erreichen sollte, so möge es ihr meine Abschiedsgrüße bringen. Da kommt der Wagen!

5. Mai. – Das Schloß. – Die graue Morgendämmerung ist vergangen und die Sonne steht schon weit über dem Horizont, der von Bäumen oder Hügeln – ich kann es nicht erkennen, da sich Nahes und Fernes unterschiedslos von ihm abhebt – wie ausgezackt erscheint. Ich bin nicht schläfrig, und da ich doch nicht geweckt werde, so schreibe ich natürlich einstweilen, bis der Schlaf kommt. Es sind so viele seltsame Dinge, die ich da berichten muß, daß es dem, der diese Aufzeichnungen liest, vielleicht vorkommen wird, als hätte ich vor meiner Abreise von Bistritz zu reichlich diniert. Darum führe ich hier mein Diner an. Ich aß einen sog. Räuberbraten – Stücke von Speck, Zwiebeln und Rindfleisch, gewürzt mit Paprika und an Stäben über dem Feuer gebraten, in der einfachen Weise wie das Londoner »Katzenfutter«. Der Wein war weißer Mediasch, der ein eigentümliches Stechen auf der Zunge erzeugt, das aber nicht unangenehm wirkt. Ich trank davon zwei Gläser, sonst nichts.

Als ich mich zur Kutsche begab, hatte der Postillon seinen Sitz noch nicht eingenommen und ich sah ihn mit der Wirtin sprechen. Das Gespräch schien sich um mich zu drehen, denn hier und da blickten sie zu mir herüber. Auch einige Leute, die auf der Bank vor dem Hause gesessen hatten – sie wird mit einem Wort bezeichnet, das man am besten als »Wortführer« übersetzen kann – näherten sich ihnen und hörten zu; dann sahen sie auf mich, die meisten von ihnen mit einem Ausdruck des Mitleides. Ich hörte einige Worte sich immer wiederholen, seltsame Worte – denn es waren verschiedene Nationalitäten unter der Menge vertreten. Ich zog ruhig mein Polyglott-Wörterbuch aus der Tasche und schlug nach. Ich muß sagen, es war nicht gerade angenehm für mich; denn da stand: »Ordog = Satan«, »Pokol = Hölle«, Stregoica = Hexe; »vrolok« und »vlkoslak« bedeuten dasselbe; das eine ist slovakisch, das andere serbisch – nämlich Werwolf oder Vampyr. (Ich muß den Grafen über diesen Aberglauben befragen.)

Als wir abfuhren, machte die ganze Versammlung vor dem Wirtshause, die unterdessen beträchtlich angewachsen war, das Zeichen des Kreuzes und streckte dann zwei gespreizte Finger gegen mich aus. Nur mit Schwierigkeiten erfuhr ich von einem meiner Reisegefährten, was das zu bedeuten habe. Erst wollte er nicht mit der Sprache heraus, als ich ihm aber sagte, daß ich Engländer sei, erklärte er mir, das sei ein Zauber oder Schutz gegen den bösen Blick. Das war nicht sehr erfreulich für mich, der ich eben an einen unbekannten Ort zu einem unbekannten Mann fahren wollte; aber alle erschienen so gutherzig, so besorgt und so sympathisch, daß ich mich einer gewissen Rührung nicht erwehren konnte. Ich werde den letzten Ausblick auf den Wirtsgarten und die sich um den Torweg drängende malerische Menge nicht vergessen; wie sie sich bekreuzigten, im Hintergrund das reiche Gezweige der Oleander und Orangenbäume, die in grünen Kübeln in der Mitte des Hofes standen. Dann ließ unser Wagenlenker seine lange Peitsche über die Köpfe der vier kleinen Pferdchen sausen, die davonstürmten; so traten wir unsere Reise an.

Ich verlor in der Schönheit der Gegend, durch die wir fuhren, bald die Gespensterfurcht und die Erinnerung daran. Allerdings, wenn ich die Sprache meiner Reisegenossen, oder vielmehr ihre Sprachen verstanden hätte, wäre ich die unangenehmen Eindrücke wohl nicht so schnell losgeworden. Vor uns lag ein grünes, sanft ansteigendes Land, voll von Wäldern und Gebüsch, da und dort ein steiler Hügel, gekrönt von einer Baumgruppe oder von Bauernhäusern, die ihre hellen Giebelseiten der Straße zuwandten. Alles in reichster Blüte, Apfel-, Pflaumen-, Kirsch- und Birnbäume, und als wir näher herankamen, sahen wir auch den grünen Rasen unter ihnen gesprenkelt von herabgefallenen Blütenblättern. Durch diese liebliche Hügellandschaft, die man das Mittelland nennt, zog sich die Straße und verlor sich weit in der Ferne im Grünen oder wurde von Fichtenwäldern aufgenommen, deren Spitzen wie dunkelgrüne Zungen da und dort an den Hügeln hinabliefen. Der Weg war holperig, trotzdem flogen wir mit fiebernder Hast darüber hin. Ich konnte mir diese Hast nicht erklären, aber der Fuhrmann war scheinbar darauf erpicht, ohne jeglichen Zeitverlust den Borgo Prund zu erreichen. Man sagte mir, daß diese Straße im Sommer ausgezeichnet sei, daß man sie aber jetzt noch nicht von den Schäden wiederhergestellt habe, die ihr der Winter zugefügt. In dieser Hinsicht unterscheidet sie sich scheinbar von den übrigen Straßen in den Karpathen, die, einer alten Tradition entsprechend, nicht in allzugroßer Ordnung gehalten werden. Von alters her lassen die Hospodare nichts daran ausbessern, um nicht bei den Türken den Glauben zu erwecken, man wolle Truppen gegen sie marschieren lassen, und so den nur unter der Asche glimmenden Funken des Krieges zum Auflodern zu bringen.

Jenseits der grünen schwellenden Hügel des Mittellandes erheben sich mächtige Waldhänge bis zu den himmelanstrebenden Schroffen der Karpathen. Rechts und links von uns stiegen sie an; die Abendsonne ruhte voll auf ihnen und brachte all die herrlichen Farben dieses entzückenden Landes zur Geltung; tiefes Blau und Purpur in den Schatten, Grün und Braun da, wo Gras und Fels sich trafen; endlose Perspektiven auf gezacktes Gestein und spitze Klippen bis dahin, wo die Schneehäupter majestätisch in die Lüfte ragten. Durch mächtige Risse im Gestein sah man da und dort im Lichte der sinkenden Sonne den weißen Gischt fallender Wasser. Einer meiner Gefährten berührte meinen Arm, als wir gerade einen Hügel umfuhren und sich der Ausblick auf einen ungeheuren schneebedeckten Gipfel öffnete, der dann immer uns gerade gegenüber zu liegen schien, als wir die gewundene Straße hinaufklommen:

»Sieh, Herr, Isten Szek!« »Gottes Sitz«, und er bekreuzigte sich andachtsvoll. Während wir den endlosen Weg dahin fuhren und die Sonne immer tiefer und tiefer sank, begannen die Schatten rings um uns heraufzukriechen. Auf der firnbedeckten Bergspitze lag noch der Widerschein der scheidenden Sonne und sie erglühte in einem feinen, kalten Blaßrot. Zuweilen trafen wir Cszeks oder Slovaken in malerischer Kleidung, und ich konnte bemerken, daß der Kropf hier ein sehr verbreitetes Übel ist. Am Wegrand standen viele Kreuze, und wenn wir ein solches passierten, bekreuzigten sich alle meine Wagengenossen. Hier und dort kniete ein Bauer oder eine Bäuerin vor einer Kapelle; sie sahen sich gar nicht nach uns um; so tief waren sie in Andacht und Hingebung versunken, daß sie weder Augen noch Ohren für die sie umgebende Welt hatten. Viel Neues gab es für mich zu sehen, z. B. Heuschober auf Bäumen und zuweilen herrliche Birkengruppen, deren weiße Stämme wie Silber durch das saftige Grün leuchteten. Manchmal begegneten wir einem Leiterwagen – dem landesüblichen Bauerngefährt, das lang und schlangenartig gegliedert, besonders geeignet schien, sich den Wegen anzupassen. Auf ihnen saßen ganze Gruppen heimkehrender Bauern, die Cszeks mit weißen, die Slovaken mit gefärbten Lammpelzen; die letzteren trugen lanzenartige Stäbe, deren Ende in eine Axt auslief. Als der Abend einfiel, wurde es sehr kalt, und die wachsende Dämmerung schien die unbestimmten Umrisse der Eichen, Buchen und Fichten in tiefes Dunkel zu versenken; in den Tälern aber, die tief unter uns sich dahinzogen, hoben sich noch einzelne Föhren scharf von ihrem Hintergrunde, altem Schnee, ab. Einigemale, als die Straße in Fichtengehölze eintrat, deren Dunkel sich dicht um uns zu legen schien, erzeugten weißliche Flecke, die zwischen den Bäumen flatterten, in uns eine halb furchtsame, halb feierliche Stimmung. Schon bei Sonnenuntergang waren ununterbrochen seltsam geformte, gespenstische Nebelfetzen durch die Täler der Karpathen hingefegt, und die daran geknüpften Gedanken und wilden Phantasien spannen sich nun weiter. Die Steigungen waren zum Teil so steil, daß die Pferde trotz der Eile des Postillons nur langsam vorwärts kamen. Ich wollte absteigen und zu Fuß gehen, wie wir es zu Hause tun, aber der Wagenlenker wollte davon nichts hören. »Nein, nein«, sagte er »Sie dürfen hier nicht gehen, die

Hunde sind zu böse«, und dann fügte er hinzu: »Sie werden heute noch genug solcher Dinge haben, ehe Sie zu Bette gehen«; es sollte dies wohl eine Art grimmigen Scherzes sein, denn er sah umher, um sich des zustimmenden Lächelns der Übrigen zu versichern. Der einzige kurze Halt, den er einlegte, diente zum Anzünden der Wagenlaternen.

Als es ganz dunkel geworden war, schien sich eine gewisse Erregung der Passagiere zu bemächtigen; einer nach dem andern sprach auf den Fuhrmann ein, gleichsam als wollten sie ihn zu noch größerer Eile anspornen. Er trieb die Pferde unbarmherzig mit der Peitsche an und zwang sie durch wilde Zurufe zu erhöhter Kraftanspannung. Ich konnte in der Dunkelheit einen grauweißen Fleck über uns bemerken, als wenn ein Spalt in den Felswänden wäre. Die Aufregung der Passagiere steigerte sich immer mehr; die gebrechliche Kutsche hüpfte in ihren ledernen Federn und schwankte wie ein Boot auf stürmischer See. Ich mußte mich festhalten. Der Weg wurde ebener und wir flogen nur so dahin. Dann schienen die Berge näher heranzutreten und förmlich über uns zusammenzurücken; wir traten in den Borgopaß. Einzelne der Mitreisenden gaben mir kleine Geschenke, die sie mir mit einem Ernst aufdrängten, der eine Zurückweisung unmöglich machte. Es waren ohne Zweifel seltsame Dinge, aber jedes wurde in der guten Absicht mit einem freundlichen Wort und mit einem Segenswunsch gegeben und mit jenen gefahrbeschwörenden Gesten, die ich schon vor dem Hotel in Bistritz gesehen hatte – dem Bekreuzen und dem Zauber gegen den bösen Blick. In fliegender Eile fuhren wir weiter; der Fuhrmann lehnte sich vor, die Fahrgäste starrten, die Ellbogen auf den Wagenbord gestützt, gespannt hinaus in das nächtige Dunkel. Es war offenkundig, daß etwas sehr Aufregendes geschah oder erwartet wurde; aber obgleich ich jeden meiner Reisegefährten fragte, keiner gab mir nur die kleinste Erklärung. Dieser Zustand der Aufregung hielt einige Zeit an; schließlich konnten wir die östliche Paßöffnung erkennen. Dunkle drohende Wolken flogen über unseren Häuptern dahin und in der Luft lag eine schwere, drückende Schwüle. Es war, als trennte der Gebirgszug zwei grundverschiedene Atmosphären und als träten wir nun in die der Gewitter. Ich hielt nun selbst Ausschau nach dem Gefährte, das mich zum Grafen bringen sollte, jeden Augenblick erwartete ich, Wagenlaternen aufblitzen zu sehen, aber alles blieb dunkel. Das einzige Licht verbreiteten unsere Lampen, in deren flackerndem Scheine der Dampf von unseren warmgelaufenen Pferdchen wie eine weiße Wolke aufstieg. Etwas heller lag vor uns der sandige Weg, aber nichts zeigte an, daß sich auf ihm ein Wagen nähere. Die Fahrgäste seufzten erleichtert auf, was mein eigenes Mißbehagen Lügen zu strafen schien. Ich dachte schon darüber nach, was nun zu tun wäre, als der Fuhrmann nach der Uhr sehend zu den anderen etwas sagte; so leise und ruhig, daß ich es kaum hören konnte. Ich meinte aber dennoch verstanden zu haben: »Eine Stunde vor der Zeit«; dann wandte er sich zu mir und sprach in einem Deutsch, wenn möglich noch schlechter als meines:

»Kein Wagen ist hier. Der Herr werden demnach gar nicht erwartet. Sie fahren nun am besten mit uns nach der Bukowina und kehren dann morgen oder übermorgen zurück; besser noch übermorgen.« Während der sprach, begannen seine Pferdchen zu wiehern und zu schnauben und wild auszuschlagen, so daß der Fuhrmann sie halten mußte. Dann fuhr eine Kalesche mit vier Pferden von hinten an uns heran und hielt auf gleicher Höhe an, während die Bauern in lautes Geschrei ausbrachen und sich bekreuzigten. Beim Schein der Laternen konnte ich erkennen, daß die Pferde kohlschwarz und wundervoll gebaut waren. Die Zügel führte ein hochgewachsener Mann mit braunem Vollbart und einem großen schwarzen Hut, der sein Gesicht vor uns verbergen zu sollen schien. Als er sich zu uns wandte, konnte ich ein paar funkelnde Augen sehen, die im Lampenlicht rot erschienen. Er sagte zum Postillon:

»Du bist sehr früh daran, mein Freund.« Der Mann stammelte verlegen:

»Der englische Herr hatte große Eile«, worauf der Fremde erwiderte:

»Weil du ihn, wie ich vermute, nach der Bukowina fahren wolltest. Du kannst mich nicht täuschen, mein Bester, ich weiß zu viel und meine Rosse sind zu flink.« Während er das sagte, lächelte er, und der Schein der Laterne fiel auf einen grausam aussehenden Mund mit sehr roten Lippen und scharfen, elfenbeinweißen Zähnen. Einer meiner Reisegefährten flüsterte seinem Nachbarn die Worte aus Bürgers »Lenore« zu:

»Denn die Toten reiten schnell.«

Der seltsame Kutscher hatte offenbar die Worte gehört, denn er sah lächelnd den Sprecher an. Dieser wandte sein Gesicht ab, indem er zwei Finger ausspreizte und das Kreuz schlug.

»Gib mir das Gepäck des Herrn«, sagte der Kutscher, und mit außerordentlicher Geschwindigkeit wurden meine Koffer abgeladen und auf der Kalesche untergebracht. Ich stieg dann auf der Seite des Postwagens aus, wo die Kalesche stand, wobei mit der fremde Kutscher half, indem er meinen Arm mit stahlhartem Griff umspannte; seine Stärke muß beträchtlich sein. Ohne ein Wort zu sagen, zog er die Zügel an, die Pferde wendeten und jagten der finsteren Paßenge zu. Als ich zurücksah, bemerkte ich noch den Dampf der Pferde, der im Laternenschein emporstieg, und dunkel sich davon abhebend die sich bekreuzenden Gestalten meiner Reisegenossen. Ich hörte noch, wie der Fuhrmann die Peitsche klatschen ließ und den Pferden etwas zurief; dann flogen sie dahin, der Bukowina zu.

Als sie im Dunkel verschwunden waren, überlief mich ein eisiger Schauer, und das Gefühl der Verlassenheit kam über mich. Der Kutscher legte mir einen Mantel um die Schultern und eine Decke um die Knie und sagte in fließendem Deutsch zu mir: »Die Nacht ist kalt, und mein Herr, der Graf, hat mir geboten, besonders auf Sie Acht zu geben; hier unter dem Sitz steht eine Flasche Slivovitz (der Pflaumenbranntwein des Landes), falls Sie seiner bedürfen sollten.« Ich nahm nichts davon, aber es war mir immerhin eine Beruhigung zu wissen, daß so für mich gesorgt war. Ich hatte ein eigentümliches Gefühl, welches aber nicht als Furcht bezeichnet werden konnte. Wenn allerdings irgend eine Möglichkeit gewesen wäre, hätte ich lieber auf diese nächtliche Fahrt verzichtet. Der Wagen fuhr in scharfem Tempo dahin, dann machten wir eine vollkommene Kehrtwendung und fuhren wieder in entgegengesetzter Richtung. Ich hatte den Eindruck, als seien wir jedoch noch auf der gleichen Straße; ich merkte mir einige besonders auffallende Punkte und sah, daß ich mich nicht täuschte. Ich hätte gerne den Kutscher gefragt, was das zu bedeuten habe, tat es aber nicht, weil ich mir sagte, daß in meiner Situation ein Protest zwecklos gewesen wäre, wenn er wirklich etwas gegen mich im Schilde führte. Neugierig war ich aber, welche Zeit wir hätten; ich zündete ein Streichholz an und sah bei seinem Scheine nach meiner Uhr; es waren nur noch wenige Minuten bis Mitternacht. Es erfaßte mich ein jäher Schreck; vermutlich hatte mich der allgemeine Aberglaube bezüglich der Mitternacht und meine jüngsten Erfahrungen etwas nervös gemacht. Ein peinliches Gefühl der Erwartung überkam mich.

Dann begann tief unten in einem Bauernhof an der Straße ein Hund zu heulen, ein langes, todestrauriges Weinen, wie vor Angst. Ein zweiter antwortete, und so pflanzte sich das fort, bis, getragen vom Nachtwind, der nun leise durch den Paß säuselte, ein wildes Heulen vernehmbar war. Es schien aus der ganzen Gegend zu kommen, so weit die Einbildung in den Schauern der Nacht reichte. Bei den ersten Lauten scheuten und schnaubten die Pferde, aber der Kutscher sprach leise auf sie ein und sie wurden wieder ruhiger, wenn sie auch zitterten und schwitzten, wie nach der Flucht vor plötzlicher Gefahr. Nun begann, noch weit entfernt, auf den Bergen zu beiden Seiten der Straße ein lauteres, heller klingendes Geheul – das von Wölfen –, welches die Pferde und auch mich in hohem Maße erschreckte. Ich war gesonnen, aus dem Wagen zu springen, während sie wieder schnaubten und wie toll ausschlugen, so daß der Kutscher seine ganze Kraft anwenden mußte, um sie zu halten. In wenigen Minuten hatten sich meine Ohren an die Laute gewöhnt, und auch die Pferde waren wenigstens so weit beruhigt, daß der Kutscher absteigen und sich vor sie hinstellen konnte. Er streichelte und liebkoste die Tiere und flüsterte ihnen etwas in die Ohren, wie es die

Pferdedresseure machen; das hatte eine gute Wirkung, denn unter seinen Zärtlichkeiten wurden sie wieder fügsamer, obgleich sie immer noch zitterten. Der Kutscher stieg auf seinen Bock und fuhr mit straffen Zügeln in flottem Tempo weiter. Dann bog er plötzlich quer über die Straße scharf auf einen sehr engen Weg nach rechts ab.

Bald waren wir unter Bäumen, deren dicht verschlungenes Geäst förmlich einen Tunnel über uns bildete, bald stiegen schroffe Felsen zu beiden Seiten kühn in die Höhe. Trotzdem wir geschützt waren, konnten wir den stärker werdenden Nachtwind hören; es pfiff und winselte durch die Felsen und klatschend und krachend schlugen die Zweige der Bäume zusammen. Es wurde immer kälter und kälter und bald fiel auch ein leichter Schnee, der uns und unsere Umgebung in einen weißen Überzug hüllte. Der scharfe Wind trug uns aus immer weiterer Ferne das Heulen der Hunde zu. Dagegen klang das Geheul der Wölfe näher und näher, gleichsam als wenn sie uns von allen Seiten umringten. Ich war sehr erschreckt und die Pferde teilten meine Furcht; der Kutscher aber schien nicht im mindesten beunruhigt. Er wandte den Kopf aufmerksam zur Rechten und zur Linken, aber ich konnte nichts bemerken.

Plötzlich, dicht zur Linken, tauchte eine flackernde blaue Flamme aus dem Dunkel auf. Der Kutscher sah sie zu gleicher Zeit; er hielt die Pferde an, sprang ab und verschwand in der Finsternis. Ich wußte nicht, was tun, umsomehr als das Geheul der Wölfe immer näher kam; aber während ich noch überlegte, kehrte unversehens der Kutscher zurück, nahm wortlos seinen Sitz wieder ein und weiter ging die Fahrt. Ich muß in Schlaf gesunken und im Traum von diesem Zwischenfall verfolgt worden sein, denn er wiederholte sich unzählige Male. Wenn ich daran denke, ist es mir wie ein grauenhaftes Alpdrücken. Auf einmal erschien eine Flamme so nahe bei uns, daß ich sogar in der Dunkelheit, die uns umgab, die heftige Bewegung des Kutschers erkennen konnte. Er schritt rasch auf die Flamme los – sie muß sehr schwach gewesen sein, denn sie erleuchtete nicht einmal die allernächste Umgebung – und legte einige vom Wege aufgeraffte Steine zu einer besonderen Figur. Einer eigenartigen optischen Erscheinung muß ich hierbei gedenken; als der Kutscher zwischen mir und der Flamme stand, verdeckte er sie keineswegs, ich sah sie vielmehr gespenstisch weiterflackern. Das entsetzte mich, aber da die Erscheinung nur kurze Zeit anhielt, führte ich sie auf eine Sinnestäuschung infolge des langen Hinausstarrens in die Nacht zurück. Dann verschwanden rasch die blauen Lichter und wir sausten durch die Finsternis dahin, rings um uns das Geheul der Wölfe, die uns in einem weiten Kreise zu verfolgen schienen.

Einmal wieder begab sich der Kutscher weiter von der Straße weg, als er es bisher getan, und während seiner Abwesenheit begannen die Pferde ärger als je zu zittern und zu schnauben und vor Angst zu stöhnen. Ich konnte mir die Ursache nicht erklären, denn das Geheul der Wölfe hatte aufgehört. Da erschien der Mond, der durch die düsteren Wolken dahinjagte, über dem gezackten Kamm eines fichtenbewachsenen Felsbrockens, und bei seinem fahlen Licht erblickte ich um uns einen Ring von Wölfen mit weißen Zähnen, roten heraushängenden Zungen, sehnigen Beinen und zottigem Fell. Ihr grimmiges Schweigen war viel unheimlicher als ihr Geheul. Ich war wie gelähmt vor Schreck. Ein solches Gefühl hat man nur, wenn man sich unvermittelt einer ungeheueren Gefahr gegenübersieht.

Da plötzlich begannen die Wölfe wieder aufzuheulen, als wenn das Mondlicht eine besondere Wirkung auf sie ausübe. Die Pferde schlugen herum, stöhnten und sahen mit ihren rollenden Augen so hilflos um sich, daß es einem ganz wehe tat; aber der lebendige Ring des Verderbens umgab sie unentrinnbar von allen Seiten. Ich rief nach dem Kutscher, denn der einzige Ausweg schien mir, den Ring mit seiner Hilfe zu durchbrechen. Ich schrie und trommelte mit den Fäusten gegen den Wagenschlag, um so die Bestien fernzuhalten und ihm die Möglichkeit zu geben, die Kalesche zu erreichen. Was er tat, weiß ich nicht, aber ich hörte auf einmal den befehlenden Ton seiner Stimme und sah ihn dann auf dem Wege stehen. Er schwenkte seine langen Arme, gleichsam als wolle er ein störendes Hindernis bei Seite räumen, und die Wölfe wichen mehr zurück. Dann schob sich eine schwarze Wolke vor den Mond und wir waren wieder im Finstern.

Als ich das Dunkel mit den Augen zu durchdringen vermochte, kletterte der Kutscher gerade auf den Bock; die Wölfe waren wie weggezaubert. Das alles war so seltsam und ungewöhnlich, daß eine schreckliche Furcht über mich kam; ich wagte nicht zu sprechen oder mich zu regen. Die Zeit schien mir endlos, da wir unsere Fahrt fortsetzten, nun in völligem Dunkel, denn die eilenden Wolken verdeckten den Mond. Meist ging es bergauf, zuweilen kamen kurze scharfe Senkungen. Plötzlich kam es mir zum Bewußtsein, daß der Kutscher den Wagen in den Hof eines großen, ruinenhaften Gebäudes lenkte, aus dessen weiten schwarzen Fenstern nicht ein einziger Lichtstrahl kam und dessen zerbröckelnde Zinnen sich wie eine gezackte Linie von dem nunmehr wieder mondhellen Himmel abhoben.

Zweites Kapitel.

Jonathan Harkers Tagebuch

(Fortsetzung.)

5. Mai – Ich muß geschlafen haben; denn wenn ich wach gewesen wäre, müßte es mir doch aufgefallen sein, daß wir uns einem so seltsamen Platze näherten. In der Dunkelheit schien der Schloßhof von beträchtlicher Größe; daß mehrere Wege von ihm aus unter mächtige runde Torwege führten, ließ ihn vielleicht noch größer erscheinen, als er wirklich war. Ich habe ihn bis heute noch nicht bei Tage gesehen.

Als der Wagen hielt, stieg der Kutscher ab und reichte mir die Hand, um mir beim Aussteigen behilflich zu sein. Ich mußte wiederum die Stärke bewundern, die in dieser Hand lag; sie schien wie eine Stahlzange, die meine Hand leicht zerdrückt hätte, wenn der Besitzer wollte. Dann nahm er meine Koffer heraus und stellte sie neben mich auf den Boden. Ich befand mich vor einem großen, alten Tore, das mit Eisen beschlagen und in einen stark ausladenden Torbogen von massivem Stein eingelassen war. Ich konnte bei dem zweifelhaften Lichte erkennen, daß der Stein roh behauen war, daß aber die Bilrereien von Zeit und Wetter schon stark gelitten hatten. Als alles ausgeladen war, schwang sich der Kutscher wieder auf den Bock, zog die Zügel an und verschwand dann mit Wagen und Pferden in einem der mächtigen schwarzen Torbogen.

Ich blieb schweigend auf meinem Platze stehen, denn ich wußte nicht, was tun. Von Glocke oder Klopfer keine Spur; durch diese drohenden Mauern und dunklen Fensterhöhlen hätte auch meine Stimme keinen Eingang gefunden. Die Zeit, die ich zum Warten verurteilt war, schien mir endlos und ich merkte, wie Furcht und Zweifel in mir aufstiegen. Wohin war ich geraten und unter was für Leute? Auf welches unheimliche Abenteuer hatte ich mich da eingelassen? War das ein normaler Fall im Leben eines Anwaltschreibers, der hinausgeschickt wurde, um über den Ankauf eines Londoner Grundbesitzes durch einen Fremden mit diesem zu unterhandeln? Übrigens »Anwaltschreiber« – Mina hört das nicht gerne. Aber Anwalt! – denn eben als ich London verlassen wollte, hatte ich noch in Erfahrung gebracht, daß ich mein Examen bestanden hatte; ich bin also nun wohlbestallter Anwalt. Ich begann meine Augen zu reiben und mich selbst zu kneifen, um zu sehen, ob ich denn wirklich wach wäre. Es schien mir alles wie ein häßlicher Traum und ich erwartete, plötzlich aufzuwachen und zu Hause zu liegen und durch die Fenster in den fahlen Schein des Morgens zu starren, wie es mir manchmal in Zuständen der Überarbeitung passiert war. Aber mein

Fleisch empfand den kneifenden Schmerz und meine Augen sahen klar. Ich war also wirklich wach und mitten in den Karpathen. Alles, was mir zu tun übrig blieb, war, mich zu gedulden und den Anbruch des Tages zu erwarten.

Als ich eben zu diesem Entschlusse gelangt war, hörte ich einen schweren Schritt innerhalb des Tores und sah durch die Ritzen ein Licht sich nähern. Dann vernahm ich das Rasseln von Ketten und das Dröhnen massiver Türriegel, die zurückgeschoben wurden. Ein Schlüssel drehte sich laut kreischend in dem scheinbar selten benutzen Schlüsselloch, und das große Tor ging auf.

Innerhalb desselben stand ein hochgewachsener alter Mann, glatt rasiert, mit einem langen weißen Schnurrbart und schwarz gekleidet von Kopf bis zu den Füßen; kein heller Fleck war an ihm zu sehen. In der Hand hielt er eine altertümliche silberne Lampe, auf der ohne Zylinder oder Schirm eine Flamme brannte, sie warf lange, zitternde Schatten in der Zugluft des offenen Tores. Der alte Mann lud mich durch eine verbindliche Geste mit der Rechten ein, näher zu treten und sagte in vorzüglichem Englisch, aber mit einem fremdartigen Accent:

»Willkommen hier in meinem Hause! Treten Sie frei und freiwillig herein!« Er machte keine Bewegung, um mir entgegenzugehen, sondern stand starr wie eine Statue, als hätte ihn sein Willkommensgruß in Stein verwandelt. In dem Augenblick aber, da ich die Schwelle überschritten hatte, trat er rasch auf mich zu, ergriff meine Hand und drückte sie dermaßen, daß ich zusammenzuckte; dabei war die Hand so kalt wie Eis, mehr wie die eines Toten als eines Lebenden. Dann sagte er:

»Willkommen in meinem Hause. Kommen Sie frei herein. Gehen Sie gesund wieder und lassen Sie etwas von der Freude zurück, die Sie mit hereingebracht haben!« Die Stärke des Handdruckes erinnerte mich dermaßen an den eisernen Griff des Kutschers, dessen Gesicht ich ja nicht gesehen hatte, daß ich einen Moment glaubte, er und der Mann, mit dem ich jetzt sprach, seien ein und dieselbe Person; ich fragte also, um sicher zu gehen:

»Graf Dracula?« Er verbeugte sich höflich und erwiderte:

»Ich bin Dracula und begrüße Sie, Herr Harker, in meinem Hause. Kommen Sie herein, Sie bedürfen des Essens und der Ruhe, die Nachtluft ist recht kühl.« Während er so sprach, stellte er die Lampe auf eine kleine Konsole an der Wand und nahm mein Gepäck; er hatte es hereingetragen, noch ehe ich ihn daran hindern konnte. Ich erhob Einspruch, er aber sagte entschieden:

»Bitte, Sie sind mein Gast. Es ist schon spät und meine Dienerschaft ist nicht mehr verfügbar. Lassen Sie also mich für Ihre Bequemlichkeit sorgen.« Er trug tatsächlich meine Koffer durch den Torweg, dann eine steile Wendeltreppe hinauf, schließlich durch einen langen Korridor, auf dessen Steinfliesen unsere Schritte dumpf widerhallten. Am Ende dieses Korridors öffnete er eine schwere Türe, und ich sah auf ein hellerleuchtetes Zimmer, in dem ein gedeckter Tisch zum Abendbrot bereit stand, während in dem mächtigen Kamin ein großes Holzfeuer flammte und knisterte. Der Graf blieb stehen, stellte mein Gepäck nieder und zog die Türe hinter sich zu; dann schritt er durch das Zimmer, öffnete eine zweite Türe, die in ein kleines achteckiges, scheinbar fensterloses Gemach führte, das nur von einer einzelnen Lampe erleuchtet wurde. Jenseits desselben öffnete er eine weitere Tür und bat mich einzutreten. Es bot sich mir ein willkommener Anblick: ein großes, gut erleuchtetes Schlafzimmer, das von einem umfangreichen Kamin, in dem ebenfalls ein Holzfeuer laut prasselnd brannte, angenehm durchwärmt wurde. Der Graf brachte mein Gepäck und sagte, die Türe zuziehend: »Sie werden nach Ihrer Reise sich waschen und Toilette machen wollen. Ich denke, Sie finden alles nach Wunsch. Wenn Sie fertig sind, dann kommen Sie bitte in das andere Zimmer, wo das Abendbrot Ihrer wartet.«

Das Licht, die Wärme und des Grafen herzlicher Willkommensgruß hatten alle meine Zweifel und Befürchtungen zerstreut. Nachdem ich so wieder meine normale geistige Verfassung erlangt hatte, fühlte ich einen quälenden Hunger. Schnell machte ich mich zurecht und ging in das andere Zimmer.

Das Souper war schon angerichtet. Mein Gastfreund stand an einer Seite des Kamins, an das Steingesims gelehnt, und lud mich mit einer verbindlichen Handbewegung ein, Platz zu nehmen.

»Ich bitte, setzen Sie sich und essen Sie, wie es Ihnen paßt. Sie werden es mir nicht verübeln, wenn ich mich nicht beteilige, denn diniert habe ich schon und zu soupieren bin ich nicht gewöhnt.«

Ich händigte dem Grafen den versiegelten Brief ein, den Herr Hawkins mir für ihn übergeben hatte. Er öffnete ihn und las ihn mit ernster Miene durch; dann gab er mir ihn mit freundlichen Lächeln zurück. Besonders eine Stelle aus dem Briefe bereitete mir besondere Freude:

»Ich bedaure sehr, daß ein Anfall von Gicht, mit welcher ich ja schon immer zu schaffen hatte, mir unbedingt verbot, eine größere Reise zu machen und Sie zu besuchen. Aber es macht mir Freude, Ihnen einen Stellvertreter senden zu können, der mein weitgehendstes Vertrauen besitzt. Er ist ein junger Mann, energisch, talentiert und durchaus zuverlässig. Er ist in meinen Diensten aufgewachsen und sehr diskret. Er steht jederzeit während seines Aufenthaltes zu Ihrer Verfügung und ist ermächtigt, Aufträge jeder Art von Ihnen entgegenzunehmen.«

Der Graf trat selbst an den Tisch heran und hob den Deckel von einer Terrine, in der ein prächtiges gebratenes Huhn lag. Dieses, mit etwas Käse und Salat, sowie eine Flasche alter Tokaier, von dem ich zwei Gläser trank, bildeten mein Abendbrot. Während ich aß, erkundigte sich der Graf über meine Reise, und ich erzählte ihm der Reihe nach alle meine Erlebnisse.

Unterdessen hatte ich die Mahlzeit beendet und auf Wunsch des Hausherrn einen Stuhl ans Feuer gezogen. Ich zündete mir eine Zigarre an, die er mir anbot, indem er sich zugleich entschuldigte, da er selbst Nichtraucher sei. Ich fand nun Gelegenheit, ihn etwas zu beobachten und, ich muß sagen, er besitzt eine sehr ausdrucksvolle Physiognomie.

Sein Gesicht war ziemlich – eigentlich sogar sehr – raubvogelartig; ein schmaler, scharf gebogener Nasenrücken und auffallend geformte Nüstern. Die Stirn war hoch und gewölbt, das Haar an den Schläfen dünn, im übrigen aber voll. Die Augenbrauen waren dicht und wuchsen über die Nase zusammen; sie waren sehr buschig und in merkwürdiger Weise gekräuselt. Sein Mund, so weit ich ihn unter dem starken Schnurrbart sehen konnte, sah hart und ziemlich grausam aus; die Zähne waren scharf und weiß und ragten über die Lippen vor, deren auffallende Röte eine erstaunliche Lebenskraft für einen Mann in diesen Jahren bekundeten. Die Augen waren farblos, das Kinn breit und fest, die Wangen schmal, aber noch straff. Der allgemeine Eindruck war der einer außerordentlichen Blässe.

Im Scheine des Kaminfeuers hatte ich auch seine Hände bemerkt, die auf seinen Knien lagen; ich hielt sie für ziemlich zart und schmal. Nun, da ich sie in der Nähe sah, bemerkte ich, daß sie sehr grob aussahen, – breit, mit eckigen Fingern. Seltsamerweise wuchsen ihm Haare auf der Handfläche. Die Nägel waren lang und dünn, zu nadelscharfen Spitzen geschnitten. Als der Graf sich einmal über mich neigte und diese Hände mich berührten, konnte ich mich eines Grauens nicht erwehren. Möglicherweise war auch sein Atem unrein, denn es überkam mich ein Gefühl der Übelkeit, das ich mit aller Willenskraft nicht zu verbergen vermochte. Der Graf bemerkte dies scheinbar und zog sich zurück; mit einem grimmigen Lächeln, das seine Zähne noch mehr hervortreten ließ, nahm er wieder seinen Platz am Kamin ein. Wir schwiegen eine Weile, und als ich gegen das Fenster sah, bemerkte ich die ersten leisen Anzeichen des kommenden Tages. Es lag eine beängstigende Stille über allem; doch als ich schärfer aufhorchte, war es mir, als vernähme ich tief unten in den Tälern das Bellen vieler Wölfe. Mit funkelnden Augen sagte der Graf:

»Hören Sie die Kinder der Nacht? Was für Musik sie machen!« Es mochte ihm in meinem Gesichtsausdruck etwas aufgefallen sein, denn er fügte rasch hinzu:

»Ja, mein Herr, Ihr Stadtbewohner seid eben nicht imstande, einem Jäger nachzufühlen.«

Dann stand er auf und sagte:

»Übrigens werden Sie müde sein. Ihr Bett ist bereit, und morgen können Sie nach Belieben ausschlafen. Ich habe bis Abend auswärts zu tun; schlafen Sie also wohl und träumen Sie gut.« Mit einer höflichen Verbeugung öffnete er mir die Türe zu dem achteckigen Zimmer und ich trat in mein Schlafgemach.

Ein Meer gemischter Gefühle umbrandete mich; ich zweifle; ich fürchte; ich denke an seltsame Dinge, die ich meiner eigenen Seele gar nicht einzugestehen wage. Gott schütze mich, und sei es auch nur um derer willen, die mir teuer sind.

7. Mai. – Es ist wieder früher Morgen, aber ich habe die letzten vierundzwanzig Stunden wenigstens ausgeruht und mir wohl sein lassen. Ich schlief dann noch bis spät in den Tag hinein und erwachte von selbst. Als ich mich angekleidet hatte, begab ich mich in das Zimmer, wo ich zu Abend gegessen, und fand ein kaltes Frühstück bereit; der Kaffee war in einer Kanne auf dem Kamin heiß gestellt. Auf dem Tische lag ein Kärtchen, auf dem die Worte standen »Ich muß leider noch einige Zeit fern bleiben. Warten Sie nicht auf mich. D.« So setzte ich mich denn hin und ließ mir die Mahlzeit munden. Als ich fertig war, suchte ich nach einer Glocke, um von der Dienerschaft abräumen zu lassen; nirgends konnte ich etwas dergleichen entdecken. Das war allerdings merkwürdig in einem solchen Hause, das nach allem, was mich umgab, den Eindruck des größten Reichtums erweckte. Das Tafelservice ist von Gold und so wunderschön gearbeitet, daß es einen geradezu unermeßlichen Wert besitzen muß. Die Portieren, die Bezüge der Stühle und Sofas, die Vorhänge meines Bettes waren aus den kostbarsten Stoffen und müssen schon in der Zeit, wo sie angefertigt wurden, einen immensen Preis gekostet haben. Sie sind Jahrhunderte alt, dabei vorzüglich gehalten. Ich habe solche Dinge ja auch in Hampton Court gesehen, aber da waren sie zerrissen und abgenützt und von den Motten angefressen. In keinem der Zimmer ist ein Spiegel. Nicht einmal ein Toilettespiegel über meinem Waschtisch, so daß ich meinen kleinen Handspiegel aus dem Koffer nehmen mußte, um mich überhaupt rasieren und frisieren zu können. Ich habe bisher weder einen dienstbaren Geist gesehen, noch einen Laut gehört, außer dem Heulen der Wölfe um das Schloß. Nach Beendigung meiner Mahlzeit – ich weiß nicht, soll ich sie Frühstück oder Diner nennen, denn es war zwischen fünf und sechs Uhr, als ich sie einnahm – sah ich mich nach Lektüre um, denn ich wollte ohne Einverständnis des Grafen doch das Schloß nicht verlassen. Bücher, Zeitungen, sogar Schreibzeug fehlten in diesem Zimmer; ich öffnete deshalb eine

Türe und befand mich in einer Art Bibliothek. Die Tür gegenüber der zu meinem Schlafzimmer wollte ich auch öffnen, fand sie aber verschlossen.

In der Bibliothek entdeckte ich zu meiner größten Freude eine reiche Auswahl englischer Bücher, ganze Schränke voll, und gebundene Jahrgänge von Zeitungen und Zeitschriften. Lose Exemplare lagen auf dem Tische in der Mitte des Raumes, keines aber war von neuerem Datum. Die Bücher hatten den mannigfaltigsten Inhalt – Geschichte, Geographie, Politik, Nationalökonomie, Botanik, Geologie, Rechtspflege – alles über England, über englisches Leben, über englische Sitten und Gebräuche. Sogar Nachschlagewerke waren vorhanden, wie das Adreßbuch von London, das »Rote« und das »Blaue« Buch, Withakers Almanach, die Armee- und Marine- und – mein Herz lachte dabei – die Juristenrangliste.

Während ich so in den Büchern herumstöberte, öffnete sich plötzlich die Türe und der Graf trat ein. Er begrüßte mich herzlich und erkundigte sich, wie ich geschlafen hätte. Dann fuhr er fort:

»Es freut mich, daß Sie sich hier herein gefunden haben, denn ich bin sicher, daß Sie viel des Interessanten vorfinden werden. Diese Freunde hier« – er legte die Hand auf eines der Bücher – »sind mir wirklich gute Freunde geworden; sie haben mir schon seit Jahren, lange ehe ich den Entschluß faßte nach England zu gehen, viele, viele frohe Stunden bereitet. Durch sie habe ich Ihr großes, schönes England kennen gelernt, und es kennen, heißt es lieben. Ich sehne mich danach, in den dichtbelebten Straßen Ihres ungeheuren London zu promenieren, mitten in dem Getriebe und Gewühle der Menschen, teilzunehmen an ihrem Leben, ihren Schicksalen, ihrem Sterben und an all dem, was eben London zu dem macht, was es ist. Aber leider kenne ich Ihre Sprache nur aus Büchern. Sie, mein Freund, werden natürlich sagen, ich spreche sie.«

»Aber, Graf«, rief ich aus, Sie kennen und beherrschen das Englische durchaus.« Er verbeugte sich mit ernster Miene.

»Ich danke Ihnen, mein Freund, für Ihre schmeichelhafte Anerkennung; aber ich fürchte trotzdem, daß ich erst ein kleines Stück auf dem Wege vorgeschritten bin, den ich ganz zurückzulegen gedenke. Es ist ja richtig, ich kenne die Grammatik und die Wörter, aber ich weiß sie doch nicht zu verwenden.«

»Aber«, wiederholte ich, »Sie sprechen ausgezeichnet.«

»Nein, nein«, entgegnete er, »Ich weiß wohl, daß, wenn ich in Ihrem London lebe und spreche, es keinen gibt, der mir nicht sofort den Fremden anmerkt. Das ist mir nicht genug. Hier bin ich ein Adeliger, ein Boyar; das Volk kennt mich, und ich bin sein Herr. Aber als Fremder im fremden Lande ist man gar nichts, niemand kennt mich, und einen nicht kennen, heißt sich nicht um ihn kümmern. Ich will mich in nichts von den Andern unterscheiden und nicht haben, daß jemand stehen bleibt, wenn er mich sieht, oder seine Rede einen Moment unterbricht, wenn er mich sprechen hört, und sagt: Aha, ein Fremder. Ich bin solange Herr gewesen, daß ich auch Herr bleiben will, wenigstens will ich nicht, daß jemand Herr über mich ist. Sie kommen zu mir nicht allein als Geschäftsträger meines Freundes Peter Hawkins in Exeter, um mir zu berichten, daß meine Geschäfte in London so oder so stehen. Sie werden hoffentlich eine Zeit lang hier bleiben, damit ich durch das Sprechen mit Ihnen den englischen Accent erlerne; und ich bitte Sie, es mir zu sagen, wenn ich einen Fehler mache, und sei es der kleinste. Es tut mir leid, daß ich heute so lange wegbleiben mußte; aber Sie werden es mir verzeihen, wenn ich Ihnen sage, daß eine Menge wichtiger Geschäfte auf mir lastet.«

Ich versicherte ihm, daß ich gerne alles tun werde, was in meinen Kräften stünde, und fragte ihn, ob ich dieses Zimmer jederzeit betreten dürfe, wenn es mir beliebe. »Ja, gewiß«, sagte er und fügte hinzu:

»Sie können im Schloß hingehen, wo Sie wollen, außer dahin, wo die Türen verschlossen sind; dahin werden Sie ja übrigens auch gar nicht wollen. Es hat seine Gründe, daß die Dinge nun einmal so sind; und sähen Sie mit meinen Augen und hätten Sie meine Erfahrungen, so würden Sie mich noch leichter begreifen.« Ich erwiderte ihm, daß das ja ganz selbstverständlich sei, und er fuhr fort:

»Wir sind hier in Transsylvanien, und Transsylvanien ist nicht England. Unsere Wege sind nicht die Ihrigen und manches möchte Ihnen sonderbar erscheinen. Nach allem, was Sie gehört haben, wissen Sie ja ohnehin, daß sich hier seltsame Dinge ereignen.«

Dies führte zu einer ausgedehnten Konversation, und da ich bemerkte, daß er gerne plaudere, und sei es nur um des Plauderns willen, so fragte ich ihn vieles über die Dinge, die ich bisher gesehen oder sonstwie erfahren hatte. Zuweilen lenkte er das Gespräch ab oder unterbrach es, angeblich weil er nicht genau verstanden habe, im allgemeinen aber antwortete er mir offen auf alle gestellten Fragen. Als dann die Zeit vorrückte und ich etwas kühner wurde, fragte ich ihn über einige der kuriosen Dinge der vergangenen Nacht, so u. a., warum der Kutscher den blauen Flämmchen nachgegangen sei. Ob es wirklich wahr wäre, daß diese Flämmchen vergrabene Schätze anzeigten? Er erklärte mir, daß allgemein der Glaube verbreitet sei, daß in einer bestimmten Nacht des Jahres – tatsächlich war es gerade die letzte Nacht, in der alle bösen Geister freie Bahn haben sollten – blaue Flammen sich an den Plätzen zeigen, wo ein verborgener Schatz liege.

»Solche Schätze liegen vergraben«, fuhr er fort, »bezüglich der Gegend, durch die Sie vergangene Nacht kamen, habe ich sogar nicht den geringsten Zweifel; denn es ist der Boden, auf dem Jahrhunderte lang Wallachen, Sachsen und Türken kämpften. Nun, da ist schwerlich auch nur ein Fußbreit Erde, der nicht Menschenblut getrunken hat, von Freund und Feind. Das waren böse Zeiten, als die Horden der Österreicher und Ungarn sengend heran kamen und die Eingeborenen sich ihnen entgegenstellten – Männer und Frauen, Greise und Kinder – und ihnen in den Felspässen auflauerten, um durch künstliche Lawinen das Verderben in die Massen der Feinde zu tragen. Wenn dann der Eindringling dennoch Herr wurde, so fand er nichts mehr vor; denn was man besaß, hatte man der heimischen Scholle anvertraut.«

»Aber«, sagte ich, »wie kommt es denn, daß sie so lange nicht gehoben wurden, wenn doch sichere Anzeichen vorhanden sind und man sich nur die kleine Mühe zu machen hätte, den Schätzen nachzugraben?« Der Graf lächelte; dabei zogen sich seine Oberlippen eigentümlich über das Zahnfleisch zurück, daß die langen, scharfen Hundezähne hervortraten. Er antwortete:

»Weil unsere Bauern feige und dumm sind. Diese Flämmchen erscheinen doch nur in einer einzigen Nacht, und in dieser Nacht geht niemand, der nicht muß, aus seinem Hause. Selbst wenn er es wagte, es würde doch zu nichts führen. Und angenommen, er merkt sich die Plätze, wo er Lichter sieht; am nächsten Tage hat er nicht mehr den geringsten Anhaltspunkt, um sein Werk zu beginnen. Ich getraue mir zu schwören, daß auch Sie keinen der Plätze mehr finden würden.«

»Da haben Sie ganz recht«, sagte ich darauf, »nur die Toten könnten uns sagen, wo nach den Schätzen zu graben wäre.« Sogleich schlug er ein anderes Thema an.

»Bitte«, sagte er, »erzählen Sie mir von London und dem Haus, das Sie für mich ausgesucht haben.« Ich entschuldigte mich einen Augenblick und begab mich in mein Zimmer, um die nötigen Papiere aus meinem Koffer zu holen. Während ich diese etwas in Ordnung brachte, hörte ich aus dem Speisezimmer das Klappern von Porzellan und Silber, und als ich zurückkam, war der Tisch abgeräumt und die Lampe angezündet, es dunkelte schon stark. Auch im Bibliothekzimmer waren die Lampen angezündet und der Graf lag auf dem Sofa, wobei er Bradshaws Kursbuch von England durchblätterte. Als ich hereintrat, räumte er die Bücher und Zeitungen vom Tisch und vertiefte sich dann mit mir in Pläne, Urkunden und Zahlen aller Art. Er interessierte sich für alles und stellte mir Hunderte von Fragen über das Grundstück und seine Umgebung. Er hatte, wie es mir schien, bereits vorher alles sorgfältig studiert, was er über die Nachbarschaft in Erfahrung bringen konnte, denn er wußte eigentlich mehr als ich. Als ich ihm mein Erstaunen darüber zum Ausdruck brachte, sagte er:

»Allerdings, mein Bester, aber mußte ich das nicht? Wenn ich dorthin komme, bin ich allein und mein Freund Harker Jonathan – verzeihen Sie, ich habe nach der Gewohnheit meiner Sprache den Familiennamen vorausgesetzt – mein Freund Jonathan Harker wird mir nicht zur Seite stehen. Er wird in Exeter sein, viele Meilen von mir, und vielleicht mit meinem anderen Freund, Peter Hawkins, Gerichtsakten studieren. Ist das nicht so?«

Er vertiefte sich in das Problem des Ankaufs der Besitzung in Purfleet. Als ich ihn noch über verschiedene Details unterrichtet und er die notwendigen Papiere unterzeichnet hatte, schrieb er noch einen Brief, um ihn dem bereits fertigen an Herrn Hawkins beizulegen, und fragte mich dann, wie ich eigentlich auf diesen prächtigen Platz aufmerksam geworden wäre. Ich las ihm die Notizen vor, die ich mir seinerzeit in dieser Angelegenheit gemacht hatte und die ich wörtlich hierher setze:

»In Purfleet, in einer Nebengasse, fand ich ein Grundstück, wie ich es gerade brauchte. Eine verwaschene Tafel zeigte an, daß es zu verkaufen wäre. Es ist umgeben von einer hohen, aus roh behauenen Steinen gefügten Mauer und seit einer langen Reihe von Jahren nicht mehr instand gehalten worden. Die verschlossenen Tore sind von schwerem Eichenholz mit verrosteten Eisenbeschlägen.«

»Das Grundstück heißt Carfax, ohne Zweifel eine Verstümmelung des alten quatre faces, denn das Haus ist würfelförmig, die Seiten nach den vier Himmelsrichtungen orientiert. Das Besitztum ist alles in allem zwanzig Morgen groß, vollkommen umschlossen von der oben erwähnten Steinmauer und mit Bäumen bestanden, was ihm einen gewissen düsteren Charakter verleiht. Außerdem befindet sich dort ein tiefer, dunkler Teich oder kleiner See, der offenbar von unterirdischen Quellen gespeist wird; das Wasser ist klar und fließt in einem hübsch gewundenen Bach ab. Das Haus ist sehr groß und weist alle Bauarten bis zum Mittelalter zurück auf; ein Teil ist von ungeheuer dickem Stein erbaut; die wenigen Fenster sind hoch über dem Boden angebracht und stark vergittert. Es sieht aus wie ein Gefängnis und steht in Zusammenhang mit einer alten Kirche oder Kapelle. Ich konnte nicht ins Innere derselben, da ich keinen Schlüssel besaß, der den Zutritt vom Hause aus ermöglicht hätte; aber ich machte mit meinem Kodack Aufnahmen von allen Seiten. Das Haus ist an die Kirche angebaut, aber in sehr weitläufiger Weise, und ich kann die Größe der Fläche, die es bedeckt, nur annähernd schätzen. In der Nachbarschaft befinden sich nur wenige Gebäude; eines davon ist sehr groß, erst kürzlich gebaut und als Privatirrenanstalt eingerichtet. Vom Grundstücke aus ist es nicht sichtbar.«

Als ich ihm diese Notizen vorgelesen hatte, sagte er:

»Es freut mich, daß es so groß und alt ist. Ich selbst stamme aus alter Familie, und das Wohnen in diesen neumodischen Häusern würde mich einfach umbringen. Ein Haus kann nicht an einem Tage wohnlich eingerichtet werden, und dann, wie viele Tage gehen dahin, bis ein Jahrhundert um ist. Es ist mir auch lieb, eine alte Kapelle dabei zu haben. Wir transsylvanischen Edelleute wollen nicht, daß unsere Gebeine zwischen denen gewöhnlicher Sterblicher ruhen sollen. Ich suche nicht Lust und Heiterkeit, nicht warmen Sonnenschein und glitzerndes Wasser, wie es die fröhliche Jugend tut. Ich bin nicht mehr jung und mein Herz ist durch die oft wiederholte Trauer um liebe Tote nicht mehr zum Frohsein gestimmt. Auch die Mauern meines Schlosses sind zerstört; es gibt viele Schatten und der Wind pfeift kalt durch zerbröckelnde Zinnen und Luken. Ich liebe das Dunkel und die Schatten und bin gern allein mit meinen Gedanken.«

Manchmal hatte ich den Eindruck, als entsprächen seine Worte nicht ganz seinen Gedanken, oder aber es lag das halb höhnische, halb schwermütige Lächeln in seinem ganzen Gesichtsausdruck.

Er stand auf und entschuldigte sich für einige Zeit, indem er mich bat, meine Papiere einstweilen wieder in Ordnung zu bringen. Als er gegangen war, betrachtete ich einige der Bücher, die herumlagen. Eines war ein Atlas; die Karte von England, scheinbar viel benützt, lag aufgeschlagen. Als ich näher hinsah, fiel mir auf, daß mehrere Orte mit kleinen Kreisen bezeichnet waren; einer an der Ostseite von London, da, wo sein zukünftiges Besitztum lag, einer bei Exeter und einer bei Whitby an der Küste von Yorkshire.

Es währte fast eine Stunde, bis der Graf zurückkam. »Ah«, sagte er, – »immer noch über den Büchern? Gut. Aber Sie dürfen nicht immer arbeiten. Kommen Sie mit; Ihr Abendtisch ist meines Wissens bereit.« Er nahm meinen Arm und führte mich in das nächste Zimmer, wo ich ein vorzügliches Souper angerichtet fand. Der Graf entschuldigte sich wieder, daß er schon auswärts gegessen habe. Er saß da, wie in der Nacht vorher, und plauderte, während ich aß. Nach Tisch rauchte ich, und der Graf blieb bei mir, indem er mich über alle erdenklichen Dinge fragte. Stunde um Stunde verrann. Ich merkte, daß es wirklich sehr spät wurde, sagte aber nichts, da ich mich für verpflichtet hielt, den Wünschen meines Gastgebers in jeder Weise Rechnung zu tragen. Ich war nicht schläfrig, denn die lange Ruhe von gestern hatte mich gekräftigt, aber ich empfand unwillkürlich den Schauer, der einen bei Anbruch des Morgens befällt. Der Wechsel der Tageszeiten ähnelt in seiner Art den Gezeiten des Meeres. Man sagt, daß todkranke Menschen gewöhnlich bei Einbruch der Dämmerung oder beim Wechsel der Gezeiten sterben. Jeder, der ermüdet war, doch auf irgend einem Posten auszuharren hatte und selbst den Einfluß dieser Änderung der Atmosphäre empfunden hat, wird das sehr begreiflich finden. Plötzlich ertönte draußen ein Hahnenschrei, der mit unheimlicher Klarheit durch die reine Morgenluft zu uns drang. Graf Dracula sprang auf und sagte:

»Was, schon wieder Morgen? Welche Nachlässigkeit von mir, Sie so lange aufzuhalten! Sie müssen Ihre Unterhaltung über mein neues englisches Vaterland weniger anregend gestalten, so daß ich nicht vergesse, wie die Zeit bei uns vergeht.« Dann empfahl er sich mit einer höflichen Verbeugung.

Ich begab mich auf mein Zimmer und zog die Vorhänge zurück, aber da war wenig zu sehen. Mein Fenster ging auf den Hof, über dem das warme Grau des erwachenden Tages lag. So schloß ich das Fenster wieder und schreibe über meine Erlebnisse.

8. Mai. – Ursprünglich, als ich mein Tagebuch zu schreiben begann, fürchtete ich, zu weitläufig zu werden; jetzt bin ich aber doch froh, daß ich von Anfang an keine Details auslieaß. Es ist so merkwürdig hier, daß ich mich wirklich unbehaglich fühle. Ich wollte, ich wäre wieder heil draußen oder gar nicht hereingekommen. Es mag ja sein, daß mich das ungewöhnliche Nachtleben mitnimmt; aber wenn es nur das allein wäre! Wenn ich nur jemand hätte, mit dem ich mich aussprechen könnte, dann ließe es sich leichter ertragen, aber es ist niemand hier. Da ist nur der Graf und der – – – –; ich fürchte, ich bin die einzige lebende Seele hier auf dem Schlosse. Ich will die Sache etwas nüchterner auffassen, als es die Verhältnisse irgend erlauben. Es wird mir helfen, mich aufrecht zu erhalten. Meine Phantasie darf keine Sprünge machen; wenn sie es tut, bin ich verloren. Weiter nun, was ich erlebte oder zu erleben glaubte.

Ich schlief nur wenige Stunden und erhob mich, als ich merkte, daß ich doch nicht weiterschlafen könne. Ich hatte meinen Rasierspiegel am Fenster befestigt und begann mich zu rasieren. Plötzlich hörte ich des Grafen Stimme »Guten Morgen« sagen und fühlte, wie seine Hand sich auf meine Schulter legte. Ich stutzte, denn ich hatte ihn nicht kommen sehen, obgleich der Spiegel mir ermöglichte, das ganze Zimmer hinter mir zu übersehen. Dabei hatte ich mich leicht geschnitten, achtete aber im Augenblick nicht darauf. Nachdem ich den Gruß des Grafen erwidert hatte, sah ich nochmals in den Spiegel, ob ich mich nicht doch getäuscht hätte. Diesmal aber war jeder Irrtum ausgeschlossen; der Mann stand so dicht hinter mir, daß ich ihn über meine Schulter hinweg erblicken konnte. Aber der Spiegel zeigte kein Bild von ihm! Das ganze Zimmer hinter mir lag sichtbar da, aber außer mir war niemand darin zu sehen. Das war recht merkwürdig und eigentlich das Merkwürdigste, was ich bisher erlebt hatte. Ich empfand wieder ein gräßliches Unbehagen, wie immer, wenn der Graf in meiner Nähe war; zugleich bemerkte ich, daß die kleine Verletzung blutete und daß das Blut über mein Kinn heruntersickerte. Ich legte das Rasiermesser weg und wandte mich um, mir ein blutstillendes Pflaster zu holen. Wie der Graf mein Gesicht sah, erglänzten seine Augen in dämonischem Feuer und er tat einen raschen Griff nach meiner Kehle. Ich fuhr zurück und dabei berührte seine Hand die Perlen meines Rosenkranzes. Das erzeugte einen raschen Wandel in ihm, seine Erregung legte sich so rasch, daß es schien, als sei sie gar nicht da gewesen.

»Nehmen Sie sich in Acht«, sagte er, »daß Sie sich nicht schneiden; in diesem Lande ist es gefährlicher als Sie glauben.« Dann ergriff er meinen Toilettenspiegel und fuhr fort: »Und dieses verfluchte Ding ist schuld daran. Es ist ein schlechtes Spielzeug menschlicher Eitelkeit. Fort damit!« Er öffnete das große Fenster mit einem Ruck seiner schrecklichen Hand und warf den Spiegel hinaus, der tief unten auf dem Pflaster des Schloßhofes in tausend Scherben zersprang. Dann ging er weg, ohne ein Wort zu sagen. Es ist mir sehr unangenehm, denn ich muß nun, wenn ich zum Rasieren etwas sehen will, den Deckel meiner Uhr oder den Boden meiner Seifenschale benutzen, die zum Glück von Metall ist.

Als ich in das Speisezimmer hinaustrat, war das Frühstück bereit, aber vom Grafen war nichts zu sehen. So aß ich denn allein. Es ist merkwürdig, daß ich den Grafen bis heute noch nicht essen oder trinken sah; er scheint überhaupt ein komischer Kauz zu sein. Nach dem Frühstück unternahm ich eine kleine Rekognoszierung im Schlosse. Ich trat auf den Flur hinaus und entdeckte ein kleines Zimmer mit wunderbarer Aussicht nach Süden. Das Schloß steht in der Tat am Rande eines furchtbaren Abgrundes. Ein aus dem Fenster geworfener Stein fiele wohl über tausend Fuß tief, ohne irgendwo anzustoßen. So weit das Auge reicht, ein Meer von grünen Baumwipfeln, das nur von Schluchten unterbrochen wird. Da und dort erglänzen wie Silberstreifen Flüsse, die sich in tief eingerissenen Betten durch die Wälder winden. Aber ich bin nicht in der Laune, Naturschönheiten zu schildern. Nachdem ich mich einen Augenblick lang dem Reiz dieser herrlichen Natur hingegeben hatte, setzte ich meine Untersuchung fort. Türen, Türen, Türen überall; alle verschlossen und verriegelt; nirgends ein Ausweg als durch die Fenster.

Das Schloß ist ein Gefängnis und ich bin ein Gefangener!

Drittes Kapitel.

Jonathan Harkers Tagebuch

(Fortsetzung.)

Als ich zu der Erkenntnis kam, daß ich ein Gefangener sei, ergriff mich eine Art Raserei. Ich rannte die Stiegen auf und ab, probierte jede Tür und spähte bei jedem Fenster hinaus, das mir erreichbar war; aber bald überkam mich das Bewußtsein meiner vollkommenen Hilflosigkeit. Wenn ich auf die paar Stunden zurückschaue, ist es mir wirklich, als sei ich verrückt gewesen, denn ich benahm mich wie eine Ratte in der Falle. Nachdem ich aber dann die Überzeugung gewonnen hatte, daß meine Lage eine verzweifelte sei, setzte ich mich ruhig nieder – so ruhig, als ich je in meinem Leben etwas getan habe – und sann darüber nach, was nun am besten zu geschehen hätte. Darüber denke ich immer noch nach und bis jetzt zu keinem Resultat gekommen. Eines aber weiß ich gewiß: es wäre vollkommen widersinnig, den Grafen von meinen Plänen etwas merken zu lassen. Er weiß recht wohl, daß er mich gefangen hält; und da er selbst es tut und seine eigenen Beweggründe dafür haben muß, würde er mir höchstens Schwierigkeiten in den Weg legen, wenn ich ihm etwas von meinen Absichten sagen würde. So weit ich es bis jetzt beurteilen kann, ist es das Beste, ich lasse nichts von meinen Erfahrungen und Befürchtungen verlauten und halte die Augen offen. Ich fühle, daß ich entweder von meiner Angst getäuscht werde wie ein kleines Kind, oder aber ich befinde mich in einer verzweifelten Klemme. Und ist dies letztere der Fall, so muß ich, muß unbedingt meinen ganzen Verstand daransetzen, um herauszukommen. Kaum war ich zu diesem Entschluß gelangt, da hörte ich, wie unten die schwere Tür sich schloß, und wußte, daß der Graf heimkam. Da er mich aber nicht in der Bibliothek aufsuchte, ging ich leise in mein Zimmer und traf ihn gerade an, wie er mein Bett in Ordnung brachte. Das war nun sehr merkwürdig, aber es bestätigte mir nur das, was ich mir schon die ganze Zeit gedacht hatte, nämlich daß es keine Dienstboten im Hause gab. Als ich ihn dann durch eine Türspalte das Diner auftragen sah, war ich meiner Sache sicher; denn wenn er diese häuslichen Verrichtungen alle selbst besorgt, so steht doch außer Zweifel, daß er eben niemand dafür hat. Ein jäher Schreck durchfuhr mich, denn wenn niemand im Hause war, dann muß der Graf selbst das Fuhrwerk gelenkt haben, das mich hierher brachte. Ein scheußlicher Gedanke; denn dann hatte er auch Gewalt über die Wölfe, denen er mit einem Wink seiner Hand Stillschweigen gebot. Warum hatten alle Leute in Bistritz und meine Reisegefährten eine so lebhafte Sorge um mich? Was bedeutete es, das man mir das Kruzifix, Knoblauch, wilde Rosen und Ebereschenzweige schenkte? Wie dankbar bin ich der guten alten Frau, die mir den Rosenkranz um den Hals hängte; es ist ein Trost und eine Stärkung für mich, wenn ich ihn berühre. Seltsam, dies Ding, welches ich bisher mit einer gewissen Mißachtung als götzendienerisches Symbol zu betrachten gewohnt war, brachte mir nun Hilfe in meiner Einsamkeit und Not. Liegt das in der Beschaffenheit des Dinges selbst oder ist es nur das Medium, das eine trostreiche Erinnerung an das Mitgefühl der Geberin wachruft? Später, wenn es mir noch möglich sein sollte, muß ich doch die Sache eingehend studieren und mir Aufklärung darüber verschaffen. Unterdessen muß ich alles auskundschaften, was Graf Dracula betrifft und mir ein Verständnis seines Wesens aufschließen kann. Heute Abend muß er mir Rede und Antwort stehen, wenn ich das Gespräch auf diese Dinge lenke. Jedenfalls heißt es äußerst vorsichtig sein, um seinen Verdacht nicht wachzurufen.

Mitternacht. – Ich habe lange mit dem Grafen geplaudert. Ich fragte ihn einiges über die Geschichte seines Geschlechtes und Transsylvaniens, und er wurde bei diesem Thema auffallend warm. Seine Erzählungen von Personen, Ereignissen, besonders Schlachten waren so lebhaft, daß man hätte glauben können, er hätte alles selbst mit erlebt. Er erklärte es damit: der Ruhm seines Hauses und seines Namens ist des Bojaren eigener Stolz, ihr Ruhm ist sein Ruhm, ihr Schicksal ist sein Schicksal. Wenn er von seiner Familie spricht, sagt er immer »wir« und spricht davon im Plural, wie von Königen. Es tut mir leid, daß ich nicht alles genau so niederlegen kann, wie er es erzählte; aber es war äußerst spannend. Die ganze Geschichte seines Landes schien er vor mir aufzurollen. Er sprach immer erregter und ging im Zimmer umher, indem er seinen langen, weißen Schnurrbart strich und seine starken Hände auf verschiedene Gegenstände legte, als wolle er sie zerdrücken. Eines aber, was mir besonders im Gedächtnis haften blieb, möchte ich so wörtlich als möglich wiedergeben; es enthüllt mehr als alles andere die Geschichte seines Geschlechtes:

»Wir Szekler haben ein Recht stolz zu sein, denn in unseren Adern fließt das Blut so mancher tapferen Völker, die wie Löwen um die Herrschaft stritten. Hier in den Wirbel europäischer Rassen trug der ugrische Stamm von Island den wilden Kampfgeist herunter, den Wodan und Tor ihm eingepflanzt hatten. Sie überschwemmten als gefürchtete Berserker die Küsten Europas und die von Asien und Afrika dazu, so daß die Völker dachten, ein Heer von Werwölfen sei eingebrochen. Als sie in dieses Land kamen, trafen sie mit den Hunnen zusammen, deren grausame Kriegslust wie eine lodernde Fackel über die Erde hingefegt hatte, so daß die sterbenden Nationen sich erzählten, sie seien Nachkommen jener Hexen, die einst, aus dem Szythenland vertrieben, sich in der Steppe mit Teufeln paarten. Narren! Narren! Welche Teufel, welche Hexen waren so mächtig als Attila, dessen Blut in diesen Adern kreist?« Er reckte seine Arme aus. »Ist es ein Wunder, daß wir ein Erobererstamm, daß wir stolz sind, daß wir die Horden der Magyaren, der Lombarden, der Avaren, der Bulgaren und der Türken, die gegen unsere Grenzen anrückten, in die Flucht trieben? Ist es zu verwundern, daß die Honfoglalas (Besetzung des heutigen Ungarn durch die Magyaren) ein Ende fand, als Arpad mit seinen Legionen hier an der Grenze auf uns traf? Als die Flut der Ungarn sich wieder ostwärts verlief, wußte man, daß die Szekler mit den siegreichen Magyaren verbündet waren, und auf Jahrhunderte hinaus wurde uns der Schutz der Grenze gegen die Türken anvertraut; und es war keine leichte Aufgabe, denn wie der Türke sagt: ›Das Wasser schläft, aber der Feind schläft nicht.‹ Wer hätte stolzer auf das von den vier Nationen anvertraute ›blutige Schwert‹ sein können als wir, wer eilte auf ihren Kriegsruf schneller zu den Fahnen des Königs? Dann kam die große Schmach unseres Volkes, die Schmach von Cassova. Wer war es, der als Woiwode die Donau überschritt und die Türken auf eigenem Boden schlug, als die Banner der Walachen und Magyaren vor dem Halbmond in den Staub sanken? Wer anders als einer meines Geschlechtes, ein Dracula! Aber, als er gefallen war, da verkaufte sein eigener unwürdiger Bruder das Volk an die Türken zu schmachvoller Knechtschaft. War es nicht dieses Draculas Geist, der einen Späteren seines Namens immer und immer wieder über den breiten Strom in der Türkei einfallen ließ? Zurückgetrieben, kehrte er als Einziger von der blutigen Wahlstatt heim, auf der sein Stamm niedergemetzelt worden war, und dennoch kehrte er wieder, denn er wußte, daß nur er allein den Sieg erzwingen könne. Man sagt ihm nach, daß er nur an sich allein denke. Bah, was taugt ein Kriegsvolk ohne Führer? Welchen Zweck hat ein Krieg, wenn nicht ein Kopf und ein Herz da sind, ihn zu führen? Dann, als wir nach der Schlacht von Mohacs das ungarische Joch abschüttelten, da waren wieder wir aus dem Blute der Dracula die Führer, denn unser stolzer Geist konnte das Bewußtsein nicht tragen, unfrei zu sein. Ja, junger Herr, die Szekler und die Draculas – ihr Herzblut, ihr Gehirn, ihr Schwert – können sich einer Vergangenheit rühmen, wie keines der Emporkömmlingsgeschlechter der Romanows oder Habsburger. Die kriegerischen Zeiten sind vorbei. Blut ist ein zu kostbar Ding in diesen Tagen jämmerlichen Friedens; und der Ruhm großer Geschlechter ist nur mehr wie ein Märchen, das man erzählt.«

Es war fast wieder Morgen geworden und wir gingen zu Bett. (Anm. Das Tagebuch ähnelt erschreckend den Erzählungen aus »Tausend und eine Nacht« oder der Geschichte mit Hamlets Vater; mit dem Hahnenschrei schließt es jedesmal.)

12. Mai. – Ich beginne mit Tatsachen, reinen, nackten Tatsachen, die durch Bücher und Zahlen dargetan werden und an denen nicht gezweifelt werden kann. Ich darf sie nicht mit eigenen Beobachtungen und Erfahrungen vermischen. Als der Graf am letzten Abend aus seinem Zimmer kam, begann er mich sofort über juristische Dinge auszufragen und über die Schritte, die er zur Ausführung seiner Absicht zu tun habe. Ich hatte den ganzen Tag fleißig über den Büchern verbracht und war, um nicht unbeschäftigt zu sein, auf die Idee gekommen, einiges zu wiederholen, was mir bei der Prüfung auf der Rechtsschule vorgelegt worden war. Es lag eine eigene Methode in den Fragen des Grafen und ich werde deshalb versuchen, sie möglichst der Reihe nach wiederzugeben; vielleicht sind mir diese Notizen irgendwo und irgendwann von Nutzen.

Zuerst fragte er mich, ob es in England gestattet sei, zwei oder mehr Sachwalter für seine Geschäfte zu haben. Ich sagte ihm, er könne ein ganzes Dutzend anstellen, wenn es ihm beliebe, aber daß es nicht sehr klug wäre, mehr als einen Advokaten in seiner Angelegenheit zu engagieren, denn es könne doch immer nur einer wirklich tätig sein, und ein Wechsel würde den Interessen direkt zuwiderlaufen. Er schien vollkommen zu verstehen und frug dann weiter, ob es z. B. zweckmäßig wäre, einen Sachwalter für Geldsachen, einen anderen für Schiffahrtsangelegenheiten zu bestellen, falls irgendwo ein lokales Eingreifen nötig sei, was durch die große Entfernung des Sachwalters erschwert würde. Ich bat ihn, sich noch klarer auszudrücken, so daß absolut keine Gefahr bestünde, von mir falsch informiert zu werden, und er sagte darauf:

»Ich will es durch ein Beispiel illustrieren. Unser gemeinsamer Freund, Peter Hawkins, kauft von seinem Bureau im Schatten Ihrer herrlichen Kathedrale von Exeter aus durch Ihre gütige Mithilfe für mich ein Grundstück in London. Gut. Sie können mir ja einwerfen, daß ich einen Sachwalter hätte nehmen müssen, der in London selbst wohnt; ich muß Ihnen aber offen gestehen, mir lag es daran, daß mein Bevollmächtigter absolut durch nichts anderes geleitet werden sollte als durch meine speziellen Wünsche. Nachdem es ja nicht ausgeschlossen erscheint, daß ein Londoner Advokat dabei seine oder seiner Freunde Interessen im Auge haben könnte, beschloß ich, mir einen solchen aus der weiteren Umgegend von London zu wählen, dessen Arbeit allein in meinem Interesse geschähe. Nun nehme ich an, ich will per Schiff Güter nach Newcastle oder Durham oder Harwich oder Dover transportieren lassen – und das ist bei der Ausdehnung meiner Geschäfte nicht ausgeschlossen – wäre es da nicht besser, meine Angelegenheiten durch einen am betreffenden Ort ansässigen Agenten besorgen zu lassen?« Ich erwiderte, daß die Sache ohne Zweifel ihre guten Seiten habe, aber auch, daß wir Advokaten einen Interessenverband bildeten und einer für den anderen die Erledigung lokaler Angelegenheiten übernähme. Für seinen Zweck würde es auch genügen, seinen Sachwalter einfach mit der Sache zu beauftragen; die betreffenden Wünsche würden dann auf dem genannten Wege erfüllt.

»Ganz recht«, antwortete er, »aber ich hätte dann doch mehr Freiheit in meinen Anordnungen. Finden Sie das nicht auch?«

»Allerdings«, entgegnete ich, »und manche Geschäftsleute machen es so, die ihre Gründe dafür haben, nicht alle ihre Angelegenheiten einer einzigen Person anzuvertrauen.«

»Gut«, sagte er und fuhr dann weiter fort über die Art, wie man am besten Schiffstransporte einleite und welche Formalitäten zu erfüllen wären. Er gedachte aller Schwierigkeiten, auf die sein Unternehmen eventuell stoßen könnte und wie solchen am vorteilhaftesten zu begegnen wäre. Ich klärte ihn nach meinem besten Wissen über alle diese Dinge auf und gewann schließlich den Eindruck, daß er selbst einen vorzüglichen Advokaten abgegeben hätte, denn es gab nichts, woran er nicht gedacht, was er nicht in den Kreis seiner Erwägungen gezogen hätte. Dafür, daß er noch nie in meinem Lande gewesen und offenbar wenig mit Geschäftsangelegenheiten zu tun hatte, waren seine Kenntnisse und sein Scharfsinn geradezu erstaunlich. Als er sich über alles, was er wissen wollte, hinreichend informiert zu haben schien und ich meine Angaben an der Hand der verfügbaren Bücher so gut als möglich nachgeprüft hatte, stand er plötzlich auf und sagte:

»Haben Sie schon an unsern Freund Peter Hawkins geschrieben?« Mit einer gewissen Bitterkeit antwortete ich, daß dies doch nicht geschehen sei, da ich zur Absendung des Briefes ja noch keine Gelegenheit gehabt hätte.

»Dann schreiben Sie gleich jetzt, mein junger Freund«, sagte er, indem er seine Hand schwer auf meine Schulter legte, »schreiben Sie an unsern Freund und an wen Sie wollen und teilen Sie mit, daß Sie wenigstens noch einen Monat hier zu verweilen gedenken.«

»Wollen Sie absolut, daß ich noch so lange bleibe?« fragte ich, und es überlief mich kalt bei diesem Gedanken.

»Ich wünsche es nicht nur; ich würde es Ihnen sogar übelnehmen, wenn Sie früher fort wollten. Wenn Ihr Herr und, wenn Sie wollen, Meister jemand zu seiner Vertretung schickt, so glaube ich doch wohl, daß meine Bedürfnisse in erster Linie in Betracht kommen. Ich habe doch keinen Termin bestimmt. Ist es nicht so?«

Was wollte ich anders tun als ja sagen? Es war Herrn Hawkins Sache und nicht meine, ich mußte für ihn handeln, nicht für mich. Außerdem lag in Draculas Augen und in seinem Benehmen etwas, was mich daran erinnerte, daß ich sein Gefangener war und daß mir ja doch keine Wahl geblieben wäre. Der Graf sah seinen Sieg in meiner zustimmenden Verbeugung und in der Erregung meiner Gesichtszüge, denn er begann in seiner verbindlichen, aber unwiderstehlichen Art:

»Ich bitte Sie, lieber junger Freund, daß Sie in Ihren Briefen nur Geschäftliches berühren, außerdem wird es Ihren Freunden doch ohne Zweifel lieb sein zu erfahren, daß es Ihnen gut geht und daß Sie sich darauf freuen, sie wiederzusehen.« Nachdem er das gesagt hatte, gab er mir drei Briefbogen und drei Kuverts. Sie waren von dünnstem Überseepapier; ich sah auf die Briefbogen, dann auf ihn und bemerkte sein ruhiges Lächeln, das die scharfen weißen, über die Unterlippe ragenden Hundezähne entblößte. Da ward es mir klar, was er damit sagen wollte, ich solle recht vorsichtig mit meiner Korrespondenz sein, da er alles lesen könne. Ich beschloß daher, Herrn Hawkins und Mina einige formelle Zeilen zu schreiben, dann aber im geheimen ihm meine Lage genau zu schildern, ebenso Mina; letzterer Brief sollte stenographisch abgefaßt werden; der Graf sollte ihn wenigstens nicht lesen können, wenn er in seine Hände fiele. Als ich meine zwei Briefe geschrieben hatte, saß ich eine Weile still und las in einem Buche, während der Graf einige Zeilen schrieb, anscheinend Notizen aus einem vor ihm liegenden Heft. Dann nahm er meine zwei Briefe und legte sie zu den seinen, nachdem er das Schreibzeug wieder in Ordnung gebracht. Er verließ das Zimmer und ich benützte rasch die Gelegenheit, nach den Adressen seiner Briefe zu sehen, die umgekehrt auf dem Tische lagen. Ich machte mir kein Gewissen aus diesem Vertrauensbruche, denn unter den gegebenen Umständen hielt ich alles für erlaubt, wodurch ich mich vielleicht retten konnte. Der eine war an Herrn Samuel F. Billington, No. 7, The Crescent, Whitby, der andere an Herrn Leutner, Varna, gerichtet; der dritte trug die Adresse: Coutts & Co., London, der vierte die der Bankiers Kloppstock & Billreuth, Budapest. Der zweite und der vierte waren noch nicht geschlossen. Eben wollte ich nach ihrem Inhalt sehen, da bemerkte ich, daß sich die Türklinke bewegte. Rasch ließ ich mich auf meinen Stuhl zurückfallen, nachdem ich gerade noch Zeit gehabt hatte, die Briefe wieder in ihre ursprüngliche Ordnung zu bringen und mein Buch zu ergreifen, ehe der Graf, der einen Brief in der Hand trug, ins Zimmer trat. Er nahm die Briefe vom Tisch, verschloß sie sorgfältig und wandte sich dann an mich:

»Ich hoffe, Sie werden es mir nicht verübeln, aber ich habe heute Abend in dringenden Privatangelegenheiten zu tun. Sie werden, denke ich, alles finden, was Sie brauchen.« An der Tür drehte er sich noch einmal um und sagte nach kurzer Pause:

»Lassen Sie sich raten, lieber junger Freund – nein, lassen Sie sich lieber in allem Ernst davor warnen, in einem anderen Teile des Schlosses zu schlafen, wenn Sie überhaupt die Absicht haben, aus diesen Zimmern zu gehen. Das Schloß ist alt und hat eine seltsame Vergangenheit; schlechte Träume haben die, welche unvorsichtig zur Ruhe gehen. Also seien Sie gewarnt! – Sollte der Schlaf Sie jetzt oder irgendwann übermannen, so eilen Sie sofort in Ihr Schlafzimmer oder in eines dieser Gemächer, dann ist Ihre Ruhe gesichert. Sind Sie aber unvorsichtig in dieser Beziehung, dann – – – –« Er schloß seine Rede in unheimlicher Weise, indem er seine Hände rieb, als wollte er sich waschen. Ich verstand ihn vollkommen, aber ich zweifelte daran, daß irgend ein Traum scheußlicher sein konnte als dieses unnatürliche, grauenhafte Netz von Geheimnissen, das sich um mich zusammenzuziehen schien.

Später. – Ich bestätige diese letzten Worte, denn jetzt kann kein Zweifel mehr bestehen. Ich fürchte mich nicht mehr, an einem Platze einzuschlafen, wo »er« nicht ist. Meinen Rosenkranz habe ich über meinem Bette aufgehängt – – ich glaube, so ist meine Ruhe freier von Träumen, und dort soll er bleiben.

Als der Graf mich verließ, zog ich mich in mein Zimmer zurück. Nach einer kleinen Weile, da ich keinen Laut mehr hörte, trat ich heraus und ging die steinerne Stiege hinauf, von wo ich den Ausblick nach Süden hatte. Es lag wie ein Schimmer der Freiheit über der weiten Ebene, die mir doch unerreichbar war; ein schmerzlicher Gegensatz zu der dunklen Enge des Schloßhofes. Wenn ich auf diesen hinaussah, hatte ich tatsächlich das Gefühl, Gefangener zu sein, und mir war, als müßte ich mir die Brust voll frischer Luft trinken, und sei es auch nur die der Nacht. Ich fühle, daß diese Nachtexistenz mir schadet, daß sie meine Nerven zerstört. Ich erschrecke vor meinem eigenen Schatten und leide an den schrecklichsten Gesichten. Gott weiß, daß auf diesem verwünschten Platz Grund zu jeglicher Sorge gegeben ist. Ich sah hinaus in die wundervolle Weite, die sanftes, gelbliches Mondlicht taghell überflutete. In dem ungewissen Lichte verschwammen die Umrisse der fernen Hügel, und die Schatten in den Tälern und Schluchten waren von samtartiger Schwärze. Schon der Anblick dieser Schönheit gab mir Mut; mit jedem Atemzuge sog ich Frieden und Trost ein. Als ich mich etwas aus dem Fenster lehnte, wurde mein Blick durch etwas gefesselt, das sich ein Stockwerk tiefer, links von mir bewegte; nach der Lage der Zimmer mußten sich hier die Fenster des Grafen befinden. Das Fenster, an dem ich stand, war hoch und tief und mit steinernem Maßwerk verziert, das, obgleich verwittert, dennoch ganz gut erhalten war. Es mochte eine stattliche Reihe von Jahren her sein, daß jemand hier hinausgeschaut. Ich versteckte mich hinter einen Fensterpfeiler und sah gespannt hinaus.

Das erste, was ich sah, war der Kopf des Grafen, der eben aus dem Fenster auftauchte. Ich sah das Gesicht nicht, aber ich kannte den Nacken und die Bewegung des Rückens und der Arme. Am wenigsten konnte ich über die Hände im Zweifel sein, die zu studieren ich ja schon reichlich Gelegenheit gehabt hatte. Zuerst war ich voll

Interesse, fast belustigt, denn es ist eigenartig, welche Kleinigkeiten einen Gefangenen interessieren und belustigen können. Aber diese Gefühle verwandelten sich in Abscheu und Entsetzen. Ich sah, wie sich der ganze Körper aus dem Fenster zwängte und, mit dem Kopf nach abwärts, an der Schloßmauer über den fürchterlichen Abgrund hinunterkletterte; sein Mantel schlang sich um ihn wie ein Paar großer Flügel. Erst traute ich meinen Augen nicht. Ich dachte, es wäre eine Täuschung durch das Mondlicht, irgend ein toller Schatteneffekt; ich sah genau hin – es war kein Irrtum möglich. Ich sah die Finger und Zehen sich in die Mauerritzen klammern, die der Zahn der Zeit des Mörtels beraubt hatte; er kletterte so mit beträchtlicher Geschwindigkeit abwärts, indem er sich die kleinste Unebenheit zu Nutze machte, wie ein Marder, der eine Mauer hinuntersteigt.

Was ist das für ein Mensch, oder vielmehr, was ist das für eine Kreatur, die hier in Menschengestalt sich verbirgt? Das Entsetzen vor diesem schreckensvollen Platze überwältigt mich, ich fühle es; ich bin in Angst, in schrecklicher Angst und sehe keinen Ausweg; ich bin von Gefahren umgeben, an die ich gar nicht denken darf.

15. Mai. – Noch einmal sah ich den Grafen in dieser marderartigen Weise das Schloß verlassen. Er stieg schräg hinunter, wohl hundert Fuß tief und etwas nach links. Dann verschwand er in einer Höhle oder einem Fenster. Als sein Kopf nicht mehr sichtbar war, lehnte ich mich hinaus, um mehr zu sehen, aber ohne Erfolg; die Entfernung war zu groß. Ich wußte nun, daß er das Schloß verlassen habe, und gedachte diese Gelegenheit auszunützen, um mehr auszuforschen, als mir bis jetzt gelungen war. Ich ging in mein Zimmer zurück, holte meine Lampe und probierte eine Tür nach der anderen. Sie waren alle, wie ich es nicht anders erwartet hatte, verschlossen und die Schlösser waren verhältnismäßig neu; dann stieg ich die Steintreppe hinunter und gelangte zu der großen Halle, durch die ich meinen Einzug ins Schloß gehalten hatte. Ich vermochte die Riegel leicht zurückzuschieben und die Ketten auszuhängen, aber das Tor war verschlossen und der Schlüssel fehlte! Dieser mußte in des Grafen Zimmer sein, es galt also zu versuchen, ob seine Tür verschlossen sei, so daß ich ihn dort holen und entfliehen könnte. Ich unternahm eine gründliche Besichtigung der verschiedenen Treppen und Gänge und versuchte, welche der Türen sich etwa öffnen ließe. Einige kleine Zimmer zunächst der Halle waren offen, aber es war nichts in ihnen als altes Mobiliar, grau verstaubt und mottenzerfressen. Schließlich fand ich aber doch eine Tür am Ende der Treppe, die zwar verschlossen schien, aber doch unter meinem Druck etwas nachgab. Ich versuchte es stärker und fand, daß sie nicht eigentlich verschlossen war; der Widerstand rührte daher, daß die Türangeln sich gesenkt hatten und der Türflügel nun am Boden streifte. Das war nun eine Möglichkeit, wie sie sich so rasch nicht mehr bot; ich nahm meine ganze Kraft zusammen und vermochte auch die Tür so weit zu öffnen, daß ich eintreten konnte. Ich befand mich hier in dem Flügel des Schlosses, der rechts von den mir bekannten Räumen sich hinzog, aber ein Stockwerk tiefer. Ich sah aus dem Fenster und erkannte, daß diese Zimmerreihe den südlichen Teil des Schlosses bildete; das letzte Zimmer hatte Fenster nach Süden und Westen.

Nach beiden Seiten hin sah man in einen tiefen Abgrund. Das Schloß war auf einer Felszunge aufgebaut, so daß es von drei Seiten aus unzugänglich war. Hier, wohin weder Schleuder, noch Bogen, noch Feldschlange reichten, waren große Fenster angebracht; das Zimmer, das gegen keinen feindlichen Angriff gesichert werden mußte, war licht und schön. Gegen Westen zu dehnte sich ein weites Tal, und ferne, ganz ferne erhoben sich gezackte Felswälle, Gipfel an Gipfel; die steilen Wände waren bewachsen mit Bergesche und Dorngestrüpp, deren Wurzeln sich in den Spalten und Rissen und Ritzen des Gesteines festklammerten. Hier war ich offenbar in dem vor Zeiten bewohnten Teil des Schlosses, denn die Möbel waren bequemer, als ich sie bisher gesehen hatte. Die Fenster waren ohne Vorhänge; das gelbe Mondlicht flutete breit durch die kristallklaren Scheiben und man konnte sogar Farben erkennen. Dabei machte es den Staub, der über allem lag, weniger bemerkbar und verwischte einigermaßen die Spuren der Zeit und der Motten. Meine Lampe schien nur klein zu brennen in dem glänzenden Mondschein, aber ich war froh um sie, denn es lag eine schreckliche Einsamkeit über dem Raume, die mir das Herz zusammenzog und meine Nerven erzittern machte. Übrigens war es mir hier viel wohler als allein in meinem Zimmer, das mir durch des Grafen Gegenwart verleidet worden war; meine nervöse Erregung legte sich und eine wohltuende Ruhe kam über mich. Hier sitze ich nun an einem kleinen eichenen Tisch, an dem vor alters vielleicht manches hübsche Fräulein mit vielen Gedanken und vielem Erröten sein unorthographisches Liebesbriefchen kritzelte, und schreibe stenographisch in mein Tagebuch, alles, was mir seit meiner letzten Eintragung passiert ist. Wir leben also wirklich im neunzehnten Jahrhundert? Und doch, wenn mich meine Sinne nicht trügen, hatten und haben die vergangenen Jahrhunderte ihren eigenen Reiz, den »Modernität« allein nicht zu überbieten vermag.

Später. – Morgen des 16. Mai. – – Gott schütze meinen Verstand, das ist alles, was ich noch sagen kann. Sicherheit und Sicherheitsgefühl sind für mich vergangene Dinge. Solange ich noch hier lebe, hoffe ich nur eines: daß ich nicht wahnsinnig werde – – wenn ich es nicht schon bin. Wenn ich aber noch bei Sinnen, dann ist der Gedanke geeignet, einen verrückt zu machen, daß von all den scheußlichen Dingen, die an diesem verhaßten Ort spuken, der Graf noch lange nicht das schrecklichste ist; nur bei ihm finde ich Schutz und sei es auch nur so lange, als ich seinen Zwecken diene. Großer Gott! Gnädiger Gott! Laß mich Ruhe bewahren, denn sonst ist Wahnsinn mein Los. Ich gewinne nun Klarheit über einige Dinge, die mir schon Kopfzerbrechen gemacht haben. Bis heute verstand ich nicht, was Shakespeare meinte, wenn er Hamlet sagen ließ:

»Mein Buch! Nur schnell mein Schreibbuch her,
's ist Zeit, daß ich das alles niederschreibe«,
aber jetzt, da ich das Gefühl habe, als ginge mein Gehirn aus den Fugen, als wäre ein vernichtender Schlag darauf gefallen, greife ich wieder zu meinem Tagebuch. Die strikte Gewohnheit, pünktliche Eintragungen zu machen, soll meine Angst etwas ablenken.

Des Grafen geheimnisvolle Warnung hatte mich schon erschreckt, als er sie aussprach; noch mehr erschreckt sie mich jetzt, wenn ich daran denke, daß der Graf mich wohl in Zukunft in noch strengerem Gewahrsam halten wird. Ich werde mich hüten, noch einmal Zweifel in seine Worte zu setzen.

Als ich mein Tagebuch geschrieben und zufrieden Buch und Stift in meine Tasche gesteckt hatte, überkam mich eine bleierne Schläfrigkeit. Des Grafen Warnung fiel mir ein, aber ich fand eine Freude daran, ihr nicht Gehör zu geben. Es war der mit dem Gefühl der Schläfrigkeit meist verbundene Starrsinn, der mich so handeln ließ. Das sanfte Mondlicht wirkte beruhigend auf mich ein und die weite Aussicht täuschte mir wohltuend die Freiheit vor. Ich gedachte heute Nacht nicht zu den düsteren, spukerfüllten Gemächern zurückzukehren, sondern hier zu schlafen, wo vor Zeiten wohl die Schloßfrauen saßen und sangen und dem Müßiggang sich ergaben, während sie mit sehnsuchterfüllten Herzen der Heimkehr ihrer Männer warteten, die draußen in grausamen Kriegen kämpften. Ich zog mir einen großen Lehnstuhl aus dem Winkel und stellte ihn so, daß ich liegend die herrliche Aussicht nach Süden und Osten genießen konnte; dann richtete ich mich, ohne an Weiteres zu denken und ohne des dicken Staubes zu achten, zum Schlafen ein.

Ich vermute, daß ich auch wirklich eingeschlafen bin; ich hoffe es, aber ich fürchte, es war doch nicht der Fall; denn das, was nun folgte, war so natürlich, so erschreckend natürlich, daß ich jetzt im vollen, frohen Morgensonnenschein nicht glauben kann, das alles nur geträumt zu haben.

Ich war nicht allein; das Zimmer war dasselbe, völlig unverändert, genau so wie ich es betreten hatte; ich konnte den Korridor entlang meine Fußspuren sehen, die ich in die langjährige Staubschicht getreten. Im klaren Mondlicht standen mir gegenüber drei Frauen, ihrer Kleidung und ihrem Benehmen nach Damen. Zugleich dachte ich doch wieder zu träumen, denn sie warfen keinen Schatten und das Licht des Mondes leuchtete durch ihre Leiber. Sie näherten sich mir, betrachteten mich eine Weile und flüsterten dann miteinander. Zwei von ihnen waren dunkelhaarig und hatten hohe Adlernasen wie der Graf, und große, durchdringende, schwarze Augen, die in dem bleichen Mondenschein fast rot aussahen. Die dritte war hübsch, so hübsch, als man es sich nur denken kann, mit dichtem goldenen Wellenhaar und Augen gleich hellen Saphiren. Ich meinte, ihr Gesicht schon irgendwo einmal gesehen zu haben, aber es war mir nicht klar, wann und wo. Vielleicht bei einer von mir im Traume erlebten Gefahr. Alle drei hatten blendend weiße Zähne, die wie Perlen zwischen den Rubinen ihrer wollüstigen Lippen hervorglänzten. Sie hatten etwas an sich, das mir Unbehagen verursachte; ich verlangte nach ihnen und fühlte dennoch Todesangst. Ich empfand in meinem Herzen ein wildes, brennendes Begehren, daß sie mich mit ihren roten Lippen küssen möchten. Ich schreibe dies nicht gerne nieder, da vielleicht einmal Mina diese Zeilen lesen und Schmerz darüber empfinden könnte; aber es ist die Wahrheit. Sie flüsterten miteinander und dann lachten sie; ein silbernes, tönendes Lachen, aber so hart, daß es unmöglich war zu glauben, diese metallischen Klänge kämen von menschlichen, zarten Lippen. Es war wie das unerträgliche, zitternde Singen, das Wassergläser hervorbringen, wenn man ihren Rand reibt. Das schöne Mädchen schüttelte kokett ihre Locken, die beiden anderen drängten sie an mich heran. Eine sagte:

»Geh zu, du bist die erste, und wir kommen nach dir an die Reihe; du hast das Recht anzufangen.« Die andere fügte hinzu:

»Er ist jung und stark; das gibt Küsse für uns alle.« Ich lag still und blinzelte nur unter meinen Lidern hervor, halb in Todesangst, halb in wonniger Erwartung. Das schöne Weib kam heran und beugte sich über mich, bis ich ihren Atem fühlte. Er war süß, honigsüß, und jagte mir dieselben Schauer durch die Nerven wie ihr Lachen; dennoch roch man etwas Bitteres und Abstoßendes durch ihren Atem – wie Blut. Ich scheute mich die Augen zu öffnen, schielte aber nach den Frauen und konnte sie deutlich erkennen. Das schöne Mädchen beugte sich über mich, indem sie sich auf die Knie niederließ und mir starr in die Augen sah. Es war eine wohlberechnete Wollüstigkeit, die anziehend und abstoßend zugleich wirkte, als sie ihren Nacken beugte, leckte sie ihre Lippen wie ein Tier, so daß ich im Licht des Mondes den Speichel auf ihren Scharlachlippen, ihrer roten Zunge und ihren weißen Zähnen erglänzen sah. Immer tiefer beugte sie sich herab, streifte mir an Mund und Kinn vorbei und näherte sich meiner Kehle, an der ich ihren heißen Hauch verspürte. Ich hörte saugende Laute, als sie einen Augenblick einhielt und sich Zähne und Lippe leckte. Dann hatte ich das eigentümliche Gefühl am Halse, das man empfindet, wenn eine Hand, die einen kitzeln will, näher kommt, immer näher – – –. Ich fühlte erst die zarte, zitternde Berührung ihrer weichen Lippen auf der überempfindlichen Haut meiner Kehle und dann die harten Spitzen zweier scharfer Zähne, die mich berührten und darauf innehielten. Ich schloß die Augen in schlaffer Verzückung und wartete – – – wartete mit bangem Herzen.

Da, in diesem Augenblick, schoß mir ein anderes Gefühl wie ein Blitz durch den Leib. Ich fühlte die Nähe des Grafen, der in einem Sturm von Erregung herangekommen zu sein schien. Meine Augen öffneten sich unwillkürlich, ich sah, wie seine Hand den weißen Nacken der schönen Frau ergriff und sie mit Riesenkraft zurückriß. Ihre blauen Augen waren wie verstört vor Wut, ihre Zähne knirschten und ihre feinen Wangen waren gerötet vor Leidenschaft. Und erst der Graf! Nie sah ich einen solchen Grimm, eine solche Wut. Der reine Dämon der Hölle! Seine Augen sprühten förmlich Flammen. Das rote Licht in ihnen brannte, als ob die ganze Glut des höllischen Feuers hinter ihnen lodere. Sein Gesicht war totenbleich, die Züge hart wie aus Stein gemeißelt; die dicken Augenbrauen, die sich über der Nase trafen, waren wie Barren weißglühenden Metalls. Mit einer stolzen Geste wies er das Mädchen von sich und ging dann auf die anderen zu, als wolle er sie zurücktreiben; es war dieselbe gebieterische Armbewegung, wie er sie den Wölfen gegenüber angewandt hatte. Mit einer Stimme, die, obgleich leise und fast geflüstert, dennoch die Luft zu durchschneiden und an den Wänden widerzuhallen schien, sagte er:

»Wie kann es eine von euch wagen, ihn anzurühren? Wie könnt ihr eure Augen auf ihn werfen, da ich es euch doch verboten habe? Zurück! sage ich euch. Dieser Mann ist mein. Hütet euch, daß ich euch nicht noch einmal bei ihm treffe, oder ihr habt meinen Zorn zu fürchten!« Das schöne Mädchen erwiderte mit einem gemeinen, koketten Lachen:

»Du hast nie geliebt und wirst nie lieben!« Darauf mischten sich die anderen Mädchen ein und es ertönte ein so trauriges, hartes, seelenloses Lachen, daß mir fast die Sinne schwanden; es war, als wenn Teufel scherzten. Dann drehte sich der Graf um, sah mich eine Weile aufmerksam an und sagte im leisesten Flüstertone:

»Ja, und ich kann doch lieben; ihr könnt doch selbst davon erzählen, von dem, was nun vorgegangen ist. Ist es nicht so? Gut, ich verspreche euch, daß, wenn ich genug von ihm habe, ihr ihn nach Gefallen küssen könnt. Aber jetzt geht! Geht nur! Ich muß ihn aufwecken, denn es gibt heute noch vieles zu tun.«

»Und sollen wir für den Abend leer ausgehen?« sagte eine von ihnen mit leisem Lachen und deutete auf ein Bündel, das er auf die Erde geworfen hatte und das sich bewegte, als sei etwas Lebendes darinnen. Zur Antwort schüttelte er den Kopf. Eines der Mädchen sprang hinzu und öffnete das Bündel; wenn meine Ohren mich nicht täuschten, hörte ich das Stöhnen und leise Wimmern eines halberstickten Kindes. Die Mädchen drängten sich heran, während ich vor Schrecken starr wurde; aber als ich näher hinsah, verschwanden sie und mit ihnen das schreckliche Bündel. Es befand sich keine Tür in ihrer Nähe, und an mir konnten sie nicht vorbeigekommen sein, ohne daß ich es bemerkt hätte. Sie schienen einfach in den Strahlen des Mondes zu zerfließen und durch das Fenster zu entweichen, denn ich konnte außen noch einen Augenblick ihre unbestimmten schattenhaften Umrisse erkennen, ehe sie vollkommen verschwanden. Dann überwältigte mich das Grauen und ich verlor das Bewußtsein.

Viertes Kapitel.

Jonathan Harkers Tagebuch

(Fortsetzung.)

Ich erwachte in meinem eigenen Bette. Wenn ich nicht alles geträumt habe, hat mich der Graf hierher getragen. Ich versuchte, mir über diese Sache Rechenschaft zu geben, konnte aber zu keinem unzweifelhaften Resultate kommen. Übrigens hatte ich doch einige kleine Anzeichen dafür, so z. B., daß meine Kleider in einer Weise gefaltet und neben mein Bett gelegt waren, die ich nicht mein eigen nenne. Meine Uhr war nicht aufgezogen, und es ist doch eine von mir stets peinlich genau eingehaltene Gewohnheit, dies zu tun, ehe ich ins Bett gehe; und noch mehrere solche Details. Aber all diese Dinge sind noch keine vollgültigen Beweise, denn sie könnten ebensogut die Vermutung bestätigen, daß mein Geist eben nicht in normaler Verfassung war und daß ihn aus diesem oder jenem Grunde irgend etwas in Unordnung gebracht habe. Ich muß auf einen Beweis warten. Über eines jedoch bin ich recht froh: wenn es der Graf war, der mich hierher brachte, so muß es mit sehr großer Eile geschehen sein, denn meine Taschen waren unberührt. Ich bin sicher, daß er von dem Tagebuch keine Ahnung hatte, denn er hätte es nicht geduldet, sondern es mir bei dieser günstigen Gelegenheit entwendet und dann vernichtet. Wenn ich mich in diesem Zimmer umsehe, das bisher für mich so voll von Schrecken war, so ist es mir doch jetzt eine Art Asyl, denn es kann nichts Entsetzlicheres geben als jene drei unheimlichen Frauen, die darauf warteten – und noch warten – mein Blut zu trinken.

18. Mai. – Ich war wieder drunten, um das Zimmer im Lichte des Tages zu sehen; ich muß der Wahrheit auf den Grund kommen. Als ich die Türe am Ende des

Stiegenhauses probierte, war sie verschlossen. Ich drückte so heftig dagegen, daß Holz-
teile wegsplitterten. Ich konnte bemerken, daß der Riegel nicht vorgeschoben war,
aber das irgend etwas von innen her das Öffnen unmöglich machte. Ich glaube nun
doch, es war kein Traum, und werde auf Grund dieser Mutmaßung handeln.

19. Mai. – Ich bin tüchtig an der Arbeit. Letzte Nacht bat mich der Graf in der höf-
lichsten Weise, ich möchte drei Briefe schreiben; einen, daß meine Arbeit hier nahezu
getan sei und ich in wenigen Tagen die Heimreise antreten werde, den zweiten, daß
ich am folgenden Tage abzureisen gedenke, und den dritten, daß ich das Schloß verlassen hätte und in Bistritz angekommen sei. Ich wollte erst protestieren, fühlte aber,
daß bei der gegenwärtigen Lage der Dinge es Wahnsinn wäre, offen gegen den Grafen
zu kämpfen, in dessen absoluter Gewalt ich doch war; und eine Nichterfüllung seiner
Bitte hätte nur seinen Zorn und seinen Argwohn erregt. Er weiß, daß ich zu viel von
seinen Geheimnissen kenne, und ich darf nicht lebend davon kommen, da ich ihm
gefährlich werden könnte; das einzige, was ich tun kann, ist Zeit zu gewinnen. Vielleicht bietet sich mir doch irgend eine Gelegenheit zur Flucht. Ich sah in seinen Augen
einen Widerschein des Grimmes, der in ihnen gelodert hatte, als er die schöne Frau
von meinem Leibe wegtrieb. Er erklärte mir seinen Wunsch damit, daß die Posten selten und unregelmäßig gingen und daß meine Freunde meine Nachrichten leichter erhielten, wenn ich gleich jetzt schriebe; und er versicherte mir mit seiner ganzen Be-
redsamkeit, daß mein letzter, von Bistritz datierter Brief dort bis zur fälligen Zeit
aufbewahrt würde und daß man ihn dann eben nicht abgehen ließe, wenn ich etwa
meinen Aufenthalt noch zu verlängern gedächte. Ich konnte ihm nicht widersprechen,
wollte ich ihm nicht neue Verdachtsgründe gegen mich geben. Ich sagte daher, ich sei
vollkommen seiner Ansicht, und fragte ihn, welche Daten ich auf die Briefe setzen
sollte. Er rechnete einen Augenblick nach, dann antwortete er

»Auf den ersten Brief 12. Juni, auf den zweiten 19. Juni und auf den dritten 29. Juni.«
Ich weiß nun, wie lange ich noch zu leben habe. Gott sei mir gnädig!

28. Mai. – Es gibt doch eine Möglichkeit, zu entkommen oder wenigstens ein paar
Worte nach Hause wissen zu lassen. Eine Bande Szaganys ist ins Schloß gekommen
und hat im Hofe Lager bezogen. Diese Szaganys sind Zigeuner; ich habe einige Notizen
über sie in meinem Buche. Sie sind eine Eigentümlichkeit dieses Landstriches, aber
verwandt mit den anderen Zigeunern, die über die ganze Welt zerstreut sind. Tausende von ihnen nomadisieren in Ungarn und Transsylvanien und sind fast vollkommen rechtlos. Sie stellen sich daher in der Regel unter den Schutz eines Edelmannes
oder Bojaren, dessen Namen sie dann annehmen. Sie sind unerschrocken und ohne

Religion, außer ihrem Aberglauben, und sprechen fast ausschließlich ihr eigenes Idiom der Zigeunersprache.

Ich will einige Briefe schreiben und versuchen, diese durch sie aufgeben zu lassen. Ich habe schon durch mein Fenster mich mit ihnen in Verbindung gesetzt und Bekanntschaft mit ihnen angeknüpft. Sie nahmen ihre Hüte ab, verbeugten sich und machten mir Zeichen, die ich aber ebenso wenig verstand wie ihre Sprache.

Die Briefe habe ich nun geschrieben. Der an Mina ist stenographiert, und Herrn Hawkins bat ich nur, sich mit ihr ins Einvernehmen zu setzen. Ihr habe ich meine Lage klar geschildert, ohne der Schrecken Erwähnung zu tun, die ich mir vielleicht doch nur einbilde. Es würde sie zu Tode entsetzen, wenn ich ihr mein ganzes Herz ausschütten wollte. Sollten die Briefe nicht befördert werden, so soll der Graf wenigstens nicht mein Geheimnis und den ganzen Umfang meiner Erfahrungen wissen.

Ich habe die Briefe abgegeben; ich schob sie zusammen mit einem Goldstück den Zigeunern zu und machte ihnen Zeichen, daß die Briefe aufgegeben werden sollten. Der Mann, der sie an sich nahm, drückte sie ans Herz, verbeugte sich und steckte sie dann in seine Mütze. Mehr konnte ich nicht tun. Ich schlich mich ins Lesezimmer und begann zu studieren. Da der Graf nicht da ist, schreibe ich hier weiter ...

Der Graf ist gekommen. Er setzte sich zu mir und sagte in der ruhigsten Weise, indem er zwei Briefe öffnete:

»Das haben mir die Sziganys gegeben und muß ich doch davon Kenntnis nehmen, wenn ich auch nicht weiß, woher die Briefe rühren. Sehen Sie« – er mußte die Briefe angesehen haben – »einer ist von Ihnen und für meinen Freund Peter Hawkins; der andere«, er bemerkte beim Öffnen die ihm fremden Zeichen, ein finsterer Zug trat in sein Antlitz und seine Augen funkelten bösartig – »der andere ist ein garstiges Ding, ein Mißbrauch von Freundschaft und Gastlichkeit! Er ist nicht unterschrieben. Gut. So geht er uns weiter nichts an.« Und er hielt ruhig Brief und Umschlag an die Flamme der Lampe, bis sie verzehrt waren. Dann fuhr er fort:

»Den Brief an Hawkins werde ich, da er von Ihnen ist, wegschicken. Ihre Briefe sind mir heilig. Sie verzeihen, mein Freund, daß ich versehentlich das Siegel erbrach. Wollen Sie den Brief nicht wider schließen?« Er reichte mir den Brief und übergab mir mit eleganter Handbewegung ein neues Couvert. Ich konnte nichts tun, als neuerdings das Schreiben zu adressieren und ihm schweigend auszuhändigen. Als er aus dem Zimmer trat, hörte ich ihn den Schlüssel leise umdrehen. Einen Augenblick später ging ich zur Türe und fand sie wirklich verschlossen.

Als nach zwei Stunden der Graf wieder ruhig das Zimmer betrat, weckte mich sein Kommen auf, denn ich war auf dem Sofa eingeschlafen. Er war, wie gewöhnlich, sehr höflich und liebenswürdig, und als er bemerkte, daß ich geschlafen habe, sagte er: »So, mein Freund, Sie sind müde? Gehen Sie zu Bette. Da finden Sie am sichersten Ruhe. Ich muß mir leider heute Abend das Vergnügen versagen, mit Ihnen zu plaudern, denn ich habe sehr viel zu tun; also gehen Sie bitte schlafen.« Ich begab mich in mein Zimmer, legte mich zu Bette und schlief ein, merkwürdigerweise ohne Traum. Es gibt auch eine Ruhe der Verzweiflung.

31. Mai. – Als ich am Morgen erwachte, wollte ich mich mit etwas Papier und einigen Umschlägen aus meinem Koffer versehen und sie in meiner Tasche verbergen, um einige Brief zu schreiben und sie vielleicht aufgeben lassen zu können. Aber wieder eine Überraschung, wieder ein Schlag!

Jede Spur von Papier war weg und damit alle meine Notizen, meine Eisenbahnfahrpläne, mein Kreditbrief; in der Tat alles, was mir wirklich nützlich sein könnte, wenn es mir wirklich gelänge zu entkommen. Ich saß und grübelte eine Weile, dann kam mir ein Gedanke und ich suchte nach meinem Handkoffer und in der Garderobe, in der ich meine Kleider aufgehängt hatte.

Mein Reiseanzug ist verschwunden, ebenso mein Überzieher und meine Decke. Ich konnte nirgends eine Spur davon entdecken. Das schien mir wieder eine neue Perfidie zu sein.

17. Juni. – Diesen Morgen, als ich auf dem Rande meines Bettes saß und mein Gehirn zermarterte, hörte ich draußen Peitschenknall und das Stampfen und Scharren von Pferdehufen auf dem felsigen Wege, der zum Schloßhofe führt. Voll Freude eilte ich zum Fenster und sah zwei große Leiterwagen hereinfahren, jeder gezogen von acht schweren Pferden, bei jedem Paar ein Slovack mit mächtigem Hut, breitem, messingbeschlagenem Gürtel, schmutzigem Schaffell und hohen Stiefeln. Ihre langen Stäbe trugen sie in der Hand. Ich rannte zur Türe, mit der Absicht, hinunterzugehen und durch den Haupteingang zu ihnen zu flüchten, für die doch das Tor geöffnet sein mußte. Wieder eine Enttäuschung! Die Türe war von außen verschlossen.

Da rannte ich ans Fenster und rief sie an. Sie schauten stupid herauf und deuteten auf mich; dann kam der Hetman der Sziganys herbei, und als er sah, daß sie auf mein Fenster wiesen, sagte er etwas, und alle lachten. Von da ab konnte keine Bemühung meinerseits, kein verzweifeltes Schreien, kein todesbanges Flehen auch nur einen von ihnen veranlassen, den Kopf nach mir zu wenden. Sie wandten sich sichtlich ab. Die Leiterwagen enthielten große, viereckige Kisten mit Handgriffen aus dickem Strick; sie waren offenbar leer, nach der Leichtigkeit zu schließen, mit der die Slovacken mit ihnen herumwarfen, und dem hohlen Gepolter, das sie dabei machten. Als sie alle abgeladen und in einem großen Stapel in einer Ecke des Hofes zusammengestellt waren, erhielten die Slovacken Geld von dem Szigany; sie spuckten darauf, damit es ihnen Glück bringen möchte, und begaben sich dann schläfrig zu ihren Pferden. Bald darauf hörte ich, wie das Klatschen ihrer Peitschen allmählich in der Ferne verhallte.

24. Juni. Vor Tagesanbruch. – Letzte Nacht verließ mich der Graf frühzeitig und schloß sich in seinem Zimmer ein. Sobald ich frei war, rannte ich die Wendeltreppe hinauf und spähte aus dem Fenster nach Süden. Ich hatte die Absicht, dem Grafen aufzupassen, denn irgend etwas ist im Gange. Die Sziganys sind im Schlosse untergebracht und verrichten irgend eine Arbeit. Ich weiß es gewiß, denn hier und da höre ich, wie aus weiter Ferne, die gedämpften Laute von Spaten und Hacke. Was es auch sein mag, der Zweck der Arbeit ist sicherlich eine grausame Schurkerei.

Etwas weniger als eine halbe Stunde hatte ich am Fenster gestanden, da kroch etwas aus des Grafen Zimmer. Ich lehnte mich zurück, sah aber gespannt hinaus und bemerkte, wie der Mann ganz hinauskletterte. Es war ein neuer Schreck für mich, als ich erkannte, daß er meine Reisekleider trug und über seinen Schultern das unheimliche Bündel, das ich die gespenstischen Frauen kürzlich hatte mitnehmen sehen. Über den Zweck seines Ausfluges war wohl kein Zweifel mehr möglich, aber noch dazu in meinen Kleidern! Das ist sein neuester Trick: er will, daß andere meinen, mich gesehen zu haben, wie ich ihn Städten oder Dörfern eigenhändig meine Briefe aufgab, und daß die Verbrechen, die er verübt, mir zugemutet werden. Es macht mich rasen, wenn ich daran denke, daß er so etwas ungestraft tun kann, während er mich hier eingesperrt hält; ein wirklicher Gefangener, aber ohne den Schutz des Gesetzes, der selbst des Verbrechers Recht und Trost ist. Ich wollte dann auf die Rückkehr des Grafen warten und blieb unverdrossen lange Zeit am Fenster stehen. Plötzlich schien mir, als tanzten einzelne kleine Fleckchen im Mondlicht. Sie waren fein wie Staub, wirbelten umher und bildeten nebelartige Schwärme. Ich sah ihnen mit einer gewissen Ruhe zu, es kam sogar eine Art Behagen über mich. Ich lehnte mich lässig an den Fensterpfeiler zurück, um so bequemer dem lustigen Spiel zusehen zu können.

Etwas jedoch flößte mir Unbehagen ein; es war ein leises, wehes Heulen von Hunden irgendwo tief unten im Tale, wohin aber die Aussicht nicht reichte. Es kam mir vor, als klänge das Heulen immer lauter und als bemühten sich die flatternden Staubwolken, immer neue Gestalten anzunehmen, während sie da im Mondscheine tanzten. Ich fühlte es, wie ich mich gegen die Stimme der Vernunft wehrte; ja meine ganze Seele wehrte sich dagegen, und auch die wiedererwachten Empfindungen hinderten mich daran, ihr zu folgen. Ich wurde einfach hypnotisiert! Rascher und rascher tanzte der Staub und die Mondstrahlen schienen zu zittern; mehr und mehr sammelten sich die Gestalten, bis sie endlich schwankenden Phantomen glichen. Plötzlich erschrak ich,

ich erwachte, und im wiedererlangten Besitz meiner Sinne rannte ich schweigend davon. Die Phantome, die sich da allmählich im Mondschein materialisiert hatten, waren die drei gespenstigen Mädchen, denen ich verfallen war. Ich floh und fühlte mich erst in meinem Zimmer etwas sicherer, wo kein Mond schien und die Lampe noch freundlich brannte.

Als ein paar Stunden vorbei waren, hörte ich etwas Entsetzliches aus dem Zimmer des Grafen, etwas wie eine tiefe Wehklage, die rasch unterdrückt wird; dann eine furchtbare Totenstille, die mich mit Schaudern erfüllte. Mit klopfendem Herzen ging ich zur Türe, um sie zu öffnen; aber ich war in meinem Gefängnis eingeschlossen; ich konnte nichts, gar nichts tun. Ich setzte mich hin und weinte.

Wie ich so da saß, hörte ich vom Schloßhof her das Wehgeschrei einer Frau. Ich sprang ans Fenster, riß es auf und sah hinaus. Da war in der Tat ein Weib mit verwirrtem Haar und hielt ihre Hand an die Brust, als wollte sie ihr vom raschen Laufe zerspringen. Sie lehnte in einem Winkel des Torweges. Als sie mein Gesicht am Fenster erblickte, stürzte sie drohend vorwärts und schrie mit gellender Stimme:

»Scheusal, gib mir mein Kind!«

Sie warf sich auf die Knie, hob ihre Hände zu mir empor und wiederholte immer dieselben Worte, die mir das Herz zerrissen. Dann raufte sie ihr Haar, zerschlug sich die Brust und gab sich allen Gewalttätigkeiten unerträglichen Schmerzes hin. Endlich sprang sie wieder auf und stürzte näher heran; ich konnte sie nicht mehr sehen, aber ich hörte das Pochen ihrer Hände am Tor.

Irgendwo hoch oben, wahrscheinlich vom Turm, hörte ich den Grafen mit harter, metallischer Stimme etwas rufen. Als Antwort ertönte von Nah und Fern das Heulen der Wölfe. Ehe einige Minuten verstrichen waren, kam ein Rudel von ihnen durch den weiten Eingang in den Schloßhof gestürzt, wie befreite Wasser über den geborstenen Damm.

Die Frau schrie nicht und die Wölfe heulten nur jäh auf; kurze Zeit später strichen sie einzeln davon, sich die Lefzen leckend.

Ich konnte kein Mitleid mit ihr haben, denn ich wußte nun, was mit ihrem Kinde geschehen war. Da war sie besser tot. Was soll ich tun? Was kann ich tun? Wie kann ich mich diesem entsetzlichen Wirrsal von Nacht, Spuk und Angst entziehen?

25. Juni, morgens. – Niemand, der nicht schon in der Nacht Schreckliches gelitten, weiß, wie süß und teuer für Herz und Augen der Morgen sein kann. Als die Sonne so hoch gestiegen war, daß sie die Spitze des meinem Fenster gegenüberliegenden Turmes vergoldete, war es mir, als hätte sich die Taube aus der Arche Noah dort niedergelassen. Meine Angst zerfloß wie ein Nebelschleier vor dem Gestirn des Tages. Ich muß irgend etwas unternehmen, solange mir die Tageshelle Mut gibt. Heute Nacht ging mein erster, im voraus datierter Brief ab; der erste in der verhängnisvollen Reihe, die jegliche Spur meiner Existenz von der Erde verlöschen soll.

Ich will nicht daran denken. Handeln!

Immer war es nur zur Nachtzeit, daß ich belästigt und bedroht war oder mich in Furcht und Gefahr befand. Ich habe den Grafen bis heute noch nicht bei Tage gesehen. Ist es denkbar, daß er schläft, während die anderen wachen, und daß er wachen muß, wenn sie schlafen? Könnte ich nur in sein Zimmer! Aber es gibt keine Möglichkeit; die Türe ist immer verschlossen, kein Eingang für mich.

Halt, und dennoch gibt es einen Weg für den, der ihn zu gehen wagt. Wo er ging, da muß doch auch ein anderer gehen können. Ich habe ihn selbst aus dem Fenster kriechen sehen; warum sollte ich es ihm nicht nachmachen und in sein Fenster steigen? Die Sache ist verzweifelt, aber meine Lage ist eine noch verzweifeltere. Ich wage es. Im schlimmsten Falle bedeutet es den Tod, aber der Tod eines Menschen ist etwas anderes als der eines Kalbes; es öffnete sich mir die gefürchtete Pforte ins Jenseits. Gott gebe mir Kraft zu meinem Unternehmen! Leb wohl, Mina, wenn ich fehltrete, leben Sie wohl, treuer Freund und Vater, lebt wohl, ihr alle, und noch einmal Du, Mina!

Am gleichen Tage, später. – Ich habe das Wagnis unternommen und bin mit Gottes Hülfe unversehrt wieder in mein Zimmer zurückgekehrt. Ich will alles der Reihenfolge nach berichten. Ich ging voll Mut direkt auf das Fenster der Südseite zu und stieg auf das schmale Steingesims, das rings um das Gebäude läuft. Die Steine waren groß und roh behauen, und den Mörtel hatte der Zahn der Zeit weggenagt. Ich zog meine Stiefel aus und machte mich auf den hoffnungslosen Weg. Ich sah zuerst eine Zeit lang in die grausige Tiefe, damit mich nachher nicht ein zufälliger Blick da hinunter aus der Fassung brächte, aber dann hielt ich die Augen abgewandt. Ich kannte genau die Richtung und die Entfernung, die mich von des Grafen Fenster trennte, und machte mich auf den Weg, alle Vorteile ausnützend, die sich mir boten. Ich fühlte keinen Schwindel, keine Angst – ich glaube, weil ich zu erregt war – und die Zeit schien mir lächerlich kurz, die ich brauchte, um an des Grafen Fenster zu gelangen. Ich hielt mich am Rahmen fest. Immerhin war ich tief erregt, als ich mit gebeugtem Rücken, mit den Füßen voran, durch die Öffnung einstieg. Ich sah mich nach dem Grafen um, machte aber zu meiner Überraschung und Freude eine Entdeckung: das Zimmer war leer! Es war mit seltsamen Dingen möbliert, die den Eindruck machten, als würden sie nicht benützt; das Mobiliar war das gleiche wie in dem südlichen Zimmer und dicht mit Staub bedeckt. Ich begann sofort nach dem Schlüssel zu suchen, es steckte aber kein solcher im Schlüsselloch; auch sonst war nirgends einer zu finden. Das einzige, was ich entdeckte, war ein großer Haufen Gold in einer Ecke – – Goldstücke aller Art, römisches, englisches, österreichisches, ungarisches, griechisches und türkisches Gold, gleichfalls mit einer dichten Staubschicht überzogen, als läge es schon sehr lange hier auf dem Boden. Keines der Stücke war weniger als 300 Jahre alt. Auch Ketten und Schmucksachen lagen dabei, einige mit Juwelen besetzt, aber alles alt und unscheinbar.

In einer Ecke des Zimmers war eine schwere Türe; ich versuchte sie zu öffnen, denn da ich den Schlüssel zum Zimmer oder zum Außentor nicht finden konnte, was ja eigentlich der Gegenstand meines Wunsches war, mußte ich weitere Erkundungen vornehmen, wenn nicht alle meine Mühe umsonst gewesen sein sollte. Die Tür war unverschlossen und führte durch einen gepflasterten Gang zu einer steil in die Tiefe abfallenden Wendeltreppe. Ich stieg hinab, indem ich mich vorsichtig weitertastete; denn die Stiegen waren dunkel und nur hier und dort fiel ein schwacher Lichtschimmer durch die Schießscharten, die das dicke Mauerwerk durchbrachen. Unten gelangte ich in einen finsteren, tunnelartigen Durchgang, aus dem mir widerlicher Leichengeruch und der Dunst frisch aufgegrabener Erde entgegenschlug. Je weiter ich im Durchgang vordrang, desto intensiver wurde der Geruch. Schließlich kam ich an ein schweres altes Tor, das offen stand, und ich trat in eine verfallene Kapelle, die offenbar als Begräbnisplatz gedient hatte. Das Dach war eingefallen und an mehreren Stellen führten Stufen in Grabgewölbe; der Boden war frisch umgegraben und die Erde in mächtige Holzkisten gefüllt, offenbar dieselben, welche die Slovacken gebracht hatten. Das war jedoch für mich nicht von Interesse und ich forschte weiter nach einem Ausgang, aber vergebens. Jeden Zoll breit des Bodens untersuchte ich, um keine Möglichkeit zu übersehen. Ich stieg in die Gewölbe hinab, in denen ein graues Dämmerlicht herrschte; es war furchtbar für mich. In zweien war ich gewesen, ohne etwas anderes zu sehen als alte Sargstücke und Haufen von Staub. Aber im dritten, da machte ich eine Entdeckung.

Hier in einer der großen Kisten, deren etwa fünfzig herumstehen mochten, auf einem Haufen frischer Erde – – – – lag der Graf! Er war tot oder er schlief, ich konnte es nicht erkennen; die Augen waren offen und starr, aber ohne das gläserne Aussehen von Totenaugen, und die Wangen hatten trotz aller Leichenblässe doch den warmen Schimmer des Lebens und die Lippen waren rot wie immer. Aber keine Spur von Bewegung an ihm, kein Puls, kein Atemzug, kein Herzschlag. Ich beugte mich über ihn und horchte nach einem Lebenszeichen. Er konnte noch nicht lange dort gelegen haben, denn der frische Geruch der Erde wäre doch in wenigen Stunden verflogen gewesen. Neben der Kiste stand der Deckel, von Nagellöchern durchbohrt. Ich hoffte, er werde die Schlüssel bei sich haben; aber als ich ihn danach durchsuchen wollte, da fiel mein Blick auf seine Augen, in denen, wenn er auch sich meiner Gegenwart vielleicht nicht bewußt war, ein solcher Ausdruck des wildesten Hasses lag, daß ich entfloh. Des Grafen Zimmer durch das offene Fenster verlassend, erreichte ich wieder die Schloßmauer, an der ich hinaufkletterte. Nachdem ich mein Zimmer erreicht hatte, warf ich mich keuchend auf mein Bett und versuchte nachzudenken – – – – –.

29. Juni. – Heute ist das Datum meines letzten Briefes, und der Graf hat Maßregeln getroffen, daß man glauben sollte, ich hätte ihn selbst aufgegeben, denn ich sah ihn das Schloß auf dem gewöhnlichen Wege verlassen und in meinen Kleidern. Als er so die Mauer herabstieg, wie eine Eidechse, wünschte ich mir ein Gewehr oder sonst eine Mordwaffe, um ihn vernichten zu können; aber ich fürchte, eine Waffe in menschlichen Händen wird nicht imstande sein, ihm irgend etwas anzuhaben. Ich wollte auf seine Rückkehr nicht warten, denn es gelüstete mich nicht danach, die gespenstischen Schwestern wiederzusehen. Ich ging in die Bibliothek zurück und las, bis ich einschlief.

Ich wurde durch das Eintreten des Grafen geweckt, der so verbissen wie möglich dreinsah, als er zu mir sagte:

»Morgen, mein Freund, heißt es also reisen. Sie kehren in Ihr herrliches England zurück, ich zu einer Beschäftigung, die so ausgehen kann, daß wir uns vielleicht nie wieder sehen. Ihr letzter Brief ist aufgegeben worden; morgen werde ich nicht hier sein, aber alles ist für Ihre Reise vorbereitet. Früh kommen Sziganos, die noch einige Arbeiten hier vorzunehmen haben, und auch einige Slovacken. Wenn alle fort sind, wird mein Wagen Sie abholen und zum Borgopaß bringen, woselbst Sie den Postwagen von der Bukowina nach Bistritz erwarten können. Aber ich denke, ich sehe Sie noch öfter hier auf Schloß Dracula.« Ich traute ihm nicht recht und wollte seine Aufrichtigkeit auf die Probe stellen. Aufrichtigkeit! Es ist wie eine Profanation dieses Wortes, wenn man es in einem Atem mit diesem Scheusal nennt. Ich fragte ihn gerade heraus:

»Warum soll ich denn nicht heute Nacht fahren?«

»Weil mein Kutscher und meine Pferde nicht verfügbar sind, mein Bester.«

»Aber ich würde recht gerne zu Fuße gehen. Sogleich möchte ich am liebsten den Marsch antreten.« Er lächelte sanft, verbindlich; aber es lag in diesem Lächeln so viel satanischer Spott, daß ich fühlte, es stecke irgend eine Tücke hinter dieser Freundlichkeit. Er fuhr fort:

»Und wie ist es mit Ihrem Gepäck?«

»Ich brauche es nicht. Ich kann es gelegentlich nachschicken lassen.« Der Graf stand auf und sagte mit so feiner Artigkeit, daß ich mir die Augen reiben mußte, um mich zu versichern, daß ich nicht träume:

»Ihr Engländer habt eine Redensart, die ich mir besonders gemerkt habe, weil sie das ausdrückt, was auch wir Bojaren befolgen:»Gieb dem kommenden Gast dein Bestes, den abreisenden aber halte nicht auf.« Kommen Sie mit mir, lieber junger Freund. Nicht einen Augenblick sollen Sie länger in meinem Hause sein, als Sie es selbst wünschen, obgleich es mir leid tut, daß Sie schon fort wollen und das so plötzlich wünschen. Kommen Sie mit!« Mit steifer Grandezza stieg er, die Lampe in der Hand, vor mir die Stiege hinunter und durchschritt die Halle. Plötzlich blieb er stehen:

»Horchen Sie!«

Ganz in der Nähe hörten wir das Bellen von Wölfen. Es war, als erhöbe sich der Lärm in dem Augenblick, als er mit der Hand winkte, gleichwie ein großes Orchester auf den Taktstrich des Dirigenten einsetzt. Nach einer kurzen Pause schritt er in seiner gravitätischen Weise aufs Tor zu, zog die gewichtigen Riegel zurück, hakte die schweren Ketten aus und öffnete langsam.

Zu meinem höchsten Erstaunen mußte ich bemerken, daß das Tor unverschlossen war. Voll Mißtrauen sah ich näher hin, konnte aber keinen Schlüssel entdecken.

Als das Tor aufging, wurde das Bellen der Wölfe lauter und wilder; ihre roten Mäuler mit dem schaumbedeckten Gebiß und ihre klauenbewehrten Füße drängten sich herein. In diesem Augenblick ward es mir klar, daß es unnütz wäre, einen Kampf gegen den Grafen aufzunehmen. Gegen ihn, der solche Verbündete hat, kann ich doch nichts ausrichten. Allmählich öffnete sich das Tor weiter und des Grafen hagere Gestalt stand allein in der Öffnung. Plötzlich fuhr es mir durch den Sinn, daß der Tag meines Unterganges ja da sei und ich den Wölfen vorgeworfen werden sollte. Ich selbst hatte es ja veranlaßt. Es lag eine teuflische Bosheit in dieser Idee, die dem Grafen vollkommen zuzutrauen war, und ich schrie zuletzt:

»Schließen Sie das Tor, ich warte gerne bis morgen!« Dann bedeckte ich mein Gesicht mit den Händen, um die bitteren Tränen der Enttäuschung zu verbergen, die mir die Augen füllten. Mit einer Bewegung seines mächtigen Armes zog der Graf das Tor zu und schob die Riegel wieder vor, die in dem weiten Gewölbe widerhallten und klangen.

Wir kehrten schweigend zur Bibliothek zurück, und eine oder zwei Minuten später begab ich mich auf mein Zimmer. Als ich mich noch einmal kurz umwandte, sah ich, wie Graf Dracula mir Handküsse zuwarf, mit einem Lächeln, auf das Judas in der Hölle hätte stolz sein können.

In meinem Zimmer angekommen, wollte ich mich eben niederlegen, da hörte ich ein Flüstern vor meiner Türe. Ich ging leise hin und lauschte. Wenn mich meine Ohren nicht täuschten, so war es die Stimme des Grafen, welche sagte:

»Zurück, zurück auf eure Plätze! Eure Zeit ist noch nicht gekommen. Wartet! Habt Geduld! Morgen Nacht, morgen Nacht ist er euer!« Ein süßes, leises Kichern war die Antwort, und wütend stieß ich die Türe auf. Draußen waren die drei schrecklichen Frauen, die gierig ihre Lippen leckten. Als sie mich erblickten, brachen sie alle zusammen in ein entsetzliches Gelächter aus und rannten davon. Ich kehrte in mein Zimmer zurück und warf mich auf die Knie nieder. Ist es denn schon so nahe, das Ende? Morgen! Morgen! Gott hilf mir und denen, die mich lieb haben!

30. Juni, morgens. – Das werden wohl die letzten Worte sein, die ich in dieses Tagebuch schreibe. Ich schlief bis kurz vor Tagesanbruch, und als ich aufstand, warf ich mich auf die Knie nieder, denn ich wollte, daß der Tod, wenn er käme, mich wenigstens nicht unvorbereitet fände. Dann fühlte ich die eigenartigen Veränderungen in der Luft und wußte, daß der Morgen da sei. Nun ertönte auch der ersehnte Hahnenschrei und ich wußte, daß ich gerettet war. Mit frohem Herzen öffnete ich meine Türe und eilte hinunter nach der großen Halle. Ich hatte gesehen, daß das Tor nicht verschlossen worden war und daß der Weg zur Freiheit mir offen stand. Meine Hände zitterten von Erregung, als ich die schweren Ketten aushakte und die massiven Riegel zurückschob.

Aber das Tor bewegte sich nicht; Verzweiflung packte mich. Ich stieß immer und immer wieder dagegen und rüttelte daran, daß es, so schwer es auch war, in den Angeln krachte. Es konnte nicht anders sein: der Graf mußte es verschlossen haben, nachdem er von mir gegangen war.

Da ergriff mich ein wildes Verlangen, des Schlüssels um jeden Preis habhaft zu werden, und ich beschloß, nochmals die Mauer hinunterzuklettern und in des Grafen Zimmer einzudringen. Er mochte mich meinethalben töten – der Tod schien mir tausendmal besser als das, was mir in Aussicht stand. Ohne zu zögern rannte ich zu dem östlichen Fenster und stieg, wie das erste Mal, die Mauer hinab in das Zimmer des Grafen. Es war leer, aber ich hatte es nicht anders erwartet. Ich konnte nirgends einen Schlüssel erblicken, aber der Haufen Gold war noch da. Ich ging durch die Ecktüre, die Wendeltreppe hinunter und dann durch den finsteren Gang in die alte Kapelle. Ich wußte jetzt genau, wo ich das Scheusal zu suchen hatte.

Die große Kiste stand noch auf demselben Platze, dicht an der Mauer; der Deckel lag schon darauf, war aber noch nicht festgemacht; die Nägel staken im Holze und brauchten nur mehr eingeschlagen zu werden. Ich beabsichtigte in erster Linie, die Kleider des Grafen nach einem der Schlüssel zu durchsuchen; ich hob den Deckel ab und lehnte ihn an die Wand. Dann aber sah ich etwas, das mein Herz mit tiefstem Grauen erfüllte. Da lag der Graf, aber er sah aus, als sei seine Jugend wieder zurückgekehrt: Haar und Schnurrbart, vordem weiß, waren nun dunkel, eisengrau, die Wangen waren voller und die weiße Haut schien rosig unterlegt; der Mund war röter als je, denn auf den Lippen standen Tropfen frischen Blutes, das in den Mundwinkeln zusammenrann und von da über Kinn und Hals hinuntersickerte. Selbst die Augen lagen nicht mehr so tief, denn es schien sich neues Fleisch um sie gebildet zu haben. Es schien mir, als sei die ganze grauenvolle Kreatur mit Blut einfach durchtränkt; er lag da wie ein vollgesogener Blutegel. Ich schauderte, als ich mich über ihn beugte, um ihn zu durchsuchen – jeder meiner Sinne sträubte sich gegen eine Berührung; aber ich *mußte*, sonst war ich verloren, ein sicheres blutiges Festmahl für die entsetzlichen Drei. Ich tastete den ganzen Körper ab – keine Spur von einem Schlüssel. Dann hielt ich einen Augenblick inne und betrachtete den Grafen. Es lag ein höhnisches Lächeln auf dem aufgedunsenen Gesicht, das mich hätte wahnsinnig machen können. Das also war das Wesen, dem ich helfen wollte, nach London überzusiedeln, wo es vielleicht Jahrhunderte lang unter den sich drängende Millionen von Menschen, seine Blutgier befriedigen und einen sich immer vergrößernden Kreis von Halbdämonen schaffen würde, um sie auf die Wehrlosen zu hetzen. Schon dieser Gedanke machte mich rasen. Eine schreckliche Lust kam über mich, die Welt von diesem Ungeheuer zu befreien. Eine tödliche Waffe war nicht zur Hand; so ergriff ich denn eine der Schaufeln, welche die Arbeiter beim Füllen der Kisten benützt hatten, und holte weit aus, um mit der abwärts gerichteten Schaufel in das verhaßte Gesicht zu schlagen. Da drehte sich plötzlich der Kopf, und die Augen sahen mich voll an mit der ganzen Glut ihres Basiliskenblickes. Jähes Entsetzen lähmte mich bei diesem Anblick, die Schaufel zitterte in meinen Händen und fiel kraftlos nieder, riß aber eine klaffende Wunde in die Stirne des Liegenden. Dann glitt sie mir aus der Hand, quer über die Kiste, und als ich sie da wegstieß, berührte sie den danebenstehenden Deckel, der umfiel und das häßliche Bild meinen Augen entrückte. Das letzte, was ich sah, war das aufgedunsene blutunterlaufene Gesicht und das starre höhnische Lächeln, welches vielleicht sogar bei den Teufeln der Hölle nicht seinesgleichen gefunden hätte.

Ich dachte und dachte, was ich nun tun sollte, aber mein Gehirn brannte wie Feuer und ich wartete, während ein Gefühl der Verzweiflung sich meiner bemächtigte. Wie ich so dastand, hörte ich aus der Ferne einen Zigeunergesang von frohen Stimmen, der immer näher zu kommen schien, und durch den Gesang das Rollen schwerer Räder und das Knallen von Peitschen, die Slovacken und Sziganys, von denen der Graf gesprochen, kamen an. Ich warf noch einen raschen Blick rings um mich und auf die Kiste, die den scheußlichen Leib barg, und rannte davon in das Zimmer des Grafen, entschlossen, hinauszuschlüpfen, wenn die Türe geöffnet würde. Angespannt horchte ich und vernahm von unten das kreischende Geräusch eines Schlüssels in dem großen Schlüsselloch und das Zurückfallen des schweren Tores. Es müssen auch noch andere Zugänge dagewesen sein, aber jemand hat den Schlüssel zu den versperrten Türen. Dann hörte ich das Geräusch vieler stampfender Schritte, die dröhnend fern in irgend einem Durchgang verhallten. Ich beeilte mich, wieder hinunter zu dem Gewölbe zu kommen, wo ich den neuen Eingang finden mußte; aber in diesem Augenblick kam ein gewaltiger Windstoß, und die Türe zur Wendeltreppe fiel mit einem furchtbaren Krach zu, so daß der Staub von der Türkrönung flog. Als ich hineilte, um sie aufzudrücken, fand ich sie hoffnungslos fest verschlossen. Ich war von neuem gefangen und das Netz des Verderbens zog sich noch enger um mich zusammen.

Während ich dies schreibe, ist unten im Durchgang der Lärm stampfender Füße hörbar und das Poltern aufgeladener schwerer Lasten, offenbar der erdgefüllten Kisten. Man hört etwas hämmern, es ist die Kiste, die zugenagelt wird. Nun dröhnen wieder die schweren Schritte durch die Halle, gefolgt von den leichteren unbeschäftigter Mitläufer. Das Tor wird geschlossen, die Ketten klirren, dann das Kreischen des Schlüssels im Schlüsselloch. Ich höre, wie er herausgezogen wird; dann öffnet und schließt sich ein anderes Tor; wieder höre ich Schloß und Riegel knarren.

Horch! Im Hofe und den Felsweg hinunter das Rollen schwerer Räder, das Knallen von Peitschen und der Gesang der Sziganys, der immer weiter in der Ferne verhallt.

Ich bin im Schlosse allein mit den furchtbaren Weibern. Pfui! Mina ist doch auch ein Weib, und sie haben so gar nichts gemeinsam. Sie sind Teufel der Hölle!

Ich werde nicht bei ihnen hier bleiben; ich werde versuchen, die Schloßmauer noch tiefer hinunterzusteigen, als ich es bisher tat. Ich will mir etwas von dem aufgestapelten Golde mitnehmen, vielleicht kann ich es doch noch brauchen. Ich *muß* einen Ausweg aus diesem scheußlichen Gefängnis finden.

Und dann fort! Heim! Fort mit dem schnellsten, mit dem nächsten Zuge! Fort von diesem verruchten Ort, aus diesem verwünschten Lande, wo noch der Teufel und seine Kinder in Menschenleibern wandeln.

Schließlich ist Gottes Gnade doch besser als die dieser Ungeheuer – und der Abgrund ist steil und tief. An seinem Fuße mag wohl ein Mann schlafen – als ein Mann. Lebt wohl, ihr alle und Du, Mina!

Fünftes Kapitel.

Brief
von Frl. Mina Murray
an Frl. Lucy Westenraa

9. Mai.

Liebe Lucy!

Vergib mir, daß ich so lange mit dem Briefschreiben im Rückstand blieb, aber ich werde von der Arbeit fast erdrückt. Das Leben einer Schulassistentin ist oft sehr ermüdend. Ich verlange danach, bei Dir zu sein und an der See, wo wir frei wandern und unsere Luftschlösser bauen können.

Ich habe in letzter Zeit sehr viel gearbeitet, weil ich mich gerne Jonathan bei seinen Studien nützlich machen möchte; das ist auch der Grund, warum ich so fleißig stenographieren lernte. Wenn wir verheiratet sind, werde ich Jonathan gern helfen; und wenn ich genügend stenographieren kann, bin ich imstande, sein Diktat aufzunehmen und dann auf der Schreibmaschine abzuschreiben; das übte ich auch eifrig. Er und ich, wir schreiben uns oft unsere Briefe im Stenogramm und er führt ein stenographisches Tagebuch über seine Auslandreisen. Wenn ich bei Dir bin, werde ich gleichfalls ein solches führen. Ich meine keines von jenen, zwei Seiten die Woche und den Sonntag in ein Eckchen geschrieben, sondern eine Art Journal, in das ich schreiben kann, wann ich Lust habe. Ich glaube ja, daß es für andere Leute nicht von Interesse sein wird, aber darauf ist es auch gar nicht berechnet. Ich möchte es gern Jonathan zeigen, wenn irgend etwas Mitteilenswertes darin ist; hauptsächlich soll es ein Übungsheft für mich sein.

Ich werde versuchen, es so zu machen wie die Journalisten: interviewen, Schilderungen geben und Gespräche festhalten. Man hat mir erzählt, daß man es bei einiger Übung so weit bringen kann, daß man sich genau alles dessen erinnern kann, was man den Tag über gehört und erlebt hat. Nun ja, wir werden sehen. Ich werde Dir alle meine kleinen Pläne auseinandersetzen, wenn wir beisammen sind. Gerade habe ich einige Zeilen von Jonathan aus Transsylvanien erhalten. Er fühlt sich wohl und gedenkt in einer Woche die Rückreise anzutreten. Ich sehne mich danach, Neues von ihm zu hören. Es muß so schön sein, fremde Länder kennen zu lernen. Ich freue mich wirklich darauf, wenn wir – ich meine Jonathan und mich – sie einmal bereisen werden. Es schlägt zehn Uhr. Gute Nacht.

Stets Deine

Mina.

Wenn Du mir wieder schreibst, mußt Du mir vieles erzählen. Du hast mich lange nichts wissen lassen. Ich hörte da Gerüchte und insbesondere von einem hübschen, großen, kraushaarigen Mann???

Brief
von Frl. Lucy Westenraa
an Frl. Mina Murray.

17. Chatham-Street, Mittwoch.

Liebste Mina!

Ich muß schon sagen, Du tust mir sehr unrecht, wenn Du mich eine faule Briefschreiberin nennst. Ich habe Dir doch zweimal geschrieben, seit wir abreisten, und Dein letzter Brief war auch erst der zweite. Übrigens habe ich Dir eigentlich nichts zu erzählen. Ich wüßte wirklich nichts, was Dich interessieren könnte. In der Stadt ist es jetzt sehr amüsant, und wir vertreiben uns die Zeit mit dem Besuch von Gemäldegalerien, mit Spaziergängen und Ritten im Park. Was den großen, kraushaarigen Mann betrifft, so vermute ich, daß Du den meinst, der auf der letzten Unterhaltung mit mir war. Irgend jemand hat Dir offenbar irgend etwas aufgebunden. Es war Herr Holmwood. Er kommt öfter zu uns, und er und Mama vertragen sich recht gut; sie haben so viel miteinander zu plaudern. Wir trafen vor einiger Zeit einen Herrn, der etwas für Dich wäre; aber Du bist ja schon an Jonathan gebunden. Er ist eine hervorragende Partie, hübsch, in glänzenden Verhältnissen und aus guter Familie. Er ist Arzt und wirklich tüchtig. Denke Dir, er ist neunundzwanzig Jahre und leitet schon eine ausgedehnte Irrenanstalt. Herr Holmwood stellte ihn mir vor und er versprach uns fleißig zu besuchen; er kommt auch häufig zu uns. Ich habe das Gefühl, als sei er ein sehr energischer, aber dabei sehr ruhiger Mann. Er scheint fast völlig unerschütterlich. Ich kann mir lebhaft vorstellen, welch wunderbaren Einfluß er auf seine Patienten ausüben muß ... Er hat eine seltsame Art, einem direkt ins Gesicht zu sehen, gleichsam als wolle er dort die Gedanken ablesen. Er versucht es auch öfter bei mir, aber ich schmeichle mir, eine recht harte Nuß für ihn zu sein. Ich kenne das aus meinem Spiegel. Versuchst Du nicht auch öfter, Dein Gesicht zu studieren? Ich sage Dir, es ist kein schlechtes Studium, und gibt Dir mehr zu denken, als Du dir vorstellen kannst, wenn Du es noch nicht versucht hast. Er sagt mir, ich sei ihm ein schwieriges, psychologisches Problem, und ich bin so unbescheiden, es ihm zu glauben. Du weißt, ich habe an Kleidern kein so lebhaftes Interesse, daß es mir möglich wäre, eine neue Mode zu beschreiben. Kleider sind etwas Langweiliges. Aber das schadet nichts, Arthur sagt das alle Tage. Nun weiß ich aber nichts mehr. Nun, wir haben uns doch von klein auf alle unsere Geheimnisse anvertraut; wir haben zusammen geschlafen und gegessen und gelacht und geweint; und da ich nun doch einmal etwas gesagt, meine ich, noch mehr sagen zu müssen. Kannst Du es erraten? Ich hab ihn lieb. Ich schäme mich, das zu schreiben, denn wenn ich auch sicher glaube, daß er mich liebt, hat er doch noch kein Wort davon verlauten lassen. Ach, Mina, wie lieb hab ich ihn, wie lieb, wie lieb! Nun ist mir wohl. Ich wollte, wir säßen zusammen beim Auskleiden am Feuer, wie wir es immer taten, und ich könnte Dir alles erzählen, was ich fühle. Ich weiß nicht, wie ich auf einmal dazu komme, es Dir zu schreiben. Ich muß nun aber aufhören, denn ich fürchte, meine Tränen fallen auf den Brief, und doch möchte ich wieder nicht aufhören, denn ich sehne mich danach, Dir alles zu sagen. Laß mich bald von Dir hören und teile mir mit, was Du von der Sache denkst. Nein, ich muß aufhören. Gute Nacht; bete für mich und bete für mein Glück.

Lucy.

P. S. Ich brauch' Dir wohl nicht zu sagen, daß das alles noch geheim bleiben muß. Nochmals gute Nacht.

L.

Brief
von Frl. Lucy Westenraa
an Frl. Mina Murray.

Liebste Mina!

Dank, Dank und tausendmal Dank für Deinen lieben Brief. Nun bin ich doch froh, daß ich es Dir erzählt habe und weiß, daß Du mir zustimmst. Liebst, es regnet nicht, es schüttet. Wie passend die alten Redensarten oft sind. Hier bin ich, die ich im September zwanzig werden soll, und hatte bis heute noch keinen Anbeter, wenigstens noch keinen ernsthaften, und heute kamen gleich ihrer drei. Denke nur, drei Bewerber an einem Tag! Ist das nicht unheimlich? Es tut mir wirklich und wahrhaftig leid um zwei der lieben Menschen. O Mina, ich bin so froh, daß ich mich fast nicht mehr fassen kann. Drei Bewerber! Aber, Mina, ich bitte Dich, um des Himmels willen, sag' es keinem der jungen Mädchen; die bekommen sonst allerhand extravagante Ideen und fühlen sich beleidigt und zurückgesetzt, wenn nicht gleich am ersten Tage, da sie wieder zu Hause sind, mindestens sechs kommen. Manche Mädchen sind so eitel. Du, Mina, und ich, die wir gebunden und nahe daran sind, bald alte verheiratete Frauen zu werden, wir sind doch wahrlich darüber hinaus. Nun muß ich Dir aber von den Dreien erzählen, Schatz, aber Du mußt es geheim halten vor allen – außer natürlich Jonathan. Du wirst es ihm sicher ausplaudern, wie ich es an Deiner Stelle ja auch Arthur gegenüber machen würde. Eine Frau muß ihrem Manne doch alles erzählen, – nicht wahr, Herzchen –, und ich möchte offen sein. Die Männer haben es gern, wenn die Frauen – besonders ihre Frauen – eben so offen sind wie sie selbst. Ich fürchte aber, die Frauen sind nicht immer so aufrichtig, als sie es eigentlich sein müßten. Also, meine Liebe, Nummer Eins kam gerade vor dem Lunch. Ich erzählte Dir schon von ihm, Dr. John Seward, der Irrenhausarzt mit dem strengen Kinn und der gütigen Stirne. Äußerlich war er sehr kühl, aber innerlich doch nervös. Er hatte sich alles bis ins kleinste einstudiert und vergaß sich nicht; schließlich aber setzte er sich doch auf seinen Zylinder, was Männer in der Regel nicht tun, wenn sie kalten Blutes sind, und als er sich dann bemühte, ruhig zu erscheinen, spielte er mit einem Messerchen, das auf dem Tische lag, daß ich beinahe weinen mußte. Er sprach sehr ernst mit mir. Er sagte mir, wie lieb ich ihm sei, obgleich er mich doch erst so kurze Zeit kenne, und wie schön sein Leben wäre, wenn ich ihm helfen und ihn erheitern wollte. Dann sagte er, er würde sehr unglücklich sein, wenn ich ihn nicht erhöre; als er mich aber dann weinen sah, schalt er sich einen Barbaren und versprach mir, meinen Schmerz nicht noch vergrößern zu wollen. Dann brach er ab und fragte mich, ob ich ihn denn nicht mit der Zeit lieb gewinnen könne, und als ich mit dem Kopf schüttelte, zitterte er und fragte stockend, ob ich am Ende schon einem anderen gehöre. Er brachte es so schön heraus, indem er sagte, er wolle sich mein Vertrauen nicht erzwingen, sondern nur Klarheit haben, denn ein Mann dürfe die Hoffnung so lange nicht sinken lassen, als die Angebetete noch frei sei. Da, liebe Mina, fühlte ich mich gezwungen ihm zu sagen, daß ich schon gebunden sei. Ich sagte ihm das; da stand er auf und sah recht ernst und schwermütig drein, als er meine beiden Hände ergriff und sagte, er hoffe, daß ich glücklich werde, und wenn ich je eines Freundes bedürfe, so solle ich ihn zu meinen besten zählen. Ach, Mina, ich kann nicht anders, ich muß weinen; entschuldige die Flecke auf dem Briefe. Verlobt zu sein ist ja ganz hübsch, aber es ist immerhin nicht angenehm, so einen wackeren Mann mit gebrochenem Herzen von Dir schicken und erkennen zu müssen, daß Du, was er auch immer sagen mag, dennoch für immer aus seinem Leben gestrichen bist. Liebste, ich muß aufhören; ich fühle mich so elend, wenn ich auch glücklich bin.

Abends:

Gerade ist Arthur weggegangen und ich bin wieder besserer Laune als da, wo ich zu schreiben aufhörte; ich kann Dir also nun weiter von den Ereignissen des Tages erzählen. Also, Liebste, Nummer Zwei kam nach dem Lunch. Er ist ein reizender Mensch, ein Amerikaner aus Texas, und sieht so jung und frisch aus, daß man es gar nicht für möglich halten möchte, daß er schon so viel von der Welt gesehen und so viele Abenteuer erlebt hat. Mir ging es wie der armen Desdemona, die gleichfalls einen solchen Wortschwall zu hören bekam, wenn auch von einem Schwarzen. Ich glaube, wir Frauen sind so feig, daß wir glauben, ein Mann könne uns vor Gefahren schützen, und so heiraten wir ihn. Nun weiß ich, wie ich es anzustellen hätte, wenn ich ein Mann wäre und ein Mädchen in mich verliebt machen möchte. Nein, und doch weiß ich es nicht, denn Herr Morris war es, der mir Geschichten erzählte, und Arthur erzählte mir nie eine; und dennoch – – –. Doch, meine Liebe, ich habe da schon vorausgegriffen. Also, Herr Quincey P. Morris fand mich allein. Es scheint so, als träfen die Männer die Mädchen immer allein. Nein, und doch nicht, denn Arthur versuchte es zweimal vergeblich, eine Gelegenheit herbeizuführen, und ich half ihm redlich dabei; ich schäme mich nicht es einzugestehen. Ich muß vorausschicken, daß Herr Morris nicht immer Slang spricht, d. h. er tut es nie in Gegenwart von Fremden und gegen solche, denn dazu ist er zu gut erzogen und hat tadellose Manieren, aber er merkte wohl, daß ich ihn gern den amerikanischen Slang sprechen hörte, und wenn gerade niemand da war, der daran hätte Anstoß nehmen können, sagte er immer die drolligsten Dinge. Ich glaube, Schatz, er gibt sich auch noch besonders Mühe; aber alles, was er sagt, paßt immer. Doch vielleicht ist das eine Eigentümlichkeit des Slangs. Ich weiß nicht, ob ich je Slang sprechen werde; ich weiß nicht, ob Arthur es liebt; aus seinem Munde habe ich es noch nie gehört. Gut, also Herr Morris setzte sich neben mich und sah so hübsch und glücklich wie möglich aus; aber ich konnte trotzdem bemerken, daß er sehr aufgeregt war. Er ergriff meine Hand und sagte zärtlich:

»Miß Lucy, ich weiß nicht, ob ich würdig bin, die Bänder Ihrer kleinen Schuhe zu binden; aber wenn Sie auf einen Mann warten wollen, der Ihrer würdig ist, vermute ich, daß Sie sich den Jungfrauen mit den Lampen zugesellen können. Wollen Sie sich nicht längsseits mit mir festhalten und zweispännig mit mir den langen Weg gehen?«

Er sah dabei so vergnügt und fröhlich aus, daß es mir nicht halb so leid tat, ihm einen Korb geben zu müssen, wie bei dem armen Dr. Seward. Deshalb sagte ich, so gleichgültig ich konnte, ich wüßte nicht, wie ich dazu käme, mich festzuhalten und wäre auch gar nicht darauf erpicht, im Geschirr zu laufen. Da erwiderte er, er hätte doch nur sinnbildlich gesprochen und hoffe, ich werde es ihm nicht verübeln, daß er in einem für ihn so ernsten, wichtigen Moment solche Dinge geredet habe. Er sah dabei wirklich ernst aus, als er das sagte, und ich konnte nicht anders, als auch ernst werden. Ich weiß, Mina, du wirst mich einen schrecklichen Irrwisch schelten, obgleich ich ein gewisses Frohlocken, daß er heute schon Nummer Zwei ist, fast nicht unterdrücken konnte. Und dann, Schatz, ehe ich ein Wort zu sagen vermochte, schüttete er einen ganzen Gießbach von Liebesbeteuerungen über mich aus, indem er mir Herz und Seele zu Füßen legte. Er machte dabei ein so ernstes Gesicht, daß ich mir vornahm, nie mehr zu glauben, ein Mann, der zuweilen Späße macht, sei immer scherzhaft und könne nie ernst sein … Ich denke, er sah etwas in meinem Gesicht, was ihn irre machte, denn er hielt plötzlich inne und sagte mit männlicher Entschlossenheit, wegen der allein ich ihn schon lieben könnte, wenn ich frei wäre:

»Lucy, Sie sind ein gutes Mädchen, ich weiß es. Ich würde nicht so zu Ihnen sprechen, wenn ich nicht wüßte, daß Sie rein sind und ehrlich bis in die tiefsten Tiefen Ihrer Seele. Sagen Sie mir, wie ein ehrlicher Mensch dem anderen, haben Sie schon einen lieb? Und wenn es so ist, will ich Sie nicht weiter belästigen; aber ich werde Ihnen, wenn Sie nichts dagegen haben, ein treuer Freund sein.«

Meine liebe Mina, warum sind die Männer gar so edel, wo wir ihrer doch gar nicht wert sind? Ich habe mich über diesen großherzigen, braven Mann lustig gemacht. Ich brach wieder in Tränen aus – – ich fürchte, Liebste, Du wirst sagen, daß sei ein sehr wässeriger Brief – – – und fühlte mich wirklich recht elend. Warum kann auch ein Mädchen nicht drei Männer heiraten oder so viele, als sich um sie bewerben, und dadurch so viel Verwirrung und Herzeleid verhindern? Aber das ist ja Ketzerei, und ich sollte so was gar nicht sagen; ich gestehe offen zu, daß ich durch meine Tränen in Herrn Morris gute Augen blickte; dann sagte ich ihm freimütig:

»Ja, ich liebe einen, obgleich er mir bis heute noch nicht gesagt hat, daß er mich auch liebt«. Ich hatte recht daran getan, so offen mit ihm zu sprechen, denn es zog wie ein Leuchten über sein Antlitz, und er ergriff meine beiden Hände – ich glaube, ich habe sie ihm sogar selbst gegeben – und sagte in herzlichem Tone:

»Sie sind ein braves Mädchen, Lucy. Besser ist es, um Sie zu spät zu werben, als um irgend ein anderes Mädchen der Welt rechtzeitig. Weinen Sie nicht, Liebe. Wenn es um mich sein sollte, ich halte einen Puff aus und stehe fest. Wenn der andere sein Glück nicht kennt, so soll er bald dazu tun oder ich steige ihm aufs Dach. Liebes Kind, Ihre Ehrlichkeit und Ihr Mut haben mich zu Ihrem Freunde gemacht, und Freunde sind dünner gesät als Liebhaber; es ist eben etwas Selbstloseres. Wollen Sie mir nicht einen Kuß geben? Er wird mir jetzt und später über viele trübe Gedanken weghelfen. Sie können, Sie dürfen, wenn Sie wollen, denn der andere – – er muß ein guter, ein hübscher Mann sein, sonst würden Sie Ihn ja gar nicht lieb haben – hat sich noch gar nicht ausgesprochen.«

Das alles gewann mich, Mina; denn es war edel und brav und vornehm von ihm, so – noch dazu von einem Rivalen zu sprechen. – Oder nicht? Und er war so traurig. So beugte ich mich denn zu ihm hinüber und küßte ihn. Er stand auf, indem er meine Hände immer noch in den seinen hielt, sah mir in die Augen – Ich glaube, ich bin dabei sehr rot geworden – und sagte:

»Kleines Mädchen, ich halte Ihre Hände und Sie haben mich geküßt. Wenn diese Dinge uns nicht zu Freunden machen können, dann weiß ich allerdings nicht, was sonst dazu imstande wäre. Ich danke Ihnen für Ihre Aufrichtigkeit gegen mich, und nun leben Sie wohl!« Er schüttelte mir die Hand, nahm seinen Hut und ging straff aufgerichtet aus dem Zimmer, ohne sich noch einmal umzusehen, ohne eine Träne, ohne ein Zittern, ohne ein Zögern; und ich heule wie ein Kind. O, warum muß gerade ein Mann wie er unglücklich werden, wo es doch Tausende von Mädchen gäbe, die den Boden küssen möchten, den sein Fuß betrat. Ich weiß, wenn ich frei wäre, würde ich – aber ich wünsche gar nicht frei zu sein. Meine Liebe, das ist mir wirklich nahe gegangen, und ich bin nicht mehr imstande, Dir von meinem Glück weiter zu erzählen. Über Nummer Drei werde ich dir schreiben, wenn ich wieder getröstet bin. Stets Deine

Lucy.

P. S. Nun, was Nummer Drei betrifft, soll ich Dir noch von Nummer Drei erzählen oder nicht? – Unter uns gesagt, es war alles ganz konfus. Es schien nur ein Augenblick nach seinem Eintritt vergangen zu sein, da legte er schon seinen Arm um mich und küßte mich. Ich bin sehr glücklich und weiß nicht, womit ich es verdient habe. Es wird in Zukunft mein Bestreben sein, dem Herrn über den Wolken mich dankbar zu erweisen, der mir in seiner Güte einen solchen Freund, einen solchen Liebhaber und einen solchen Gatten bescherte. Leb wohl!

Dr. Sewards Diarium.

(Phonographisch aufgenommen.)

25. April. – Heute mangelnder Appetit. Kann nichts essen, habe keine Ruhe; dafür Diarium. Seit meiner gestrigen Enttäuschung habe ich ein Gefühl der Leere; nichts in der Welt scheint mir von genügender Bedeutung, mich damit zu beschäftigen.

Da ich weiß, daß die einzige Kur für derartige Zustände die Arbeit ist, ging ich hinunter zu meinen Patienten. Ich suchte mir den einen heraus, der für mich eine Studie von höchstem Interesse bildet. Er ist so wunderlich in seinen Ideen, dabei aber so verschieden von den gewöhnlichen Irren, daß ich mich zu dem Versuch entschloß, möglichst in seine Ideen einzudringen. Heute war es mir, als sei ich näher als je daran, seinem Geheimnis auf die Spur zu kommen.

Ich fragte ihn genauer aus, als es sonst meine Gewohnheit, mit der Absicht, mich zum Beherrscher seiner Halluzinationen zu machen. In dieser Art des Verfahrens liegt, wie ich jetzt einsehe, eine gewisse Grausamkeit. Ich wünschte ihn wieder bis auf die Spitze des Wahnsinnes zu treiben, eine Sache, die ich sonst vermeide wie den Schlund der Hölle (und unter welchen Umständen würde ich den Abgrund der Hölle *nicht* vermeiden?) Omnia Romae venalia sunt. Auch die Hölle ist käuflich. Wenn etwas hinter diesen Einbildungen steckt, ist es wert, daß man es *genau* verfolgt, ich hatte also alle Ursache so zu verfahren, deshalb – – – – – –

R. M. Renfield, Alter 59. Sanguinisches Temperament. Große körperliche Kraft, krankhaft reizbar; Perioden des Wahnsinns auf der Basis einer fixen Idee, der ich nicht auf die Spur kommen kann. Ich schicke voraus, daß sein sanguinisches Temperament im Zusammenwirken mit äußeren störenden Einflüssen seelisch erschöpfende Anfälle auslöst. Vielleicht ein gefährlicher Mann, wahrscheinlich gefährlich, wenn sein Dämmerzustand eintritt. Bei normalen Menschen ist die Vorsicht ein ebenso sicherer Schutz gegen sich selbst wie gegen Feinde. Was ich über die Sache bis jetzt denke, ist, daß, wenn sein Selbstbewußtsein im Mittelpunkt steht, die zentripetalen und die zentrifugalen Kräfte sich die Wage halten; wird aus irgend einem Grunde dieser Mittelpunkt verschoben, so überwiegen die letztgenannten Kräfte und es kann nur ein Anfall oder eine Reihe von solchen einen Ausgleich schaffen.

Brief
von Quincey Morris
an Herrn Arthur Holmwood.

25. Mai.

Lieber Arthur!

Wir haben uns am Lagerfeuer in den Prairien lange Geschichten erzählt und einer dem anderen Wunden verbunden, als wir einen Landungsversuch auf den Marquesas machten, und wir haben uns an den Ufern des Titicaca zugetrunken. Es gilt, noch mehr Geschichten zu erzählen, sowie andere Wunden zu verbinden und auf ein anderes Wohl zu trinken. Wollen wir das nicht an meinem Lagerfeuer morgen Abend besorgen? Ich lade Dich ohne weiteres ein, weil ich weiß, daß eine gewisse Dame morgen Abend zum Diner eingeladen ist, Du also frei bist. Noch einer wird dort sein, unser alter Spießgeselle aus Korea, Jack Seward. Er wird sicher kommen, und wir beide wünschen, unsere Tränen über dem Weinglase zu mischen und von ganzem Herzen auf das Wohl des glücklichsten Mannes unter der Sonne zu trinken, der sich das edelste Herz gewann, das Gott je schuf. Wir versprechen Dir ein herzliches Willkommen, eine liebenswürdige Begrüßung und ein Prosit, so ehrlich wie Deine eigene rechte Hand. Wir schwören Dir, dich nach Hause zu schicken, wenn Du, einem gewissen Paar schöner Augen zu Ehren, zu tief in das Glas geschaut haben solltest. Also komm!

Dein auf immer

Quincey P. Morris

Telegramm
von Arthur Holmwood
an Quincey P. Morris.

26. Mai.

Rechne jedenfalls auf mich. Ich bringe Euch Neuigkeiten, die Eure beiden Ohren klingen lassen sollen.

Art.

Sechstes Kapitel.

Mina Murrays Tagebuch

24. Juli. Whitby. – Lucy holte mich am Bahnhofe ab; sie sah süßer und lieblicher aus als je, und wir fuhren zusammen nach dem Hause am Crescent, wo sie Zimmer bewohnen. Es ist ein reizendes Fleckchen Erde. Der kleine Fluß, der Esk, kommt durch ein tiefes Tal herunter, das sich in der Nähe des Hafens erweitert. Ein großer Viadukt führt darüber hinweg, mit hohen Steinpfeilern, durch welche sich eine entzückende Aussicht auf die Landschaft eröffnet. Das Tal ist lieblich grün und so tief eingeschnitten, daß man von den Hängen aus nicht heruntersehen kann, wenn man nicht bis direkt an den Rand tritt, während man sonst einfach darüber hinwegschaut. Die Häuser der alten Stadt – auf der anderen Seite – sind alle mit roten Ziegeln gedeckt und übereinandergeschachtelt, wie wir es auf Gemälden von Nürnberg sehen. Gerade über der Stadt liegt die Ruine der Abtey Whitby, die von den Dänen zerstört wurde und in der der Teil von »Marmion« sich abspielt, in dem das Mädchen eingemauert wird. Es ist eine sehr schöne Ruine von ungeheurer Ausdehnung und voll von herrlichen, romantischen Plätzchen; es geht die Sage, daß sich öfter in den Fenstern eine weiße Frau sehen lasse. Zwischen dem Kloster und der Stadt befindet sich noch eine Kirche, die

63

Pfarrkirche, um die sich ein ausgedehnter Friedhof mit vielen Grabsteinen ausbreitet. Meiner Ansicht nach ist es der reizendste Fleck von ganz Whitby; denn er liegt direkt über der Stadt und gewährt volle Aussicht auf den Hafen und die Bucht, in die sich die Kettleneß genannte Landspitze weit hinauserstreckt. Die Böschung ist so steil, daß schon Stücke heruntergebrochen sind, wodurch eine Anzahl Gräber zerstört wurden. An einer Stelle besonders hingen die Grabsteine weit hinaus über den sandigen Fußweg tief unten. Es führen Spazierwege mit Bänken zu beiden Seiten durch den Friedhof. Den ganzen Tag sitzen und gehen hier Leute, genießen die herrliche Aussicht und freuen sich des kräftigen Seewindes. Ich werde sehr oft heraufkommen und mich mit meiner Arbeit hier niederlassen. Tatsächlich sitze ich hier schon und schreibe, mein Buch auf den Knien, und höre den Gesprächen dreier alter Männer neben mir zu. Es scheint, als sei ihre ganze tägliche Beschäftigung, hier zu sitzen und zu plaudern.

Tief unter mir liegt der Hafen; auf der anderen Seite ragt eine Granitmauer weit in die See hinaus, deren Ende sich auswärts biegt; ein Leuchthaus steht darauf. Lange Wellen laufen an ihr entlang. Auf der Seite, gegen mich zu, macht die Hafenmauer eine Biegung nach einwärts, und ihr Ende bildet wieder ein Leuchtturm. Zwischen den beiden Piers ist nur eine schmale Einfahrt in den Hafen, die sich dann plötzlich verbreitert.

Besonders schön ist es bei Flut; aber wenn diese sich verlaufen hat, dann liegen die Sandbänke flach da, durch die sich der Eskbach windet, da und dort Felsblöcken ausweichend. Außerhalb des Hafens zieht sich, wohl eine halbe Meile lang, ein großes Riff hin, dessen scharf abbrechendes Ende sich gerade mit dem Leuchtturm deckt. Dort ist eine Boje mit einer Glocke, die bei hoher See anschlägt und klagende Töne in die Winde schickt. Es geht die Sage, daß man die Glocke weit draußen auf offener See hört, wenn ein Schiff verloren sei. Ich muß den alten Mann darüber fragen; eben kommt er des Weges.

Es ist ein drolliger, alter Knabe; er muß entsetzlich alt sein, denn sein Gesicht ist durchfurcht und zerrissen wie die Rinde eines Baumes. Er erzählt mir, daß er schon nahe an die Hundert sei und Matrose in der Grönländischen Fischerflotte war, als Waterloo geschlagen wurde. Er ist, fürchte ich, sehr skeptisch, denn als ich ihn über die Glocke auf der See und die weiße Frau in der Abtei fragte, antwortete er mir sehr barsch:

»Ich kümmere mich nicht um solche Sachen, Fräulein. Das sind lauter abgedroschene Dinge. Glauben Sie nicht, ich wolle damit sagen, sie seien nie gewesen, aber ich sage nur, daß sie nicht waren, so lange ich mich erinnern kann. Das ist alles ganz schön für Besucher und Ausflügler und dergleichen, aber nicht für ein so hübsches, junges

Fräulein wie Sie. Diese Landratten von York und von Leeds, die immer gepökelte Heringe essen und Tee dazu trinken, und immer darauf aus sind, billig Strandgut zu kaufen, mögen ja daran glauben. Ich möchte gerne wissen, wer sich damit abgibt, ihnen immer solche Lügen zu erzählen – vielleicht die Zeitungen, die stets voll dummen Geschwätzes sind?« Ich dachte, er sei eine geeignete Persönlichkeit, von der ich allerlei interessante Dinge erfahren könnte, und ich bat ihn deshalb, mir etwas von der Walfischfängerei in vergangenen Tagen zu erzählen. Er wollte eben anfangen, da schlug es sechs; er stand sofort mühsam auf und sagte:

»Ich muß aber jetzt wieder heim, Fräulein. Mein Enkelkind hat es nicht gerne, daß ich sie warten lasse, wenn der Tee fertig ist. Es nimmt eine Menge Zeit weg, bis ich die Stufen da hinunterkomme, denn es sind ihrer viele, und ich, Fräulein, brauche mein Futter auf die Stunde.«

Damit humpelte er davon und ich sah ihn, so gut und rasch es ging, die Stufen hinunterklettern. Die Treppe ist charakteristisch für den Platz. Sie führt von der Stadt hinauf zur Kirche; es sind Hunderte von Stufen – wieviele weiß ich nicht – sie führen in einem großen Bogen hinauf; die Steigung ist so mäßig, daß man sogar zu Pferde leicht hinauf und herunter käme. Vermutlich gehörte sie ursprünglich zur Abtei. Ich muß aber jetzt heimgehen. Lucy hat mit ihrer Mutter Besuche gemacht; da es aber nur Anstandsvisiten sind, habe ich mich nicht beteiligt. Sie werden unterdessen wohl heimgekommen sein.

1. August. – Ich kam vor einer Stunde mit Lucy herauf, und wir hatten ein sehr interessantes Gespräch mit meinem alten Freund und den zwei anderen, die immer mit ihm kommen. Er ist augenscheinlich ihr Orakel und muß seinerzeit eine sehr energische Persönlichkeit gewesen sein. Er will absolut niemand recht geben und streitet jeden nieder. Wenn er mit Gründen nicht fertig wird, dann überschreit er sie und hält dann ihr Stillschweigen für Zustimmung. Lucy sieht süß aus in ihrem weißen Tenniskostüm: sie hat Farbe bekommen, seit sie hier ist. Ich bemerkte, daß die alten Männer Eile hatten, heraufzukommen und sich neben sie zu setzen. Sie ist so nett mit den alten Leuten; ich glaube, sie haben sich schlankweg in sie verliebt. Sogar mein alter Freund gab sich besiegt und widersprach ihr nicht, während er mir dagegen doppelten Widerstand leistete. Ich brachte ihn auf das Thema Sagen, und er begann plötzlich eine Art Rede zu halten. Ich will versuchen, sie aus dem Gedächtnis niederzuschreiben.

»Das ist alles Unsinn, das ganze Zeug; so und nicht anders ist es. Diese Hexen und Vorzeichen und Kobolde und Gespenster und Teufel sind doch alle nur erdacht, um Kinder und schwache Weiber zittern zu machen. Sie sind weiter nichts als Einbildung. Sie und alle Drohungen und Warnungen und Vorbedeutungen sind erfunden von

Pfaffen, schlappen Kerls und Geschäftsreisenden, um sich ein bischen Gänsehaut zu machen oder die Leute zu etwas zu bringen, was sie sonst nicht täten. Ich werde ganz wild, wenn ich nur daran denke. Aber nicht genug, daß sie diese Lügen in Zeitungen drucken und von Kanzeln herunter predigen, nein, sie müssen sie auch auf Leichensteine schreiben. Schauen Sie nur herum, wohin Sie wollen, alle diese Steine, die gerade stehen, wie vor Stolz, sollten einfach umfallen unter der Last der Lügen, die auf ihnen stehen: ›Hier liegt begraben …‹, ›Dem Andenken des …‹, steht auf allen; und doch, nicht unter der Hälfte von ihnen liegt wirklich ein Toter, und ihr »Andenken« ist keine Prise Schnupftabak wert, geschweige denn geheiligt. Nur Lügen, nichts als Lügen, so oder so. Mein Gott, es wird ein sonderbares Gedränge geben am jüngsten Tage, wenn sie alle hier heraufkommen, um ihre Grabsteine zu holen, mit denen sie im Jenseits beweisen wollen, wie gut sie hienieden waren.«

Ich sah an des alten Mannes selbstzufriedener Miene und an der Art, wie er im Kreise herumsah, um sich des Beifalles seiner Genossen zu versichern, daß er »es mir besorgt« habe, und so fügte ich, um ihn zum Weiterreden zu veranlassen, hinzu:

»Aber, Herr Swales, das kann doch Ihr Ernst nicht sein? Sicherlich sind diese Grabsteine doch nicht alle falsch?«

»Unsinn! Nur wenige werden darunter sein, die nicht falsch sind. Das Ganze ist nur eine Lüge. Da sehen Sie nur her; Sie kommen als Fremde hierher und sehen den Kirchhof.« Ich nickte, weil ich meinte, ihm so besser meine Zustimmung zu erkennen zu geben, obgleich ich seinen Dialekt nicht verstand. Ich dachte mir aber, daß es etwas mit Kirche zu tun habe. Er fuhr fort: »Und Sie glauben, daß alle diese Steine über Menschen stehen, die hier gelebt?« Ich nickte wieder als Zeichen der Zustimmung. »Das gerade ist ja die Lüge. Da sind Grabstätten dabei, die sind so leer wie unseres alten Dun's Tabaksdose am Freitag Abend.« Er stieß einen seiner Genossen an und alle lachten. »Und, mein Gott, wie sollte es auch anders sein können? Sehen Sie einmal diesen an, den hintersten hinter der Bank; lesen Sie!« Ich wendete mich um und las:

»Edward Spencelagh, Obermatrose, ermordet von Piraten an der Küste von St. Andreas im April 1854, im Alter von 30 Jahren.« Als ich mich wieder zu ihm wandte, fuhr Herr Swales fort:

»Wer brachte ihn denn heim, möchte ich wissen, um ihn hier einzugraben? Ermordet an der Küste von St. Andreas! Und Sie konnten glauben, er läge hier drunten! Nun, ich könnte Ihnen ein Dutzend nennen, deren Gebeine da oben in den Gewässern Grönlands ruhen«, er deutete nordwärts, »oder wo die Strömung sie sonst hingetragen. Da, um Sie herum sind ihre Grabsteine. Sie können mit Ihren jungen Augen die kleingeschriebenen Lügen lesen. Da, Braithwaite Lowrey – ich kannte seinen Vater, vermißt auf der Lively in Grönland anno 20; oder Andreas Woodhouse in denselben Gewässern ertrunken 1777 oder John Paxton, ein Jahr später bei Kap Farewell ertrunken, oder der alte John Rawlings, dessen Großvater mit mir zusammen segelte, ertrank im Golf von Finnland anno 50. Glauben Sie denn, daß alle diese Leute einen Run auf Whitby unternehmen werden, wenn die Posaune des jüngsten Gerichtes ertönt? Da habe ich doch einige Bedenken dagegen. Ich sage Ihnen, wenn die alle einmal zusammenkommen, wird es ein Gedränge und Geraufe geben, daß es sein wird wie der Kampf um die Eisscholle in vergangenen Tagen, wo wir dann unsere Wunden beim Scheine des Nordlichtes verbanden.« Das war offenbar ein Lokalwitz, denn der alte Herr kicherte vergnügt darüber, und seine Spießgesellen stimmten in heiterster Laune mit ein.

»Aber«, sagte ich, »vielleicht gehen Sie nicht von dem richtigen Standpunkt aus, wenn Sie annehmen, daß bei der Auferstehung all die armen Kerls, oder doch ihre Seelen, die Grabsteine zum jüngsten Gericht heranschleppen müssen. Halten Sie das wirklich für nötig?«

»Nun, zu was wären sonst die Grabsteine gut? beantworten Sie mir diese Frage, Fräulein!«

»Um ihren Verwandten eine Freude zu machen, denke ich.«

»Um ihren Verwandten eine Freude zu machen!« Er äffte mir höhnisch nach. »Wie kann es denn den Verwandten Freude machen, wenn sie wissen und wenn die ganze Stadt weiß, daß doch nur Lügen darauf stehen?« Er deutete auf einen Stein zu unseren Füßen, der flach auf den Boden gefallen war und auf dem man, ganz nahe dem Rande des Cliffs, einen Ruhesitz angebracht hatte. »Lesen Sie die Aufschrift auf dem Grabstein«, sagte er. Von meinem Platze aus hätte ich die Buchstaben verkehrt lesen müssen, dagegen saß Lucy bequemer und las:

»Geweiht dem Andenken des Georgie Canon, der in der Hoffnung auf eine fröhliche Auferstehung am 29. Juli 1873 durch Sturz vom Felsen von Kettleneß den Tod fand. Dieses Denkmal wurde dem heißgeliebten Sohne von der betrübten Mutter errichtet. Er war der einzige Sohn seiner Mutter und sie war Witwe.« »In der Tat, Herr Swales, ich kann hierin nicht das geringste Spaßhafte finden!« Sie machte diese Bemerkung in vollem Ernst, sogar mit dem Tone eines leisen Vorwurfes.

»Sie finden nichts Komisches daran! Ha, ha! Das kommt daher, Sie wissen nicht, daß die Mutter eine Teufelin war, die ihn haßte, weil er lahm war und an Krücken ging, und er haßte sie so, daß er Selbstmord beging, damit sie die Lebensversicherungssumme, auf die sie für ihn eingezahlt, nicht erhalte. Er schoß sich mit einer alten Muskete, die sie sonst zur Krähenjagd benützen, den Kopf ab. Das also ist die

Erklärung seines Absturzes von dem Felsen. Und was die Hoffnung auf eine fröhliche Auferstehung betrifft, so habe ich ihn oft sagen hören, meiner Seele, er hoffte zur Hölle zu fahren, damit er nicht mit seiner Mutter, die sich sicherlich durch ihre Frömmigkeit den Himmel verdient, zusammen sein müßte. Also, enthält dieser Stein hier«, er klopfte mit seinem Stock darauf, »nicht einen ganzen Pack Lügen? Und würde nicht der Erzengel Gabriel ein sonderbares Gesicht machen, wenn Georgie, den Leichenstein auf seinem Buckel schleppend, die Stufen herauf gehumpelt käme, um sich damit zu legitimieren.«

Ich wußte nicht, was ich sagen sollte, aber Lucy gab dem Gespräch eine andere Wendung und sagte, indem sie aufstand:

»O, warum haben sie uns dies erzählt? Es ist mein Lieblingsplätzchen und ich kann es nicht aufgeben. Nun erfahre ich, daß ich fernerhin auf dem Grabe eines Selbstmörders werde sitzen müssen.«

»Das darf Sie doch aber nicht stören, Herzchen, und es würde dem armen Georgie gewiß eine große Freude bereiten, wenn er wüßte, daß ein so süßes Ding auf seinem Grabstein sitzt. Das darf Sie also nicht genieren. Sehen Sie, ich sitze hier schon Jahre lang, und es ist mir noch nie ein Leid geschehen. Bilden Sie sich eben ein, er läge nicht da unten oder Sie säßen wo anders. Meine Zeit ist aber nun um, und ich muß gehen. Ich empfehle mich Ihnen, meine Damen.« Damit humpelte er davon.

Lucy und ich blieben noch eine Zeit lang sitzen und es breitete sich so viel Schönheit zu unseren Füßen, daß wir andächtig unsere Hände verschlangen; sie erzählte mir nur von Arthur und ihrer kommenden Hochzeit. Das tat mir innerlich ein bischen weh, denn ich habe einen ganzen Monat von Jonathan nichts gehört.

Am gleichen Tage. – – Ich kam allein da herauf, denn ich bin sehr betrübt. Kein Brief für mich da. Ich hoffe, daß Jonathan nichts zugestoßen sein wird. Eben hat es neun geschlagen. Ich sehe da und dort Lichter in der Stadt aufflammen, da wo die Straßen laufen, in Reihen, und dann wieder vereinzelt an verschiedenen Stellen; sie laufen den Esk entlang und verlieren sich in der Biegung des Tales. Links von mir ist die Aussicht durch die scharfe, dunkle Firstlinie des Daches der alten Abtei abgeschnitten. Lämmer und Schafe blöken auf der Weide hinter mir, und man vernimmt das Klappern von Eselshufen auf der gepflasterten Straße tief unten. Die Musikkapelle auf dem Pier spielt einen kreischenden Walzer zur Belustigung, während weiter vom Hafen weg irgendwo in einem Nebengäßchen die Heilsarmee musiziert. Keine der Kapellen bemerkte etwas von der anderen, aber von hier oben kann ich sie beide sehen und hören. Ich möchte wissen, wo Jonathan ist und ob er meiner gedenkt! Ich wollte, er wäre hier.

Dr. Sewards Tagebuch.

5. Juni. – Der Fall Renfield wird immer interessanter, je mehr ich den Mann verstehen lerne. Er hat einige sehr stark hervortretende Eigenschaften: Selbstgefühl, Verschlossenheit und Zielbewußtsein. Ich möchte wissen, auf was sich letzteres bezieht. Ich glaube, er hat eine besonders festgestellte Tabelle, aber was er damit will, weiß ich nicht. Seine beste Eigenschaft ist die Liebe zu Tieren, obgleich er manchmal mit ihnen umgeht, daß man sie eher für eine besondere, perverse Grausamkeit halten möchte. Seine Launen sind von seltsamer Art. Gegenwärtig ist seine Spezialität der Fliegenfang. Er hat eine solche Menge beisammen, daß ich es ihm verbieten mußte. Zu meinem Erstaunen zeigte sich daraufhin kein Wutausbruch, sondern er nahm es mit gesetztem, ruhigen Ernst einfach hin. Er dachte einen Augenblick nach, dann sagte er: »Können Sie mir drei Tage Frist geben? Da werde ich sie alle wegschaffen.« Ich sagte es ihm zu, werde ihn aber scharf beobachten.

18. Juni. – Er hat sich nun auf die Spinnen verlegt, von denen er schon mehrere große Exemplare in einer Schachtel gefangen hält. Er füttert sie mit seinen Fliegen, deren Zahl auch schon beträchtlich abgenommen hat, obgleich er die Hälfte seiner Mahlzeiten dazu verwendet, um neue Opfer zu ködern.

1. Juli. – Seine Spinnen werden nun eine ebensogroße Plage wie die Fliegen, und heute erklärte ich ihm, daß er sich von ihnen werde trennen müssen. Er wurde bei dieser Ankündigung so traurig, daß ich ihm sagte, er müsse wenigstens einige davon frei lassen. Er beruhigte sich dabei und wurde wieder fröhlich, da ich ihm denselben Termin setzte wie zur Vernichtung der Fliegen. Einmal empfand ich heftigen Ekel vor ihm, denn als eine große Schmeißfliege, aufgebläht von irgend einer aasigen Nahrung, in das Zimmer schwirrte, fing er sie, hielt sie, wie anbetend, ein paar Augenblicke zwischen Daumen und Zeigefinger, und ehe ich noch seine Absicht erraten konnte, steckte er sie in den Mund und aß sie auf. Ich schalt ihn deswegen, er aber erwiderte, es sei sehr schmackhaft und wirke heilkräftig; es sei Leben, blühendes Leben, und gebe ihm auch neue Kraft. Das brachte mich auf eine Idee oder wenigstens auf das Bruchstück einer solchen. Ich muß nun zusehen, wie er der Spinnen Herr wird. Er hat sichtlich irgend ein tiefes Problem im Kopfe, denn er führt ein Notizbuch, in das er immer etwas einzutragen hat. Ganze Seiten sind voll von Zeichen, speziell einzelne Zahlen in Kolonnen, und deren Summen wieder in Kolonnen, als wenn er irgend eine statistische Feststellung machen wollte.

8. Juli. – Es ist Methode in seinem Wahnsinn, und die noch unvollständige Idee in meinem Kopfe nimmt festere Gestalt an. Bald wird etwas Vollständiges aus ihr werden. Ich hielt mich meinem Schützling einige Tage fern, so daß ich genau feststellen konnte, ob irgend eine Änderung zu bemerken sei. Die Dinge blieben so, wie sie gewesen waren, nur daß er mit einigen seiner Launen gebrochen und neue an ihre Stelle gesetzt hatte. Er hat mit Mühe einen Sperling gefangen und hat ihn schon beinahe gezähmt. Seine Dressurmittel sind einfach, der Spinnen sind schon weniger geworden. Die übriggebliebenen sind übrigens gut genährt, denn er bringt ihnen noch immer die Fliegen, die er mit seiner Mahlzeit ködert.

19. Juli. – Es geht vorwärts. Mein Freund hat nun eine ganze Sperlingskolonie, und seine Fliegen und Spinnen sind schon tüchtig dezimiert. Als ich eintrat, rannte er auf mich zu und sagte, er möchte mich um eine große Gunst bitten, um eine sehr, sehr große Gunst; und wie er so sprach, schmiegte er sich an mich wie ein schmeichelnder Hund. Ich fragte ihn, was es denn sei, und er antwortete mit einer gewissen Erregung in Stimme und Geberde:

»Ein Kätzchen, ein niedliches, kleines, schmiegsames, mutwilliges Kätzchen, mit dem ich spielen und das ich dressieren und füttern kann – – und füttern – – und füttern.« Ich war auf diese Bitte nicht unvorbereitet, denn ich weiß ja nun, daß seine Wünsche an Größe und Lebhaftigkeit immer zunehmen; aber ich wollte nicht, daß die niedliche Sperlingsfamilie dasselbe grausame Ende nehme wie die Fliegen und Spinnen. Ich sagte daher, ich wolle mir die Sache noch überlegen, und fragte ihn, ob er denn nicht lieber eine Katze wolle als ein Kätzchen. Seine Begierde verriet ihn, mit der er antwortete:

»O ja, gerne möchte ich eine Katze! Ich bat nur deswegen blos um ein Kätzchen, weil ich fürchtete, Sie könnten mir eine Katze nicht genehmigen. Aber es wird doch niemand geben, der mir ein Kätzchen mißgönnte?« Ich schüttelte den Kopf und sagte ihm, daß es leider momentan wohl nicht möglich sein werde, aber daß ich die Sache im Auge behalten wolle. Sein Gesicht wurde lang und ich konnte ein gefährliches, drohendes Zucken darin wahrnehmen; der Seitenblick, den er auf mich warf, hätte einen töten können. Der Mann ist mit unentwickelter Mordmanie behaftet. Ich will seine gegenwärtige Forderung überlegen und sehen, was zu tun ist; dann werde ich weiteres erfahren.

10 Uhr abends. – Ich besuchte ihn nochmals und fand ihn brütend in einem Winkel sitzen. Als ich hineintrat, warf er sich vor mir auf die Knie und flehte mich an, ihm doch eine Katze zu genehmigen, sein Seelenheil hänge davon ab. Ich blieb trotzdem fest und machte ihm klar, daß ich seinen Wunsch jetzt nicht erfüllen könne, worauf er, ohne ein Wort zu sagen, wegging, an seinen Fingern nagend, und sich wieder in die Ecke setzte, wo ich ihn bei meinem Eintritt gefunden hatte: Ich werde ihn morgen früh wieder besuchen.

20. Juli. – Ich besuchte Renfield sehr früh, ehe noch der Wärter seine Runde gemacht hatte. Ich fand ihn schon aufgestanden und eine Melodie summend. Er streute gerade am Fenster seinen Zucker aus, den er sich aufgehoben hatte, und begann offenbar wieder mit seiner Fliegenfängerei; und er schien zufrieden dabei und hatte gute Erfolge. Ich schaute vergebens nach seinen Vögeln umher und fragte ihn dann, wo sie seien. Er erwiderte, ohne sich umzudrehen, sie seien alle fortgeflogen. Es lagen einzelne Federn im Zimmer umher, und auf seinem Kopfkissen war ein Tropfen Blut sichtbar. Ich sagte nichts und ging weg, beauftragte aber den Wärter, mich sofort zu benachrichtigen, wenn im Laufe des Nachmittags sich etwas Besonderes ereignen sollte.

11 Uhr vormittags. – Eben war der Wärter bei mir und meldete mir, daß Renfield sehr krank sei und eine Menge Federn erbrochen habe. »Ich glaube, Herr Doktor«, sagte er, »daß er seine Vögel gegessen hat. Er hat sie einfach genommen und im rohen Zustande verzehrt!«

11 Uhr abends. – Ich gab Renfield Abends ein starkes Opiat, genug, um ihn eine Nacht schlafend zu machen; dann nahm ich ihm sein Notizbuch weg, um es zu studieren. Es bestätigt meine Anschauungen, die ich über die Sache hatte. Mein Mordsüchtiger ist von besonderer Art. Ich muß einen neuen Klassifikationsnamen für diese Spezies erfinden; ich glaube, ich benenne ihn Zoophagus (Fresser von lebenden Wesen). Was er beabsichtigt, ist, so viele Lebewesen zu vernichten, als er irgend kann, und er hat es darauf angelegt, es in ausgiebigster Weise zu besorgen. Er gab *einer* Spinne möglichst viele Fliegen, und möglichst viele Spinnen einem Vogel, und bat dann um eine Katze, die die vielen Vögel fressen sollte. Was wäre dann wohl sein Nächstes gewesen? Es wäre fast der Mühe wert, ihn das Experiment durchführen zu lassen. Wenn irgend ein wichtiger Grund dafür vorläge, müßte es auch geschehen. Man hat auch über die Vivisektion gespottet, aber man sehe nur ihre Ergebnisse. Warum soll man der Wissenschaft in ihrem schwierigsten und vitalsten Zweig – der Lehre vom Gehirn – nicht Förderung angedeihen lassen? Hätte ich das Geheimnis nur *eines* solchen Gehirnes erforscht, hätte ich den Schlüssel zu den Ideen nur *eines* Wahnsinnigen – – ich brächte mein Fach zu einer solchen Höhe, daß Burdon-Sandersons Physiologie oder Ferriers Lehre vom Gehirn im Vergleich dazu nur reine Spielereien wären. Wenn nur ein hinreichender Grund vorläge! Ich darf nicht allzuviel daran denken, sonst komme ich wahrlich in Versuchung; ein genügender Grund würde der Wage gegen mich den Ausschlag geben, denn könnte ich nicht auch ein Ausnahmsgehirn, ein dem seinen verwandtes besitzen?

Wie klar der Mann denkt! Das tun übrigens die Irren immer innerhalb ihres Gesichtskreises. Ich möchte wissen, auf wie viele Leben er einen Menschen einschätzt oder ob nur als eines. Er hat seine Berechnungen ganz gewissenhaft abgeschlossen, und heute hat er wieder von neuem begonnen. Wie viele von uns legen sich Rechenschaft von jedem Tage ihres Lebens ab?

Mir kommt es vor, als hätte seit gestern mit dem Erlöschen meiner neuen Hoffnung auch mein Leben ein Ende, und daß ich gewissenhaft mit einem neuen beginnen müsse. Es wird wohl so bleiben, bis der große Buchhalter mit mir abrechnet und mein Hauptbuch mit einer Bilanz zu meinen Gunsten oder zu meinen Lasten abschließt. O, Lucy, Lucy, ich kann dir nicht zürnen, noch meinem Freunde, dessen Glück ja auch deines ist; nur heißt es jetzt für mich, sich fassen in Hoffnungslosigkeit und Arbeit. Arbeiten! Schaffen!

Wenn ich nur wenigstens, wie mein armer Wahnsinniger, einen so starken, aber guten und selbstlosen Antrieb zur Arbeit hätte, das wäre mir eine Wohltat.

Mina Murrays Tagebuch.

26. Juli. – Ich bin so besorgt, und es bietet mir etwas Erleichterung, mich hier etwas aussprechen zu können; es ist, als ob etwas mir zuflüsterte und auf mich lauschte. Auch ist etwas in den stenographischen Zeichen, das sie so sehr von der Kurrentschrift unterscheidet. Ich bin unglücklich wegen Lucy und wegen Jonathan. Ich hatte schon so lange nichts mehr von Jonathan gehört, da sandte mir gestern der liebe Herr Hawkins, der immer so gut zu mir ist, einen Brief von ihm. Ich hatte ihm geschrieben und ihn gebeten, mir mitzuteilen, ob er denn nichts von Jonathan gehört habe; er schrieb zurück, die Beilage habe er eben erhalten. Es ist nur eine Zeile, datiert von Schloß Dracula, und besagt, daß er gerade im Begriffe sei abzureisen. Das sieht Jonathan so gar

nicht ähnlich; ich verstehe ihn nicht und es ist mir unheimlich. Dann zu allem Überfluß hat Lucy, die sonst ganz wohlauf ist, ihre alte Gewohnheit des Nachtwandelns
wieder aufgenommen. Ihre Mutter sprach darüber mit mir, und wir haben ausgemacht, daß ich jede Nacht die Türe unseres Zimmers zuschließen und den Schlüssel
zu mir nehmen werde. Frau Westenraa weiß, daß Nachtwandler gewöhnlich auf Dachfirsten und Klippenrändern spazieren gehen, dann aber plötzlich aufwachen und mit
einem gräßlichen Schrei hinabstürzen. Arme Frau, sie hat natürlich Angst um Lucy,
und sie erzählte mir, daß ihr Mann, Lucys Vater, dieselbe Gewohnheit hatte; er stand
oft in der Nacht auf, zog sich an und wäre fortgegangen, wenn man ihn nicht aufgehalten hätte. Lucy will im Herbst heiraten und macht schon ihre Pläne bezüglich Kleidung und Hauseinrichtung. Ich nehme lebhaften Anteil daran, denn ich bin ja in der
gleichen Lage, nur daß Jonathan und ich beabsichtigen, uns ganz einfach einzurichten.
Herr Holmwood – – es ist Herr Holmwood, der einzige Sohn des Lords Godalming –
– wird bald hierher kommen, wenn er abkömmlich ist, denn sein Vater ist nicht sehr
gut daran; ich glaube Lucy zählt die Minuten, bis er da ist. Sie möchte ihn gerne hier
heraufführen und ihm die Schönheit von Whitby zeigen. Es ist, möchte ich fast sagen,
das Warten, das ihr so zusetzt; sie wird schon besser werden, wenn sie ihn wieder hat.

27. Juli. – Keine Nachricht von Jonathan. Ich beginne mich um ihn zu sorgen, obgleich ich ja keinen Grund dafür anzugeben wüßte; aber ich wünsche sehnlichst, daß
er schreiben möge, und wäre es auch nur eine Zeile. Lucy nachtwandelt mehr als je,
und jede Nacht weckt mich ihr Herumgehen im Zimmer auf. Glücklicherweise haben
wir so warmes Wetter, daß sie sich wenigstens nicht erkälten kann; aber schon die
Sorge um sie und die immer gestörte Nachtruhe beginnen schädlich auf mich einzuwirken; ich werde selbst nervös und schlaflos. Gott sei Dank hält Lucys Gesundheit
stand. Herr Holmwood ist plötzlich nach Ring zu seinem Vater berufen worden, der
ernsthaft erkrankt ist. Lucy ist bekümmert, weil das Wiedersehen nun wieder hinausgeschoben ist, aber äußerlich merkt man ihr nichts an. Sie ist ein bischen kräftiger und
ihre Wangen haben einen lieblichen rosigen Schimmer. Sie hat das blutleere Aussehen
vollkommen verloren. Ich bete darum, daß es von Bestand sein möge.

3. August. – Wieder eine Woche vorbei und noch keine Nachricht von Jonathan. Er
hat auch an Herrn Hawkins nicht geschrieben, wie dieser mir mitteilt. Ich hoffe, er ist
nicht krank. Aber er würde doch sonst geschrieben haben. Ich schaue immer seinen
letzten Brief an, aber das ist kein Ersatz. Das Schreiben wäre an ihm, darüber ist gar
kein Zweifel möglich. Lucy ist in der vergangenen Woche wieder weniger

nachtgewandelt, aber sie ist in ein seltsames Sinnen versunken, das ich nicht begreifen kann. Selbst in ihrem Schlafe scheint sie mich zu beobachten. Sie versucht die Türe zu öffnen; wenn sie sie aber verschlossen findet, geht sie im Zimmer umher und sucht nach dem Schlüssel.

6. August. – Wieder drei Tage und keine Nachricht. Dieses Warten wird nachgerade schrecklich. Wenn ich nur wüßte, wohin ich schreiben soll oder wo ich ihn finden könnte, dann wäre es mir leichter; aber niemand hat ein Wort gehört seit seinem letzten Briefe. Es bleibt mir nichts weiter übrig, als Gott um Geduld zu bitten. Lucy ist erregter als gewöhnlich, befindet sich aber im Übrigen wohl. Letzte Nacht sah es sehr drohend aus und die Fischer prophezeiten Sturm. Ich werde auch versuchen, darauf zu achten und die Wetterzeichen kennen zu lernen. Heute haben wir grauen Himmel und die Sonne steht, während ich dies schreibe, in Wolken gehüllt hoch über Kettleneß. Alles ist grau, außer dem grünen Grase, das wie Smaragd leuchtet; graue Felsen, graue Wolken, deren unterste Ränder von der Sonne durchleuchtet werden, hängen über der grauen See, in die sich die Sandbänke wie graue Finger hinausstrecken. Die See brandet brüllend über die Untiefen und Sandbänke, graue Nebel streichen landeinwärts. Auch der Horizont verliert sich in grauem Dunst. Alles ist so unheimlich; die Wolken türmten sich wie gigantische Felsen, und über der See liegt ein dumpfes Brüten, als hätte sie ein Unglück vorauszusagen. Dunkle Gestalten tauchen da und dort am Strande auf, zuweilen halbverhüllt von den Nebeln, und sehen aus »wie Männer gleich wandelnden Bäumen«. Die Fischerboote hasten heimwärts und heben und senken sich in der Brandung, ehe sie in den Hafen einlaufen, und legen sich schräg auf die Seite. Da kommt der alte Swales. Er geht direkt auf mich zu; an der Art, wie er den Hut abnimmt, erkenne ich, daß er mit mir sprechen will.

Ich wurde tief ergriffen von der Veränderung, die in dem Alten vorgegangen ist. Nachdem er sich neben mich gesetzt hatte, begann er in einer sehr sanften Weise:

»Ich habe Ihnen etwas zu sagen, Fräulein.« Ich sah, daß es ihm nicht leicht wurde. So nahm ich denn seine alte runzlige Hand und bat ihn, geradeheraus zu sprechen. Dann sagte er, indem er seine Hand in der meinen ließ:

»Ich fürchte, mein Liebling, ich habe Sie mit all den häßlichen Dingen gekränkt, die ich die letzte Woche über die Toten und Ähnliches sprach; doch so bös habe ich es nicht gemeint und bitte Sie, daran zu denken, wenn ich einmal nicht mehr bin. Wir alten Leute, die doch schon gebrechlich sind und mit einem Fuße im Grabe stehen, lieben es nicht daran zu denken, und wir fühlen auch nicht gern die Nähe des Todes; deshalb habe ich mein eigenes Herz etwas aufheitern und mich etwas erleichtern wollen. Aber Gott segne Sie, Fräulein, ich fürchte den Tod nicht, nicht ein bischen; aber sterben möchte ich doch nicht gerne, so lange es noch anders geht. Meine Zeit wird schon recht nahe sein, denn ich bin alt, und hundert Jahre sind zu viel, als daß ein Mensch darauf rechnen könnte, und ich bin so nahe daran, daß wohl der Knochenmann schon seine Sense geschliffen hat. Sie sehen, ich kann nicht von der Gewohnheit lassen, darüber zu scherzen. Bald wird eines Tages der Todesengel für mich seine Posaune ertönen lassen. Aber trauern Sie nicht zu sehr, mein Liebling«, er sah, daß ich weinte, »wenn er heute Nacht noch riefe, würde ich mich nicht sträuben, seinem Rufe zu folgen. Denn das Leben ist schließlich doch nichts als ein Warten auf etwas anderes, was wir gerade nicht haben, nur der Tod ist etwas, worauf wir unbedingt uns verlassen können. Aber ich bin zufrieden, wenn er zu mir kommt, und er kommt rasch. Er kann schon unterwegs sein, während wir da hinausschauen und nachdenken. Vielleicht kommt er in dem Winde weit draußen über der See, der Untergang, Schiffbruch, düstere Verzweiflung und traurige Herzen bringt. Schauen Sie! Schauen Sie!« rief er plötzlich, »es ist etwas in diesem Winde und in der Luft, das klingt und aussieht und schmeckt und riecht wie der Tod. Er liegt in der Luft. Ich fühle ihn kommen.« Er nahm seinen Hut ab und hielt seine Arme ergebungsvoll ausgebreitet. Sein Mund bewegte sich, als spräche er ein Gebet. Nach einigen Augenblicken des Stillschweigens erhob er sich, drückte mir die Hand, segnete mich und sagte mir Lebewohl; dann humpelte er davon. All das rührte mich tief und regte mich sehr auf.

Ich war froh, daß der Küstenwart herankam mit seinem Fernrohr unter dem Arm. Er blieb stehen, um mit mir zu sprechen, wie er es immer tat; aber er sah dabei immer hinaus auf ein fremdes Schiff.

»Ich kann es nicht herausbringen«, sagte er, »dem Aussehen nach ist es ein Russe; aber es wird ja in der tollsten Weise herumgeworfen. Es weiß sich nicht im geringsten zu helfen; es scheint den Sturm kommen zu sehen und kann sich nicht entschließen, entweder nordwärts in See zu gehen oder den Hafen anzulaufen. Schauen Sie nur wieder hin! Es wird sonderbar gesteuert; überhaupt scheint gar keine Hand das Steuer zu führen; mit jedem Windstoß dreht es sich. Ich glaube, wir hören noch mehr davon, ehe der morgige Tag kommt.«

Siebentes Kapitel.

Ausschnitt aus dem »Dailygraph« vom 8. August

(In Minas Tagebuch geklebt.)

Von einem Korrespondenten.

Eines der schwersten und plötzlichsten Unwetter, deren sich Whitby erinnern kann, hat gestern hier gewütet, und zwar unter seltsamen, einzigartigen Begleitumständen. Das Wetter war etwas schwül, aber keineswegs anders, als man es im August erwarten kann. Samstag Abend war es so schön wie je, und der größte Teil der Sonntagsausflügler besuchte gestern Mulgrave Woods, Robin Hood's Bay, Rig Mill, Runswick Staithes und die anderen zahlreichen Erholungsplätze in der Umgebung Whitbys. Die Dampfer »Emma« und »Scarborough« vermittelten den Verkehr der Küste entlang, und es war ein ungewöhnlicher Andrang von Ausflüglern. Der Tag war besonders schön, bis nachmittags einige der Spaziergänger, die den Kirchhof auf der Ostklippe zu besuchen pflegen, von dessen mächtiger Höhe aus man einen weiten, prächtigen Rundblick nach Norden und Osten über die See hin genießt, die Aufmerksamkeit auf eine plötzlich hoch am nordwestlichen Himmel auftauchende Sturmwolke lenkten. Der Wind blies sanft aus Südwest; in der Sprache der Meteorologen würde man ihn als »No. 2, leichte Brise«, bezeichnen. Der diensttuende Küstenwart machte sofort Meldung, und ein alter Fischer, der seit mehr als einem halben Jahrhundert von der Ostklippe aus auf die Wetterzeichen zu achten hat, sagte in bestimmtester Weise einen schweren Sturm voraus. Der Sonnenuntergang war so prächtig, so grandios in der Fülle reichgefärbter Wolken, daß sich eine große Menge Menschen in dem alten Friedhof auf der Klippe versammelte, um die Schönheit zu bewundern. Ehe die Sonne hinter den schwarzen Massen von Kettleneß versank, das sich scharf vom westlichen Himmel abhob, war ihr Weg von Tausenden von Wolken jeder Farbe, feuerrot, purpur, rosa, grün, violett, und allerlei goldigen Tinten direkt übersät. Dazwischen schmale Streifen von vollkommener Schwärze, die sich in verschiedenen Formen, wie ungeheure Silhouetten, ausnahmen. Diese seltene Farbenpracht haben jedenfalls die Maler nicht unbenutzt vorübergehen lassen und werden nächsten Mai mehrere Bilder »Vor dem

Sturm« die Wände der R. I. und der R. A. schmücken Royal Institution und Royal Academy.. Mehr als ein Kapitän wird sich wohl entschlossen haben, sein »cobble« oder »mule«, wie man dort die verschiedenen Arten von Fahrzeugen bezeichnet, im Hafen das Ende des Sturmes abwarten zu lassen. Der Wind flaute gegen Abend immer mehr ab, und um Mitternacht war es totenstill; eine drückende Schwüle und jene vorausahnende Spannung, die beim Herannahen eines Gewitters sensitive Personen ergreift, lag über allem. Nur wenige Lichter waren noch auf See zu bemerken; denn sogar die Küstendampfer, die sonst dicht am Ufer entlangfahren, hielten sich heute bedächtig seewärts, und nur einzelne Fischerboote waren in Sicht. Das einzige bemerkenswerte Schiff war ein fremder Schoner, der, alle Segel gesetzt, augenscheinlich westwärts ging. Die Ungeschicklichkeit oder Unwissenheit der Offiziere war ein fruchtbares Thema für die Zuschauer, so lange das Schiff in Sehweite war; man bemühte sich sogar ihm zu signalisieren, daß es angesichts der drohenden Gefahr weniger Segel setzen solle. Ehe die Nacht noch völlig hereingebrochen war, sah man es mit schlappen Segeln draußen sich graziös auf den Wellen wiegen, »so faul wie ein gemaltes Schiff auf den gemalten Wogen«.

Kurz vor 10 Uhr wurde die Stille der Luft geradezu beängstigend, und das Schweigen war so tief, daß man das Blöken eines Schafes oder das Bellen eines Hundes aus der Stadt herüber deutlich vernehmen konnte. Die Musikkapelle auf dem Pier mit ihren lieblichen französischen Weisen war förmlich ein Mißton in der großen Harmonie der schweigenden Natur. Kurz nach Mitternacht fuhr ein scharfer Laut über die See, und hoch in den Lüften begann ein seltsames, schwaches, hohles Brausen.

Dann, ohne besondere Anzeichen, brach der Sturm los. Mit einer Schnelligkeit, die zu dieser Zeit wirklich unerhört war; und selbst nachträglich ist es schwer zu schildern, wie das ganze Aussehen der Natur sich auf einmal veränderte. Die Wogen erhoben sich in wachsender Wut, jede über ihre Vorgängerin hinwegstürzend, so daß in wenigen Minuten die bisher spiegelglatte See in ein tosendes, allverschlingendes Ungeheuer verwandelt war. Weißgekrönte Wellen schlugen wie toll über die flachen Sandbänke und leckten an den steilen Klippen hinauf; andere brachen über den Damm, und ihr Gischt fegte über die Lichter der Leuchttürme, die an den Enden der beiden Piers des Hafens von Whitby aufragen. Der Wind brüllte wie Donner und blies mit solcher Gewalt, daß selbst starke Männer sich kaum auf den Füßen zu halten vermochten, und fuhr mit grimmigem Klatschen durch die eisernen Gitter. Man mußte den ganzen Pier von der Masse der Zuschauer räumen, da sich sonst die Unfälle dieser Nacht bis ins Ungeheure vermehrt hätten. Die Schwierigkeiten und Gefahren wurden dadurch noch erhöht, daß Massen von Meeresnebeln landeinwärts fegten – – weiße, feuchte Wolken, die wie Gespenster vorbeihuschten, so naß und dumpf und kalt, daß man sich leicht einbilden konnte, die Geister derer, die draußen auf der See ihr Grab gefunden, berührten ihre lebenden Brüder mit ihren kalten, klebrigen Totenhänden. So mancher mochte wohl schaudern, wenn die weißen Nebelfetzen an ihm vorbeistrichen. Zeitweilig klärten sich die Nebel und man sah das Meer im Scheine der Blitze, die unausgesetzt die Wolken durchfurchten, gefolgt von solch furchtbaren Donnerschlägen, daß der ganze Himmel über uns unter den schweren Fußtritten des Sturmes zu erzittern schien. Die ganze Szene war von unsagbarer Schönheit und hinreißendem Interesse. – Die See, bergehoch aufgetürmt, warf mit jeder Woge Massen weißen Gischtes gegen den Himmel, die der Sturm zerstäubte und im Kreise herumwirbelte; da und dort ein Fischerboot mit zerfetztem Segel, vor dem Winde mit wahnsinniger Eile dahinschießend, um sich vor dem Unwetter zu retten; da und dort die weißen Schwingen vom Sturm herumgeworfener Seevögel. Auf der Spitze der Ostklippe stand der neue Scheinwerfer aktionsbereit, war aber bis jetzt noch nie erprobt worden. Die mit seiner Handhabung betrauten Beamten gaben Befehl, ihn in Tätigkeit zu setzen, und durch die Lücken der dahinstürmenden Nebel huschte sein klarer Strahl über die Oberfläche der wild erregten See. Einigemal hatte er eine gute Wirkung, wenn ein Fischerboot, über dessen Bordwände die Wogen schlugen, in den Hafen schoß und, geleitet von dem glänzenden Lichte, imstande war, der Gefahr des Zerschellens an den Piers auszuweichen. Als alle Boote den sicheren Hafen erreicht hatten, klang ein Freudenschrei durch die Menge am Ufer, ein Schrei, der für einen Augenblick dem Sturm Einhalt zu gebieten und dann in seinem Brausen sich aufzulösen schien. Schon lange hatte der Scheinwerfer auf einige Entfernung einen Schoner mit vollen Segeln entdeckt, offenbar dasselbe Schiff, das schon vorher am Abend gesichtet worden war. Der Wind hatte sich unterdessen nach Osten gedreht, und ein Schaudern bemächtigte sich der Zuschauer, als sie erkannten, in welcher Gefahr das Schiff jetzt schwebte. Zwischen ihm und dem Hafen lag nun das lange, flache Riff, auf dem von Zeit zu Zeit manch gutes Schiff sein Ende fand. Bei der Richtung, aus der der Wind jetzt blies, schien es undenkbar, daß der Schoner den Hafen erreichen könnte. Es war die Zeit der höchsten Flut, aber die Wogen hatten eine derartige Größe, daß in den Wellentälern der Sand des Ufers sichtbar wurde; der Schoner flog mit solcher Hast dahin, daß er nach den Worten eines alten Seemannes »irgendwohin laufen mußte, und sei es in den Schlund der Hölle«. Dann kam wieder neuer Nebel vom Meere herein, dichter als bisher – dumpfe Schwaden, die sich wie ein graues Leichentuch auf alles legten und den Menschen am Ufer nur mehr das Gehör ließen, denn das Brüllen des Sturmwindes, das Krachen des Donners und das Heulen der mächtigen Wogen klang durch die

Finsternis lauter als je zuvor. Die Strahlen des Scheinwerfers waren, über den Ostpier weg, starr auf die Hafenmündung gerichtet, wo man das Auflaufen des Schiffes erwartete, und alles starrte atemlos hinaus. Plötzlich drehte der Wind sich nach Nordost und die Nebelfetzen flatterten durch den Lichtkegel; und dann, mirabile dictu, schoß zwischen den Piers, in rasender Eile von Woge zu Woge, der fremde Schoner mit vollen Segeln vor dem Wind in den sicheren Hafen. Der Scheinwerfer folgte mit seinem Licht, und ein Schauer durchrieselte alle; am Steuer war ein Leichnam angebunden, der, mit gesenktem Haupte, bei jeder Bewegung des Schiffes hin- und hergeschwenkt wurde. Keine andere Gestalt war an Deck sichtbar. Ein grausiges Entsetzen kam über alle, als man sich klar wurde, daß das Schiff, wie durch ein Wunder, nur gesteuert von der Hand eines toten Mannes, den Hafen erreicht hatte. Jedenfalls ging alles rascher vor sich, als es sich schildern läßt. Der Schoner hielt nicht an, sondern flog quer durch den Hafen und fuhr auf einen Haufen Sand und Kies auf, den die Gezeiten und so mancher Sturm in der Südwestecke des Hafens angespült hatten und der die Lokalbezeichnung »Tate Hill Pier« führte. Es war jedenfalls eine ungeheure Erschütterung, als der Schoner auf die Sandbank auflief. Jede Spiere, jedes Tau und jedes Stag war angespannt, und krachend kamen einzelne Stengen durch das Tauwerk herunter. Das seltsamste war, daß in dem Augenblick, als das Auflaufen erfolgte, ein großer Hund, wie erschreckt durch den Stoß, auf Deck kam und vorwärts rennend vom Bug auf den Sand sprang. Er lief direkt auf die steilen Klippen zu, wo der Kirchhof über dem Fußweg zum Pier so schroff abfällt, daß einige der Grabsteine – – der Volksmund nennt sie dort through-stones oder thruff-steans – – über den abgestürzten Klippenrand vorragen, und verschwand im Dunkel, das den vom grellen Licht des Scheinwerfers geblendeten Augen noch schwärzer erschien.

Es befand sich im Augenblick niemand auf Tate Hill Pier, da alle in der Nähe davon Wohnenden entweder sich schon zu Ruhe begeben hatten oder als Zuschauer draußen auf den Höhen waren. So war der auf der Ostseite des Hafens diensttuende Küstenwart, der in höchster Eile dem kleinen Pier zustrebte, der erste, der an Bord des Wracks ging. Die Leute am Scheinwerfer drehten, als sie die Hafenmündung nochmals abgesucht hatten, ohne etwas zu entdecken, das Licht auf das Wrack und hielten es dort fest … Der Küstenwart kletterte also hinauf, und als er an das Steuerrad kam, beugte er sich vor, um es genau zu untersuchen. Da prallte er zurück, wie unter dem Eindruck eines plötzlichen Schreckens. Dies schien die allgemeine Neugier anzufachen, und der ganze Menschenschwarm begann zu laufen. Es ist ein schönes Stück Weges von der Westklippe, an der Zugbrücke vorbei, zum Tate Hill Pier, aber Ihr Korrespondent ist ein ziemlich guter Läufer, und so gelang es ihm denn, als erster von allen den Schauplatz der Katastrophe zu erreichen. Als ich ankam, fand ich zwar schon eine Anzahl Menschen auf dem Pier versammelt, die der Küstenwart und mehrere Polizisten daran verhinderten, an Bord zu gehen. Durch die Liebenswürdigkeit des ersten Bootsmannes erhielt ich als Ihr Korrespondent die Erlaubnis, das Deck zu betreten. So war es nur eine kleine Gruppe, der es vergönnt war, den toten Seemann, der wirklich ans Steuer gebunden war, in der Nähe zu sehen.

Es war kein Wunder, daß der Küstenwart überrascht, vielmehr entsetzt war, denn wohl nicht oft im Leben wird einem solch ein Anblick zuteil. Der Mann war mit den Händen, eine über der anderen, an einer Speiche des Rades festgebunden. Zwischen den Handflächen und dem Holze war ein Kruzifix eingeklemmt. Die Kette des Rosenkranzes, an der es befestigt war, wand sich um die Knöchel und die Radspeiche, und alles wurde festgehalten durch die bindenden Schnüre. Der arme Kerl mag wohl einige Zeit gesessen haben, aber das Flattern und Schlagen der Segel hat das Steuerrad so hin- und hergeworfen und ihn mitgezogen, daß die Schnüre, mit denen er gefesselt war, das Fleisch bis auf die Knochen durchschnitten. Es wurde der Sachverhalt genau festgestellt, und ein Arzt, der unmittelbar hinter mir gekommen – – Herr Dr. J. M. Caffyn, East Elliot Place 33 – – konstatierte, als er den Mann untersucht hatte, daß er schon mindestens zwei Tage tot sein mußte. In seiner Tasche befand sich eine Flasche, die sorgfältig verkorkt, aber leer war, bis auf eine kleine Papierrolle; wie sich dann herausstellte, war es eine Ergänzung zum Logbuch. Der Küstenwart erklärte, der Mann müsse seine Hände selbst festgebunden und dann mit den Zähnen die Schnüre angezogen haben. Die Tatsache, daß ein Küstenwart der erste an Bord war, wird später die Verhandlung vor dem Seegericht vereinfachen; ein Küstenwart kann kein Bergegeld beanspruchen, wie der Privatmann, der als erster ein Wrack betritt. Trotzdem rührten sich schon die juristischen Zungen, und ein junger Rechtsstudent beteuerte laut, daß die Rechte des Schiffseigners unrettbar verloren seien, da in diesem Falle das Gesetz über die tote Hand in Kraft trete; denn ohne Zweifel sei das Steuerrad, das Symbol der Herrschaft über das Schiff, von der Hand eines toten Mannes geführt worden. Es ist wohl unnötig, besonders zu betonen, daß der tote Steuermann mit aller Rücksicht von dem Platze getragen wurde, wo er in Ehren seine Wacht getreu bis in den Tod gehalten hatte – – eine Standhaftigkeit, so edel wie die des jungen Casablanca – – und im Leichenhause bis zum Eintreffen der Gerichtskommission aufgebahrt wurde. Schon ist der furchtbare Sturm vorüber und seine Wildheit beginnt sich zu legen; die Menge zerstreut sich heimwärts und der Himmel rötet sich über den Wäldern von Yorkshire.

Ich werde rechtzeitig für die nächste Ausgabe weitere Details über das Wrack schicken, das im schrecklichsten Sturm auf so wunderbare Weise den Weg in den Hafen fand.

Whitby

9. August. – Die Begleitumstände beim Einlaufen des Wracks im Sturme der letzten Nacht sind fast noch merkwürdiger als die Tatsache selbst. Es wurde bekannt, daß der Schoner ein Russe aus Varna, die »Demeter«, ist. Er lief fast ganz mit Ballast von Silbersand, mit nur geringer Ladung, einer Anzahl großer Kisten mit Erde. Die Ladung war adressiert an einen Agenten in Whitby, Herrn S. F. Billington, The Crescent Nr. 7, der heute Morgen an Bord ging und offiziell von den für ihn bestimmten Gütern Besitz ergriff. Der russische Konsul ergriff auf Grund der Charterpartie formell Besitz von dem Schiffe und zahlte alle Hafengefälle etc. Man spricht heute über nichts anderes als die seltsamen Ereignisse. Die Beamten der Seebehörde sehen mit aller Strenge darauf, daß alle Geschäfte in Übereinstimmung mit den bestehenden Verordnungen sich abwickeln. Trotzdem die Verhältnisse äußerst kompliziert liegen, sind sie doch bemüht, alles so zu regeln, daß nicht etwa später ein Grund zur Reklamation gegeben ist. Ein großer Teil des allgemeinen Interesses war auch auf den Hund gerichtet, der ans Land gesprungen war, als das Schiff strandete, und nicht wenige der Mitglieder des Tierschutzvereins, der in Whitby sehr streng ist, hatten versucht, des Tieres habhaft zu werden. Die allgemeine Enttäuschung war groß, als all diese Versuche fehlschlugen; er scheint überhaupt ganz aus der Stadt verschwunden zu sein. Es kann sein, daß es in seinem Schrecken in die Moore lief, wo es vielleicht heute noch furchterfüllt umherirrt. Einige sehen in dieser Möglichkeit mit Sorge eine Gefahr für sich selbst; denn ohne Zweifel ist es eine wilde Bestie. Heute in aller Frühe fand man einen großen Hund, ein Mastiffbastard, der einem Kohlenhändler in nächster Nähe des Tate Hill Piers gehörte, tot auf der Straße, gegenüber dem Hause seines Herrn. Er hatte gerauft, und zwar, wie es schien, mit einem sehr bösartigen Gegner, denn seine Kehle war durchgebissen und sein Leib aufgeschlitzt, wie von der Kralle eines Raubtieres.

Später. – durch die Gefälligkeit des Handelsinspektors erhielt ich die Erlaubnis, das Logbuch der »Demeter« durchzusehen. Es war in Ordnung bis auf die letzten drei Tage, enthielt aber nichts von besonderem Interesse als die Berichte über den Verlust an Mannschaften. Von größerem Interesse ist das in der Flasche gefundene Papier, das heute bei der Verhandlung verlesen wurde; noch nie war es mir beschieden, einen seltsameren Bericht zu hören. Da kein Grund vorliegt, die Sache zu verheimlichen, so

81

wurde mir gestattet, einen Auszug zu machen. Ich sende Ihnen meine Abschrift, welche alles, außer lediglich einigen technischen Details über Navigation und Ladung, enthält. Es scheint fast, als sei der Kapitän, ehe er in See ging, von einer Art Wahnsinn befallen worden, der sich dann während der Fahrt noch steigerte. Jedenfalls bitte ich meinen Bericht mit allem Vorbehalt aufzunehmen, da ich nach dem Diktat eines Sekretärs des russischen Konsuls schreibe, der die Güte hatte, mir in Anbetracht der Kürze der Zeit das Schriftstück zu übersetzen.

Logbuch der »Demeter«.

Von Varna nach Whitby.

Begonnen den 18. Juli. Die seltsamen Dinge, sie sich ereigneten, zwingen mich, von jetzt ab bis zur Landung genaue Notizen zu machen.

Am 6. Juli beendigten wir die Einnahme der Ladung, Silbersand und Kisten mit Erde. Mittags setzten wir Segel. Ostwind, frisch. Die Besatzung bestand aus fünf Mann, zwei Maaten, einem Koch und mir selbst (Kapitän).

Am 11. Juli in der Morgendämmerung Einfahrt in den Bosporus. Revision durch türkische Zollbeamte. Bakschisch. Alles in Ordnung. 4 Uhr nachmittags Weiterfahrt.

12. Juli. Dardanellen. Noch mehr Zollbeamte und das Flaggschiff der Bewachungsflotte. Wieder Bakschisch. Revision von oben bis unten, aber rasch erledigt. Wir wollen bald fort. Bei Dunkelheit in den Archipel eingelaufen.

Am 13. Juli. Kap Matapan passiert. Mannschaft über irgend etwas ungehalten; scheinen erbittert, wollen aber nicht sprechen.

Am 14. Juli. Mannschaft scheint ängstlich. Alles kräftige Kerle, die schon früher mit mir gefahren waren. Der Maat konnte nicht herausbringen, was los war; sie sagten, es sei etwas, und bekreuzigten sich. Der Maat verlor mit einem von ihnen die Geduld und schlug ihn. Erwartete heftigen Tumult, aber alles war ruhig.

Am 15. Juli. Früh meldete der Maat, daß einer der Leute, Namens Petrowski, fehle. Konnte es mir nicht erklären. Nahm Backbordwache acht Glas letzte Nacht; wurde durch Abramoff abgelöst, ging aber nicht zu Bett. Mannschaft noch niedergeschlagener. Alle sagten, sie erwarteten etwas Besonderes, wollten aber nicht mehr sagen, als daß etwas an Bord sei. Der Maat wurde sehr heftig mit ihnen, befürchtete eine Meuterei.

Am 17. Juli. Gestern kam einer der Leute, Olgaren, zu mir in die Kajüte und vertraute mir völlig verstört an, daß er meine, es befinde sich ein fremder Mann an Bord. Er erzählte mir, daß er als Wachhabender sich hinter dem Deckhäuschen vor einer Regenböe geschützt, aufgestellt und einen großen hageren Mann gesehen habe, der keinem von der ganzen Besatzung glich. Er kam die Mannschaftsstiege herauf, ging auf Deck gegen den Bug zu und verschwand. Er folgte ihm vorsichtig, doch als er an den Bug kam, fand er niemand und die Luken waren alle geschlossen. Er war vor abergläubischer Furcht fast wahnsinnig; ich bin in Sorge, es könnte eine Panik entstehen. Um dies zu verhindern, werde ich heute das ganze Schiff von vorne bis hinten sorgfältig durchsuchen lassen.

Später am Tage nahm ich mir sämtliche Leute zusammen und sagte ihnen, daß ich, weil sie glaubten, es sei etwas Fremdes an Bord, das ganze Schiff bis ins kleinste Winkelchen durchsuchen lassen wolle. Der erste Maat war ärgerlich und sagte, das wäre Unsinn; solch dummen Ideen nachzugeben, heiße die Mannschaft demoralisieren; er meinte, er wolle sich verpflichten, mit einem Hebebaum ihnen ihre Angst auszutreiben. Ich beauftragte ihn mit der Führung des Ruders, während die Übrigen, weit vorgebeugt, mit Lampen in den Händen zu suchen begannen. Kein Winkel blieb undurchforscht. Es waren nur die großen Holzkisten, nirgends aber ein versteckter Winkel, wo sich ein Mensch hätte verborgen halten können. Die Leute atmeten ordentlich auf, als die Suche vorüber war, und gingen mit neuem Mut an ihre Arbeit. Der erste Maat grollte, sagte aber nichts.

22. Juli. – Schlechtes Wetter die letzten drei Tage und alle Leute fleißig in den Segeln –, keine Zeit, um sich der Angst hinzugeben. Die Leute scheinen ihre Furcht vergessen zu haben. Der Maat ist wieder beruhigt und alles im besten Geleise. Ich lobte die Mannschaft für ihr gutes Verhalten bei dem schlechten Wetter. Passierten Gibraltar und dann durch die Straße hinaus in die offene See. Alles in Ordnung.

24. Juli. – Es liegt ein Fluch auf dem Schiff. Schon ein Mann weniger, nun Einfahrt in den Golf von Biscaya bei furchtbarem Unwetter, und schließlich heute Nacht wieder ein Mann verloren – verschwunden. Wie der erste, kam er von Wache ab und ward nicht mehr gesehen. Die Leute, in voller Furcht und Panik, sandten eine Bittschrift, zu zweien die Wachen beziehen zu dürfen, da sie allein sich fürchteten. Der Maat wütend. Ich befürchte, es gibt irgend einen Skandal, denn entweder er oder die Mannschaft verüben eine Gewalttat.

28. Juli. – Vier Tage in der Hölle; herumgeworfen in einer Art Maelstrom und der Wind ein Sturm. Kein Schlaf für uns. Die Leute alle erschöpft, weiß kaum, wie ich Wachen noch geben soll, da keiner bereit ist, eine solche zu beziehen. Der zweite Maat erbot sich freiwillig, zu steuern und zu wachen, um die Leute ein paar Stunden Ruhe genießen zu lassen. Der Wind läßt nach; die See ist zwar noch aufgeregt, aber man fühlt, daß sie stiller wird; das Schiff läuft ruhiger.

29. Juli. – Wieder eine Tragödie. Ich hatte die Nacht über Einzelwachen aufgestellt, da die Mannschaft zu müde war, sie zu verdoppeln. Als die Morgenwache an Deck kam, fand sie niemand außer dem Steuermann. Sie stieß einen Schrei aus und alles rannte an Bord. Alles durchsucht, nichts gefunden. Sind nun ohne zweiten Maat, und die Mannschaft in voller Panik. Der Maat und ich kamen überein, von nun an bewaffnet zu gehen und auf alle Anzeichen zu achten.

30. Juli. – Letzte Nacht. Wir freuen uns, in der Nähe Englands zu sein. Schönes Wetter; alle Segel gesetzt. Zog mich völlig erschöpft zurück; fiel in tiefen Schlaf. Wurde aufgeweckt durch den Maaten, der mir meldete, daß sowohl Wach- wie Steuermann fehlten. Nur ich, der Maat und zwei Mann sind noch zur Bedienung des Schiffes übrig.

1. August. – Zwei Tage Nebel, keine Segel gesichtet. Hatte gehofft, im englischen Kanal ein Notsignal abgeben oder irgendwo anlaufen zu können. Kann die Segel nicht reffen, muß also vor dem Wind laufen. Ich hätte ja nicht die Leute, um sie wieder setzen zu können. Ich habe das Gefühl, als trieben wir einem gräßlichen Unglück entgegen. Der Maat ist nun mehr entmutigt als die anderen. Die Leute sind über die Furcht hinaus; arbeiten wacker und geduldig und sind auf das Schlimmste gefaßt. Sie sind Russen, er Rumäne.

2. August, Mitternacht. – Hatte einige Minuten geschlafen; erwachte durch einen Schrei direkt vor meiner Türe. Ich konnte vor Nebel nichts sehen. Rannte an Deck und stieß dort mit dem Maat zusammen. Er sagte mir, daß er auf den Schrei sofort herbeigelaufen sei, daß er aber keine Spur von dem Wachhabenden gefunden habe. Wieder einer dahin! Gott helfe uns! Der Maat behauptete, wir hätten die Enge von Dover schon passiert; er habe durch eine Lücke im Nebel das North Foreland erkannt, als eben der Schrei des Mannes ertönte. Wenn es wirklich so ist, befinden wir uns in der Nordsee; nur Gott kann uns in dem Nebel geleiten, der mit uns zu gehen scheint; aber Gott hat uns verlassen.

3. August. – Mitternachts ging ich, um den Mann am Steuer abzulösen, als ich aber dorthin kam, fand ich niemand vor. Der Wind war gleichmäßiger, und da wir mit ihm segelten, ging das Schiff sehr ruhig. Ich durfte das Steuer nicht unbedient lassen und rief deshalb nach dem Maat. Nach einigen Augenblicken kam er in seinen Flanellkleidern an Bord gerannt. Er sah wild und verstört aus, und ich fürchte, daß sein Verstand Schaden gelitten hat. Er trat dicht an mich heran und wisperte mir voll Entsetzen ins Ohr, als habe er Angst, die Luft könne es vernehmen: »Es ist hier; nun weiß ich es. Auf

Wache letzte Nacht sah ich es, so groß wie einen Menschen, mager und totenbleich. Es stand am Bug und sah hinaus. Ich schlich mich hinter das Gespenst und stach mit meinem Messer nach ihm; aber das Messer ging durch, wie durch Luft.« Wie er so sprach, nahm er sein Messer und fuchtelte wild damit herum. Dann fuhr er fort: »Aber es ist hier und ich werde es finden. Es ist im Schiffsraum, vielleicht in einer der Kisten. Ich will sie aufmachen, eine nach der anderen, und nachsehen. Sie bedienen einstweilen das Steuer.« Und mit einem warnenden Blick, den Finger an den Lippen, ging er hinunter. Indessen hatte sich ein stoßweiser Wind erhoben und ich durfte das Ruder nicht verlassen. Ich sah ihn wieder an Deck kommen, mit einer Werkzeugkiste und einer Laterne, und dann die vordere Stiege hinuntersteigen. Er ist toll, verrückt, vollkommen wahnsinnig, und ein Versuch, ihn aufzuhalten, wäre jedenfalls umsonst. Den großen Kisten kann er nichts anhaben; sie sind als »Erde« deklariert, und sie etwas herumzustoßen, ist das unschädlichste Ding der Welt. So stehe ich hier, achte auf das Steuer und schreibe meine Notizen. Ich kann nichts tun als auf Gott vertrauen und warten, bis der Nebel sich aufklärt. Dann, wenn ich mit dem herrschenden Winde keinen Hafen anlaufen kann, werde ich die Segeltaue kappen, still liegen und um Hilfe signalisieren.

Nun ist bald alles vorbei. Gerade wiegte ich mich in der Hoffnung, daß der Maat etwas beruhigter wiederkommen werde – – ich hörte ihn unten im Schiffsraum klopfen, diese Arbeit ist gut für ihn –, da kam die Luke herauf plötzlich ein furchtbarer Schrei, der mir das Blut gerinnen machte, und dann rannte er an Deck, wie aus der Kanone geschossen – ein rasender Tobsüchtiger, mit rollenden Augen und verzerrtem Antlitz. »Retten Sie mich! Retten Sie mich!« schrie er und starrte um sich in das Nebelgrau. Sein Entsetzen verwandelte sich in Hoffnungslosigkeit, und mit tonloser Stimme sagte er: »Es wäre besser, Kapitän, Sie kämen mit mir, ehe es zu spät ist. Er ist da, ich weiß nun das Geheimnis. Die See wird mich vor ihm retten und ich bin von allem befreit.« Ehe ich ein Wort erwidern oder auf ihn zutreten konnte, um ihn zu halten, war er auf die Reeling gesprungen und warf sich kurz entschlossen in die See. Ich glaube, ich kenne nun auch sein Geheimnis. Er war der Wahnsinnige, der die Leute, einen nach dem anderen, verschwinden machte und ihnen nun gefolgt ist. Gott helfe mir! Wie soll ich all das verantworten, all diese Greuel, wenn ich in den Hafen komme? Wenn ich in den Hafen komme! Wird das wohl noch der Fall sein?

4. August. – Immer noch Nebel, den der Sonnenaufgang nicht durchdringt. Ich weiß, daß jetzt gerade die Sonne aufgeht, denn ich bin Seemann, erkennen kann ich es nicht. Ich durfte nicht hinuntergehen, durfte das Steuer nicht verlassen; so stand ich hier die ganze Nacht, und in der Finsternis sah ich *Ihn – Es*! Gott verzeihe mir die große Sünde, aber der Maat tat recht daran, über Bord zu gehen. Es ist besser als Mann zu sterben; als Seemann den Tod in den blauen Fluten zu suchen, kann einem nicht verübelt werden. Aber ich bin Kapitän und darf mein Schiff nicht verlassen. Ich will den Feind, das Ungeheuer, bekämpfen, denn ich werde meine Hände an das Ruder binden, wenn meine Kräfte zu schwinden beginnen, und etwas darum winden, das Er – Es – nicht berühren kann. Und dann möge guter Wind kommen oder schlimmer, ich habe meine Seele und meine Ehre als Kapitän gerettet. Ich werde schwächer und die Nacht bricht herein. Wenn ich *Ihn* wieder von Angesicht zu Angesicht sehe, werde ich wohl keine Zeit mehr haben, zu handeln ... Wenn wir schiffbrüchig werden, mag man diese Flasche finden, und die, welche sie finden, werden verstehen; wenn nicht ..., gut, dann sollen alle Menschen wissen, daß ich meiner Pflicht getreu geblieben bin. Gott und die heilige Jungfrau und alle Heiligen, helft einer armen, irrenden Seele, die versucht hat, ihre Schuldigkeit zu tun ...«

Ohne Zweifel entspricht die Darlegung den Tatsachen. Jedenfalls ist es unmöglich, irgend ein weiteres Beweismaterial beizubringen, und ob der Mann die Mordtaten selbst begangen hat oder nicht, darüber kann kein lebender Mund mehr etwas aussagen. Die Leute hier sind allgemein der Ansicht, daß der Kapitän einfach ein Held war und daß ihm ein ehrenvolles Begräbnis zuteil werden müsse. Es ist bereits angeordnet, daß eine Flotille von Booten ihn ein Stück weit den Esk hinauf begleiten soll; dann wird der Leichnam zurück zum Tate Hill Pier und von da die Abteitreppen hinaufgetragen. Auf dem Klippenfriedhof ist ein Grab für ihn bereitet. Mehr als hundert Bootseigner haben sich schon bereit erklärt, ihm das letzte Geleite zu geben.

Keine Spur hat man noch von dem großen Hund; es ist schade, denn wie jetzt die Sachen stehen, möchte ihn die Bevölkerung am liebsten auf Kosten der Stadt erhalten lassen. Morgen werde ich dem Begräbnis beiwohnen. Damit wird wieder eines der »Mysterien der See« seinen Abschluß finden.

Mina Murrays Tagebuch.

8. August. – Lucy war die ganze Nacht sehr unruhig, und auch ich vermochte nicht zu schlafen. Der Sturm war schrecklich, und wie er so laut durch den Kamin herunterpfiff, durchrann es mich eiskalt. Wenn ein starker Stoß kam, so klang es wie fernes Kanonenfeuer. Seltsamerweise wachte Lucy nicht auf; aber sie stand zweimal auf und kleidete sich an. Glücklicherweise erwachte ich beidemale rechtzeitig und konnte sie, ohne daß sie erwachte, wieder auskleiden und zu Bett bringen. Es ist ein seltsam Ding,

dieses Schlafwandeln; denn sobald ihr Wille auf irgend eine physische Weise durch-
kreuzt wird, verschwindet ihre Absicht und sie hält sich dann genau an die Gewohn-
heiten ihres Lebens.

Früh am Morgen standen wir beide auf und gingen hinunter zum Hafen, um zu
sehen, ob sich in der Nacht irgend etwas ereignet habe. Es waren nur sehr wenige Leute
draußen, und obgleich die Sonne freundlich schien und die Luft klar und frisch war,
drängten sich doch große, grimmig aussehende Wellen, die schwarz erschienen, weil
sie mit schneeweißem Schaum gekrönt waren, durch die Enge der Hafenmündung,
wie ein kämpfender Mann, der sich durch eine Menschenmenge schlägt. Eigentlich
war ich froh, daß Jonathan wenigstens diese Nacht nicht auf See, sondern auf festem
Lande war. Aber weiß ich es denn; war er an Land oder auf See? Wo ist er? Wie geht
es ihm? Ich habe schrecklich Angst um ihn. Wenn ich nur wüßte, was ich tun soll und
ob sich überhaupt etwas tun läßt.

10. August. – Die Beerdigung des armen Schiffskapitäns war sehr ergreifend. Alle
Boote im Hafen schienen sich an der Feier beteiligt zu haben und der Sarg wurde von
Kapitänen den ganzen Weg von Tate Hill Pier bis zum Friedhof hinaufgetragen. Lucy
und ich kamen sehr früh zu unserem gewohnten Platz, während der Zug der Boote
den Fluß hinauffuhr bis zum Viadukt und dann wieder umkehrte. Wir hatten gute
Aussicht und konnten die Beerdigung fast ihren ganzen Weg lang beobachten. Man
hatte dem Kapitän ein Ruheplätzchen ganz in der Nähe unserer Bank angewiesen, so
daß wir auf diese steigen und alles genau sehen konnten, als der Zug heran kam. Die
gute Lucy schien mir sehr aufgeregt. Sie war unruhig und fühlte sich die ganze Zeit
über unbehaglich; ich muß wirklich annehmen, daß ihre nächtlichen Träume schädi-
gend auf sie einzuwirken beginnen. In einer Hinsicht ist sie ganz merkwürdig; sie will
mir die Ursache ihre Ruhelosigkeit nicht eingestehen; es mag aber auch sein, daß,
wenn eine solche besteht, sie sich ihrer vielleicht gar nicht bewußt ist. Verschlimmernd
auf ihre Gemütsverfassung wirkte noch der Umstand ein, daß man den alten Herrn
Swales heute früh tot, mit gebrochenem Genick, auf unserer Bank gefunden hatte. Er
war, wie der Doktor behauptete, in einem Anfall von Schrecken auf den Sitz zurückgefallen; denn es lag ein Zug von Abscheu und Entsetzen auf seinem Gesichte, daß es
einem, wie die Leute erzählten, hätte schaudern mögen. Guter, armer, alter Mann!
Vielleicht hat er den Tod selbst mit seinen brechenden Augen erblickt? Lucy ist so zart
und so empfindlich, daß alle Eindrücke viel tiefer auf sie einwirken wie auf andere.
Eben jetzt war sie ganz aufgeregt durch ein kleines Ereignis, auf das ich gar nicht recht
geachtet hatte, obgleich ich Tiere sehr gern habe. Einer der Leute, die oft da heraufka-
men, um nach den Booten zu sehen, hatte einen Hund. Dieser ist immer bei ihm. Beide

sind äußerst ruhigen Temperamentes. Ich habe den Mann ebensowenig einmal ärgerlich gesehen, als ich den Hund einmal bellen hörte. Während der heiligen Handlung wollte der Hund absolut nicht zu seinem Herrn kommen, der auf der Bank neben uns stand, sondern hielt sich in einer gewissen Entfernung, heulend und bellend. Sein Herr sprach ihm erst gütlich zu, dann ernst, schließlich ärgerlich; aber der Hund kam nicht heran und hörte auch nicht zu bellen auf. Er befand sich in einem Zustande von Wut, seine Augen glühten wild auf und all sein Haar sträubte sich, wie der Schweif einer Katze auf dem Kriegspfad. Zuletzt wurde der Besitzer auch ärgerlich; er sprang herunter, nahm den Hund, prügelte ihn, faßte ihn am Fell und brachte ihn, halb ziehend, halb stoßend, zu dem Grabstein, auf dem der Sitz befestigt ist. In dem Augenblick, als das arme Geschöpf diesen berührte, wurde es ruhig und begann heftig zu zittern. Es versuchte gar nicht zu entfliehen, sondern duckte sich nieder, bebend und sich krümmend, und befand sich in einem so erbärmlichen Zustande von Angst, daß ich, wenn auch vergebens, den Versuch machte, es zu beruhigen. Lucy war gleichfalls voll Mitleid, aber sie konnte sich nicht entschließen, das Tier anzurühren, sondern sah es nur mit Todesangst in den Augen an ... Ich fürchte, sie ist eine zu sensitive Natur, um ohne Störung das Leben zu ertragen. Sie wird heute Nacht von all dem träumen, das weiß ich. Die ganze Reihe der Ereignisse, das Schiff, das von einem toten Mann gesteuert in den Hafen lief; der Leichnam, der mit Kruzifix und Rosenkranz in den Händen an das Steuerrad gefesselt war; die rührende Bestattung; der halb wütende, halb erschreckte Hund – – – all das wird ihr Material für ihre Träume liefern.

Es wird, denke ich, das Beste für sie sein, wenn sie physisch ermüdet zu Bette geht. Ich werde deshalb eine langen Spaziergang nach den Klippen der Robin Hood Bay und zurück mit ihr unternehmen. Sie wird dann kaum besondere Lust zum Schlafwandeln empfinden.

Achtes Kapitel.

Mina Murrays Tagebuch

Am gleichen Tage, 11 Uhr nachts. – O, wie bin ich müde! Wenn ich nicht eine Verpflichtung gegen mein Tagebuch fühlte, würde ich es heute nicht mehr öffnen. Wir machten einen reizenden Spaziergang. Lucy war nach kurzer Zeit in bester Laune, die wir, glaube ich, einigen munteren Kühen zu verdanken hatten, die auf einem kleinen Feld in der Nähe des Leuchtturmes auf uns zukamen, um uns zu beschnuppern, und uns in Angst und Schrecken versetzten. Ich glaube, wir vergaßen alles, außer natürlich die persönliche Gefahr. Wir tranken dann einen vorzüglichen Tee an Robin Hoods Bay in einer netten, kleinen, altmodischen Wirtschaft, durch deren Bogenfenster man gerade hinunter sah auf die mit Seetang bedeckten Felsen des Strandes. Wahrscheinlich hätten wir »moderne Frauen« mit unserem Appetit in Schrecken versetzt. Die Männer sind in dieser Beziehung nachsichtiger. Gott segne sie dafür! Dann gingen wir heim, indem wir einige, besser gesagt viele Ruhepausen einlegten; im Herzen trugen wir immer noch Furcht vor wild gewordenen Stieren. Lucy war wirklich müde, und wir beschlossen, so bald als möglich ins Bett zu kriechen. Es kam jedoch der junge Herr Kurat, und Frau Westenraa lud ihn ein, zum Souper bei uns zu bleiben; Lucy und ich hatten einen harten Kampf mit dem Sandmann zu bestehen. Ich glaube, ich kämpfte erfolgreicher, denn ich bin eine sehr harte Natur. Ich denke, die Bischöfe werden eines Tages zusammenkommen und darüber beraten müssen, ob man nicht bessere Kuraten einstellen solle, die nicht soupieren, so sehr sie auch dazu gepreßt werden mögen, und die es merken, wenn junge Mädchen müde sind. Lucy schläft und atmet leise. Sie hat mehr Farbe in den Wangen und sieht so süß, ach so süß aus. Wenn sich Herr Holmwood schon in sie verliebte, da er sie nur im Wohnzimmer sah, so möchte ich wissen, was er jetzt täte, wenn er sie so sähe. Einige der »modernen Frauen« werden eines Tages die Forderung aufstellen, daß es Mann und Frau erlaubt sein müsse, sich erst gegenseitig im Schlafe zu sehen, ehe man sich bewerbe oder eine Bewerbung annehme. Aber die »modernen Frauen« werden wohl in Zukunft sich nicht mehr damit begnügen, eine Bewerbung anzunehmen, sondern sie werden selbst werben wollen. Das wird etwas Schönes werden! Ich bin so glücklich heute Abend, weil die liebe Lucy wieder besser aussieht. Ich glaube wirklich, sie hat es jetzt überwunden und wir sind über die bösen Klippen ihres Schlafwandelns hinweg. Ich wäre ganz glücklich, wenn ich wüßte, ob Jonathan … Gott segne und behüte ihn.

11. August, 3 Uhr morgens. – Wieder zum Tagebuch. Da ich nicht schlafen kann, will ich schreiben. Ich bin zu erregt, um schlafen zu können. Wir hatten ein Abenteuer, ein Erlebnis, das mir tödlichen Schreck einjagte. Ich schlief ein, sobald ich mein Tagebuch geschlossen hatte … Plötzlich wurde ich völlig wach und sprang aus dem Bette mit einem schrecklichen Gefühl der Angst und einer Leere um mich her. Das Zimmer war so dunkel, daß ich Lucys Bett nicht sehen konnte; ich schlich mich hinüber und tastete nach ihr; das Bett war leer. Ich machte Licht und bemerkte, daß sie überhaupt nicht im Zimmer war. Die Türe war zu, aber nicht verschlossen; ich hatte dies doch gewissenhaft besorgt, ehe wir uns zur Ruhe legten. Ihre Mutter wollte ich nicht wecken, da sie in letzter Zeit wieder leidender ist; so zog ich denn einige Kleidungsstücke an und machte mich auf die Suche. Ehe ich das Zimmer verließ, kam ich auf die Idee, daß vielleicht die Kleider, die sie trug, mir einen Anhalt für ihr Verschwinden geben könnten. Schlafrock würde bedeuten, daß sie sich im Hause, Straßenkleider, daß sie sich außerhalb befinde. Schlafrock und Straßenkleid befanden sich auf ihren gewöhnlichen Plätzen. »Gott sei Dank«, sagte ich mir, »weit kann sie nicht sein, da sie nur im Nachthemd ist.« Ich rannte hinunter und sah im Wohnzimmer nach. Nicht da! Dann suchte ich alle offenen Räume des Hauses ab, indem eine immer wachsende Angst mir das Herz zusammenschnürte. Endlich kam ich an das Haustor und fand es offen. Es war nicht weit offen, nur das Schloß war nicht eingeschnappt. Die Hausleute sind ängstlich darauf bedacht, das Haustor jede Nacht sorgfältig zu schließen, und so mußte ich befürchten, daß Lucy fortgegangen sei, so wie sie war. Ich hatte keine Zeit daran zu denken, was geschehen könnte; ein schweres, erdrückendes Angstgefühl nahm mir alle Urteilsfähigkeit. Ich ergriff einen dicken, warmen Shawl und rannte davon. Die Glocke schlug eben eins, als ich in The Crescent ankam; keine Seele war auf der Straße. Ich eilte die Nordterrasse entlang, fand aber keine Spur der weißen Gestalt, nach der ich suchte. Vom Rande der Westklippe, gerade über dem Pier, sah ich quer über den Hafen weg zur Ostklippe hinüber, in der Hoffnung oder Furcht, – – was es war, weiß ich nicht – – Lucy auf unserem Lieblingsplätzchen zu entdecken. Der helle Vollmond wurde hin und wieder durch schwere, treibende Wolken verhüllt, so daß über der ganzen Szene abwechselnd Licht und Schatten lagen. Eine oder zwei Sekunden konnte ich nichts sehen, da gerade der Schatten einer Wolke die Marienkirche und alles Umliegende verdunkelte. Dann, als die Wolke vorüberzog, kam die zerfallene Abtei wieder in Sicht. Als der messerscharfe Rand eines schmalen Lichtstreifens über sie strich, wurde die Kirche mit dem Friedhof nach und nach sichtbar. Was ich auch erwartet haben mochte, meine Erwartung wurde nicht enttäuscht, denn dort, auf unserem Lieblingssitz, sah ich eine vom Mondlicht hell beschienene, halb zurückgelehnte, schneeweiße Gestalt. Allzurasch näherte sich wieder eine Wolke, als daß ich viel hätte sehen können. Sofort umhüllte mich wieder tiefe Finsternis, aber ich hatte den Eindruck, als stände etwas Dunkles hinter dem Sitz, auf dem sich die weiße Gestalt befand, und beuge sich über sie; was es war, ob ein Mensch oder ein Tier, konnte ich nicht erkennen. Ich wartete gar nicht mehr ab, bis ich wieder etwas sehen konnte, sondern flog die Treppen hinab zum Pier und am Fischmarkt vorbei zur Brücke, den einzigen Weg, auf dem von hier aus die Ostklippe zu erreichen war. Die Stadt lag da wie tot, keine Seele mehr zu sehen; es war mir ja lieb so, denn niemand sollte etwas von Lucys Leiden erfahren. Die Zeit und die Entfernung schienen mir unermeßlich lang; meine Knie zitterten und mein Atem rang sich keuchend aus meiner Brust, als ich die endlosen Stufen zur Abtei hinaufsprang. Ich muß sehr rasch gelaufen sein, dennoch

kam es mir vor, als seien meine Füße mit Blei ausgegossen und meine Gelenke einge-
rostet. Als ich auf der Höhe angelangt war, konnte ich den Sitz und die weiße Gestalt
darauf genau erkennen, denn ich war jetzt nahe genug, um selbst im Dunkel der Nacht
alles zu unterscheiden. Es war offenkundig, irgend etwas beugte sich lang und schwarz
über die halb zurückgelehnte weiße Gestalt. In tiefster Seele erschreckt rief ich: Lucy!
Lucy! und das Etwas hob den Kopf – – ein bleiches Gesicht mit rotglühenden Augen
wandte sich mir zu. Lucy antwortete mir nicht, und ich rannte zur Friedhoftüre. Hier-
durch schob sich die Kirche zwischen mich und die Bank und versperrte mir auf einige
Augenblicke die Aussicht. Als ich sie wieder sehen konnte, war die Wolke vorüberge-
zogen und blendender Mondschein fiel auf sie, wie sie so dasaß, halb zurückgelehnt,
das Haupt über die Lehne der Bank zurückgefallen. Sie war ganz allein; weit und breit
keine Spur von einem lebenden Wesen.

Als ich mich über sie beugte, sah ich, daß sie noch schlief. Ihre Lippen waren geöffnet und sie atmete – nicht sanft, wie sie es sonst tat, sondern in langen, hastigen Zügen,
als müsse sie darum kämpfen, ihre Lungen mit frischer Luft zu füllen. Wie ich an sie
herantrat, bewegte sie im Schlaf die Hand und zog den Kragen ihres Nachthemdes
fester um die Kehle zu. Es überlief sie dabei ein leichter Schauder, als ob sie Kälte empfinde. Ich schlug den warmen Shawl um sie und zog die Ecken fest um ihren Hals
zusammen, denn ich fürchtete, sie könne sich eine tödliche Krankheit zuziehen, unbekleidet wie sie war ... Ich zögerte aber noch, sie zu wecken und befestigte, um meine
Hände zu einer allenfalsigen Hilfeleistung freizubekommen, den Shawl mit einer großen Sicherheitsnadel. Ich muß aber in meiner Angst ungeschickt gewesen sein und sie
am Halse gerissen oder gestochen haben; denn als ihr Atem allmählich wieder ruhiger
zu werden begann, legte sie öfter ihre Hand an die Kehle und stöhnte. Nachdem ich
sie sorgfältig eingewickelt hatte, zog ich ihr noch meine Schuhe an die Füße und versuchte sie schonend zu wecken. Erst reagierte sie gar nicht, aber allmählich wurde ihr
Schlaf doch weniger fest und sie seufzte und stöhnte von Zeit zu Zeit. Schließlich aber,
als es mir doch zu lange dauerte und da es mir darum zu tun war, sie möglichst rasch
nach Hause zu bringen, schüttelte ich sie heftig, worauf sie die Augen öffnete und erwachte. Sie schien gar nicht überrascht, mich zu sehen, wie sie überhaupt ohne Zweifel
sich nicht gleich klar darüber war, wo sie sich eigentlich befand. Lucy ist immer
hübsch, auch beim Erwachen; und sogar jetzt, wo doch ihr Leib von der Kälte geschüttelt wurde und sie darüber entsetzt sein mußte, mitten in der Nacht unbekleidet auf
einem Friedhof zu erwachen, verlor sie ihre Grazie nicht. Sie zitterte ein wenig und
klammerte sich an mich; als ich ihr sagte, sie müsse jetzt sofort mit mir heimgehen,
stand sie mit dem Gehorsam eines Kindes auf, ohne ein Wort zu sagen. Als wir

weggingen, stieß ich mit dem nackten Fuße an einen Stein und Lucy hörte meinen leisen Schmerzensruf. Sie blieb stehen und bestand darauf, ich sollte meine Schuhe anziehen, aber ich tat es nicht. Dagegen bestrich ich, als wir auf den Fußweg außerhalb des Friedhofes kamen, wo noch von dem Unwetter her eine Regenpfütze sich befand, meine Füße mit Schmutz, damit nicht jemand, der uns etwa auf dem Heimweg begegnen könnte, imstande wäre zu erkennen, daß ich mit nackten Füßen ging.

Das Glück war uns günstig und wir kamen nach Hause, ohne auch nur eine Seele angetroffen zu haben. Nur ein einzelner Mann, der nicht mehr ganz nüchtern schien, kam durch die Straße auf uns zu; wir versteckten uns in einen Torbogen, bis er in einem der kleinen, abschüssigen Höfchen – – in Schottland nennt man sie »Wynds« – – verschwunden war. Mein Herz schlug so laut in unserem Versteck, daß ich mehrmals glaubte, umsinken zu müssen. Ich war in heißer Angst um Lucy, nicht nur für ihre Gesundheit, daß sie von diesem Abenteuer Schaden haben könne, sondern auch für ihren Ruf, falls die Sache ruchbar würde. Als wir daheim unsere Füße gereinigt und zusammen ein Dankgebet gesprochen hatten, brachte ich sie in ihr Bett. Bevor sie einschlief, bat sie mich, ja sie flehte mich an, niemand über ihr nächtliches Abenteuer ein Wort zu sagen, auch ihrer Mutter nicht. Ich versprach es ihr nur zögernd; als ich aber dann an das Befinden ihrer Mutter dachte und wie es sie angreifen würde, so etwas zu erfahren, und wie sehr die Sache wahrscheinlich – – nein, sicher – mißdeutet würde, wenn etwas an die Öffentlichkeit durchsickerte, hielt ich es für klüger, das Versprechen zu geben. Ich hoffe, ich habe recht daran getan. Ich habe die Türe verschlossen und der Schlüssel hängt an meinem Halse; so darf ich doch wenigstens hoffen, meine Nachtruhe ungestört genießen zu können. Lucy schläft tief, der Widerschein des Morgens leuchtet hoch über der See.

Am gleichen Tage, mittags. – Alles geht gut. Lucy schlief, bis ich sie weckte, und schien die ganze Nacht ihre Lage gar nicht geändert zu haben. Das nächtliche Abenteuer hat ihr scheinbar auch nicht geschadet; eher ist vielleicht das Gegenteil der Fall, denn sie sieht heute morgen blühender aus als seit Wochen. Es tut mir nur leid, daß ich durch meine Ungeschicklichkeit sie mit der Sicherheitsnadel verletzt habe. Es muß tatsächlich nicht unbedeutend gewesen sein, denn die Haut an ihrer Kehle ist vollständig durchbohrt. Ich muß ein Stückchen der zarten Haut gefaßt und durchstochen haben, denn es sind zwei kleine rote Punkte wie Nadelstiche zu sehen und auf dem Kragen ihres Nachthemdes ist ein Tröpfchen Blut. Als ich mich bei ihr entschuldigte und mir Vorwürfe machte, lachte sie mich aus und verspottete mich und sagte, sie spüre gar nichts davon. Glücklicherweise wird die Wunde keine Narbe hinterlassen, da sie zu unbedeutend ist.

Am gleichen Tage, nachts. – Wir haben einen glücklichen Tag verbracht; die Luft war klar und die Sonne schien freundlich; eine kühle Brise wehte vom Meere herüber. Wir nahmen das Frühstück in Mulgrave Woods; Frau Westenraa fuhr auf der Straße, und ich ging mit Lucy zu Fuß den Strandweg; am Eingangstor trafen wir zusammen. Ich war etwas traurig, denn ich dachte, wie wunderschön es nun wäre, hätte ich Jonathan bei mir. Aber *so*! Ich muß nur Geduld haben. Am Abend schlenderten wir auf der Kasinoterrasse und lauschten der schönen Musik von Spohr und Mackenzie und gingen dann früh schlafen. Lucy scheint ruhiger geworden zu sein, als sie es bisher war, und fand bald Schlaf. Ich werde die Türe schließen und den Schlüssel in gewohnter Weise zu mir nehmen, obgleich ich für die Nacht nichts Besonderes erwartete.

12. August. – Ich fand mich in meinen Erwartungen getäuscht, denn zweimal in der Nacht wurde ich durch Lucy geweckt, die fortgehen wollte. Sie schien selbst in ihrem Schlafe unwillig zu sein, da sie die Türe verschlossen fand, begab sie sich mit einer Art Protest wieder zu Bette. Ich erwachte mit der Morgendämmerung und hörte die Vögel vor dem Fenster zwitschern. Lucy wachte ebenfalls auf und sah zu meiner Freude frischer aus als am Tage vorher. All ihre Heiterkeit schien zurückgekehrt zu sein; sie kam in mein Bett, schmiegte sich an mich und erzählte mir von Arthur. Ich sagte ihr, wie besorgt ich um Jonathan sei, und sie versuchte mich zu trösten. Sie hatte damit einigen Erfolg, denn wenn Teilnahme auch an den Tatsachen nichts ändern kann, so kann sie doch das Schicksal leichter erträglich machen.

13. August. – Wieder ein ruhiger Tag, ins Bett ging ich aber doch mit dem Schlüssel um den Hals. Wieder erwachte ich in der Nacht und fand Lucy aufrecht im Bette sitzen und, noch im Schlafe, auf das Fenster deuten. Ich stand ruhig auf, schob den Vorhang zurück und sah hinaus. Es war leuchtender Mondschein, und unsagbar schön lag Land und Meer in dem milden Lichte, in großes, geheimnisvolles Schweigen versenkt. Im Mondlicht flatterte eine große Fledermaus, die in weiten, wirbelnden Kreisen immer wieder und wieder kam. Ein oder zweimal kam sie ganz nahe und flog dann quer über den Hafen weg der Abtei zu. Als ich mich vom Fenster wegwandte, hatte sich Lucy schon wieder umgelegt und schlief friedlich. Dann rührte sie sich die ganze Nacht nicht mehr.

14. August. – Auf der Ostklippe, den ganzen Tag lesend und schreibend. Lucy scheint das Plätzchen ebenso lieb gewonnen zu haben als ich und ist nur schwer hier wegzubringen, wenn sie zum Lunch oder zum Diner oder zum Tee nach Hause soll. Heute nachmittag machte sie eine sonderbare Bemerkung. Wir waren eben daran, zum Diner nach Hause zu gehen und kamen an die Stufen, die vom Westpier heraufführten; dort blieben wir stehen, um die Aussicht noch einmal zu genießen, wie wir es immer tun. Die untergehende Sonne stand schon tief am Horizont und begann gerade hinter Kettleneß zu versinken; das rote Licht fiel hinüber auf die Ostklippe und die alte Abtei und tauchte alles in warme Tinten. Wir schwiegen lange, plötzlich murmelte Lucy wie im Selbstgespräch: »Wie seine roten Augen! Gerade so!« Diese seltsamen Worte, die ganz ohne jeden Zusammenhang gesprochen wurden, erschreckten mich beinahe. Ich wendete den Kopf nach ihr, aber so, daß es nicht aussah, als wollte ich sie anstarren, und bemerkte, daß sie in einem Zustande des Halbschlafes sich befand; ein eigenartiger Zug lag auf ihrem Antlitz, über den ich mir nicht klar zu werden vermochte. Ich sagte nichts, sondern folgte nur der Richtung ihres Blickes. Sie schien auf unsere Bank hinüberzuschauen, auf der eine einzelne dunkle Gestalt saß. Ich war etwas erschreckt darüber, denn einige Augenblicke lang kam es mir vor, als habe der Fremde große Augen, wie leuchtende Flammen; als ich genauer hinsah, zerfloß das Phantasiegebilde. Das rote Sonnenlicht schien hinter unserem Lieblingssitz auf die Fenster der Marienkirche, und Widerschein und Lichtbrechung erweckten wohl den Eindruck, als bewege sich da drüben etwas. Ich machte Lucy auf diese Erscheinung aufmerksam und sie kam rasch zu sich; aber sie sah sehr traurig aus; vielleicht gedachte sie der unheimlichen Nacht, die sie da droben erlebt. Wir sprechen nie darüber; so vermied ich es denn auch heute, und wir gingen heim zum Diner. Lucy hatte Kopfweh und begab sich bald zur Ruhe. Als ich sie schlafen sah, beschloß ich, allein noch einen kleinen Abendspaziergang zu unternehmen; ich ging nach Westen zu, den Klippen entlang, und war voll liebender Sehnsucht nach Jonathan. Als ich heimkehrte – es war heller Mondschein, so hell, daß selbst die Teile unseres Hauses in Crescent, die im Schatten lagen, noch recht gut gesehen werden konnten – – warf ich einen Blick auf unser Fenster und sah Lucy mit herausgelehntem Kopfe dort sitzen. Ich glaubte, sie warte auf meine Rückkehr, und zog deshalb mein Taschentuch, um ihr zu winken. Sie bemerkte nichts und rührte sich nicht. In diesem Augenblick stahl sich der Mondschein um die Ecke des Gebäudes, und das Licht fiel voll auf das Fenster. Da lag Lucy mit dem Kopf auf dem Fensterbrett und hielt die Augen geschlossen. Sie schlief fest, und auf dem Fenstersims neben ihrem Kopfe saß etwas, das wie ein großer Vogel aussah. Ich fürchtete, sie könne sich erkälten; so rannte ich denn die Treppen hinauf. Als ich in das Zimmer trat, ging sie eben in ihr Bett zurück, im tiefsten Schlafe und schwer atmend. Sie hielt die Hand an den Hals gedrückt, als wolle sie sich vor Kälte schützen.

Ich weckte sie nicht auf, sondern wickelte sie nur gut ein. Ich habe Vorsorge getroffen, daß die Türe geschlossen und das Fenster sicher befestigt ist.

Sie sieht so schön aus im Schlafe; aber sie ist bleicher als gewöhnlich, und es liegt eine tiefe, harte Linie unter ihren Augen, die mir nicht gefällt. Ich fürchte, sie hat irgend einen Kummer. Ich möchte gerne herausbringen, was die Ursache davon ist.

15. August. – Stand später auf als gewöhnlich. Lucy war erschöpft und müde und schlief deshalb noch weiter. Beim Frühstück ward uns eine hübsche Überraschung zu Teil. Arthurs Vater fühlt sich gegenwärtig wohler und wünscht, daß die Hochzeit recht bald stattfindet. Lucy ist voll stillen Glückes und ihre Mutter ist froh und besorgt zugleich. Etwas später erzählte sie mir den Grund. Sie ist betrübt, daß sie Lucy, ihre einzige, verlieren soll, und aber doch erfreut, daß sie so früh schon einen Beschützer gefunden hat. Arme, liebe, gute Frau! Sie vertraute mir an, daß schon das Todesurteil über sie gesprochen sei. Sie hat Lucy noch nichts davon gesagt und bat mich um Stillschweigen; ihr Arzt hat ihr eröffnet, daß sie innerhalb weniger Monate werde sterben müssen, da ihr Herz immer schwächer werde. Jederzeit, auch jetzt, würde ein plötzlicher Schrecken im Stande sein, sie zu töten. O, waren wir klug, ihr das schreckensvolle Abenteuer der schlafwandelnden Lucy zu verheimlichen.

17. August. – Zwei ganze Tage lang kein Eintrag in mein Tagebuch. Ich habe mich gefürchtet zu schreiben. Wie ein düsterer Mantel zieht sich irgend ein furchtbares Unglück um uns zusammen. Keine Nachrichten von Jonathan, und Lucy wird immer schwächer, während die Stunden ihrer Mutter gezählt sind. Ich begreife nur nicht, warum Lucy so dahinsiecht. Sie ißt gut, schläft gut und freut sich der guten Luft; aber dabei schwinden die Rosen von ihren Wangen und sie wird jeden Tag schwächer und schlaffer; in der Nacht höre ich sie oft röcheln, als wolle sie ersticken. Ich hielt den Schlüssel jede Nacht fest an mich, aber sie steht auf, geht im Zimmer umher und setzt sich dann an das offene Fenster. Heute Nacht wachte ich auf und fand sie wieder dort hinausgelehnt; sie zu wecken, war mir unmöglich, denn sie lag in Ohnmacht. Als es mir gelungen war, sie wieder ins Leben zurückzurufen, war sie furchtbar schwach und weinte leise zwischen langen, schrecklichen Kämpfen um Atem. Auf meine Frage, wie sie denn dazu käme, am offenen Fenster zu sitzen, schüttelte sie ihr Köpfchen und wandte sich ab. Ich hoffe, ihr Unwohlsein kommt nicht von dem Stich mit der Sicherheitsnadel. Ich untersuchte ihre Kehle, als sie schlief, und bemerkte, daß die kleinen Wunden noch nicht geheilt waren. Sie sind noch offen und größer wie bisher; die Ränder sind weißlich gefärbt. Sie sind wie kleine Kreise mit rotem Zentrum. Wenn sie nicht bis morgen oder übermorgen geheilt sind, werde ich darauf bestehen, daß ein Arzt sich der Sache annimmt.

Brief.
Samuel F. Billington & Sohn, Sachwalter, Whitby,
an Herren Carter, Paterson & Co., London.

17. August.

Meine Herren!

Anliegend empfangen Sie einen Frachtbrief über einen Gütertransport der Great Northern Railway. Die Güter sind, unmittelbar nach Ausladung am Güterbahnhof Kings Croß, in Carfax nächst Purfleet, abzuliefern. Das Haus ist gegenwärtig leer; anliegend finden Sie die Schlüssel, alle mit Zetteln versehen.

Sie werden höflichst ersucht, die im Frachtbrief bezeichneten Kisten (50 Stück) in dem etwas baufälligen Teil des Hauses, der auf beigegebener Skizze mit A bezeichnet ist, abladen zu lassen. Ihr Bevollmächtigter wird den Platz leicht finden, da es die ehemalige Kapelle des Hauses ist. Die Güter gehen mit dem Zuge um 9 Uhr 30 heute Abend ab und treffen morgen nachmittags 4 Uhr 30 in Kings Croß ein. Da unser Klient die Ablieferung so bald als möglich wünscht, wären wir Ihnen sehr verbunden, wenn Sie zu genannter Zeit Fuhrwerke am Bahnhofe von Kings Croß bereitstellen und die Güter sofort an ihren Bestimmungsort bringen lassen wollten. Um allen Verzögerungen vorzubeugen, die durch Anfragen betreffs Bezahlung entstehen könnten, fügen wie einen Check über zehn Pfund (£strl. 10) bei und bitten uns den Empfang zu bestätigen. Sollte die Rechnung diese Höhe nicht erreichen, so bitten wir um Rücksendung des überschießenden Betrages; sollte sie höher sein, so werden wir auf Ihre Benachrichtigung hin Ihnen sofort per Check den Fehlbetrag überweisen. Wenn Sie das Haus verlassen, so wollen Sie die Schlüssel auf dem großen Flur zurücklassen, wo sie dem Besitzer mittels Nachschlüssel zugänglich sind.

Wir bitten Sie, es uns nicht als Verletzung der geschäftlichen Höflichkeit auszulegen, wenn wir die Bitte um äußerste Beschleunigung der Angelegenheit wiederholen.

Mit vorzüglicher Hochachtung

Samuel Billington & Sohn.

Brief.

Herren Carter, Paterson & Co., London,

an Herren Billington &: Co., Whitby.

21. August.

Sehr geehrte Herren!

Wir bestätigen Ihnen dankend den Empfang von £strl. 10 und senden Ihnen Check über £strl. 1 17 sh. 9. d., laut anliegender Rechnung Mehrbetrag Ihrer Zahlung, zurück. Die Güter sind vollkommen Ihrer Anweisung gemäß abgeliefert und die Schlüssel in einem Paket in dem großen Flur zurückgelassen worden.

Hochachtungsvoll

Carter, Paterson & Co.

Mina Murrays Tagebuch.

18. August. – Ich bin heute sehr glücklich und schreibe auf der Friedhofsbank sitzend. Lucy befindet sich um vieles besser. Letzte Nacht schlief sie sehr gut und störte mich nicht ein einziges Mal. Die Rosen scheinen auf ihre Wangen zurückzukehren, obgleich sie immer noch elend, blaß und krank aussieht. Wenn sie blutarm wäre, so könnte ich die Sache ja begreifen; aber das ist sie nicht. Sie ist heiteren Sinnes und voll von Leben und Frohsinn. All die krankhafte Zurückhaltung ist von ihr gewichen und sie hat mir sogar selbst *jene* Nacht – – als ob ich daran erinnert werden müßte – – ins Gedächtnis zurückgerufen und daß es diese Bank hier gewesen sei, auf der ich sie schlafend angetroffen habe. Während sie so sprach, klopfte sie mit den Hacken ihrer Stiefelchen gedankenvoll auf den Grabstein und sagte:

»Meine kleinen Füße haben damals keinen großen Lärm gemacht. Der alte Herr Swales hätte sicher gesagt, ich hätte eben nicht gerne Georgie aufgeweckt.« Da sie einmal in einer solchen mitteilsamen Stimmung war, fragte ich sie, ob sie denn in jener Nacht überhaupt geträumt hätte. Ehe sie antwortete, trat der süße, verlegene Zug auf ihr Gesichtchen, den Arthur – – ich nenne ihn nach ihrer Gewohnheit so – – wie er sagte, so gerne hat. Und das ist in der Tat nicht zu verwundern. Dann fuhr sie halb im Traume fort, gleichsam als besinne sie sich auf sich selbst:

»Ich träumte nicht ganz, alles schien Wirklichkeit zu sein. Ich hatte nur den Wunsch, hier auf diesem Platze zu sein, warum, weiß ich nicht; ich fürchtete mich vor etwas, weiß aber nicht vor was. Ich erinnere mich, obgleich ich wahrscheinlich im Schlafe war, daß ich durch die Straßen und über die Brücke gelaufen bin. Ein Fisch sprang gerade hoch, als ich vorbeikam, und ich lehnte mich über das Geländer, um nach ihm zu sehen; dann hörte ich eine Menge Hunde heulen – – die ganze Stadt schien voll heulender Hunde zu sein – – als ich die Treppe betrat. Ich erinnere mich dunkel an etwas Langes, Schwarzes mit roten Augen, die ich neulich beim Sonnenuntergang wieder zu erkennen vermeinte, und wie etwas Süßes und zugleich unendlich Bitteres kam es über mich. Dann meinte ich, in tiefes, grünes Wasser zu versinken und hörte ein Singen in meinen Ohren, wie es die Ertrinkenden vernehmen sollen; und dann hatte ich das Gefühl, als ginge etwas von mir weg, meine Seele schien den Körper zu verlassen und davonzufliegen. Ich glaube mich zu erinnern, daß ich plötzlich den Westleuchtturm unter mir sah und daß ich eine Todesangst empfand, als sei ich bei einem Erdbeben dabei; dann kam ich zu mir und erkannte, daß du mich schütteltest. Ich sah es dich tun, ehe ich es fühlte.«

Dann begann sie zu lachen. Es war mir nicht recht behaglich, und ich hörte ihrer Erzählung atemlos zu. Ich hielt es für besser, ihren Geist nicht bei diesem Thema festzuhalten; so gingen wir denn zu anderen Gesprächen über und Lucy war wieder ganz sie selbst. Als wir heimkamen, hatte die frische Brise günstig auf sie eingewirkt und ihre Wangen schienen in der Tat wieder rosiger. Ihre Mutter war glücklich, sie so zu sehen, und wir verbrachten zusammen einen sehr frohen Abend.

19. August. – Freude, Freude, Freude! Und doch nicht nur Freude. Mein Jonathan ist krank gewesen, darum schrieb er nicht. Das kann ich nun sicher sagen, da ich jetzt den Sachverhalt kenne. Herr Hawkins hat mir den Brief gesandt und schrieb selbst einige, ach so gütige Worte dazu. Ich werde morgen abreisen, zu Jonathan gehen und mich an seiner Pflege beteiligen, wenn es nötig ist, und ihn dann nach Hause bringen. Herr Hawkins meint, es wäre das beste, wir ließen uns gleich dort trauen. Ich mußte über den Brief der Krankenschwester dermaßen weinen, daß er ganz naß ist; ich fühle es an meiner Brust, wo ich ihn trage. Wie Jonathan in meinem Herzen ist, so soll sein Brief zunächst meinem Herzen sein. Meine Reise ist schon festgelegt und das Gepäck bereit. Ich nehme vorerst nur noch ein Kleid zum Wechseln mit; Lucy wird meinen Koffer mit nach London nehmen und ihn mir solange aufbewahren, bis ich darum schreibe, denn es kann sein ... Ich darf nicht weiter schreiben; ich darf es erst Jonathan sagen, meinem Gemahl. Der Brief, den er gesehen und berührt, wird mich einstweilen trösten, bis ich bei ihm bin.

Brief.
Schwester Agathe, Joseph- und Marien-Hospital, Budapest,
an Fräulein Mina Murray.

12. August.

Wertes Fräulein!

Ich schreibe Ihnen auf Wunsch des Herrn Jonathan Harker, der selbst noch nicht kräftig genug dazu ist, obgleich seine Heilung Fortschritte macht; wollen wir Gott und dem Hl. Joseph und der Hl. Maria dafür danken. Er befindet sich seit etwa sechs Wochen in unserer Pflege; er litt an einem heftigen Nervenfieber. Er bittet mich, Ihnen seine Grüße zu senden und Ihnen mitzuteilen, daß er mit gleicher Post einen durch mich geschriebenen Brief an Herrn Hawkins, Exeter, gerichtet habe, worin er ihn unter dem Ausdruck seiner Ergebenheit um Entschuldigung für sein langes Ausbleiben bittet und ihm mitteilt, daß der Auftrag ausgeführt ist. Er ersucht noch um einige Wochen Urlaub, um sich in unserem Bergsanatorium völlig erholen zu können, und verspricht dann zurückzukehren. Er hat mich auch gebeten, Ihnen mitzuteilen, daß er nicht genügend Geld bei sich habe und gerne seinen hiesigen Aufenthalt bezahlen möchte, um nicht andere, die der Hilfe dringend bedürfen, zu verkürzen. Ich bin mit Grüßen und warmen Segenswünschen

Ihre

Schwester Agathe.

P. S. Mein Patient schläft, deshalb öffne ich den Brief noch einmal, um einiges beizufügen. Er hat mir viel von Ihnen erzählt und daß Sie in Kürze die Seine werden sollen. Alles Gute über Sie beide! Er hatte ein furchtbares Nervenfieber – wie unser Doktor meint, und seine Fieberphantasien waren gräßlich; von Wölfen und Gift und Blut; von Gespenstern und Dämonen. Ich fürchte mich zu sagen, von was noch allem. Seien

Sie immer lieb mit ihm und hüten Sie ihn vor jeder Aufregung; die Spuren einer solchen Krankheit, wie sie ihn erfaßt, verwischen sich nicht so leicht. Wir hätten gerne schon eher geschrieben, aber wir wußten ja nicht an wen, denn er hatte gar nichts bei sich, was uns auch nur den geringsten Anhaltspunkt geboten hätte. Er kam mit dem Zug von Klausenburg, und der Stationsmeister hat dem Pförtner erzählt, daß er in den Bahnhof gerannt sei und laut nach einem Billet nach Hause geschrieen habe. Nach seinem gewalttätigen Auftreten hielt man ihn für einen Engländer und gab ihm ein Billet, soweit der Zug ging.

Seien Sie überzeugt, daß er in guten Händen ist. Er hat alle Herzen durch seine Güte und Vornehmheit gewonnen. Es geht ihm tatsächlich besser, und ich habe keine Zweifel, daß er in einigen Wochen genesen sein wird. Aber der Sicherheit halber bitte ich Sie vorsichtig zu sein. Ich bitte Gott, St. Joseph und die Hl. Maria, daß Ihnen beiden noch recht viele, viele glückliche Jahre beschieden sein möchten.

Dr. Sewards Tagebuch.

19. August. – Eine seltsame, plötzliche Änderung an Renfield letzte Nacht. Gegen acht Uhr begann er zu toben und umherzuschnüffeln, wie ein Hund auf der Spur. Der Wärter war von seinem Gebahren überrascht und munterte ihn auf zu sprechen, da er mein Interesse für den Fall kannte. Der Patient ist gewöhnlich höflich gegen den Wärter, manchmal sogar unterwürfig, aber diese Nacht, sagte mir der Mann, war er überaus anmaßend. Er ließ sich überhaupt nicht herbei, mit ihm zu sprechen. Alles, was er sagte, war:

»Ich wünsche nicht mit Ihnen zu verkehren. Wer sind Sie denn eigentlich? Der Meister ist nahe.«

Der Wärter glaubte, es sei eine plötzliche religiöse Wahnidee, die ihn ergriffen habe. Wenn es so ist, dürfen wir uns auf etwas gefaßt machen; denn ein starker Mensch mit Mordmanie und religiösem Wahnsinn zugleich ist sicher gefährlich. Diese Kombination ist wirklich unheimlich. Um neun Uhr besuchte ich ihn persönlich. Er benahm sich gegen mich wie gegen den Wärter. In seinem Größenwahn kam ihm der Unterschied zwischen mir und dem Bediensteten gar nicht zum Bewußtsein. Seine Idee macht den Eindruck religiösen Größenwahns, und bald wird er sich einbilden, Gott zu sein. Für ein allmächtiges Wesen, wie er es zu sein vermeint, ist der Unterschied zwischen Mensch und Mensch ein zu geringfügiger. Der wahre Gott hält seine schützende Hand auch über den Sperling; der Gott aber, den menschliche Eitelkeit schuf, kennt keinen Unterschied zwischen Adler und Sperling. O, wenn die Menschen nur wüßten!

Eine halbe Stunde oder länger steigerte sich die Erregung Renfields immer mehr und mehr. Ich wollte mir nicht den Anschein geben, als überwache ich ihn, aber ich paßte doch scharf auf. Plötzlich kam der verschmitzte Zug in sein Gesicht, den man immer bemerkt, wenn ein Irrer auf eine Idee kommt. Kopf und Hals zeigten die charakteristische Haltung, die alle Irrenwärter so genau kennen. Er wurde ganz ruhig, ging weg, setzte sich dann in tiefer Ergebung auf den Bettrand und starrte mit glanzlosen Augen ins Leere. Ich hätte gerne gewußt, ob seine Apathie echt oder nur verstellt war; ich versuchte deshalb, ihn in ein Gespräch über seine Ideen zu verwickeln, ein Thema, das nie verfehlt hatte, seine lebhafte Aufmerksamkeit zu erregen. Zuerst antwortete er gar nicht, dann sagte er schließlich mürrisch:

»Zum Henker mit dem allen! Was kümmere ich mich um das Zeug?«

»Was«, sagte ich, »Sie werden mir doch nicht weiß machen wollen, daß Sie sich nicht mehr um Ihre Spinnen kümmern?« (Spinnen sind gegenwärtig sein Steckenpferd, und das Notizbuch füllt sich mit Kolonnen kleiner Zahlen.) Darauf antwortete er die rätselhaften Worte:

»Wenn die Braut den Bräutigam erwartet, glänzen ihre Augen; wenn aber der Bräutigam nahe ist, dann sieht sie nichts mehr, weil in ihren Augen die Tränen stehen.«

Eine Aufklärung wollte er mir nicht geben, und blieb eigensinnig die ganze Zeit, die ich noch bei ihm blieb, auf dem Bettrande sitzen.

Ich bin müde heute Abend und tief verstimmt. Ich muß immer an Lucy denken und was wohl mit ihr sein mag. Wenn der Schlaf nicht bald kommt, dann gibt es Chloral, den modernen Morpheus $C_2HCl_3OH_2O$! Ich muß nur vorsichtig sein, daß es nicht zur Gewohnheit wird. Nein, ich nehme heute keines! Ich habe an Lucy gedacht und will diesen Gedanken nicht entweihen. Wenn es sein muß, dann gibt es eben eine schlaflose Nacht.

Froh faßte ich den Entschluß; froher noch bin ich, daß ich ihn gehalten habe. Ich hatte unruhig dagelegen und die Glocke nur zweimal schlagen hören. Da kam der Nachtwächter und meldete mir im Auftrage des Aufsehers, daß Renfield entflohen sei. Ich fuhr in meine Kleider und eilte sofort hinunter; mein Patient ist eine zu gefährliche Persönlichkeit, um ihn allein umherstreifen zu lassen. Seine Größenwahnideen könnten anderen gegenüber gefährlich werden. Der Aufseher wartete auf mich. Er sagte, er hätte ihn vor nicht zehn Minuten, als er durch den Türschlitz hineinschaute, wie schlafend liegen sehen. Seine Aufmerksamkeit sei durch das Aufreißen eines Fensters erregt worden. Er rannte zurück in das Zimmer und sah gerade noch die Füße des Patienten im Fenster verschwinden; dann schickte er sofort zu mir. Der Flüchtling war nur mit dem Nachthemd bekleidet und konnte nicht allzuweit weg sein. Der Aufseher meinte, es sei zweckmäßiger, hier vom Fenster aus Renfield zu beobachten und die Richtung seiner Flucht festzustellen, anstatt ihn durch Benützung des Torausganges aus den Augen zu verlieren. Er ist ein plumper Mann und hätte nicht durch das Fenster hinausgekonnt. Ich bin mager und kam mit seiner Hilfe hinaus, und zwar mit den Füßen voran und landete, da nur ein paar Fuß bis zur Erde waren, unversehrt. Der Aufseher rief mir noch nach, daß der Patient nach links sich entfernt habe und in gerader Linie weiter gelaufen sei; dann rannte ich, so schnell ich konnte, in der angegebenen Richtung davon. Als ich den Baumgarten passiert hatte, sah ich eine weiße Gestalt die Mauer überklettern, die mein Besitztum von dem verlassenen Grundstück da drüben trennt. Ich eilte sofort zurück und befahl dem Aufseher, gleich drei oder vier Mann mobil zu machen, um nach Carfax hinüberzukommen für den Fall, daß unser Freund gewalttätig werden würde. Ich selbst ergriff eine Leiter, stieg auf die Mauer und sprang dann auf der anderen Seite hinunter. Ich sah Renfields Gestalt gerade um die Hausecke biegen und eilte hinter ihm her. Auf der andern Seite des Hauses sah ich ihn dann, wie er sich an die alte, eisenbeschlagene Tür der Kapelle preßte. Er sprach offenbar mit irgend jemand, aber ich wagte es doch nicht, so nahe heranzugehen, daß ich den Wortlaut hätte verstehen können. Ich hätte ihn am Ende erschreckt, und er wäre davongelaufen. Ein Volk schwärmender Bienen einzufangen ist eine Kleinigkeit gegen die Verfolgung eines nackten Narren, den der Wunsch beseelt, zu entkommen. Bald merkte ich jedoch, daß er von seiner Umgebung gar keine Notiz nahm, und so riskierte ich es denn, näher heranzugehen, umsomehr als schon meine Leute die Mauer überstiegen hatten und nahe bei der Hand waren. Ich hörte, wie er sagte:

»Ich bin zu Eurem Befehl, Herr. Ich bin Euer Sklave und Ihr werdet mich belohnen, denn ich werde treu sein. Ich habe Euch verehrt seit langem und aus der Ferne ... Nun Ihr nahe seid, erwarte ich Eure Befehle, und Ihr werdet mich nicht übergehen, nicht wahr, Herr, teurer Meister, wenn Ihr gute Dinge verteilt?«

Er ist ein egoistischer alter Bettler. Trotz seiner hohen Meinung von sich denkt er an seinen Profit. Seine Wahnideen sind fürwahr eine seltsame Kombination. Als wir ihn festnahmen, wehrte er sich wie ein Tiger. Er ist unbändig stark und gleicht eher einer wilden Bestie als einem Menschen. Ich habe noch nie bei einem Irren einen solchen Paroxysmus der Wut gesehen und habe auch gar keine Lust danach, so etwas öfter zu sehen. Es ist gut, daß wir rechtzeitig seine Stärke und Gefährlichkeit erkannt haben. Mit seiner Kraft und Entschlossenheit hätte er genug Schlimmes anrichten können, bis er wieder eingefangen worden wäre. Aber von der Zwangsjacke, die wir ihm anlegten, hätte sich sogar Jack Sheppard nicht befreien können. Er ist nun mit einer Kette in der Gummizelle festgelegt. Sein Gebrüll ist schreckenerregend, aber die darauf folgenden Pausen sind noch entsetzlicher; in jeder seiner Bewegungen spricht sich die Mordlust aus.

Eben jetzt spricht er zum ersten Male zusammenhängende Worte aus:

»Ich will mich gedulden, Meister. Es kommt, es kommt, es kommt!«

Das ließ ich mir gesagt sein. Ich war zu erregt zum Schlafen, aber mein Tagebuch hat mich beruhigt; ich fühle, daß ich heute Nacht etwas Schlaf finden werde.

Neuntes Kapitel.

Brief. Mina Harker an Lucy Westenraa

Budapest, 24.8.

Liebste Lucy!

Ich weiß, du wirst neugierig sein, zu hören, was unterdessen sich ereignet hat, seit wir von Whitby abreisten. Also, meine Liebe, ich kam wohlbehalten nach Hull und bestieg da das Schiff nach Hamburg, von wo aus ich mit der Bahn weiter fuhr. Meine Gedanken waren während der ganzen Fahrt natürlich darauf gerichtet, daß ich Jonathan sehen sollte und daß es gut wäre, recht viel zu schlafen, da es doch in nächster Zeit viel Nachtwachen geben werde ... Ich fand meinen Liebsten, ach Gott, so mager und bleich und schwach. All seine Entschlossenheit ist aus seinen lieben Augen entschwunden, und die ruhige Würde, die auf seinem Gesichte lag, wie ich dir doch oft schon erzählte, ist dahin. Er ist nur mehr ein Wrack, und er erinnert sich auf geraume Zeit zurück an gar nichts mehr. Schließlich will er in mir nur diesen Glauben erwecken, und ich werde ihn auch nie darüber befragen. Er hat einen schrecklichen Nervenschock erlitten und ich fürchte, es könnte sein Gehirn wieder in Unordnung bringen, wenn er sich bemüht, die Erinnerungen aufzufrischen. Schwester Agathe, ein gutes Geschöpf und die geborene Pflegerin, sagte mir, daß er von schauerlichen Dingen gesprochen, als er noch im Delirium lag. Ich bat sie, mir einiges davon zu erzählen, aber sie bekreuzigte sich und beteuerte mir, sie würde nie darüber sprechen; die

Phantasien Kranker seien heilige Geheimnisse, und die Pflegerinnen, die infolge ihre Berufes solche zu hören bekommen, müßten sie als heilig respektieren. Sie ist eine weiche gute Seele. Als sie am nächsten Tage bemerkte, daß ich mir doch Gedanken machte, kam sie wieder auf das Thema zurück und sagte mir, indem sie noch einmal besonders beteuerte, daß sie niemals von dem sprechen werde, was mein armer Schatz in seinen Fieberträumen sah: »Zur Beruhigung kann ich Ihnen ja das eingestehen, daß es nichts war, wegen dessen er sich zu schämen hätte; und Sie, die sein Weib werden wollen, brauchen sich gar nichts Schlimmes dabei zu denken. Er hat Sie niemals vergessen und das, was er Ihnen schuldig ist. Er hatte Furcht vor schrecklichen Dingen, die keine sterbliche Seele zu ertragen vermöchte.« – Die gute Seele meint scheinbar, ich fürchte, daß mein armer Geliebter in irgend ein anderes Mädchen sich verliebt haben könnte. Eine solche Idee, ich eifersüchtig auf Jonathan! Und doch, Liebe, laß dir eingestehen, es ging mir ein Zucken der Freude durch die Seele, als ich wußte, daß keine andere Frau an seiner Krankheit die Schuld trug. Ich sitze gerade auf seinem Bette und kann ihm ins Gesicht sehen, während er schläft. Eben wacht er auf … Als er wach war, bat er mich um seinen Rock, da er etwas aus der Tasche nehmen wollte; ich sagte es Schwester Agathe, und diese brachte ihm alle seine Sachen. Ich sah darunter auch ein Notizbuch und wollte ihn eben bitten, mich einen Blick hineinwerfen zu lassen – – ich wußte, daß ich dann einen Schlüssel für seine Krankheit gefunden hätte – –, aber er mußte mir wohl meinen Wunsch an den Augen abgelesen haben, denn er schickte mich an das Fenster, indem er mich bat, ihn einen Augenblick allein zu lassen. Auf seinen Ruf kam ich dann wieder zurück; er hielt seine Hand über dem Notizbuch und sagte feierlich zu mir: »Wilhelmine.« – Ich wußte, daß er jetzt im tiefsten Ernste sprechen wollte, denn er hat mich mit diesem Namen nie mehr genannt, seit er um meine Hand bat. – »Du weißt, Liebste, meine Anschauungen über das Vertrauen zwischen Mann und Frau. Es soll kein Geheimnis, kein Versteckspiel geben. Ich habe ein furchtbares Nervenfieber gehabt, und wenn ich daran denke, was ich da alles sah, so beginnt mein Gehirn sich im Kreise zu drehen, und ich weiß nicht mehr, war das, was ich sah, Wahrheit oder die Phantasie eines Irren. Du weißt, ich hatte eine Gehirnhautentzündung, und das ist geeignet, einen wahnsinnig zu machen. Hier ist das Geheimnis, ich wage nicht, es zu wissen. Ich gedenke mein Leben wieder neu aufzunehmen, indem ich dich heirate.« Weißt Du, Liebste, wir hatten nämlich beschlossen zu heiraten, sobald die Formalitäten erfüllt seien. »Nun, Wilhelmine, frage ich dich: bist du gewillt, meine Unwissenheit in dieser Sache mir zu erhalten? Hier ist das Buch. Nimm es und bewahre es auf; lies es auch, wenn du willst, aber lasse mich nie davon wissen. Nur wenn eine heilige Pflicht mich dazu zwingen würde, mir die bitteren Stunden ins

Gedächtnis zurückzurufen, über die ich hier, schlafend oder wachend, gesund oder im Irrsinn, geschrieben.« Er sank erschöpft zurück, und ich legte das Buch unter sein Kissen und küßte ihn. Ich habe Schwester Agathe zum Priester gesandt und ihn bitten lassen, daß die Vermählung heute nachmittag stattfinden dürfe, und erwarte seinen Bescheid.

Sie ist wieder zurückgekommen und hat mir mitgeteilt, daß nach dem Kaplan der englischen Missionskirche geschickt wurde. Wir sollten in einer Stunde getraut werden oder aber sobald Jonathan erwacht.

Lucy, der Augenblick kam rasch heran. Es war mir sehr feierlich zu Mute, aber ich war glücklich, sehr glücklich. Jonathan erwachte nach einer Stunde, und alles war bereit. Er setzte sich im Bette auf, hinter seinen Rücken hatten wir ihm Kissen gelegt, um ihn zu stützen. Er sagte sein »Ich will« fest und entschieden; ich konnte kaum sprechen, mein Herz war so voll, daß sogar diese zwei einfachen Worte mich zu ersticken schienen. Die Klosterschwestern waren alle so gütig; nie werde ich sie vergessen und den großen Dank, den ich ihnen schulde. Ich muß Dir aber nun von meiner gegenwärtigen Ehe erzählen. Als der Kaplan und die Schwestern mich mit meinem Manne allein gelassen hatten – – o, Lucy, es ist das erste Mal, daß ich schreibe »mein Mann« – – nahm ich das Buch unter seinem Kissen hervor und wickelte es in weißes Papier; dann band ich es mit einem Endchen blauen Bandes, das mein Brauthemd schmückte, siegelte es über dem Knoten und benützte als Petschaft meinen Trauring. Dann küßte ich es, zeigte es meinem Manne und sagte ihm, daß ich es so aufbewahren wolle als äußeres, sichtbares Zeichen unseres gegenseitigen Vertrauens für das ganze Leben; daß ich es nie öffnen wolle, außer, es wäre um seiner selbst willen oder in Erfüllung irgend einer ernsten Pflicht. Dann nahm er meine Hand in die seine und, ach, Lucy, es war das erste Mal, daß er die Hand seiner »Frau« ergriff, und sagte, es wäre das Schönste auf der Welt und er würde dafür gerne noch einmal all das Vergangene durchmachen, wenn es sein müßte.

Nun, Liebste, was konnte ich ihm darauf erwidern? Ich konnte ihm nur versichern, daß ich die glücklichste Frau auf der Welt sei und daß ich ihm weiter nichts zu geben hätte als mein Dasein, meinen Glauben und mich selbst, und daß ihm mein Leben und meine Anhänglichkeit auf immer gehören sollte. Und, Liebste, als er mich dann an sich zog mit seinen schwachen Händen und mich küßte, da war es wie ein feierliches Gelübde zwischen uns.

Liebe Lucy, weißt du, warum ich Dir das alles erzähle? Nicht nur, weil es mir selbst Freude macht, sondern auch weil Du mir so unendlich lieb warst und bist. Ich hatte das große Glück, Dir Freundin und Führerin zu sein seit dem Tage, da Du die Schule verließest, um Dich für das Leben in der großen Welt vorzubereiten. Ich möchte Dich gerne auch jetzt mit den Augen eines glücklichen Weibes sehen; ich wünsche Dir, daß Deine Ehe auch so schön werden möge als die meine. Liebes Kind, ich bitte den Allmächtigen, das Leben möchte Dir alles werden, was es versprach: ein langer Sonnentag ohne allzu rauhe Winde, ohne Pflichtvergessenheit, ohne Mißtrauen. Ich wünsche Dir nicht, daß das Leben Dir gar kein Leid bringe, das ist undenkbar; ich wünsche Dir nur, daß Du *immer* so glücklich seist, als ich es jetzt bin. Leb wohl, mein Liebling. Ich werde den Brief sofort aufgeben, vielleicht schreibst Du mir bald wieder. Ich muß nun aufhören, denn Jonathan wacht eben auf – ...; ich muß meinen Gemahl pflegen.

Stets Deine

Mina Harker.

Brief.
Lucy Westenraa an Mina Harker.

Whitby, 30. August.

Liebste Mina!

Meere von Liebe über Dich und Millionen von Küssen, möchtest Du bald mit Deinem Gemahl in Deinem eigenen Heim Einzug halten. Ich wollte, Ihr kämet so frühzeitig, daß Ihr hier bei uns noch Aufenthalt nehmen könntet; die kräftige Seeluft würde Jonathan sehr wohl tun; sie hat auch mich geheilt. Ich habe Hunger wie ein Kormoran, bin voll Lebenslust und schlafe vorzüglich. Du wirst es sicher gerne hören, wenn ich Dir mitteile, daß ich das Nachtwandeln völlig aufgegeben habe. Ich glaube, es ist schon eine ganze Woche, daß ich bei Nacht aus dem Bette war, d. h. wenn ich mich überhaupt niederlege. Arthur sagt, ich werde fett. Bei dieser Gelegenheit fällt mir ein, daß ich ja beinahe vergessen hätte, Dir zu erzählen, daß Arthur hier ist. Wir machen Spaziergänge und Spazierritte und fahren und rudern und fischen und spielen Tennis zusammen; dabei habe ich ihn lieber als je. Er sagte mir auch, daß er mich noch mehr liebe, aber ich glaube es ihm nicht, denn früher hat er mir wiederholt beteuert, daß seine Liebe keiner Steigerung fähig sei. Doch das ist ja Kinderei. Eben kommt er und ruft nach mir. Also Schluß für heute. Mit herzlichem Gruß

Deine Lucy.

P. S. Mutter sendet ihre besten Grüße; es geht ihr scheinbar jetzt etwas besser, der armen Frau.

P. P. S. Wir machen am 28. September Hochzeit.

Dr. Sewards Tagebuch.

20. August. – Der Fall Renfield wird immer interessanter. Er hat sich nun soweit beruhigt, daß wenigstens Pausen in seinen Tobsuchtsanfällen stattfinden. Die erste Woche nach seinem großen Anfall war er immer gewalttätig. Dann, eines Nachts, als gerade der Mond aufging, wurde er ruhiger und murmelte immer vor sich hin: »Nun kann ich warten, nun kann ich warten.« Der Wärter teilte mir dies mit und ich eilte sofort hinunter, um den Patienten zu sehen. Er war noch in der Zwangsjacke und in der Gummizelle; aber der verstörte Ausdruck war aus seinem Gesichte gewichen und seine Augen hatten wieder ihre bittende, ich möchte fast sagen »kriechende« Sanftmut. Ich war mit seinem gegenwärtigen Zustande recht zufrieden und gab den Auftrag, ihn freizumachen. Die Wärter zögerten, führten dann aber schließlich meinen Befehl ohne Murren aus. Der Patient war merkwürdigerweise so gut gelaunt, daß er ihre Unzufriedenheit bemerkte; er trat nahe an mich heran und sagte, zuweilen verstohlen auf die anderen hinblinzelnd:

»Die da denken, ich könnte Sie verletzen! So was Dummes, ich Sie verletzen! Dumme Teufel!«

Es war immerhin ein angenehmes Gefühl zu wissen, daß er in seinem kranken Gehirn doch einen Unterschied zwischen mir und den Anderen machte; aber trotzdem bin ich nicht imstande seinem Gedankengange zu folgen. Muß ich annehmen, daß wir etwas Gemeinsames haben, das ihn zwingt, zu mir zu halten, oder erwartet er etwas so Wunderbares von mir, daß ihm meine gute Stimmung von Wert erscheint? Ich muß das noch herausbringen. Heute abend will er nicht sprechen. Sogar die Aussicht auf ein Kätzchen oder selbst eine ausgewachsene Katze vermag ihn nicht dazu zu bewegen.

Er sagt einfach: »Ich habe keinen Sinn für Katzen. Ich habe jetzt an anderes zu denken, und ich kann warten, ich kann warten.«

Einige Zeit später verließ ich ihn. Der Wärter berichtet mir, daß er ruhig war bis kurz vor Tagesanbruch und daß er, anfangs nur mißgelaunt, später gewalttätig wurde und schließlich in eine Art Tobsucht verfiel, die ihn bis zur Ohnmacht erschöpfte. Drei Nächte immer dieselbe Erscheinung, den Tag über gewalttätig, dann ruhig von Mondaufgang bis Sonnenaufgang. Ich möchte doch wissen, wie dies zugeht. Es macht den Eindruck, als unterläge er einem Einfluß, der bald kommt, bald geht. Glückliche Idee. Wir werden heut Nacht den gesunden Verstand gegen den kranken ausspielen. Das letzte Mal ist er ohne unsere Mithilfe entwichen, diesmal soll es *mit* ihr geschehen. Wir werden ihm Gelegenheit geben und die Leute bereit halten, ihm zu folgen, falls es nötig werden sollte.

23. August. – »Immer geschieht das Unerwartete.« Wie gut doch Disraeli das Leben kannte! Unser Vogel fand den Käfig offen, wollte aber nicht entfliegen; so wurden denn alle unsere Pläne zu Wasser. Auf alle Fälle aber haben wir eines herausgebracht: nämlich, daß die Perioden der Ruhe ziemlich lange dauern. Wir werden in Zukunft imstande sein, ihm seine Fesseln jeden Tag ein paar Stunden abzunehmen. Ich habe dem Nachtaufseher Befehl gegeben, ihn lediglich eine Stunde vor Sonnenaufgang in die Gummizelle zu sperren, so lange er noch ruhig ist. Der Körper des armen Teufels wird die Erleichterung wohltätig empfinden, wenn auch vielleicht sein Geist sich keine Rechenschaft darüber zu geben vermag. Da! Wieder das Unerwartete! Ich werde gerufen, der Patient ist neuerdings entflohen.

Später. – Wiederum ein nächtliches Intermezzo. Renfield wartete schlauer Weise die Inspizierung des Nachtaufsehers ab. Dann huschte er hinter ihm hinaus und rannte den Gang hinunter. Ich gab den Wärtern Auftrag, ihm zu folgen. Wieder stieg er in den verlassenen Garten und wieder fanden wir ihn am alten Platze, dicht an die Kapellentür gepreßt. Als er mich erblickte, wurde er rasend und hätte mich unfehlbar getötet, wenn nicht die Wärter rechtzeitig zur Hand gewesen wären. Nachdem es uns gelungen war, ihn festzuhalten, geschah etwas Unerklärliches. Erst verdoppelte er seine Anstrengungen und beruhigte sich dann sehr rasch. Ich sah unwillkürlich herum, konnte aber nichts wahrnehmen. Dann folgte ich der Richtung des Blickes meines Patienten, bemerkte aber nichts, als daß er einer im Mondlicht flatternden großen Fledermaus nachstarrte, die schweigend gespenstisch gegen Westen flog. Fledermäuse pflegen in der Regel zu flattern und zu schwirren, diese aber zog gerade ihres Weges, als wenn sie einem besonderen Ziele zustrebe und irgend eine bestimmte Absicht verfolge. Der Patient wurde immer stiller und sagte schließlich:

»Sie brauchen mich nicht zu fesseln; ich gehe ruhig mit.« Ohne Störung gelangten wir nach Hause zurück. Ich fühle, daß etwas Ominöses in seiner Ruhe liegt, und werde diese Nacht nie vergessen.

Lucy Westenraas Tagebuch.

Hillingham, 24. August. – Ich muß Mina nachahmen und versuchen, Aufzeichnungen zu machen. Dann haben wir Stoff genug zum Plaudern, wenn wir uns wiedersehen. Ich wollte, sie wäre bei mir, denn ich fühle mich so unglücklich. Letzte Nacht war es mir, als hätte ich denselben Traum, wie ich ihn in Whitby gehabt habe. Vielleicht ist der Luftwechsel oder die Freude der Heimkehr daran schuld. Alles ist dunkel und schreckhaft in mir; ich kann mich an gar nichts erinnern, aber ich bin voll unbestimmter Angst und fühle mich so schwach und erschöpft. Als Arthur zum Lunch kam und mich erblickte, sah er sehr bekümmert aus, und ich hatte gar nicht den Mut, vergnügt zu sein. Vielleicht kann ich heute Nacht bei der Mutter im Zimmer schlafen; ich werde schon einen Vorwand finden.

25. August. – Wieder eine schlechte Nacht. Mutter war nicht geneigt, auf meinen Wunsch einzugehen. Sie fühlte sich selbst nicht recht wohl und fürchtete ohne Zweifel mir Sorge zu machen. Ich machte den Versuch, wach zu bleiben, und eine Zeit lang war es mir auch möglich. Als es zwölf Uhr schlug, erwachte ich aus einem leichten Schlummer, ich mußte also doch eingeschlafen sein. Ich hörte ein Kratzen und Flattern am Fenster, aber ich machte mir nichts daraus, und da ich mich an nichts weiteres erinnern kann, muß ich annehmen, daß ich neuerdings in Schlummer gefallen bin. Wieder hatte ich so häßliche Träume. Wenn ich mich ihrer nur entsinnen könnte! Heute früh war ich sehr schwach. Mein Gesicht ist geisterhaft bleich und meine Kehle schmerzt mich. Es muß an meinen Lungen etwas nicht in Ordnung sein, denn es fällt mir so schwer, genügend Luft zu schöpfen. Ich will versuchen heiterer zu sein, wenn Arthur kommt, sonst wird er sehr unglücklich sein, mich so zu sehen, das weiß ich.

Brief.
Arthur Holmwood an Dr. Seward.

Albemarle Hotel, 31. August.

Lieber Jack!

Ich bitte dich, erweise mir einen Gefallen. Lucy ist krank, d. h. sie hat kein besonderes Leiden, aber sie sieht entsetzlich schlecht aus und wird von Tag zu Tag elender. Ich habe sie gefragt, ob das irgend einen Grund habe; ich wagte es nicht, ihre Mutter um Rat zu bitten, denn es wäre gefährlich, die arme Frau in ihrem jetzigen Zustande auch noch mit Lucys Krankheit zu ängstigen. Frau Westenraa hat mir gestanden, daß ihr Todesurteil schon gesprochen sei – – Herzleiden – –, wovon die gute Lucy jedoch nichts weiß. Ich bin überzeugt, daß irgend etwas das Gemüt meines lieben Mädchens bedrückt. Ich bin ganz außer mir, wenn ich an sie denke, und es tut mir weh, wenn ich sie nur ansehe. Ich sagte ihr, ich würde dich bitten, sie zu untersuchen; sie machte erst Einwendungen – – ich weiß schon warum, alter Freund – –, gab aber dann doch ihre Zustimmung. Es ist eine schreckliche Aufgabe für Dich, das weiß ich wohl, alter Junge, aber es geschieht um *ihretwillen,* und ich zögere nicht Dich zu bitten, wie Du nicht zögern darfst zu handeln. Du kommst morgen um zwei Uhr zum Lunch nach Hillingham, damit Frau Westenraa keinen Argwohn faßt; nach dem Lunch wird Dir Lucy Gelegenheit geben, sie allein zu sprechen. Ich komme dann zum Tee, und wir können zusammen weggehen. Ich bin von Todesangst erfüllt und möchte Dich sobald als möglich, wenn Du sie untersucht, konsultieren. Laß mich nicht im Stich.

Arthur.

Telegramm.
Arthur Holmwood an Dr. Seward.

1. September.

Bin zu meinem Vater gerufen worden, der wieder schlechter wurde. Ich schreibe. Gib mir ausführlich Bericht mit der Abendpost nach Ring. Wenn nötig, telegraphiere.

Brief von Dr. Seward an Arthur Holmwood.

2. September.

Lieber alter Freund!

Betreffs Fräulein Westenraas Befinden beeile ich mich Dir mitzuteilen, daß nach meiner Ansicht keine funktionelle Störung oder irgend eine mir bekannte Krankheit nachzuweisen ist. Allerdings bin ich mit ihrem Aussehen keineswegs zufrieden; sie hat sich außerordentlich verändert, seit ich sie zum letzten Male sah. Jedenfalls bitte ich Dich zu bedenken, daß ich nicht die volle Freiheit zu meiner Untersuchung gehabt habe, wie ich sie bedurft hätte; unsere innige Freundschaft legt uns eben Schranken auf, die ärztliche Wissenschaft und ärztlicher Brauch nicht zu durchbrechen vermögen. Ich werde Dir also besser den ganzen Hergang der Untersuchung schildern und überlasse es Dir, Deine eigenen Schlüsse zu ziehen. Ich sage Dir, was ich tat und was ich Dir zu tun rate:

Ich fand Fräulein Westenraa in scheinbar recht aufgeräumter Stimmung. Ihre Mutter war auch anwesend, und nach wenigen Minuten war es mir klar, daß sie alles tat, um ihren Zustand vor der alten Dame zu verbergen und zu verhindern, daß diese ängstlich werde. Ich zweifle nicht daran, sie fühlt es, wenn sie es auch nicht weiß, daß Vorsicht am Platze ist. Wir frühstückten allein, und da wir uns alle erdenkliche Mühe gaben, fröhlich zu sein, gelang es uns, wie zur Belohnung für unser Bemühen, auch wirklich in heitere Stimmung zu kommen. Dann ging Frau Westenraa weg, um sich etwas niederzulegen, und wir blieben allein, Lucy und ich. Wir gingen in ihr Zimmer, und bis wir eingetreten waren, hielt ihre Fröhlichkeit an, denn die Zofe ging ab und zu. Kaum hatten wir aber die Türe geschlossen, da fiel die Maske von ihrem Antlitz; sie sank mit einem leichten Seufzer in ihren Stuhl und bedeckte ihr Gesicht mit beiden Händen. Als ich sah, daß ihr froher Mut dahin war, wollte ich diesen Umstand benützen, um mir sofort eine Diagnose zu stellen. Sie sagte sehr sanft zu mir: »Ich kann Ihnen nicht sagen, wie sehr ich es hasse, von mir zu sprechen.« Ich sagte ihr, daß uns Ärzten doch Geheimnisse heilig seien und daß Du Dich in schrecklicher Angst um sie befändest. Daraufhin fügte sie sich meinen Wünschen und sagte: »Erzählen Sie Arthur alles, was Sie als wissenswert für ihn erachten. Es ist mir ja nicht um mich, sondern allein um ihn.« So bin ich also völlig frei.

Ich konnte ohne Mühe bemerken, daß sie etwas blutleer ist, aber ich konnte die gewöhnlichen Anzeichen der Anämie nicht entdecken. Ein Zufall gab mir sogar die Möglichkeit, die Qualität ihres Blutes zu prüfen, denn als sie das Fenster öffnete, zerbrach eine Scheibe, und ein Glassplitter verletzte sie leicht an der Hand. Die Sache war an sich unbedeutend, aber es traf sich gerade gut; ich nahm ein paar Blutstropfen mit und analysierte sie. Die Zusammensetzung des Blutes war eine vollkommen normale und bewies, für sich allein betrachtet, einen vorzüglichen Gesundheitszustand. Andere physiologische Beobachtungen geben mir die Gewißheit, daß in dieser Richtung ein Grund zu Befürchtungen nicht besteht. Da aber doch nichts auf Erden ohne Ursache geschieht, kam mir die Idee, daß diese Ursache vielleicht auf seelischem Gebiete zu suchen sein könnte. Sie beklagt sich über zeitweilige Atembeschwerden und über tiefe lethargische Schlafzustände mit quälenden Träumen, deren sie sich aber beim Erwachen nicht mehr erinnert. Sie erzählte mir auch, daß sie als Kind genachtwandelt und daß diese Gewohnheit in Whitby wiedergekehrt sei. Sie sei einmal in der Nacht bis zum Ostcliff gegangen, wo dann Fräulein Murray sie gefunden habe; sie versichert mir aber, daß seit dem letzten Male eine längere Zeit vergangen sei. Ich habe meine Bedenken, und so tat ich das Beste, was ich in dieser Lage zu tun vermag; ich schrieb an meinen alten Freund und Lehrer Van Helsing in Amsterdam, der mehr von unklaren Krankheitsbildern versteht wie sonst jemand im Lande. Ich habe ihn ersucht, hierher zu kommen, und da Du mir mitteiltest, Du wollest alles auf Deine eigene Rechnung nehmen, habe ich ihm auch mitgeteilt, wer Du bist und in welchem Verhältnis Du zu Fräulein Westenraa stehst. Dies, mein lieber Freund, geschah lediglich in Erfüllung Deiner Wünsche, und ich bin glücklich und stolz, daß es mir vergönnt ist, etwas für Dich zu tun. Ich weiß, daß Van Helsing aus persönlicher Neigung gerne alles für mich tun wird. So müssen wir denn, aus welchem Grunde er auch kommen mag, seinen Anordnungen Gehör geben. Er ist ein sehr eigenwilliger Herr, aber nur deshalb, weil er das, was er anordnet, besser versteht als alle anderen. Er ist Philosoph und Metaphysiker und einer der vorgeschrittensten Wissenschaftler der Jetztzeit, dabei ist er von absolut offener Gesinnung. Das und seine Nerven von Stahl, ein eisiges Temperament, unbeugsame Entschlossenheit, Selbstbeherrschung und Toleranz, die bei ihm nicht Tugenden, sondern Gaben sind, und das gütigste, treueste Herz, das je schlug – – das bildet das Rüstzeug für das edle Werk, das er im Dienste der Menschheit verrichtet – – ein Werk des Wortes und der Tat, denn seine Einsicht ist so tief, als seine Menschenliebe groß. Ich sage Dir das alles, damit Du begreifst, warum ich solches Vertrauen zu ihm hege. Ich habe ihn gebeten, sofort zu kommen. Ich werde Fräulein Lucy morgen wieder besuchen. Sie wird mit mir in einem Geschäft zusammentreffen, damit ihre Mutter nicht erschrickt, wenn ich meine Visite zu rasch wiederhole.

Stets Dein

John Seward.

Brief.
Abraham Van Helsing, Dr. med., Dr. phil., Dr. lit. etc.,
an Dr. Seward.

2. September.

Mein lieber Freund!

Ich habe Ihren Brief erhalten und mache mich sofort auf den Weg zu Ihnen. Glücklicherweise kann ich jetzt gerade fort, ohne jemand zu benachteiligen, der sich mir anvertraut hat. Wäre es anders, so stünde es freilich übel um die, die sich mir anvertraut, denn zu einem Freunde komme ich, sobald er mich ruft, und helfe denen, die er lieb hat. Sagen Sie Ihrem Freund, der meiner Hilfe bedarf, daß er mein Kommen mehr dem zu verdanken hat, daß Sie für ihn bitten, als seinem Gelde. Es macht mir doppelte Freude, ihm, Ihrem Freunde, zu helfen; aber Sie sind es, zu dem ich komme. Belegen Sie mir also Zimmer im Great Eastern Hotel, so daß ich gleich bei der Hand bin, und richten Sie es so ein, daß ich die junge Dame nicht allzuspät am Morgen sprechen kann; denn es ist sehr wahrscheinlich, daß ich abends wieder hierher zurückkehren muß. Wenn es aber notwendig werden sollte, bin ich in drei Tagen wieder dort und bleibe dann bei Bedarf länger. Bis dahin leben Sie wohl, mein Freund John.

Van Helsing

Brief.
Dr. Seward
an Herrn Arthur Holmwood.

3. September.

Mein lieber Artur!

Van Helsing ist gekommen und schon wieder fort. Er ging mit mir nach Hillingham. Lucy hatte es so eingerichtet, daß ihre Mutter ihr Lunch auswärts nahm, es war uns dadurch möglich, mit ihr allein zu sein. Van Helsing nahm eine sorgfältige Untersuchung der Patientin vor. Er berichtet mir, und ich soll es Dir mitteilen, denn natürlich war ich nicht bei der ganzen Untersuchung anwesend. Er ist, fürchte ich, sehr bekümmert und sagte, er müsse nachdenken. Als ich ihm von unserer Freundschaft erzählte und ihm sagte, wie sehr Du in der Angelegenheit auf meine Hülfe bautest, sagte er: »Teilen Sie ihm alles mit, was Sie von der Sache denken. Wenn Sie es erraten können und es wollen, so sagen Sie ihm auch, was ich denke. Nein, nein, ich scherze nicht; es geht um Leben und Tod, vielleicht mehr.« Ich fragte ihn, was er damit sagen wolle, da er so ernst war. Dies geschah, als wir zur Stadt zurückgekehrt waren und er noch vor seiner Rückreise nach Amsterdam eine Tasse Tee trank. Er wollte mir keine weitere Aufklärung zuteil werden lassen. Du darfst es ihm nicht verübeln, seine Zurückhaltung verrät, daß sein ganzes Gehirn in Lucys Interesse arbeitet. Er wird, glaube mir, offen sprechen, wenn die Zeit gekommen ist. So sagte ich ihm denn, ich wolle Dir lediglich einen Bericht machen, als wenn ich einen Artikel für den Daily Telegraph zu verfassen hätte. Er schien es nicht zu hören, sondern sagte, der Schmutz in London sei heute nicht mehr so schlimm wie damals, als er hier studierte. Ich werde seinen Bericht morgen erhalten, wenn er es möglich machen kann. Auf jeden Fall bekomme ich einen Brief.

Nun also zum Besuch. Lucy war viel heiterer als am ersten Tage, da ich sie antraf, und sah ohne Zweifel besser aus. Sie hatte etwas von dem gespenstischen Aussehen verloren, das Dich so entsetzte, und ihr Atem war normal. Sie war so lieb zu dem Professor (sie ist es ja immer) und suchte ihm die Sache möglichst zu erleichtern: dennoch merkte ich, daß das liebe Mädchen einen harten Kampf mit sich selbst ausfocht. Ich glaube, Van Helsing bemerkte dies auch, denn ich sah seinen raschen Blick unter den buschigen Brauen hervorschießen, den ich seit langem kenne. Dann begann er von allem Erdenklichen zu plaudern, außer von uns selbst und von Krankheiten; dies geschah mit solcher Gewandtheit, daß Lucys bisher vorgespiegelte Fröhlichkeit sich in eine echte verwandelte. Dann, ohne scheinbar der Angelegenheit Bedeutung beizulegen, kam er auf unsere Visite zu sprechen und sagte in liebenswürdigem Tone: »Liebes junges Fräulein, es macht mir eine hohe Freude, Sie kennen zu lernen, da Sie so beliebt sind. Man erzählte mir, daß Sie in sehr niedergedrückter Stimmung und von geisterhafter Blässe seien.« Dazu sage ich »Pah«, er schlug ein Schnippchen und fuhr fort: »Aber Sie und ich, wir wollen ihnen zeigen, daß sie im Unrecht sind. Wie kann der« – – er deutete auf mich mit demselben Blick und derselben Geberde, mit der er einmal in seinem Kolleg auf mich gedeutet hatte und später noch einmal bei einer anderen Gelegenheit, an die er mich stets erinnerte – – »etwas von jungen Mädchen wissen? Er hat es immer mit seinen Irren zu tun und soll sie wieder dem Glück und den ihrigen zurückgeben. Da hat er viel zu schaffen, und es ist ja ohne Zweifel eine große Genugtuung, solch Glück zu spenden. Aber junge Mädchen! Er hat weder Frau noch Tochter, und die Jungen sprechen zu den Jungen ganz anders als zu den Alten, die so viel Elend und seine Ursachen kennen gelernt haben. Deshalb, mein Kind, schicken wir ihn weg, damit er im Garten seine Zigarette rauchen kann; unterdessen werden wir beide ein wenig zusammen plaudern.« Ich begriff den Wink und zog mich zurück; bald kam er an das Fenster und rief mich hinein. Er sah sehr besorgt aus und sagte: »Ich habe eine genaue Untersuchung vorgenommen, von einer Funktionsstörung konnte ich aber nichts bemerken. Ich stimme mit Ihnen darin überein, daß sie viel, sehr viel Blut verloren haben muß; es war da, ist aber nicht mehr da. Aber ihre ganze Konstitution ist in keiner Weise anämisch. Ich habe sie noch gebeten, mir ihr Mädchen zu schicken, an das ich eine oder zwei Fragen zu richten habe, damit nichts in der Reihe unserer Beobachtungen fehle. Ich kann mir ja denken, was sie aussagen wird. Und doch ist irgend eine Ursache vorhanden; alles hat seine Ursache. Ich muß heimfahren und nachdenken. Sie werden mir jeden Tag telegraphieren, und wenn es nötig ist, komme ich wieder. Die Krankheit – – wenn man nicht ganz wohl ist, so ist es eben eine Krankheit – – interessiert mich, und das süße, junge Ding interessiert mich auch. Sie hat mein ganzes Herz gewonnen, und ihr zu Liebe, wenn nicht Ihretwegen oder aus Interesse an dem Falle, will ich wiederkommen.«

Als wir dann wieder allein waren, sagte Lucy kein Wort weiter, und so, Arthur, weißt Du alles, was ich weiß. Ich werde getreue Wacht halten. Ich hoffe, daß Dein lieber Vater sich wieder auf dem Wege der Besserung befindet. Es muß etwas Furchtbares für Dich sein, mein lieber Junge, in einer solchen Lage sich zu befinden, zwischen zwei Menschen, die man lieb hat. Ich weiß, wie sehr Du an Deinem Vater hängst, und ich kann es nur gut heißen; aber wenn es sein müßte, werde ich Dich doch bitten, sogleich zu Lucy zu kommen. Ängstige Dich also nicht allzusehr, denn ich werde Dich auf dem Laufenden halten.

Dr. Sewards Tagebuch.

4. September. – Der Zoophagus läßt unser Interesse an ihm nicht erkalten. Er hatte nur einen Anfall, und zwar gestern zu einer ganz ungewöhnlichen Zeit. Gerade ehe es Mittag schlug, wurde er unruhig. Der Wärter kannte die Symptome und verlangte plötzlich Hilfe. Zum Glück waren die Leute rasch bei der Hand und kamen gerade recht; denn mit dem zwölften Glockenschlag wurde der Patient dermaßen ungeberdig, daß sie Mühe hatten ihn zu halten. Nach etwa fünf Minuten jedoch wurde er ruhiger und immer ruhiger und versank schließlich in eine Art Melancholie, in welchem Zustande er sich jetzt noch befindet. Der Wärter erzählte mir, daß seine Wutschreie wirklich entsetzenerregend seien. Ich habe alle Hände voll zu tun, denn einige andere Patienten hat die Angst vor ihm krank gemacht. Ich kann diese Wirkung gut begreifen, denn das Gebrüll störte selbst mich, der ich doch in ziemlicher Entfernung davon wohne. Gerade ist die Essenszeit im Asyl vorbei, und noch sitzt mein Patient brütend in einer Ecke, mit einem verstörten, düsteren, wehmütigen Ausdruck im Gesicht, der eher etwas anzudeuten als zu zeigen schien. Ich kann ihn immer noch nicht verstehen.

Später. – Wieder eine Veränderung an meinem Patienten. Um 5 Uhr sah ich nach ihm und fand ihn so glücklich und vergnügt, wie er sonst zu sein pflegte. Er fing Fliegen und aß sie, indem er die Resultate seines Fanges durch Nägelmarken an den Türpfosten zwischen der Polsterung aufzeichnete. Als er mich erblickte, entschuldigte er sich wegen seines schlechten Verhaltens und bat mich mit demütiger, schmeichelnder Gebärde, ihn in sein Zimmer zurückbringen zu lassen und ihm sein Notizbuch wiederzugeben. Ich hielt es für nützlich, ihn in gute Laune zu versetzen; er ist in seinem alten Zimmer, die Fenster sind geöffnet. Er hat seine für den Tee bestimmte Zuckerportion auf dem Fensterbrett ausgestreut und erbeutet damit eine große Anzahl Fliegen. Es ißt sie jetzt nicht mehr, sondern sammelt sie wie ehedem in eine Schachtel und späht bereits in allen Winkeln herum, um eine Spinne ausfindig zu machen. Ich versuche einiges über die letzten paar Tage aus ihm herauszubringen, da irgend ein Anhaltspunkt bezüglich seiner Ideen mir von großem Nutzen gewesen wäre; er war aber nicht zum Sprechen zu bringen. Ein paar Augenblicke sah er sehr betrübt aus, dann sagte er mit tonloser leiser Stimme, als spräche er mehr zu sich selbst als zu mir:

»Alles vorbei! Alles vorbei! Er hat mich im Stich gelassen. Keine Hoffnung mehr für mich, wenn ich es nicht für mich selbst tue!« Dann wandte er sich plötzlich in entschlossenem Tone an mich, indem er sagte: »Herr Doktor, wollen Sie recht gut mit mir sein und mir etwas mehr Zucker verschaffen? Ich glaube, dies würde recht gut für mich sein.«

»Und die Fliegen«, sagte ich.

»Ja! Die Fliegen lieben ihn, und ich liebe die Fliegen; deshalb möchte ich gerne welche haben.« Und da gibt es Menschen, die so wenig verstehen um zu behaupten, Irrsinnige könnten nicht logisch sprechen. Ich versprach ihm eine doppelte Ration, und ich glaube, ich habe ihn zum glücklichsten Menschen der Welt gemacht. Ich wollte, ich könnte seinen Geist ergründen.

Mitternacht. – Wieder eine Änderung an ihm. Ich war eben von einem Besuch bei Fräulein Westenraa zurückgekehrt, die ich bedeutend wohler angetroffen hatte, und betrachtete mir noch, am Eingangsgitter stehend, den Sonnenuntergang, als ich ihn auf einmal brüllen hörte. Da sein Zimmer auf dieser Seite des Hauses liegt, konnte ich es besser hören als am Morgen. Es tat mir leid, mich von der wunderbaren, dunstigen Schönheit eines Sonnenunterganges über London losreißen zu müssen, von den gespenstischen Lichtern und tintenschwarzen Schatten und all den herrlichen Farben, wie sie nur über schlechter Luft oder über schlechtem Wasser sich zeigen. Ich mußte zurück in den finsteren Ernst meines kalten, steinernen Hauses, mit seiner Atmosphäre von brütendem Elend und der Verzweiflung in der Brust, die mir alles noch viel trauriger erscheinen ließ. Ich trat bei ihm ein, gerade als die Sonne unterging, und durch sein Fenster sah ich den blutroten Ball versinken. Je tiefer die Sonne hinunterstieg, desto mehr ließ sein Anfall nach, und als sie verschwand, entglitt er, eine träge Masse, den ihn haltenden Händen und fiel zu Boden. Es ist jedenfalls merkwürdig, wie rasch sich Irre von derartigen Anfällen erholen, denn nach einigen Minuten stand er ruhig auf und sah umher. Ich gab den Wärtern ein Zeichen, ihn nicht zu halten, denn ich war aufs äußerste gespannt zu sehen, was er tun würde. Er ging auf das Fenster zu und wischte die Zuckerstückchen weg; dann nahm er seine Fliegenschachtel, schüttete sie aus und warf sie fort; endlich schloß er sein Fenster und setzte sich mit überschlagenen Beinen auf das Bett. Alles das überraschte mich höchlich und ich fragte ihn: »Wollen Sie denn keine Fliegen mehr fangen?«

»Nein«, antwortete er, »ich habe diesen Plunder satt.«

Auf jeden Fall ist er ein sehr interessantes Studienobjekt. Ich wollte, ich könnte nur einen kleinen Einblick in sein Geistesleben gewinnen oder wenigstens die Ursache seiner plötzlichen Anfälle ausfindig machen. Halt; vielleicht ist das ein Anhaltspunkt, wenn wir herausbekommen können, warum heute sein Paroxysmus am hellen Mittag und dann bei Sonnenuntergang ausbrach. Wäre es möglich, daß die Sonnenphasen einen schlechten Einfluß auf gewisse Personen ausüben, wie es ja auch die Mondphasen zuweilen tun? Wir wollen sehen!

Telegramm.
Dr. Seward, London,
an Van Helsing, Amsterdam.

für Telegramme 4. September. – –
Patientin heute noch besser.

Telegramm
Dr. Seward, London,
an Van Helsing, Amsterdam.

5. September. – Großartige Fortschritte der Patientin. Appetit gut; Schlaf regelmäßig; gute Laune: Farbe kehrt zurück.

Telegramm.
Dr. Seward, London,
an Van Helsing, Amsterdam.

6. September. – Schrecklicher Umschwung zum Schlechteren. Kommen Sie sofort; verlieren Sie keine Stunde. An Holmwood telegraphiere ich erst, wenn ich Sie gesprochen.

Zehntes Kapitel.

Brief.
Dr. Seward
an Arthur Holmwood

6. September.

Lieber Arthur!

Meine heutigen Nachrichten sind nicht sehr gute. Lucy hat heute Morgen einen kleinen Rückfall gehabt. Etwas Gutes jedoch ist doch dabei: Frau Westenraa war natürlich in Sorge um Lucy und hat mich als Arzt über sie konsultiert. Ich ergriff gern die günstige Gelegenheit und erzählte ihr, daß mein alter Lehrer, Van Helsing, der große Spezialist, mich besuchen werde und daß ich beabsichtige, in Gemeinschaft mit ihm Lucy zu behandeln. So können wir nun kommen und gehen, ohne sie besonders zu beunruhigen, denn eine Erregung würde ihr plötzliches Ende bedeuten. Was das bei Lucys schwacher Konstitution zu besagen hätte, brauche ich Dir wohl nicht näher zu erläutern. Wir sind von Schwierigkeiten umgeben, mein lieber, guter, alter Junge; aber wenn es Gottes Wille ist, werden wir schon durchkommen. Sollte es nötig werden, so schreibe ich Dir; wenn Du also keine Nachricht erhältst, darfst Du überzeugt sein, daß nichts Besonderes vorgefallen ist. In Eile

Stets Dein

John Seward.

Dr. Sewards Tagebuch.

7. September. – Das erste, was mich Van Helsing fragte, als ich ihn am Bahnhof Liverpool Street abholte, war:

»Haben Sie unserem jungen Freund, ihrem Bräutigam, etwas gesagt?«

»Nein«, antwortete ich, »ich wollte warten, bis ich Sie gesprochen hätte. Ich schrieb ihm einen Brief, in dem ich ihm nur mitteilte, daß Sie kommen würden, da Fräulein

Westenraa nicht recht wohl sei, und daß ich ihn benachrichtigen wolle, wenn es nötig wäre.«

»Ganz recht so, mein Freund«, erwiderte er, »ganz recht! Es ist besser, er weiß nichts; vielleicht soll er es nie wissen. Ich will es so; wenn es aber sein muß, dann soll er es erfahren. Aber, mein lieber Freund John, lassen Sie sich warnen. Sie haben viel mit Narren zu tun. Jeder Mensch ist ein bischen wahnsinnig, so oder so; und ebenso vorsichtig, wie Sie mit Ihren Narren verfahren, seien Sie mit den Narren Gottes, d. h. den übrigen Menschen. Sie sagen Ihren Narren auch nicht, was Sie tun und warum Sie es tun; Sie sagen ihnen auch nicht, was Sie denken. Bewahren Sie also das, was Sie erfahren, da auf, wo es hingehört, wo es bleiben soll, wo es sich mit anderen gleichartigen Erfahrungen ansammeln und Früchte tragen wird. Sie und ich, wir werden geheimhalten, was wir da oder dort erfahren.« Er berührte mich in der Herzgegend und an der Stirne und hierauf sich selbst in der gleichen Weise. »Ich meinerseits habe mir schon meine Gedanken gemacht. Später werde ich Sie dann einweihen.«

»Warum nicht jetzt gleich?« fragte ich, »vielleicht wäre es doch von Nutzen, wir würden eher zu einer Entscheidung kommen.« Er blieb einen Augenblick stehen und sagte, indem er mich ansah:

»Mein Freund John, wenn das Korn gewachsen ist, gerade bevor es reif wird, wenn die Milch der Mutter Erde in ihm ist und die Sonne noch nicht begonnen hat es goldig zu färben, reißt der Landmann eine Ähre aus, reibt sie zwischen seinen rauhen Händen, bläst die grüne Spreu weg und sagt zu Ihnen: ›Sehen Sie, das ist gutes Korn; es wird eine vorzügliche Frucht geben, wenn die Zeit da ist.‹« Ich verstand das Gleichnis nicht und gestand es ihm ein. Zur Antwort nahm er mich beim Ohr und zog es scherzend, wie er es vor Zeiten im Unterricht getan, und sagte zu mir: »Der gute Hausvater wird es erst dann zu Ihnen sagen, wenn er es gewiß weiß, aber nicht vorher. Sie werden nie finden, daß der Landmann sein eben erst gesätes Korn ausgräbt, um zu sehen, ob es wächst; das mögen Kinder tun, die im Spiel den Landmann nachahmen, aber nicht die, denen es ihre Lebensaufgabe darstellt. Sehen Sie es jetzt ein, Freund John? Ich habe das Korn gesät und muß der Natur freien Lauf lassen, daß sie es zum Sprießen bringe. Wenn es einmal sprießt, dann ist auch Hoffnung auf Reife; ich kann warten, bis die Ähren schwellen.« Er brach ab, da er offenbar sah, daß ich ihn verstand. Dann ging er weiter und sagte in tiefem Ernst:

»Sie waren immer ein fleißiger Student, und Ihr Schreibheft war immer voller als das der Kommilitonen. Damals waren Sie erst Student; heute sind Sie Arzt; ich hoffe, die gute Gewohnheit von dazumal ist noch bei Ihnen lebendig. Denken Sie daran, daß das sichere Wissen stärker ist als die Erinnerung; aber auf das Schwächere darf man sich nicht verlassen. Wenn Sie aber diese Gewohnheit nicht beibehalten haben sollten, dann lassen sie sich gesagt sein, lieber Freund, daß der Fall unseres lieben Fräuleins Lucy ein solcher ist, der für uns und andere von so hohem Interesse werden kann, – ich sage absichtlich *kann* – daß kein anderer ihm gleichkommt. Also merken Sie sich alles recht genau. Nichts ist zu geringfügig. Ich rate Ihnen, legen Sie sogar Ihre Zweifel und Mutmaßungen schriftlich nieder. Später ist es dann vielleicht für Sie von Interesse, zu sehen, wie richtig Sie geraten haben. Wir lernen aus unseren Fehlern, nicht aus unseren Erfolgen.«

Als ich ihm die Symptome von Lucys Krankheit beschrieb – dieselben wie bisher, nur bedeutend mehr ausgeprägt – sah er sehr ernst aus, sagte aber kein Wort. Er hatte eine Reisetasche mitgebracht, in der sich viele Instrumente und Arzeneien befanden, »die gräßlichen Paraphernalia unseres wohltätigen Handwerks«, wie er einst in einer Vorlesung scherzhaft die Ausrüstung der Mediziner genannt hatte. Als wir ankamen, empfing uns Frau Westenraa. Sie war sehr besorgt, aber lange nicht so sehr, als ich befürchtet hatte. Die Natur hat eben in einer ihrer wohltätigen Anwandlungen Gegenmittel sogar gegen die Schrecken des Todes den Menschen gewährt. Hier in einem Falle, wo jede Kleinigkeit verhängnisvoll werden kann, liegen die Dinge so, daß alles, was sie nicht persönlich betrifft – selbst der furchtbare Umschwung im Befinden ihrer Tochter, die sie doch über alles liebt – sie gar nicht berührt. In ähnlicher Weise umgibt Mutter Natur einen Fremdkörper, der irgendwo eingedrungen ist, mit einer unempfindlichen Gewebeschicht, um Verletzungen unmöglich zu machen. Wenn das also eine von der Natur gewollte Selbstsucht ist, dann sollten wir es uns überlegen, irgend jemand das Laster des Egoismus vorzuwerfen, denn seine Wurzeln mögen oft tiefer liegen, als wir zu beurteilen imstande sind.

Ich benütze also meine Kenntnis dieser Phase geistiger Pathologie und ordnete an, daß sie Lucy möglichst fern bleiben und sich nicht mehr mit deren Krankheit beschäftigen sollte, als absolut erforderlich sei. Sie sagte bereitwillig zu, so bereitwillig, daß ich auch hier wieder ihre Natur für ihr Leben kämpfen sah. Van Helsing und ich wurden in Lucys Zimmer geführt. Wenn ich gestern bei ihrem Anblick erschrak, so war ich heute entsetzt, als ich sie sah. Sie war von gespenstischer, kreidiger Blässe; das Rot schien sogar aus ihren Lippen und aus ihrem Zahnfleisch gewichen zu sein, und ihre Gesichtsknochen standen weit hervor. Ihr Atemholen war furchtbar zu sehen und zu hören. Van Helsings Gesicht wurde starr wie Marmor, und seine Augenbrauen zogen sich zusammen, daß sie sich über der Nase berührten. Lucy lag regungslos in ihren Kissen und hatte nicht die Kraft zu sprechen; eine Zeitlang war es totenstill. Dann winkte mir Van Helsing und wir gingen vorsichtig aus dem Zimmer. Kaum hatten wir die Türe hinter uns geschlossen, eilte er rasch den Gang entlang bis zum nächsten Zimmer, dessen Tür offen stand. Dann zog er mich schnell hinein und schloß ab. »Mein Gott«, sagte er, »das ist ja entsetzlich. Da ist keine Zeit zu verlieren. Sie hat nicht mehr so viel Blut in sich, um die Bewegung des Herzens noch aufrecht zu erhalten, und muß sterben, wenn nicht sofort eine Bluttransfusion vorgenommen wird. Wollen Sie oder soll ich?«

»Ich bin jünger und kräftiger, Herr Professor. Ich will.«

»Dann machen Sie sich sogleich bereit. Ich werde meine Instrumententasche hervorholen. Ich bin vorbereitet.«

Ich ging die Treppe mit ihm hinunter. In diesem Augenblick ließ sich ein Klopfen an der Haustüre vernehmen. Als wir den Flur erreichten, hatte das Mädchen bereits geöffnet und Arthur trat eilig ein. Er stürzte auf mich zu und flüsterte erregt:

»Jack, ich bin so besorgt. Ich habe zwischen den Zeilen deines Briefes gelesen und bin in Todesangst. Papa ist wohler, so kam ich her, um selbst nachzusehen. Ist dieser Herr hier Van Helsing? Ich bin Ihnen so dankbar, Herr Doktor, daß Sie kamen.« Das Auge des Professors hatte erst ärgerlich auf ihm geruht, als sei die Unterbrechung in diesem Augenblick sehr unerwünscht; nun aber ließ er den Blick über Arthurs kräftigen Körper gleiten und erkannte die starke, jugendliche Männlichkeit, die von ihm auszuströmen schien. Ein Leuchten flog über sein Antlitz. Ohne Zögern sagte er ernst, indem er ihm die Hand hinstreckte:

»Sie kommen gerade zur rechten Zeit. Sie sind der Bräutigam des lieben Fräuleins. Sie ist krank, sehr krank. Aber verzweifeln Sie deswegen nicht.« Denn Arthur wurde plötzlich bleich und sank fast ohnmächtig in einen Stuhl. »Sie sind im Stande ihr zu helfen. Sie können mehr für sie tun als irgend jemand auf der Welt, Ihr Mut ist ihre beste Hilfe.«

»Was kann ich tun?« fragte Arthur heiser. »Sagen Sie es, und ich werde es tun. Mein Leben gehört ihr, den letzten Blutstropfen aus meinem Leibe würde ich für sie geben.« Der Professor ist sehr humoristisch veranlagt, und ich konnte auf Grund meiner langen Erfahrung eine Spur davon in seiner Antwort entdecken:

»Lieber Herr Holmwood, so viel verlange ich auch gar nicht, – nicht den letzten!«

»Was soll ich denn tun?« Seine Augen glühten und seine Nasenflügel bebten vor Erregung. Van Helsing klopfte ihm auf die Schulter. »Kommen Sie«, sagte er. »Sie sind ein Mann, und einen Mann brauchen wir gerade. Sie sind besser als ich, sind besser als mein Freund John.« Arthur sah verwirrt drein, und der Professor fuhr, ihm die Sache erläuternd, in gütigem Tone fort:

»Das junge Fräulein ist krank, sehr krank. Sie braucht Blut, Blut muß sie haben oder sterben. Mein Freund John und ich haben beraten; wir beschlossen eben, eine Operation vorzunehmen, welche man Bluttransfusion nennt, – – Blut aus vollen Adern des Einen in die leeren des Andern, die danach lechzen, hinüberzuleiten. John hatte sich bereit erklärt, sein Blut herzugeben, da er jünger und kräftiger ist als ich« – hier ergriff Arthur meine Hand und preßte sie schweigend – »aber da Sie nun hier sind, sind Sie besser als wir zwei, alt und jung, die sich zu sehr in der Welt der Gedanken herumplacken müssen. Unsere Nerven sind nicht so ruhig, und unser Blut nicht so frisch, als es bei Ihnen der Fall ist.« Arthur sah ihn an und sagte:

»Wenn Sie nur wüßten, wie gerne ich für sie sterben würde, würden Sie begreifen – – – – – –«

Er hielt inne, da ihm die Stimme versagte.

»Herr Holmwood«, rief Van Helsing aus, »auf alle Fälle werden Sie glücklich sein in dem Gefühl, Ihr Möglichstes für die getan zu haben, die Sie lieben. Kommen Sie nun und seien Sie still. Sie dürfen sie einmal küssen, wenn es geschehen ist, aber dann müssen Sie gehen; auf mein Zeichen hin müssen Sie sich entfernen. Sagen Sie Frau Westenraa kein Wort; Sie wissen ja, wie es mit ihr steht. Jede Erschütterung muß vermieden werden, und das wäre doch wohl eine, wenn sie von der Sache erführe. Kommen Sie!«

Wir begaben uns alle in Lucys Zimmer hinauf. Arthur blieb auf Anraten des Arztes draußen. Lucy wendete müde ihr Haupt und sah uns an, sagte aber nichts. Sie schlief nicht, sie wäre dazu nicht imstande gewesen. Aber ihre Augen ruhten sprechend auf uns, das war alles. Van Helsing nahm einige Sachen aus seinem Reisekoffer und legte sie abseits auf einen kleinen Tisch. Dann bereitete er ein Narkotikum und sagte freundlich, indem er sich dem Bette näherte:

»Nun, liebes kleines Fräulein, hier haben Sie Ihre Medizin. Nehmen Sie davon wie ein braves Kind. Sehen Sie, ich hebe Sie ein wenig auf, damit Ihnen das Schlucken leichter fällt. So!« Es war ihr gelungen, die Anordnung zu befolgen.

Ich wunderte mich, daß der Trank so langsam wirkte. Das war in der Tat ein Beweis ihrer vollkommenen Erschöpfung. Die Zeit schien mir endlos, bis sich der Schlaf auf ihre Lider zu senken begann. Schließlich tat das Narkotikum doch seine Wirkung und sie fiel in einen tiefen Schlummer. Als der Professor dies festgestellt hatte, rief er Arthur in das Zimmer und bat ihn, den Rock abzulegen. Dann fügte er hinzu: »Sie können sich einstweilen einen Kuß holen, während ich den Tisch herbeitrage. Freund John, helfen Sie mir!« So sahen wir beide nicht hin, als er sich über Lucy beugte.

Van Helsing wandte sich an mich, indem er sagte:

»Er ist so jung und stark und sein Blut so rein, daß wir nicht nötig haben, es zu defibrinieren.«

Dann führte Van Helsing rasch, aber mit vollendeter Sicherheit die Operation aus. Als die Transfusion Fortschritte machte, schien etwas Leben in die Wangen des armen Mädchens zurückzukehren und Arthurs immer bleicher werdendes Gesicht spiegelte die Freude seines Herzens wieder. Nach einer Weile begann ich ängstlich zu werden, denn der Blutverlust griff Arthur an, so kräftig er auch war. Ich konnte mir ein Bild davon machen, welche furchtbare Erschöpfung Lucys Organismus ergriffen haben mußte, wenn das, was Arthur schon schwächte, nur teilweise ihr aufzuhelfen vermochte. Aber das Antlitz des Professors trug den Ausdruck der Entschlossenheit und er stand da, die Uhr in der Hand, die Augen abwechselnd auf die Patientin und auf Arthur gerichtet. Ich konnte mein eigenes Herz klopfen hören. Dann sagte er mit sanfter Stimme: »Bitte, rühren Sie sich einen Moment nicht. Es ist genug. Sie werden ihn verbinden; ich nehme mich ihrer an.« Als alles vorüber war, erkannte ich, wie sehr Arthur unter der Operation gelitten hatte. Ich verband seine Wunde und nahm seinen Arm, um ihn hinunterzuführen; da sagte Van Helsing, ohne sich umzudrehen – – ich glaube, der Mann hat auch im Rücken Augen – –:

»Der brave Mensch hat, denke ich, noch einen Kuß verdient, den er sofort haben soll.« Und als er dann seine Hilfeleistung beendet hatte, richtete er noch das Kissen unter dem Kopfe der Patientin. Dabei verschob sich das schwarze Samtband, das sie immer um den Hals trug und das mit einer antiken Diamantschließe, einem Geschenk ihres Bräutigams, verziert war, und ließ uns einen roten Fleck an ihrer Kehle erkennen. Arthur bemerkte es nicht, aber ich hörte Van Helsing laut und zischend Atem holen, was bei ihm immer ein Zeichen tiefer Erregung ist. Einen Augenblick schwieg er, dann wandte er sich an mich und sagte:

»Nun führen Sie Arthur hinunter, geben Sie ihm einen Schluck Portwein zu trinken und lassen Sie ihn eine Zeit lang ruhen. Dann soll er heimgehen und ausruhen, viel schlafen und viel und gut essen, damit er rasch das wieder ersetzt, was er seiner Braut gegeben hat. Er darf nicht hier bleiben. Doch, noch einen Augenblick! Ich kann es recht wohl begreifen, daß Sie sich für das Resultat der Operation interessieren. Ich kann Ihnen versichern, daß sie in jeder Weise als gelungen zu betrachten ist. Sie haben ihr Leben gerade noch gerettet; Sie können nun heimgehen und sich in dem angenehmen Bewußtsein niederlegen, daß alles geschehen ist, was geschehen konnte. Ich werde ihr genau Bericht erstatten, sobald sie wieder wohl ist; sie wird Sie für das, was Sie an ihr getan, nur noch mehr lieben. Adieu!«

Als Arthur weg war, ging ich wieder ins Zimmer hinauf. Lucy schlief sanft und ihr Atem war kräftiger; ich konnte sehen, wie sich die Bettdecke über ihrer Brust bewegte. Neben dem Bett stand Van Helsing und sah voll Interesse auf sie. Das Samtband bedeckte wieder die roten Wundmale. Flüsternd fragte ich den Professor:

»Was halten Sie von jenen Wunden dort an ihrer Kehle?«

»Was halten Sie davon?«

»Ich habe sie noch nicht genau gesehen«, erwiderte ich und lockerte da und dort das Band. Gerade über der äußeren Halsschlagader befanden sich zwei punktartige Verletzungen, nicht groß, aber sie sahen nicht sehr gutartig aus. Die Ränder waren weiß und blutleer, wie von einer Quetschung. Plötzlich kam mir der Einfall, daß diese Wunden, oder was es sonst war, die Ursache dieses offenbar ungeheuren Blutverlustes sein könnten; aber ich verwarf die Idee schon im Entstehen, denn so etwas war ja gar nicht denkbar. Die Menge Blut, die das Mädchen verloren haben mußte – anders konnte man sich ja die furchtbare Blässe vor der Transfusion nicht erklären – hätte genügt, um die Linnen ihres Lagers in Scharlachtücher zu verwandeln.

»Nun?« fragte Van Helsing.

»Nun«, erwiderte ich, »ich kann mir nichts dabei denken.« Der Professor stand auf. »Ich muß heute Nacht nach Amsterdam zurück«, sagte er, »ich habe dort Bücher und Dinge, deren ich bedarf. Sie müssen die ganze Nacht hier bleiben und dürfen keinen Augenblick Ihre Aufmerksamkeit von ihr wenden.«

»Soll ich eine Wärterin bestellen?« fragte ich.

»Wir sind die besten Wärter, Sie und ich. Halten Sie die ganze Nacht Wache. Geben Sie acht, daß sie gut zu essen bekommt und daß sie nicht gestört wird. Sie dürfen heute einmal nicht schlafen. Später dann können wir ruhen, Sie und ich. Ich komme sobald als irgend möglich zurück. Und dann können wir beginnen.«

»Was beginnen?« sagte ich. »Was um alles in der Welt können Sie meinen?«

»Sie werden ja sehen!« antwortete er, während er hinauseilte. Einen Augenblick später kehrte er noch einmal zurück und steckte den Kopf zur Türe herein, indem er mir mit warnend aufgehobenem Finger zuflüsterte:

»Denken Sie daran, ich habe sie Ihnen ans Herz gelegt. Wenn Sie etwas übersehen und es geschieht ihr ein Leid, dann werden Sie wohl keine ruhige Stunde mehr haben!«

Dr. Sewards Tagebuch.

8. September. – Ich blieb die ganze Nacht bei Lucy sitzen. Gegen Abend hatte das Opiat seine Wirkung verloren, und sie wachte von selbst auf. Sie sah unvergleichlich viel besser aus als vor der Operation. Auch war sie bei guter Laune und voll froher Lebhaftigkeit, aber ich konnte dennoch die Anzeichen der vorhergegangenen totalen Entkräftung nicht übersehen. Als ich Frau Westenraa mitteilte, daß mir der Doktor den Auftrag gegeben habe, bei ihr zu wachen, lachte sie mich beinahe aus, indem sie die gute Laune und die wiedergekehrte Kraft ihrer Tochter hervorhob. Trotzdem blieb ich meinem Entschlusse treu und traf Vorbereitungen für die lange Nachtwache. Als ihr Mädchen sie für die Nacht hergerichtet hatte, begab ich mich nach Einnahme meines Abendbrotes zu ihr und setzte mich neben ihr Bett. Sie machte keine Einwendungen, sondern sah mich immer dankbar an, so oft mein Blick sie traf. Nach langer Zeit schien sie in Schlaf versinken zu wollen, da raffte sie sich plötzlich zusammen und schüttelte den Schlaf ab. Dies wiederholte sich mehrere Male, mit immer kürzeren Pausen und mit immer größerer Anstrengung ihrerseits, je weiter die Zeit vorschritt. Offenbar schien sie den Schlaf vermeiden zu wollen. Ich nahm deshalb das Gespräch auf:

»Wünschen Sie denn nicht zu schlafen?«

»Nein, ich fürchte mich davor.«

»Sich vor dem Schlaf fürchten! Wieso? Er ist doch eine Wohltat, deren wir alle dringend bedürfen.«

»Ja, aber nicht, wenn es Ihnen so ginge wie mir, wenn Ihnen der Schlaf ein Vorbote des Grauens wäre!«

»Ein Vorbote des Grauens, was um des Himmels Willen meinen Sie?«

»Ich weiß es nicht, ach, ich weiß es nicht. Das ist gerade das Furchtbare. All dieses Elend kommt über mich, wenn ich schlafe, so daß ich mich fürchte, überhaupt nur daran zu denken.«

»Aber, mein liebes Fräulein, heute Nacht können Sie getrost schlafen. Ich bin hier und kann Ihnen versprechen, daß Ihnen nichts passieren soll.«

»Ach, ich kann mich ja auf Sie verlassen!« Ich ergriff die Gelegenheit und sagte: »Ich verspreche Ihnen, daß ich Sie, sobald sich irgend ein böser Traum bemerkbar macht, sofort wecke.«

»Sie versprechen mir das? Wollen Sie wirklich? Wie gut Sie sind. Dann will ich schlafen!« Kaum hatte sie das gesagt, stahl sich ein Seufzer der Erleichterung über ihre Lippen und sie sank schlafend zurück.

Die ganze Nacht wachte ich bei ihr. Sie regte sich nicht, sondern schlief einen tiefen, ruhigen, leben- und gesundheitsspendenden Schlaf. Ihre Lippen waren leicht geöffnet und ihre Brust hob und senkte sich mit der Regelmäßigkeit eines Uhrwerkes. Ein Lächeln lag auf ihrem Antlitz, und es hatte den Anschein, daß kein böser Traum den Frieden ihrer Seele störte.

Am frühen Morgen kam das Mädchen und ich überließ Lucy ihrer Fürsorge und begab mich sofort nach Hause, denn ich war auf verschiedene Dinge sehr gespannt. Ich sandte kurze Telegramme an Van Helsing und an Arthur, in denen ich ihnen von dem ausgezeichneten Erfolg der Operation berichtete. Meine Berufspflichten, die in mancher Hinsicht etwas im Rückstand geblieben waren, hielten mich den ganzen Tag über fest; es war schon dunkel, als ich dazu kam, meinen Zoophagus zu besuchen. Der Bericht war günstig; er war den ganzen vergangenen Tag und die Nacht über ruhig gewesen. Von Van Helsing kam ein Telegramm, während ich gerade bei Tisch saß. Er forderte mich auf, die Nacht wieder auf Hillingham zu verbringen und teilte mir mit, daß er mit dem Nachtzug abfahren und dann am frühen Morgen mit mir zusammentreffen werde.

9. September. – Ich war ziemlich müde und erschöpft, als ich in Hillingham ankam. Zwei Nächte hindurch hatte ich kaum einen Augenblick geschlafen, und in meinem Gehirn fühlte ich eine dumpfe Leere, ein untrügliches Anzeichen meiner geistigen Abspannung. Lucy war aufgestanden und in köstlicher Laune. Als ich ihr die Hand reichte, sah sie mir scharf ins Gesicht und sagte:

»Heute Nacht wird nicht aufgeblieben. Sie sind zu sehr erschöpft. Ich fühle mich wieder ganz wohl; in der Tat, ich bin es; und wenn jemand heute wach bleiben muß, dann will ich es sein.« Ich wollte mit ihr über diesen Punkt nicht rechten, sondern ging hinunter und nahm mein Abendbrot ein. Lucy kam mit mir; ihre liebenswürdige Gegenwart regte mich an und ließ mir das Essen vorzüglich munden; dazu trank ich ein paar Glas des mehr als guten Portweines. Dann begleitete ich Lucy wieder hinauf und sie wies mir ein Zimmer neben dem ihren an, in dem ein lustiges Feuer brannte. »Heute«, sagte sie, »müssen Sie hier bleiben. Ich werde die Türe offen lassen. Sie können sich auf das Sofa legen, denn ich weiß, daß nichts in der Welt einen von Euch Doktoren dazu bringen könnte, ins Bett zu gehen, so lange noch ein Patient in erreichbarer Nähe ist. Wenn ich etwas brauchen sollte, kann ich ja herausrufen und Sie sind gleich bei mir.« Ich konnte nicht anders als zustimmen, denn ich war »hundemüde« und hätte nicht wach bleiben können, selbst wenn ich es versucht hätte. Nachdem sie ihr Versprechen, mich zu rufen, wenn sie etwas brauchen sollte, erneuert hatte, legte ich mich auf das Sofa und vergaß alles um mich.

Lucy Westenraas Tagebuch.

9. September. – Ich fühle mich so glücklich heute Abend. Ich bin so furchtbar schwach gewesen, daß das Gefühl, wieder denken und sich bewegen zu können, mir vorkommt wie Sonnenschein nach langen Oststürmen und stahlgrauen Wolken. Mir ist, als sei Arthur nahe, ganz nahe bei mir. Es macht mich ganz warm, ihn so in der Nähe zu fühlen. Ich glaube, daß Krankheit und Schwäche egoistisch machen und unser inneres Auge und unsere ganze Sorge auf unser eigenes Selbst richten, während Gesundheit und Stärke den Platz wieder für Amor frei machen, der dann unsere Gedanken und Gefühle dahin lenkt, wohin er will. Ich weiß, wo meine Gedanken weilen. Wenn nur Arthur es wüßte! Mein Liebster, Deine Ohren müssen Dir im Schlafe klingen, während ich wache. O, diese segensreiche Ruhe der letzten Nacht! Wie süß ich schlief, während der teure, gute Dr. Seward meinen Schlummer behütete. Und auch heute Nacht werde ich mich nicht fürchten zu schlafen, denn er ist nahe bei mir und in Rufweite. Dank allen denen, die so gut zu mir sind! Dank auch dem lieben Gott! Gute Nacht, Arthur!

Dr. Sewards Tagebuch.

10. September. – Ich kam zum Bewußtsein, als ich des Professors Hand auf meinem Haupte fühlte. Ich starrte schlaftrunken noch einige Augenblicke um mich, war aber dann sofort munter. Das ist etwas, das wir in einem Asyl zu lernen reichlich Gelegenheit haben.

»Nun, wie geht es unserer Patientin?«

»Gut, als ich von ihr wegging, oder besser, als sie von mir wegging«, antwortete ich.

»Kommen Sie, wir wollen nachsehen«, sagte er. Und zusammen begaben wir uns in Lucys Zimmer.

Der Vorhang war heruntergelassen und ich zog ihn vorsichtig auf, während Van Helsing sich mit seinem leichten, katzenartigen Schritt dem Bette näherte.

Als das Rouleau hochgezogen war und das Licht der Morgensonne in das Zimmer flutete, hörte ich das scharfe, zischende Atemholen des Professors, und da ich seine Eigenart kannte, schoß mir ein tödlicher Schreck durch die Glieder. Als ich näher kam, trat er zurück, und sein Schreckensausruf: »Gott im Himmel!« hätte der Bekräftigung durch das Entsetzen in seinem Antlitz nicht bedurft. Er hob seine Hand und deutete auf das Bett; sein eisernes Gesicht war verzerrt und aschfahl. Ich fühlte, wie meine Knie zitterten.

Dort auf dem Bette, in tiefer Ohnmacht, lag die arme Lucy, noch bleicher und elender als vorher. Sogar die Lippen waren weiß und das Zahnfleisch schien von ihren Zähnen weggeschrumpft zu sein, wie wir es zuweilen an Leichen von Menschen sehen, die nach langem Siechtum gestorben sind. Van Helsing hob wütend den Fuß, um aufzustampfen, aber, wie von seiner guten Erziehung und von der Gewohnheit langer Jahre besänftigt, ließ er ihn wieder geräuschlos nieder. »Rasch«, sagte er, »bringen Sie den Brandy.« Ich eilte in das Speisezimmer und kehrte mit der Karaffe zurück. Er netzte die schmalen, bleichen Lippen, und zusammen rieben wir ihre Fußsohlen, Handgelenke und die Brust. Er fühlte nach ihrem Herzen und sagte nach einigen Augenblicken entsetzlichen Wartens:

»Es ist noch nicht zu spät. Es schlägt, wenn auch schwach. All unsere Arbeit ist umsonst gewesen; wir müssen von neuem beginnen. Wir haben aber den jungen Arthur nicht hier; ich muß diesmal Sie in Anspruch nehmen, Freund John.« Während er sprach, kramte er in seinem Koffer und brachte die Instrumente für die Transfusion heraus; ich hatte schon meinen Rock ausgezogen und die Hemdärmel hochgestülpt. Ein Opiat war in diesem Falle unnötig; es wäre auch unmöglich gewesen ihr eines einzuflößen. So begannen wir, ohne einen Moment zu zögern, die Operation. Nach einiger Zeit – sie schien mir nicht sehr kurz zu sein, denn dieses Abziehen von Blut, so gerne es auch gegeben werden mag, ist ein schreckliches Gefühl – erhob Van Helsing warnend den Finger. »Rühren Sie sich jetzt nicht«, sagte er »ich fürchte, daß mit vorschreitender Kräftigung ihr Bewußtsein zurückkehrt, und das wäre gefährlich, ach, so gefährlich. Aber ich werde doch Vorsichtsmaßregeln treffen. Ich werde ihr eine subkutane Morphiumeinspritzung machen.« Er führte dann, rasch und gewandt, sein Vorhaben aus. Die Wirkung war keine üble, denn der Zustand der Ohnmacht ging unmerklich in den narkotischen Schlaf über. Mit einem Gefühl persönlicher Genugtuung sah ich, wie sich ein schwacher Schimmer von Farbe in ihre bleichen Wangen und Lippen stahl. Niemand, der es nicht durchgemacht, kann ahnen, was es heißt, sein eigenes Blut in die Adern einer geliebten Frau hinüberleiten zu lassen.

Der Professor beobachtete mich mit kritischem Blick. »Es genügt«, sagte er. »Schon?« entgegnete ich. »Sie haben von Arthur bedeutend mehr Blut genommen.« Da lächelte er traurig und erwiderte:

»Ja, er ist ihr Schatz, ihr Bräutigam. Sie haben noch Arbeit vor sich, viel Arbeit, für sie und für andere; das, was Sie gegeben haben, wird genügen.«

Als wir die Operation beendet hatten, machte er sich um Lucy zu schaffen, während ich einstweilen meine eigene Wunde durch Fingerdruck verschloß. Ich legte mich nieder und wartete ungeduldig, bis er die Zeit fände auch mich zu verbinden, denn ich fühlte mich schwach und etwas unwohl. Nachdem er mich dann auch versorgt hatte, sandte er mich hinunter, um zu meiner Stärkung ein Glas Wein zu trinken. Als ich das Zimmer verließ, kam er hinter mir drein und flüsterte:

»Aber es darf nichts von der Sache verlauten. Wenn unser junger Liebhaber unvermutet auftauchen sollte, wie schon einmal, sagen Sie ihm kein Wort davon. Es würde ihn zugleich erschrecken und eifersüchtig machen. Das darf beides nicht sein. So!«

Als ich zurückkehrte, sah er zärtlich auf mich und sagte dann:

»Sie sind nicht mehr so übel daran. Gehen Sie in Ihr Zimmer und ruhen Sie sich eine Zeit lang auf dem Sofa aus. Dann frühstücken Sie ordentlich und kommen Sie wieder zu mir hierher.«

Ich befolgte seine Ratschläge, denn ich wußte, sie waren gut und klug. Ich hatte meinen Teil geleistet und hatte nun die nächste Pflicht, meine Kräfte wieder zu ersetzen. Ich fühlte mich wirklich sehr schwach, und in meiner Schwäche war mir das Schreckliche dessen, was sich ereignet hatte, gar nicht zum Bewußtsein gekommen. Ich schlief auf dem Sofa ein und dachte darüber nach, wie Lucy wieder einen solchen furchtbaren Rückfall bekommen konnte und wie es möglich war, daß sie soviel Blut ohne irgend ein äußeres Anzeichen verlor. Ich glaube, ich habe mein Nachdenken auch im Schlafe fortgesetzt, denn im Schlafen und im Wachen kamen meine Gedanken immer wieder auf jene kleinen Punkte an ihrer Kehle zurück, so winzig diese auch waren, und auf das zerfetzte, bleiche Aussehen ihrer Ränder.

Lucy schlief weit in den Tag hinein. Als sie erwachte, war sie recht stark und wohlauf, wenn auch lange nicht so wie am Tage zuvor. Nachdem Van Helsing sie besucht hatte, ging er ein wenig spazieren. Er überließ sie meiner Fürsorge und schärfte mir strengstens ein, sie keinen Augenblick allein zu lassen. Ich hörte ihn unten auf dem Flur nach dem nächsten Telegraphenbureau fragen.

Lucy plauderte ganz fröhlich mit mir und schien absolut nichts von dem zu wissen, was vorgefallen war. Ich versuchte, sie zu unterhalten und ihr Interesse rege zu halten. Als ihre Mutter heraufkam, um nach ihr zu sehen, bemerkte sie keine Änderung und sagte dankbar zu mir:

»Wir sind Ihnen so viel Dank schuldig, Dr. Seward, für das, was Sie an uns getan; Sie sollten nun auch daran denken, daß Sie sich nicht überarbeiten. Sie sehen selbst bleich aus. Sie brauchen eine Frau, die Sie pflegt und für Sie sorgt; sehen Sie sich doch nach einer um!« Während sie das sagte, wurde Lucy rot, wenn auch nur einen

Augenblick. Die Reaktion äußerte sich dann in einer außerordentlichen Blässe, und sie sah mich bittend an. Ich lächelte und nickte und legte meinen Zeigefinger an die Lippen. Mit einem Seufzer sank sie dann in ihre Kissen zurück.

Nach ein paar Stunden kam Van Helsing wieder und bemerkte zu mir: »Nun gehen Sie nach Hause und essen und trinken Sie gehörig. Sorgen Sie, daß Sie bald wieder stark sind. Ich bleibe heute Nacht hier und werde selbst bei dem kleinen Fräulein Wache halten. Sie und ich, wir wollen den Fall behandeln, ein Anderer braucht davon nichts zu wissen. Ich habe schwerwiegende Gründe dafür. Nein, fragen Sie nicht danach; denken Sie davon, was Sie wollen. Scheuen Sie nicht davor zurück, selbst das Unglaublichste anzunehmen. Gute Nacht.«

Im Flur kamen zwei der Dienstmädchen mir entgegen und baten mich, sie nachts abwechselnd bei Fräulein Lucy wachen zu lassen. Sie flehten mich geradezu darum an. Als ich ihnen sagte, es sei Dr. Van Helsings ausdrücklicher Wunsch, daß außer ihm und mir niemand wachen solle, baten sie mich inständigst, doch bei dem »fremden Herrn« ein Wort für sie einzulegen. Ich war ganz gerührt ob dieser Treue, entweder weil ich schwach war oder weil es Lucy war, für die sie ihre Ergebenheit beweisen wollten. Denn so und so oft habe ich ja schon ähnliche Beweise weiblicher Opferwilligkeit zu beobachten Gelegenheit gehabt. Ich kehrte zu einem recht verspäteten Diner hierher zurück und machte dann meinen Rundgang. – – Alles in Ordnung. Dies zeichne ich auf, während ich auf den Schlaf warte. Ich fühle, wie er sich nähert.

11. September. – Heute Nachmittag ging ich hinüber nach Hillingham. Ich traf Van Helsing in bester Laune und Lucy wesentlich besser an. Kurz nach meiner Ankunft wurde ein großes Paket für den Professor abgegeben, das aus dem Ausland kam. Er öffnete es mit großer Eile – – scheinbar erheuchelt – – und zeigte uns einen mächtigen Strauß weißer Blüten.

»Die sind für Sie, Fräulein Lucy«, sagte er.

»Für mich? Sie lieber Doktor Van Helsing.«

»Ja, mein Kind, aber nicht um damit zu spielen. Es sind Heilkräuter.« Lucy machte ein enttäuschtes Gesichtchen. »Aber sie werden nicht als irgend ein widerlicher Aufguß genommen, so daß Sie Ihr kleines Näschen rümpfen müßten, oder ich muß meinen Freund Arthur bedauern, daß er das Gesichtchen, das er so lieb hat, so verzogen sehen muß. Aha, mein süßes Fräulein, das zieht das reizende Näschen wieder gerade. Das ist ein Heilmittel, Sie haben aber gar keine Ahnung, wie es angewandt wird. Ich lege die Blüten an Ihr Fenster, dann binde ich einen hübschen Kranz, den ich um Ihren Hals winde, damit Sie in Ruhe schlafen können. O ja! sie bringen, wie der Lotus, Vergessenheit für alles Leid. Es riecht wie die Wasser der Lethe und des Jungbrunnens, nach dem die Conquistadores auf Florida gesucht und den sie zu spät gefunden haben.«

Während er sprach, hatte Lucy die Blumen in die Hand genommen und daran gerochen. Dann warf sie sie weg und rief, halb belustigt, halb voll Ekel:

»Aber, Herr Professor, ich glaube Sie wollen sich einen Scherz mit mir machen. Diese Blüten sind ja gemeiner Knoblauch.«

Zu meiner höchsten Überraschung stand Van Helsing auf und sagte mit eiserner Miene, die buschigen Augenbrauen zusammengezogen, im tiefsten Ernste:

»Keine Possen! Ich scherze nie! Es liegt grimmiger Ernst in all dem, was ich tue, und ich warne Sie davor, mir zu widerstreben. Nehmen Sie sich in acht, wenn nicht um Ihretwillen, so doch um anderer Willen.« Da er sah, daß die kranke Lucy mehr erschreckt war, als er wollte, sagte er sanfter: »Mein kleines Fräulein, mein liebes, fürchten Sie sich nicht vor mir. Ich will ja nur Ihr Bestes. Aber es liegt in diesen gemeinen Blüten eine Kraft, die für Sie nur von Vorteil sein kann. Sehen Sie, ich stelle sie selbst hier in Ihrem Zimmer auf. Ich binde Ihnen selbst den Kranz, den Sie tragen sollen. Aber stille! sprechen Sie mit niemand anderem darüber, und wenn er auch noch so dringend fragen sollte. Sie müssen gehorchen, und Stillschweigen ist ein Teil des Gehorsams. Der Gehorsam wird Sie stark und gesund wieder in die Arme Ihres Bräutigams zurückführen, der Ihrer harrt. Sitzen Sie einen Augenblick still. Kommen Sie mit mir, Freund John, und helfen Sie mir, das Zimmer mit meinen Knoblauchblüten zu zieren, die geraden Weges von Haarlem kommen, wo sie mein Freund Van der Pool das Jahr über in Glashäusern zieht. Ich mußte gestern noch darum telegraphieren, wenn sie heute da sein sollten.«

Wir gingen in das Zimmer, indem wir die Blüten mitnahmen. Die Tätigkeit des Professors war sicherlich eine sehr seltsame und wäre wohl in keiner Pharmakopöe, die mir irgend bekannt war, zu finden gewesen. Erst befestigte er die Fenster und verschloß sie ganz sorgfältig. Dann nahm er eine Hand voll Knoblauch und rieb damit die Fensterrahmen ein, als wolle er sich versichern, daß jeder Luftzug, der hereinkäme, auch mit dem Duft der Blüten geschwängert sei. Dann rieb er mit dem Büschel den Türrahmen oben, unten und auf den Seiten, und schließlich den Platz um den Kamin in der gleichen Weise. Es schien mir das alles sehr komisch und ich sagte zu ihm:

»Herr Professor, ich weiß ja, daß Sie für alles, was Sie tun, einen Grund haben, aber das, was Sie jetzt tun, ist mir wirklich ein Rätsel. Es ist gut, daß wir keinen Spötter hier haben, er würde sagen, Sie treiben Zauberei, um irgend einen bösen Geist fernzuhalten.«

»Vielleicht geschieht es eben deswegen!« antwortete er ruhig, indem er den Kranz, den Lucy um ihren Hals legen sollte, zu flechten begann.

Wir warteten noch, bis Lucy ihre Nachttoilette vollendet hatte. Als sie dann im Bette lag, ging Van Helsing zu ihr und legte ihr selbst den Kranz um den Hals. Das letzte, was er zu ihr sagte, war:

»Geben Sie acht, daß Sie ihn nicht verschieben. Selbst, wenn Ihnen die Luft im Zimmer drückend vorkommen sollte, öffnen Sie heute Nacht weder Fenster noch Tür.«

»Ich verspreche es Ihnen«, sagte Lucy, »und danke Ihnen beiden für all Ihre Güte gegen mich. O Gott, wie habe ich solch edle Freunde verdient?«

Als wir das Haus verlassen hatten, bestiegen wir meinen Wagen, der unten gewartet hatte. Van Helsing sagte:

»Heute Nacht kann ich in Frieden ruhen. Ruhe brauche ich notwendig – zwei Nächte Arbeit, dann viel Lektüre den dazwischenliegenden Tag, am folgenden Tag furchtbare Sorge und zuletzt eine Nachtwache ohne einen Augenblick Schlaf. Morgen in aller Frühe holen Sie mich ab und wir besuchen miteinander unser liebes Fräulein, dem mein ›Zauber‹ wieder neue Kräfte verschafft haben wird. Ha, ha!«

Er schien so voll Vertrauen, daß ich ein Grauen und ein Unbehagen nicht unterdrücken konnte. War ich doch auch zwei Nächte vorher so vertrauensselig gewesen – und was war das Ergebnis! Vielleicht war es meine Schwäche, die mich zögern ließ, es meinem Freunde einzugestehen; daß ich es nicht vermochte, bedrückte mich wie unvergossene Tränen.

Elftes Kapitel.

Lucy Westenraas Tagebuch

12. September. – Wie gut sie alle zu mir sind. Ich bin ganz verliebt in diesen prächtigen Dr. Van Helsing. Ich möchte wissen, warum er wegen der Blüten so ärgerlich war. Er hat mich mit seinem Wutausbruch tatsächlich erschreckt. Und doch muß er recht damit haben, denn ich habe das Gefühl, als ströme eine gewisse ruhige Behaglichkeit von ihnen aus. Jedenfalls fürchte ich mich nicht davor, heute Nacht allein sein zu müssen, und kann mich ohne Sorge zur Ruhe legen. Das Flattern außen an meinem Fenster stört mich nicht. Wenn ich denke, wie furchtbar ich in der letzten Zeit mich gegen den Schlaf gewehrt habe! Die doppelte Pein, der Schlaflosigkeit und die der Angst vor dem Schlafe, der für mich so unbegreifliche Schrecken hatte. Wie glücklich sind die Menschen, deren Leben ohne Furcht, ohne Angst dahinfließt, denen der

Schlaf ein Tröster ist, der allnächtlich kommt und ihnen nur süße Träume bringt. Nun, so ist es denn Nacht geworden, und ich liege da wie Ophelia im Trauerspiel, mit »jungfräulichem Kranz und Mädchenschmuck« und warte auf den Schlaf. Früher konnte ich Knoblauch nicht leiden, aber heute Nacht ist er mir köstlich! Es liegt Friede in seinem Duft. Ich fühle, wie der Schlaf leise herankommt. Gute Nacht Ihr alle.

Dr. Sewards Tagebuch.

13. September. – Sprach im Berkeley-Hotel vor und fand Van Helsing, wie immer, bereit. Das vom Hotel bestellte Fuhrwerk wartete unten. Der Professor nahm seinen Koffer, den er jetzt stets mit sich führt.

Ich will alles der Reihe nach niederlegen. Van Helsing und ich kamen um acht Uhr nach Hillingham. Es war ein herrlicher Morgen. Der fröhliche Sonnenschein und der frische Hauch des Frühherbstes kam mir vor wie die Vollendung des jährlichen Werkes der Natur. Die Blätter hatten schon allerlei schöne Farben angenommen, hatten aber noch nicht begonnen von den Zweigen zu fallen. Als wir eintreten, begegnete uns Frau Westenraa, die eben aus ihrem Boudoir kam. Sie ist von jeher eine Frühaufsteherin. Sie begrüßte uns herzlich und sagte:

»Sie werden froh sein zu hören, daß es Lucy besser geht. Das gute Kind schläft noch. Ich sah in ihr Zimmer, ging aber nicht hinein, um sie nicht zu stören«. Der Professor lächelte und sah ganz triumphierend aus. Er rieb seine Hände aneinander und sagte:

»Aha, ich glaube, ich habe den Fall erkannt. Meine Behandlung hat scheinbar Erfolg.« Sie antwortete darauf:

»Sie dürfen nicht das ganze Verdienst für sich in Anspruch nehmen, Herr Doktor. Lucy hat ihr Wohlbefinden heute Morgen auch ein wenig mir zu verdanken.«

»Wie meinen Sie das, gnädige Frau?« fragte der Professor.

»Nun, ich sorgte mich um das liebe Kind heute Nacht und ging nach ihrem Zimmer. Sie schlief tief – so tief, daß sogar mein Kommen sie nicht zu erwecken vermochte. Aber das Zimmer war entsetzlich schlecht gelüftet. Überall waren diese häßlichen, scharfriechenden Blüten und sie hatte sogar einen Kranz davon um den Hals. Ich befürchtete, daß der schwere Geruch ihr in ihrem schwachen Zustande Schaden zufügen könnte, so nahm ich alles weg und öffnete das Fenster ein wenig, um frische Luft hereinzulassen. Sie werden Ihre Freude an ihr haben, ich bin fest davon überzeugt.«

Sie begab sich in ihr Boudoir zurück, wo sie frühzeitig ihren Morgenimbiß einzunehmen pflegte. Wie sie so sprach, beobachtete ich das Gesicht des Professors und sah, daß es aschfahl wurde. Er war imstande gewesen, seine Selbstbeherrschung so lange beizubehalten, als Frau Westenraa gegenwärtig war, denn er kannte ihren Zustand und wußte, wie verhängnisvoll ein Schrecken für sie werden konnte. Er lächelte ihr sogar noch zu, während er ihr die Türe zu ihrem Zimmer öffnete. Aber kaum war sie verschwunden, da zerrte er mich plötzlich und gewaltsam in das Speisezimmer und verschloß die Tür.

Da, das erste Mal in meinem Leben, sah ich Van Helsing die Fassung verlieren. In stummer Verzweiflung schlug er die Hände über dem Kopfe zusammen, hilflos und gebrochen. Dann warf er sich auf einen Stuhl, bedeckte sein Gesicht mit den Händen und weinte, ein lautes, hartes Weinen, das aus den tiefsten Tiefen seines Herzens zu kommen schien. Dann erhob er wieder seine Arme, als wolle er das ganze Universum anrufen. »O Gott, o Gott, o Gott«, rief er. »Was haben wir, was hat das arme Ding getan, daß wir so furchtbar verfolgt werden? Gibt es denn noch das Fatum unter uns, ein Überbleibsel aus der antiken, heidnischen Welt, daß solche Dinge geschehen können und auf solche Weise? Diese arme Mutter tut unbewußt und in der besten Absicht etwas, das ihres Kindes Leib und Seele zerstört, und wir dürfen es ihr nicht einmal sagen, sie nicht warnen, sonst stirbt sie, und dann sterben beide. O Gott, wie hart sind wir gestraft! Warum hat sich denn die ganze Hölle gegen uns verbündet?« Plötzlich sprang er auf. »Kommen Sie«, sagte er, »kommen Sie, wir wollen sehen und handeln. Teufel oder nicht Teufel oder alle Teufel miteinander, das ist uns ganz gleich. Wir fechten gegen sie alle.« Er ging nach dem Haustor hinunter, um seinen Koffer zu holen, dann begaben wir uns mit einander in Lucys Zimmer.

Wiederum zog ich den Vorhang hoch, während sich Van Helsing dem Bette näherte. Diesmal erschrak er nicht über das schmale Gesichtchen mit derselben furchtbaren, wachsartigen Blässe wie zuvor. Tiefste, ernsteste Traurigkeit und unendliches Mitleid drückten sich in seinem Antlitz aus.

»Wie ich erwartet habe!« murmelte er, mit dem tiefen, zischenden Atemzug, der bei ihm so viel zu sagen hatte. Ohne ein Wort zu sprechen ging er an die Tür und schloß sie ab. Dann legte er auf dem kleinen Tische wiederum die Instrumente aus, um eine neue Transfusion vorzunehmen. Ich hatte auch schon längst die Notwendigkeit erkannt und begann meinen Rock auszuziehen, aber er gebot mir durch eine Handbewegung Einhalt. »Nein«, sagte er, »heute müssen Sie die Operation machen. Ich werde aushelfen. Sie sind schon zu sehr geschwächt.« Während er so sprach, zog er seinen Rock aus und stülpte die Hemdärmel hoch.

Wieder begann die Operation. Wieder das Narkotikum, wieder die Rückkehr von etwas Farbe in die kreidebleichen Wangen und der regelmäßige Atem gesunden Schlafes. Diesmal hielt ich Wache, während Van Helsing sich erholte und ausruhte.

Er nahm Gelegenheit, Frau Westenraa zu sagen, daß sie nichts aus Lucys Zimmer entfernen sollte, ohne seinen Rat eingeholt zu haben. Der Geruch der Blüten sei von medizinischem Werte und bilde einen Teil seines Heilverfahrens. Dann übernahm er selbst wieder die Behandlung des Falles, indem er mir sagte, daß er diese und die nächste Nacht bei Lucy wachen wolle und mir mitteilen werde, wenn er meiner bedürfe.

Nach einer weiteren Stunde erwachte Lucy aus ihrem Schlaf, frisch und munter und scheinbar gar nicht mehr so sehr angegriffen von der entsetzlichen Kraftprobe.

Was hat das alles zu bedeuten? Ich möchte wissen, ob mein immerwährendes Leben unter Irren nicht doch schon begonnen hat, auf mein Gehirn einzuwirken.

Lucy Westenraas Tagebuch.

17. September. – Vier Tage und vier Nächte des Friedens. Ich werde wieder so kräftig, daß ich mich kaum noch kenne. Es ist mir, als hätte ich ein langes, schweres Alpdrücken überstanden und sei gerade erst aufgewacht, um den herrlichen Sonnenschein zu sehen und die frische Luft rings um mich zu fühlen. Ich habe eine dunkle Erinnerung an lange, angsterfüllte Zeiten des Wartens und Fürchtens. Eine endlose Dunkelheit ohne die Pein der Hoffnung, die das gegenwärtige Elend noch drückender hätte machen können. Dann lange Pausen des Vergessens und die Rückkehr ins Leben, wie von einem Taucher, der aus großen Tiefen wieder an die Oberfläche kommt. Aber seit Dr. Van Helsing bei mir ist, scheinen diese bösen Träume verschwunden zu sein. Die Geräusche, die mich bis zur Verzweiflung zu ängstigen pflegten – das Flattern gegen die Fenster, die fernen Stimmen, die mir doch so nahe erscheinen, die rauhen Befehle, die, ich weiß nicht woher, kamen und mich zwangen, ich weiß nicht was, zu tun – alles das ist vorbei. Ich gehe jetzt ohne eine Spur von Furcht vor dem Schlafe zu Bett. Ich mache gar nicht einmal mehr den Versuch, wach zu bleiben. Ich habe den Knoblauch ganz lieb gewonnen, jeden Tag kommt eine Schachtel voll für mich von Haarlem an. Heute Nacht will Van Helsing wegfahren, da er einen Tag in Amsterdam zu tun hat. Aber ich bedarf keines Wärters mehr. Ich fühle mich kräftig genug, um allein bleiben zu können. Gott sei Dank, um Mutters und meines teuren Arthurs willen und für alle die guten Freunde, die so gütig gegen mich sind! Ich werde die Veränderung gar nicht zu sehr empfinden, denn heute Nacht schlief Van Helsing ein gut Teil der Zeit in seinem Lehnstuhl. Zweimal wachte ich auf und zweimal fand ich ihn schlafend. Aber ich fürchtete mich nicht, wieder einzuschlafen, wenn auch Zweige oder Fledermäuse oder irgend etwas anderes ziemlich heftig gegen die Fensterscheiben schlugen.

»The Pall Mall Gazette«, 18. September.

DER ENTFLOHENE WOLF.
Gefährliches Abenteuer unseres Interviewers.

Interview mit dem Aufseher des Zoologischen Gartens.

Nach mancherlei Anfragen und fast ebensoviel Abweisungen gelang es mir, da ich immer die Worte »The Pall Mall Gazette« im Munde führte, wie ein Zauberwort, endlich den Aufseher des Teiles des Zoologischen Gartens ausfindig zu machen, in dem sich die Wölfe befinden. Thomas Bilder lebt in einem der Häuschen, die sich in der Einfriedigung hinter dem Elefantenhaus befinden, und saß gerade beim Tee dort, als ich ihn aufsuchte. Thomas und seine Frau sind gastfreundliche Menschen, schon etwas älter und kinderlos, und wenn ich aus der Art, wie ich bei ihnen aufgenommen wurde, einen Schluß ziehen darf, auch in guten Verhältnissen. Der Aufseher wollte vom »Geschäft« erst sprechen, wenn das Essen vorüber sei, und wir gaben uns alle zufrieden. Als dann abgetragen war und er seine Pfeife angezündet hatte, sagte er:

»Nun, Herr, können Sie daran gehen mich zu fragen, was Sie wünschen. Sie werden mir verzeihen, daß ich von geschäftlichen Dingen nicht gerne vor Schluß der Mahlzeiten spreche. Ich gebe auch den Wölfen und Schakalen und Hyänen in meiner Abteilung erst ihr Futter, ehe ich beginne, Fragen an sie zu stellen.«

»Was wollen Sie damit sagen: ›Fragen stellen‹?« fragte ich ihn, in der Hoffnung, ihn in eine etwas mitteilsame Stimmung zu versetzen.

»Sie mit einer Stange über den Kopf schlagen, ist das erste, das Krauen der Haare das zweite. Mit der Stange schlage ich sie über den Kopf, bevor ich ihnen ihr Futter hinwerfe. Das Krauen hinter den Ohren wage ich aber erst, wen sie ihren Sherry und ihren Kaffee, wenn man so sagen darf, bekommen haben. Glauben Sie mir«, fügte er philosophierend hinzu, »es ist ein gut Teil der gleichen Natur in uns wie in diesen Tieren. Da kommen Sie und fragen mich Verschiedenes über das Geschäft, und ich hätte lieber gesehen, daß Sie der Teufel geholt, als daß ich zu Ihnen darüber gesprochen hätte. Nicht einmal, wenn Sie mich sarkastisch gefragt hätten, ob es mir recht wäre, wenn Sie den Direktor bitten würden, an mich Fragen stellen zu dürfen. Ohne Sie beleidigen zu wollen, habe ich etwas davon gesagt, daß Sie zum Teufel gehen sollten?«

»Freilich.«

»Und wenn Sie dann sagen würden, Sie wollten über mich berichten, daß ich so grob mit Ihnen gesprochen, so wäre das so, wie ich meinen Tieren mit der Stange über den Kopf schlage. Doch ein halber Sovereign würde alles gut machen. Aber, Gott segne Sie, jetzt, wo meine Alte mir ein Stück Teekuchen in den Rachen geschoben, mich mit dem Inhalt ihres großen Teetopfes ausgeschwenkt hat und mein Pfeifchen brennt, können Sie mich hinter den Ohren kratzen, so viel Sie wollen, und ich werde nicht einmal knurren. Fragen Sie nur weiter. Ich weiß ja ohnehin, warum Sie kommen, es ist wegen des entflohenen Wolfes.«

»Ganz richtig. Ich wollte Sie bitten, mir Ihre Ansicht darüber zu sagen. Erst erzählen Sie mir, bitte, wie die Sache vor sich ging, und wenn ich dann die Tatsachen kenne, werde ich Sie ersuchen mir zu sagen, was der Grund war und wie Sie glauben, daß die Sache wohl enden wird.«

»Ganz recht, Herr. Der Wolf, den wir Bersicker nannten, war einer der grauen, die von Norwegen her zu Jamrach kamen, dem wir sie vor vier Jahren abgekauft haben. Es war ein hübscher, gutartiger Wolf, der nie Anlaß zu einer Klage gab. Ich hätte eher jedem anderen Tiere hier am Platze zugetraut, daß es ausbrechen würde, als gerade ihm. Aber, mein Gott, man kann Wölfen ebenso wenig trauen als Weibern.«

»Hören Sie nicht auf ihn, Herr!« warf Frau Tom mit fröhlichem Lachen ein. »Er ist so lange mit Tieren umgegangen, daß es ein Wunder wäre, wenn er nicht selbst schon ein alter Wolf geworden wäre. Aber er ist trotz allem ein guter Mann.«

»Also, Herr, es war gestern, etwa zwei Stunden nach der Fütterung, als ich Lärm vernahm. Ich machte gerade Streu zurecht für einen jungen Puma, der krank ist. Als ich das Bellen und Heulen hörte, lief ich sofort herbei. Es war Bersicker, der wie ein Narr am Gitter herumsprang und heulte, als wolle er heraus. Es waren an diesem Tage gerade nicht viele Leute da und in nächster Nähe befand sind nur ein Mann, ein großer, magerer Mensch mit Hakennase und zugespitztem, von weißen Haaren durchzogenen Barte. Er hatte einen harten, kalten Blick und rote Augen, und ich empfand gleich ein gewisses Mißbehagen bei seinem Anblick, denn er hatte etwas an sich, das mir gar nicht gefiel. Er trug weiße Lederhandschuhe. Er deutete auf die Tiere und sagte zu mir: ›Sie, Wärter, diese Wölfe scheinen über etwas aufgeregt zu sein.‹

›Vielleicht über Sie‹, sagte ich, denn ich konnte den Kerl nicht ausstehen. Er wurde gar nicht ärgerlich, wie ich es gern gehabt hätte, sondern lächelte mit einer unverschämten, höhnischen Miene, so daß die weißen, scharfen Zähne in seinem Munde sichtbar wurden. ›O nein‹, sagte er, ›mich möchten sie gar nicht fressen.‹

›O ja, die möchten wohl‹, sagte ich, ihn nachahmend. ›Die nehmen ganz gern ein paar Knochen, wie Sie sind, um ihre Zähne nach dem Fressen etwas zu reinigen.‹

Jedenfalls war es merkwürdig, daß die Tiere, als sie uns zusammen sprechen sahen, sich niederlegten und daß Bersicker sich, als ich zu ihm hinging, die Ohren kratzen ließ, wie gewöhnlich. Da kam der Mann heran und sagte, er wolle auch in den Käfig greifen und des alten Wolfes Ohren krauen.

›Nehmen Sie sich in acht‹, sagte ich, ›Bersicker ist flink.‹

›Schadet nichts‹, antwortete er, ›ich bin das gewöhnt.‹

›Treiben Sie am Ende gar selbst das Geschäft?‹ fragte ich ihn, indem ich meinen Hut abnahm, denn ein Mann, der mit Wölfen etc. handelt, ist immer ein guter Freund der Wärter.

›Nein‹, sagte er, ›nicht eigentlich das Geschäft, aber ich habe Freude daran‹. Damit lüftete er den Hut wie ein Lord und ging weiter. Der alte Bersicker sah ihm eine Zeit lang nach, dann drehte er sich um und legte sich in eine Ecke, aus der er den ganzen Abend nicht mehr herauskam. Nun, heute Nacht, gerade als der Mond aufgegangen war, begannen alle die Wölfe hier zu heulen. Es war eigentlich kein Grund ersichtlich, warum sie heulten. Es war nichts zu sehen als ein großer Hund, der sich außerhalb des Parkweges den Zaun entlang herumtrieb. Ein oder zwei Mal ging ich hinaus, um nachzusehen, ob alles in Ordnung sei. Ich fand nichts zu beanstanden und auch das Heulen war bald vorüber. Kurz bevor es 12 Uhr schlug unternahm ich noch einmal eine Runde, ehe ich mich zur Ruhe begab, und, der Teufel hol' mich, als ich an des alten Bersickers Käfig kam, fand ich die Gitterstäbe zerbrochen und den Käfig leer. Das ist alles, was ich gewiß weiß.«

»Ja, hat sonst niemand etwas bemerkt?«

»Einer unserer Gärtner kam um diese Zeit von einem Konzert nach Hause und sah einen großen grauen Hund durch die Hecke schlüpfen. Wenigstens sagt er so. Aber ich selbst gebe nicht viel darauf, denn er hatte, wie er heimkam, seiner Frau gar nichts davon erzählt. Erst als die Sache mit dem Wolfe bekannt wurde und wir die ganze Nacht den Park nach Bersicker durchsuchten, fiel es ihm plötzlich ein, daß er etwas gesehen habe. Meine Ansicht ist, daß ihm das Konzert in den Kopf gestiegen war.«

»Nun, Herr Bilder, können Sie sich denn das Entrinnen des Wolfes absolut nicht erklären?«

»Gewiß, Herr, kann ich es«, erwiderte er mit einer verdächtigen Bescheidenheit, »aber ich glaube, daß Sie mit dieser Erklärung nicht ganz zufrieden sein werden!«

»Sicherlich werde ich zufrieden sein. Wenn ein Mann wie Sie, der doch die Tiere aus Erfahrung kennt, keine geeignete Lösung des Rätsels finden würde, wer könnte es sonst?«

»Nun, Herr, ich kalkuliere so: ich glaube der Wolf ist ausgebrochen – – einfach, weil er herauswollte!«

Aus der herzlichen Art und Weise, wie Thomas und seine Frau über den Witz lachten, konnte ich entnehmen, daß er schon etliche Male gemacht worden und die ganze Erklärung ein vorbereiteter Ulk war. In Bezug auf Scherzhaftigkeit war mir der alte Thomas sicher über, aber ich wußte einen anderen Weg zu seinem Herzen und sagte:

»Nun, Herr Bilder, wir wollen diesen halben Sovereign als von Ihnen verdient betrachten und der Bruder dazu soll Ihnen gehören, wenn Sie mir Ihre Meinung darüber sagen wollen, was voraussichtlich weiter geschehen wird.«

»Sie haben ganz recht, Herr«, sagte er plötzlich. »Sie werden mir den Spaß nicht verübeln, den ich mir gemacht; aber die alte Dame da blinzelte mir immer zu, und so wagte ich es denn!«

»Was, ich? Niemals!« sagte seine Frau.

»Meine Meinung ist die, daß der Wolf jetzt irgendwo herumstreift. Der Gärtner, der sich nun genauer erinnert, sagte, er hätte ihn nordwärts laufen sehen, schneller als ein Pferd galoppieren kann. Aber ich glaube ihm nicht recht. Denn sehen Sie, Herr, ein Wolf kann das nicht, und ein Hund kann es auch nicht; sie sind dazu gar nicht gebaut. Wölfe sind ja etwas recht hübsches in Geschichtenbüchern, und ich glaube recht gern, daß, wenn sie in Rudeln kommen, und über etwas herfallen, das noch ängstlicher ist als sie selbst, sie einen furchtbaren Spektakel machen und es zerreißen, was es auch sein mag. Aber bei Gott, in Wirklichkeit ist ein Wolf eine ganz erbärmliche Kreatur, nicht halb so klug und kühn wie ein guter Hund und nicht ein Achtel so schneidig. Dieser eine war gar nicht gewohnt zu kämpfen, ja nicht einmal für sich selbst zu sorgen. Er wird wahrscheinlich in der Nähe des Parks herumstreifen und schnuppern und, wenn er überhapt denken kann, sich überlegen, wie er zu einem Frühstück kommen könnte. Oder er ist irgendwo in einen Hof geraten und in einem Kohlenkeller eingesperrt. Mein Gott, mag das eine Köchin erschrecken, wenn sie hinunterkommt und sieht seine grünen Augen aus dem Dunkel sie anstarren! Wenn er kein Futter bekommt, so wird er sich wohl um etwas umsehen müssen; vielleicht gelingt es ihm irgendwo, in einen Fleischerladen einzubrechen. Gelingt es ihm nicht und findet er im Park einen unbeaufsichtigten Kinderwagen, während das Mädchen mit ihrem Soldaten lustwandelt, – – dann ist es nicht zu verwundern, wenn das Baby fehlt. Das ist alles.«

»Ich händigte ihm den halben Sovereign ein, als etwas vor dem Fenster auftauchte und Herrn Bilders Gesicht vor Überraschung sich in die Länge zog.

»Gott sei mir gnädig!« rief er. »Da ist wirklich der alte Bersicker von selbst heimgekommen!«

Er ging zur Türe und öffnete sie. Es schien mir das ziemlich überflüssig. Ich war von jeher der Ansicht, daß ein wildes Tier nie besser aussieht, als wenn ein Hindernis von garantierter Widerstandsfähigkeit zwischen mir und ihm liegt. Ein persönliches Erlebnis hat diese Überzeugung in mir eher verstärkt als abgeschwächt.

Übrigens scheint das nur eine Gewohnheit zu sein, denn Thomas und seine Frau dachten nicht mehr an das Tier, als ich an einen Hund gedacht hätte. Es war so friedfertig und gesittet, wie jener Vater aller Märchenwölfe – – Red Riding Hood's einstiger Freund, so daß ihre Vertrauensseligkeit nichts Besonderes war.

Das ganze Erlebnis war ein unaussprechliches Gemisch von Komik und Pathos. Der gefürchtete Wolf, der einen halben Tag lang London in lähmenden Schrecken versetzt hatte und die Kinder in der ganzen Stadt vor Angst hatte schlottern lassen, war reuig zurückgekehrt und wurde aufgenommen und verhätschelt wie der verlorene Sohn. Der alte Bilder betastete ihn von oben bis unten mit zarter Sorge, und als er die Untersuchung des Reuigen beendet hatte, sagte er:

»Da, ich wußte es, dem dummen Tier würde etwas passieren. Habe ich es nicht gleich gesagt? Sein ganzer Kopf ist zerschnitten und gespickt mit Glasscherben. Er ist über eine der Mauern gestiegen. Es ist aber auch ein Skandal, daß es gestattet ist, den oberen Rand der Mauern mit zerbrochenen Flaschen zu belegen. Das kommt davon. Komm mit, Bersicker!«

Er nahm den Wolf und brachte ihn in den Käfig. Dann verabreichte er ihm ein Stück Fleisch, das seiner Quantität nach einem gemästeten Kalb entsprochen haben dürfte, und begab sich dann in sein Haus, um Meldung zu machen.«

Dr. Sewards Tagebuch.

17. September. – Ich war nach Tisch in meinem Arbeitszimmer damit beschäftigt, Einträge in meine Bücher zu machen, die wegen anderweitiger Arbeitsüberhäufung und der häufigen Besuche bei Lucy etwas im Rückstande geblieben waren. Plötzlich wurde die Türe aufgerissen und herein stürzte mein Patient, das Gesicht von

Leidenschaft verzerrt. Ich war wie vom Blitz gerührt, denn daß ein Patient aus eigenem Antriebe ins Zimmer des Direktors kam, war unerhört. Ohne Zögern kam er auf mich zu. Er hatte ein Tischmesser in der Hand, und als ich sah, daß es kein Spaß sei, versuchte ich, den Tisch zwischen mich und ihn zu bringen. Denn er war zu flink und zu stark für mich. Noch ehe es mir aber gelungen war, hatte er schon einen Streich nach mir geführt und mich ziemlich erheblich am Handgelenk verletzt. Ehe er noch einmal zustoßen konnte, war ich wieder Herr der Situation geworden und warf ihn der Länge nach auf den Rücken. Meine Hand blutete stark und eine kleine Lache glänzte schon am Boden. Ich sah, daß mein Freund eine weitere Attacke nicht beabsichtigte, und legte mir selbst einen Verband an, ohne die am Boden liegende Gestalt aus den Augen zu verlieren. Als die Wärter hereinstürzten und wir unsere Aufmerksamkeit auf ihn richteten, erregte das, was er tat, wirklich meinen tiefsten Ekel. Er lag auf seinem Bauche auf dem Boden und leckte wie ein Hund das Blut auf, das von meiner verwundeten Hand auf die Diele geflossen war. Er wurde ohne Schwierigkeit überwältigt und ging, wider mein Erwarten, vollkommen ruhig mit den Wärtern, indem er immer und immer wieder vor sich hinsagte: »Blut ist Leben! Blut ist Leben!«

Ich könnte jetzt kein Blut mehr entbehren. Ich habe in letzter Zeit mehr davon verloren als meinem Körper zuträglich ist. Dann diese immerwährende Beschäftigung mit Lucys Krankheit; deren wechselnde Phasen reiben mich auf. Ich bin äußerst erregt und ermattet, und ich brauche Ruhe, Ruhe, Ruhe. Zum Glück hat mich Van Helsing nicht in Anspruch genommen und ich brauche deshalb nicht auf den Schlaf verzichten. Heute Nacht könnte ich seiner ohnehin nicht entraten.

Telegramm. Van Helsing, Antwerpen, an Seward, Carfax.

(Da die Grafschaft nicht angegeben,
irrtümlich nach Carfax, Sussex, gesandt.
Vierundzwanzig Stunden zu spät abgegeben.)

17. September. Sie müssen unbedingt heute Nacht auf Hillingham sein. Wenn Sie auch nicht durchaus wachen, so sehen Sie doch fleißig nach, insbesondere ob die Blüten auf ihrem Platze. Von größter Bedeutung; kommen Sie bestimmt. Werde nach Ankunft so bald als möglich bei Ihnen sein.

Dr. Sewards Tagebuch.

18. September. – Sofort zum Londoner Zug. Die Ankunft von Van Helsings Telegramm erfüllte mich mit der lebhaftesten Sorge. Eine ganze Nacht verloren, und ich weiß aus eigener trauriger Erfahrung, was in einer einzigen Nacht alles geschehen kann. Möglich ist es ja, daß alles in Ordnung ist, aber was kann sich ereignet haben? Jedenfalls hängt ein eigenes Mißgeschick über unseren Häuptern, daß jeder erdenkliche Zufall sich uns auch tatsächlich in den Weg legt. Ich werde diesen Zylinder mit mir nehmen und kann dann meine Einträge auf Lucys Phonograph fortsetzen.

Memorandum, hinterlassen von Lucy Westenraa.

17. September, Nacht. – Ich schreibe dies und hinterlasse es, damit sich niemand wegen meiner Sorgen mache. Es ist ein genauer Bericht über alles das, was sich heute Nacht ereignet hat. Ich fühle, daß ich vor Schwäche sterben muß, und habe kaum noch Kraft zum Schreiben, aber es muß geschehen und wenn ich darüber sterben sollte.

Ich ging wie gewöhnlich zu Bett und achtete sorgfältig darauf, daß die Blüten so angebracht waren, wie Van Helsing es befohlen hatte, und verfiel bald in Schlaf.

Ich erwachte von dem Flattern am Fenster, das damals begonnen hatte, als ich auf dem Cliff in Whitby schlafwandelte, von wo mich dann Mina holte, und das ich nun so genau kenne. Ich fürchtete mich nicht, aber ich hätte gewünscht, daß Dr. Seward in dem Nebenzimmer sein möchte – wie Dr. Van Helsing es mir versprochen hatte – damit ich ihn bei Bedarf hätte rufen können. Ich versuchte einzuschlafen, aber ich konnte nicht. Dann kam die alte Angst vor dem Schlaf über mich und ich beschloß, wach zu bleiben. Eigensinnig schien der Schlaf sich meiner bemächtigen zu wollen, trotzdem ich ihn fernzuhalten versuchte. Da ich mich vor dem Alleinsein fürchtete, öffnete ich die Türe und rief hinaus. »Ist denn niemand da?« Keine Antwort. Ich fürchtete, Mutter zu wecken und schloß deshalb wieder meine Türe. Dann hörte ich draußen im Gebüsch ein Geheul wie von einem Hunde, nur wilder und tiefer. Ich ging ans Fenster und sah hinaus, konnte aber nichts bemerken als eine große Fledermaus, die offenbar immer mit ihren Flügeln an mein Fenster geschlagen hatte. Da begab ich mich wieder in mein Bett, beschloß aber nicht einzuschlafen. Plötzlich öffnete sich die Türe und meine Mutter sah herein. Sie bemerkte, daß ich noch wach sei, kam herein und setzte sich an mein Bett. Sie sagte zu mir, freundlicher und zärtlicher als je:

»Ich habe mich um Dich geängstigt, mein Kind, und kam herein, um zu sehen, ob alles in Ordnung ist.«

Ich befürchtete, sie möchte sich erkälten, wenn sie so dasäße, und lud sie ein, hereinzuschlüpfen und mit mir zu schlafen. So kam sie herein und legte sich neben mich. Sie legte ihren Schlafrock nicht ab, denn sie wollte, wie sie sagte, nur eine Weile bleiben und dann in ihr eigenes Bett zurückkehren. Als sie so in meine Armen lag und ich den ihren, begann das Klatschen und Flattern am Fenster von neuem. Sie war erstaunt und auch ein wenig erschreckt und rief: »Was ist denn das?« Ich versuchte sie zu beruhigen. Es gelang mir schließlich auch und sie lag still da, aber ich konnte ihr schwaches Herz laut klopfen hören. Nach einiger Zeit ertönte draußen im Gebüsch wieder das tiefe Geheul. Bald darauf hörten wir das Klirren des Fensters, und eine Menge zerbrochenen Glases fiel auf die Diele. Der Fenstervorhang wurde von dem hereinströmenden Winde weggeblasen und in der Öffnung der zerbrochenen Scheibe erschien der Kopf eines großen, mageren, grauen Wolfes. Mutter schrie vor Entsetzen, richtete sich in sitzende Stellung auf und griff wild um sich. Dabei erfaßte sie den Kranz, den mir Van Helsing um den Hals zu tragen streng anbefohlen hatte und riß ihn ab. Ein paar Augenblicke saß sie so da, auf den Wolf deutend, und ein seltsames, schreckliches Gurgeln drang aus ihrer Brust. Dann fiel sie zurück, wie vom Blitze getroffen, und ihr Haupt schlug schwer auf meine Stirne, wodurch ich auf kurze Zeit die Besinnung verlor. Das Zimmer und alles rings um mich schien sich zu drehen. Ich sah starr nach dem Fenster, aber der Wolf zog seinen Kopf zurück und Tausende von fliegenartigen, kleinen Pünktchen wurden durch die zerbrochenen Scheiben hereingewirbelt und drehten sich im Kreise wie die Sandsäulen, die nach der Beschreibung der Reisenden der Samum mit sich führt. Ich versuchte mich zu rühren, aber es lag wie ein Bann auf mir, und der Körper meiner armen Mutter, der bereits kalt zu werden schien – das Herz hatte zu schlagen aufgehört – drückte mich nieder. Dann schwand mir auf einige Zeit die Erinnerung.

Die Zeit schien mir nicht lang, aber es war schrecklich, wirklich schrecklich, bis ich mein Bewußtsein wieder erlangte. Irgendwo in der Nähe läutete eine Totenglocke. Die Hunde rings in der Nachbarschaft heulten und im Gebüsch unseres Gartens, gerade vor dem Fenster, sang eine Nachtigall. Ich war betäubt und starr vor Schmerz und Angst und Schwäche, aber der Gesang der Nachtigall war wie die Stimme meiner toten Mutter, die zurückgekehrt schien, um mich zu trösten. Die Geräusche hatten scheinbar auch die Mägde geweckt, denn ich konnte ihre nackten Füße draußen vor der Türe schlürfen hören. Ich rief nach ihnen und sie kamen herein. Als sie sahen, was geschehen war und was da auf meinem Bett lag, schrieen sie auf. Der Wind blies durch das zerbrochene Fenster herein und die Türe schlug zu. Sie hoben den Leichnam meiner Mutter auf und legten ihn dann wieder, mit einem Laken bedeckt, auf das Bett zurück, nachdem ich aufgestanden war. Sie waren alle so erschreckt und aufgeregt, daß ich ihnen befahl, in das Speisezimmer zu gehen und ein Glas Wein zu trinken. Die Türe flog einen Augenblick auf und fiel dann gleich wieder zu. Die Mädchen schrieen laut und rannten miteinander ins Speisezimmer. Ich legte alles, was ich an Blüten besaß, meiner armen Mutter auf die Brust. Als ich es getan, fiel mir ein, was mir Van Helsing eingeschärft hatte, aber ich wollte die Blüten nicht wieder wegnehmen und außerdem beabsichtigte ich, eines der Mädchen zu bitten, bei mir zu wachen. Ich war sehr überrascht, daß keines von ihnen zurückkam. Ich rief, bekam aber keine Antwort. Deshalb begab ich mich in das Speisezimmer, um nach ihnen zu sehen.

Jäher Schreck fuhr mir durch die Glieder, als ich sah, was geschehen war. Sie lagen alle hilflos auf dem Boden und atmeten schwer. Die Karaffe mit Sherry stand halbvoll auf dem Tische, aber es machte sich ein eigentümlicher, scharfer Geruch bemerkbar. Ich schöpfte Verdacht und betrachtete die Flasche. Es roch nach Laudanum, und als ich auf den Seitentisch blickte, bemerkte ich, daß die Flasche, die der Doktor immer für Mutter verwendet – ach Gott, verwendet hat, leer war. Was soll ich tun? Was soll ich tun? Ich bin wieder bei Mutter im Zimmer. Ich kann sie nicht verlassen und bin allein mit den betäubten Mägden, die irgend jemand vergiftet hat. Allein mit den Toten! Ich darf nicht hinausgehen, denn ich höre von draußen durch das zerbrochene Fenster das tiefe Heulen des Wolfes.

Die Luft schien voll von kleinen Pünktchen, die im Windzuge vom Fenster her flatterten und kreisten. Die Lichter brannten blau und düster. Was soll ich tun? Gott schütze mich heute Nacht vor dem Bösen! Ich werde dieses Papier an meiner Brust verbergen, wo sie es finden werden, wenn sie kommen, mich hinauszutragen. Meine arme Mutter ist dahingegangen! Es wird Zeit, daß auch ich gehe. Lebe wohl, geliebter Arthur, falls ich diese Nacht nicht überstehen sollte. Gott schütze Dich, Liebster, und helfe mir!

Zwölftes Kapitel.

Dr. Sewards Tagebuch

18. September. – Ich fuhr sofort nach Hillingham und kam frühzeitig an. Ich ließ meinen Wagen am Gittertor halten und ging allein die Allee hinauf. Ich klopfte leise an und läutete so rücksichtsvoll als möglich, denn ich fürchtete, Lucy oder ihre Mutter zu stören, und hoffte, lediglich einen Dienstboten herbeizurufen. Nach einer Weile, da mich niemand gehört zu haben schien, klopfte und läutete ich nochmals. Wieder rührte sich nichts. Ich verfluchte die Faulheit der Dienstboten, die zu dieser Zeit noch im Bett zu liegen schienen – es war schon zehn Uhr und klopfte und läutete wiederum, diesmal aber etwas ungeduldig; wieder ohne Erfolg. Bisher hatte ich nur die Dienstboten im Verdacht gehabt. Nun aber packte mich eine entsetzliche Furcht. War diese Totenstille ein neues Glied in der Kette des Verderbens, die sich enge um uns zusammenzuziehen schien? War es wirklich ein Haus des Todes, zu dem ich gekommen war – zu spät? Ich wußte, daß Minuten, ja Sekunden der Verzögerung Stunden der Gefahr für Lucy bedeuteten, wenn sie wieder einen jener entsetzlichen Rückfälle hatte. Ich lief rund um das Haus, um vielleicht durch Zufall einen Eingang zu entdecken.

Ich fand jedoch keine Möglichkeit, hineinzukommen. Jedes Fenster, jede Türe war fest verschlossen und ich kehrte enttäuscht zur Vorhalle zurück. Als ich dort ankam, hörte ich das rasche Traben eilender Pferdehufe. Sie hielten am Torweg an, und einige Sekunden später sah ich Van Helsing die Allee heraufrennen. Als er meiner ansichtig wurde, rief er keuchend:

»Das waren also Sie, und Sie sind gerade erst angekommen. Wie geht es ihr? Sind wir zu spät daran? Haben Sie denn mein Telegramm nicht erhalten?«

Ich antwortete ihm so rasch und zusammenhängend als möglich, daß ich sein Telegramm erst heute in aller Frühe erhalten hätte und, ohne einen Augenblick zu zögern, hierher geeilt sei, und daß es mir bis jetzt nicht geglückt sei, mich irgend jemand im Hause bemerklich zu machen.

Er nahm nach einer kurzen Pause den Hut ab und sagte:

»Ich fürchte, daß wir zu spät kommen. Gott sei ihnen gnädig.« Dann fuhr er aber gleich mit seiner hinreißenden Energie fort: »Kommen Sie! Wenn wir keinen Eingang ins Haus offen finden, nun, dann schaffen wir uns eben einen. Zeit bedeutet jetzt für uns alles.«

Wir begaben uns auf die Hinterseite des Hauses, wo sich ein Küchenfenster befand. Der Professor nahm eine kleine Knochensäge aus seinem Kasten und deutete, indem er sie mir übergab, auf die Eisenstangen, mit denen das Fenster vergittert war. Ich nahm sie sofort in Angriff und hatte bald drei von ihnen durchgeschnitten. Dann schob er ein langes, dünnes Messer durch die Ritze zwischen Fensterrahmen und Fenster und legte den Riegel um, worauf sich ohne weiteres die Öffnung bewerkstelligen ließ. Ich half dem Professor hinein und folgte ihm dann nach. In der Küche und in den sich daneben befindlichen Dienstbotenzimmern war niemand. Wir sahen in alle Zimmer, an denen wir vorbeikamen, und fanden im Speisezimmer, in das durch die geschlossenen Läden nur schwaches Licht eindrang, vier Dienstmädchen auf dem Boden liegend. Es war unmöglich, sie für tot zu halten, denn ihr keuchender Atem und der scharfe Geruch von Laudanum, der das ganze Zimmer durchdrang, ließen keine Zweifel über die Art ihres Zustandes.

Van Helsing und ich sahen einander erstaunt an und er sagte im Weggehen: »Wir können ihnen später Hilfe bringen.« Dann begaben wir uns in Lucys Gemach. Ein paar Augenblicke blieben wir an der Tür stehen, um zu horchen. Aber kein Laut war zu vernehmen. Mit blassen Gesichtern und zitternden Händen öffneten wir leise die Tür und traten in das Zimmer.

Wie soll ich den Anblick beschreiben, der sich uns hier bot? Auf dem Bette lagen zwei Frauen, Lucy und ihre Mutter. Die letztere lag auf der Wandseite und war mit einem weißen Laken bedeckt, dessen einer Zipfel von dem Windhauche zurückgeschlagen worden war, der durch das zerbrochene Fenster eindrang, und das bleiche, verzerrte Gesicht frei ließ, auf dem ein Ausdruck des tiefsten Entsetzens lag. Neben ihr lag Lucy. Ihr Gesicht war weiß und noch mehr verzerrt. Die Blüten, die sie um den Hals getragen, bemerkten wir auf der Brust ihrer Mutter. Ihre Kehle war bloß und zeigte die zwei kleinen, weißen Wunden, die wir schon früher gesehen hatten und die entsetzlich blutleer und zerfetzt waren. Ohne ein Wort zu sagen, beugte sich der Professor über das Bett, so daß sein Kopf fast die Brust der armen Lucy berührte. Dann drehte er rasch den Kopf, wie einer, der lauscht, und rief aus, indem er sich aufrichtete:

»Es ist noch nicht zu spät! Rasch! Rasch! Bringen Sie den Brandy!«

Ich eilte so schnell als möglich die Treppe hinunter und holte das Gewünschte. Ich roch daran und nahm einen Schluck, um zu sehen, ob er nicht auch, wie die Sherrykaraffe auf dem Tische, vergiftet sei. Die Mädchen röchelten noch, lagen aber nicht mehr so unbeweglich, woraus ich den Schluß zog, daß die Wirkung des Narkotikums zu verfliegen beginne. Ich nahm mir jedoch nicht die Zeit zu verweilen, sondern eilte zu Van Helsing zurück. Er rieb mit dem Brandy, wie schon früher öfter, ihre Lippen, Ihr Zahnfleisch, ihre Handflächen und ihre Handgelenke. Dann sagte er:

»Es ist das alles, was im Augenblick geschehen kann. Sie werden jetzt hinuntergehen und versuchen, die Mädchen wieder zu sich zu bringen. Fahren Sie ihnen mit einem nassen Tuch über das Gesicht, aber nicht zu sanft. Sie sollen dann gleich einheizen und ein warmes Bad herrichten. Diese arme Seele ist fast ebenso kalt wie die neben ihr. Sie muß vor allem erwärmt werden, ehe wir etwas anderes vornehmen können.«

Ich ging sofort hinunter und weckte drei der Mädchen ohne Mühe. Die vierte war noch ein ganz junges Ding, das Gift hatte sie scheinbar besonders angegriffen. Deshalb hob ich sie auf Sofa und ließ sie noch schlafen. Die anderen waren anfangs verwirrt, als ihnen aber das Bewußtsein zurückkehrte, schrieen und weinten sie in geradezu fassungsloser Weise. Trotzdem war ich ziemlich streng mit ihnen und duldete nicht, daß sie miteinander plauderten. Ich sagte ihnen, daß ein verlorenes Leben vollständig genüge und daß sie, wenn sie sich nicht beeilten, auch noch Fräulein Lucy töten würden. So gingen sie denn unter Weinen und Klagen, halb angezogen, an ihre Arbeit und stellten Wasser auf das Feuer. Zum Glück war das Küchen- und Kesselfeuer noch nicht ausgegangen und deshalb war an heißem Wasser kein Mangel. Wir richteten ein Bad her und legten Lucy hinein, wie sie war. Während wir eifrig ihre Glieder frottierten, ertönte unten am Haupteingang ein lautes Klopfen. Eines der Mädchen rannte hinunter, warf in der Eile einige Kleidungsstücke über und öffnete. Dann kehrte sie zurück und teilte uns flüsternd mit, daß ein Herr unten sei, der eine Botschaft von Herrn Holmwood zu überbringen habe. Ich bat sie ihm mitzuteilen, daß er jetzt sich noch gedulden müsse, da wir uns um niemand kümmern könnten. Sie richtete es aus, und vertieft in unsere Arbeit, vergaßen wir seiner vollkommen.

Nie in meiner Praxis hatte ich den Professor mit solch furchtbarem Ernst arbeiten sehen. Ich wußte es – genau so gut wie er daß es ein harter Kampf auf Leben und Tod war, den wir da auszufechten hatten, und sagte ihm dies, während er sich einen Augenblick ausruhte. Er antwortete mir in einer Weise, die ich nicht verstand, aber mit dem ernstesten Ausdruck in seinem Antlitz:

»Wenn es damit auch wirklich vorbei wäre, dann ließe ich die Sache, so wie sie jetzt ist, und ließe Lucy in Frieden hinüberschlummern, denn ich sehe kein Lichtlein an ihrem Horizont.« Dann fuhr er in seiner Arbeit fort, mit erneutem, fast verzweifeltem Eifer.

Bald bemerkten wir, daß die Wärme einen günstigen Einfluß auf sie auszuüben begann. Lucys Herz klopfte wieder etwas hörbarer, wie wir durch das Stethoskop feststellten, und auch die Lungen hatten ihre Tätigkeit wieder aufgenommen. Van Helsings Gesicht strahlte fast, und als wir sie aus dem Bade hoben und in ein heißes Laken einschlugen, um sie abzutrocknen, sagte er:

»Fürs erste hätten wir gewonnen! Schach dem König!«

Wir trugen Lucy in ein anderes Zimmer, das unterdessen hergerichtet worden war, legten sie ins Bett und flößten ihr einige Tropfen Sherry ein. Ich bemerkte, daß Van Helsing ein weiches, seidenes Tuch um ihren Hals wand. Sie war immer noch bewußtlos und eben so elend, wenn nicht elender, wie wir sie je gesehen hatten.

Van Helsing rief eines der Mädchen herein und befahl ihm, solange bei Lucy zu bleiben und kein Auge von ihr zu verwenden, bis wir zurückkämen, und winkte mir zu, mit ihm hinauszugehen.

»Wir müssen uns beraten, was nun zu tun ist«, sagte er, als wir die Treppen hinuntergingen. Dann öffnete er die Türe des Speisezimmers und wir begaben uns hinein, indem er sorgfältig hinter uns abschloß. Die Läden waren geöffnet, die Vorhänge aber hatte man heruntergelassen. So wollte es die Traueretikette, die von den englischen Frauen, insbesondere der unteren Klassen, streng eingehalten wird. Das Zimmer war deshalb ziemlich finster. Für unseren Zweck aber war es immerhin hell genug. Van Helsing sah nicht mehr ernst, er sah verstört aus. Augenscheinlich zermarterte er sein Gehirn über irgend etwas. Es dauerte daher eine Weile bis er sagte:

»Was sollen wir nun tun? An wen sollen wir uns um Hilfe wenden? Wir müssen nochmals eine Bluttransfusion vornehmen, und zwar so bald als möglich, denn sonst hat das arme Ding keine Stunde mehr zu leben. Sie sind schon erschöpft; ich ebenfalls. Eines jener Mädchen möchte ich nicht ins Vertrauen ziehen, selbst wenn es geneigt wäre, die Operation an sich vornehmen zu lassen. Was würden wir für jemand geben, der seine Adern für sie öffnen ließe?«

»Wie wäre es denn mit mir?«

Die Stimme kam vom Sofa her, aus der entgegengesetzten Ecke des Zimmers. Wie erlösende Freude zuckte es mir durch das Herz: es war Quincey Morris' Stimme. Van Helsing fuhr beim ersten Ton ärgerlich auf, dann aber nahm sein Gesicht einen milderen Ausdruck an und seine Augen leuchteten froh, als er ausrief: »Quincey Morris!« und mit ausgestreckten Händen auf ihn zueilte.

»Wie kommen Sie denn hierher?« rief ich, als wir uns die Hände reichten. »Wahrscheinlich Arthurs wegen.«

Er händigte mir ein Telegramm ein:

»Habe seit drei Tagen nichts mehr von Dr. Seward gehört. Bin in schrecklicher Angst. Kann nicht weg. Vater immer noch ebenso krank. Bitte um Nachricht, wie es Lucy geht. Ohne Aufschub. Holmwood.«

»Ich glaube, ich bin gerade noch rechtzeitig gekommen. Sie wissen, daß Sie mir nur zu sagen haben, was ich tun soll.«

Van Helsing ging auf ihn zu. Er ergriff seine Hand, sah ihm gerade in die Augen und sagte:

»Das Blut eines braven Mannes ist das Beste auf Erden, wenn ein Weib in Not ist. Sie sind ein Mann und nicht der Schlechtesten einer. Meinetwegen kann der Teufel gegen uns wüten, wie er will, wenn uns nur immer Gott zur rechten Zeit Männer schickt, wie wir sie brauchen.«

Wiederum schritten wir zu der unheimlichen Operation. Ich habe gar nicht den Mut, auf alle Einzelheiten einzugehen. Lucy hatte einen furchtbaren Schock erlitten und sie war mehr mitgenommen als je zuvor. Obgleich eine Menge Blut in ihre Adern kam, hatte ihr schwacher Körper gar nicht mehr die Kraft, entsprechend zu reagieren. Es war entsetzlich anzuhören und zu sehen, wie sie sich wieder in das Leben zurückkämpfte. Schließlich aber begannen doch Herz und Lungen ihre Tätigkeit, und Van Helsing machte, wie immer eine subkutane Morphiumeinspritzung, die von recht guter Wirkung war. Ihre Ohnmacht ging unmerklich in einen tiefen Schlummer über. Der Professor blieb bei ihr, während ich mit Quincey Morris die Treppen hinunterging und ein Mädchen hinaussandte, um einen der Kutscher abzulohnen, die draußen noch warteten. Ich veranlaßte Quincey sich niederzulegen, nachdem er ein Glas Wein getrunken hatte, und beauftragte den Koch, ein recht gutes Frühstück zuzubereiten. Dann kam mir eine Idee und ich begab mich in das Zimmer, in dem Lucy jetzt lag. Als ich leise eintrat, fand ich Van Helsing dort sitzen, ein paar Briefbogen in der Hand. Er hatte sie offenbar gelesen und dachte darüber nach, denn er stützte den Kopf mit den Händen. Es lag ein Ausdruck wilder Genugtuung in seinem Antlitz, wie bei einem, der nun einen Zweifel gelöst findet. Er übergab mir das Papier und sagte: »Es fiel von Lucys Brust, als wir sie ins Bad trugen.«

Als ich gelesen hatte, blickte ich den Professor an und fragte ihn dann nach einer Pause: »Um Himmelswillen, was soll das heißen? War sie oder ist sie irrsinnig, oder was für eine entsetzliche Gefahr schwebt über uns?« Ich war so erregt, daß ich nicht weiter zu sprechen vermochte. Van Helsing streckte seine Hand aus und nahm das Papier wieder zu sich, indem er sagte:

»Lassen Sie sich jetzt darüber keine grauen Haare wachsen. Vergessen Sie es überhaupt zunächst. Sie werden alles noch rechtzeitig erfahren und verstehen, aber später erst. Nun, was wollten Sie mir sagen?« Das führte mich auf meine Absicht zurück und ich war wieder ich selbst.

»Ich kam, um mit Ihnen über den Totenschein zu sprechen. Wenn wir nicht sorgfältig und klug verfahren, könnte es unter Umständen zu einer Untersuchung kommen, und es würde dabei dieses Papier zu Tage gefördert. Ich hoffe, daß es nicht so weit kommen wird, denn wenn das eintreten sollte, würde dies, wenn nichts anderes, genügen, die arme Lucy zu töten. Ich weiß und Sie wissen, und auch der andere Arzt, der sie behandelt hat, weiß, daß Frau Westenraa herzleidend war, und wir können alle bestätigen, daß sie daran gestorben ist. Wir wollen den Totenschein sofort ausfüllen, und ich werde ihn eigenhändig zum Standesbeamten tragen und den Leichenbestatter bestellen.«

»Recht so, Freund John! Es ist gut, daß Sie daran denken! Wenn Fräulein Lucy auch Feinde hat, die ihr hart zusetzen, so ist sie aber auch mit prächtigen Freunden gesegnet, die sie lieben. Einer, zwei, drei öffnen ihre Adern für sie, nebenbei noch ein alter Mann. Ja ja, ich weiß, Freund John, ich bin nicht blind. Ich liebe euch alle nur noch viel mehr deswegen! Nun gehen Sie aber.«

Unten im Hausflur traf ich Quincey Morris an mit einem Telegramm für Arthur des Inhaltes, daß Frau Westenraa tot sei; daß Lucy ebenfalls krank gewesen sei, sich aber nun auf dem Wege der Besserung befinde, und daß Van Helsing und ich sie behandelten. Ich sagte ihm, wohin ich ginge; er empfahl mir, mich zu beeilen, flüsterte mir aber im Fortgehen noch zu:

»Wenn Sie zurückkommen, Jack, habe ich ein paar Worte mit Ihnen zu sprechen, aber ganz unter uns.« Ich nickte zustimmend und entfernte mich. Auf dem Standesamt wurden mir keine Schwierigkeiten bereitet, und mit dem Leichenbestatter traf ich die Übereinkunft, daß er abends kommen solle, um das Maß für den Sarg zu nehmen und die übrigen Arrangements zu treffen.

Als ich zurückkam, wartete Quincey auf mich. Ich versprach ihm, sofort zu seiner Verfügung stehen zu wollen, sobald ich mich um Lucy umgesehen hätte, und begab mich in ihr Zimmer. Sie schlief noch und der Professor war scheinbar nicht von ihrer Seite gewichen. Er legte einen Zeigefinger an die Lippen, woraus ich entnahm, daß er erwartete, sie werde in Bälde erwachen, und fürchtete, der Natur vorzugreifen. So ging ich denn zu Quincey hinunter und nahm ihn mit in das Frühstückszimmer, wo die Vorhänge nicht zusammengezogen waren und das ein wenig freundlicher, oder besser gesagt weniger trostlos aussah als die anderen Räume. Als wir allein waren, sagte er:

»Jack Seward, ich liebe es nicht, mich in irgend etwas zu mischen, was mich nichts angeht; aber das ist eben ein außergewöhnlicher Fall. Sie wissen, ich hatte das Mädchen gern und wollte sie heiraten; aber obgleich das alles vergangen und vorbei ist, kann ich doch nicht umhin, in Sorge um sie zu sein. Was ist denn eigentlich mit ihr los? Der Holländer – – er ist ein prächtiger Mensch, ich kenne das – – sagte, als Sie beide in das Zimmer traten, daß noch eine *weitere* Bluttransfusion gemacht werden müsse und daß er und Sie erschöpft seien. Nun weiß ich ja wohl, daß ihr Doktoren immer im Geheimen handelt und daß kein Mensch erwarten darf, etwas von dem zu erfahren, was Ihr da unter euch beratet. Aber das ist doch kein alltäglicher Fall, und, was es auch sein mag, ich habe doch auch etwas geleistet. Ist es nicht so?«

»Es ist so«, sagte ich, und er fuhr fort:

»Ich vermute, daß Sie und Van Helsing bereits das getan haben, was ich heute tat. Ist es nicht so?«

»Ja, es ist so.«

»Ich gehe wohl nicht fehl, wenn ich behaupte, daß auch Arthur beteiligt war. Als ich ihn vor vier Tagen sah, machte er einen ganz seltsamen Eindruck. Ich habe noch nichts so rasch dahinsiechen sehen, seit ich in den Pampas weilte und ein Pferd hatte, das ich gern nachts weiden ließ. Eine jener großen Fledermäuse, die man Vampyre nennt, hatte es in der Nacht überfallen; als ich es dann antraf, mit angebissener Kehle und offenen Adern, hatte es nicht mehr so viel Blut im Leibe, um sich noch aufrichten zu können, und es blieb mir nichts anderes übrig, als ihm eine Kugel durch den Kopf zu jagen. Jack, sagen Sie mir, wenn Sie es, ohne einen Vertrauensbruch zu begehen, sagen können: Arthur war der erste; ist es nicht so?« Quincey Morris sah, als er so sprach, ganz verängstigt aus. Er wurde von Sorge um die geliebte Frau gequält, und die vollkommene Unkenntnis des schrecklichen Geheimnisses, das sie umgab, machte seine Pein noch unerträglicher. Sein Herz blutete, und er bedurfte aller seiner Selbstbeherrschung – – und davon besaß er ein gut Teil – – um nicht umzusinken. Ich antwortete nur zögernd, denn ich wollte doch nichts verraten, was der Professor geheim zu halten mich gebeten hatte. Bald aber wußte er und erriet er so viel, daß ich keine Ursache mehr hatte, ihm etwas zu verheimlichen, und deshalb antwortete ich ihm: »Es ist so.«

»Und wie lange spielt das schon?«

»Etwa zehn Tage.«

»Zehn Tage! Dann hat also das arme, süße Geschöpf innerhalb dieser Zeit das Blut von vier starken Männern in sich aufgenommen. Die Männer sind am Leben, ihr Körper aber hat das Blut wieder verloren.« Er trat näher an mich heran und flüsterte rauh: »Wer hat es ihr genommen?«

Ich schüttelte den Kopf. »Das«, sagte ich, »ist eben das Rätsel. Helsing ist einfach außer sich und ich bin auch am Ende meines Witzes. Ich kann nicht einmal eine Möglichkeit erraten. Es sind allerdings mehrere Umstände eingetreten, die unsere Maßnahmen zu strenger Bewachung Lucys vereitelten. Aber das soll nicht wieder vorkommen. Hier wollen wir bleiben, bis alles entschieden ist, zum Guten oder zum Schlimmen.« Quincey hielt mir die Hand hin.

»Rechnen Sie auf mich«, sagte er, »Sie und der Holländer werden mir sagen, was zu tun ist, und ich werde es tun.«

Als Lucy spät am Nachmittag erwachte, war ihre erste Bewegung ein Griff nach ihrer Brust; zu meiner Überraschung zog sie das Notizblatt heraus, das Van Helsing mir zu lesen gegeben hatte. Der vorsorgliche Arzt hatte es wieder dahin gelegt, woher er es genommen, damit sie nicht beim Erwachen in Unruhe geriete. Ihre Augen glitten über Van Helsing und dann über mich und erglänzten. Nun sah sie rings um sich, und als sie bemerkte, wo sie sich befand, flog ein leichter Schauer über sie; sie stieß einen lauten Schrei aus und schlug ihre abgezehrten Hände vor das bleiche Gesichtchen. Wir beide verstanden, was das zu bedeuten hatte – – daß sie sich jetzt erst des Todes ihrer Mutter vollkommen bewußt wurde. Wir versuchten nach Möglichkeit, sie zu trösten. Ohne Zweifel tat ihr unsere Teilnahme wohl, aber sie war doch seelisch ganz gebrochen und weinte immerwährend leise vor sich hin. Wir versprachen ihr, von nun an abwechselnd oder zusammen die ganze Zeit bei ihr bleiben zu wollen, was sie ersichtlich freute. Gegen Abend verfiel sie in einen leichten Schlaf, während dessen sich etwas Sonderbares ereignete. Sie nahm im Schlummer das Papier von ihrer Brust und zerriß es. Van Helsing näherte sich leise und nahm ihr die Stücke ab. Trotzdem setzte sie die Bewegung des Zerreißens immer noch fort, als ob das Papier noch in ihren Händen sei. Schließlich erhob sie die Hände und breitete sie aus, als wollte sie die Stücke davonflattern lassen. Van Helsing war ersichtlich sehr erstaunt und seine Augenbrauen zogen sich wie bei scharfem Nachdenken zusammen, aber er sagte kein Wort.

19. September. – Die ganze letzte Nacht schlief sie sehr unruhig, da sie sich immer vor dem Einschlummern fürchtete, und jedesmal wachte sie ein wenig schwächer auf. Der Professor und ich übernahmen abwechselnd die Wache und ließen sie keinen Augenblick unbeaufsichtigt. Quincey Morris sagte nichts, was er vorhatte, aber ich wußte, daß er jede Nacht rund um das Haus herum ging.

Als der Tag anbrach, sahen wir in seinem fahlen Lichte die furchtbaren Verheerungen, die der letzte Rückfall in Lucys Organismus angerichtet hatte. Sie war kaum im Stande den Kopf zu drehen, und das bischen Nahrung, das sie zu sich nahm, schien ihr gar nicht zu bekommen. Zeitweise schlief sie; mir sowohl als Van Helsing fiel der Unterschied auf, den ihr Aussehen zeigte, je nachdem sie wachte oder schlief. Im Schlafe sah sie kräftiger, wenn auch magerer aus und ihr Atem war sanfter; ihr offener Mund zeigte das blasse Zahnfleisch, das sich von den Zähnen zurückgezogen zu haben schien, die dadurch länger und schärfer aussahen wie gewöhnlich. Wenn sie wach war, änderte der milde Schimmer der Augen ihren Gesichtsausdruck wesentlich, denn sie glich sich selbst wieder mehr, wenn wir uns auch nicht verhehlen konnten, daß hier eine Sterbende vor uns lag. Nachmittags verlangte sie nach Arthur und wir telegraphierten ihm.

Als er ankam, war es beinahe sechs Uhr, und die Sonne ging voll und warm unter; ihr rotes Licht strömte durch das Fenster herein und verlieh den bleichen Wangen der Sterbenden einen rosigen Schein. Arthur war, als er sie sah, völlig fassungslos, und wir vermochten alle kein Wort zu sprechen. In den vergangenen Stunden hatten die Schlafanwandlungen oder vielmehr die Ohnmachtsanfälle, die deren Stelle einnahmen, die Augenblicke, in denen eine Unterhaltung möglich war, immer mehr verkürzt.

Arthurs Gegenwart aber wirkte belebend auf sie ein; sie raffte sich ein wenig auf und sprach fröhlicher mit ihm, als wir sie seit unserer Ankunft gesehen hatten. Er selbst nahm sich zusammen und plauderte so vertrauensvoll mit ihr als möglich; so tat jeder sein Bestes, um diesen Stunden einigermaßen ihren furchtbaren, traurigen Charakter zu nehmen.

Es ist jetzt fast neun Uhr, Arthur und Van Helsing leisten ihr Gesellschaft. Ich bin auf eine Viertelstunde weggegangen, um dies in Lucys Phonograph niederzulegen. Sie wollen bis sechs Uhr bei ihr bleiben. Ich fürchte, daß morgen unsere Nachtwachen zu Ende sein werden, denn der Anfall war doch zu heftig; Lucy kann sich unmöglich erholen.

Brief. Mina Harker an Lucy Westenraa.

(Von der Adressatin nicht mehr geöffnet.)

17. September.

Teuerste Lucy!

Es ist mir, als sei ein Jahrhundert verflossen, seit ich das letzte Mal von Dir hörte, oder vielmehr seit ich Dir schrieb. Du wirst mir großmütig verzeihen, ich weiß es, wenn Du den Pack Neuigkeiten erfahren haben wirst, den ich Dir zu berichten habe. Also: ich habe meinen Mann wohlbehalten nach Exeter zurückgebracht; als wir dort ankamen, erwartete uns an der Station ein Wagen, und in ihm, trotz eines Gichtanfalles, Herr Hawkins. Er nahm uns mit in sein eigenes Haus, wo er einige Zimmer reizend und bequem für uns hatte einrichten lassen, und wir speisten gemeinschaftlich. Nach Tisch sagte Herr Hawkins:

»Meine Lieben, ich trinke auf euer Glück und Wohlergehen; ich wünsche, daß euch jederzeit reicher Segen zu Teil werde. Ich kenne euch beide von Jugend auf und habe euch mit Liebe und Stolz heranwachsen sehen. Nun wünsche ich, daß ihr euer Heim hier bei mir aufschlagt. Ich habe nicht Kind noch Kegel, alle sind dahin; und wenn ich einmal nicht mehr bin, so ist das, was ich besitze, euer Eigen.«

Liebste Lucy, ich weinte, als Jonathan und der alte Herr sich die Hände drückten. Wir verlebten einen sehr, sehr glücklichen Abend. So sind wir denn hier in diesem herrlichen alten Hause; sowohl von meinem Schlafzimmer als auch vom

Wohnzimmer aus sehe ich auf die Ulmen, die die Kathedrale umgeben und sich mit ihren dicken, dunklen Stämmen scharf von den gelblichen Wänden abheben. Ich höre Tag für Tag die Raben hoch oben krächzen, schnattern und klatschen, wie eben die Raben es tun – und die Menschen. Ich werde Dir wohl nicht besonders versichern müssen, daß ich sehr fleißig bin, denn in einem neuen Haushalt gibt es ja unendlich viel zu besorgen. Jonathan und Herr Hawkins sind auch den ganzen Tag beschäftigt; jetzt, da Jonathan sein Teilhaber ist, hat er ihm über die Klienten manches zu sagen.

Wie geht es Deiner guten Frau Mutter? Ich wollte, ich könnte rasch auf ein paar Tage nach der Stadt kommen, um Euch zu sehen, Liebste. Aber ich kann ja nicht weg mit dieser Arbeitslast auf den Schultern. Und Jonathan bedarf doch auch immer noch der Pflege. Allmählich setzt er wieder Fleisch an, er war furchtbar mitgenommen von der langen Krankheit. Auch jetzt noch fährt er zuweilen nachts aus dem Schlafe auf und zittert an allen Gliedern, bis es mir gelingt, ihn zu seiner gewohnten Ruhe zurückzubringen. Gottlob werden diese Anfälle immer seltener, und ich hoffe, daß sie über kurz oder lang ganz verschwinden. Nun habe ich Dir aber genug von mir erzählt, nun will ich auch etwas von Euch wissen. Wann Ihr heiraten werdet und wo, wer die Trauung vollziehen wird und was Du anziehst. Laß mich alles erfahren, Herzchen, erzähle mir alles, denn es gibt nichts, was für Dich von Interesse ist und mir gleichgültig wäre. Jonathan beauftragt mich, Dir seine »respektvollsten Empfehlungen« zu übermitteln, aber ich glaube, daß das von dem jüngsten Teilhaber der angesehenen Anwälte Hawkins & Harker nicht genug ist. Deshalb, weil Du mich gern hast und er mich und ich Dich im vollsten Sinne des Wortes, so richte ich Dir einfach seine »herzlichsten Grüße« aus. Also genug für heute, liebste Lucy, ich wünsche Dir alles Gute. Stets Deine

Mina Harker.

Bericht von Patrick Hennessey,
Dr. med., Mitglied der K. Ärztlichen Gesellschaft, k. Rat etc. etc.,
an John Seward, Dr. med.

20. September.

Werter Herr!

Ihrem Wunsche entsprechend lege ich einen Bericht bei über alles, was Sie mir übertragen haben. Was den Patienten Renfield betrifft, habe ich Ihnen viel zu sagen. Er ist ein zweites Mal ausgebrochen. Die Sache hätte ein sehr unangenehmes Ende nehmen können; sie ist aber noch glücklich abgelaufen und hatte weiter keine üblen Folgen. Heute Nachmittag fuhr ein Frachtwagen an dem verlassenen Hause vor, das uns benachbart ist; an dem Hause, zu dem der Patient, wie Sie sich erinnern werden, zweimal geflüchtet ist. Die Leute hielten an unserem Gittertor, um den Portier nach dem Wege zu fragen, da sie fremd seien. Ich selbst sah gerade zum Fenster des Arbeitszimmers hinaus und rauchte meine Zigarre, als ich einen von ihnen direkt auf das Haus zukommen sah. Als er unten an Renfields Fenster vorbeiging, begann der Patient von innen heraus auf ihn zu schelten und legte ihm alle erdenklichen Schimpfnamen bei. Der Mann, der sehr bescheiden zu sein schien, begnügte sich damit, ihn einen frechmäuligen Bettler zu nennen, worauf unser Freund ihm vorwarf, daß er ihn beraube, und ihm drohte ihn zu ermorden, selbst wenn er dafür an den Galgen käme. Ich öffnete das Fenster und machte dem Manne ein Zeichen, er solle keine Notiz davon nehmen. Er gab sich zufrieden, sah im Garten umher und schien plötzlich sich bewußt zu werden, wo er sich befand. Dann sagte er: »Gott segne Sie, Herr, ich werde doch nicht darauf achten, was mir in einem Narrenhause gesagt wird. Aber ich bedaure Sie und den Direktor, daß Sie mit einem solch schlimmen Patron unter einem Dach leben müssen.« Dann erkundigte er sich sehr höflich nach dem Wege, und ich erklärte ihm, wo sich die Einfahrt zu dem leeren Hause befand. Er ging nun weg, verfolgt von Drohungen, Flüchen und Schmähungen unseres Patienten.

Ich begab mich hinunter, um die Ursache von Renfields Ärger zu erfahren, da er sonst ein wohlerzogener Mann ist und außer seinen Tobsuchtsanfällen noch nie sich etwas derartiges ereignet hatte. Ich fand ihn zu meinem Erstaunen vollständig beruhigt vor und nach seiner Art ganz lustig. Ich wollte das Gespräch auf den Zwischenfall lenken, aber er fragte mich freundlich, was ich meine, und schien den Glauben in mir erwecken zu wollen, daß er von der ganzen Sache absolut nichts mehr wüßte. Es war das, leider muß ich es sagen, wieder ein neues Beispiel seiner Verschlagenheit, denn nach kaum einer halben Stunde hörte ich schon wieder von ihm. Diesmal war er aus dem Fenster seines Zimmers gestiegen und rannte die Allee hinunter. Ich beauftragte die Wärter, mir zu folgen, und lief ihm nach, da ich fürchtete, er könne etwas Übles im Schilde führen.

Mein Verdacht bewahrheitete sich auch. Ich sah den Wagen, der vorher an unserem Hause vorbeigefahren war, den Weg daherkommen; er hatte nur einige große hölzerne Kisten aufgeladen. Die Leute wischten ihre Stirnen und sahen ganz rot aus, wie von einer großen Anstrengung. Ehe ich ihn noch erreicht hatte, sprang schon unser Patient auf sie zu, riß einen von ihnen vom Wagen und stieß ihn mit dem Kopf auf die

Erde. Hätte ich ihn nicht noch rechtzeitig gepackt, ich glaube, er hätte den Mann getötet. Der andere Fuhrmann sprang herunter und schlug ihn mit dem Stiele seiner Peitsche über den Kopf. Es war ein furchtbarer Schlag, aber Renfield schien ihn nicht zu beachten, sondern faßte auch den neuen Gegner und rang nun mit uns dreien, indem er uns herumwarf, als wären wir junge Kätzchen. Sie wissen, ich bin gerade kein Leichtgewicht, und die beiden anderen waren plumpe Kerle. Anfangs kämpfte er stillschweigend. Als wir aber allmählich seiner Herr wurden und die Wärter ihm die Zwangsjacke anlegten, begann er zu schelten: »Ich will euch lehren, mich zu berauben! Ihr sollt mich nicht Zoll für Zoll umbringen! Ich werde für meinen Herrn und Meister kämpfen!« Er erging sich noch in allen möglichen, unzusammenhängenden Wahnreden. Nicht ohne bedeutende Schwierigkeiten brachten wir ihn nach Hause in seine Gummizelle. Einer der Wärter, Hardy, hatte sich den Finger gebrochen. Ich habe ihn sogleich in Behandlung genommen, es geht ihm ganz gut.

Die beiden Fuhrleute drohten zuerst laut mit einer Schadenersatzklage und schworen, die ganze Strenge des Gesetzes gegen uns in Anwendung bringen lassen zu wollen. In ihre Drohungen aber mischte sich leise eine Art Beschämung, daß sie zu zweien sich von einem schwachen Narren hatten besiegen lassen. Sie sagten, wenn sie nicht schon ihre ganze Kraft beim Aufheben und Verladen der schweren Kisten hätten dransetzen müssen, hätten sie kurzen Prozeß mit ihm gemacht. Sie gaben als weiteren Grund für ihre Niederlage ihren außerordentlichen Durst an, den sie bei ihrer staubigen Beschäftigung und bei der großen Entfernung von jeglichem Wirtshause bekommen hätten. Ich verstand ihre Anspielung wohl, und nach einem Glas steifen Grogs, besser gesagt mehrerer solcher, und nachdem ich jedem einen Sovereign in die Hand gedrückt, ließ die Heftigkeit ihrer Drohungen nach. Sie schworen, daß sie es gerne mit noch bösartigeren Narren aufnehmen würden, wenn ihnen dadurch das Vergnügen zu Teil würde, einen eben so »netten Mann« wie den Unterzeichneten kennen zu lernen. Ich schrieb mir Namen und Adresse auf für den Fall, daß man ihrer einmal bedürfen sollte.

Ich werde Ihnen alles Wichtige, was hier vorfällt, berichten, und wenn sich etwas von besonderer Bedeutung ereignen sollte, telegraphieren. Gestatten Sie den Ausdruck meiner vorzüglichen Hochachtung.

Patrick Hennessey.

Brief.

Mina Harker an Lucy Westenraa.

(Von der Adressatin nicht mehr geöffnet.)

18. September

Meine liebe Lucy!

Ein furchtbarer Schlag hat uns getroffen. Herr Hawkins ist plötzlich gestorben. Manche mögen ja sagen, das sei doch nicht so schlimm für uns; aber wir haben ihn so lieb gewonnen, daß es uns ist, als hätten wir einen Vater verloren. Ich kannte ja weder Vater noch Mutter, und so ist mir der Tod des edlen, guten Mannes wirklich ein Schlag. Auch Jonathan ist sehr verstört. Nicht die Trauer, die tiefe Trauer allein ist es um den teuren, lieben Mann, der ihm sein ganzes Leben lang ein Freund gewesen ist, ihn wie einen Sohn gehalten und ihm nun schließlich ein Vermögen hinterlassen hat, das für so bescheidene Leute, wie wir, fürstlich zu nennen ist. Jonathan fühlt es auch in anderer Hinsicht. Er sagt, daß die Verantwortung, die von nun ab auf ihm laste, ihn nervös mache. Er beginnt, an sich selbst zu zweifeln. Ich versuche ihn aufzuheitern, und mein Glaube an ihn hilft ihm, wieder an sich selbst zu glauben. Aber auch der furchtbare Schock, den er erlitten, hängt ihm noch nach. O, es ist zu traurig, daß eine so gute, einfache, edle, starke Natur wie die seine – eine Natur, die es ihm ermöglichte, mit Hilfe unseres guten, teuren Freundes in wenigen Jahren vom Praktikanten zum Chef aufzusteigen – so sehr angegriffen ist. Verzeih mir, Liebste, wenn ich Dir mitten in Deinem Glück mit meinem Jammer das Herz schwer mache. Aber, ich muß irgend jemand mein Herz ausschütten, denn es macht mich schrecklich müde, Jonathan immer eine tapfere, liebenswürdige Miene zu zeigen; hier habe ich niemand, dem ich mich anvertrauen könnte. Mir ist ganz angst, daß wir übermorgen nach London müssen, aber Herr Hawkins hat letztwillig angeordnet, daß er in einem Grabe mit seinem Vater ruhen wolle. Da gar keine Verwandten da sind, kommt Jonathan als Hauptleidtragender in Betracht. Ich werde zu Euch kommen, liebe Lucy, und sei es auch nur auf ein paar Minuten. Mit herzlichem Glückwunsch stets Deine

Mina Harker.

Dr. Sewards Tagebuch.

20. September. – Nur Selbstüberwindung und Gewohnheit können mich heute veranlassen, einen Eintrag in das Tagebuch zu machen. Ich bin so elend, so niedergedrückt, so verzweifelt an der Welt und allem, was in ihr ist, daß es mir ganz gleich wäre, wenn ich jetzt das Rauschen der Fittiche des Todesengels vernehmen müßte. Und seine grausigen Fittiche haben gerauscht. Lucys Mutter und Arthurs Vater, und nun – –. Ich will weiter an meine Arbeit gehen.

Ich löste, unserer Abmachung gemäß, Van Helsing in der Wache an Lucys Bett ab. Wir baten Arthur, sich auch etwas Ruhe zu gönnen, aber anfänglich lehnte er ab. Ich mußte ihm erst klar machen, daß wir ja seiner Hilfe unter Umständen morgen wieder bedürfen und daß Lucy darunter leiden müßte, wenn wir alle vor Erschöpfung zusammenbrächen. Das wirkte und er entschloß sich zum Gehen. Van Helsing redete ihm sehr gütig zu. »Kommen Sie, mein Freund«, sagte er. »Kommen Sie mit mir. Sie sind auch krank und schwach und hatten außer dem Angriff auf Ihre körperliche Leistungsfähigkeit, den wir ja alle kennen, noch genug Sorge und innere Pein zu erdulden. Sie dürfen nicht allein bleiben, denn allein sein, heißt der Angst und dem Schrecken ausgesetzt zu sein. Kommen Sie in das Wohnzimmer, dort stehen zwei Sofas und dort brennt ein warmes Feuer. Sie werden auf dem einen, ich auf dem andern Sofa liegen, und unsere Sympathie wird uns gegenseitig ein Trost sein, auch wenn wir nicht sprechen, und selbst wenn wir schlafen.«

Arthur entfernte sich mit ihm, indem er noch einen langen, sehnsüchtigen Blick auf Lucy warf, die in ihren Kissen lag, fast weißer als die Leinwand. Sie lag ganz still, und ich sah mich im Zimmer um, ob alles in gehöriger Ordnung sei. Der Professor hatte in diesem und im anliegenden Zimmer von Knoblauch reichlich Gebrauch gemacht. Die Fenstergesimse waren damit bekränzt, und um Lucys Hals, über dem seidenen Tuch, das Van Helsing ihr angelegt, schlang sich ein Gewinde der stark duftenden Blüten. Lucy atmete keuchend. Ihr Gesicht sah schauerlich aus, denn der offene Mund zeigte ihr bleiches Zahnfleisch. Ihre Zähne sahen in dem schwachen, ungewissen Licht länger und schärfer aus als am Morgen. Im besonderen – es war vielleicht auch eine Täuschung durch das Licht – schienen die Eckzähne länger und schärfer als die anderen. Ich setzte mich an ihrem Bette nieder, und im gleichen Augenblick bewegte sie sich, als sei sie ungehalten. Zugleich vernahm ich vom Fenster her ein dumpfes Klopfen und Flattern. Ich schlich mich leise hin und spähte durch einen Ritz des Vorhanges hinaus. Es war heller Mondenschein und ich konnte erkennen, daß das Geräusch von einer großen Fledermaus herrührte, die, in großen Kreisen fliegend zweifellos durch das, wenn auch schwache Licht angezogen hin und wieder mit ihren Schwingen das Fenster streifte. Als ich auf meinen Platz zurückkehrte, bemerkte ich, daß Lucy ihre Lage etwas verändert und die Knoblauchblüten von ihrem Halse gerissen hatte. Ich brachte sie so gut als möglich wieder in Ordnung und nahm dann meine Wache auf.

Nach einiger Zeit wachte sie auf, und ich gab ihr etwas zu essen, wie es Van Helsing angeordnet hatte. Sie nahm nur wenig zu sich, und auch das nur mühsam. Das unbewußte Ringen um Kraft und Gesundheit, das ihre bisherige Krankheit immer begleitet hatte, schien sie aufgegeben zu haben. Eigentümlich war es, daß sie in dem Augenblick, da sie wieder zu sich kam, die Knoblauchblüten krampfhaft an sich zog. Wenn sie in ihrem lethargischen Schlaf lag und schwer atmete, stieß sie die Blüten von sich; sowie sie aber erwachte, griff sie rasch danach. Ein Irrtum war in diesem Punkte nicht möglich, denn in den noch folgenden Stunden wechselten Schlaf und Wachen häufig und man konnte jedesmal die entsprechende Bewegung beobachten.

Um sechs Uhr löste mich Van Helsing ab. Arthur war gerade in einen Halbschlummer verfallen; wir gönnten ihm seine Ruhe. Als Van Helsing Lucy ansah, konnte ich das zischende Atemholen wieder vernehmen. Er flüsterte: »Ziehen Sie die Vorhänge auf; ich brauche Licht!« Dann beugte er sich nieder und untersuchte sie genau, wobei sein Gesicht fast ihren Körper berührte. Er entfernte die Blüten und lüftete das seidene Tuch um ihren Hals. Er prallte erschreckt zurück und ich hörte ihn rufen: »Mein Gott!« als seien die Worte in seiner Kehle erstickt. Ich beugte mich nun auch über die Kranke und sah sie an; ein kalter Schauer lief mir über den Rücken. Die Wunden an der Kehle waren vollkommen verschwunden.

Ganze fünf Minuten stand Van Helsing und starrte sie an; in seinem Antlitz lag furchtbares Grauen. Dann wandte er sich an mich und sagte:

»Sie muß sterben. Es wird nicht mehr lange dauern. Es ist nun ein großer Unterschied, ob sie bei vollem Bewußtsein oder bewußtlos stirbt. Wecken Sie Arthur; er verläßt sich auf uns, wir haben es ihm ja versprochen.«

Ich ging in das Speisezimmer und weckte Arthur auf. Er wußte ein paar Augenblicke nicht, wo er war. Als er aber das Sonnenlicht durch die Fensterläden hereindringen sah, dachte er, er sei schon zu spät daran und gab seiner Befürchtung Ausdruck. Ich versicherte ihm, daß Lucy immer noch schlafe, und teilte ihm dabei schonend mit, daß Van Helsing und ich fürchteten, das Ende sei nahe. Er bedeckte sein Gesicht mit den Händen und sank am Sofa in die Knie. Er betete, das Haupt auf den Armen liegend, etwa eine Minute, während seine Schultern vor Schmerz zuckten. Ich nahm seine Hand und hob ihn auf. »Kommen Sie, mein lieber, guter Freund«, sagte ich, »nehmen

Sie alle Ihre Kraft zusammen; so ist es am besten und Sie machen es ihr nicht noch schwerer.«

Als wir in Lucys Zimmer traten, sah ich, daß Van Helsing mit seiner steten Fürsorge alles etwas in Ordnung gebracht hatte. Er hatte sogar Lucys Haar gekämmt, so daß ihre goldigen Locken über das Kissen niederfielen. Bei unserem Eintritt öffnete sie die Augen und flüsterte, indem sie Arthur anblickte:

»Arthur, Du mein Liebster, wie froh bin ich, daß Du kommst!« Er trat näher heran, sie zu küssen, aber Van Helsing hielt ihn zurück. »Nein«, sagte er leise, »noch nicht! Halten Sie ihre Hand, das wird ihr wohler tun.«

Arthur ergriff ihre Hand und kniete neben ihrem Bette nieder; sie sah ihn voll Liebe an. Ihr Gesicht war mild und die Augen strahlten in engelhafter Schönheit. Dann schlossen sich allmählich ihre Augen und sie fiel in Schlaf. Einige Zeit hob und senkte sich ihre Brust ruhig und regelmäßig, und ihr Atem war sanft wie der eines schlafenden Kindes.

Dann aber kam plötzlich jene seltsame Veränderung, die mir schon in der Nacht aufgefallen war. Ihr Atem wurde keuchend, der Mund öffnete sich und das bleiche, zurückgezogene Zahnfleisch ließ die Zähne überaus lang und spitz erscheinen. Suchend, unbewußt, wie eine Nachtwandlerin, öffnete sie ihre Augen, die zugleich hart und traurig aussahen, und sagte mit leiser, wollüstiger Stimme, wie ich sie noch nie von ihr gehört:

»Arthur, mein Geliebter, ich bin so froh, daß du gekommen bist! Küsse mich!« Arthur beugte sich hastig über sie, um sie zu küssen. Aber im gleichen Augenblick sprang Van Helsing, der, wie ich, über den Klang ihrer Stimme erstaunt war, auf ihn zu und riß ihn, ihn am Genick packend, mit beiden Händen weg. Einen so furchtbaren Kraftaufwand hatte ich noch nie bei ihm gesehen und hätte ihn dessen auch nicht für fähig gehalten. Er schleuderte ihn förmlich durch das Zimmer zurück.

»Um Himmels Willen nicht!« rief er, »retten Sie Ihre Seele und die Ihrer Braut!« Und er stand zwischen ihnen wie ein Löwe, der sich zur Wehr setzt.

Arthur war so erstaunt, daß er nicht wußte, was er tun oder sagen sollte. Einen Augenblick sah es aus, als wolle er sich auf Van Helsing stürzen; aber dann beherrschte er sich und blieb schweigend, abwartend auf dem gleichen Fleck stehen.

Ich hielt meine Augen beobachtend auf Lucy gerichtet, ebenso auch Van Helsing, und wir sahen, wie einen Augenblick lang eine furchtbare Wut ihr Antlitz verzerrte. Die scharfen Zähne bissen aufeinander. Dann schlossen sich ihre Augen und der Atem ging mühsam aus und ein.

Kurze Zeit danach schlug sie wieder die Augen auf, in denen die uns so bekannte Güte schimmerte. Sie streckte ihre bleiche, abgemagerte Hand aus dem Bett und ergriff die große, braune Hand Van Helsings; sie zog sie an sich und küßte sie. »Mein treuer Freund«, sagte sie, »und auch der seine! O, stehen Sie ihm bei und geben Sie mir den Frieden!«

»Ich schwöre es!« sagte er feierlich, indem er neben ihr niederkniete und die Hand emporhob, wie einer, der einen Eid leistet. Dann wandte er sich an Arthur und sagte zu ihm: »Kommen Sie her, lieber Freund, nehmen Sie Lucys Hand und geben Sie ihr einen Kuß auf die Stirn, aber nur einen.« Ihre Augen trafen sich anstelle der Lippen, und so schieden sie.

Lucys Augen schlossen sich wieder. Van Helsing, der in nächster Nähe geblieben war, nahm Arthur am Arm und zog ihn hinweg. Der Atem der Sterbenden wurde dann keuchend und hörte plötzlich auf.

»Es ist alles vorüber«, sagte Van Helsing leise. »Sie ist tot!«

Ich nahm Arthurs Arm und führte ihn in das Wohnzimmer, wo er sich niedersetzte und das Gesicht in den Händen verbarg; er weinte, daß mir fast das Herz brach.

Ich begab mich in das Sterbezimmer zurück und traf Van Helsing, wie er unverwandt auf die Leiche blickte; sein Gesicht war furchtbar ernst. Die Tote schien sich verändert zu haben. Der Tod hatte ihr einen Teil ihrer Schönheit zurückgegeben; ihr Gesichtchen hatte wieder etwas Rundung bekommen und die Lippen hatten ihre gespenstische Blässe verloren. Es war, als hätte der Tod das Blut, das nun nicht mehr nötig war, um das Herz im Gange zu erhalten, dazu verwendet, um die rauhen Linien, die seine grausame Hand in das Antlitz gerissen, etwas auszugleichen.

»Wir glaubten sie sterbend, als sie schlief,
Und schlafend, als sie starb.«

Ich stand neben Van Helsing und sagte: »Nun hat sie wenigstens Frieden gefunden, das arme Mädchen. Nun ist alles zu Ende!«

Er wandte mir sein Gesicht zu und sagte mit tiefem, feierlichem Ernst: »Nein, leider, nein! Das ist erst der Anfang!«

Ich fragte, was er damit sagen wolle. Er aber schüttelte nur den Kopf und antwortete: »Wir können für den Augenblick nichts tun. Nur abwarten und die Augen offen halten.«

Dreizehntes Kapitel.

(Fortsetzung.)

Die Beerdigung war für den übernächsten Tag angeordnet worden, damit Lucy mit ihrer Mutter zusammen begraben werden könnte. Ich besorgte all die nötigen Formalitäten, und der höfliche Begräbnisunternehmer versicherte mir mit der ihm eigenen süßlichen Unterwürfigkeit, daß sein ganzes Personal tief ergriffen sei. Sogar die Frau, die der Toten die letzten Dienste erwies, sagte, als sie das Zimmer der Toten verließ, in vertraulicher, kollegialer Weise zu mir:

»Sie ist eine wunderschöne Leiche, Herr Doktor. Es ist eine wahre Auszeichnung, sie bedienen zu dürfen. Ich übertreibe nicht, wenn ich sage, sie wird unserem Institut alle Ehre machen.«

Es fiel mir auf, daß Van Helsing zugegen blieb. Es war auch erklärlich, wenn man sich die Unordnung im ganzen Haushalt vergegenwärtigte. Verwandte waren nicht anwesend, und da auch Arthur am nächsten Tage zurück mußte, um dem Begräbnis seines Vaters beizuwohnen, so war es uns unmöglich zu erfahren, wen wir hätten herbeirufen sollen. Unter diesen Umständen unternahmen es Van Helsing und ich, selbst in die Papiere Einblick zu nehmen. Die Durchsicht von Lucys Papieren behielt er sich vor. Ich fragte ihn nach dem Grunde, denn ich fürchtete, daß er als Fremder die englischen Gesetzesbestimmungen nicht kenne und deswegen vielleicht unnötige Verwicklungen herbeiführen könne. Er antwortete:

»Ich weiß, ich weiß. Sie vergessen, daß ich ebensogut Rechtsanwalt bin wie Arzt. Aber unsere Sache ist nichts für Juristen. Sie wissen das selbst am besten; warum hätten Sie sich sonst so sehr bemüht, eine gerichtliche Leichenschau zu vermeiden? Ich habe noch mehr zu vermeiden als diese. Es müssen noch andere Papiere vorhanden sein, solche wie diese hier.«

Während seinen Worten hatte er aus seinem Taschenbuch das Schreiben hervorgeholt, das Lucy an der Brust getragen und das sie im Schlafe zerrissen hatte.

»Wenn Sie etwas finden, das für den Sachwalter der verstorbenen Frau Westenraa von Bedeutung sein könnte, so versiegeln Sie es und machen Sie ihm heute noch Mitteilung. Ich bleibe in diesem und in Lucys Zimmer die ganze Nacht auf und forsche selbst nach allem, was ich brauche. Ich möchte nicht, daß ihre innersten Gedanken zur Kenntnis Fremder gelangen.«

Ich machte mich sofort an die übernommene Arbeit und hatte nach einer halben Stunde Namen und Adresse von Frau Westenraas Sachwalter gefunden und an ihn geschrieben. Sämtliche Papiere der Frau waren in Ordnung; genaue Weisungen bezüglich der Beerdigung waren darin enthalten. Kaum hatte ich den Brief versiegelt, da trat zu meinem Erstaunen Van Helsing ein und sagte:

»Kann ich Ihnen behilflich sein, Freund John? Ich bin nun frei und stehe zu Ihrer Verfügung.«

»Haben Sie gefunden, was Sie suchten?« fragte ich, worauf er antwortete:

»Ich habe eigentlich nach etwas Bestimmten nicht gesucht. Ich hoffte lediglich irgend etwas zu finden, und habe auch alles gefunden, was vorhanden war; einige Briefe, ein paar Notizzettel und ein eben erst angefangenes Tagebuch. Ich habe sie hier bei mir und wir wollen vorerst keinerlei Erwähnung davon tun. Ich werde den Bräutigam morgen Abend sehen und mit seiner Zustimmung von einigem Gebrauch machen.«

Als wir alles Nötige geordnet hatten, sagte er: »Und nun, Freund John, denke ich, gehen wir zu Bett. Wir beide bedürfen des Schlafes und müssen unsere Ruhe wiedergewinnen. Morgen gibt es wieder viel zu tun, aber heute Nacht sind wir vollkommen unnötig. Leider!«

Ehe wir uns zu Ruhe begaben, sahen wir noch einmal nach der toten Lucy. Der Begräbnisunternehmer hatte tatsächlich sein Bestes geleistet, das Zimmer glich einer Trauerkapelle. Es war ein ganzer Garten wundervoller Blumen um die Tote, der Tod war so wenig abstoßend gemacht als irgend möglich. Das Ende des Leichentuches hatte man ihr über das Antlitz gelegt. Als der Professor sich über die Leiche beugte und das Tuch leise zurückschlug, waren wir beide erstaunt über die Schönheit, die sich uns darbot. Die dicken Wachskerzen gaben genügend Licht, um uns zu zeigen, daß all ihre Schönheit im Tode zurückgekehrt war. Die vergangenen Stunden, anstatt mit grausamen Finger die Spuren der Vernichtung in das Antlitz zu graben, hatten die ganze Lieblichkeit der Lebenden wiederhergestellt, so daß ich es nicht für möglich hielt, daß es ein Leichnam sei, der vor uns lag.

Der Professor sah sehr ernst aus. Er hatte sie nicht so geliebt wie ich, und es war kein Grund dazu vorhanden, daß er Tränen in den Augen hatte. Er sagte: »Warten Sie, bis ich wiederkomme«, und verließ das Zimmer. Er kam mit einer Handvoll wildem Knoblauch zurück, den er der Kiste entnommen hatte, die auf dem Gang gestanden, aber noch nicht geöffnet war. Er mischte die Blüten unter die Blumen, die auf und um das Bett gelegt worden waren. Dann nahm er von seinem Halse ein kleines goldenes Kruzifix, das er direkt auf der Haut getragen, und legte es auf den Mund der Toten. Schließlich zog er ihr das Laken über das Gesicht und wir verließen das Zimmer.

Ich war gerade im Begriff, mich in meinem Schlafgemach auszuziehen, als Van Helsing eintrat und sagte:

»Morgen muß ich Sie bitten, mir, ehe es Abend wird, einen Satz Seziermesser zu bringen.«

»Müssen wir eine Sektion vornehmen?« fragte ich.

»Ja und nein. Ich habe eine Operation vor, aber nicht so, wie Sie denken. Zu Ihnen will ich sprechen, aber sagen Sie keinem Menschen ein Wort davon. Ich muß Lucy den Kopf abschneiden und das Herz herausnehmen. O, Sie wollen ein Arzt sein, und zittern! Sie, den ich mit fester Hand Operationen auf Leben und Tod vornehmen sah, daß die Kollegen schauderten. Allerdings, lieber Freund, darf ich nicht vergessen, daß Sie sie lieb gehabt haben. Ich habe es auch nicht vergessen, denn ich bin es, der die Operation ausführen wird, und Sie sollen mir lediglich helfen. Ich würde es am liebsten noch heute Nacht tun, aber wegen Arthur will ich es nicht. Er wird morgen nach der Beerdigung seines Vaters kommen und Lucy sehen wollen. Dann aber, wenn sie für den nächsten Tag fertig aufgebahrt ist, wollen wir, Sie und ich, beginnen, wenn alles schläft. Wir werden den Sargdeckel aufschrauben und die Operation vornehmen. Dann werden wir wieder alles in Ordnung bringen, so daß niemand außer uns beiden etwas weiß.«

»Aber warum tun Sie das alles? Sie ist doch tot. Warum unnötigerweise noch den Leib verstümmeln? Wenn eine Sektion keinen Zweck hat und keinen Gewinn bringt, weder ihr selbst noch uns, weder der Wissenschaft noch dem medizinischen Können, warum sollen wir es tun? Ohne solche Gründe wäre es ja etwas Ungeheuerliches.«

Anstelle einer Antwort legte er mir seine Hand auf die Schulter und sagte mit unbeschreiblicher Güte in der Stimme:

»Freund John, Ihr blutendes Herz tut mir leid, und ich habe Sie nur noch umso lieber, weil es so blutet. Wenn ich könnte, möchte ich gerne das Leid auf mich nehmen, das Sie bedrückt. Aber es gibt Dinge, die Sie nicht wissen, aber wissen werden. Sie werden mir einst danken, wenn ich sie Ihnen eröffne, wenn es auch gerade keine ergötzlichen Dinge sind. Mein lieber John, Sie sind nun so manches Jahr mein Freund gewesen; erinnern Sie sich, daß ich jemals etwas ohne Grund tat? Ich kann irren, ich bin auch nur ein Mensch; aber ich glaube an das, was ich tue. Haben Sie nicht darum mich gerufen, als die große Not und Sorge hereinbrach? Ja, waren Sie nicht erstaunt oder vielmehr entsetzt, als ich Arthur seine sterbende Braut nicht küssen lassen wollte und ihn mit aller Kraft wegriß? Ja! Sie haben auch gesehen, wie sie mit ihren wundervollen Augen im Sterben noch dankte, mit ihrer schwachen Stimme, und wie sie meine alte,

rauhe Hand küßte und mich segnete! Ja! Und hörten Sie nicht das feierliche Versprechen, das sie von mir empfing, so daß sie voll Glück die Augen schloß?

Ich habe gute Gründe für das, was ich tun muß. Sie haben mir viele Jahre lang Ihr
Vertrauen geschenkt; Sie haben mir noch vor wenigen Wochen geglaubt, als sich
Dinge ereigneten, die wohl Ihren Zweifel hätten wachrufen können. Glauben Sie noch
eine kleine Weile an mich, Freund John. Wenn sie mir nicht trauen, so muß ich Ihnen
alles offenbaren, was ich denke; das wäre jetzt nicht gut. Und wenn ich seziere – ge-
schehen muß es, ganz gleich, ob ich Vertrauen finde oder nicht – ohne daß mein
Freund an mich glaubt, so muß ich mit schwerem Herzen arbeiten und werde mich
sehr verlassen fühlen, wo ich doch aller erdenklichen Hilfe und Aufmunterung bedürfte.« Er schwieg einen Augenblick und fuhr in feierlichem Tone fort: »Freund
John, die kommenden Tage werden uns seltsame, schreckliche Dinge bringen. Lassen
Sie uns nicht zwei, sondern eins sein, damit unser Werk ein gutes Ende finde. Wollen
Sie mir nicht Ihr Vertrauen schenken?«

Ich reichte ihm die Hand und versprach es ihm. Als er mich verließ, lauschte ich
noch ein paar Augenblicke seinen Schritten und hörte, daß er in sein Zimmer ging und
die Tür hinter sich abschloß. Als ich so bewegungslos an der offenen Türe stand, sah
ich ein Mädchen lautlos den Gang entlang huschen – sie wandte mir den Rücken und
konnte mich deshalb nicht bemerken – und in Lucys Sterbezimmer verschwinden. Ich
war gerührt von diesem Anblick. Anhänglichkeit ist etwas so Seltenes, daß wir denen
dankbar sind, die sie unaufgefordert unseren Lieben erweisen. Das gute Mädchen
mißachtete die Scheu, die ihr der Tod naturgemäß einflößen mußte, und wollte allein
an der Bahre der geliebten Herrin wachen, damit die sterbliche Hülle nicht verlassen
daliegen müsse, bis sie zur ewigen Ruhe getragen würde.

Ich muß lange und tief geschlafen haben, denn es war heller Tag, als Van Helsing in
mein Zimmer trat und mich weckte. Er stand neben meinem Bette und sagte:

»Sie brauchen sich wegen der Messer nicht mehr bemühen; es ist nicht mehr nötig.«

»Warum nicht?« frage ich. Die Feierlichkeit seines Wesens hatte mich gestern
Abend tief ergriffen.

»Weil es zu spät ist«, sagte er traurig, »oder zu früh. Sehen Sie!« Er hielt mir das
goldene Kruzifix hin. »Das ist heute Nacht gestohlen worden.«

»Wie, gestohlen? Sie haben es doch aber noch?« fragte ich verwundert.

»Weil ich es dem nichtswürdigen Geschöpf, das den Diebstahl vollbrachte, wieder
abgenommen habe, dem Frauenzimmer, das die Toten und Lebenden gleichmäßig
beraubt hat. Ihre Strafe wird nicht ausbleiben, aber nicht ich werde sie bestrafen. Sie

hat ja nicht gewußt, was sie tat, und nur deswegen, weil sie es nicht wußte, hat sie gestohlen. Nun heißt es wieder warten.«

Dann ging er fort und hinterließ mir ein neues Geheimnis, um darüber nachzugrübeln, ein neues Rätsel, um mir den Kopf daran zu zerbrechen.

Der Vormittag war schrecklich trostlos. Gegen Mittag kam der Sachwalter, Herr Marquard von der Firma Wholemann Söhne, Marquard & Lidderdale. Er war sehr aufgeräumt und äußerte sich sehr anerkennend über unsere bisherige Tätigkeit, nahm uns aber die Sorge um die weiteren Details ab. Während des Lunch erzählte er, daß Frau Westenraa schon seit geraumer Zeit sich auf einen raschen Tod infolge ihres Herzleidens gefaßt gemacht und deshalb alle ihre Angelegenheiten in peinlichste Ordnung gebracht hatte. Er teilte uns ferner mit, daß, mit Ausnahme eines kleinen, von Lucys Vater seinerzeit eingebrachten Vermögens, das nun, nachdem eine Willensäußerung hierüber fehlte, an entfernte Verwandte der Familie fiel, die ganze Verlassenschaft Arthur Holmwood gehöre. Als er uns das eröffnet hatte, fuhr er fort:

»Offen gesagt, haben wir unser Möglichstes getan, um eine derartige letztwillige Verfügung zu verhindern, und brachten gewisse Fälle vor, die ihre Tochter entweder vollkommen vermögenslos machen oder sie wenigstens in ihren Entschließungen bei Auswahl eines Gatten beeinträchtigen könnten. Wir brachten sie tatsächlich so weit, daß wir fast mit ihr zusammengerieten, denn sie fragte uns, ob wir bereit wären, ihre Wünsche zu erfüllen oder nicht. Es blieb dann nichts weiter übrig, als ihren Willen zu erfüllen. Wir hatten im Prinzip vollkommen recht, in 99 von 100 Fällen wäre durch die Tatsachen die Logik unserer Erwägungen dargelegt worden. Offen gestanden muß ich zugeben, daß so, wie jetzt die Dinge liegen, jede andere Form der Verfügung die Ausführung ihrer letzten Wünsche betreffend unmöglich geworden wäre. Denn da sie vor ihrer Tochter starb, wäre diese in den Besitz der Hinterlassenschaft gekommen. Dann wäre beim Mangel eines Testaments – ein solches wäre im vorliegenden Falle vollständig eine Unmöglichkeit gewesen – das Vermögen nach dem Erbschaftsgesetz behandelt worden, d. h. Lord Godalming hätte, so eng er auch mit der Familie verbunden war, nicht den geringsten Anspruch gehabt, und die Erben, entfernte Verwandte, hätten gutwillig und aus Pietät wohl kaum auf ihre Rechte zu Gunsten eines vollkommen Fremden verzichtet. Ich versichere Ihnen, meine Herren, ich freue mich über das Ergebnis, freue mich wirklich herzlich.«

Er war sonst ein guter Mensch, aber seine Freude – er war zwar offiziell dabei interessiert – anläßlich einer solchen Tragödie schränkte unsere freundschaftlichen Gefühle gegen ihn doch ein.

Er blieb nicht lange und versprach, später noch einmal zu kommen und Lord Godalming zu besuchen. Seine Anwesenheit war uns immerhin ein gewisser Trost, denn wir konnten nun damit rechnen, daß unsere bisherigen Maßnahmen keiner abfälligen Kritik ausgesetzt waren. Arthur hatte für 5 Uhr sich angesagt und wir gingen deshalb kurz vor dieser Zeit in das Sterbezimmer. Es verdiente wirklich diesen Namen, denn zwei Gestorbene, Mutter und Tochter, lagen dort aufgebahrt. Der Begräbnisunternehmer hatte seine Geschicklichkeit in das beste Licht gerückt und von allem Trauerprunk, über den er verfügte, reichlich Gebrauch gemacht; es lag eine feierliche Trauerstimmung über allem, die uns tief ergriff. Van Helsing ordnete an, daß das frühere Arrangement wieder hergestellt würde und begründete dies damit, daß es für Lord Godalmings Gefühle weniger deprimierend sei, wenn er die irdischen Überreste seiner Braut ganz allein sähe. Der Unternehmer schien über seine eigene Dummheit sehr erschrocken und machte sich eigenhändig daran, die Dinge wieder so herzurichten, wie sie am Abend vorher gewesen waren. Wir hofften, auf diese Weise den Gefühlen Arthurs am besten Rechnung zu tragen.

Der schwer geprüfte Mann sah verzweifelt traurig und gebrochen aus; seine stahlharte Männlichkeit schien unter der Wucht der furchtbaren Eindrücke zusammenbrechen zu wollen. Er war, wie ich wußte, seinem Vater in aufrichtiger Liebe ergeben; ihn zu verlieren, und gerade zu dieser Zeit, war eine schwere Prüfung für ihn. Gegen mich war er so herzlich wie immer, und gegen Van Helsing von einer feinen Liebenswürdigkeit; allerdings entging mir etwas Gezwungenes in seinem Wesen nicht. Auch der Professor bemerkte es und veranlaßte mich, ihn hinaufzuführen. Ich folgte diesem Wink und begleitete ihn bis zur Tür des Sterbezimmers. Wie ich ihn verlassen wollte, weil ich meinte, er wolle allein mit ihr sein, ergriff er meinen Arm, zog mich hinein und sagte dann heiser:

»Sie haben sie ja auch geliebt, mein Freund. Sie hat mir davon erzählt, von all unseren Freunden standen Sie ihrem Herzen am nächsten. Ich weiß nicht, wie ich Ihnen alles das danken soll, was Sie an ihr getan haben. Ich kann es noch nicht glauben.«

Hier verließ ihn seine Fassung. Er schlang seine Arme um mich, lehnte den Kopf an meine Brust und weinte:

»O Jack, Jack! Was soll ich tun? Mein ganzer Lebensinhalt ist auf einmal von mir gegangen; ich weiß nichts mehr in der weiten Welt, für das ich noch zu leben hätte.«

Ich sprach ihm Trost zu, so gut ich es vermochte. In solchen Fällen bedarf es ja nicht vieler Worte. Ein Druck der Hand, eine Umarmung, ein gemeinsamer Seufzer sind ein hinreichender Ausdruck des Mitgefühls. Ich verhielt mich schweigend und wartete, bis sein Weinen ruhiger wurde. Dann sagte ich leise zu ihm:

»Kommen Sie, wollen Sie Lucy nicht ein letztes Mal sehen?«

Wir gingen beide zum Totenbett und ich hob das Laken auf. Gott, wie schön sie war! Jede Stunde schien sie schöner zu werden. Ich war überrascht, und dabei überlief es mich kalt. Arthur zitterte, wie vom Fieber geschüttelt, und Zweifel bemächtigten sich seiner. Schließlich sagte er nach einer langen Pause ganz leise:

»Jack, ist sie denn wirklich tot?«

Traurig versicherte ich ihm, daß es so sei und redete ihm ein – ich hatte das Gefühl, man dürfe einen so furchtbaren Zweifel keinen Augenblick länger bestehen lassen – daß es öfter sich ereigne, daß nach dem Tode die Gesichtszüge wieder weicher würden und sogar manchmal ihren jugendlichen Reiz zurückgewönnen; das sei besonders der Fall, wenn dem Tode ein akutes, nicht lange dauerndes Leiden vorherging. Seine Zweifel schienen beseitigt zu sein, und nachdem er eine Zeit lang vor ihrem Bette gekniet und sie liebevoll angesehen hatte, ging er weg. Ich sagte ihm, daß dies der Abschied sein müsse, da der Sarg bereit stünde. Er trat noch einmal an das Totenbett, ergriff die kalte Hand seiner Braut und drückte einen Kuß darauf; dann beugte er sich über sie und küßte sie auf die Stirn. Darauf ging er fort, indem er sich noch einmal wehmütig nach der Toten umsah.

Ich verließ ihn, nachdem er sich in das Wohnzimmer begeben hatte, und teilte Van Helsing mit, daß er nun Abschied genommen habe. Dieser ging nun in die Küche und forderte das Personal des Begräbnisunternehmers auf, ihre Arbeit aufzunehmen und den Sarg zuzuschrauben. Als er wieder zurück kam, erzählte ich ihm von Arthurs Bedenken, und er entgegnete:

»Das wundert mich gar nicht. Gerade im Augenblick hätte ich beinahe selbst gezweifelt.«

Wir speisten alle zusammen und ich bemerkte, daß Arthur sich Mühe gab, gefaßt zu erscheinen. Van Helsing war das ganze Diner über äußerst schweigsam gewesen, als wir aber unsere Zigarren angezündet hatte, sagte er:

»Lord – – –« aber Arthur unterbrach ihn:

»Nein, nein; nicht so, um Gottes Willen! Jetzt noch nicht! Um keinen Preis! Verzeihen Sie, Herr Professor, ich habe zu heftig gesprochen; aber mein Verlust ist eben noch zu neu.«

Der Professor erwiderte sehr freundlich:

»Ich gebrauchte den Titel nur, weil ich im Zweifel war. Ich werde Sie nicht mehr ›Lord‹ nennen, denn ich habe Sie lieben gelernt – ja, wirklich lieben – als Arthur.«

Arthur hielt seine Hand hin und drückte die des alten Mannes.

»Nennen Sie mich, wie Sie wollen«, sagte er. »Ich hoffe, Sie werden mich immer als Freund bezeichnen. Und lassen Sie mich noch sagen, daß mir die Worte fehlen, um Ihnen meinen Dank zum Ausdruck zu bringen für all das, was Sie meiner lieben Lucy Gutes getan haben.« Er schwieg einen Augenblick und fuhr fort: »Ich weiß, daß sie Ihre Güte noch besser verstand als ich; und wenn ich aufbrauste oder aufbrausen wollte, damals wie Sie so an mir handelten, Sie wissen, was ich meine« – der Professor nickte – »so müssen Sie mir verzeihen.«

Van Helsing antwortete mit gütigem Ernst.

»Ich weiß wohl, es war hart für Sie, damals den Glauben an mich nicht zu verlieren; denn wenn man in einem solchen Fall glauben soll, möchte man vorher auch die Gründe wissen. Ich nehme auch jetzt an, daß Sie mir nicht vertrauen – nicht vertrauen können, denn Sie verstehen mich noch nicht. Es werden auch fernerhin Zeiten kommen, wo ich von Ihnen Vertrauen fordern muß, auch wenn Sie nicht können, nicht wollen und mich nicht begreifen werden. Aber dann wird der Tag kommen, da Sie mir voll und ganz vertrauen, wo Sie alles klar erkennen werden, als schiene Ihnen die Sonne nach langer Nacht. Dann werden Sie mich für alles segnen, was ich tat um Ihretwillen, um der Anderen und um deren willen, die Sie geliebt haben und der ich schwor, sie zu retten.«

»Und ich werde Ihnen unbegrenztes Vertrauen entgegenbringen, Herr Professor«, sagte Arthur mit Wärme. »Ich weiß es und glaube es, daß Sie ein edles Herz haben. Sie sind Jacks Freund und waren auch der ihre. Tun Sie, was Sie für nötig halten.«

Der Professor räusperte sich ein paar Mal, als wolle er eine Rede halten, und sagte schließlich:

»Darf ich Sie jetzt etwas fragen?«

»Gewiß.«

»Sie wissen, daß Frau Westenraa Ihnen ihr ganzes Eigentum vermacht hat?«

»Nein, daran hätte ich nie gedacht, die Gute!«

»Da nun alles Ihnen gehört, haben Sie das Recht, nach Ihrem Gutdünken darüber zu verfügen. Ich bitte um die Erlaubnis, alle Briefe und Papiere Lucys lesen zu dürfen. Glauben Sie mir, es ist nicht Neugierde, was mich zu dieser Bitte veranlaßt. Ich habe meine Gründe, die auch Lucy, wenn sie noch lebte, gern anerkennen würde. Ich habe alles hier. Ich nahm es an mich, ehe ich wußte, daß es Ihr Eigentum sei, damit keine fremde Hand es berühre, kein fremdes Auge die Geheimnisse von Lucys Seele schaue. Ich werde die Papiere bei mir behalten, wenn ich darf. Auch Sie sollen vorerst keinen Einblick nehmen, aber ich werde sie sicher aufbewahren. Wir wollen kein Wort darüber verlieren, und wenn dann bessere Zeiten kommen, gebe ich Ihnen alles zurück.

Es ist etwas Schweres, was ich da von Ihnen fordern muß; wollen Sie es mir um Lucys willen gewähren?«

Arthur rief herzlich, als sei seine alte Spannkraft wieder zurückgekehrt:

»Dr. Van Helsing, Sie können tun, was Sie wollen. Ich weiß, daß ich, indem ich dies sage, nur den Willen der teuren Toten zum Ausdruck bringe. Ich werde Sie nicht mit Fragen belästigen und mich gedulden, bis die Zeit da ist.«

Der Professor stand auf und sagte feierlich:

»Sie tun recht daran. Wir werden alle noch viel Leid zu ertragen haben. Wir und Sie – Sie am meisten – müssen durch bittere Wasser, ehe wir zu den süßen kommen. Aber wenn wir tapferen Herzens sind und selbstlos, und wenn wir unsere Schuldigkeit tun, dann wird alles gut werden!«

Ich schlief heute Nacht auf einem Sofa in Arthurs Zimmer. Van Helsing ging überhaupt nicht schlafen. Er ging ab und zu und ließ das Zimmer, in dem Lucy in ihrem Sarge schlummerte, nicht aus den Augen. Rings um die Bahre lag wilder Knoblauch verstreut, der durch den milden Duft der Lilien und Rosen hindurch einen schweren betäubenden Geruch in die stille Nacht hinaussandte.

Mina Harkers Tagebuch.

22. September. – Im Zuge nach Exeter. Jonathan schläft.

Mir ist, als sei es gestern erst gewesen, daß ich meinen letzten Eintrag gemacht habe; und doch, was liegt alles zwischen damals und heute! Es war in Whitby, und die ganze Welt lag noch vor mir; Jonathan war in weiter Ferne und ich hatte keine Nachrichten von ihm. Und nun bin ich mit Jonathan verheiratet, er ist Anwalt, reich, Chef seines Geschäftes, Herr Hawkins tot und begraben. Jonathan ist neuerdings leidend. Eines Tages wird er mich doch wohl fragen. Ich habe das Stenographieren beinahe verlernt – seltsam, daß unerwartetes Glück uns so beeinflußt –, ich werde mir wieder Übung verschaffen müssen.

Die Trauerfeier war einfach, aber sehr erhebend. Anwesend waren nur wir, die Dienerschaft, einige seiner alten Freunde aus Exeter, sein Londoner Vertreter und ein Herr, der in Vertretung des Herrn John Paxton, des Präsidenten des Juristenverbandes, erschienen war. Jonathan und ich standen Hand in Hand, und wir empfanden, daß unser bester und treuester Freund von uns gegangen war.

Wir kehrten schweigend zur Stadt zurück und bestiegen den Omnibus nach Hyde Park Corner. Jonathan meinte, es könne mich interessieren, die Promenade zu besuchen, und so ließen wir uns ein wenig nieder. Aber es waren nur wenige Leute dort, und die vielen leeren Stühle machten einen trostlos langweiligen Eindruck auf mich. Wir mußten an den leeren Stuhl denken, der nun zu Hause unser wartete. Wir standen auf und wandelten Picadilly hinunter. Jonathan hatte sich in meinen Arm eingehängt, wie er es immer getan hatte, ehe ich Lehrerin wurde. Ich fand es etwas unpassend, denn man hat nicht jahrelang junge Mädchen in guter Sitte und Etikette unterrichtet, ohne daß die pedantische Beschäftigung auf einen einwirkte. Aber schließlich war es Jonathan, war es mein Mann, und außerdem war ja niemand in der Nähe, der uns gekannt hätte – es wäre uns auch ganz gleichgültig gewesen –, und so zogen wir unseres Weges. Ich betrachtete gerade ein wunderschönes Mädchen mit einem mächtigen Rembrandthut, das in einem Viktoria vor Giulianos Laden wartete, als Jonathan meinen Arm drückte, daß es mich schmerzte, und halb erstickt rief: »Mein Gott!« Ich bin immer in Sorge um Jonathan, denn ich fürchte, daß irgend ein Zufall wieder seine Nerven beunruhigen könnte. Ich wandte mich rasch ihm zu und fragte ihn, was denn geschehen sei.

Er war ganz bleich, und seine Augen traten fast aus ihren Höhlen, wie er, halb erstaunt, halb entsetzt, auf einen großen, mageren Mann mit einer Adlernase, weißem Schnurrbart und spitzem Kinn hinstarrte, der gleichfalls das schöne Mädchen beobachtete. Er sah so gespannt nach ihr hin, daß er uns beide nicht bemerkte, und so konnte ich ihn genau ins Auge fassen. Er hatte kein gutes Gesicht; es war hart, grausam und sinnlich, und seine weißen Zähne, die gegen die roten Lippen auffallend abstachen, waren spitzig wie die eines Raubtieres. Jonathan starrte ihn noch immer an, so daß ich befürchtete, der Fremde könne es bemerken. Ich fürchtete auch, er könne es unter Umständen meinem Manne verübeln, denn er sah böse und mürrisch aus. Ich fragte Jonathan, warum er so verstört sei, und er antwortete, offenbar in der Meinung, daß ich so viel wüßte wie er: »Weißt Du, wer es ist?«

»Nein, Liebster«, erwiderte ich, »ich kenne ihn nicht; wer ist es denn?« Seine Antwort erschreckte und durchschauerte mich, denn es war gerade, als ob er nicht zu mir, seiner Frau, spräche:

»Er ist es selbst!«

Jonathan war scheinbar über etwas entsetzt – furchtbar entsetzt; ich glaube, wenn ich nicht neben ihm gestanden und ihn gestützt hätte, er wäre umgesunken. Er hielt den Blick unverwandt auf den Fremden gerichtet. Ein Mann kam mit einem zierlichen Paket aus dem Laden; er gab es der Dame, die dann weiterfuhr. Der unheimliche Fremdling ließ sie nicht aus den Augen, und als das Fahrzeug Picadilly hinauffuhr, rief er eine Droschke herbei und folgte in der gleichen Richtung. Jonathan sah lange hinter ihm drein und sagte wie im Selbstgespräch:

»Ich glaube, es ist der Graf, aber er ist jünger geworden. Entsetzlich, wenn das wirklich so wäre! O mein Gott, o mein Gott! Wenn ich nur wüßte, wenn ich nur wüßte!« Er war in tiefster Erregung; ich fürchtete, durch eine Frage ihn noch länger an den Gegenstand zu fesseln, und schwieg deshalb. Ich zog ihn ruhig fort, und er folgte mir willig, indem er meinen Arm ergriff. Wir gingen weiter und kamen in den Green Park, wo wir uns ausruhen wollten. Es war ein warmer Herbsttag, und wir fanden eine hübsche Bank an einem schattigen Plätzchen. Einige Minuten starrte Jonathan ins Leere, dann schlossen sich seine Augen und er versank in einen ruhigen Schlummer, sein Haupt an meine Schulter gelehnt. Ich dachte mir, das sei das Beste für ihn, und störte ihn nicht. Nach etwa zwanzig Minuten wachte er auf und sagte heiter:

»Mina, ich habe wohl geschlafen? Entschuldige die Ungezogenheit. Komm, wir wollen irgendwo ein Glas Tee trinken.« Er hatte offenbar den finstern Fremdling vollkommen vergessen. Mir gefällt dieses Versinken in Vergessenheit nicht recht; vielleicht könnte es dem Gehirn Schaden zufügen. Ich werde ihn nicht fragen, weil ich fürchte, ich könne damit mehr verderben als gut machen; aber ich muß irgendwie die Erlebnisse auf seiner Reise erfahren. Ich fürchte, die Zeit ist gekommen, daß ich das Paket öffnen und seinen Inhalt durchforschen muß. Jonathan, du wirst mir verzeihen, wenn es etwas Unrechtes ist, das ich zu tun im Begriff stehe, ich weiß es; aber es geschieht ja nur um deinetwillen, Geliebter.

Später. – Eine traurige Heimkehr in jeder Hinsicht. Im Hause fehlte die treue Seele, die so gut gegen uns war; Jonathan bleich und verstört unter dem Einfluß eines leichten Rückfalles, und nun ein Telegramm von einem Van Helsing; wer es ist, weiß ich nicht:

»Ich gestatte mir, Ihnen die traurige Mitteilung zu machen, daß Frau Westenraa vor fünf Tagen, Fräulein Lucy vorgestern gestorben ist. Beide sind heute beerdigt worden.«

O, welch eine Fülle von Elend in so wenigen Worten! Arme Frau Westenraa! Arme Lucy! Fort sind sie, fort, und werden niemals mehr zu uns zurückkehren! Und der arme Arthur, der das Süßeste aus seinem Leben verloren hat! Gott helfe uns allen, unser Leid geduldig tragen.

Dr. Sewards Tagebuch.

22. September. – Alles ist vorüber. Arthur ist fort und hat Quincey Morris mitgenommen. Was für ein prächtiger Mensch dieser Morris ist! Ich bin der felsenfesten Überzeugung, daß er über Lucys Tod ebensoviel Schmerz empfand als irgend einer von uns; aber er bezwang stolz sein Leid, wie ein Wikinger die Wogen des Meeres. Wenn Amerika fortfährt, solche Männer zu erzeugen, wie er ist, dann wird es einst eine Weltmacht darstellen. Van Helsing schläft unten und ruht sich für seine Reise aus. Er fährt heute Nacht noch nach Amsterdam, hat aber versprochen, morgen Abend wiederzukommen; er hat nur einiges zu besorgen, was er persönlich erledigen muß. Wenn es möglich ist, will er dann bei mir bleiben; er sagt, er habe in London eine Aufgabe zu erfüllen, die ihn längere Zeit in Anspruch nehmen werde. Armer alter Mann! Ich glaube, die Erregungen der letzten Wochen haben seine eiserne Kraft gebrochen. Während des ganzen Begräbnisses legte er sich, wie ich sehen konnte, äußerste Zurückhaltung auf. Als die Zeremonie beendet war, standen wir alle bei Arthur, der von seinem Anteil sprach an der Operation, in der man sein Blut in Lucys Adern geleitet hatte. Ich bemerkte, daß Van Helsings Gesicht abwechselnd blaß und rot wurde. Arthur sagte, er habe das Gefühl gehabt, als sei er seitdem mit Lucy verheiratet und sie vor Gott sein Weib gewesen sei. Keiner von uns ließ ein Wort über die anderen Operationen verlauten und es wird auch niemals geschehen. Arthur und Quincey fingen miteinander auf den Bahnhof, während ich mich mit Van Helsing hierher begab. Kaum waren wir allein im Wagen, als er einem regulären hysterischen Anfall unterlag. Er hat ja unterdessen bestritten, daß es ein hysterischer Anfall war, und behauptete steif und fest, es sei lediglich seine humoristische Veranlagung gewesen, die auf einmal mitten in diesen Schrecken hervorbrach. Er lachte und weinte, und ich mußte die Vorhänge zuziehen, damit uns niemand in diesem Zustande sehe. Dann weinte er, bis er wieder lachen mußte; und schließlich lachte und weinte er auf einmal, gerade wie es eine hysterische Frau macht. Ich behandelte ihn streng, wie man es bei einer Frau unter solchen Umständen tut; aber es war umsonst. Männer und Frauen sind so sehr verschieden in den Äußerungen nervöser Stärke oder Schwäche! Als sein Gesicht dann wieder ruhig und ernst wurde, fragte ich ihn, woher diese Heiterkeit komme und gerade zu dieser Zeit. Seine Antwort war durchaus charakteristisch, denn sie war logisch, treffend und geheimnisvoll. Er sagte:

»Aha, Sie verstehen nicht, Freund John. Glauben Sie ja nicht, ich sei nicht traurig, weil ich lache. Sehen Sie, ich habe geweint, während es mich vor Lachen schüttelte. Noch weniger aber dürfen Sie glauben, daß ich traurig bin, wenn ich weine, denn ich lache ja zu gleicher Zeit. Glauben Sie mir, das Lachen, das erst bescheiden an die Tür klopft und fragt: ›Darf ich herein?‹ ist nicht das richtige Lachen. Nein, es kommt wie ein König, wann und wie es will. Es fragt nicht nach der Person, es kümmert sich nicht, ob es zu geeigneter Zeit kommt. Es sagt einfach: Da bin ich. Sehen Sie zum Beispiel hier: ich gräme mich fast tot um das gute, süße Mädchen; ich gäbe mein Blut für sie, trotzdem ich alt und verbraucht bin; ich opfere meine Zeit, mein Können, meinen Schlaf; ich lasse meine anderen Patienten nach mir schmachten, damit nur sie mich nicht vermisse. Und doch kann ich lachen just an ihrem Grabe, wie die Schollen vom Spaten des Totengräbers mit dumpfem Klang auf ihren Sarg poltern, daß es mir das Herz im Leibe zusammenzieht und die Wangen bleich werden. Und um Arthur blutet mein Herz; um den guten Jungen, der mit dem meinen, wenn er noch lebte, gleichalterig wäre und der die gleichen Augen, die gleichen Haare hatte. Nun wissen Sie also auch, warum ich ihn so gern habe. Und wenn er Dinge sagt, die mein Vaterherz bis zum äußersten rühren und mich zu ihm hinziehen wie zu keinem anderen Menschen, selbst Sie nicht ausgenommen, Freund John, denn wir stehen uns durch unsere gemeinschaftlichen Erfahrungen näher als Vater und Sohn – selbst dann kommt das Lachen wie ein König zu mir und schreit und brüllt in mein Ohr: Da bin ich! Da bin ich!, so daß das Blut wieder zurückkehrt und etwas Sonnenschein auf meine Wangen zaubert. O, Freund John, es ist eine seltsame Welt, eine traurige Welt, eine Welt voll Elend, Weh und Sorgen. Und doch, wenn das Lachen kommt, dann tanzen alle nach seiner Melodie: blutende Herzen, bleichende Totenbeine und Tränen, die brennend heiß herniederrinnen – alles tanzt nach der Melodie, die es mit seinem freudlosen Munde aufspielt. Glauben Sie mir, Freund John, es ist gut und freundlich, wenn es sich uns nähert. Ach, wir Männer und Frauen sind wie Seile, die mit großer Gewalt hin und her gerissen werden. Dann kommen die Tränen, und wie der Regen die Seile, so spannen sie uns an, bis vielleicht die Beanspruchung zu groß wird und wir reißen. Aber das Lachen kommt wie der Sonnenschein, die Spannung läßt wieder nach und wir sind von neuem imstande, an unsere Arbeit zu gehen, was es auch sei.«

Ich wollte ihn nicht verletzen, indem ich ihm eingestand, daß mir der Sinn seiner Worte nicht klar sei. Schließlich aber konnte ich mich doch nicht mehr enthalten zu fragen, was sein Lachen zu bedeuten habe. Als er mir antwortete, wurde sein Gesicht ernst, und er sagte in ganz verändertem Tone:

»Ach, es war nur die grausame Ironie, die in dem allen lag – das liebliche Mädchen, das, mit Blumen geschmückt, so blühend aussah wie im Leben, daß einer nach dem anderen seine Zweifel äußerte, ob sie denn wirklich tot sei. Sie lag in dem schönen Marmorhause da draußen auf dem einsamen Friedhofe, wo schon so viele ihres

Geschlechtes ruhen, lag dort mit ihrer Mutter, die sie liebte und die von ihr geliebt wurde, und die Totenglocke sang so traurig und leise. Und jene heiligen Männer mit den Engelgewändern, die scheinbar aus den Büchern vorlasen und doch keinen Augenblick auf die Blätter sahen, und wir alle tief gebeugt. Und warum das alles? Sie ist tot. Also!? Oder ist sie es vielleicht nicht?«

»Ja, aber um des Himmels willen, Herr Professor«, sagte ich, »ich kann da nicht das geringste Lächerliche finden. Ihre Erklärung macht, mir die Sache noch verworrener. Ich will meinetwegen zugeben, daß die Zeremonien etwas Komisches an sich gehabt haben können, aber doch nicht Arthur mit seinem Schmerz? Sein Herz war doch, weiß Gott, nahe am Brechen.«

»So ist es. Sagte er nicht auch, daß die Bluttransfusion sie zu seinem Weibe gemacht habe?«

»Gewiß, es mag süß und tröstlich für ihn gewesen sein.«

»Ganz recht. Aber darin liegt ja eben die Schwierigkeit. Wenn es wirklich so ist, was ist dann mit den Anderen? Hahaha! Dann ist also das liebe Mädchen in Vielehe gestorben, und ich, dessen Weib schon lange tot, nach der Lehre meiner Kirche aber noch für mich lebendig ist und dem ich immer noch die Treue halte, ich bin Bigamist.«

»Ich begreife nicht, wie Sie auf diese Scherze kommen!« sagte ich, und es war mir nicht sonderlich sympathisch, daß er solche Dinge redete. Er legte mir die Hand auf den Arm und sagte:

»Freund John, verzeihen Sie, wenn ich Ihnen wehe tue. Ich würde meine Gefühle niemand offenbaren, wenn es ihn verletzen würde; aber Ihnen offenbare ich mich, weil ich Ihnen trauen kann. Ich wollte, Sie hätten in mein innerstes Herz schauen können, wenn ich lachen muß, und dann, wie das Lachen wirklich kam, und schließlich, wie das Lachen sein Bündel schnürte, denn es geht weit fort von mir und auf lange, lange Zeit. Dann würden Sie mich vielleicht am meisten bedauern.«

Ich war betroffen von der Weichheit in seinen Worten und fragte nach deren Grund.

»Weil ich *weiß*!«

Nun sind wir in alle Winde zerstreut, und an so manchen langen Tagen wird die Einsamkeit mit gefalteten Schwingen brütend auf unserem Dache sitzen. Lucy liegt in der Gruft ihrer Ahnen, einer herrschaftlichen Grabstätte draußen auf dem stillen, einsamen Friedhofe, weit ab von dem Getriebe Londons, wo noch frische Lüfte wehen und die Sonne über Hampstead Hill heraufsteigt und wilde Blumen blühen.

So kann ich also mein Tagebuch beschließen; Gott allein weiß, ob ich je ein neues beginnen werde. Wenn dies geschehen sollte oder wenn ich dieses fortsetze, so wird es sich um andere Dinge handeln. Es werden andere Personen auftreten; aber hier am

Ende, wo der Roman meines Lebens fertig erzählt ist, sage ich, ehe ich wieder an meine Lebensaufgabe gehe, traurig und ohne Hoffnung: Finis.

»The Westminster Gazette« 25. September.
DAS GEHEIMNIS VON HAMSTEAD.

In der Nachbarschaft von Hampstead spielt sich gegenwärtig eine Reihe von Ereignissen ab, die eine auffallende Ähnlichkeit haben mit denen, die den Anlaß zu den Leitartikeln »Der Schrecken von Kensington«, »Die Frau mit dem Dolche« oder »Die Dame in Schwarz« gaben. Während der letzten zwei oder drei Tage ist es mehrfach vorgekommen, daß kleine Kinder von Hause fortliefen oder nicht von ihren Spielplätzen auf der Heide zurückkehrten. In allen Fällen waren die Kinder zu klein, um wirklich zuverlässige Gründe angeben zu können, aber darin stimmen alle ihre Entschuldigungen überein, daß sie mit einer »blutigen Dame« gespielt hätten. Es war immer spät abends, als man sie vermißte, und in zwei Fällen sind die Kinder erst am nächsten Morgen früh gefunden worden. Man vermutet in der Nachbarschaft, daß, als das erste vermißte Kind als Ursache seines Ausbleibens angab, eine »blutige Dame« habe es zu einem Spaziergang mitgenommen, die andern diese Entschuldigung aufgriffen und auch bei passender Gelegenheit vorbrachten. Das ist umso einleuchtender, als jetzt ein Lieblingsspiel der Kleinen ist, daß eines das andere durch verschiedene Listen beiseite lockt. Ein Korrespondent schreibt uns, daß es äußerst drollig sei, zu sehen, wie die winzigen Knirpse sich als »blutige Dame« ausgeben. Er sagt, manche unserer Karrikaturenzeichner könnten hier wirklich Studien machen. Es ist verständlich, daß die »blutige Dame« in diesen Spielen die Hauptrolle spielt.

Möglicherweise hat die Sache aber auch ihre ernsten Seiten, denn einige der Kinder, besonders die, welche bei Nacht gefehlt haben, sind an der Kehle leicht verletzt. Die Wunden sehen aus, als seien sie von einer Ratte oder einem kleinen Hunde erzeugt, und wenn sie auch im Einzelfall nicht gerade von Bedeutung erscheinen, so zeigen sie doch, daß das Tier – gleichviel, was für eines – von dem die Wunden herrühren, seine ganz besondere Methode hat. Die Polizei jener Gegend ist dahin instruiert worden, daß sie ihr Augenmerk auf umherirrende Kinder, besonders wenn sie sehr jung sind, und auf Hunde, die in der Nähe von Hampstead Heath herumlaufen, zu richten habe.

»The Westminster Gazette«.
25. September.
Extrablatt.

DER SCHRECKEN VON HAMPSTEAD.
Wieder ein Kind verletzt.
Die »blutige Dame«.

Soeben erhielten wir Nachricht, daß wieder ein Kind, das letzte Nacht vermißt wurde, erst heute Morgen spät unter einem Stechginsterbusch in der Nähe des Kugelfanges, dem weniger besuchten Teil der Hampsteader Heide, gefunden worden ist. Es hat dieselben kleinen Wunden an der Kehle, die schon in mehreren vorhergehenden Fällen konstatiert wurden. Es ist entsetzlich schwach und sah ganz abgezehrt aus. Als es einigermaßen wiederhergestellt war, wußte es auch nichts weiter zu erzählen als die Geschichte von der »blutigen Dame«, die es zu sich gelockt habe.

Vierzehntes Kapitel.

Mina Harkers Tagebuch

23. September. – Jonathan ist wieder besser nach einer schlecht verbrachten Nacht. Ich bin froh, daß er reichlich viel zu tun hat, denn es lenkt seinen Geist von all den schrecklichen Dingen ab. Besonders glücklich bin ich darüber, daß er sich nun nicht mehr so sehr von der Verantwortlichkeit seiner neuen Stellung niedergedrückt fühlt. Ich wußte ja, daß er sich selbst treu bleiben werde, und bin nun stolz darauf, daß er sich zu der Höhe seiner Leistungsfähigkeit erhoben hat und in jeder Hinsicht den Pflichten gerecht wird, die auf ihm ruhen. Er bleibt alle Tage lange aus und sagte mir, daß er zum Lunch nicht nach Hause kommen könne. Meine Haushaltarbeiten sind getan; ich werde also sein Reisetagebuch nehmen, mich in mein Zimmer einschließen und es lesen.

24. September. – Ich hatte nicht den Mut heute Nacht zu schreiben, so sehr hat mich Jonathans Bericht entsetzt. Armer Mann! Was mußt du gelitten haben; ganz gleich, ob es Wahrheit oder Einbildung war. Ich möchte wissen, ob ein Fünkchen Wahrheit in dem allem ist. Hat er alle diese Dinge erst geschrieben, nachdem ihn das Nervenfieber ergriffen hatte, oder hatte er doch einen Grund dafür? Vermutlich werde ich darüber wohl nie Aufschluß bekommen, denn ich möchte mit ihm doch nicht darüber sprechen ... Und nun haben wir diesen Menschen gestern gesehen! Er schien seiner Sache vollkommen gewiß – –. Armer Mann! Wahrscheinlich hat ihn die Beerdigung aufgeregt und seinen Gedanken diese Richtung gegeben – –. Er glaubt selbst alles. Mir fällt da eben ein, wie er an unserem Hochzeitstage sagte: »Nur wenn eine heilige Pflicht mich zwingen sollte, die bitteren Stunden mir wieder zurückzurufen, schlafend oder wachend, gesund oder irre.« – Ich habe das Gefühl, als zöge sich ein Faden des Zusammenhanges durch das Ganze ... Dieser entsetzliche Graf kommt nach London ... Wenn es sein sollte, daß er nach London käme mit seinen sich drängenden Millionen ... Hier ist vielleicht schon die heilige Pflicht, und wenn sie kommt, dürfen wir nicht vor ihr zurückschrecken ... Ich bin zu allem bereit. Ich werde meine Schreibmaschine nehmen und sofort beginnen, das Tagebuch aus dem Stenogramm zu übertragen. Dann haben wir es bei Bedarf für die Augen anderer bereit. Wenn das der Fall sein sollte, dann kann ich vielleicht, wenn ich fertig bin, im Namen meines lieben Jonathan sprechen und kann verhindern, daß er sich neuerdings aufregt und über diese Dinge ängstigt und grämt. Wenn später Jonathan seine Nervosität wegen dieser Dinge verliert, dann wird er vielleicht selbst das Bedürfnis haben, mit mir darüber zu sprechen, und ich kann ihn fragen, Verschiedenes erfahren und dann versuchen, ihn zu beruhigen.

Brief.
Van Helsing an Frau Harker.

24. September.

Vertraulich.

Sehr verehrte gnädige Frau!

Ich bin Ihnen insofern bekannt, als ich Ihnen seinerzeit die traurige Nachricht vom Tode Fräulein Westenraas sandte, und bitte um Entschuldigung, wenn ich mich heute wieder an Sie wende. Durch die Liebenswürdigkeit Lord Godalmings bin ich in den Stand gesetzt worden, Fräulein Lucys Briefe und Aufzeichnungen zu lesen, und ich bin tief bekümmert über einige Angelegenheiten von einschneidendster Bedeutung. Ich fand unter den Papieren einige Briefe von Ihnen und ersehe daraus, wie Sie mit Lucy befreundet waren und wie lieb Sie sich gehabt haben. Verehrte Frau, um dieser Liebe willen beschwöre ich Sie, helfen Sie mir. Es ist auch um anderer willen, daß ich diese Bitte stelle, um großes Unrecht wieder ungeschehen zu machen und viel und schreckliches Leid zu verhüten; größeres Leid, als Sie sich vorzustellen vermögen. Kann ich Sie persönlich sprechen? Sie dürfen mir vertrauen. Ich bin mit Dr. Seward und Lord Godalming (Lucys Arthur) eng befreundet. Ich muß die Sache aber einstweilen noch geheim halten. Ich würde nach Exeter kommen, sobald Sie mir die Erlaubnis erteilt haben, Sie zu besuchen, und mir Zeit und Ort angeben. Ich bitte nochmals um Entschuldigung, gnädige Frau. Ich habe Ihre Briefe an Fräulein Lucy gelesen und weiß, wie gut Sie sind und wie sehr Ihr Gatte leidet. Ich bitte Sie, wenn es irgend möglich ist, ihn nicht aufzuklären, damit er nicht wieder krank werde. Ich darf auf Ihre Verzeihung rechnen?

Van Helsing.

Telegramm.
Frau Harker an Van Helsing.

25. September. – Kommen Sie heute mit dem Zug ein viertel nach zehn Uhr, wenn noch zu erreichen. Bin jederzeit bereit, Sie zu empfangen.

Wilhelmina Harker.

Mina Harkers Tagebuch.

25. September. – Ich kann mich einer gewissen Erregung nicht erwehren, da die Zeit immer näher heranrückt, zu der Van Helsing mich besuchen wird. Ich habe das unbestimmte Gefühl, als ob dadurch auch etwas Licht auf Jonathans traurige Erlebnisse fallen würde; und da er Lucy in ihrer letzten Krankheit behandelt hat, so wird er mir viel von ihr berichten können. Deshalb kommt er ja; es handelt sich um Lucy und ihr Nachtwandeln, und nicht um Jonathan. So soll ich denn also die Wahrheit niemals erfahren! Wie töricht ich bin. Dieses entsetzliche Tagebuch hat meine ganze Phantasie in Bann geschlagen und verleiht allem etwas von seinem düstern Kolorit. Zweifellos kommt er wegen Lucy. Das liebe Mädchen verfiel wieder in jene Gewohnheit, die schreckliche Nacht auf dem Cliff muß es krank gemacht haben. Ich hatte im Drange meiner eigenen Angelegenheiten vergessen, wie übel sie in letzter Zeit daran war. Sie muß ihm von ihrem somnambulen Abenteuer auf dem Cliff erzählt haben und daß ich die ganze Sache kenne; und nun möchte er, daß ich ihm Aufschluß darüber erteile, um etwas Licht in das Dunkel zu bringen. Ich hoffe, ich habe recht daran getan, daß ich Frau Westenraa die Angelegenheit verschwiegen habe; ich könnte es mir nie verzeihen, wenn eine meiner Handlungen oder Unterlassungen der armen Lucy irgend einen Schaden zugefügt hätte. Ich hoffe zuversichtlich, daß Van Helsing mich nicht tadeln wird; ich habe in letzter Zeit so viel Sorgen und Angst gehabt, daß ich – ich fühle es – jetzt augenblicklich nicht imstande wäre, mehr zu ertragen.

Ich denke, ein bißchen Weinen tut uns allen von Zeit zu Zeit recht gut, es erfrischt die Nerven, wie es jeder Regen tut. Vielleicht hat mich das Lesen des Tagebuches gestern Abend so aufgeregt, dann fuhr auch Jonathan heute Morgen weg mit der Absicht, den ganzen Tag und die Nacht auszubleiben. Es ist das erste Mal, daß wir getrennt sind, seit wir verheiratet sind. Hoffentlich gibt Jonathan recht gut acht auf sich; ich wünsche, daß ihm jede Aufregung fernbleibe. Es ist zwei Uhr und der Doktor wird bald hier sein. Ich werde ihm von Jonathans Tagebuch nichts erzählen, außer er fragt danach. Ich bin so froh, daß ich mein eigenes Tagebuch mit der Maschine ins Reine geschrieben habe; ich kann es ihm dann, wenn er etwas von Lucy wissen will, aushändigen. Es wird imstande sein, manche Frage zu beantworten.

Später. – Er ist also gekommen und schon wieder fort. Was war das für ein seltsames Zusammentreffen; mir wirbelt noch immer der Kopf! Mir ist es als wie ein Traum. Kann denn das alles möglich sein oder auch nur ein Teil davon? Hätte ich nicht vorher Jonathans Tagebuch gelesen, ich hätte sogar die geringste Möglichkeit in Abrede gestellt. Armer, lieber Jonathan! Was mußt du gelitten haben! Wenn es Gott gefällt, so soll ihn all das nie mehr aufregen. Ich werde mein Äußerstes tun, ihn davon fernzuhalten. Aber es könnte ihm unter Umständen auch Trost und Sicherheit gewähren – so schreckliche Konsequenzen es auch haben könnte – sicher zu wissen, daß seine Augen, seine Ohren und seine Phantasie ihm keinen Streich gespielt haben und daß alles wahr ist. Es kann ja auch sein, daß es der Zweifel ist, der ihn so quält; daß, wenn der Zweifel beseitigt ist, ganz gleich, wie ihm die Wahrheit des Erlebten oder Erträumten bewiesen wird, er wieder zufriedener sein wird und stärker, um die Erschütterung auszuhalten. Dr. Van Helsing muß ein guter und ein kluger Mann sein, wenn er Arthurs und Sewards Freund ist und wenn man ihn von Holland herberufen hat, um Lucy zu behandeln. Seit ich ihn kennen gelernt, weiß ich, daß er gut, freundlich und eine vornehme Natur ist. Wenn er morgen wiederkommt, werde ich ihn wegen Jonathan befragen, und dann, so Gott will, wird all diese Sorge und Angst doch noch ein gutes Ende nehmen. Ich wollte mich immer schon daran gewöhnen, dem Brauche der Interviewer zu folgen. Jonathans Freund, ein Mitarbeiter der »Exeter News«, erzählte ihm, daß das Gedächtnis in solchen Dingen die Hauptrolle spiele, daß man imstande sein müsse, fast wörtlich alles Gehörte niederzuschreiben, selbst wenn man hinterher einiges daran zu verbessern hätte. Ich hatte ein solches Interview; ich will versuchen, es *wörtlich* wiederzugeben.

Es war halb drei Uhr, als es klopfte. Ich nahm meinen ganzen Mut zusammen und wartete. Nach wenigen Augenblicken öffnete Mary die Türe und meldete Dr. Van Helsing.

Er trat näher; ein Mann mittlerer Größe, kräftig gebaut. Auf einem breiten, gewölbten Brustkasten saß ein schlanker Hals, und auf diesem ein fein geformter Kopf. Der Kopf scheint schwer; es ist dies ein Zeichen von Gedankenfülle und -tiefe; der Kopf ist edel und kräftig. Das glattrasierte Gesicht zeigt ein energisches, eckiges Kinn, einen breiten, entschlossenen, beweglichen Mund, eine schöne, ziemlich gerade Nase mit fein vibrierenden Nüstern, die sich aufzublähen scheinen, wenn die buschigen Brauen sich herabsenken und der Mund sich zusammenpreßt. Die Stirn ist breit und weiß; sie steigt erst steil an und fällt dann nach rückwärts über zwei weit auseinanderstehende Höcker; sie ist so mächtig, daß das rötliche Haar nicht über sie, sondern über die Schläfen und den Hinterkopf herniederfällt. Große blaue Augen, die weit auseinanderstehen, wechseln rasch ihren Ausdruck, je nachdem der Mann freundlich oder ernst aussieht. Er sagte zu mir:

»Bin ich richtig, Frau Harker?« Ich nickte zustimmend.

»Sie hießen früher Mina Murray?« Wieder nickte ich.

»Es ist Mina Murray, die Freundin der teuren Lucy Westenraa, mit der ich zu sprechen gekommen bin. Frau Mina, ich komme wegen der Toten.«

»Herr Doktor«, sagte ich, »eine bessere Empfehlung könnten Sie gar nicht haben, als daß Sie der Freund und Helfer Lucy Westenraas waren.« Ich hielt ihm die Hand hin. Er ergriff sie und sagte freundlich:

»Frau Mina, daß die Freundin des guten, reinen Mädchens gut sein muß, wußte ich schon; aber ich erkenne – – –.« Er schloß mit einer höflichen Verbeugung. Ich fragte ihn, weshalb er mich zu sprechen wünsche, und er antwortete:

»Ich habe Ihre Briefe an Fräulein Lucy gelesen. Verzeihen Sie mir dies, aber ich mußte meine Erkundigungen bei irgend jemand beginnen, und ich wüßte nicht, an wen ich mich sonst zuerst hätte wenden sollen. Ich weiß, daß Sie mit ihr in Whitby waren. Sie führte zeitweise ein Tagebuch. Sie brauchen nicht zu erstaunen, Frau Mina; es wurde erst begonnen, nachdem Sie fort waren, und war nur eine Nachahmung des Ihrigen. In diesem Tagebuch schildert sie gewisse Einflüsse, die sie zum Schlafwandeln brachten, und sie erzählt auch, daß sie einmal bei einer solchen Gelegenheit von Ihnen gerettet worden sei. In großer Bestürzung komme ich also zu Ihnen und bitte, Sie möchten mir in Ihrer großen Güte alles berichten, was Ihnen erinnerlich ist.«

»Ich darf wohl behaupten, Herr Dr. Van Helsing, daß ich Ihnen alles erzählen kann.«

»Ah, dann haben Sie also ein gutes Gedächtnis für Erlebnisse, für Details? Man findet das nicht sehr häufig bei jungen Frauen.«

»Nein, Herr Doktor, aber ich habe seinerzeit alles aufgeschrieben. Ich kann es Ihnen zeigen, wenn Sie wünschen.«

»Ich werde Ihnen sehr dankbar sein, Sie erweisen mir einen großen Gefallen.« Ich konnte der Versuchung nicht widerstehen, ihn erst ein wenig zappeln zu lassen – wahrscheinlich ist dies noch ein Überrest von jener Geschichte mit dem Apfel im Paradies, das uns Frauen anhängt – und gab ihm das stenographierte Tagebuch. Er nahm es mit dankender Verbeugung und sagte:

»Darf ich es lesen?«

»Wenn Sie wünschen, ja«, antwortete ich so unbefangen als möglich. Er öffnete es, und sein Gesicht wurde lang. Dann stand er auf und verbeugte sich.

»O, Sie kluge Frau!« sagte er. »Ich weiß schon längst, daß Herr Jonathan ein sehr tüchtiger Mann ist; aber seine Frau hat alle erdenklichen guten Seiten. Wollen Sie mir nicht die Freude machen, es vorzulesen? Leider kann ich nicht stenographieren.« Da war mein kleiner Scherz zu Ende und ich schämte mich fast darüber. Ich nahm also die mit der Maschine geschriebene Kopie aus meinem Arbeitskörbchen und übergab sie ihm.

»Verzeihen Sie«, sagte ich, »ich konnte nicht anders; aber ich dachte mir, daß Sie wohl der armen Lucy wegen kämen, und so habe ich, damit Sie keine Zeit verlieren – nicht meinetwegen, sondern weil ich weiß, daß Ihre Zeit kostbar ist – alles mit der Maschine für Sie umgeschrieben.«

Er nahm das Schriftstück, und seine Augen glänzten. »Sie sind so gut«, sagte er. »Darf ich es jetzt lesen? Ich möchte Sie einige Dinge fragen, wenn ich gelesen habe.«

»Sehr gern«, sagte ich, »lesen Sie es, während ich den Lunch anordne; dann können Sie mich fragen, und wir essen dabei.« Er verbeugte sich und setzte sich in einen Stuhl, mit dem Rücken gegen das Licht, und vertiefte sich in die Lektüre, während ich hinausging, um nach dem Lunch zu sehen, hauptsächlich aber, um ihn nicht zu stören. Als ich zurückkehrte, fand ich ihn rasch auf- und abgehend; sein Gesicht war von Erregung gerötet. Er eilte auf mich zu und ergriff meine beiden Hände.

»O, Frau Mina«, sagte er, »wie kann ich Ihnen sagen, was ich Ihnen zu danken habe? Diese Schrift ist wie heller Sonnenschein für mich. Sie öffnet mir das Gitter. Ich bin betäubt und geblendet von so viel Licht, und nun versinken die dunklen Wolken vor all dem Licht. Aber das verstehen Sie nicht, *können* Sie nicht verstehen. Wie bin ich Ihnen dankbar, Sie kluge, gute Frau. Gnädige Frau«, sagte er, auf einmal feierlich werdend, »wenn je Abraham Van Helsing etwas für Sie oder die Ihrigen tun kann, dann weiß ich, daß Sie es mir mitteilen werden. Es wird mir eine Freude und ein Vergnügen sein, wenn ich Ihnen als Freund zur Seite stehen kann; alles, was ich gelernt habe, alles, was ich tun kann, soll geschehen für Sie und für die, die Ihnen teuer sind. Es gibt Lichter im Leben, aber es gibt auch Schatten; Sie sind eines von den Lichtern. Sie werden ein glückliches, schönes Leben haben, und Ihr Gatte wird mit Ihnen gesegnet sein.«

»Aber, Herr Professor, Sie loben mich so sehr und kennen mich gar nicht.«

»Ich Sie nicht kennen, ich, der alt ist und sein Leben lang Männlein und Weiblein studiert habe; ich, der zu seinem Lebensstudium das menschliche Gehirn gewählt hat und alles, was mit diesem zusammenhängt und was aus ihm gefolgert werden kann! Ich habe doch das Tagebuch gelesen, das Sie in Ihrer großen Güte für mich abgeschrieben haben und das in jeder Zeile Wahrheit atmet. Ich, der Ihre lieben Briefe an Lucy gelesen hat, die von Ihrem Lieben und Ihrem Hoffen erzählen, ich sollte Sie nicht kennen! Frau Mina, gute Frauen erzählen all ihr Leben lang, jeden Tag, jede Stunde, jede Minute, aber nur solche Dinge, die Engel lesen können. Und wir Männer, die das zu erkennen imstande sind, haben etwas von Engelsaugen an uns. Ihr Gatte ist eine vornehme Natur, und auch Sie sind vornehm, denn Sie vertrauen; vertrauen können aber nur Naturen, die über das Mittelmaß hinausragen. Und Ihr Gatte? Erzählen Sie mir doch von ihm. Ist er ganz gesund? Ist das Fieber vollkommen geheilt, und ist er stark und munter?« Ich sah hier eine Möglichkeit, ihn über Jonathan zu befragen und sagte:

»Er war ziemlich hergestellt, aber der Tod des Herrn Hawkins hat ihn wieder sehr aufgeregt.« Er unterbrach mich:

»Ja, ja, ich weiß. Ich habe Ihre zwei letzten Briefe auch gelesen.« Ich fuhr dann fort:

»Ich nehme es an, denn als wir letzten Donnerstag in der Stadt waren, hatte er einen Anfall.«

»Was, einen Anfall? So bald nach einem Nervenfieber? Das ist kein gutes Zeichen. Wie war denn der Anfall?«

»Er glaubte jemand wieder zu erkennen, der eine schreckliche Erinnerung in ihm wachrief, der irgendwie mit seinem Nervenfieber im Zusammenhang stand.« Und es kam über mich wie ein Sturm. Das Mitleid mit Jonathan, der Schrecken, der ihn packte, das ganze furchtbare Geheimnis seines Tagebuches und die Sorge, die seit jener Zeit brütend auf mir gelastet hatte, alles kam über mich. Ich glaube, ich war hysterisch, denn ich warf mich vor ihm auf die Knie, erhob meine Hände zu ihm und flehte ihn an, meinen Mann wieder gesund zu machen. Er ergriff meine Hände, hob mich auf und bat mich, auf dem Sofa Platz zu nehmen. Er setzte sich neben mich, hielt meine Hände in den seinen und sagte mit großer Güte in der Stimme:

»Mein Leben ist kahl und einsam und so voll Arbeit, daß mir für Freundschaften wenig Zeit bleibt. Aber seit ich von meinem Freund John Seward hierher berufen wurde, habe ich so prächtige Menschen kennen gelernt und so viel Seelenadel gesehen, daß ich mehr als je – es ist mit meinem vorschreitenden Alter immer ärger geworden – die Einsamkeit meines Lebens empfinde. Glauben Sie mir, ich kam hierher voll Ehrfurcht vor Ihnen, und Sie haben mir die Überzeugung gegeben nicht nur, daß ich das finden werde, wonach ich suchte, sondern die Überzeugung, daß es noch gute Frauen gibt, die das Leben zu einem glücklichen zu machen vermögen; gute Frauen, deren Leben, deren Wirken ein herrliches Beispiel für die Kinder ist, die einst sein werden. Ich bin so froh, daß ich Ihnen einen Gefallen erweisen kann; denn wenn Ihr Gatte leidet, so liegt sein Leiden im Bereich meiner Studien und Erfahrungen. Ich verspreche Ihnen, daß ich von Herzen gern alles für ihn tun will, was ich kann, alles, um sein Leben wieder stark und mannhaft zu gestalten, und das Ihre glücklich zu machen. Aber nun wollen wir essen. Sie sind überarbeitet und vielleicht überängstlich. Jonathan würde es ebenfalls nicht gern sehen, daß Sie so bleich sind, und es ist nicht gut für ihn, wenn ihm an seiner Frau etwas nicht gefällt. Seinetwegen müssen Sie sich zum Essen zwingen. Sie haben mir alles von Lucy erzählt, nun wollen wir nicht weiter darüber sprechen, damit wir nicht zu traurig werden. Ich werde heute Nacht in Exeter bleiben, denn ich habe viel nachzudenken über das, was Sie mir gesagt haben; und wenn ich genügend nachgedacht, dann werde ich noch einige Fragen an Sie stellen, wenn Sie gestatten. Dann können Sie mir auch von Jonathans Leiden erzählen, aber nicht jetzt. Erst müssen Sie essen, dann können Sie berichten, so viel Sie wollen.«

Als wir nach dem Lunch uns wieder im Wohnzimmer befanden, sagte er:

»So, nun erzählen Sie mir von ihm, was Sie wissen.«

Als ich nun zu dem gelehrten Manne sprechen sollte, fürchtete ich fast, er könne mich für eine furchtsame Törin und Jonathan für einen Narren halten – das Tagebuch ist so merkwürdig – und wagte nicht zu reden. Aber er war so gut und freundlich und hatte mir versprochen zu helfen; so schenkte ich ihm mein Vertrauen und sprach:

»Dr. Van Helsing, das, was ich Ihnen zu sagen habe, ist so tolles Zeug, daß ich Sie bitten muß, nicht über mich oder meinen Gatten zu lachen. Seit gestern bin ich in einem geradezu fieberhaften Zweifel. Sie müssen Nachsicht mit mir haben und mich nicht für irrsinnig halten, daß ich einige der seltsamen Dinge auch nur zur Hälfte für wahr halten konnte.« Seine Mienen beruhigten mich ebenso wie seine Worte:

»Verehrte Frau, wenn Sie eine Ahnung hätten, wie seltsam die Sache ist, wegen der ich zu Ihnen komme, wäre das Lachen an Ihnen. Ich habe mir angewöhnt, nie über eines anderen Glauben zu lachen, möge er auch noch so befremdend sein. Ich habe mich stets bemüht, meinen Verstand klar zu erhalten. Die gewöhnlichen Vorkommnisse des Lebens vermögen ihn ja nicht zu verwirren, aber die seltsamen, außerordentlichen Dinge, die einen in Zweifel setzen, ob man bei Sinnen oder irre ist.«

»Dank, tausend Dank! Sie haben mir eine Zentnerlast vom Herzen genommen. Wenn Sie wollen, gebe ich Ihnen etwas zu lesen. Es ist lang, aber ich habe es mit der Maschine geschrieben. Es wird Ihnen von meinem und Jonathans Leid erzählen. Es ist eine Kopie seines Reisetagebuches, und alles das hat sich ereignet. Ich wage nicht zu sagen, einiges davon; Sie werden selbst lesen und sich Ihr Urteil bilden. Wenn ich Sie später wiedersehe, sind Sie vielleicht so gütig mir zu sagen, was Sie davon halten.«

»Ich verspreche es Ihnen«, sagte er, als ich ihm die Papiere einhändigte, »ich komme morgen, so bald ich kann, um Sie und wenn möglich Ihren Gatten zu sehen.«

»Jonathan wird um halb zwölf hier sein; Sie kommen zu uns zum Lunch und werden ihn dabei kennen lernen. Sie können dann vielleicht noch den Schnellzug 3.34 erreichen, der Sie noch vor 8 Uhr nach Paddington bringt.«

Er schien überrascht, daß ich die Züge auswendig wußte; er weiß eben nicht, daß ich mir alle Züge von und nach Exeter eingeprägt habe, damit ich meinem Jonathan helfen kann, wenn er Eile hat.

Er nahm die Papiere an sich und ging, und ich sitze hier, denke nach und weiß nicht worüber.

Brief.
Van Helsing an Frau Harker.

25. September, 6 Uhr p. m.

Sehr verehrte Frau Mina!

Ich habe mit Interesse das merkwürdige Tagebuch Ihres Gemahls gelesen. Sie können in Ruhe schlafen. Seltsam und schrecklich, wie es ist, ist es doch wahr! Ich setze meinen Kopf dafür zum Pfande. Es mag für andere ja schlimm aussehen, für Sie und ihn hat es keine Schrecken. Er ist ein vornehmer Charakter. Ich kann Ihnen auf Grund meiner Menschenkenntnis sagen, daß jemand, der, wie er, diese Mauer hinunterstieg und jenes Zimmer betrat – zweimal betrat – nicht auf die Dauer das Opfer einer Nervenkrankheit bleiben kann. Sein Kopf und sein Herz sind in Ordnung, das schwöre ich Ihnen, noch ehe ich ihn gesehen habe. Also seien Sie beruhigt. Ich werde ihn viel über verschiedene Dinge zu fragen haben. Ich schätze mich glücklich, daß ich Sie heute noch sehen soll, denn ich hoffe so viel Neues zu erfahren, daß ich ganz verwirrt werde, verwirrter als je, und nachdenken muß.

Ihr ganz ergebenster

Abraham Van Helsing.

Brief.
Frau Harker an Van Helsing.

25. September, 6.30 p. m.

Verehrter Herr Professor!

Vielen Dank für Ihren gütigen Brief, der mir eine Zentnerlast von der Seele genommen hat. Was gibt es, wenn die Aufzeichnungen der Wahrheit entsprechen, für entsetzliche Dinge auf der Welt; und was das Entsetzlichste ist, dieser Mann, dieses Scheusal soll leibhaftig in London weilen! Ich fürchte mich daran zu denken. Soeben erhielt ich von Jonathan ein Telegramm, daß er mit dem Zug um 6.25 abends von Launceston abfährt und 10.18 hier sein wird, sodaß ich für die Nacht keine Angst zu haben brauche. Wollen Sie deshalb, anstatt mit uns den Lunch einzunehmen, schon zum ersten Frühstück um 8 Uhr kommen, wenn es Ihnen nicht allzu früh ist? Sie können, wenn Sie Eile haben, mit dem Zuge um 10.30 abfahren, mit dem Sie dann um 2.35 in Paddington ankommen werden. Eine Antwort auf diesen Brief ist nicht nötig;

wenn ich nichts weiter von Ihnen höre, nehme ich an, daß Sie zum Frühstück eintreffen. Ich verbleibe

Ihre ergebene und dankbare Freundin

Mina Harker.

Jonathan Harkers Tagebuch.

26. September. – Ich hätte nie gedacht, daß ich wieder in dieses Tagebuch schreiben würde, aber die Zeit ist gekommen. Als ich gestern Nacht heimkam, hatte Mina das Essen fertig, und als wir gespeist hatten, erzählte sie mir von Van Helsings bevorstehendem Besuch, daß sie ihm die zwei umgeschriebenen Tagebücher gegeben hätte und welche Angst sie um mich ausgestanden habe. Sie zeigte mir aus des Professors Brief, daß alles, was ich niedergeschrieben, auf Wahrheit beruht. Es hat scheinbar einen neuen Menschen aus mir gemacht. Es war der Zweifel an der Möglichkeit des Erlebten, was mich so niederdrückte. Ich fühlte mich vollkommen machtlos, tappte im Dunkeln und hatte jedes Selbstvertrauen verloren. Nun aber, da ich alles *weiß*, fürchte ich nichts mehr, nicht einmal den Grafen. Es ist ihm also allem Anschein nach gelungen, seiner Absicht nach nach London zu kommen, und er war es, den ich sah. Er ist jünger geworden, aber auf welche Weise? Van Helsing ist der Mann dazu, ihn zu entlarven und zu vertreiben, wenn er einigermaßen der Beschreibung entspricht, die Mina mir von ihm gegeben hat. Wir blieben lange zusammen sitzen und besprachen alles. Mina kleidet sich jetzt an, und ich werde in einigen Minuten in seinem Hotel vorsprechen und ihn herüber holen.

Er war scheinbar überrascht, mich zu sehen. Als ich in das Zimmer trat, das er bewohnte, und mich ihm vorstellte, nahm er mich bei der Schulter, drehte mich mit dem Gesicht gegen das Fenster und sagte, nachdem er mich scharf prüfend angesehen:

»Frau Mina hat mir doch erzählt, daß Sie krank seien, daß Sie einen Nervenschock erlitten hätten.« Es war so drollig, meine Frau von diesem gütig, aber energisch aussehenden alten Herrn »Frau Mina« nennen zu hören. Ich lächelte und sagte: »Ich war krank, ich *hatte* einen Nervenschock, aber Sie haben mich bereits geheilt.«

»Wieso?«

»Durch Ihren gestern Abend an meine Frau geschriebenen Brief. Ich war voller Zweifel, alles hatte damals den Schein der Unwirklichkeit; ich wagte nicht, mich auf irgend etwas, selbst nicht auf meine eigenen Sinne zu verlassen. Und da ich nicht wußte, worauf mich verlassen, wußte ich auch nicht, was ich tun sollte. So lebte ich denn arbeitend mein Leben in gewohnter Weise dahin. Mit diesem Dahindämmern aber kam es, daß alle Erfolge ausblieben, und so verlor ich schließlich das Vertrauen zu mir selbst. Herr Professor! Sie ahnen ja nicht, was es heißt, an allem, sogar an der eigenen Kraft zu zweifeln. Nein, das kennen Sie nicht; Sie, ein Mann mit solch energischen Augenbrauen.« Dies schien ihm zu gefallen und er sagte lachend:

»So, Sie sind also Physiognomiker. Mit jeder Stunde erfahre ich hier Neues. Es wird mir eine große Freude bereiten, das Frühstück mit Ihnen einzunehmen. Und dann, mein Herr, nehmen Sie einem alten Manne das Lob nicht übel, aber Ihre Frau ist wirklich ein Engel.« Ich hätte ihm einen Tag lang zuhören können, wie er meine Mina lobte; ich nickte nur mit dem Kopfe und stand schweigend da.

»Sie ist eine der von Gott gesandten, aus seiner eigenen Hand hervorgegangenen Frauen, die uns Männern und anderen Frauen zeigen sollen, daß es ein Himmelreich gibt, in das wir schon hienieden auf Erden gelangen können. Sie ist so treu, zärtlich, edel und so selbstlos, das will viel bedeuten in unserem skeptischen, egoistischen Zeitalter. Und Sie, mein Herr, ich habe all die Briefe an Fräulein Lucy gelesen, einige davon handeln auch von Ihnen; ich kenne Sie also schon mehrere Tage aus den Beschreibungen, die andere von Ihnen gaben. Ihre wahre Persönlichkeit kenne ich aber erst seit heute Nacht. Geben Sie mir Ihre Hand, wollen Sie? Wir wollen Freunde sein unser Leben lang.«

Wir drückten uns die Hände. Van Helsing war so ernst und gütig, daß mir ganz warm ums Herz wurde.

»Und nun«, sagte er, »darf ich Sie bitten mir zu helfen? Ich habe eine große Aufgabe vor mir und möchte gleich zu Beginn wissen, ob ich auf Sie rechnen darf. Sie können mir viel helfen. Können Sie mir sagen, was Ihrer Reise nach Transsylvanien vorausging? Späterhin werde ich größere und andersgeartete Mithilfe von Ihnen erbitten. Für jetzt mag das genügen.«

»Verzeihen Sie, Herr Professor«, erwiderte ich, »betrifft das, was Sie vorhaben, den Grafen?«

»Es betrifft ihn«, antwortete er feierlich.

»Dann gehöre ich Ihnen mit Leib und Seele. Da Sie mit dem Zug um 10.30 fahren, werden Sie keine Zeit mehr haben, das Bündel Papiere zu lesen, das ich Ihnen übergebe. Sie können es aber mitnehmen und auf der Reise lesen.«

Nach dem Frühstück begleitete ich ihn zum Bahnhof. Als wir uns verabschiedeten, sagte er noch:

»Vielleicht kommen Sie zu mir in die Stadt, wenn ich Sie darum bitten werde, und bringen auch Ihre Gattin mit?«

»Wir werden kommen, wann Sie es wünschen.«

Ich übergab ihm die Morgenzeitung sowie die Londoner Blätter vom Abend vorher, und während wir am Coupeefenster plaudernd auf die Abfahrt des Zuges warteten, überflog er sie rasch. Plötzlich schien sein Auge wie erstarrt auf etwas fest zu haften – es war die »Westminster Gazette«, ich kannte sie an der Farbe – und sein Gesicht wurde aschfahl. Er las aufmerksam weiter, indem er vor sich hinmurmelte: »Mein Gott, mein Gott! So früh, so früh!« Ich glaube, er hatte mich in diesem Augenblick völlig vergessen. Da ertönte die Dampfpfeife, und der Zug setzte sich langsam in Bewegung. Das brachte ihn zum Bewußtsein, wo er sich befand; er lehnte sich aus dem Fenster, winkte mir noch mit der Hand zu und rief: »Grüßen Sie Frau Mina; ich werde schreiben, sobald ich irgend kann.«

Dr. Sewards Tagebuch.

26. September. – Nicht einmal das Ende ist sicher: noch keine Woche ist es her, daß ich »Finis« sagte, und heute schon beginne ich von neuem, oder vielmehr ich fahre in meiner Chronik fort. Bis heute Nachmittag hatte ich keine Gelegenheit, über das nachzudenken, was geschehen ist. Renfield war in jeder Hinsicht vernünftiger geworden als je. Er war mit seinem Fliegenfang schon ziemlich weit vorgeschritten und ging nun zum Spinnenfang über; so hatte er mir kein Kopfzerbrechen verursacht. Von Arthur hatte ich einen Brief erhalten, von Sonntag datiert, und entnehme ihm, daß sein Befinden sich bedeutend bessert. Quincey Morris ist bei ihm. Das ist sehr viel wert, denn er ist wie ein ewig sprudelnder Quell guten Humors. Quincey hatte einige Zeilen beigefügt, in denen er mir mitteilt, daß Arthur schon wieder ein gut Teil seiner alten Spannkraft zurückgewonnen habe. Was also diese beiden betrifft, bin ich außer Sorge. Und ich selbst, ich ging doch ans Werk mit dem Enthusiasmus, den ich ja immer dafür zu haben pflegte. So konnte ich ehrlich behaupten, daß die Wunde, welche mir das Schicksal der armen Lucy geschlagen hatte, zu vernarben beginnt. Nun sind die Wunden wieder aufgerissen, und wie das noch enden soll, weiß Gott allein. Ich vermute, daß Van Helsing meint, es auch zu wissen; er sagt aber nur immer soviel davon, als genügt, um die Neugier zu reizen. Gestern fuhr er nach Exeter und blieb dort die ganze Nacht. Heute kam er zurück und begab sich sofort, etwa um halb sechs Uhr, in das

190

Zimmer und schob mir die gestrige Abendausgabe der »Westminster Gazette« in die Hand.

»Was halten Sie von dem da?« fragte er, indem er zurücktrat und die Arme kreuzte.

Ich ließ die Blicke über das Papier schweifen, denn ich begriff wirklich nicht, was seine Worte bedeuten sollten. Er griff nach dem Blatt und deutete mit dem Finger auf einen Artikel, der die Entführung mehrerer Kinder aus Hampstead behandelte. Es ließ mich sehr kalt, bis ich an eine Stelle kam, wo kleiner, punktförmiger Wunden an den Kehlen der Kinder Erwähnung getan wurde. Eine Idee schoß mir durch den Kopf und ich blickte auf. »Nun?« fragte er.

»Es ist ähnlich wie bei Lucy.«

»Und was halten Sie davon?«

»Einfach, daß alle diese Fälle auf die gleiche Ursache zurückzuführen sind. Dasselbe, was Lucy verletzt hat, hat auch die Kleinen verletzt.« Ich verstand nicht ganz den Sinn seiner Antwort:

»Das trifft indirekt, aber nicht direkt zu.«

»Wie meinen Sie das, Professor?« fragte ich. Ich war etwas geneigt, seinen Ernst leicht zu nehmen, denn nach all dem Ausgestandenen waren vier Tage der Ruhe und Freiheit von der brennenden und herzzerreißenden Angst wohl imstande, wieder etwas froheren Mut aufkommen zu lassen. Aber als ich sein Gesicht sah, wurde ich nachdenklich. Nie, nicht einmal in der tiefsten Verzweiflung um Lucy, hatte er ernster ausgesehen.

»Sprechen Sie doch!« bat ich. »Ich kann mir keine Meinung von dieser Sache bilden. Ich weiß nicht, was ich denken soll, und ich habe auch keine Anhaltspunkte, auf denen ich eine Vermutung aufbauen könnte.«

»Wollen Sie damit sagen, Freund John, daß Sie keine Ahnung haben, woran Lucy gestorben ist? Nach all den Andeutungen, die ich und auch die Ereignisse Ihnen gegeben haben?«

»An nervöser Erschöpfung infolge großen Blutverlustes oder Blutzersetzung.«

»Und was ist an der Blutzersetzung oder dem großen Blutverlust schuld gewesen?« Ich schüttelte den Kopf. Er kam zu mir heran, setzte sich neben mich und fuhr fort:

»Sie sind ein heller Kopf, Sie denken richtig und Ihr Verstand ist scharf, aber Sie stecken zu tief in Vorurteilen. Sie lassen Ihre Augen nicht sehen und Ihre Ohren nicht hören, und was außerhalb Ihres täglichen Lebens liegt, ist für Sie nicht von Bedeutung. Sind Sie denn nicht der Ansicht, daß es Dinge gibt, die Sie nicht begreifen, und was für Dinge? Daß viele Leute Dinge sehen, die Anderen verborgen bleiben? Ach, es ist der Fehler unserer Wissenschaft, daß sie alles zu erklären wünscht; und wenn es ihr nicht gelingt, dann sagt sie, es sei nichts daran zu erklären. So sehen wir jeden Tag neue Richtungen um uns entstehen, die sich selbst für neu halten, sie sind aber alt und geben nur vor, jung zu sein, wie die schönen Frauen auf der Bühne. Ich vermute, Sie glauben nicht an Doppelgängerei. Nein? Oder an Materialisation. Nein? Oder an Astralkörper. Oder an Gedankenlesen. Auch nicht? Oder an Hypnotismus?«

»Ja«, sagte ich, »Charcot hat ihn zur Genüge bewiesen.« »Sie sind also fest davon überzeugt?« fuhr er lächelnd fort. »Ja? Dann wissen Sie also auch ohne Zweifel, was er zu leisten vermag, und sind imstande, den Gedanken des großen Charcot zu folgen. Schade, daß er nicht mehr lebt, um in der tiefsten Seele derer zu lesen, die seinem Einfluß unterworfen sind. Nein? Dann, lieber Freund, muß ich annehmen, daß Sie ihn einfach als Tatsache hingenommen und sich damit zufrieden gegeben haben, obgleich zwischen der Prämisse und der Schlußfolgerung eine ungeheure Lücke klafft. Nicht? Dann sagen Sie mir – ich beschäftige mich doch mit der Wissenschaft vom Gehirn – wie Sie den Hypnotismus anerkennen und die Gedankenübertragung ableugnen können. Lassen Sie sich sagen, die Elektro-Wissenschaft vollbringt heute Dinge, die von den Erfindern der Elektrizität selbst als Gotteslästerung verdammt worden wären, um derentwillen man vor nicht allzu langer Zeit als Hexenmeister den Scheiterhaufen hätte besteigen müssen. Geheimnisse gibt es immer im Leben. Methusalem lebte 900 Jahre und ›Old Parr‹ 196 Jahre. Warum konnte die liebe Lucy mit dem Blut von vier starken Männern in den Adern nicht noch einen Tag länger leben? Weil wir sie hätten retten können, wenn sie einen Tag länger gelebt hätte. Kennen Sie den Zusammenhang der vergleichenden Anatomie, und können Sie mir sagen, warum in einem Menschen tierische Eigenschaften ruhen und im andern nicht? Können Sie mir erklären, warum, während einzelne Spinnen frühzeitig und klein sterben müssen, jene eine große Spinne im Turm einer alten spanischen Kirche jahrhundertelang lebte, wuchs und wuchs, bis sie, an ihrem Faden sich herunterlassend, das Öl der ewigen Lichter austrinken konnte. Können Sie mir sagen, warum es in den Pampas und anderswo Fledermäuse gibt, die zur Nachtzeit über Rinder und Pferde herfallen und ihnen das Blut bis zum letzten Tropfen aus den Adern saugen; warum es auf einigen Inseln des Stillen Ozeans Fledermäuse gibt, die den ganzen Tag über, nach Beobachtungen von Reisenden, wie ungeheure Nüsse oder Früchte an den Bäumen hängen und zur Nachtzeit, wenn die Matrosen wegen der Hitze auf Deck schlafen, auf diese herniederflattern, die man dann am andren Morgen als Leichen vorfindet, weiß und blutleer wie Fräulein Lucy?«

»Großer Gott, Herr Professor«, sagte ich erschreckt auffahrend, »wollen Sie damit sagen, daß Lucy das Opfer einer solchen Fledermaus wurde und daß ein solches

Wesen im neunzehnten Jahrhundert hier in London vorkommen kann?« Er gebot mir durch einen Wink mit der Hand Stillschweigen und fuhr fort:

»Können Sie mir sagen, warum die Schildkröte Generationen von Menschen überlebt, warum der Elefant ganze Dynastien in das Grab steigen sieht und warum der Papagei nie anders stirbt als durch den Biß eines Hundes oder einer Katze oder an ähnlichen Zufälligkeiten? Können Sie mir sagen, warum zu allen Zeiten und in allen Erdteilen die Menschen glaubten, daß es Einzelne gibt, die immer weiter leben, wenn man es ihnen nicht unmöglich macht; daß Männer und Frauen existieren, die nicht sterben können? Wir alle wissen – denn die Wissenschaft verbürgt sich für die Tatsache – daß Kröten Tausende von Jahren eingeschlossen in Höhlungen, die gerade groß genug für sie waren, seit der Jugendzeit der Erde gelebt haben. Können Sie mir sagen, wie es die indischen Fakire machen, daß sie sterben und begraben werden, daß man dann ihr Grab versiegelt und Getreide darauf sät, das reift und geschnitten wird, und wieder neues sät und, wenn reif, geschnitten wird, und wenn dann Leute kommen und das unverletzte Siegel abnehmen, der indische Fakir daliegt, keineswegs tot, sondern aufsteht und wieder unter ihnen wandelt wie zuvor?« Hier unterbrach ich ihn, ich war ganz verwirrt. Er überhäufte meinen Verstand dermaßen mit Naturexzentrizitäten und möglichen Unmöglichkeiten, daß meine Phantasie Feuer zu fangen begann. Ich hatte das unbestimmte Gefühl, daß er mir da eben eine Lektion erteilte wie vor Zeiten in seinem Hörsaal; jedoch damals pflegte er die Dinge so zu erklären, daß man das Objekt immer im Gedächtnis hatte. Aber heute war ich ohne dieses Hilfsmittel. Da ich jedoch seinen Ausführungen zu folgen wünschte, sagte ich:

»Herr Professor lassen Sie mich wieder Ihren Lieblingsstudenten sein. Sagen Sie mir die Thesis, damit ich Ihre fortschreitenden Folgerungen verstehe. Gegenwärtig gehe ich in meinem Verstande im Zickzack, so wie ein Narr, aber nicht ein Vernünftiger, eine Idee verfolgt. Ich fühle mich wie einer, der sich zum ersten Mal im Nebel in einen Sumpf verlaufen hat, und springe von einem Binsenbüschel zum anderen, lediglich in dem blinden Bestreben, vorwärts zu kommen, ohne aber zu wissen wohin.«

»Das ist ein guter Vergleich«, sagte er. »Nun gut, ich will es Ihnen sagen. Meine Thesis ist: Sie sollen glauben.«

»Woran glauben?«

»An Dinge, an die Sie nicht glauben können. Lassen Sie mich die Sache illustrieren. Ich hörte einmal einen Amerikaner den Glauben folgendermaßen definieren: ›Glaube ist das, was uns befähigt, Dinge für wahr zu halten, von denen wir wissen, daß sie unwahr sind.‹ Ich meinerseits gebe dem Mann recht. Er will sagen, daß wir unseren Verstand offen halten und nicht ein kleines Stückchen Wahrheit den Ansturm einer großen Wahrheit aufhalten lassen sollen, wie ein kleiner Stein einen Eisenbahnzug zum Entgleisen bringen kann. Wir nehmen eine kleine Wahrheit zuerst hin. Wir halten sie fest und schätzen sie; aber trotzdem dürfen wir nicht glauben, daß wir damit alle Weisheit der Welt besäßen.«

»Dann wünschen Sie also, daß nicht ein vorgefaßtes Urteil die Aufnahmefähigkeit meines Verstandes in Bezug auf einige sonderbare Erscheinungen beschränke. Habe ich Ihre Lektion richtig aufgefaßt?«

»Sie sind doch immer mein begabtester Schüler. Sie sind es wirklich wert, daß man Sie unterrichtet. Nicht nur, daß Sie den guten Willen haben, zu verstehen, Sie haben auch schon den ersten Schritt zum Verständnis getan. Sie sind also der Ansicht, daß die winzigen Wunden an den Kehlen der Kinder von demselben Wesen herrühren wie die an Lucys Kehle?«

»Ich denke.« Er stand auf und sagte in feierlichem Tone:

»Fehlgeschossen! Ich wollte, es wäre so! Aber nein, leider ist es nicht der Fall. Es ist schlimmer, viel, viel schlimmer.«

»Um Gottes Willen, Herr Professor, was soll das heißen?« rief ich.

Er warf sich mit einer verzweifelten Miene in einen Stuhl und sagte, indem er seine Ellbogen auf den Tisch stützte und das Gesicht in den Händen verbarg:

»Lucy war es, die sie hervorbrachte.«

Fünfzehntes Kapitel.

Dr. Sewards Tagebuch

(Fortsetzung.)

Einen Augenblick lang erfaßte mich heißer Zorn; mir war, als hätte er Lucy bei Lebzeiten in das Gesicht geschlagen. Ich schlug heftig auf den Tisch und sagte aufspringend:

»Doktor Van Helsing, sind Sie von Sinnen?« Er erhob den Kopf und sah mich an; der gütige Ausdruck in seinem Gesicht wirkte sofort besänftigend auf mich ein. »Ich wollte, ich wäre es!« erwiderte er. »Wahnsinn wäre leicht zu ertragen im Verhältnis zu einer Wahrheit wie diese. Warum, mein Freund, glauben Sie, daß ich so weite Umwege machte, warum ich so lange wartete, um Ihnen eine so einfache Tatsache zu sagen? Vielleicht, weil ich Sie hasse und Sie gehaßt habe mein Leben lang? Oder weil ich Ihnen wehe tun wollte? Oder wollte ich mich, wenn auch spät, dafür revanchieren, daß Sie mich, mein Leben, vor einem furchtbaren Ende gerettet haben? Gewiß nicht.«

»Verzeihen Sie mir«, sagte ich. Er fuhr fort:

»Mein Freund, es geschah, weil ich Sie nicht so grausam mit dieser Eröffnung überraschen wollte, denn ich weiß ja, daß Sie das teure Mädchen geliebt haben. Aber auch jetzt sogar erwarte ich noch nicht, daß Sie mir Glauben schenken. Ist es schon schwer, eine abstrakte Tatsache auf einmal zu glauben, die wir bisher für unmöglich hielten, so ist es noch viel schwerer, eine konkrete Wahrheit hinzunehmen, besonders wenn es sich um eine solche handelt, wie ich Sie Ihnen heute von Lucy berichten mußte. Heute Abend werde ich Ihnen den Beweis liefern. Wollen Sie mit mir kommen?«

Das machte mich stutzig. Man beweist nicht gern eine solche Wahrheit. Er sah meine Unentschlossenheit und sprach:

»Die Logik ist in diesem Falle sehr einfach, sie ist nicht die eines Narren, der von Binsenbüschel zu Binsenbüschel springt in nebelbedecktem Sumpf. Wenn es nicht wahr ist, dann gewährt Ihnen diese Feststellung doch eine gewisse Erleichterung; jedenfalls kann sie nicht schaden. Wenn es aber wahr ist? Darin liegt das Schreckliche. Der Schrecken soll mir helfen, meine Sache zu vertreten, denn zum Schrecken gehört schon ein Teil Glaube. Kommen Sie, ich erzähle Ihnen, was ich vorhabe: Zuerst gehen wir in das Spital und besuchen das Kind. Dr. Vincent am Nordhospital, wo sich nach den Zeitungsnachrichten das Kind befindet, ist einer meiner Freunde, und ich denke auch einer der Ihren, seit Sie zusammen in Amsterdam studierten. Wenn er nicht zwei Freunden den Zutritt gewähren will, dann kommen wir eben als Wissenschaftler. Wir werden ihm nichts weiter sagen, als daß wir studienhalber da sind. Und dann ...«

»Und dann?« Er zog einen Schlüssel aus der Tasche und hielt ihn mir hin. »Und dann werden wir, Sie und ich, die Nacht auf dem Friedhofe verbringen, wo Lucy schläft. Dies ist der Schlüssel zu ihrem Grabe. Der Friedhofwärter hat ihn mir für Arthur gegeben.« Ich erschrak bis in die tiefste Seele, denn ich fühlte, daß uns etwas Entsetzliches bevorstand. Ich konnte nichts einwenden, fasste mir ein Herz und sagte, wir müßten uns beeilen, da der Abend herankäme.

Wir fanden das Kind wachend vor. Es hatte ein Schläfchen gemacht und etwas Nahrung zu sich genommen; es ging ihm ziemlich gut. Dr. Vincent nahm das Tuch von der kleinen Kehle und zeigte uns die punktartigen Wunden. Es war unmöglich zu leugnen, daß sie mit denen an Lucys Hals große Ähnlichkeit hatten. Sie waren etwas kleiner und die Ränder sahen frischer aus; das war alles. Wir fragten Vincent, was er von diesen Wunden halte, und er erwiderte, daß es Bisse von irgend einem Tier, vielleicht einer Ratte, sein müßten; er für seinen Teil neige mehr der Anschauung zu, daß sie von einer der großen Fledermäuse herrührten, die auf den Höhen nördlich von London so häufig vorkommen. »Unter so vielen harmlosen Exemplaren«, sagte er, »ist es nicht ausgeschlossen, daß sich auch wilde Exemplare aus dem Süden befinden, die einer gefährlicheren Art angehören. Sie könnten wohl von Segelschiffen eingeschleppt worden sein und Gelegenheit gefunden haben zu entkommen; es ist auch nicht unmöglich, daß aus dem Zoologischen Garten ein Junges entflohen ist und sich da draußen fortgepflanzt hat. Sie wissen, solche Dinge können vorkommen. Erst vor zehn Tagen ist ein Wolf ausgebrochen und hat sich meines Wissens auch in dieser Gegend sehen lassen. Eine Woche später spielten die Kinder nichts anderes mehr als ›Red Riding Hood‹ auf der Haide und in jeder Allee, bis die ›blutige Dame‹ auftauchte, die nun in Schwung kam. Selbst dieses kleine Mädchen hier fragte, als es heute aufwachte, die Pflegerin, ob es nicht fortgehen dürfe. Als es gefragt wurde, warum es denn fort wolle, sagte es, es möchte gerne mit der 'blutigen Dame‹ spielen.«

»Hoffentlich«, sagte Van Helsing, »werden Sie, wenn Sie das Kleine aus der Pflege entlassen, den Eltern recht ans Herz legen, gut aufzupassen. Dieser Hang zum Herumstreifen ist höchst gefährlich, und wenn das Kind nochmals nur eine Nacht ausbliebe, so könnte das unabsehbare Folgen haben. Ich nehme aber an, daß Sie es in der allernächsten Zeit nicht entlassen werden?«

»Sicher nicht, jedenfalls nicht vor einer Woche, und auch länger, wenn bis dahin die Wunde nicht geheilt sein sollte.«

Unser Besuch im Spital nahm mehr Zeit in Anspruch, als wir gerechnet hatten, und die Sonne war schon untergegangen, als wir das Haus verließen. Als Van Helsing sah, wie dunkel es war, sage er:

»Es hat keine Eile. Es ist später geworden, als ich dachte. Kommen Sie, wir wollen irgendwo speisen gehen, dann werden wir unser Vorhaben ausführen.«

Wir aßen in »Jack Straws Castle« zusammen mit einer Anzahl Radfahrer und anderen, die sich ziemlich lärmend verhielten. Etwa um zehn Uhr verließen wir das Gasthaus. Es war sehr dunkel und die vereinzelten Laternen ließen die Dunkelheit nur umso schwärzer erscheinen, wenn man wieder aus ihrem Lichtkreise trat. Der Professor hatte sich offenbar den Weg, den wir zu gehen hatten, aufgezeichnet, denn wir gingen ohne Aufenthalt weiter. Ich war vollkommen im Unklaren, in welcher Gegend wir uns befanden. Je weiter wir hinauskamen, desto seltener wurden die Passanten, so daß wir schließlich überrascht waren, der reitenden Polizeipatrouille auf ihrem gewohnten Ritt um die Stadt zu begegnen. Endlich erreichten wir die Friedhofmauer, die wir überkletterten. Nicht ohne Schwierigkeiten – es war sehr finster und der ganze Platz kam uns so fremd vor – fanden wir die Gruft der Westenraa. Der Professor nahm den Schlüssel, öffnete die knirschende Tür und bat mich, indem er höflich aber ganz unbewußt mir Platz machte, voranzugehen. Es lag eine köstliche Ironie in dieser Höflichkeit bei einer so unheimlichen Gelegenheit. Mein Begleiter folgte mir unmittelbar und zog die Türe vorsichtig zu, nachdem er sich vorher genau über die Beschaffenheit des Schlosses informiert hatte. Wir hätten sonst unter Umständen in eine üble Lage kommen können. Dann suchte er in seinem Koffer und machte Licht, nachdem er eine Streichholzschachtel und eine Kerze herausgezogen. Das Grab hatte schon am Tage und im Schmucke frischer Blumen unheimlich und grauenvoll genug ausgesehen; aber jetzt, einige Tage später, wo die Blumen schlaff und tot herunterhingen, deren Weiß rostfarbig und deren Grün braun geworden war, war der Eindruck geradezu abstoßend und schrecklich, schrecklicher als man sich vorstellen kann. Die Spinnen und Käfer hatten schon wieder von der Stätte Besitz ergriffen; der Schein der Kerze fiel auf die zerbröckelnde Wand, die staubbedeckten Mörtelritzen, auf rostiges, feuchtes Eisen, fleckiges Messing und erblindetes Silber. Es drängte sich einem unwiderstehlich der Gedanke auf, daß das Leben – das animalische Leben – nicht das Einzige dem Untergang Geweihte ist.

Van Helsing ging ganz systematisch ans Werk. Er leuchtete mit der Kerze, von der das Stearin in dicken Tropfen herunterfiel und auf dem kalten Metall der Särge erstarrte, in der Gruft herum, um die Aufschriften zu lesen. Endlich hatte er Lucys Ruhestatt gefunden. Wieder suchte er in seinem Koffer und zog einen Schraubenschlüssel heraus.

»Was wollen Sie tun?« fragte ich.

»Ich will den Sarg öffnen. Sie sollen sich jetzt selbst überzeugen.« Sogleich begann er die Schrauben herauszuziehen und hob den Deckel ab, unter dem der Zinnsarg sichtbar wurde. Der Anblick war mir fast unerträglich. Ich hatte das Gefühl, als tue er der Toten einen Schimpf an, als zöge er der Lebenden die Kleider vom Leibe. Ich ergriff tatsächlich seine Hand, um ihm Einhalt zu tun. Er sagte nur: »Sie werden sehen!«; dann kramte er wieder in seinem Koffer und brachte eine kräftige Laubsäge hervor. Er bohrte mit dem Schraubenschlüssel ein Loch in das Zinn, das gerade weit genug war, die dünne Säge durchzulassen. Der rasche, abwärtsgerichtete Stich, den er führte, machte mich schaudern. Ich hatte erwartet, daß ein Strom von Gasen dem verwesenden Leib entweichen würde. Wir Ärzte, die die Gefahren unseres Berufes wohl kennen, wissen diese Dinge vorher, ich hatte mich deshalb vorsichtshalber bis zur Türe zurückgezogen. Der Professor aber wich keinen Schritt. Er sägte in die eine Seite des

Zinnsarges einen Schnitt von einigen Fuß Länge, dann quer herüber und auf der anderen Längsseite wieder hinunter. Dann ergriff er den Rand des entstandenen Ausschnittes und bog ihn zurück gegen das Fußende des Sarges, hielt die Kerze in die Öffnung und bat mich hineinzusehen.

Ich trat näher, um seiner Einladung Folge zu leisten.

Der Sarg war leer.

Ich war aufs äußerste überrascht und erschrocken, aber Van Helsing schien völlig unberührt. Er war nun seiner Sache um so sicherer und faßte neuen Mut, sein Vorhaben durchzuführen. »Sind Sie nun zufrieden?« fragte er.

Ich fühlte eine unbändige Lust zu disputieren über mich kommen und antwortete: »Daß Lucys Körper nicht im Sarge liegt, ist mir hinreichend bewiesen, ist aber auch nur der Beweis für eines!«

»Und wofür zum Beispiel?«

»Daß er nicht da ist.«

»Das ist entschieden logisch«, sagte er, »damit allein kommen Sie aber doch zu keinem Resultat. Denn wie erklären Sie sich, wie können Sie sich erklären, daß er nicht da ist?«

»Vielleicht war es ein Leichenräuber«, suchte ich mir einzureden, »oder einer der Leute des Begräbnisunternehmers hat die Leiche gestohlen.« Ich merkte, daß ich Unsinn sprach, und doch wären dies die einzig plausiblen Erklärungen gewesen. Der Professor seufzte. »Nun gut«, sagte er, »dann brauchen wir eben noch einen Beweis. Kommen Sie mit.«

Er legte den Sargdeckel wieder auf seinen Platz, packte alle seine Sachen zusammen und schob sie in den Koffer; dazu die Kerze, nachdem er sie ausgeblasen hatte.

Wir öffneten die Tür und gingen hinaus. Er schloß sorgfältig ab und reichte mir den Schlüssel, indem er sagte: »Wollen Sie ihn zu sich nehmen? Sie haben dann mehr Sicherheit.« Ich lachte – ich weiß wohl, daß es kein heiteres Lachen war – und bat ihn, den Schlüssel zu behalten. »Ein Schlüssel ist gar nichts«, sagte ich; »es könnte Duplikate davon geben; außerdem ist es ja keine Kunst, ein Schloß, wie dieses hier, zu öffnen.« Er erwiderte nichts, sondern steckte den Schlüssel ein. Dann gab er mir den Auftrag, auf einer Seite des Friedhofes Wache zu halten, während er das Gleiche auf der anderen Seite tun wollte. Ich suchte mir einen Platz hinter einem Eibenbaum aus und sah seine dunkle Gestalt allmählich hinter den Grabsteinen und Bäumen verschwinden.

Es war eine unheimliche Wache. Kurze Zeit nachdem ich meinen Posten bezogen, hörte ich eine ferne Uhr zwölf schlagen. Es wurde ein Uhr, es wurde zwei Uhr. Ich fror, war nervös und ärgerte mich über den Professor, daß er mich auf eine solche Irrfahrt mitgenommen hatte, und über mich selbst, daß ich mitgegangen war. Die Kälte und die Schläfrigkeit machten es mir schwer, aufmerksam zu beobachten; ich war aber doch nicht schläfrig genug, um ohne weiteres zuzugeben, daß ich alles glaube. Ich verbrachte also hinter meinem Baum ein paar recht trostlose, schreckliche Stunden.

Plötzlich, als ich mich etwas umdrehte, meinte ich einen weißen Streifen wahrzunehmen, der sich an der am Grab entgegengesetzten Seite des Friedhofes zwischen zwei dunklen Eibenbäumen zu bewegen schien. Zu gleicher Zeit löste sich von der Seite her, wo der Professor gestanden hatte, eine Gestalt aus dem Schatten los und eilte auf das weiße Gespenst zu. Auch ich ging näher heran. Ich hatte zwei Grabsteine und umgitterte Gräber zu umgehen und stolperte über die Hügel. Der Himmel war überzogen, und irgendwo, weit draußen, ließ ein Hahn seinen Schrei ertönen. Etwas weiter unten, einer Reihe zerstreuter Wacholderbäume entlang, die den Weg einsäumten, huschte eine weiße, schlanke Gestalt auf das Grab zu. Dieses war hinter Bäumen verborgen, ich konnte deshalb nicht bemerken, wo die Gestalt verschwand. Ich hörte das Geräusch wirklicher Bewegung aus der Richtung her, wo ich das Gespenst zuerst gesehen hatte. Als ich darauf zuging, traf ich den Professor, der in den Armen ein kleines Kind trug. Als er mich erblickte, hielt er mir das Kind entgegen und sagte:

»Sind Sie nun zufrieden?«

»Nein!« sagte ich in ziemlich verletzenden Tone, der mir selbst auffiel.

»Sehen Sie denn das Kind nicht?«

»Allerdings, es ist ein Kind, aber wer hat es hierher gebracht? Und ist es denn verletzt?« fragte ich.

»Wir wollen sehen«, erwiderte der Professor. Unwillkürlich nahmen wir die Richtung gegen den Ausgang des Friedhofes, wobei er sorgfältig das schlafende Kind trug.

Nachdem wir uns etwas entfernt hatten, begaben wir uns in ein Gebüsch und untersuchten beim Scheine eines Streichholzes die Kehle des Kleinen. Sie zeigte nicht die geringste Wunde oder Narbe.

»Hatte ich nicht recht?« fragte ich triumphierend.

»Wir sind gerade zurecht gekommen«, sagte der Professor nachdenklich.

Wir hatten nun zu beschließen, was mit dem Kinde geschehen sollte. Wenn wir es auf einer Polizeiwache abgegeben hätten, wäre es nötig geworden, sich über die nächtliche Exkursion auszuweisen; schließlich hätten wir eben eine Geschichte erfinden müssen, wie wir zu dem Kinde gekommen waren. So beschlossen wir, es auf die Heide mitzunehmen, um es dann, wenn wir einen Polizisten kommen hörten, so hinzulegen, daß er es nicht übersehen konnte; wir wollten dann so rasch als möglich den Heimweg antreten. Alles fiel zu unserer Zufriedenheit aus. Am Rande der Hampsteader Heide vernahmen wir den schweren Schritt eines Polizisten. Wir legten das Kind auf den Weg und warteten, bis er es beim Scheine seiner hin- und herschwankenden Laterne entdeckt hatte. Wir hörten noch seinen Ausruf des Erstaunens und schlichen dann geräuschlos fort. Ein angenehmer Zufall wollte es, daß wir in der Nähe der »Spaniards« einen Wagen antrafen, mit dem wir zur Stadt fuhren.

Da ich nicht schlafen kann, mache ich diese Aufzeichnungen. Doch muß ich unter allen Umständen versuchen, ein paar Stunden zu ruhen, weil mich Van Helsing mittags wieder abholen will. Er besteht darauf, daß ich ihn auf einer weiteren Expedition begleite.

27. September. – Es wurde zwei Uhr, bis wir eine günstige Gelegenheit fanden, unser Vorhaben auszuführen. Das um Mittag stattfindende Begräbnis war nun zu Ende, und die letzten Nachzügler unter den Leidtragenden gingen langsam hinweg. Wir hatten uns vorsichtig hinter einem Gebüsch versteckt und sahen, wie der Friedhofaufseher das Gitter hinter ihnen absperrte. Wir wußten nun, daß wir bis zum Morgen, wenn es nötig werden sollte, freie Hand hatten; aber der Professor sagte, daß wir höchstens eine Stunde benötigten. Wieder empfand ich die unheimliche Gewißheit, daß alles wahr sei; jeder Versuch, dies alles für ein Phantasiegebilde zu halten, war vergebens. Auch machte ich mir die strafrechtlichen Gefahren klar, denen wir uns bei unserem frevelhaften Werk aussetzten. Nebenbei gesagt, ich hielt die Sache für vollkommen zwecklos. War es schon sehr seltsam, ein Grab zu öffnen, um nachzusehen, ob ein nahezu eine Woche totes Mädchen wirklich tot sei, so erschien es mir als der Gipfel der Tollheit, noch einmal das Grab zu öffnen, nachdem wir uns durch eigenen Augenschein überzeugt hatten, daß der Sarg leer war. Ich zuckte nur die Schultern, schwieg aber still, denn Van Helsing hatte eine eigene Art vorzugehen, ohne Rücksicht darauf, wer ihm widersprach. Er nahm den Schlüssel, öffnete das Gewölbe und ließ mich wieder in höflicher Weise vorangehen. So grauenhaft wie in der Nacht vorher erschien mir der Ort nicht mehr, aber unsäglich traurig, als der Sonnenschein hineinfiel. Van Helsing ging auf Lucys Sarg zu und ich folgte ihm. Er beugte sich nieder und legte das ausgeschnittene Zinn zurück; nun durchschoß mich ein Gefühl der Überraschung und des Unbehagens.

Da lag Lucy genau so, wie wir sie am Tage vor der Beerdigung gesehen hatten. Sie war, wenn möglich, von noch bestrickenderer Schönheit als damals, und es war mir unfaßbar, daß sie tot sein solle. Die Lippen waren rot, röter als ich sie je bei ihr gesehen, und auf den Wangen lag ein rosiger Schimmer.

»Ist das Taschenspielerei?« fragte ich.

»Sind Sie nun überzeugt?« gab der Professor als Antwort zurück; dabei zog er mit einer Hand die toten Lippen in die Höhe, daß mich schauderte, und zeigte mir die weißen Zähne.

»Sehen Sie«, fuhr er fort, »sehen Sie, sie sind noch schärfer geworden. Mit diesem und diesem hier«, er berührte einen der Eckzähne und den gegenüberliegenden – »können die Kinder wohl gebissen worden sein. Glauben Sie nun?« Wiederum erwachte der unbezwingliche Widerspruchsgeist in mir. Ich konnte einen derartigen Gedanken, wie er ihn mir aufzwingen wollte, nicht fassen; ich brachte ein Argument vor, dessen ich mich aber sogleich schämte, und sagte:

»Sie kann ja doch seit heute Nacht wieder hierher zurückgebracht worden sein.«

»Glauben Sie wirklich? Aber wer sollte es getan haben?«

»Das kann ich nicht sagen. Irgend jemand muß es wohl gewesen sein.«

»Jetzt ist sie doch schon eine Woche tot. Die meisten Leichen würden nach dieser Zeit wohl nicht mehr so aussehen.« Darauf hatte ich allerdings keine Antwort und schwieg deshalb. Van Helsing nahm davon jedoch scheinbar gar keine Notiz; jedenfalls zeigte er weder Kummer noch Triumph. Er sah gespannt auf das Gesicht des toten Mädchens. Von Zeit zu Zeit hob er ihre Lider hoch und blickte in ihre Augen, öffnete wieder ihren Mund und betrachtete die Zähne. Dann wandte er sich an mich und sagte:

»Hier ist etwas, das von allem bisher Bekannten abweicht; hier ist eine Art Doppelleben, das ungewöhnlich ist. Sie wurde vom Vampyr gebissen, als sie im Trance lag, als sie schlafwandelte. Sie erstaunen, Sie wissen es bis jetzt noch nicht, aber später sollen Sie alles erfahren. In ihrem Trancezustand konnte er am besten kommen, um ihr Blut zu trinken. Im Trance starb sie, und im Trance liegt sie hier als Un-Tote. So kommt es, daß sie sich von allen anderen unterscheidet. Gewöhnlich, wenn die Un-Toten zuhause schlafen« – als er sprach, machte er mit dem Arm eine umfassende Gebärde, um anzudeuten, was für die Un-Toten »zuhause« sei – »zeigt ihr Gesicht das an, was sie sind, aber dieses süße Geschöpf kehrt, wenn es nicht gerade un-tot ist, in die Formen einer gewöhnlichen Toten zurück. Sehen Sie, es liegt kein Zug von Bosheit auf ihrem Angesicht, deshalb tut es mir so furchtbar leid, sie in ihrem Schlafe töten zu müssen.«

Es überlief mich kalt bei diesen Worten, und es dämmerte in mir die Möglichkeit auf, allmählich Van Helsings Ideen zu begreifen. Aber wenn sie wirklich tot war, so war es ja gar nicht so entsetzlich, sie nochmals zu töten. Er sah mich an und erkannte in meinem Gesicht offenbar den Wechsel in meiner Stimmung, denn er sagte fast erfreut:

»Nun glauben Sie also?«

Ich antwortete: »Drängen Sie mich nicht allzusehr. Ich bin bereit, mich Ihrer Auffassung anzuschließen. Wie wollen Sie dies blutige Werk vollbringen?«

»Ich werde ihr den Kopf abschneiden, den Mund mit Knoblauch füllen und ihr dann einen Pfahl durch den Leib treiben.« Der Gedanke, den Körper des Mädchens, das ich so geliebt, in dieser Weise verstümmeln lassen zu müssen, erregte mir Grauen. Dennoch war dieses Gefühl nicht so übermächtig, als ich erwartet hatte. Ich begann mich tatsächlich in der Nähe dieses Wesens, dieser Un-Toten, wie sie Van Helsing nannte, unbehaglich zu fühlen und sie zu verabscheuen. Ist es möglich, daß die Liebe ganz subjektiv oder ganz objektiv ist?

Ich wartete eine gute Weile, daß Van Helsing beginnen würde, aber er stand wie in Gedanken versunken. Plötzlich ließ er das Schloß seines Koffers wieder zuschnappen und sagte:

»Ich habe nachgedacht und nachgegrübelt, was wohl das Beste sein könnte. Wenn ich einfach meinem Wunsche folgen könnte, so würde ich gleich jetzt das tun, was doch getan werden muß, aber es gibt auch noch andere Dinge zu überlegen, Dinge, die tausendmal mehr Schwierigkeiten in sich bergen, als wir denken können. Das ist einfach. Sie hat bis jetzt noch kein Leben getötet, obgleich sie Zeit gehabt hätte; jetzt handeln, hieße sie auf immer vor jeder Gefahr in Sicherheit bringen. Auch brauchen wir Arthur. Wie sollen wir ihm aber die Sache plausibel machen? Wenn Sie, der doch die Wunden an Lucys Kehle gesehen und die ähnlichen am Hals des Kindes im Hospital, wenn Sie, der den Sarg heute Nacht leer und jetzt belegt von einem Mädchen vorfand, das keine Veränderung acht Tage nach dem Tode aufwies, als daß es rosiger und schöner geworden ist, wenn Sie, der dies weiß und auch von der weißen Gestalt, die heute Nacht das Kind auf den Friedhof getragen, wenn Sie Ihren Sinnen nicht trauen, wie kann ich dann von Arthur erwarten, der nichts von allen diesen Dingen weiß, daß er mir Glauben schenkt? Er mißtraute mir schon damals, als ich ihn wegriß, da er seine sterbende Braut küssen wollte. Ich weiß, er hat mir schon verziehen, weil er meinte, es sei ein Irrtum gewesen, der mich veranlaßte, ihn daran zu verhindern, daß er sich von ihr verabschieden könne. Er kann sich auch denken, daß ich in einer ebenso verfehlten Idee dieses Mädchen habe lebend begraben lassen und sie nun in einer weiteren verfehlten Idee wirklich getötet habe. Schließlich wird er dann überhaupt meinen, unsere Irrtümer seien an ihrem Tode schuld, und wird deshalb immer unglücklich sein. So wie es jetzt steht, ist er seiner Sache nie sicher, das ist das Schlimmste. Er wird sich manchmal vorstellen, daß die, die er liebte, lebend begraben worden ist, und sich in schrecklichen Träumen die Qualen ausmalen, die sie erleiden mußte; oder aber er wird einsehen, wie recht wir hatten, wenn wir der Ansicht waren, daß seine Braut eine Un-Tote ist. Nein, jetzt, da ich weiß, daß alles wahr ist, bin ich hunderttausendmal mehr der Überzeugung, daß er durch die bitteren Wasser muß, wenn er die süßen kosten will. Er muß eine Stunde durchleben, in der er an Gott und der Welt verzweifelt; dann können wir unser gutes Werk fortsetzen und ihm endlich Ruhe verschaffen. Ich bin zu allem bereit. Wir wollen gehen. Sie werden heute Abend nach Ihrer Anstalt zurückkehren und nach dem Rechten sehen. Was mich betrifft, so werde ich die Nacht hier auf dem Friedhof verbringen; ich habe noch Verschiedenes hier zu tun. Morgen Abend zehn Uhr bitte ich Sie, mich im Berkeley-Hotel abzuholen. Ich werde auch Arthur bitten, zu kommen, ebenso den jungen Amerikaner, der auch sein Blut hergegeben hat. Bis Piccadilly komme ich jetzt mit Ihnen, um zu Abend zu speisen, muß aber wieder hier sein, ehe die Sonne untergeht.«

Wir schlossen das Grab ab und entfernten uns, überkletterten die Friedhofmauer, was ja keine Schwierigkeiten bot, und fuhren nach Piccadilly.

Notiz
von Van Helsing im Berkeley-Hotel im Handkoffer zurückgelassen,
für John Seward, Dr. med., bestimmt

(Nicht abgegeben.).

27. September.

Lieber Freund John!

Ich schreibe dies für den Fall, daß mir etwas Menschliches passieren sollte. Ich gehe allein zum Friedhof, um dort meine Studien zu machen. Ich habe es mir in den Kopf gesetzt, daß die Un-Tote, Fräulein Lucy, heute das Grab nicht verlassen soll, damit sie morgen Abend um so gieriger ist. Deshalb werde ich einige Sachen, die sie nicht liebt – ein Kruzifix und Knoblauch – vor die Grabtür legen, diese also gewissermaßen versiegeln. Sie hat als Un-Tote noch wenig Erfahrung und wird sich abschrecken lassen. Nebenbei gesagt, hilft das nur, um ihren Austritt zu verhindern. Ihre Rückkehr in das Grab würde es nicht unmöglich machen; denn in einem solchen Falle wird der Un-Tote rabiat und dringt doch, am Punkte des geringsten Widerstandes, ein. Ich werde die ganze Nacht, von Sonnenuntergang bis Sonnenaufgang zur Hand sein, und wenn etwas zu lernen ist, so werde ich es lernen. Für Fräulein Lucy oder vor ihr habe ich keine Angst; aber jener andere, dem sie ihren Zustand zu verdanken hat, hat nun die Fähigkeit, ihr Grab aufzusuchen und dort sich zu verstecken. Er ist schlau; ich weiß das von Jonathan; aber auch wir haben das reichlich erfahren, als wir mit ihm das Spiel spielten, dessen Einsatz Lucys Leben war, das wir verloren. In mancher Hinsicht sind die Un-Toten stark. Sie haben in ihren Armen immerhin die Kraft von zwanzig Männern; sogar unsere eigene Kraft, die wir für Fräulein Lucy gaben, besitzt nun er. Außerdem kann er über Wölfe, und wer weiß über was noch alles, verfügen. So wird er also, wenn er heute Nacht kommen sollte, mich treffen. Es kann aber auch sein, daß er diesen Platz nicht aufsucht. Eigentlich hat er gar keine Ursache dazu; seine Jagdgründe sind voller von Wild als der einsame Friedhof hier, wo die un-tote Frau schläft und ein alter Mann wacht.

Ich schreibe dies aber für alle Fälle. Nehmen Sie die beiliegenden Papiere an sich, das Tagebuch Harkers sowie das Übrige und lesen Sie es. Dann gehen Sie auf die Suche nach dem großen Un-Toten, und wenn Sie ihn finden, so schneiden Sie ihm den Kopf ab, verbrennen sein Herz oder durchbohren es mit einem Pfahl, damit die Welt Ruhe vor ihm habe.

Wenn es also sein müßte, leben Sie wohl.

Van Helsing.

Dr. Sewards Tagebuch.

28. September. – Es ist großartig, was eine gut verbrachte Nacht Wunder wirkt. Gestern war ich nahe daran, Van Helsings ungeheuerliche Ideen anzunehmen; nun aber, im hellen Tageslichte, stehen sie deutlich vor mir als einfache Übertreibungen. Ich zweifle ja nicht, daß er selbst daran glaubt. Ich möchte auch wissen, ob nicht sein Verstand in irgend einer Weise Schaden genommen hat. Eine natürliche Erklärung all dieser mysteriösen Dinge muß es ja allerdings geben. Ist es denn möglich, daß der Professor selbst der Täter war? Er ist so außerordentlich gescheidt, daß er seine Absicht unter dem Zwange einer fixen Idee auf irgend eine sonderbare Weise durchzusetzen imstande wäre. Ich kann es aber nicht recht glauben. Es wäre in der Tat ein ebenso großes Wunder, als plötzlich zu entdecken, daß Van Helsing wahnsinnig sei; auf alle Fälle werde ich ihn sorgfältig beobachten. Ich muß etwas Licht in diese geheimnisvolle Sache bringen.

29. September. Morgens. – Heute Nacht kamen, kurz vor zehn Uhr, Arthur und Quincey in Van Helsings Zimmer. Er sagte uns, daß er unser aller Mithilfe bedürfe, wandte sich aber hauptsächlich an Arthur, gleichsam als sei unser aller Wille in dem seinen konzentriert. Er sagte zuerst, er hoffe, daß wir ihn ohne Ausnahme begleiten würden, denn es gelte eine schwere Pflicht zu erfüllen. »Sie waren zweifellos sehr erstaunt über meinen Brief?« Diese Frage war direkt an Lord Godalming gerichtet.

»Allerdings. Er regte mich sogar auf. Es ist in letzter Zeit so viel Elend über mich gekommen, daß ich recht wohl auf weiteres hätte verzichten können. Trotzdem bin ich neugierig geworden und wollte wissen, was Sie eigentlich meinen. Quincey und ich plauderten darüber; aber je mehr wir plauderten, desto rätselhafter wurde uns die Sache, so daß ich jetzt getrost sagen kann, ich kann mir überhaupt keine Meinung mehr in dieser Angelegenheit machen.«

»Auch ich nicht«, fügte Quincey lakonisch bei.

»Dann sind Sie beide näher daran als mein Freund John, der erst noch einen langen Weg zurückgehen muß, um nochmals von vorn anzufangen.«

Offenbar erkannte er, ohne daß ich ein Wort darüber gesagt hatte, meinen Rückfall in die skeptische Gemütsstimmung. Dann sagte er, indem er sich wieder den beiden anderen zuwandte, mit eindringlichem Ernst:

»Ich erbitte Ihre Erlaubnis, heute Nacht tun zu dürfen, was ich für gut halte. Es ist, ich weiß das wohl, etwas viel verlangt. Wenn Sie erst wissen, was zu tun ich Ihnen vorschlage, dann werden Sie begreifen, wieviel ich verlange. Deshalb muß ich fordern, daß Sie mir das blindlings versprechen, damit nicht nachher, obgleich Sie mir eine Zeit lang zürnen werden – ich verhehle mir keineswegs die Möglichkeit, daß dieser Fall eintritt – über irgend etwas Vorwürfe zu machen haben.«

»Das ist offen gesprochen«, warf Quincey ein, »ich stehe für den Professor ein. Ich begreife ja seine Beweggründe nicht, aber ich schwöre, daß er es ehrlich meint; das genügt mir vollkommen.«

»Ich danke Ihnen!« sagte Van Helsing stolz. »Es ist mir stets eine Ehre gewesen, Sie zu meinen vertrauten Freunden rechnen zu dürfen; Ihr Vertrauensvotum tut mir wohl!« Er streckte Quincey seine Hand hin, die dieser ergriff und drückte.

Dann sprach Arthur:

»Dr. Van Helsing, ich liebe es im allgemeinen nicht, die Katze im Sack zu kaufen, und wenn es etwas ist, das meiner Ehre als Edelmann und meinem christlichen Glauben zuwiderläuft, kann ich das Versprechen nicht geben. Wenn Sie mir versichern können, daß keines von beiden durch das, was Sie vorhaben, verletzt wird, so gebe ich

Ihnen sofort meine Zustimmung, wenngleich ich nicht verstehen kann, worauf Sie hinauswollen.«

»Ich nehme Ihre einschränkenden Bedingungen an«, erwiderte Van Helsing. »Alles, was ich von Ihnen fordere, ist, daß Sie jede meiner Handlungen, die Sie verdammen zu müssen glauben, erst genau betrachten und sie daraufhin prüfen, ob sie im Widerspruch mit Ihren Anschauungen stehen.«

»Einverstanden!« sagte Arthur. »Das ist das einzig Richtige. Und nun, da die Einleitung vorüber, darf ich Sie fragen, was wir zu tun haben?«

»Sie müssen mit mir kommen, und zwar im Geheimen, auf den Friedhof von Kingstead.«

Arthur wurde bleich und fragte erschreckt:

»Wo Lucy begraben liegt?« Der Professor nickte. Arthur fragte weiter: »Und wenn wir dort sind?«

»Dann steigen wir in die Gruft.« Arthur stand auf.

»Professor, sprechen Sie im Ernst oder ist es irgend ein ungeheuerlicher Scherz? Verzeihen Sie, ich sehe, saß Sie vollkommen im Ernst sprechen.« Er setzte sich wieder, aber mit einer festen, stolzen Miene, wie einer, der sich im Recht fühlt. Es entstand eine kleine Pause, bis er weiter fragte:

»Und wenn wir in der Gruft sind?«

»Dann öffnen wir den Sarg.«

»Das ist zu viel!« rief Arthur, empört aufspringend. »Ich bin gern bereit, in allen Dingen, die nur einen Schein von Vernunft haben, zu folgen, aber in diese Schändung des Grabes – des Mädchens, das ich – –.« Die Stimme versagte ihm vor Entrüstung. Der Professor sah voll tiefen Mitleides auf ihn.

»Wenn ich Ihnen dieses Weh ersparen könnte, mein lieber Freund«, sagte er, »weiß Gott, ich würde es tun. Aber heute Nacht müssen wir Dornenpfade wandeln; sonst muß später und für immer die, die Sie geliebt haben, durch Flammen schreiten.«

Arthur sah ihn mit entschlossenem, bleichen Gesicht an und sagte:

»Nehmen Sie sich in Acht, Herr, nehmen Sie sich in Acht!«

»Wäre es nicht besser, Sie würden mich anhören, was ich noch zu sagen habe?« erwiderte Van Helsing. »Dann werden Sie erst die Tragweite dessen begreifen, was ich vorhabe. Soll ich fortfahren?«

»Das ist schon klar genug«, brach Quincey los.

Nach einer Pause sprach Van Helsing mit offenbarer Selbstüberwindung weiter:

»Fräulein Lucy ist tot; oder ist es nicht so? Ja? Nun, dann kann ihr ja nichts geschehen. Wenn sie aber nicht tot sein sollte – –.«

Arthur sprang auf.

»Herr«, schrie er. »Was wollen Sie damit sagen? Ist irgend ein Versehen vorgekommen, ist sie lebend begraben worden?« Er stöhnte vor Angst, die nicht einmal der Hoffnungsschimmer überwand.

»Ich habe nicht gesagt, daß sie lebt, daran dachte ich gar nicht. Ich will nichts weiter sagen, als daß sie vielleicht un-tot sein könnte.«

»Un-tot! Nicht lebend! Was soll das heißen? Ist das alles ein böser Traum, oder was ist es sonst?«

»Es gibt Geheimnisse, die Menschen nur erraten können, die nur Jahrhundert nach Jahrhundert allmählich aufklären kann. Glauben Sie mir, wir sind einem solchen auf der Spur. Doch ich bin noch nicht fertig. Darf ich Fräulein Lucy das Haupt abschneiden?«

»Himmel und Hölle, nein!« schrie Arthur in einem Sturm von Leidenschaft. »Um nichts in der weiten Welt werde ich in eine Verstümmelung ihres toten Leibes einwilligen. Dr. Van Helsing, Sie stellen meine Geduld auf eine allzuharte Probe. Was habe ich Ihnen getan, daß Sie mich so furchtbar quälen? Was hat Ihnen das gute Mädchen getan, daß Sie sie noch im Grabe schänden wollen? Sind Sie wahnsinnig, daß Sie solche Sachen aussprechen, oder bin ich es, daß ich solches zu hören vermeine? Wagen Sie es nicht, noch weiter an ein derartiges Sakrileg zu denken; ich verweigere meine Zustimmung zu jeder Ihrer Maßnahmen. Ich habe die heilige Pflicht, ihre Grabesruhe vor jeder Störung zu schützen und, bei Gott, ich werde es!«

Van Helsing erhob sich von seinem Sitz, den er die ganze Zeit über innebehalten, und sagte ernst und traurig:

»Mein werter Lord Godalming! Auch ich habe eine Pflicht zu erfüllen, eine Pflicht gegen andere, eine Pflicht gegen Sie, eine Pflicht gegen die Tote; und, bei Gott, ich werde sie tun! Alles, um was ich Sie vorerst bitte, ist, daß Sie mit mir kommen, sehen und hören. Und wenn ich später noch einmal dasselbe Ansinnen stelle und Sie sind nicht noch mehr, als ich selbst, für die Ausführung meines Vorhabens eingenommen, dann werde ich dennoch meine Schuldigkeit tun, ganz gleich, wie Sie es dann beurteilen. Darnach werde ich mich, wenn es Euer Lordschaft wünschen, jederzeit zur Verfügung halten, damit Sie mit mir abrechnen können, wo und wie Sie wollen.« Seine Stimme versagte einen Augenblick und er fuhr mit einem Tone warmen Mitleides fort: »Aber ich bitte Sie, gehen Sie jetzt nicht im Zorn von mir. In meinem langen Leben hatte ich oft Pflichten zu erfüllen, die gewiß nicht angenehm zu erfüllen waren und die mir fast das Herz zerrissen. Aber niemals ist mir etwas schwerer gefallen als das, was ich jetzt tun muß. Glauben Sie mir, wenn die Zeit kommt, da Sie mich verstehen werden, wird ein Blick von Ihnen mir genügen, um die Erinnerung an diese traurigen Stunden zu verwischen; denn ich habe getan, was in menschlicher Macht steht, um das Leid von Ihnen abzuwenden. Denken Sie doch darüber nach. Warum mache ich mir selbst so viel Arbeit, so viel Schmerz? Ich bin aus fernem Lande hierher gekommen, um mein Bestes zu tun; anfänglich, um meinem Freunde John gefällig zu sein, dann aber, um einem guten, jungen Mädchen zu helfen, das ich ja selbst lieben gelernt habe. Für sie habe ich – ich schäme mich es einzugestehen, aber es geschieht nur in der besten Absicht – das gegeben, was Sie alle gaben, das Blut aus meinen Adern; ich gab es, obgleich ich nicht, wie Sie, ihr Bräutigam, sondern nur ihr Freund und Arzt war. Ich schenkte ihr meine Tage und Nächte vor dem Tode und nach dem Tode; und wenn ihr jetzt noch mein Tod etwas nützen könnte, wenn sie dann keine tote Un-Tote mehr ist, will ich gern mein Leben für sie geben.« Er sagte das alles mit ernstem, schönen Stolze.

Arthurs bemächtigte sich tiefe Rührung. Er ergriff die Hand des alten Herrn und sagte:

»Ja, es ist hart daran zu denken und ich begreife es nicht; aber schließlich will ich doch mit Ihnen gehen und abwarten.«

Sechzehntes Kapitel.

Dr. Sewards Tagebuch

Es war gerade dreiviertel zwölf Uhr, als wir über die niedrige Friedhofmauer stiegen. Die Nacht war finster; von Zeit zu Zeit brach das Mondlicht hell zwischen den eilenden Wolken hervor. Wir blieben alle eng zusammen; Van Helsing etwas voraus, als wenn er uns führen wollte. Als wir nahe beim Grabe waren, beobachtete ich scharf Arthurs Verhalten, denn ich fürchtete, daß seine Anwesenheit an diesem Platze, der so furchtbare Erinnerungen wachrufen mußte, ihn sehr aufregen würde. Es schien jedoch, als sei das Geheimnisvolle unseres Vorhabens ein Gegenmittel gegen seinen Schmerz. Der Professor öffnete die Pforte und trat zuerst ein, um eine Verzögerung – wir scheuten uns aus verschiedenen Gründen, voranzugehen – zu vermeiden. Wir folgten ihm gleich nach, und er schloß die Tür. Er entzündete dann seine Blendlaterne und deutete auf den Sarg. Arthur trat hastig näher und Van Helsing bemerkte zu mir:

»Sie waren gestern mit mir hier. War der Leib Fräulein Lucys in diesem Sarge?«

»Ja.« Der Professor wandte sich zu den übrigen und sagte:

»Sie hören es, und doch ist einer unter uns, der meinen Glauben nicht teilt.« Er nahm seinen Schraubenschlüssel und nahm wiederum den Deckel vom Sarge. Arthur sah gespannt hin, er war bleich und schweigsam; als der Deckel abgehoben war, trat er näher. Er wußte offenbar nicht oder hatte es aus irgend einem Grunde vergessen, daß auch ein Zinnsarg noch die Leiche umgab. Als er die Schnitte in dem Metall sah, schoß ihm das Blut ins Gesicht, er trat aber sofort zurück, so daß er wieder kreidebleich war wie vorher. Immer noch schwieg er. Van Helsing bog das Zinn zurück, wir sahen alle hin und erschraken.

Der Sarg war leer!

Einige Minuten herrschte eisiges Schweigen. Quincey Morris unterbrach die Stille: »Professor, ich habe mich für Sie verbürgt. Ich brauche nichts als Ihr Ehrenwort. Ich würde Sie unter gewöhnlichen Verhältnissen nicht wegen so etwas fragen, es nicht wagen, Ihre Ehrlichkeit durch einen Zweifel in Frage stellen; aber das ist ein Geheimnis, das jenseits von Ehre und Unehre liegt. Haben *Sie* das getan?«

»Ich schwöre Ihnen bei allem, was mir heilig ist, daß ich sie nicht berührt, geschweige denn beiseite gebracht habe. Die Sache verhält sich folgendermaßen: Vorgestern Nacht kam ich mit John hierher, mit den besten Absichten, das dürfen Sie mir glauben. Ich öffnete den Sarg, der noch versiegelt war, und wir fanden ihn, wie auch heute, leer. Wir warteten und sahen dann etwas Weißes sich durch die Bäume heranbewegen. Gestern kamen wir bei Tage, und sie lag da. Ist dies so, Freund John?«

»Ja.«

»In jener Nacht kamen wir gerade zur rechten Zeit. Ein kleines Kind fehlte, wir fanden es aber, Gott sei Dank, unverletzt zwischen den Gräbern. Gestern Abend kam ich vor Sonnenuntergang nochmals hierher, denn zu dieser Zeit kommen die Un-Toten heraus. Ich wachte hier, bis die Sonne aufging, konnte aber nichts bemerken. Höchstwahrscheinlich deshalb, weil ich über die Ritzen der Grabtür Knoblauch gelegt hatte, den die Un-Toten verabscheuen, und einige andere Dinge, vor denen sie zurückschrecken. Vergangene Nacht unterblieb also der Ausflug, und heute Abend vor Sonnenuntergang nahm ich meinen Knoblauch und die anderen Sachen fort. Darum haben wir den Sarg leer vorgefunden. Aber haben Sie Geduld. So weit ist ja sehr viel Wunderbares dabei. Warten Sie mit mir außen, ungesehen und ungehört, dann werden noch wesentlich wunderbarere Dinge geschehen. So« – er schloß die Klappe seiner Blendlaterne – »nun hinaus.« Er öffnete die Tür und wir gingen einer nach dem anderen hinaus; er machte den Schluß und schloß die Tür ab.

Wie frisch und rein wehte uns der Nachtwind um die Gesichter, als wir dem Schrecken dieser Gruft wieder entronnen waren. Wie schön war es, die Wolken am nächtigen Himmel dahineilen zu sehen und wie der helle Mond zwischen ihnen bald verschwand, bald wieder erschien, so daß Licht und Schatten wechselten, wie Glück und Leid im Menschenleben. Wie herrlich war es, die kühle Nachtluft zu atmen, die nicht nach Tod und Verfall roch; wie anheimelnd war es, dort hinter dem Hügel den geröteten Nachthimmel zu sehen und das halberstickte Brausen zu hören, die beide die Nähe der großen Stadt verkündeten. Jeder von uns war in seiner Art feierlich gestimmt und bewegt. Arthur verhielt sich schweigend und bemühte sich offenbar, den Zweck und die Bedeutung des Vorhabens zu ergründen. Ich selbst war verhältnismäßig geduldig und geneigt, meine Zweifel beiseite zu legen und mich Van Helsings Meinung anzuschließen. Quincey Morris war phlegmatisch, wie ein Mann, der alles über sich ergehen läßt mit jener kaltblütigen Tapferkeit, die alles einsetzt, was sie einzusetzen hat. Da er hier doch nicht rauchen wollte, schnitt er sich ein Stück Tabak ab und begann zu kauen. Van Helsing aber gab sich einer ganz besonderen Beschäftigung hin. Zuerst entnahm er seinem Koffer eine Masse, die aussah wie eine dünne, hostienartige Oblate, die sorgfältig in ein weißes Tuch eingehüllt war. Dann holte er eine Hand voll von einem weißlichen Teig oder Kitt hervor. Er zerkrümelte die Hostie ganz fein und knetete sie mit der Masse zusammen. Diese rollte er dann in dünne Streifen und legte sie in die Ritzen zwischen Grabtüre und Steinfassung. Ich war sehr erstaunt über diese Dinge, und da ich in der Nähe stand, fragte ich, was dies zu bedeuten habe. Arthur und Quincey kamen auch näher heran, denn sie waren ebenfalls neugierig geworden. Van Helsing antwortete:

»Ich schließe die Tür, damit die Un-Tote nicht hinein kann.«

»Ist denn der Stoff, den Sie zurecht machten, dazu imstande?« fragte Quincey. »Ist denn das wirklich denkbar?«

»Es ist denkbar.«

»Was ist denn das für eine Masse, die Sie dazu benutzen?« Diesmal fragte Arthur. Van Helsing nahm ehrfürchtig den Hut ab und erwiderte:

»Die Hostie? Ich habe sie von Amsterdam mitgebracht. Ich habe einen kirchlichen Dispens.« Diese Antwort mußte auch den ärgsten Zweifler unter uns bekehren. Wir fühlten alle, daß dem Professor, der zur Durchführung seines Planes selbst die ihm heiligsten Dinge verwendete, unbedingtes Vertrauen zu schenken sei. In ehrerbietigem Schweigen nahmen wir alle die uns angewiesenen Plätze rings um das Grab ein und stellten uns so auf, daß wir von niemand gesehen werden konnten. Ich bemitleidete die anderen, besonders Arthur. Ich selbst hatte mich durch meine früheren Besuche schon daran gewöhnt, Schreckliches in Ruhe abzuwarten; trotzdem aber fühlte ich, der doch noch eine Stunde vorher jede Möglichkeit abgeleugnet hatte, mein Herz sich zusammenziehen. Niemals waren mir noch die Gräber so unheimlich weiß erschienen, nie hatte sich mir in den Zypressen, Eiben und Wacholderbäumen das Todesgrauen so deutlich verkörpert, niemals noch hatten Bäume und Gräser so unheilverkündend geraschelt, nie noch die Zweige so geheimnisvoll geknackt, und niemals noch war mir das ferne Heulen von Hunden so wehmütig erschienen wie heute.

Lange, lange war alles still; es lag drückend auf uns und schmerzend. Plötzlich tönte von dort, wo der Professor stand, ein scharfes: S-s-s! Er reckte deutend den Finger. Weit unten an der Eibenallee sahen wir eine weiße Gestalt sich heranbewegen, eine schmale, weiße Gestalt, die einen dunklen Gegenstand an die Brust drückte. Sie blieb einen Augenblick stehen; im gleichen Augenblick leuchtete der Mond hell zwischen den treibenden Wolken hervor und ließ uns in unheimlicher Deutlichkeit eine dunkelhaarige Frau in Sterbekleidern erkennen. Das Gesicht war nicht zu sehen, denn sie hielt es auf ein kleines, lockiges Kind niedergebeugt. Durch die Stille hörten wir einen leisen Schmerzensruf, wie ihn Kinder oft im Schlafe auszustoßen pflegen, oder Hunde, die vor dem Feuer liegen und träumen. Wir wollten vorwärts stürzen, sahen aber des Professors warnend aufgehobene Hand; er stand hinter einem Eibenbaum und winkte uns zurück. Nun bewegte sich die weiße Gestalt wieder vorwärts. Sie war uns jetzt nahe genug, um sie deutlich wahrnehmen zu können, umsomehr als der Mond noch in unverhüllter Klarheit herniederleuchtete. Mein Herz wurde kalt wie Eis; ich konnte Arthurs Stöhnen hören, als Lucys Züge zu erkennen waren. Lucy Westenraa, aber wie furchtbar verändert! Ihre Lieblichkeit schien sich in diamantharte, herzlose Grausamkeit und ihre Reinheit in wollüstige Ausgelassenheit verwandelt zu haben. Van Helsing trat vor und wir folgten seinem Beispiel; wir stellten uns alle in einer Linie vor dem Grabe auf. Van Helsing erhob die Laterne und öffnete den Schieber. Das blendende Licht, das auf Lucys Gesicht fiel, zeigte uns, daß ihre Lippen von frischem Blute befleckt waren; in einem dünnen Streifen war es über ihr Kinn herniedergerieselt und hatte das linnene Totenkleid rot gefärbt.

Wir erschauerten vor Entsetzen. Ich schloß aus dem Zittern des Laternenlichtes, daß selbst Van Helsings eiserne Nerven nicht standgehalten hatten. Arthur stand mir zunächst, und wenn ihn mein Arm nicht gehalten hätte, so wäre er umgesunken.

Als Lucy – ich nenne das Gespenst, das da vor uns stand, Lucy, weil es ihre Züge trug – uns sah, prallte sie zurück mit einem ärgerlichen Knurren, wie es eine Katze hören läßt, wenn man sie unvermutet anfaßt; dann glitten ihre Augen über uns hin. Es waren Lucys Augen in Form und Farbe, aber sie waren unrein und voll teuflischer Glut, nicht mehr die reinen, schönen Sterne, die sie im Leben waren. In diesem Augenblick verwandelten sich die Überreste meiner Liebe in Haß und Abscheu; hätte ich sie töten können, ich hätte es mit wilder Lust getan. Als sie uns ansah, glühten ihre Augen in höllischem Feuer, und in das Gesicht trat ein wollüstiges Lächeln. Wie schauderte mich, als ich das sehen mußte! Achtlos warf sie in teuflischer Grausamkeit das Kind, das sie bisher heftig an die Brust gedrückt und über das sie sich knurrend, wie ein Hund über einen Knochen, gebeugt hielt, von sich. Das Kind stieß einen Schrei aus und blieb weinend liegen. Es lag in dieser Handlung eine Kaltblütigkeit, die Arthur einen grollenden Ruf auspreßte. Als sie dann auf ihn zuging und mit üppigem Lächeln die Arme nach ihm ausbreitete, wich er zurück und verbarg sein Gesicht in den Händen.

Sie kam immer näher und sagte mit leisem, wollüstigem Locken in der Stimme: »Komm zu mir, Arthur. Laß diese Anderen und komm zu mir. Mein Busen lechzt nach dir. Komm, wir ruhen zusammen. Komm, mein Gatte, komm!«

Es lag etwas teuflisch Süßes in ihrer Stimme, ein Klingen wie zerbrechendes Glas. Es rann uns heiß durch die Glieder, auch denen, an die die schmeichelnden Worte nicht gerichtet waren. Arthur stand wie unter einem Banne; er nahm die Hände vom Gesicht und öffnete weit und sehnsüchtig die Arme. Sie sprang auf ihn los, im gleichen Augenblick aber warf sich Van Helsing zwischen beide und hielt sein goldenes Kruzifix hoch. Sie prallte zurück und huschte mit verzerrtem Gesicht hinter ihm vorbei, um in die Gruft zu schlüpfen.

Da, zwei oder drei Fuß vor der Tür, blieb sie stehen, als sei sie von einer unüberwindlichen Kraft gebannt. Dann drehte sie sich um und wir sahen ihr Gesicht im klaren Schein des Mondes und der Laterne, die nun nicht mehr zitterte. Van Helsings eiserne Nerven hatten ihre Spannkraft wieder gewonnen. Niemals noch habe ich eine solch spöttische Bosheit in einem Antlitz gesehen, und ich glaube, daß nie mehr ein menschliches Auge eine solche je wieder erblickt. Die wundervolle Farbe verwandelte sich in fahles Grau, die Augen loderten in dämonischer Glut, die Brauen waren zusammengezogen und die Falten der Stirn sahen aus wie Schlangen der Medusa. Der schöne, blutbefleckte Mund war weit aufgerissen und bildete fast ein Viereck, wie bei den Tragödienmasken der Griechen und Japaner. Wenn ein Gesicht Tod bringen, wenn Blicke töten können, so war es hier der Fall.

Eine halbe Minute, die uns eine Ewigkeit erschien, stand sie da, auf einer Seite von dem erhobenen Kruzifix, auf der anderen von den Zaubermitteln, die ihr den Eintritt in die Gruft verwehrten, gebannt. Van Helsing brach das Schweigen, indem er fragte: »Was sagen Sie nun, mein Freund? Darf ich nun mein Vorhaben ausführen?«

Arthur barg sein Gesicht in den Händen und antwortete:

»Tun Sie, was Sie für nötig halten, lieber Freund; tun Sie, was Sie müssen. Nie und nimmer kann es etwas Entsetzlicheres geben als das!« Er schrie vor Erregung. Quincey und ich gingen zugleich auf ihn zu und ergriffen seine Arme. Wir hörten das Knacken der Laterne, die Van Helsing schloß; er trat dicht an die Gruft heran und entfernte das Zaubermittel von einer der Ritzen. Wir starrten entsetzt der Gestalt nach, die, körperlich wie wir, in dem Zwischenraum, der kaum einer Messerschneide den Durchgang gewährt hätte, verschwand. Wir hatten alle das Gefühl froher Erleichterung, als der Professor sich daran machte, den Verschluß der Ritzen an der Tür wiederherzustellen.

Nachdem er damit fertig war, hob er das Kind auf und sagte:

»Kommt, meine Freunde, bis morgen können wir nun nichts mehr beginnen. Morgen Mittag ist hier wieder eine Beerdigung, wir werden uns dann alle einige Zeit vorher einfinden. Wenn sich dann alle Teilnehmer entfernt haben werden, wird der Friedhofaufseher das Tor schließen und wir sind ungestört. Es wird dann etwas zu tun geben, aber etwas ganz anderes als heute Nacht. Was dieses Kind hier betrifft, so ist ihm kein großes Leid geschehen, morgen Nacht wird es gesund sein. Wir werden es, wie wir es neulich schon machten, da niederlegen, wo es ein Polizist finden muß; und dann nach Hause!« Er trat nahe an Arthur heran und sagte:

»Mein lieber Arthur, Sie haben Bitteres durchgemacht; wenn Sie aber später darauf zurückschauen, werden Sie erkennen, wie notwendig es war. Sie befinden sich nun mitten in den bitteren Wassern. Morgen um diese Zeit werden Sie, so hoffe ich, die bitteren Wasser passiert und den ersten Trunk aus den süßen getan haben. Also seien Sie nicht allzu traurig. Bis dahin werde ich Sie nicht bitten, mir zu verzeihen.«

Arthur und Quincey gingen mit mir nach Hause; wir versuchten unterwegs einander aufzuheitern, so gut es ging. Wir hatten das Kind in Sicherheit gebracht und waren sehr müde, so schliefen wir denn alle einen mehr oder minder erquickenden Schlaf.

29. September. Nachts. – Etwas vor zwölf Uhr holten wir drei – Arthur, Quincey Morris und ich – den Professor ab. Es war auffallend, daß wir alle, wie nach Übereinkunft, schwarze Kleider angelegt hatten. Arthur trug allerdings ohnehin Schwarz, weil er ja tiefe Trauer hatte; wir beiden anderen aber hatten instinktiv die Farbe gewählt. Etwa um halb zwei Uhr kamen wir auf den Friedhof und gingen darin spazieren, wobei wir uns allmählich aus Sehweite der Anwesenden entfernten. Als dann die Totengräber ihres Amtes gewaltet und der Aufseher, im Glauben, daß niemand mehr im Friedhofe sei, das Tor geschlossen hatte, sahen wir freie Bahn vor uns. Van Helsing hatte heute nicht, wie gewöhnlich, seinen kleinen schwarzen Koffer, sondern ein längliches, ledernes Futteral, ähnlich einer Krickettasche, mitgebracht; es hatte anscheinend ein beträchtliches Gewicht.

Als wir allein waren und die letzten Schritte draußen auf der Straße hatten verhallen hören, folgten wir schweigend und wie auf Befehl dem Professor zum Grabe. Er schloß auf und wir gingen hinein, die Tür hinter uns absperrend. Er nahm aus seiner Tasche die Laterne, die er anzündete, dann zwei Wachskerzen, die er, nachdem er ihre Enden erhitzt, auf anderen Särgen befestigte, um zu seiner Arbeit Licht zu haben. Als wir dann den Deckel des Sarges abhoben, schauten wir gespannt hin und sahen – Arthur zitterte wie Espenlaub – daß der Leichnam in all seiner toten Schönheit darin lag. Aber die Liebe war in meinem Herzen erloschen; ich haßte das unheimliche Wesen, das Lucys Gestalt, aber nicht ihre Seele besaß. Auch Arthurs Gesicht zeigte keine Spur von Mitleid, als er zu Van Helsing sagte:

»Ist dies wirklich Lucys Leib oder nur ein Dämon, der ihre Gestalt angenommen?«

»Es ist ihr Leib und doch wieder nicht. Warten Sie noch eine kleine Weile, und Sie werden sie sehen, wie sie war und wie sie ist.«

Es schien nur ein gespenstisches Abbild Lucys, was da vor uns lag. Die spitzen Zähne, der blutige wollüstige Mund, das vollständig körperliche, natürliche Aussehen machte uns erschaudern; es war, als hätte ein Teufel versucht, ihre Reinheit spöttisch nachzuäffen. Van Helsing begann in seiner gewohnten Geschäftsmäßigkeit den Inhalt seiner Tasche auszupacken und gebrauchsfertig bereitzulegen. Zuerst nahm er einen Lötkolben und etwas Lötmasse heraus, dann eine kleine Öllampe, die beim Anzünden Gas entwickelte, das mit heller, heißer, bläulicher Flamme brannte; er stellte sie etwas abseits in einen Winkel der Gruft. Dann nahm er seine Operationsmesser, die er der Reihe nach hinlegte; schließlich erschien ein runder Holzpfahl, etwa drei Zoll dick und drei Fuß lang. Eines der Enden war im Feuer gehärtet und lief in eine scharfe Spitze aus. Zugleich brachte er einen schweren Hammer hervor, wie man ihn im Haushalt zum Zerschlagen der Kohlenstücke im Keller benützt. Auf mich wirken ja die Vorbereitungen eines Arztes für seine Tätigkeit anregend ein; Arthur und Quincey erschienen aber eher darüber konsterniert zu sein. Immerhin behielten sie ihre Fassung und verharrten in schweigender Spannung.

Als alle Vorbereitungen getroffen waren, hub Van Helsing an:

»Ehe wir beginnen, lassen Sie sich erst einiges erklären. Das, was ich tue, entspricht den Erfahrungen und dem Wissen der Alten und derer, die sich mit dem Studium der Un-Toten befaßt haben. Wenn jemand ein solcher wird, so trifft ihn mit dieser Veränderung zugleich der Fluch der Unsterblichkeit; er kann nicht sterben, sondern muß Jahrhundert um Jahrhundert wandeln, immer neue Opfer suchen und so die Übel der Welt ins Ungemessene vermehren. Denn alle, die als Opfer eines Un-Toten fallen, werden selbst Un-Tote und gehen auf neue Beute aus. So weitet sich der unheimliche Kreis immer mehr, wie ein ins Wasser geworfener Stein immer größere Wellenringe hervor-ruft. Wenn ich Sie, Arthur, Lucy vor ihrem Tode hätte küssen lassen oder wenn Sie heute Nacht ihrem lockenden Rufe gefolgt wären, dann hätten Sie nach Ihrem Tode das werden müssen, was man im östlichen Europa ›nosferatu‹ nennt, und immer mehr Opfer zu Un-Toten gemacht, um die Welt mit Grausen zu erfüllen. Die Tätigkeit der unglücklichen Lucy hat soeben begonnen. Diese Kinderchen, deren Blut sie trank, sind noch nicht allzuübel daran; wenn aber sie, die Un-Tote, noch länger ihr Wesen treiben kann, verlieren die Kleinen immer mehr Blut und kommen bei der Macht, die sie über sie besitzt, immer wieder zu ihr. So würde sie ihnen mit ihrem gierigen Munde nach und nach alles Blut entziehen. Wenn sie aber nun endgiltig stirbt, dann ist der Zauber gebrochen; die Wunden an den kleinen Kehlen verschwinden, die Kinder kehren zu ihren fröhlichen Spielen zurück und vergessen all das, was ihnen geschehen. Das Beste von allem aber ist, daß, wenn wir diese Un-Tote zu wirklicher Grabesruhe gebracht haben, die Seele Lucys, die wir so liebten, wieder frei wird. Anstatt nächtlicherweise Fluch und Elend zu verbreiten und immer tiefer zu sinken, wird sie ihren Platz unter den Engeln einnehmen. Sie wird die Hand segnen, die den Streich führt, der sie frei macht. Ich bin dazu bereit. Aber ist keiner unter uns, der dazu ein besseres Recht hat? Wird es keine Freude für ihn sein, in stiller Nacht, wenn ihn der Schlaf flieht, denken zu können: es war *meine* Hand, die ihr den Weg zu den Sternen geöffnet; es war die Hand dessen, der sie am meisten geliebt; die Hand, die sie von allen am liebsten selbst gewählt hätte, um ihr den Liebesdienst zu erweisen. Ist kein solcher unter uns?«

Wir alle blickten auf Arthur. Er begriff, wie wir, daß seine Hand es sein sollte, die in unendlicher Güte das tun sollte, was ihr Andenken zu einem geweihten, statt zu einem verfluchten machen sollte. Er trat heran und sagte mutig, obgleich seine Hände bebten und sein Gesicht weiß wie Schnee war:

»Lieber Professor, aus dem tiefsten Grunde meines gebrochenen Herzens danke ich Ihnen. Sagen Sie mir, was ich tun soll, und ich werde nicht zurückbeben!« Van Helsing legte ihm die Hand auf die Schulter und sprach:

»Mein lieber Freund! Nur einen Augenblick Mut, und alles ist vorüber. Dieser Pfahl muß ihr durch das Herz getrieben werden. Es wird etwas Furchtbares werden, darüber wollen wir uns nicht täuschen, es wird nur kurze Zeit währen, Ihre Freude aber wird dann größer sein als das erlittene Leid. Wenn Sie aus diesem unheimlichen Grabe wie-der herauskommen, wird es Ihnen sein, als atmeten Sie Himmelsluft. Aber Sie dürfen nicht zögern, wenn Sie einmal begonnen haben. Denken Sie daran, daß wir, Ihre Freunde, bei Ihnen sind und die ganze Zeit für Sie beten werden.«

»Vorwärts«, sagte Arthur heiser, »sagen Sie mir, was ich tun soll.«

»Nehmen Sie diesen Pfahl in Ihre Linke, die Spitze über dem Herzen der Leiche; in die Rechte nehmen Sie den Hammer. Dann, wenn wir mit dem Totengebet beginnen – ich werde es lesen, ich habe das Buch hier und die anderen werden respondieren – dann schlagen Sie in Gottes Namen zu, daß die, die wir lieben, gerettet werde und daß sie fürderhin keine Un-Tote mehr sei.«

Arthur ergriff den Pfahl und den Hammer, und da er fest entschlossen war, zitterten sie nicht in seinen Händen. Van Helsing schlug sein Meßbuch auf und begann zu lesen, während Quincey und ich ihm respondierten, so gut wir es konnten. Arthur richtete die Spitze auf das Herz des Leichnams, ich konnte genau ihren Eindruck in dem weißen Fleisch erkennen. Dann schlug er mit aller Kraft zu.

Das Wesen im Sarge krümmte sich zusammen; scheußlicher, blutiger Schaum trat auf seine geöffneten roten Lippen. Der Körper wand sich, erzitterte und zuckte in wilden Krämpfen; die scharfen, weißen Zähne klappten zusammen und durchschnitten die Lippen, die sich mit blutigem Speichel bedeckten. Aber Arthur wich nicht. Er glich einem Standbild des Gottes Tor, wie so sein unfehlbarer Arm sich hob und niederfiel, den gnadenbringenden Pfahl immer weiter hineintreibend. Das Blut quoll aus dem durchbohrten Herzen und spritzte weit herum. Auf seinem Angesicht leuchteten unerschütterliche Entschlossenheit und Pflichtbewußtsein; sein Anblick gab auch uns wieder Mut, und unsere Stimmen klangen lauter durch das Grabgewölbe.

Dann ließen plötzlich die krampfartigen Bewegungen des Leichnams nach, die Zähne schlugen nicht mehr zusammen und das Zucken des Gesichtes hörte auf. Schließlich lag er still. Das Entsetzliche war vorüber.

Der Hammer fiel aus Arthurs Hand. Er schwankte und wäre gefallen, wenn wir ihn nicht gehalten hätten. Große Schweißtropfen standen auf seiner Stirn und sein Atem kam in röchelnden Stößen aus der Brust. Es war in der Tat eine grauenvolle Aufgabe für ihn gewesen, nur rein menschliche Erwägungen hätten ihn sicher nicht dazu vermocht, sie durchzuführen. Einige Minuten waren wir so mit ihm beschäftigt, daß wir keine Zeit fanden, nach dem Sarge zu sehen. Als wir nun hinzu traten, flog ein Raunen größter Überraschung von einem zu anderen. Unser Erstaunen war so groß, daß Arthur sich vom Boden erhob, wo er gesessen, und näher herantrat. Da brach ein frohes, seltsames Leuchten durch das tiefe Entsetzen, das seine Züge verfinstert hatte.

Dort im Sarge lag nun nicht mehr das unheimliche Wesen, das wir so gefürchtet und gehaßt hatten, daß jeder von uns das Werk seiner Vernichtung nur ungern dem am meisten dazu Berechtigten überließ, sondern da lag Lucy, wie wir sie im Leben gekannt, das Gesicht verklärt von überirdischer Schönheit und Reinheit. Es trug ja allerdings auch, wie im Leben, die Spuren der Krankheit, des Leides und der

Verwüstung, aber auch diese Spuren waren uns teuer, denn sie bewiesen, daß wir hier wirklich Lucy vor uns hatten. Alle fühlten wir, daß diese heilige Stille, die über dem abgezehrten Gesichtchen und dem ganzen Leichnam lag wie Sonnenschein, nur ein Zeichen und irdisches Symbol des Gottesfriedens war, in den sie nun für immer eingegangen war.

Van Helsing trat leise herzu und sagte, indem er seine Hand auf Arthurs Schulter legte:

»Nun, mein lieber Freund, können Sie mir jetzt verzeihen?«

Als dieser des alten Professors Hand ergriff, kam erst die Reaktion auf all das Furchtbare; er zog die Hand des treuen Freundes an die Lippen, küßte sie und sagte tief gerührt:

»Vergeben! Gott segne Sie dafür, daß Sie meiner lieben Braut ihre Seele und mir den Frieden wiedergegeben haben.« Er legte seinen Arm um des Professors Schulter und weinte lange leise vor sich hin, während wir schweigend und tief ergriffen standen. Als er sein Haupt wieder erhob, sagte Van Helsing milde:

»Nun können Sie sie küssen. Küssen Sie die toten Lippen so viel Sie wollen, so viel sie wollen würde, wenn sie noch wollen könnte. Denn sie ist jetzt kein grinsender Teufel mehr, nicht mehr das unheimliche Gespenst für alle Ewigkeit. Nicht länger mehr ist sie des Teufels Un-Tote. Sie ist jetzt in Gott gestorben und ihre reine Seele ist bei ihm.«

Arthur beugte sich über die Tote und küßte sie inbrünstig; dann schickten wir ihn und Quincey aus der Gruft. Der Professor und ich sägten noch die Spitze des Pfahles ab und ließen das Übrige im Körper stecken. Dann schnitten wir das Haupt ab und füllten den Mund mit Knoblauch. Schließlich verlöteten wir den Zinnsarg, schraubten den Deckel auf und entfernten uns, nachdem wir alle unsere Sachen zusammengepackt. Der Professor schloß die Tür ab und übergab Arthur den Schlüssel.

Draußen leuchtete die Sonne, die Vöglein sangen und die ganze Natur schien auf einen froheren Ton gestimmt. Freude, Friede und Fröhlichkeit zog in unsere Herzen ein, denn wir hatten das uns gesteckte Ziel erreicht; nur mehr wie ein dünner Schleier lag das vergangene Leid über uns.

Ehe wir uns zum Fortgehen anschickten, sagte Van Helsing:

»Nun, liebe Freunde, ein Schritt zur Vollendung unseres Werkes ist getan, und zwar der, der uns am wehesten tat. Aber es bleibt uns noch eine weit schwierigere Aufgabe: den Urheber all dieses Leides ausfindig zu machen und ihn zu vernichten. Ich habe schon Spuren, denen wir folgen können; aber, wie gesagt, es ist eine schwierige Aufgabe und langwierig; Gefahr und Schrecken liegen noch auf unserem Wege.

Wollen Sie mir behilflich sein? Wir haben alle glauben gelernt, nicht wahr? Und da dies so ist, sehen wir da nicht unsere Pflicht sonnenklar vor uns liegen? Ja! Wollen wir uns nicht versprechen, zusammen auszuhalten bis zum Äußersten?«

Wir legten, einer nach dem anderen, unsere Rechte in die Seine, und der Bund war geschlossen. Dann sagte der Professor, als wir weggingen:

»Übermorgen Abend werden wir zusammenkommen und um sieben Uhr bei Freund John speisen. Ich werde noch zwei Andere mitbringen, zwei, die Sie bis heute noch nicht kennen. Ich werde Ihnen dann unser ganzes Werk klarlegen und meine Pläne entwickeln. Freund John, Sie kommen heute schon mit mir, denn ich habe vieles dazu vorzubereiten und Sie sollen mir helfen. Heute Abend fahre ich nach Amsterdam, werde aber morgen Abend wieder zurück sein. Dann beginnt die große Suche. Zuerst aber möchte ich Ihnen noch einiges sagen, damit Sie wissen, was wir zu tun und was wir zu fürchten haben. Dann wollen wir einer dem andern unser Versprechen erneuern, denn es stehen uns schreckliche Dinge bevor; nun, da wir einmal den Fuß auf das Grabscheit gesetzt haben, dürfen wir nicht mehr zurück.«

Siebzehntes Kapitel.

Dr. Sewards Tagebuch

(Fortsetzung.)

Als wir im Berkeley-Hotel ankamen, fand Van Helsing ein Telegramm vor, das für ihn abgegeben worden war:

»Ich komme mit dem Zuge; Jonathan ist in Whitby. Wichtige Neuigkeiten. – Mina Harker.«

Der Professor war erfreut. »Diese prächtige Frau Mina«, sagte er, »eine Perle unter den Frauen! Sie kommt hierher, und ich kann nicht dableiben. Sie muß bei Ihnen wohnen, Freund John. Sie müssen sie hier auf der Station erwarten. Telegraphieren Sie ihr, damit sie vorbereitet ist!«

Als das Telegramm aufgegeben war, trank er noch eine Tasse Tee. Dabei erzählte er mir von einem Reisetagebuch des Herrn Harker und übergab mir eine mit der Maschine geschriebene Kopie desselben, sowie des Tagebuches Frau Minas, geschrieben in Whitby. »Nehmen Sie das«, sagte er, »und lesen Sie es gründlich. Wenn ich zurückkomme, werden Sie die Sachlage kennen, wir können dann rascher zu den Vorbereitungen übergehen. Bewahren Sie es sorgfältig auf, denn es ruhen Schätze darin. Sie werden aller Ihrer Vertrauensseligkeit bedürfen, selbst Sie, der doch heute eine derartige Erfahrung gemacht hat. Das, was hier erzählt wird«, sagte er, indem er seine Hand ernst und schwer auf das Paket mit den Papieren legte, »ist vielleicht die Ursache von Ihrem, meinem und manchem anderen Ende, oder aber es bedeutet das Grabgeläute für die Un-Toten, die hier auf Erden wandeln. Lesen Sie alles, ich bitte Sie, und denken Sie darüber nach; und können Sie aus eigener Erfahrung irgend etwas beifügen, so tun Sie es; selbst das kleinste kann bedeutungsvoll werden. Sie selbst haben über alle diese seltsamen Dinge ein Tagebuch geführt, nicht wahr? Ja! Gut, dann wollen wir das alles zusammen besprechen, wenn ich zurückkommen werde.« Er machte sich reisefertig und fuhr bald darauf nach Liverpool-Station ab. Ich machte mich auf den Weg nach Paddington, wo ich fünfzehn Minuten vor Ankunft des erwarteten Zuges eintraf.

Die Menge verlief sich geräuschvoll, wie immer auf den Bahnsteigen. Ich konnte mich eines gewissen Unbehagens nicht erwehren, wenn ich dachte, daß ich vielleicht meinen Gast übersehen haben könnte. Da kam eine liebliche, elegante, mädchenhafte Dame auf mich zu und fragte mit einem prüfenden Blick: »Sie sind Dr. Seward, nicht wahr?«

»Und Sie Frau Harker!«, antwortete ich gleichzeitig, worauf sie mir die Hand gab.

»Ich kenne Sie aus den Beschreibungen meiner lieben Lucy, aber – – – –.« Sie hielt plötzlich inne, und ein heißes Erröten überzog ihr reizendes Gesicht.

Das Rot, das auch mir sofort in die Wangen stieg, war eine stumme Antwort auf ihr eigenes. Ich nahm ihr das Gepäck ab, bei dem sich auch eine Schreibmaschine befand, und wir fuhren mit der Untergrundbahn nach Fenchurch Street, nachdem ich meine Haushälterin durch Stadttelegramm angewiesen hatte, für Frau Harker sofort ein Wohn- und ein Schlafzimmer bereit zu halten. Rechtzeitig kamen wir an.

Sie war sich ohne Zweifel dessen bewußt, daß mein Haus ein Irrenasyl sei, trotzdem konnte sie, wie ich bemerkte, einen leichten Schauder beim Eintritt doch nicht unterdrücken.

Sie sagte mir, daß sie, wenn es mir angenehm wäre, am liebsten gleich in mein Arbeitszimmer käme, da sie mir vieles mitzuteilen habe. So will ich einstweilen für heute mein phonographisches Tagebuch schließen und sie hier erwarten. Bis jetzt war es mir noch nicht möglich, in die Papiere Einblick zu nehmen, die Van Helsing mir übergab, obgleich sie da offen vor mir liegen. Ich muß versuchen, ihr Interesse auf irgend etwas anderes zu lenken, damit ich vielleicht Gelegenheit finde zu lesen. Sie weiß jedenfalls nicht, wie kostbar meine Zeit ist und welch wichtige Aufgabe wir uns gestellt haben. Ich muß vorsichtig sein, damit ich sie nicht ängstlich mache. Da ist sie!

Mina Harkers Tagebuch.

29. September. – Nachdem ich etwas Toilette gemacht hatte, begab ich mich in Dr. Sewards Arbeitszimmer. An der Tür blieb ich einen Augenblick stehen, da ich ihn mit jemand sprechen zu hören meinte. Weil er mir aber gesagt hatte, ich möchte mich beeilen, klopfte ich und leistete seinem »Herein« Folge.

Zu meinem größten Erstaunen war er allein. Er war ganz allein; auf dem Tische, ihm gegenüber, stand etwas, was ich nach den Beschreibungen für einen Phonographen hielt. Ich hatte noch keinen gesehen und interessierte mich deshalb sehr dafür.

»Hoffentlich habe ich Sie nicht warten lassen«, sagte ich. »Aber ich verhielt mich noch ein wenig an der Tür, da ich Sie sprechen hörte und glaubte, Sie hätten Besuch.«

»O«, antwortete er lächelnd, »ich habe nur mein Tagebuch eingetragen.«

»Ihr Tagebuch?« fragte ich zweifelnd.

»Ja«, sagte er, »ich spreche es hier herein.« Dabei legte er die Hand auf das Instrument. Ich war ganz entzückt über die Sache und rief aus:

»Nun, das übertrifft ja sogar das Stenographieren! Wollen Sie mich etwas hören lassen?«

»Gewiß«, erwiderte er lebhaft, und stand auf, um den Apparat in Gang zu setzen. Dann hielt er plötzlich inne und errötete.

»Allerdings«, begann er zögernd, »spreche ich nur in mein Tagebuch hinein, und da es ganz, fast ganz, nur meine intimsten Angelegenheiten betrifft, wäre es seltsam – das heißt – ich meine –«. Er schwieg, und ich versuchte, ihm aus der Verlegenheit zu helfen.

»Sie haben doch die arme Lucy bis zu ihrem Ende gepflegt. Darf ich nichts über ihr Sterben hören; für alles, was ich von ihr erfahre, werde ich Ihnen dankbar sein. Sie war mir sehr, sehr teuer.«

Zu meiner Überraschung antwortete er mit einer Miene des furchtbarsten Entsetzens:

»Ihnen von ihrem Tode erzählen? Nicht um alles in der Welt!«

»Warum denn nicht?« fragte ich, denn ein unbehagliches, schreckliches Gefühl überkam mich. Wieder schwieg er, und ich konnte bemerken, wie er sich abmühte, eine Entschuldigung zu erfinden. Dann stotterte er plötzlich:

»Wissen Sie, ich kann keinen Teil des Tagebuches heraussuchen.« Während er so sprach, schien ihm eine neue Idee aufzutauchen, und er sagte mit unbewußter Einfalt, mit verstellter Stimme und mit der Naivität eines Kindes: »Das ist wirklich wahr, auf Ehre. Auf Indianerehre!« Ich konnte mich nicht enthalten zu lachen, worauf er ein verlegenes Gesicht machte. »Wissen Sie«, sagte er, »obgleich ich das Tagebuch seit Monaten führe, kam mir niemals in den Sinn, wie ich es wohl machen sollte, einen besonderen Teil der Aufzeichnungen herauszubringen, wenn ich seiner bedürfte.« Da begriff ich plötzlich, daß das Tagebuch des Arztes, der Lucy behandelt hatte, wohl geeignet sein würde, unserem Wissen von jenem entsetzlichen Gespenst einiges beizufügen, und ich sagte kühn:

»Dann wäre es vielleicht besser, Herr Doktor, ich schreibe es für Sie auf der Schreibmaschine auf.« Er wurde leichenblaß, als er sagte:

»Nein! Nein! Nein! Nicht um die Welt, ich kann Sie dieses schreckliche Erlebnis nicht lesen lassen!«

Dann war es also wirklich etwas Schreckliches; meine Ahnung hatte mich nicht getäuscht! Einige Augenblicke dachte ich nach, und wie meine Blicke so durch das Zimmer schweiften, unbewußt nach irgend etwas suchend, das mir helfen könnte, blieben sie auf einem großen Paket Aufzeichnungen in Maschinenschrift hängen, das auf dem Tische lag. Seine Augen folgten der Richtung der meinen, ohne daß er es wußte. Als er das Paket sah, begriff er sofort, was ich meinte.

»Sie kennen mich nicht«, sagte ich. »Wenn Sie diese Papiere gelesen haben werden – es ist mein Tagebuch und das meines Mannes, das ich mit der Maschine kopiert habe –, dann werden Sie mich besser kennen. Ich habe keinen Augenblick gezögert, jeden meiner Gedanken hier niederzulegen; aber wie gesagt, Sie kennen mich bis jetzt nicht, und ich darf gar nicht erwarten, daß Sie mir sofort Vertrauen schenken.«

Er ist jedenfalls ein Mann von vornehmer Denkungsart; Lucy hatte ihn ganz richtig beurteilt. Er stand auf und öffnete eine große Schublade, in der geordnet eine Anzahl hohle Metallwalzen mit dunklem Wachsüberzug standen, und sagte:

»Sie haben ganz recht. Ich habe Ihnen nicht getraut, weil ich Sie eben nicht kannte. Aber jetzt kenne ich Sie, lassen Sie sich sagen, ich hätte Sie eigentlich schon länger kennen sollen. Ich weiß, daß Lucy Ihnen von mir erzählte; sie hat mir aber auch von Ihnen erzählt. Darf ich Ihnen die einzige Genugtuung geben, die ich Ihnen geben kann? Nehmen Sie die Zylinder und lassen Sie sich alles von ihnen erzählen. Das erste halbe Dutzend bringt rein persönliche Dinge und wird Sie nicht erschrecken, dann werden Sie mich besser kennen. Unterdessen wird das Essen fertig sein. Ich werde mich einstweilen damit beschäftigen, einige dieser Dokumente durchzulesen und dann imstande sein, einiges besser zu verstehen.« Er brachte mir den Phonographen auf mein Wohnzimmer und bereitete ihn vor. Nun werde ich wohl verschiedenes Unterhaltende zu hören bekommen, denn ich werde die Episode einer treuen Liebe nun von der anderen Seite sehen, während ich sie bisher nur von der einen kannte.

Dr. Sewards Tagebuch.

29. September. – Ich war so vertieft in das merkwürdige Tagebuch Jonathan Harkers und das seiner Frau, daß ich die Zeit verrinnen ließ, ohne mir dessen bewußt zu werden. Auch Frau Harker war noch nicht zugegen, als das Mädchen meldete, daß angerichtet sei. Ich sagte deshalb: »Vielleicht ist sie recht müde; servieren Sie in einer Stunde nochmals«; dann fuhr ich fort zu lesen. Gerade hatte ich Frau Harkers Tagebuch zu Ende, als sie hereinkam. Sie sah sehr lieblich aus, aber sie war traurig und ihre Augen waren vom Weinen gerötet. Das regte mich sehr auf. Vor kurzem hätte ich selbst noch alle Ursache gehabt zu weinen, aber die erleichternden Tränen blieben mir versagt. Der Anblick dieser schönen Augen, die noch von frischen Zähren glänzten, griff mir ans Herz. Ich sagte so mild ich konnte:

»Ich mache mir große Vorwürfe, daß ich Sie betrübt habe.«

»O nein«, sagte sie, »Sie haben mich nicht betrübt, aber Ihr Leid, das Sie tragen müssen, hat mich mehr gerührt, als ich zu sagen imstande bin. Dies ist ein wundervoller Apparat, aber von erschreckender Naturtreue. Er schilderte mir wie in Wirklichkeit den tiefen Kummer Ihres Herzens. Es war, als schreie eine arme Seele in ihrer Pein zum allmächtigen Gott. Niemand soll das außer mir vernehmen. Sehen Sie, ich habe versucht, mich nützlich zu machen. Ich habe das Gehörte auf meiner Maschine nachgeschrieben; kein anderer wird die Schläge Ihres Herzens so deutlich mehr hören, als ich es durfte.«

»Ja, niemand weiter soll es wissen, wird es wissen«, sagte ich leise. Sie gab mir ihre Hand und sprach in tiefem Ernst:

»Aber dennoch muß es geschehen!«

»Muß! Warum denn?« fragte ich.

»Weil es einen Beitrag zu der entsetzlichen Geschichte liefern wird, zu der Geschichte von Lucys Sterben, und von all dem, was dazu hinleitete. In dem heißen Kampfe, den wir vor uns haben, um die Erde von dem Scheusal zu befreien, ist jede Kenntnis, jede Hilfe für uns von Wert. Ich glaube, die Zylinder, die Sie mir gaben, enthielten mehr, als Sie mich eigentlich wissen lassen wollten; aber ich habe schon gesehen, daß Ihre Aufzeichnungen manches Licht in das düstere Geheimnis bringen werden. Wollen Sie mir helfen? Ich weiß jetzt alles, bis zu einem gewissen Zeitpunkt; ich sehe schon, obgleich ich Ihr Tagebuch erst bis zum 7. September gelesen, wie Lucy leiden mußte und wie ihr entsetzliches Schicksal sie ereilte. Jonathan und ich haben Tag und Nacht fieberhaft gearbeitet, seit Van Helsing bei uns war. Jonathan ist nach Whitby gefahren, um sich genauer zu informieren, und wird morgen wieder hier sein und uns zur Verfügung stehen. Geheimnisse brauchen wir vor einander nicht zu haben. Wenn wir gemeinschaftlich und mit unbedingtem gegenseitigen Vertrauen arbeiten, sind wir jedenfalls stärker, als wenn einer von uns im Dunkeln tappt.« Sie sah mich so flehend an und trug doch zu gleicher Zeit so viel Mut und Entschlossenheit zur Schau, daß ich mich unbedingt ihrem Wunsche fügen mußte.

»Sie können«, sagte ich, »in dieser Angelegenheit handeln, wie Sie es für das Beste halten. Sie werden noch ganz entsetzliche Dinge zu hören bekommen; aber da Sie einmal so weit in der Kenntnis von Lucys Tod vorgeschritten sind, werden Sie über das Weitere nicht im Unklaren bleiben wollen. Nun, das Ende – das wirkliche Ende – mag Ihnen wieder einen Schimmer von Frieden geben. Kommen Sie, es ist serviert. Wir müssen uns gegenseitig aufrecht erhalten für das, was uns bevorsteht; wir haben eine grauenvolle, schreckliche Aufgabe zu erfüllen. Wenn Sie gegessen haben, sollen Sie noch das Übrige erfahren. Ich werde bei Ihnen bleiben, um Ihnen auf etwaige Fragen Auskunft zu erteilen, denn es ist nicht ausgeschlossen, daß Ihnen Verschiedenes unklar sein wird, obgleich es für uns, die wir dabei waren, offenkundig ist.«

Mina Harkers Tagebuch.

29. September. – Nach Tisch ging ich mit Dr. Seward in sein Arbeitszimmer. Er brachte den Phonographen wieder herunter und ich holte meine Schreibmaschine. Dann schob er mir einen bequemen Stuhl hin und stellte den Apparat so auf, daß ich ihn erreichen konnte, ohne aufzustehen, und zeigte mir, wie ich ihn abstellen könne, wenn ich eine Pause machen wolle. Dann ließ er sich gedankenvoll in einen Stuhl nieder, mit dem Rücken gegen mich, um mich nicht zu stören, und begann zu lesen. Ich legte die Metallgabel ans Ohr und lauschte.

Als ich den furchtbaren Bericht von Lucys Tod und all dem, was danach kam, zu Ende gehört, sank ich kraftlos in meinen Lehnstuhl zurück. Glücklicherweise habe ich keine Neigung zu Ohnmachtsanfällen. Als Dr. Seward meinen Zustand bemerkte, sprang er mit einem Schreckensrufe auf, riß eine Flasche vom Bordbrett und gab mir etwas Brandy zu trinken, der mich rasch wieder kräftigte. Mein Kopf war verwirrt, und nur der Gedanke an den heiligen Frieden, den meine geliebte Lucy nach all dem Leide gefunden, ließ mich das Schreckliche ertragen, ohne daß ich einen Nervenanfall bekam. Es ist alles so wild, geheimnisvoll und seltsam, daß ich es nie geglaubt haben würde, hätte ich nicht vorher Jonathans Aufzeichnungen über seine Erlebnisse in Transsylvanien gelesen. So wie die Dinge lagen, wußte ich überhaupt nicht mehr, was ich glauben solle, und beschloß deshalb, um mich abzulenken, irgend etwas anderes zu tun. Ich nahm den Deckel von meiner Maschine und sagte zu Dr. Seward:

»Lassen Sie mich dies alles übertragen. Wir müssen fertig sein, wenn Dr. Van Helsing zurückkommt. Ich habe an Jonathan ein Telegramm geschickt, er soll sofort nach seiner Rückkehr von Whitby hierher kommen. In dieser Sache sind Daten alles; ich denke, wenn wir das ganze Material fertig und in chronologische Ordnung gebracht haben, ist ein großer Schritt vorwärts getan. Sie haben mir gesagt, daß Lord Godalming und Herr Morris auch kommen werden. Wir wollen uns bereit halten, sie zu empfangen.« Er stellte den Phonographen etwas tiefer und ich begann, vom siebenten Zylinder an alles niederzuschreiben. Ich machte von dem Tagebuch drei Durchschläge, wie ich es auch bei den übrigen Aufzeichnungen getan hatte. Es war spät, als ich fertig wurde; Dr. Seward hatte seinen Rundgang bei den Patienten gemacht und setzte sich lesend in meine Nähe, damit ich mich während der Arbeit nicht allzu einsam fühle. Wie gut und rücksichtsvoll er ist; die Welt birgt doch noch gute Menschen, wenn sie auch Ungeheuern Raum gewährt. Ehe ich schlafen ging, fiel mir ein, daß, wie Jonathan in seinem Tagebuche berichtete, Van Helsing sehr erschreckt war, als er auf der Station Exeter in einem Abendblatte las. Da ich bemerkte, daß Dr. Seward gerade diese Zeitungen in Händen hatte, erbat ich mir die »Westminster Gazette« sowie die »Pall Mall Gazette« und nahm sie mit auf mein Zimmer. Ich dachte daran, wie viel uns die »Whitby Gazette« und »The Dailygraph«, von denen ich mir seinerzeit Ausschnitte gemacht, geholfen hatten, die furchtbaren Dinge zu verstehen, die sich in Whitby bei der Landung des Grafen Dracula ereigneten. Ich werde also die Zeitungen von da ab durchsehen, vielleicht bringe ich dadurch neue Gesichtspunkte zutage. Ich bin nicht schläfrig; die Arbeit wird mir helfen, meine Ruhe zu behalten.

Dr. Sewards Tagebuch.

30. September. – Herr Harker traf um neun Uhr ein. Er hatte das Telegramm seiner Frau erhalten, kurz ehe er von Whitby abfuhr. Er ist außergewöhnlich klug, wie ich aus seinem Gesicht schließen zu können glaube, und voll Energie. Wenn sein Tagebuch auf wahren Erlebnissen beruht – wenn ich meine eigenen merkwürdigen Erlebnisse in Betracht ziehe, kann das auch wahr sein – ist er auch ein Mann von bedeutender Seelenstärke. Dieser zweite Abstieg zu den Grabgewölben war ein bemerkenswerter Beweis von Wagemut. Nach der Lektüre seines Berichtes hätte ich erwartet, einen Repräsentanten unerschrockener Männlichkeit, nicht den ruhigen, geschäftsmäßigen Gentleman in ihm kennen zu lernen, der heute bei uns eintraf.

Später. – Nach dem Lunch zogen sich Herr und Frau Harker in ihr Zimmer zurück, und als ich eine Weile später vorbeiging, hörte ich das Klappern der Schreibmaschine. Sie sind fleißig an der Arbeit. Frau Harker sagte, daß sie sich bemühten, jedes, auch das kleinste Beweisstück, in die chronologische Ordnung einzufügen. Harker hat den Briefwechsel zwischen dem Adressaten der Kisten in Whitby und den Spediteuren in London ausfindig gemacht. Nun liest er gerade mein Tagebuch in der Übertragung seiner Frau. Ich möchte wissen, was sie darüber denken. Da kommt er!

Es ist doch merkwürdig, daß mir nie die Idee kam, daß unser Nachbarhaus das Versteck des Grafen sein könnte! Wir hätten doch genug Schlüsse aus dem Verhalten des Patienten Renfield ziehen können. Das Bündel mit Papieren, den Kauf des Grundstücks betreffend, lag bei den Akten. Hätten wir sie nur früher besessen, wir hätten dann Lucys Leben retten können! Halt! Auf diesem Wege lauert der Wahnsinn. Harker ist wieder hinaufgegangen und ordnet sein Material. Er versprach, zu Tisch eine vollkommen zusammenhängende Aufzählung der Tatsachen mitzubringen. Er meinte, ich solle inzwischen Renfield besuchen, der doch bisher eine Art Anzeiger für das Kommen und Gehen des Grafen gewesen war. Vorläufig glaube ich nicht fest daran, wenn ich aber die Daten vergleiche, so kann ich doch die Möglichkeit nicht von der Hand weisen. Es ist doch gut, daß Frau Harker die phonographischen Aufzeichnungen mit der Maschine niederschreibt. Wir hätten sonst die Daten nie genau finden können.

Als ich bei Renfield eintrat, saß er friedlich mit gefalteten Händen da und lächelte gutmütig. In diesem Augenblick kam er mir so vernünftig vor wie jeder andere Mensch. Ich setzte mich zu ihm, plauderte mit ihm über alles Mögliche, und er ging in ungezwungener Weise darauf ein. Er sprach auch, ohne daß ich ihm dazu Veranlassung gegeben hätte, davon, heimgehen zu wollen, ein Thema, das er meines Wissens noch nie berührt hat, so lange er hier weilt. Tatsächlich sprach er von seiner demnächstigen Entlassung wie von einer ausgemachten Sache. Ich glaube, wenn ich nicht mit Harker über diese Angelegenheit gesprochen und die Daten seiner Ausbrüche mit den Briefen verglichen hätte, ich hätte ihm nach einer kurzen Beobachtungszeit jetzt den Entlassungsschein geschrieben. Wie ich aber die Verhältnisse kenne, habe ich doch einen finsteren Verdacht. All diese Anfälle waren in irgend einer Weise mit der Anwesenheit des Grafen verknüpft. Was bedeutet also diese Miene absoluter Zufriedenheit? Ist es möglich, daß sein Instinkt eine gewisse Genugtuung über den endlichen Sieg des Vampyrs empfindet? Halt! Er ist ja selbst Zoophagus, und in seinen wilden Rasereien vor dem Kapellentor des verlassenen Hauses sprach er immer von seinem »Meister«. Dies befestigt mich wieder in meiner Auffassung. Nach einer Weile entfernte ich mich; Renfield ist augenblicklich zu vernünftig, als daß man es wagen dürfte, ihn zu viel mir Fragen zu behelligen. Er könnte schließlich nachdenklich werden – und dann! So ging ich denn. Ich mißtraute diesem seinen ruhigen Verhalten und habe den Wärter angewiesen, ein wachsames Auge auf ihn zu haben und für alle Fälle eine Zwangsjacke bereit zu halten.

Jonathan Harkers Tagebuch.

29. September. Im Zuge nach London. – Nachdem ich Herrn Billingtons Mitteilung erhalten hatte, daß er mir jede in seinem Vermögen stehende Auskunft erteilen wolle, hielt ich es für das Beste, direkt nach Whitby zu gehen und an Ort und Stelle die nötigen Nachforschungen anzustellen. Es war vorerst meine Aufgabe, die geheimnisvolle Schiffsladung vom Schlosse des Grafen aus bis zu ihrem Platze in London zu verfolgen, da wir später vielleicht Nutzen daraus ziehen können. Billington junior, ein hübscher, junger Mensch, erwartete mich auf dem Bahnhofe und brachte mich nach dem väterlichen Hause, wo alles schon darauf eingerichtet war, daß ich dort übernachtete. Es ist ein gastfreundliches Haus; sein Grundsatz schien: gib dem Gaste, was du hast, aber laß ihm seine Freiheit. Sie wußten alle, daß ich sehr beschäftigt war und daß ich nicht aufgehalten werden dürfe. Herr Billington hatte deshalb alle Papiere, die den Transport der Kisten betrafen, bereitgelegt. Es durchzuckte mich, als ich einen der Briefe wiedererkannte, die ich auf dem Tische im Bibliothekzimmer des Grafen hatte liegen sehen, ehe ich von seinen teuflischen Plänen die geringste Ahnung hatte. Alles war sorgfältig überdacht und systematisch und genau ausgeführt worden. Er schien sich auf jedes Hindernis vorbereitet zu haben, das sich der Ausführung seines Planes zufällig in den Weg legen konnte. Er hatte keine Möglichkeit außer Acht gelassen. Die völlige Genauigkeit, mit der seine Aufträge ausgeführt worden waren, war die logische Folge der aufgewendeten Sorgfalt. Ich sah die Anweisung und nahm eine Abschrift davon: »Fünfzig Kisten gewöhnlicher Erde für Experimentzwecke.« Auch die Kopie des Briefes an Carter Paterson und die Antwort darauf sah ich; von beiden nahm ich ebenfalls Abschrift. Das war alles, was mir Billington an Informationen geben konnte. Ich begab mich deshalb zum Hafen hinunter und suchte die Küstenwächter, die Zollbeamten und den Hafenmeister auf. Sie wußten alle etwas über die seltsame Ladung des gespenstischen Schiffes zu sagen, das schon seinen Platz in der Lokaltradition gefunden hatte, aber keiner von ihnen konnte die einfache Bezeichnung: »Fünfzig Kisten gewöhnlicher Erde« irgendwie ergänzen. Ich besuchte auch den Stationsmeister, der mir in zuvorkommender Weise die Leute angab, die die Kisten in Empfang genommen hatten. Ihre Angaben stimmten genau mit denen des Scheines überein, aber sie hatten nichts weiter hinzuzufügen, als daß die Kisten groß und sehr schwer gewesen seien und daß ihr Transport ein böses Stück Arbeit war. Einer von ihnen fügte noch hinzu, daß es ihnen sehr leid gewesen sei, daß kein Herr in der Nähe war, »ein solcher wie Sie, Herr!«, der ihnen für ihre schwere Dienstleistung eine Anerkennung in flüssiger Form hätte zukommen lassen. Ein anderer warf ein, daß der Durst, den sie damals bekamen, ein so furchtbarer gewesen sei, daß sie ihn, trotz der Zeit, die seitdem vergangen, immer noch spürten. Ich brauche wohl nicht zu erwähnen, daß ich diese Quelle von Vorwürfen, ehe ich fortging, in hinreichender Weise verstopfte.

30. September. – Der Stationsmeister hatte noch die Güte, mir einige Zeilen an seinen alten Freund, den Stationsmeister von Kings Croß, mitzugeben, damit ich von ihm, wenn ich am nächsten Morgen dahin käme, sogleich befriedigende Aufschlüsse über die Ankunft der Kisten erhielte. Auch setzte er mich mit den eigenen Beamten in Verbindung und ich erfuhr, daß ihre Angaben mit der Originalanweisung völlig übereinstimmten. Die Möglichkeit, sich einen außerordentlichen Durst zu erwerben, war hier eine geringere gewesen; trotzdem hatten sie aber von dieser Gelegenheit Gebrauch gemacht, und wieder war ich genötigt, postnumerando eine Entschädigung für die gehabten Anstrengungen zu gewähren.

Von da begab ich mich zu Carter Patersons Zentralbureau, wo ich auch mit der größten Zuvorkommenheit aufgenommen wurde. Sie schlugen ihr Tagebuch und ihr Briefbuch nach und telephonierten sogleich an ihre Geschäftsstelle in Kings Croß, um nähere Einzelheiten zu erhalten. Zum Glück warteten dort gerade die Leute, die damals die Fuhre gemacht hatten, auf Arbeit. Der betreffende Beamte schickte sie herüber und gab einem von ihnen den Frachtbrief und alle Papiere mit, die mit der Ablieferung der Kisten in Carfax zusammenhingen. Auch hier stimmten sämtliche

Aufzeichnungen genau; die Fuhrleute waren imstande, die Knappheit der geschriebenen Worte durch einige Einzelheiten zu ergänzen. Diese bezogen sich, wie ich sofort bemerkte, auf die staubige Beschaffenheit der Ladung und den dadurch verursachten Durst der Transporteure. Da ich doch noch mehr erfahren wollte, so gab ich auch ihnen Gelegenheit, nachträglich dieses angenehme Übel gut zu machen. Dann sagte einer von ihnen:

»Ja, Herr, das Haus, in dem wir damals zu tun hatten, war das verrückteste, das ich in meinem ganzen Leben gesehen habe. Weiß der Teufel, es muß mindestens hundert Jahre lang nicht mehr bewohnt worden sein. Da lag ein Staub, der war so dicht, daß man sich darin hätte schlafen legen können, ohne sich die Beine blutig zu stoßen. Das Ganze war so vernachlässigt, daß man beinahe noch den alten Jerusalem herausroch. Aber die alte Kapelle, die war doch das Tollste, wirklich! Ich und mein Kamerad, wir konnten gar nicht rasch genug wieder herauskommen. Herr, nicht um eine Prise Schnupftabak möcht' ich dort bei Dunkelheit auch nur einen Augenblick mich aufhalten.«

Da ich das Haus gesehen hatte, konnte ich ihm wohl nachfühlen; wenn er aber alles das gewußt hätte, was ich weiß, würde er wahrscheinlich sich etwas stärkerer Ausdrücke bedient haben.

Eines ist mir sehr lieb: daß *alle* Kisten, die auf der »Demeter« von Varna nach Whitby angekommen sind, auch wirklich in der alten Kapelle zu Carfax abgeladen wurden. Es sollten eigentlich fünfzig Stück dort sein; nach Dr. Sewards Tagebuch aber steht zu befürchten, daß einige von ihnen entfernt wurden.

Ich werde den Versuch machen, den Fuhrmann aufzufinden, der die Kisten von Carfax abholte und von Renfield angegriffen wurde. Wenn ich dieser Spur nachgehe, werde ich wohl eine Menge Aufschlüsse erhalten.

Später. – – Mina und ich haben den ganzen Tag gearbeitet und jetzt endlich alle Papiere in Ordnung gebracht.

Mina Harkers Tagebuch.

30. September. – Ich bin so froh, daß ich mich kaum zu fassen weiß. Vermutlich, weil die drückende Furcht von mir gewichen war, daß die furchtbaren Erlebnisse und die Berührung seiner kaum vernarbten Wunden nachteilig auf Jonathans Gesundheitszustand einwirken könnten. Ich ließ ihn nach Whitby abreisen und hielt mich dabei so tapfer als möglich, aber trotzdem war ich krank vor Angst. Die geistige

Anspannung hat ihm jedenfalls gut getan. Ich hatte ihn noch nie so entschlossen, kräftig und voll Energie gesehen wie jetzt. Es ist genau, wie der gute, teure Professor Van Helsing sagte: »Er ist von gutem Schrot und Korn und bewährt sich, wo andere längst versagen würden.« Er kam zurück voll von Lebensmut, Hoffnung und Entschlossenheit. Wir haben für heute Abend alles in Ordnung gebracht. Ich selbst bin ganz aufgeregt. Eigentlich müßte man ja Mitleid mit jemand haben, der so furchtbar verfolgt wird wie der Graf. Aber schließlich ist er doch kein menschliches Wesen, nicht einmal ein Tier. Wenn man aber Dr. Sewards Bericht über Lucys Tod und das, was nachfolgte, liest, dann müssen einem die Quellen des Mitleids in der Brust versiegen.

Später. – Lord Godalming und Herr Morris kamen früher, als wir erwartet hatten. Dr. Seward hatte auswärts zu tun, und Jonathan war mit ihm gefahren; so mußte ich also die beiden allein empfangen. Dies war mir eine sehr schmerzliche Aufgabe, denn sie rief mir alle die süßen Hoffnungen ins Gedächtnis zurück, die Lucy noch vor wenigen Monaten gehegt. Ohne Zweifel hatte ihnen Lucy von mir erzählt, und ich hatte auch den Eindruck, als hätte Van Helsing ihnen beiden gegenüber mein Lob gesungen. Arme Menschen, keiner von ihnen hat eine Ahnung davon, daß ich weiß, wie sie um Lucy geworben haben. Da sie nicht wußten, wie weit meine Kenntnisse gingen, wußten sie auch nicht, was sie sagen und tun sollten; deshalb drehte sich das Gespräch nur um nichtssagende Dinge. Ich überlegte mir die Sache und kam zu dem Entschlusse, daß es das Beste wäre, sie vollständig aufzuklären. Ich wußte aus Dr. Sewards Tagebuch, daß sie beide bei Lucys Tode – ihrem wirklichen Tode – anwesend waren und daß ich nicht zu befürchten hatte, ich könnte ihnen vor der Zeit ein Geheimnis verraten. So erzählte ich ihnen so gut ich konnte, daß ich all die Papiere und Tagebücher gelesen hatte und daß mein Mann und ich soeben damit fertig geworden seien, sie in Ordnung zu bringen. Ich gab jedem von ihnen eine Kopie, die sie in der Bibliothek lesen sollten. Als Lord Godalming die seine in Empfang nahm – es ist schon ein ansehnliches Bündel – sagte er:

»Haben Sie dies alles geschrieben, Frau Harker?«

Ich nickte, und er fuhr fort:

»Ich sehe ja Ihre Beweggründe dazu nicht ein, aber Sie sind alle so gut und edel und haben so eifrig und energisch gearbeitet, daß ich nichts Besseres tun kann, als Ihnen blindlings zu folgen und zu versuchen, mich Ihnen nützlich zu machen. Ich habe schon eine Lektion bekommen, die einen bis zum letzten Stündchen des Lebens demütig machen könnte. Außerdem weiß ich, daß Sie meine arme Lucy lieb gehabt haben – – –.« Hier wandte er sich ab und bedeckte das Gesicht mit den Händen. Ich konnte sein Weinen vernehmen. Herr Morris legte nur einen Augenblick die Hand auf die Schulter des Freundes und ging dann geräuschlos aus dem Zimmer. Ich glaube, es liegt etwas in der Natur der Frau, was einen Mann veranlaßt, seinem Schmerze freien Lauf zu lassen und seine Gefühle vor ihr zu gestehen, ohne daß seiner Männlichkeit dadurch Abbruch geschieht, denn als Herr Morris das Zimmer verlassen hatte und Arthur sich allein mit mir sah, setzte er sich auf das Sofa und sprach sich rückhaltlos aus. Ich setzte mich neben ihn und nahm seine Hand. Ich hoffe nicht, daß er es unweiblich fand und auch später, wenn er wieder daran zurückdenkt, es unweiblich finden wird. Doch tue ich ihm da Unrecht. Ich weiß, daß dies nie der Fall sein wird; dazu ist er ein viel zu vornehmer Mann. Ich sagte, da ich seinen großen Schmerz sah:

»Ich habe Lucy sehr lieb gehabt und weiß, was sie Ihnen war, was Sie ihr waren. Sie und ich, wir waren wie Schwestern. Nun, da sie von uns gegangen ist, wollen Sie mir nicht erlauben, Ihnen in Ihrem Leide eine Schwester zu sein? Ich weiß, welche Pein Sie auszustehen hatten, wenn ich auch ihre Tiefe nicht zu ermessen vermag. Wenn Sympathie und Mitleid imstande sind, Ihnen Ihren Kummer etwas zu erleichtern, wollen Sie mich nicht mittragen lassen – um Lucys willen?«

Eine Zeitlang war der Lord eine Beute des tiefsten Grames. Ich hatte den Eindruck, als fände das Leid, das er die letzten Tage her schweigend getragen, nun einen plötzlichen, gewaltsamen Ausweg. Er war völlig fassungslos und rang die Hände in unsäglicher Verzweiflung. Er stand auf, setzte sich wieder, und die Tränen rollten über seine Wangen. Ich fühlte unendliches Mitleid mit ihm und schloß ihn unwillkürlich in meine Arme. Mit einem Seufzer legte er seinen Kopf an meine Schulter und weinte wie ein müdes Kind, während ihn der Schmerz schüttelte.

Wir Frauen haben den Mutterinstinkt, der uns über alles andere wegsehen läßt, wenn er einmal wachgerufen ist. Ich ließ den Kopf des gramerfüllten Mannes an meiner Brust ruhen, als sei es das des Kindes, das einst mein eigen sein wird, und streichelte sein Haar. Der Gedanke, daß dies doch sehr seltsam sei, kam mir im Augenblick nicht.

Nach einer Weile ließ sein Weinen nach und er riß sich mit einer Entschuldigung los, obgleich er aus seiner Bewegung kein Hehl machte. Er erzählte, daß er die vergangenen Tage und schlaflosen Nächte unfähig war, mit irgend jemand zu sprechen, wie man im Kummer sprechen muß. Er kannte auch keine Frau, die ihm ihr Mitgefühl bezeugt hätte oder mit der er, ohne Rücksicht auf die grausigen Umstände, mit denen sein Leid verbunden war, hätte reden können. »Jetzt weiß ich erst, was ich gelitten«, sagte er, indem er seine Augen trocknete, »ich kann niemand sagen, wie wohl mir die Teilnahme tut, die Sie mir heute bewiesen. Ich werde sie ja mit der Zeit noch besser einzuschätzen wissen. Glauben Sie mir, wenn ich schon jetzt nicht undankbar bin, meine Dankbarkeit wird immer mehr wachsen, je mehr mir alles zum Bewußtsein kommt. Darf ich Ihnen ein Bruder sein, mein Leben lang – um Lucys willen?«

»Um Lucys willen«, sagte ich, als wir uns die Hände reichten.

»Ja, aber auch um Ihretwillen«, fügte er hinzu, »denn wenn die Achtung und Dankbarkeit eines Mannes wert ist, gewonnen zu werden, die meinige haben Sie heute gewonnen. Wenn je in Zukunft eine Zeit kommen sollte, wo Sie der Hilfe eines Mannes bedürfen, rufen Sie mich, Sie werden mich nicht umsonst rufen. Gott gebe, daß niemals eine solche Zeit hereinbreche und den Sonnenschein Ihres Lebens trübe; wenn es Ihnen aber doch beschieden sein sollte, so versprechen Sie mir, mich zu benachrichtigen.« Er sagte das so ernst, und sein Kummer war so groß, daß ich fühlte, meine Zusage würde ihn trösten. So antwortete ich denn:

»Ich verspreche es.«

Als ich den Korridor entlang ging, sah ich Herrn Morris, der zum Fenster hinausschaute. Er fuhr herum, als er meine Schritte vernahm. »Wie geht es Arthur?« fragte er. Meine rotgeweinten Augen mußten ihm aufgefallen sein, denn er fuhr fort: »Ich sehe, Sie haben ihn getröstet. Es tat ihm Not. Niemand als eine Frau kann dem Manne helfen, wenn ihn das Herzeleid zu erdrücken droht, und er hatte keine, die ihm hätte helfen können.«

Er trug sein eigenes Leid so tapfer, daß er mich innig rührte. Ich sah das Manuskript in seiner Hand und wußte, daß, wenn er es gelesen hatte, ihm auch klar sein mußte, in welchem Umfange ich über alles unterrichtet war. Ich sagte:

»Ich wollte, ich könnte alle trösten, die Herzeleid tragen. Darf ich Ihre Freundin sein, und wollen Sie sich von mir trösten lassen, wenn Sie dessen bedürfen? Sie werden später einsehen, warum ich das sage.« Er sah, daß es mein voller Ernst war, trat näher, beugte sich tief auf meine Hand und küßte sie. Das schien mir ein zu geringer Trost für diese edle, selbstlose Seele; unwillkürlich küßte ich ihn auf die Stirn. Tränen traten in seine Augen und mit leiser Stimme sagte er:

»Süßes Weib, Sie werden Ihre Güte und Ihren Edelmut nie zu bereuen haben, solange Sie leben!« Dann begab er sich in das Arbeitszimmer zu seinem Freunde.

»Süßes Weib!« – dieselben Worte hatte er einst zu Lucy gesagt, und wie hatte er sich als Freund bewährt!

Achtzehntes Kapitel.

Dr. Sewards Tagebuch

30. September. – Ich kam um fünf Uhr nach Hause und fand, daß Lord Godalming und Morris nicht nur angekommen waren, sondern auch schon die Übertragung der verschiedenen Tagebücher und Briefe durchstudiert hatten, die von Harker und seiner prächtigen Frau angefertigt und geordnet worden waren. Harker war von seinem Besuch bei den Fuhrleuten, von denen mir seinerzeit Dr. Hennessey berichtet hatte, zurückgekehrt. Frau Harker bereitete uns den Tee, und ich muß offen gestehen, daß ich mich das erstemal, seit ich dieses alte Haus bewohne, *daheim* fühlte. Nachdem wir unsere Mahlzeit beendet hatten, sagte Frau Harker:

»Dr. Seward, darf ich Sie um eine Gefälligkeit bitten? Ich möchte Ihren Patienten Renfield kennen lernen. Führen Sie mich zu ihm. Das, was Sie in Ihrem Tagebuch von ihm erzählen, interessiert mich aufs höchste!« Sie sah mich dabei so bittend und lieblich an, daß ich nicht imstande war, ihr die Bitte abzuschlagen. Da auch kein schwerwiegender Grund dagegen sprach, nahm ich sie mit. Als ich in das Zimmer des Kranken trat, sagte ich ihm, daß eine Dame seine Bekanntschaft zu machen wünsche, worauf er nur antwortete: »Warum?«

»Sie machte einen Rundgang durch das Haus und möchte alles sehen«, antwortete ich. »Ganz recht«, antwortete er, »sie soll nur kommen; aber warten Sie noch einen Augenblick, bis ich etwas aufgeräumt habe.« Seine Aufräumungsweise war recht merkwürdig; er aß sämtliche Fliegen und Spinnen, die er in seinen Schachteln aufbewahrt hatte, auf, ehe ich ihn daran verhindern konnte. Es war offenkundig, daß er irgend eine Beeinflussung durch sie argwöhnte oder befürchtete. Nachdem er sein unappetitliches Werk vollbracht, sagte er höflich: »Nun lassen Sie die Dame eintreten« und setzte sich mit gesenktem Kopfe auf den Rand seines Bettes; dabei schielte er von unten herauf gegen die Tür, um die Eintretende zu sehen. Einen Augenblick erfaßte mich der Gedanke, er könnte einen Mordanfall im Sinne haben. Ich erinnerte mich recht wohl, wie ruhig er damals gewesen, ehe er den Überfall auf mich in meinem Arbeitszimmer inszenierte, und wählte deshalb einen Platz, um ihn sofort packen zu können, falls er Miene machen sollte, sich auf Frau Harker zu stürzen. Sie trat ins Zimmer mit jener unbesorgten Liebenswürdigkeit, die sofort den Irren in Respekt setzt, denn Unbefangenheit ist eine der Eigenschaften, die den Narren imponieren. Frau Harker ging freundlich lächelnd auf ihn zu und streckte ihm die Hand hin.

»Guten Abend, Herr Renfield«, sagte sie. »Sie sehen, ich kenne Sie schon, denn Herr Dr. Seward hat mir von Ihnen erzählt.« Er erwiderte nicht sofort, sondern ließ seine Blicke mit einem finsteren Ausdruck über sie hingleiten. Dieser Ausdruck wich zuerst dem der Neugierde, dann dem des Zweifels; schließlich sagte er zu meiner höchsten Überraschung:

»Sind Sie das Mädchen, das der Doktor gern geheiratet hätte? Aber das kann ja nicht sein; ich weiß, sie ist tot.« Frau Harker erwiderte freundlich lächelnd:

»Nein! Ich habe mich verheiratet, ehe ich Herrn Dr. Seward sah oder er mich. Ich bin Frau Harker.«

»Was wollen Sie dann hier?«

»Mein Mann und ich haben Herrn Dr. Seward Besuch gemacht.«

»Dann machen Sie, daß Sie bald wieder fort kommen.«

»Warum denn?« Ich dachte, daß diese Art der Unterhaltung Frau Harker noch weniger angenehm sein mußte als mir, und mischte mich ins Gespräch:

»Wie kommen Sie darauf, daß ich irgend jemand heiraten wollte?« Seine Antwort war eine sehr verächtliche; er wandte seinen Blick nur ganz kurz von Frau Harker weg auf mich und sagte:

»Was für eine eselhafte Frage!«

»Das sehe ich nicht ein, Herr Renfield«, sagte Frau Harker, indem sie mir beistand. Er antwortete ihr mit ebensoviel Höflichkeit und Respekt, als er mir Mißachtung gezeigt hatte:

»Sie werden einsehen, gnädige Frau, daß, wenn ein Mann so beliebt und verehrt ist wie unser Herr Doktor, alles, was ihn betrifft, für unsere kleine Gemeinschaft von Interesse ist. Dr. Seward ist nicht nur sehr beliebt bei seinen Patienten, die aus Mangel an geistigem Gleichgewicht Ursachen und Wirkungen zu verwechseln pflegen. Seit ich selbst Insasse dieses Irrenasyls bin, habe ich die Bemerkung gemacht, daß die sophistischen Tendenzen einiger von ihnen hart an die Irrtümer des ›non causae‹ und der ignoratio elenchi streifen.« – Ich riß die Augen auf bei dieser neuen Offenbarung. Es war mein Lieblingsnarr – der ausgesprochenste Typus eines solchen, dem ich je begegnet bin – der da elementare Philosophie zum besten gab, und zwar mit den Formen eines vollendeten Gentlemans. Ich möchte wissen, ob es Frau Harkers Einfluß zuzuschreiben ist, die vielleicht irgend eine Seite in seiner Erinnerung berührte. Wenn diese neue Phase eine spontane oder auf ihre unbewußte Einwirkung zurückzuführen war, so muß sie eine ganz beträchtliche, geistige Kraft haben.

Wir plauderten noch einige Zeit. Frau Harker wagte es sogar, nachdem sie erkannt hatte, daß er ganz vernünftig war, und nachdem sie mir erst einen fragenden Blick zugeworfen, auf sein Lieblingsthema überzugehen. Ich war wieder hocherstaunt, denn er beteiligte sich am Gespräch mit der Unbefangenheit eines ganz Gesunden; er führte sogar sich selbst als Beispiel an, wenn er gewisser Dinge Erwähnung tat.

»Sehen Sie, ich bin das Beispiel eines Mannes, der von einer seltsamen Idee im Bann gehalten wurde. Es war nicht zu verwundern, daß meine Freunde ängstlich wurden und meine Unterbringung in einer Heilanstalt veranlaßten. Ich bildete mir ein, daß das Leben eine positive und ununterbrochene Entität wäre und daß man durch Verzehren lebender Wesen, ganz gleich, wie tief sie auf der Stufe der Schöpfung stünden, sein Leben bis ins Ungemessene verlängern könne. Manchmal war der Glaube daran so stark in mir, daß ich tatsächlich den Wunsch hatte, mir ein Menschleben einzuverleiben. Herr Dr. Seward wird mir bestätigen, daß ich ihn gelegentlich zu töten versuchte in der Absicht, meine Lebenskraft zu erhöhen, indem ich durch das Medium des Blutes eine Verschmelzung seiner Kraft mit meinem Leibe erhoffte, denn, wie die Bibel sagt: das Blut ist das Leben. Allerdings hat ein Verkäufer eines gewissen Geheimmittels die Sache wirklich ins Verächtliche gezogen. Ist es nicht wahr, Herr Doktor?«

Ich nickte zustimmend, denn ich war dermaßen verblüfft, daß ich nicht wußte, was sagen und was tun. Ich konnte mir gar nicht vorstellen, daß ich denselben Mann noch fünf Minuten vorher hatte Fliegen und Spinnen verzehren sehen. Ich sah nach der Uhr und bemerkte, daß es Zeit würde, Van Helsing von der Bahn abzuholen. Weshalb ich zu Frau Harke sagte, daß wir nun gehen müßten. Sie erhob sich, indem sie scherzend zu ihm sprach: »Leben Sie wohl; ich hoffe, Sie noch öfter, aber unter für Sie angenehmeren Umständen wiederzusehen«, worauf er erwiderte:

»Leben Sie wohl, mein Liebling. Ich flehe zu Gott, daß er mich Ihr süßes Antlitz nie mehr erblicken lasse. Er segne und behüte Sie!«

Ich begab mich nach dem Bahnhof, um Van Helsing abzuholen, ließ aber meine Freunde zu Hause. Arthur schien gefaßter, als er seit Lucys Erkrankung gewesen, und Quincey ist auch wieder heiterer geworden, wie ich ihn seit langem nicht sah.

Van Helsing stieg mit der Lebhaftigkeit eines Jünglings aus. Er hatte mich sofort gesehen, kam rasch auf mich zu und sprach:

»Nun, Freund John, wie geht es zu Hause? Gut? So? Ich habe viel zu tun gehabt, denn ich bleibe hier, wenn es nötig werden sollte. Alle meine Angelegenheiten sind in Ordnung und ich habe Ihnen viel zu erzählen. Frau Mina ist also da? Ja? Und ihr prächtiger Mann? Und Arthur und mein lieber Freund Quincey, sie sind auch alle da? Dann ist's gut.«

Als wir heimwärts fuhren, erzählte ich ihm alles, was sich ereignet, und daß mein eigenes Tagebuch – ein großartiger Einfall Frau Harkers – auch noch eine passende Verwendung gefunden hatte. Der Professor unterbrach mich:

»Diese prächtige Frau Mina! Sie hat das Gehirn eines Mannes – nur ein sehr begabter Mann kann sich eines solchen Gehirnes rühmen – und das Herz eines Weibes. Der Herrgott hatte sicherlich etwas Großes mit ihr vor, als er diese prächtige Kombination schuf. Bis jetzt hat uns das Glück diese Frau geschenkt, um uns zu helfen; von heute Abend an darf sie mit der entsetzlichen Geschichte nichts mehr zu tun haben. Es ist nicht recht, daß wir sie einer so furchtbaren Gefahr aussetzen. Wir Männer sind entschlossen und haben wir uns ja geschworen, das Ungeheuer zu vernichten. Aber das ist keine Arbeit für eine Frau. Selbst wenn ihr kein Leid geschieht, so wird sie doch seelische Erschütterungen aus den bevorstehenden Schrecken davontragen und wird darunter leiden, sowohl im Wachen durch ihre Nerven als auch im Schlafe durch ihre Träume. Nebenbei gesagt ist sie ein junges Blut und noch nicht lange verheiratet; es wird andere Dinge für sie zu denken geben. Sie erzählten mir, daß sie alles niedergeschrieben hat; sie muß also noch mit uns beraten; morgen aber soll sie dieser Sache Valet sagen und wir gehen allein unseres Weges.«

Ich stimmte ihm lebhaft zu und erzählte, welche Entdeckung wir in seiner Abwesenheit gemacht; daß das Haus, das Dracula seinerzeit gekauft, meinem eigenen benachbart sei. Er war sehr erstaunt und eine große Unruhe schien sich seiner zu bemächtigen. »Hätten wir das doch vorher gewußt!« sagte er. »Dann hätten wir rechtzeitig seiner habhaft werden können, um Lucy zu retten. Aber an geschehenen Dingen ist nichts mehr zu ändern. Wir wollen daran nicht mehr denken, sondern unverdrossen unsern Weg bis zum Ende gehen.« Dann versank er in Schweigen, bis wir am Gittertor meines Gartens ankamen. Ehe wir uns trennten, um Toilette für das Diner zu machen, sagte er zu Frau Harker:

»Man hat mir berichtet, gnädige Frau, daß Sie und Ihr Herr Gemahl alle Ereignisse bis zu diesem Augenblick aufgezeichnet und chronologisch geordnet haben.«

»Nicht bis zu diesem Augenblick«, sagte sie rasch, »aber bis heute früh.«

»Aber warum denn nicht bis jetzt? Wir haben doch erkannt, welcher Nutzen uns aus den kleinsten Einzelheiten bisher erwachsen ist. Wir haben alle unsere Geheimnisse erzählt und keiner hat davon Schaden genommen.«

Frau Harker zog errötend ein Blatt aus der Tasche und sagte:

»Dr. Van Helsing, lesen Sie das einmal und sagen Sie mir, ob es auch in die Akten kommen soll. Es ist meine heutige Notiz. Ich habe ja selbst gesehen, wie wichtig es ist, und habe auch die unbedeutendste Kleinigkeit niedergelegt; aber hier ist doch eine kleine Ausnahme zu machen; es ist doch rein persönlich. Muß es denn sein?« Der Professor überlas das Blatt mit ernstem Gesicht, gab es ihr zurück und sagte:

»Es muß nicht gerade hinein, wenn es Ihnen nicht angenehm ist; dennoch bitte ich Sie, fügen Sie es ein. Es kann die Liebe Ihres Gatten doch nur erhöhen, und auch wir, Ihre Freunde, werden Sie nur noch mehr verehren und achten.« Sie nahm das Blatt mit neuem Erröten zurück und lächelte glücklich.

So haben wir denn alles bis zum gegenwärtigen Augenblick vollständig und in Ordnung. Der Professor nahm eine Kopie an sich, um sie zwischen dem Diner und unserer Besprechung, die auf neun Uhr angesetzt war, zu studieren. Wir anderen haben bereits alles gelesen; wir werden also, wenn wir im Arbeitszimmer zusammenkommen, über alle Dinge unterrichtet und imstande sein, einen Plan zu schmieden, wie wir diesem entsetzlichen und geheimnisvollen Feind zu Leibe rücken können.

Mina Harkers Tagebuch.

30. September. – Als wir zwei Stunden nach Tisch uns in Dr. Sewards Studierzimmer trafen, bildeten wir instinktiv eine Art Kollegium. Professor Van Helsing nahm das obere Ende des Tisches ein, wozu ihn Dr. Seward bei seinem Eintritt genötigt hatte. Er ersuchte mich, zu seiner Rechten Platz zu nehmen und als Sekretär zu fungieren; Jonathan saß neben mir. Auf der anderen Seite des Tisches saßen Lord Godalming, Dr. Seward und Herr Morris. Der Professor begann:

»Ich darf doch voraussetzen, daß wir alle mit den in diesen Papieren enthaltenen Dingen vertraut sind.« Wir gaben alle unsere Zustimmung zu erkennen und er fuhr fort:

»Dann halte ich es für nützlich, wenn ich Ihnen zuerst etwas über den Feind mitteile, mit dem wir es zu tun haben werden. Ich werde Sie mit der Geschichte dieses Mannes bekannt machen, über die ich mich unterrichtet habe. Wir können dann in der Diskussion darüber eintreten, wie wir vorgehen wollen, und können unsere Maßregeln dem Zweck entsprechend ergreifen.«

»Es gibt Wesen, die man Vampyre nennt; einige unter uns haben handgreifliche Beweise dafür, daß sie existieren. Selbst wenn wir nicht unsere eigenen traurigen Erfahrungen hätten machen müssen, so würden immerhin die Berichte und Lehren unserer Vorfahren für vernünftig Denkende Beweis genug bilden. Ich gebe zu, daß ich anfangs der Sache skeptisch gegenüberstand. Wäre ich nicht schon durch die Übung langer Jahre darauf geschult, meine Augen offen zu halten, ich hätte nicht eher daran geglaubt, als bis mir die Tatsachen zugerufen hätten: »Sieh, sieh! Ich beweise es!« Leider! Hätte ich gleich zu Anfang das gewußt, was ich heute weiß – selbst wenn ich es nur hätte ahnen können ein kostbares Leben hätte erhalten bleiben können. Aber das ist nun vorbei; unsere Aufgabe ist es nun, so zu wirken, daß nicht auch andere Seelen zu Grunde gehen, so lange sie noch zu retten sind. Der ›Nosferatu‹ stirbt nicht wie die Biene, wenn sie einmal gestochen hat. Er wird dadurch nur noch stärker, und je stärker er wird, desto mehr Kraft hat er, wieder Böses zu tun. Dieser Vampyr, der unter uns weilt, vereinigt in sich die Kraft von zwanzig Männern; er ist schlauer als die Sterblichen, denn seine Schlauheit wächst im Laufe der Zeiten. Er besitzt die Gabe der Nekromantie, d. h., wie ja schon aus der Ethymologie der Wortes ersichtlich, die Sehergabe als Toter und unbedingte Macht über alles Tote, in dessen Nähe er kommt. Er ist grausam, mehr als grausam, er ist ein Teufel an Gefühllosigkeit, und ein Herz besitzt er nicht. Er kann, mit gewissen Einschränkungen, erscheinen, wann und wo und in welcher Gestalt er will; er kann innerhalb seines Machtbereiches den Elementen gebieten: dem Sturm, dem Nebel, dem Donner. Er hat auch Macht über geringere Dinge, über Ratten, Fledermäuse, Fliegen, Füchse und Wölfe. Er kann sich größer und kleiner, er kann sich zeitweilig unsichtbar machen und ungesehen kommen und gehen. Wie wollen wir also vorgehen, um ihn zu vernichten? Wie bringen wir heraus, wo er ist, und wenn wir das gefunden haben, wie können wir ihn unschädlich machen? Meine Freunde, das ist nicht einfach; es ist ein schreckliches Unternehmen, das wir da vorhaben, und kann Folgen haben, die auch den Tapfersten erzittern lassen. Denn wenn unser Plan mißlingt, ist er Sieger; wie werden wir dann enden? Das Leben bedeutet nichts; ich klammere mich nicht daran. Aber wenn wir unterliegen, handelt es sich um mehr als Leben und Tod. Wir werden dann so wie er; wir werden von da an gräßliche Nachtgespenster ohne Herz und Gewissen, die die Leiber und Seelen derer zu vernichten trachten, die sie vorher am meisten geliebt haben. Uns sind dann auf ewig die Pforten des Himmels verschlossen, denn wer sollte sie uns wieder öffnen? Wir werden für immer der Abscheu aller sein; ein Schandfleck in Gottes reinem Angesicht; ein Pfeil in der Seite dessen, der für die Menschen gestorben ist. Aber wir stehen unserer Pflicht Auge in Auge gegenüber. Dürfen wir in diesem Falle noch zögern? Ich für meine Person sage nein! Denn ich bin alt, und das Leben liegt weit hinter mir mit seinem Sonnenschein, seinen Vogelgesang, seiner Musik, seinen Lieben. Ihr aber seid jung. Einige von euch haben wohl das Leid kennen gelernt, aber sie haben doch noch Aussicht auf schöne Tage. Was sagen Sie dazu?«

Während er so sprach, hatte Jonathan meine Hand ergriffen. Ich fürchtete, daß ihn die erschreckende Beschreibung der uns drohenden Gefahren überwältigt habe, als ich ihn seine Hand nach mir ausstrecken sah. Aber heiße Freude durchzog mein Herz, als ich den Druck dieser Hand fühlte, so stark, selbstbewußt und entschlossen. Eines wackeren Mannes Hand hat ihre eigene Sprache, und es ist nicht nur die Liebe des Weibes, die diese Sprache vernimmt.

Nachdem der Professor geendet, sah mir mein Mann in die Augen und ich in die seinen; wir bedurften keines gesprochenen Wortes.

»Ich bürge für Mina und mich«, sagte er.

»Rechnen Sie auf mich, Professor«, sagte Quincey Morris, lakonisch wie immer.

»Ich gehöre Ihnen«, sagte Lord Godalming, »schon um Lucys willen, wenn es nicht noch andere Gründe genug gäbe.«

Dr. Seward nickte nur. Der Professor stand auf, legte das goldene Kruzifix auf den Tisch und streckte seine Hände nach beiden Seiten hin aus. Ich ergriff seine Rechte und Lord Godalming seine Linke; Jonathan gab mir seine linke Hand und reichte die Rechte Herrn Morris hinüber. Als wir so Hand in Hand dastanden, schlossen wir den ernsten Bund. Ich fühlte, daß es mir eiskalt ums Herz wurde, aber ich wäre nie auf die Idee gekommen mich zurückzuziehen. Wir nahmen unsere Plätze wieder ein, und Van Helsing fuhr fort mit einer Freude, die mir bewies, daß wir schon unser ernstes Werk begonnen hatten. Es mußte so wichtig sein und ebenso geschäftsmäßig erledigt werden wie irgend etwas im Leben.

»Sie wissen also jetzt, gegen wen wir zu kämpfen haben; aber auch wir sind nicht ganz machtlos. Wir haben auf unserer Seite die Kraft der Überlegung, eine Kraft, die dem Geschlecht der Vampyre versagt ist. Wir haben wissenschaftliche Erfahrungen; wir können frei denken und handeln. In der Tat sind unsere Kräfte, so weit sie reichen, ungefesselt und wir können beliebigen Gebrauch davon machen. Wir hängen selbstlos an der Sache, deren Ziel ja auch kein egoistisches ist. Das hat viel zu sagen.

Nun wollen wir uns über die allgemeine Natur der uns entgegentretenden feindlichen Kräfte und über das individuelle Nichtkönnen klar werden, d. h. wir wollen die Fähigkeiten der Vampyre im allgemeinen und die unseres Gegners im besonderen betrachten.

Alles, worauf wir fußen, ist Tradition und Aberglaube. Das scheint im ersten Augenblick nicht viel, wenn man bedenkt, daß es sich um Leben und Tod handelt. Aber dennoch müssen wir zufrieden sein; erstens, weil wir nicht anders können – weitere Mittel stehen uns nicht zur Verfügung – und zweitens weil schließlich diese Dinge, Aberglaube und Tradition, doch wenigstens etwas sind. Beruht nicht darauf allein der Glaube anderer an die Vampyre und leider auch der unsere? Wer von uns hätte noch vor einem Jahr die Möglichkeit solcher Dinge zugegeben, inmitten unseres wissenschaftlichen, skeptischen, nüchternen neunzehnten Jahrhunderts. Haben wir doch Dingen die Möglichkeit abgesprochen, die wir vor unseren eigenen Augen sich abspielen sahen. Nehmen Sie also mit mir an, daß der Glaube an die Vampyre sowohl wie auch an ihre Lebensbedingungen und an den Schutz gegen sie augenblicklich auf derselben Basis beruhen. Denn, Sie dürfen mir Glauben schenken, der Vampyr ist überall bekannt, wo Menschen leben. Im alten Griechenland, im alten Rom; er spukt in ganz Germanien und Frankreich, in Indien, wie im Chersones; sogar in China, das doch so weit in jeder Hinsicht von uns abliegt, ist er bekannt, und die Menschen fürchten sich dort vor ihm bis auf den heutigen Tag. Er folgt den Spuren der isländischen Berserker, der von Teufeln erzeugten Hunnen, der Slaven, Sachsen und Magyaren. So weit reichen also unsere Kenntnisse über ihn, und in der Tat ist so manches, was jene Völker von ihm glaubten und noch glauben, durch das erwiesen, was wir an uns selbst erfahren mußten. Der Vampyr lebt weiter und kann nicht sterben im Laufe der Zeit; er gedeiht immer weiter, so lange er sich vom Blute lebender Wesen ernähren kann. Noch mehr! Wir wissen auch, daß er sich sogar zu verjüngen vermag, daß seine Lebenskraft immer größer wird und sich immer wieder zu erneuern scheint, wenn er genügend Nahrung hat.

Aber ohne sie kann er nicht existieren; er ißt nicht wie andere. Hat doch unser Freund Jonathan, der wochenlang mit ihm zusammenlebte, ihn nie essen sehen. Er wirft keine Schatten und gibt im Spiegel kein Bild, wie Jonathan gleichfalls beobachtet hat. Er hat die Stärke vieler Männer; Zeuge dafür ist wiederum Jonathan, der ihn das Tor vor den Wölfen verschließen sah, der seinen Griff beim Aussteigen aus dem Wagen fühlte. Er kann sich in einen Wolf verwandeln, wie wir seit der Ankunft jenes gespenstischen Schiffes in Whitby wissen, wo er einen Hund zerriß; er kann als Fledermaus erscheinen. Frau Mina hat ihn als solche am Fenster in Whitby beobachtet, Jonathan ihn aus dem Fenster unseres Nachbarhauses fliegen und Freund John am Fenster von Lucy sitzen sehen. Er kann im Nebel kommen, den er sich selbst schafft; dafür haben wir das Zeugnis jenes pflichtgetreuen Kapitäns. Aber nach dem, was wir weiter wissen, ist die Entfernung, auf die er solchen Nebel erzeugen kann, auf einen gewissen Umkreis begrenzt. Er kommt auf den Strahlen des Mondes als elementarer Staub, Freund John hat ja die unheimlichen Schwestern auf Schloß Dracula auf diese Weise entstehen sehen. Er kann sich klein machen, wir selbst haben Lucy, ehe sie zum ewigen Frieden einging, durch eine haarfeine Spalte der Grufttür hineinschlüpfen sehen. Er kann, wenn er einmal seinen Weg gefunden, überall hinein und heraus, es mag noch so fest verschlossen, ja sogar verlötet sein. Er sieht in der Dunkelheit, eine mächtige Gabe, auf dieser Welt, die die Hälfte der Zeit im Finstern ruht. Aber ich bin noch nicht zu Ende. Er kann alles das und ist dennoch nicht frei. Im Gegenteil, er ist noch mehr Gefangener als der Galeerensträfling. Als der Narr in seiner Isolierzelle. Er kann nicht überall dorthin, wohin es ihn gelüstet; er, der außerhalb der Natur steht, muß sich dennoch einigen ihrer Gesetzen fügen. Warum, wissen wir nicht. Er darf das erste Mal nirgends eintreten, außer es ladet ihn einer der Bewohner ein; danach allerdings kann er kommen und gehen wann er will. Seine Macht zerstiebt, wie die aller bösen Dinge, wenn der Tag kommt. Nur zu gewissen Zeiten hat er seine begrenzte Freiheit. Wenn er sich nicht an dem Platze befindet, an den er gebunden ist, kann er sich nur um Mittag und genau bei Sonnenaufgang und Sonnenuntergang verwandeln. Diese Dinge sind mir erzählt worden, und unsere Aufzeichnungen lassen uns schließen, daß dies wirklich so ist. Denn er konnte innerhalb der ihm gezogenen Schranken alles tun, was er wollte, wenn er sich in seiner Heimaterde, in seinem Sarg oder an einem verrufenen Platze befand, wie z. B. in dem Selbstmördergrab in Whitby; war dagegen an anderen Plätzen bezüglich seiner Verwandlung an eine bestimmte Zeit gebunden. Ebenso erzählt man sich, daß er fließendes Wasser nur zur Zeit der eintretenden Ebbe oder Flut passieren kann. Aber es gibt Dinge, die ihn so angreifen, daß er alle Kraft verliert. Wie wir wissen, hat der Knoblauch diese Eigenschaft, und gegen geheiligte Dinge, wie z. B. das Kreuz, das auf unserem Tische liegt, ist er machtlos. Er hält sich schweigend in respektvoller Entfernung. Es gibt auch noch andere Bannmittel, von denen ich Ihnen berichten will für den Fall, daß wir bei unserer Verfolgung ihrer bedürfen sollten. Ein Zweig wilder Rosen auf sein Grab gelegt, hindert ihn am Herauskommen; eine geweihte Kugel, die man in den Sarg schießt, tötet ihn endgültig; und welch friedenbringende Wirkung ein Pfahl hat, den man ihm durch das Herz treibt, wissen wir ohnehin; ebenso daß das Abschneiden des Kopfes ihn zur Ruhe bringt. Wir haben das mit eigenen Augen gesehen.

Wenn wir das Versteck dieses Mannes finden, dann können wir ihn dort in seinem Sarge festhalten und vernichten, wenn wir das beobachten, was wir erfahren haben. Aber er ist schlau. Ich habe meinen Freund Arminius von der Universität Budapest gebeten, mir einiges über den Mann mitzuteilen. Er muß tatsächlich jener Wojewode Dracula gewesen sein, der sich in den Türkenkriegen berühmt gemacht hat, dessen Name über den Fluß weit hinein bis in das Land der Türken bekannt war. Wenn sich das wirklich so verhält, dann war er kein gewöhnlicher Mann, denn damals und noch Jahrhunderte später wurde er als der klügste und geschickteste, aber auch als der tapferste der Söhne des ›Landes jenseits der Wälder‹ gerühmt. Diese mächtige Denkkraft und Entschlossenheit hat er mit ins Grab genommen und führt sie nun heute gegen uns ins Feld. Die Dracula waren, sagt Arminius, ein großes und edles Geschlecht; von einzelnen seiner Sprößlinge erzählten allerdings die Zeitgenossen, daß sie Bündnisse mit dem Satan hätten. Sie lernten seine Künste in den Bergen beim Hermannstädter See, wo der Teufel jeden Zehnten seiner Schüler als Tribut fordert. In unseren Akten kommen Worte vor wie ›Stregoica‹ – Hexe, ›ordog‹ und ›pokol‹ – Satan und Hölle; in einem der Manuskripte fanden wir den Grafen Dracula sogar als Vampyr bezeichnet. Wir wissen ja alle, wie viel Wahres daran ist. Aus den Lenden dieses Einen entsprangen große Männer und edle Frauen, deren Gräber die Erde heiligen, auf der solche Scheußlichkeiten existieren können. Denn es ist nicht der kleinste der von ihm ausgehenden Schrecken, daß er seine Wurzeln tief in alles Gute schlägt; auf einer Scholle, die jeder geheiligten Erinnerung bar ist, kann er nicht weilen.«

Während wir sprachen, sah Herr Morris unverwandt nach dem Fenster, dann stand er ruhig auf und verließ das Zimmer. Es entstand eine kleine Pause und der Professor fuhr fort:

»Nun heißt es überlegen, was wir tun. Wir haben hier eine schöne Anzahl von Daten, und wir müssen unsern Feldzugsplan entwickeln. Wir wissen aus Jonathans Angaben, daß vom Schlosse nach Whitby fünfzig Kisten Erde transportiert und ohne Ausnahme in Carfax abgeliefert wurden; wir wissen auch, daß einige der Kisten später weggeschafft worden sind. Ich meine, unser erster Schritt müßte sein, sich zu vergewissern, ob alle übrigen sich noch in dem Hause jenseits der Mauer, die Sie da sehen, befinden oder ob noch einige geholt worden sind. Wenn letzteres der Fall ist, müssen wir die Spur – – – –«

Hier wurden wir in etwas überraschender Weise unterbrochen. Vor dem Hause ertönte ein Pistolenschuß; das Fensterglas war von einer Kugel zerschmettert, die die Fenstervertiefung streifte und dann in die gegenüberliegende Wand des Zimmers fuhr. Ich fürchte, daß ich doch im Innersten meines Herzens feig bin, denn ich schrie laut auf. Die Männer sprangen alle in die Höhe; Lord Godalming stürzte ans Fenster und riß es auf. Da hörten wir von außen Quincey Morris' Stimme:

»Entschuldigen Sie! Ich fürchte beinahe, ich habe Sie erschreckt. Ich komme sogleich hinein und erzähle Ihnen.«

Eine Minute später trat er ein und sagte:

»Es war ja eigentlich töricht von mir, so etwas zu tun, ich bitte Sie deshalb um Verzeihung, Frau Harker; ich fürchte, ich habe Sie arg erschreckt. Aber während der Professor seinen Vortrag hielt, kam eine große Fledermaus und setzte sich auf die Fensterbrüstung. Ich habe einen solchen Abscheu vor diesen Tieren bekommen, seit wir so viel erlebt, daß ich sie nicht mehr ausstehen kann. Ich mußte hinaus und einen Schuß darauf abgeben, wie ich es in der letzten Zeit immer getan habe, wenn ich abends eine Fledermaus sah. Du hast ja immer über mich deshalb gelacht, Arthur.«

»Haben Sie sie getroffen?« fragte Van Helsing.

»Ich weiß nicht; ich glaube nicht, denn sie flatterte davon, auf den Wald zu.« Ohne etwas Weiteres zu sagen, nahm er wieder seinen Platz ein, und der Professor wiederholte seine Feststellung:

»Wir müssen die Spur jeder einzelnen Kiste verfolgen, und wenn wir damit fertig sind, müssen wir das Scheusal auf seinem Lager entweder töten oder fangen; oder wir müssen, wenn man so sagen kann, die Erde sterilisieren, so daß er keine Sicherheit mehr auf ihr findet. So werden wir ihn dann schließlich in Menschengestalt zwischen Sonnenaufgang und Sonnenuntergang antreffen und mit ihm kämpfen, wenn er am schwächsten ist.

Was nun Sie betrifft, Frau Mina, heute Abend nehmen Sie das letzte Mal an unseren Beratungen teil, bis alles sich zum Guten gewendet hat. Sie sind uns viel zu kostbar, als daß wir Sie einer solch furchtbaren Gefahr aussetzen möchten. Wenn wir heute Nacht ausziehen, so fragen Sie nicht. Wir werden Ihnen später alles erzählen. Wir sind Männer und dazu geschaffen, Mühsal zu ertragen; aber Sie müssen unser Stern, unsere Hoffnung sein, wir werden umso freier handeln, je weiter wir Sie von der Gefahr entfernt wissen.«

Alle Männer, sogar Jonathan, atmeten erleichtert auf; aber es schien mir nicht richtig, daß sie die Gefahr durch Verminderung ihrer Stärke – und Stärke ist in diesem Falle wohl die beste Sicherheit – erhöhen, lediglich aus Rücksicht auf mich. Aber sie waren fest entschlossen, und ich konnte, obgleich es mir eine harte Pille war, nichts dagegen sagen, sondern mußte ihr ritterliches Anerbieten annehmen.

Herr Morris beendete unsere Besprechung, indem er sagte:

»Da wir keine Zeit zu verlieren haben schlage ich vor, wir besichtigen jetzt gleich sein Haus da drüben. Zeitgewinn ist für ihn von ausschlaggebender Bedeutung, und rasches Handeln von unserer Seite vermag ihm vielleicht noch einige Opfer zu entreißen.«

Ich gestehe, daß mir das Herz recht schwer wurde, als ich die Zeit zum Handeln so nahe herangekommen sah. Aber ich fürchtete, ihnen eine Last zu sein und ihre Arbeit zu verzögern, so daß sie mich schließlich auch noch von ihren Beratungen ferngehalten hätten. Sie sind nun nach Carfax hinüber und haben Werkzeug mitgenommen, um sich den Eintritt zu erzwingen.

Nach Männerart haben sie mir geraten, ins Bett zu gehen und zu schlafen; als ob eine Frau schlafen könnte, wenn sie die, die sie lieb hat, in Gefahr weiß! Ich werde mich niederlegen und, wenn Jonathan heimkommt, tun, als ob ich schliefe, damit er nicht auch noch um mich Angst haben muß.

Dr. Sewards Tagebuch.

1. Oktober, 4 Uhr vormittags. – Gerade als wir das Haus verlassen wollten, brachte man mir eine dringende Bitte Renfields, sofort zu ihm zu kommen, da er mir etwas Wichtiges mitzuteilen hätte. Ich beauftragte den Wärter, Renfield zu sagen, daß ich am Morgen zu ihm kommen würde, im Augenblick aber zu tun hätte. Der Wärter fügte hinzu:

»Es scheint sehr dringlich zu sein, Herr Doktor. Noch nie habe ich ihn so ungeduldig gesehen; ich bin überzeugt, daß er wieder einen Tobsuchtsanfall bekommt, wenn Sie ihm nicht seinen Willen tun.« Ich wußte, daß der Mann dies nicht ohne besonderen Grund sagte. »Gut; ich gehe doch lieber.« Die Anderen bat ich, sich einige Augenblicke zu gedulden, da ich noch rasch meinen Patienten zu besuchen hätte.

»Nehmen Sie mich mit, Freund John«, sagte der Professor. »Die Beschreibung, die Sie in Ihrem Tagebuch von ihm gaben, hat mich sehr interessiert, und sein Verhalten hängt doch da und dort mit unserem Falle zusammen. Ich möchte ihn gern kennen lernen, besonders wenn er wieder einen seiner Anfälle hat.«

»Darf ich auch mitkommen?« fragte Lord Godalming.

»Ich auch?« fragte Quincey Morris. Ich nickte, und wir alle begaben uns durch den Korridor nach Renfields Zimmer.

Er befand sich in einem Zustande großer Erregung, seine Rede aber und sein Gebahren waren vernünftiger als sonst. Er verstand sich selbst vollkommen, was nach meinen Erfahrungen bei einem Irren etwas ganz Ungewöhnliches ist. Und er hielt es für selbstverständlich, daß seine Hirngespinste mit den Gedanken der Normalen auf eine Stufe gestellt wurden. Wir gingen alle vier in das Zimmer, keiner sagte ein Wort. Er hatte mich rufen lassen, weil er sofort entlassen und heimgeschickt werden wollte. Er begründete diese Bitte mit seiner vollkommenen Wiederherstellung und seiner tatsächlichen Gesundheit. »Ich appelliere an Ihre Freunde«, sagte er, »daß sie mich nicht verurteilen. Übrigens haben Sie mich ja noch gar nicht vorgestellt.« Ich war so erstaunt, daß das seltsame Verlangen des Irren, er möchte den Besuchern vorgestellt werden, mir gar nicht außerordentlich erschien. Nebenbei gesagt lag in dem Wesen des Mannes etwas Achtunggebietendes, daß man einen Gleichberechtigten vor sich zu haben glaubte, und ich stellte ihn vor: »Lord Godalming; Professor Van Helsing; Herr

Quincey Morris aus Texas; Herr Renfield.« Er schüttelte jedem die Hand und fuhr dann wieder fort:

»Lord Godalming, ich hatte die Ehre, Ihrem Herrn Vater in Windham zu sekundieren; aus Ihrem Titel entnahm ich zu meinem Bedauern, daß er nicht mehr unter den Lebenden weilt. Es war ein Mann, den alle, die ihn kannten, liebten und verehrten. In seiner Jugend war er, wie man erzählte, der Erfinder eines heißen Rumpunsches, der auf den Derby-Abenden besonders gern getrunken wird. Herr Morris, Sie dürfen auf Ihr Vaterland stolz sein; seine Aufnahme in die Union war ein Schritt, dessen Bedeutung ja heute noch nicht abzusehen ist, ein Schritt, der die Pole und die Tropengürtel unter dem Sternen- und Streifenbanner verbindet. Der Vertrag wird erst zur Geltung kommen, wenn einmal die Monroedoktrin ihren wohlverdienten Platz als politische Fabel einnehmen wird. Wie soll man seine Freude beschreiben, mit Van Helsing zusammenkommen zu dürfen? Herr Professor, ich entschuldige mich nicht, daß ich Ihnen gegenüber alle konventionellen Formen fallen lasse. Wenn jemand die Therapie durch seine Entwicklung der Gehirnmasse revolutioniert hat, so sind ihm gegenüber Formen ja gar nicht angebracht. Sie, meine Herren, die Sie durch Ihre Nationalität, durch Vererbung oder durch natürliche Anlagen bestimmt sind, Ihre Plätze in der sich bewegenden Welt einzunehmen, Sie rufe ich als Zeugen dafür an, daß ich so vernünftig bin wie die weitaus meisten Menschen, die im vollen Besitz ihrer Freiheit sind. Ich weiß, daß Sie, Herr Dr. Seward, als Menschfreund sowohl wie als Jurist, Mediziner und Wissenschaftler mit mir verhandeln wollen, wie man eben mit einem verhandelt, der von der allgemeinen Regel abweicht.« Er brachte diesen letzten Appell mit einer höflichen Überzeugung vor, die ihren eigenen Reiz hatte.

Wir waren alle verdutzt. Ich für meine Person war trotz der genauen Bekanntschaft mit dem Charakter und dem Leben dieses Mannes überzeugt, daß seine Vernunft wieder völlig zurückgekehrt sei, und ich fühlte das dringende Bedürfnis ihm zu sagen, daß sein Zustand mich zufriedengestellt habe und ich die nötigen Formalitäten einleiten wolle, ihn morgen früh zu entlassen. Dennoch aber hielt ich es für besser, etwas zu warten, ehe ich eine so schwerwiegende Entscheidung traf, denn ich kannte schon seit langem die unglaublich raschen Veränderungen im Befinden des merkwürdigen Patienten. So begnügte ich mich, ihm einstweilen zu bestätigen, daß seine Besserung rapid vorwärtsschreite, und versprach, ihm morgen früh eine längere Unterredung zu gewähren und die Mittel zu erwägen, wie ich am raschesten seine Wünsche erfüllen könne. Das schien ihm nicht zu genügen, denn er erwiderte rasch:

»Ich fürchte, Herr Doktor, daß Sie meinen Wunsch nicht begriffen haben. Ich möchte sogleich fort, auf der Stelle, jetzt, in dieser Stunde, in diesem Augenblick, wenn es möglich ist. Die Zeit drängt, und in unserem stillschweigenden Vertrag mit dem Sensenmann ist sie von ausschlaggebender Bedeutung. Ich bin mir bewußt, daß es einem so erfahrenen Arzt, wie Ihnen gegenüber, genügt, einen so einfachen, augenblicklich zu erfüllenden Wunsch auszusprechen, um ihn auch schon gewährt zu sehen.« Er sah mich scharf an und wandte sich dann, als er den ablehnenden Bescheid in meinen Zügen las, an die Anderen und suchte ihre Meinung zu erforschen. Da ihm jedoch auch hier keine befriedigende Antwort zu Teil ward, fuhr er fort:

»Ist es möglich, daß ich mich in meinen Voraussetzungen getäuscht habe?«

»Das haben Sie«, sagte ich offen und zugleich, wie ich fühlte, ziemlich schroff. Es entstand eine längere Pause, dann sagte er leise:

»Dann werde ich wohl meinen Standpunkt in dieser Sache ändern müssen. Lassen Sie mich um diese Erlaubnis bitten, um diese Vergünstigung, um dieses Privileg, wenn Sie wollen. In einem solchen Falle kommt es mir gar nicht darauf an, Sie anzuflehen, denn es sind ja nicht persönliche Motive, sondern es geschieht um Anderer willen. Ich bin nicht frei genug, Ihnen meine ganzen Gründe auseinanderzusetzen, aber Sie dürfen überzeugt sein, daß es gute Gründe sind, tiefliegende, selbstlose Gründe, die dem höchsten Pflichtbewußtsein entspringen. Könnten sie mir ins Herz schauen, Herr Doktor, Sie würden die Gefühle vollkommen begreifen, die mich bewegen. Nein, mehr als das, Sie würden mich unter Ihre besten und treuesten Freunde zählen.« Wieder sah er uns alle scharf an. Ich gewann immer mehr die Überzeugung, daß diese völlige Veränderung in seiner Methode nur eine neue Erscheinungsform oder Phase seiner Narrheit war, und beschloß ihn ruhig weiterreden zu lassen, da ich aus Erfahrung wußte, daß er sich, genau wie jeder andere Irre, am Schluß doch zufrieden geben werde. Van Helsing hielt den Blick mit der äußersten Spannung auf ihn gerichtet, seine Augenbrauen zogen sich förmlich zusammen. Er sagte zu Renfield in einem Tone, der mich damals nicht überraschte, dagegen nachher, wenn ich daran dachte, denn es war, als spräche er zu einem auf gleicher Stufe Stehenden:

»Können Sie uns nicht offen die Gründe sagen, die den Wunsch in Ihnen erregen, heute Nacht noch frei zu werden. Ich verspreche Ihnen, daß Dr. Seward, wenn Sie mir willfahren – – mir, einem Fremdem, der Ihnen ohne jedes Vorurteil gegenübertritt und genau weiß, was er will – – Ihnen auf eigene Gefahr und Verantwortung heute noch die gewünschte Erlaubnis erteilen wird.« Er schüttelte traurig den Kopf und ein Zug bitteren Vorwurfs trat auf sein Antlitz. Der Professor fuhr fort:

»Also, Herr Renfield, überlegen Sie sich die Sache. Sie erheben Anspruch darauf, als vollkommen vernünftig zu gelten, und versuchen, uns mit Ihrer geistigen Klarheit zu imponieren. Dies ist Ihnen auch gelungen, trotzdem wir alle Veranlassung haben, an

Ihrer Zurechnungsfähigkeit zu zweifeln, denn Sie sind ja noch nicht aus der ärztlichen Behandlung entlassen, die Ihr Zustand notwendig machte. Wenn Sie selbst uns nicht helfen wollen, den weisesten Weg zu wählen, können wir über unsere Pflicht nicht hinaus, zu der Sie uns zwingen. Seien Sie vernünftig und helfen Sie sich und uns; wenn wir können, werden wir alle ein gutes Wort für Sie einlegen, daß Ihr Wunsch erfüllt wird.« Er schüttelte wieder den Kopf und sagte:

»Doktor Van Helsing, ich habe nichts weiter hinzuzufügen. Ihre Argumente sind stichhaltig; wenn ich frei wäre, würde ich keinen Augenblick zaudern, zu sprechen. Aber ich bin in dieser Sache nicht mein eigener Herr. Ich kann Sie nur bitten, mir zu vertrauen. Wenn Sie es nicht tun, auf mir ruht die Verantwortung nicht.« – Ich dachte, es sei nun Zeit, der Szene ein Ende zu machen, die nachgerade tragikomisch zu wirken begann, und wandte mich zum Gehen, indem ich sagte:

»Kommen Sie, meine Freunde, wir haben noch etwas anderes zu tun. Gute Nacht.«

Als ich mich aber der Tür näherte, trat eine neue Änderung im Verhalten des Kranken ein. Er sprang so rasch auf mich zu, daß ich einen Augenblick fürchtete, er wolle einen erneuten Mordversuch gegen mich unternehmen. Meine Befürchtung war aber grundlos, denn er erhob flehend seine Hände und wiederholte seine Bitte in rührenden Tönen. Als er sah, daß dieser Ausbruch seiner Gefühle uns gegen ihn nur mehr einnahm, indem es unsern Verdacht wieder verstärkte, wurde er noch dringlicher. Ich schaute Van Helsing an und sah, daß er meiner Überzeugung war. So wurde ich noch fester in meinem Vorsatz und machte dem Flehenden begreiflich, daß alle seine Anstrengungen vergebens seien. Ich hatte schon früher einmal diese wachsende Erregung an ihm bemerkt, wenn er eine Bitte vorbrachte, an die er schon lange dachte, wie zum Beispiel, als er mich seinerzeit um eine Katze bat. Ich erwartete jeden Augenblick, daß der Kollaps eintreten würde, wie bei jener Gelegenheit und damit ein finsteres Sichfügen. Meine Erwartung wurde aber getäuscht, denn als er wahrnahm, daß seine flehentlichen Bitten mich kalt ließen, geriet er förmlich in Raserei. Er warf sich vor mir auf die Knie und streckte seine Hände nach mir aus, die er in jammervoller Verzweiflung rang; er überschüttete mich mit einem Strom von Beschwörungen, während heiße Tränen über seine Wangen herunterrollten und sein Körper und sein Antlitz die tiefste Bewegung widerspiegelten:

»Erhören Sie mich, Herr Doktor, lassen Sie sich erweichen, lassen Sie mich sogleich fort aus diesem Hause. Schicken Sie mich weg, wie Sie wollen und wohin Sie wollen; geben Sie mir Wärter mit Peitschen und Ketten mit; lassen Sie mir die Zwangsjacke anlegen; lassen Sie mich meinetwegen gefesselt und mit Fußketten in ein Gefängnis bringen, aber lassen Sie mich fort von hier. Sie wissen ja gar nicht, was Sie tun, wenn

Sie mich hier zurückhalten. Ich spreche aus der Tiefe meiner Seele – – aus meinem Herzen. Sie haben keine Ahnung, wem Sie damit ein Leid zufügen und in welcher Weise; und ich darf mich leider nicht näher erklären. Weh über mich, ich darf nicht sprechen. Bei allem, was Ihnen heilig ist, bei allem, was Sie lieb haben – bei Ihrer toten Liebe bei Ihrer Hoffnung, die noch lebt – – um des Allmächtigen Gottes Willen, lassen Sie mich frei und retten Sie meine arme Seele vor dem Verderben! Hört Ihr denn nicht, Ihr Männer? Versteht Ihr denn nicht? Begreift Ihr denn nicht? Wißt Ihr nicht, daß ich nun gesund bin und im vollsten Ernst rede; daß ich kein Narr mehr bin, der in einem Anfall von Tobsucht Euch anschreit, sondern ein vernünftiger Mensch, der um seine Seele kämpft? Hören Sie mich! Hören Sie mich! Lassen Sie mich fort! Lassen Sie mich fort! Lassen Sie mich fort!«

Ich sagte mir, daß, wenn dies noch länger so weiterginge, er doch schließlich einen Anfall bekäme; deshalb ergriff ich seine Hand und hob ihn auf.

»Kommen Sie«, sagte ich streng, »nichts mehr davon; wir haben ohnehin schon genug. Gehen Sie zu Bett und versuchen Sie, sich etwas gesetzter zu benehmen.«

Er schwieg sogleich und sah mich lange sinnend an. Dann erhob er sich, ohne ein Wort zu sagen, und ging zu seinem Bett hinüber, auf dessen Kante er sich setzte. Der Kollaps war eingetreten, wie bei früheren Angelegenheiten, genau wie ich es vorausgesehen.

Wir verließen das Zimmer, ich als letzter, und er sagte mit ruhiger, gefaßter Stimme: »Sie werden mir noch recht geben, Herr Doktor, wenn Sie sich später erinnern, daß ich in dieser Nacht mein Möglichstes getan haben, Sie zu überzeugen.«

Neunzehntes Kapitel.

Jonathan Harkers Tagebuch

1. Oktober, 5 Uhr vormittags. – Ich ging verhältnismäßig leichten Herzens mit den Übrigen auf die Suche nach unserem Feind, denn mir kommt es vor, als hätte ich Mina nie wohler und frischer gesehen. Ich bin froh, daß sie eingewilligt hat, zurückzubleiben und uns Männer allein handeln zu lassen. Es war mir ja von Anfang an unangenehm, daß ich sie in dieses gefahrvolle Unternehmen hereingezogen hatte; nun aber, da ihr Werk getan ist und, dank ihrer Energie, ihres Verstandes und ihrer Überlegung, das ganze Material in einer Weise zusammengestellt und geordnet ist, die die Übersicht ungemein erleichtert, wird sie vielleicht selbst einsehen, daß ihre Aufgabe erfüllt ist und sie das Übrige getrost uns überlassen kann. Wir waren alle durch die Szene in Renfields Zimmer sehr erregt, denn als wir herauskamen, sprach keiner von uns ein Wort, bis wir das Arbeitszimmer erreicht hatten. Da sagte Morris zu Dr. Seward:

»Sagen Sie, Jack, wenn dieser Mensch uns nicht verblüffen wollte, ist er weitaus der vernünftigste Narr, den ich je gesehen. Ich weiß es nicht gewiß, aber ich vermute, daß er irgend eine ernstliche Absicht hatte. Wenn es der Fall war, wird es ihn wohl verdrossen haben, daß es ihm nicht gelang seinen Willen durchzusetzen.« Lord Godalming und ich schwiegen, aber Van Helsing setzte hinzu:

»Freund John, Sie verstehen ja mehr von Irren als ich, und ich bin eigentlich froh darum; denn ich fürchte, daß ich ihn, wenn ich zu entscheiden gehabt hätte, schon vor dem hysterischen Anfall frei gelassen hätte. Aber wir leben und lernen, und bei der uns bevorstehenden Aufgabe dürfen wir nichts außer acht lassen. Alles ist am besten so, wie es ist.« Dr. Seward antwortete:

»Ich weiß nichts, als daß ich mit Ihnen übereinstimme. Wenn dieser Mensch ein gewöhnlicher Narr wäre, so hätte ich ihm unbedenklich getraut; aber er ist förmlich ein Wegweiser auf den Pfaden des Grafen, sodaß ich fürchtete, ich könne etwas Unrechtes tun, wenn ich seine Wünsche erfüllt hätte. Ich kann es nicht vergessen, daß er fast mit der gleichen Leidenschaft einmal um eine Katze bat und dann kurz darnach den Versuch machte, meine Kehle mit den Zähnen zu zerreißen. Außerdem nannte er den Grafen seinen ›Herrn und Meister‹. Wer weiß, ob er nicht deshalb so dringend fortwollte, um ihm auf seinen verruchten Pfaden zu helfen. Diese scheußliche Kreatur hat Wölfe und Ratten und sein eigenes Gelichter in der Gewalt; es sieht ihm auch ähnlich, daß er sich eines Irren für seine Zwecke bedient. Es schien ihm in der Tat sehr angelegen zu sein. Ich hoffe nur, wir haben das getan, was das Beste für uns ist. Diese Dinge, in Verbindung mit dem blutigen Werk, das uns erwartet, sind wohl geeignet einen zu entmutigen.« Der Professor trat an ihn heran und sprach in seinem ruhigen, gütigen Tone zu ihm:

»Freund John, Sie dürfen den Mut nicht sinken lassen. Wir versuchen, in dieser traurigen und entsetzlichen Sache unsere Schuldigkeit zu tun; wir können nichts anderes tun als das, was uns das Beste erscheint. Womit können wir denn sicherer rechnen, als mit der Gnade Gottes?« Lord Godalming hatte sich hinausgeschlichen und kehrte nach einigen Minuten zurück. Er hielt ein silbernes Pfeifchen hoch und sagte:

»Dieses alte Gerümpel ist unter Umständen voller Ratten; wenn es so ist, habe ich ein gutes Gegenmittel, das ich mir herbeirufen kann.« Nachdem wir die Mauer überstiegen hatten, gingen wir geradewegs auf das Haus zu; wir hielten uns sorgfältig im Schatten, den die Bäume im Mondlicht auf das Gras warfen. Als wir an dem Tore ankamen, öffnete der Professor seinen Koffer und zog verschiedene Sachen heraus, die er auf der Treppenstufe, in vier Gruppen verteilt, bereitlegte, anscheinend eine für jeden von uns. Dann begann er:

»Liebe Freunde, wir gehen einer furchtbaren Gefahr entgegen, und wir brauchen Waffen verschiedenster Art. Unser Feind ist ja nicht nur ein Gespenst. Denken Sie daran, daß er die Kraft von zwanzig Männern besitzt und daß bei uns Hals und Rückgrat die gewöhnlichen Eigenschaften haben, also zerbrochen oder zerquetscht werden können, während ihm Gewalt allein nichts anhaben kann. Ein Mann, der stärker wäre als er, oder eine Anzahl Männer könnten ihn wohl zu bestimmten Zeiten festhalten, aber sie können ihn nicht verletzen, wie er uns Menschen verletzen kann. Wir müssen deshalb darauf bedacht sein, daß er uns nicht berühren kann. Bewahren Sie das auf der Brust«, dabei nahm er ein kleines silbernes Kruzifix und gab es mir, der ich ihm zunächst stand, »diese Blüten aber legen Sie um den Hals« – er gab mir einen verwelkten Kranz von Knoblauchblüten; »für andere Feinde, die mehr von dieser Welt sind, diesen Revolver und dies Messer, und für alle Fälle diese kleine elektrische Lampe, die sie an der Brust befestigen können; schließlich aber und als höchsten Schutz dies, aber wir dürfen es nicht ohne Not verwenden.« Es waren dies einige geweihte Hostien, die er in ein Futteral legte und mir übergab. Die Übrigen wurden in gleicher Weise ausgerüstet. »Nun«, sagte er, »Freund John, wo sind die Dietriche? Wenn wir damit in das Haus kommen, so brauchen wir nicht durch das Fenster den Eingang zu erzwingen, wie damals bei Fräulein Lucy.«

Dr. Seward versuchte es mit einigen Dietrichen, wobei ihm seine Handfertigkeit als Chirurg recht zu statten kam. Bald hatte er einen passenden gefunden; er drehte ein paar Mal hin und her, dann gab das Schloß nach und sprang mit einem schrillen Klang zurück. Wir drückten gegen die Tür, die rostigen Angeln kreischten und langsam ging sie auf. Es muß einen ähnlichen Eindruck auf uns gemacht haben wie der Eintritt in Lucys Gruft, den Dr. Sewards Tagebuch schildert, denn wir prallten alle zurück. Der Professor aber ging voraus und trat als erster in das offene Tor.

»In manus tuas Domine!« sagte er, indem er sich beim Überschreiten der Schwelle bekreuzigte. Wir schlossen die Tür ab, da wir befürchten mußten, von der Straße aus gesehen zu werden, wenn wir unsere Lampen leuchten ließen. Der Professor prüfte noch sorgfältig das Schloß, damit wir imstande wären, es rasch von innen zu öffnen, wenn ein plötzlicher Rückzug notwendig würde. Dann entzündeten wir unsere Lämpchen und gingen auf die Suche.

Die sich kreuzenden Lichtstrahlen der kleinen Lampen zauberten seltsame Effekte an die Wände, während unsere Körper bizarre Schatten warfen. Ich konnte mit dem besten Willen des Gefühls nicht Herr werden, daß sich irgend ein Fremder unter uns befinde. Vielleicht war es nur die Erinnerung an die grausamen Erlebnisse in Transsylvanien, die in dieser unheimlichen Umgebung wieder in meinem Gehirn auftauchte. Ich glaube, auch die anderen hatten das gleiche Gefühl, denn ich bemerkte, daß sie bei jedem Geräusch, bei jedem vorüberhuschenden Schatten sich umsahen, wie ich es ja an mir selbst beobachten konnte.

Alles war mit dichtem Staub bedeckt. Auf dem Gange lag er anscheinend mehrere Zoll tief, außer an den Stellen, die frische Fußspuren aufwiesen, in denen ich beim Scheine meiner Lampe die Abdrücke von Sohlennägeln erkennen konnte. Die Wände waren feucht und dick mit Staub überzogen und in den Winkeln hingen Unmengen von Spinnenweben, auf denen sich der Staub angesammelt hatte, so daß sie zerfetzten Lumpen glichen, umsomehr als sie teilweise durch das Gewicht des Staubes heruntergerissen waren. Auf einem Tische inmitten des Flures lag ein großer Schlüsselbund; jeder einzelne der Schlüssel war mit einem vergilbten Zettel versehen. Sie mußten schon mehrere Male benützt worden sein, denn auf dem Tische sah man verschiedene Eindrücke in der Staubdecke, ähnlich denen, die das Aufheben des Schlüsselbundes durch Van Helsing hervorgebracht hatte. Er wandte sich zu mir und sagte: »Sie kennen diesen Platz, Jonathan. Sie haben sich Skizzen davon gemacht und wissen wahrscheinlich hier genauer Bescheid wie wir. Wie kommt man am raschesten zur Kapelle?« Ich wußte ungefähr die Richtung, obgleich es mir bei meinem früheren Hiersein unmöglich gewesen war, mir dort Eintritt zu verschaffen. So führte ich die anderen, und nachdem wir ein paar Mal fehlgegangen waren, standen wir endlich vor einer niedrigen gotischen Eichentür, die starke eiserne Beschläge aufwies.

»Da ist es«, sagte der Professor und richtete seine Lampe auf einen kleinen Lageplan des Hauses, eine Kopie meiner Skizze, die ich seinerzeit meiner Originalkorrespondenz über den Hauskauf beigefügt hatte. Nach kurzem Suchen fanden wir den zugehörigen Schlüssel im Bunde und öffneten das Tor. Wir waren ja schon vorbereitet, daß etwas Übles hier unser wartete, denn als wir vor der Tür standen, strömte ein schwacher, garstiger Geruch aus den Ritzen heraus; aber wer hätte einen derartigen Gestank für möglich gehalten, wie er uns hier nun entgegenschlug? Außer mir war noch keiner der Übrigen mit dem Grafen in einem geschlossenen Raum zusammengekommen, wenn ich in seiner Gesellschaft in seinen Zimmern war, befand er sich in dem ausgehungerten Stadium seiner Existenz; mit frischem Blute vollgesaugt habe ich ihn nur in der verfallenen Kapelle gesehen, wo der Wind freien Zutritt hatte. Der ihm hier zur Verfügung stehende Raum war aber klein und eng, und die Luft war stickend und moderig. Es roch erdig, ein Miasma schien in der übelriechenden Atmosphäre zu schweben. Wie soll ich aber den Gestank selbst beschreiben. Es war nicht der Leichendunst und der stechende, süßliche Geruch frischen Blutes, sondern als wenn die Fäulnis selbst wieder in Fäulnis übergegangen wäre. Pfui Teufel! Es wird mir ganz übel, wenn ich daran denke. Jeder Atemzug, den dieses Scheusal tat, schien sich in dem Raume festgesetzt und die Luft in ekelerregender Weise verpestet zu haben.

Unter gewöhnlichen Verhältnissen hätte der Gestank wohl unserem Unternehmen ein Ende gemacht. Aber das war ein außergewöhnlicher Fall, und der erhabene, wenn auch furchtbare Zweck unseres Kommens gab uns eine über das normale Maß hinausgehende Widerstandsfähigkeit. Nach dem ersten Zurückprallen vor dem ekelhaften Hauch gingen wir ohne Ausnahme an unser Werk, als sei der verpestete Raum ein Rosengarten.

Ehe wir mit der genauen Durchsuchung des Raumes begannen, sagte der Professor: »In erster Linie handelt es sich darum, herauszubekommen, wie viel Kisten noch hier sind; wir müssen deshalb jedes Loch, jeden Winkel und jede Ritze durchforschen und versuchen, einen Aufschluß über den Verbleib der übrigen Kisten zu erhalten.« Ein Blick genügte, um zu sehen, wieviel Kisten vorhanden waren, denn sie waren sehr plump und groß, ein Irrtum bezüglich ihrer Anzahl deshalb ausgeschlossen.

Von den fünfzig waren nur noch neunundzwanzig übrig! Es überlief mich kalt, als ich bemerkte, daß Lord Godalming sich plötzlich umkehrte und aus der gewölbten Türöffnung einen Blick in den dunklen Gang draußen warf; mein Herz stand einen Augenblick still. Da, aus dem Schatten hervorstechend, meinte ich des Grafen verruchtes Gesicht zu erkennen, die hohe Nase, die rotglühenden Augen, die roten Lippen, die schreckliche Blässe. Es war nur einen Augenblick zu sehen, denn als Lord Godalming sagte: »Ich glaube ein Gesicht zu erblicken, aber es muß doch nur ein Schatten gewesen sein«, drehte ich meine Lampe nach der angegebenen Richtung und begab mich hinaus auf den Gang. Aber nichts mehr war zu sehen, und da sich dort keine Winkel, keine Türen, keine Öffnungen befanden, sondern nur die festen Mauern, bot sich kein Versteck, nicht einmal für ihn. Ich nahm an, daß die Furcht die Mutter dieses Phantasiegebildes gewesen sein, und sagte nichts weiter.

Einige Minuten später sah ich Morris plötzlich vor einem Winkel, den er durchsuchte, zurückschrecken. Wir verfolgten alle seine Bewegungen mit den Augen, denn eine gewisse Nervosität hatte sich zweifellos unserer bemächtigt; der ganze Winkel war voll phosphoreszierenden Lichtes, in dem es zuweilen blitzte wie von Sternen. Wir zogen uns unwillkürlich zurück. Der ganze Raum füllte sich mit Ratten.

Wir standen einige Minuten entsetzt da, nur Lord Godalming schien auf ein solches Ereignis gefaßt. Er sprang rasch auf das große, eisenbeschlagene Tor der Kapelle zu, das Dr. Seward von außen gesehen hatte und das auch ich kannte, drehte den Schlüssel im Loch, zog den Riegel zurück und riß den Flügel mit mächtigem Schwung auf. Dann zog er ein silbernes Pfeifchen aus der Tasche, setzte es an die Lippen und ließ einen lauten, schrillen Pfiff ertönen. Hinter Dr. Sewards Hause antwortete Hundegebell, und nach kaum einer Minute kamen drei Terriers um die Hausecke dahergeschossen. Unwillkürlich hatten wir uns alle gegen die Pforte zusammengedrängt, und als wir näher kamen, bemerkte ich, daß der Staub sehr zusammengetreten war; die Kisten waren auf diesem Wege entfernt worden. Es war nur kurze Zeit vergangen, dennoch hatten sich die Ratten bis ins Ungeheuerliche vermehrt. Überall schwärmten sie umher; im Scheine des Lampenlichtes, das auf ihre beweglichen Körper und ihre glitzernden Augen fiel, meinte man, der Boden, den sie bedeckten, sei ein Sandhaufen, auf dem sich unzählige Leuchtkäfer tummelten. Die Hunde sprangen herbei, auf der Schwelle aber blieben sie stehen und knurrten; dann hoben sie die Nasen hoch und begannen kläglich zu heulen. Die Ratten vermehrten sich immer noch und wir beeilten uns, aus der Kapelle herauszukommen.

Lord Godalming hob einen der Hunde auf und warf ihn über die Schwelle in das Innere. Kaum berührten seine Füße den Boden, da schien auch schon sein Mut wiederzukehren, und er griff schneidig seine natürlichen Feinde an. Diese flüchteten so rasch, daß er nur wenigen das Leben aus dem Leibe schütteln konnte; die anderen beiden Hunde aber, die auf dieselbe Weise herein befördert worden waren, machten fast gar keine Beute mehr, so schnell war die unheimliche Gesellschaft verschwunden.

Mit ihnen schien sich auch der Druck zu entfernen, der auf uns gelegen. Die Hunde wurden lebhafter und bellten fröhlich, indem sie noch einmal über ihre niedergestreckten Feinde herfielen, sie umherdrehten und wütend in die Luft warfen. Wir fühlten alle, wie wir wieder besserer Laune wurden. Vielleicht war es deswegen, weil durch das geöffnete Tor reine Luft eindrang und die verdorbene Atmosphäre verdrängte oder weil wir uns selbst wieder im Freien befanden. Jedenfalls wich das unbehagliche Gefühl, das wir bisher empfunden, von uns, und wir vergaßen auf Augenblicke den furchtbaren Zweck unseres Kommens, ohne daß wir aber im geringsten in unserem Entschlusse schwankend geworden wären. Wir verschlossen und verriegelten das äußere Tor wieder und legten die Ketten vor; dann setzten wir mit den Hunden unsere Suche fort. Wir fanden nichts als ungeheuere Mengen Staub, der, vollkommen unberührt, nur von meinem ersten Besuche her noch meine Fußspuren aufwies. Die Hunde gaben kein Zeichen der Angst mehr von sich, und selbst als wir in die Kapelle zurückkehrten, sprangen sie fröhlich umher, als gelte es einer Kaninchenjagd im sommerlichen Walde.

Der Morgen erwachte schon im Osten, als wir bei der Haupttür das Haus verließen. Dr. Van Helsing hatte den großen Schlüssel vom Bunde genommen und schloß sorgfältig ab, dann steckte er den Schlüssel in die Tasche.

»So weit«, sagte er, »wäre diese nächtliche Expedition erfolgreich verlaufen. Es ist uns kein Leid geschehen, wie ich sehr befürchtete, und wir wissen nun, wie viele Kisten fehlen. Mehr als alles andere aber freut mich der Umstand, daß dieser erste und vielleicht schwierigste und gefährlichste Schritt getan ist, ohne daß unsere verehrte Frau Mina in Mitleidenschaft gezogen worden ist, daß wir ihr Wachen und ihre Träume vor dem Entsetzlichen, was wir sehen, hören und riechen müssen und das sie nimmer vergessen würde, bewahrt haben. Eins haben wir außerdem noch festgestellt, wenn hier ein Schluß im besonderen zulässig ist: daß die scheußlichen Tiere, über die der Graf gebietet, selbst nicht mit seinen übernatürlichen Kräften ausgestattet sind; denn die Ratten kommen wohl auf seinen Ruf, wie damals die Wölfe, als er Sie am Verlassen des Schlosses verhindern, als er die jammernde Frau unschädlich machen wollte, aber obgleich sie seinem Rufe Folge leisteten, flohen sie doch Hals über Kopf vor den Hunden unseres Freundes Arthur. Wir haben nun andere Dinge vor uns, andere Gefahren, andere Sorgen. Dieses Scheusal hat heute Nacht nicht das erste Mal seine Gewalt über die Tiere gegen uns ins Treffen geführt. Vielleicht ist er auch fort. Gut! Jedenfalls haben wir Gelegenheit gehabt, ihm Schach zu bieten in diesem Spiele, wo es sich um Menschenseelen handelt. Und nun wollen wir nach Hause gehen. Der Morgen ist nahe, wir haben alle Ursache, mit dem Erfolg dieser ersten Nacht zufrieden zu sein. Es mag uns bestimmt sein, daß noch eine Menge Tage und Nächte, voll von Gefahren für uns, folgen. Aber wir müssen vorwärts und dürfen vor keiner Gefahr zurückschrecken.«

Als wir in unser Haus traten, war alles still; nur in weiter Ferne heulte irgend eine Kreatur und aus Renfields Zimmer kam ein leiser, klagender Laut. Der Mann peinigte sich jedenfalls selbst, nach der Art der Irren, mit unnützen, qualvollen Gedanken.

Ich trat auf den Zehen in unser Schlafzimmer und fand Mina schlafend; sie atmete so leise, daß ich mein Ohr auf ihre Brust legen mußte, um überhaupt etwas zu hören. Sie sieht blasser aus als sonst. Hoffentlich hat die nächtliche Besprechung sie nicht allzusehr angegriffen. Ich bin wirklich froh, daß sie künftig von unserer Arbeit, sogar von unseren Beratungen fern bleibt. Die Anstrengung wäre für eine Frau doch zu groß. Anfangs war ich ja nicht der Ansicht, aber heute weiß ich es besser. Es könnten doch Dinge besprochen werden, die sie in Sorge versetzen; dann würde es unter Umständen schlimmer sein, ihr etwas verheimlichen zu müssen, als es ihr zu sagen, wenn sie einmal argwöhnt, daß ihr etwas verheimlicht wird. So ist unser weiteres Werk für sie ein Buch mit sieben Siegeln, bis wir ihr endlich sagen können, daß alles vorüber und die Erde von dieser Ausgeburt der Hölle befreit ist. Es wird ja nicht leicht sein, nach dem Vertrauen, das wir ihr bisher erwiesen, sich nun plötzlich in undurchdringliches Schweigen zu hüllen. Aber ich muß stark sein. Morgen werde ich über die Ereignisse der Nacht Stillschweigen bewahren und mich weigern, über irgend etwas zu sprechen, was wir heute gesehen und erlebt haben. Ich lege mich auf das Sofa, um sie nicht zu stören.

1. Oktober, später. – – Es ist begreiflich, daß wir alle uns etwas verschlafen haben, denn den Tag über waren wir schon sehr beschäftigt und in der Nacht fanden wir ja auch keine Ruhe. Sogar Mina muß erschöpft gewesen sein, denn ich war, trotzdem ich schlief, bis die Sonne schon hoch stand, doch vor ihr wach und mußte sie zwei oder drei Mal rufen, ehe sie zu sich kam. Sie war noch so schlaftrunken, daß sie einige Augenblicke mich gar nicht erkannte, sondern mich schreckerfüllt anstarrte wie jemand, der aus einem bösen Traume erwacht. Sie klagte über Müdigkeit, weshalb ich sie noch länger ruhen ließ. Wir wissen nun, daß einundzwanzig Kisten fehlen, und wenn sie auf einmal wegtransportiert worden sind, so kommen wir ihnen doch leicht auf die Spur. Das wird unsere Arbeit bedeutend erleichtern, je eher wir die Sache in Ordnung bringen, desto besser. Ich werde heute noch Thomas Snelling aufsuchen.

Dr. Sewards Tagebuch.

1. Oktober. – Es war bereits nahe am Mittag, als der Professor in mein Zimmer trat und mich weckte. Er war fröhlicher und freundlicher als in der letzten Zeit; es ist ersichtlich, daß das Werk der letzten Nacht eine drückende Last von seiner Seele genommen hat. Er berührte nur kurz das nächtliche Abenteuer und sagte dann plötzlich:

»Ihr Patient erregt mein Interesse in hohem Grade. Könnten Sie es möglich machen, daß ich ihn in Ihrer Begleitung heute vormittag besuche? Oder wenn Sie zu sehr beschäftigt sein sollten, kann ich ihn ja auch allein aufsuchen. Es ist mir etwas ganz Neues, einen Narren philosophieren und klar diskutieren zu hören.« Ich hatte einiges Eilige zu tun und sagte ihm, es wäre mir lieb, wenn er ohne mich zu Renfield ginge, weil ich diesen dann auch nicht warten zu lassen brauchte. Ich rief einen Wärter und gab ihm die nötigen Instruktionen. Ehe der Professor das Zimmer verließ, warnte ich ihn noch eindringlich, ja keine falschen Eindrücke von meinem Patienten mitzunehmen. »Ich möchte«, sagte er, »mit ihm nur über ihn selbst plaudern und über seine fixe Idee, lebende Wesen verzehren zu müssen. Er sagte ja Frau Mina, wie ich ihrer gestrigen Tagebuchaufzeichnung entnahm, daß er an einer solche Idee gelitten habe. Warum lächeln Sie, Freund John?«

»Entschuldigen Sie«, sagte ich, »aber die Antwort ist hier.« Dabei legte ich meine Hand auf den maschinengeschriebenen Akt. »In dem Augenblick, als unser gesunder und gelehrter Narr erklärte, daß er die Gewohnheit, Lebewesen zu verschlingen, gehabt habe, war sein Mund noch beschmutzt von den Fliegen und Spinnen, die er einen Augenblick vorher, ehe Frau Mina eintrat, gegessen hatte.« Hier lächelte Van Helsing.

»Gut!« sagte er. »Sie haben ein vorzügliches Gedächtnis. Ich hätte mich ja auch daran erinnern können. Gerade diese Unregelmäßigkeit des Denkens und des Erinnerns macht das Studium der Geisteskrankheiten so fesselnd. Vielleicht geben mir die Narrheiten dieses Narren mehr Aufschlüsse, als es die Lehren des Weisesten könnten. Wer weiß?« Ich setzte meine Arbeit fort und war bald wieder darin vertieft. In der Tat schien mir die Zeit sehr kurz, die Van Helsing ferngeblieben war. »Störe ich?« fragte er höflich, während er in der Türe stehen blieb.

»Nicht im geringsten«, antwortete ich, »kommen Sie nur herein. Ich bin mit meiner Arbeit zu Ende und stehe zu Ihrer Verfügung. Ich kann nun mit Ihnen gehen, wenn Sie wollen.«

»Es ist zwecklos, ich war schon bei ihm.«

»Wirklich?«

»Ich fürchte, er schätzt mich nicht sehr hoch ein. Unsere Besprechung war recht kurz. Als ich in sein Zimmer kam, saß er in dessen Mitte auf einem Stuhl, die Ellbogen auf die Knie gestützt; das Gesicht trug den Ausdruck äußerster Unzufriedenheit. Ich sprach ihn so freundlich an, als ich konnte, und mit aller Rücksichtnahme, deren ich fähig war. Er antwortete mir überhaupt nicht. »Kennen Sie mich nicht mehr?« fragte ich ihn. Seine Antwort war nicht gerade schmeichelhaft: »Ich kenne Sie recht gut; Sie sind der alte verrückte Van Helsing. Ich wollte, Sie scherten sich mitsamt Ihren blödsinnigen Gehirntheorien zum Teufel. Diese verfluchten Dickschädel von Holländern!« Dann sagte er kein Wort weiter, sondern saß in seiner unüberwindlichen Verdrießlichkeit da und kümmerte sich nicht mehr um mich, als sei ich gar nicht im Zimmer. Allmählich verlor ich die Hoffnung, an diesem so vernünftigen Narren etwas lernen zu können. Ich will nun, wenn es Ihnen recht ist, hinuntergehen und ein paar Worte mit Frau Mina wechseln. Freund John, es freut mich unsagbar, daß sie nichts mit den schrecklichen Sachen zu tun, sich nichts mehr darum zu kümmern hat. Wenn wir auch ihre Hilfe sehr vermissen werden, ist es doch besser so.«

»Da gebe ich Ihnen vollkommen recht«, antwortete ich nachdrücklich, denn ich wollte ihn in seinem Vorsatz nicht wankend werden lassen. »Frau Harker hält sich besser von diesen Dingen fern. Die Sachen stehen schon für uns übel genug, die wir Männer von Welterfahrung und schon ordentlich herumgeworfen worden sind. Aber für eine Frau ist da kein Platz, und wenn sie noch länger mit der Angelegenheit zu tun hätte, würde sie mit der Zeit unfehlbar Schaden nehmen.«

Van Helsing ist nun unten und konferiert mit Herrn und Frau Harker; Quincey und Arthur forschen nach dem Verbleib der Erdkisten. Ich will meine Arbeit noch vollenden, denn abends wollen wir uns wieder treffen.

Mina Harkers Tagebuch.

1. Oktober. – Es kommt mir ganz seltsam vor, daß ich über alles im Dunkeln gehalten werde, daß Jonathan nach so vielen Jahren vollkommenen Vertrauens mir nun angelegentlich vieles, und gerade das Wichtigste von allem, verschweigt. Heute früh schlief ich sehr lange nach den Anstrengungen des gestrigen Tages; Jonathan war, trotzdem er auch sehr lange schlief, immer noch früher auf als ich. Er sprach mit mir, ehe er wegging, liebenswürdig und freundlich wie immer, aber er erwähnte kein Wort von dem, was sich heute nacht bei dem Besuche im Hause des Grafen ereignet hatte. Und er mußte doch wissen, wie schrecklich gespannt ich darauf war. Ich glaube, es macht ihn noch trauriger als mich. Sie haben alle beschlossen, daß ich nicht weiter bei der grauenvollen Sache beteiligt sein sollte, und ich habe meine Zustimmung gegeben. Aber es ist mir trotzdem ein drückender Gedanke, daß er etwas vor mir geheim hält! Und nun weine ich wie ein Narr, obwohl ich weiß, daß die Maßregel der großen Liebe meines Mannes und der Fürsorge jener anderen starken Männer entspringt.

Jonathan wird mir doch eines Tages alles erzählen. Damit er nicht denkt, ich könnte ihm auch irgend etwas geheimhalten, will ich mein Tagebuch führen wie immer. Wenn er an mir zweifeln sollte, werde ich es ihm zeigen, und er wird jeden Gedanken meines Herzens lesen können. Ich fühle mich heute merkwürdig traurig und niedergedrückt. Wahrscheinlich ist es die Reaktion auf die Erregung der letzten Tage.

Gestern Nacht begab ich mich zu Bett, als die Herren gegangen waren, lediglich weil sie es mir geraten hatten. Ich fühlte keinen Schlaf, war aber voll verzehrender Angst. Ich dachte darüber nach, was sich alles ereignet hatte, seit Jonathan mich in London kennen lernte. Es ist wie eine grausige Tragödie, in der das Fatum unerbittlich auf ein unabwendbares Ende hindrängt. Alles, was wir tun, und mag es noch so gut gemeint sein, führt immer das herbei, was am meisten zu befürchten war. Wäre ich nicht nach Whitby gegangen, vielleicht weilte unsere gute Lucy heute noch unter uns. Es wäre ihr ohne mich gar nicht eingefallen, den Friedhof auf dem Cliff zu besuchen, und wenn sie tags nie dahin gekommen wäre, so wäre sie auch schlafwandelnd nicht hinaufgegangen; und wenn sie nicht nachts und im Schlafe dort gewesen wäre, dann hätte jenes Scheusal sie nicht zu Grunde richten können. Ach Gott, warum mußte ich auch nach Whitby kommen? Da weine ich nun schon wieder! Ich möchte nur wissen, was heute über mich gekommen ist. Ich muß es vor Jonathan verbergen; denn wenn er wüßte, daß ich zweimal an einem Vormittag geweint habe, ich, die ich meinetwegen nie geweint und der er nie Anlaß dazu gegeben hat, der gute Mann würde sich das Herz aus dem Leibe sorgen. Ich werde meine mutigste Miene aufstecken, und wenn mir wieder weinerlich zu Mute ist, so soll er es wenigstens nicht sehen. Ich glaube, es ist dies eine der Lektionen, die uns Frauen erteilt werden.

Ich kann mir gar nicht mehr denken, wie ich heute Nacht einschlief. Ich weiß nur, daß ich plötzlich das Bellen von Hunden und eine Reihe merkwürdiger Laute hörte, die aus Renfields Zimmer unter dem meinen zu kommen schienen; ich glaubte ihn in aufgeregter Weise beten zu hören. Dann ward es plötzlich still, so schrecklich still, daß ich entsetzt aufstand und zum Fenster hinaussah. Draußen war alles ruhig und dunkel; die tiefen Schatten schienen voll von Geheimnissen. Nichts rührte sich, alles war starr und unheimlich wie der Tod oder das Schicksal. Nur ein dünner Streifen weißen Nebels, der mit fast unmerklicher Bewegung über den Rasen gegen das Haus herankroch, schien Leben und Gefühl zu haben. Ich glaube, diese Ablenkung meiner Gedanken hatte mir gut getan, denn als ich wieder in mein Bett zurückging, fühlte ich, wie eine förmliche Erstarrung über mich kam. Ich lag eine Zeit lang da, konnte aber nicht schlafen; so stand ich denn wieder auf und sah zum Fenster hinaus. Der Nebel breitete sich aus und war nun ganz nahe am Hause; er legte sich ganz dicht an die Mauer, als wolle er sich zum Fenster hereinstehlen. Der Irre war lauter, als ich ihn je gehört habe, und obgleich ich keines seiner Worte verstand, konnte ich doch aus dem Tone derselben entnehmen, daß er flehentlich um etwas bat. Dann meinte ich ein Ringen zu vernehmen und wußte, daß er mit den Wärtern handgemein geworden war. Ich war so erschreckt, daß ich in mein Bett kroch, die Decke über den Kopf zog und die Finger in die Ohren steckte. Ich war nicht im geringsten schläfrig, wenigstens dachte ich so, aber ich muß doch eingeschlafen sein, denn außer einigen Träumen erinnere ich mich an gar nichts, bis mich Jonathan weckte. Ich glaube, es hat einige Zeit und Mühe gekostet, mir ins Bewußtsein zurückzurufen, wo ich eigentlich war, und daß Jonathan es war, der sich über mich beugte. Mein Traum war sehr merkwürdig und typisch dafür, wie sich die Gedanken des Wachenden in die Träume des Schlafenden vermischen und darin fortsetzen.

Ich wollte schlafen und doch wieder auf Jonathans Rückkehr warten. Ich sorgte mich sehr um ihn und war unfähig, irgend etwas zu tun; meine Füße, meine Hände, mein Gehirn waren mir so schwer, daß ich keinen Entschluß zu fassen imstande war. So schlief ich unruhig und dachte immer wieder nach. Dann fühlte ich plötzlich, daß die Luft schwer, feucht und kalt wurde. Ich schlug das Bettlaken von meinem Gesicht zurück und bemerkte zu meinem Erstaunen, daß es rings um mich ganz düster war. Die Gasflamme, die ich für Jonathan, etwas heruntergeschraubt, hatte brennen lassen, schimmerte nur mehr wie ein einziger roter Funken durch den Nebel, der offenbar dicker geworden und ins Zimmer gedrungen war. Dann fiel mir ein, ob ich, bevor ich wieder ins Bett ging, das Fenster geschlossen hätte. Ich wollte mich vergewissern, aber eine bleierne Schwere schien meine Glieder und sogar meinen Willen zu lähmen. Ich lag still und wartete; das war alles. Ich schloß die Augen, hatte aber den Eindruck, als sähe ich durch die Lider. (Es ist merkwürdig, welche Streiche uns die Träume zuweilen spielen und wie willig wir diesen Einbildungen nachgeben.) Der Nebel wurde immer dichter, und nun konnte ich auch bemerken, wie er herein kam; er war wie Rauch oder wie energisch strömender Wasserdampf, der nicht durch das Fenster, sondern durch die Türritzen hereindrang. Er wurde immer dicker und dicker und verdichtete sich schließlich zu einer Art Wolkensäule, an deren Spitze ich das Gaslicht wie ein rotes Auge glimmen sah. Die Gedanken begannen mir im Kopfe zu wirbeln, genau wie die Nebelsäule nun im Zimmer zu wirbeln begann, und mitten darinnen kamen mir ganz unvermittelt die Bibelworte in den Sinn: »Er ist wie eine Säule von Rauch bei Tage und von Feuer in der Nacht.« War es vielleicht wirklich ein solcher überirdischer Führer, der da in der Nacht zu mir kam? Aber die Säule war zusammengesetzt aus Rauch und Feuer, denn das Feuer lag in dem roten Auge. Bei diesem Gedanken spielte mir meine Phantasie einen neuen Streich, denn als ich näher hinsah, teilte sich das Feuer, und durch den Nebel starrten mich zwei glühende Augen an. Von solchen Augen hat mir damals Lucy erzählt, als wir auf dem Cliff spazieren gingen und sie in plötzlicher Geistesabwesenheit das Licht der untergehenden Sonne sich in den Fenstern der Marienkirche wiederspiegeln sah. Plötzlich packte mich ein jäher Schrecken; ich dachte daran, daß Jonathan jene entsetzlichen Weiber im Mondlicht sich aus dem wirbelnden Nebel hatte materialisieren sehen; ich muß im Schlafe ohnmächtig geworden sein, denn schwarze Finsternis umfing mich. Meine Phantasie ließ mich noch in einem letzten Aufzucken ein fahles, weißes Gesicht erkennen, das sich aus dem Nebel heraus über mich beugte. Ich muß mich vor solchen Träumen recht in Acht nehmen, denn sie können einem wohl den Verstand rauben, wenn sie sich öfter wiederholen würden. Ich hätte gerne Van Helsing oder Dr. Seward um ein Schlafmittel gebeten, aber ich fürchte, ich beunruhige sie damit. Ein solcher Traum würde sich ständig in ihre Sorgen um mich verweben. Heute Nacht will ich mich ernstlich bemühen, ohne künstliche Hilfsmittel zu schlafen. Wenn ich es nicht kann, werde ich sie morgen abend doch bitten, mir etwas Chloral zu verschreiben; einmal kann es nicht schaden und wird mir wenigstens eine Nacht ungestörter Ruhe verschaffen. Die letzte Nacht hat mich müder gemacht, als wenn ich überhaupt nicht geruht hätte.

2. Oktober, 10 Uhr Abends. – Letzte Nacht habe ich geschlafen, aber gar nicht geträumt. Ich muß sehr fest geschlafen haben, denn ich wachte nicht auf, als Jonathan sich zu Bett begab; aber der Schlaf hat mich nicht erfrischt; ich fühle mich heute sehr schwach und mutlos. Ich verbrachte den ganzen gestrigen Tag damit, daß ich zu lesen versuchte oder träumend herumlag. Nachmittags ließ mich Renfield fragen, ob er mich sprechen könne. Er war sehr liebenswürdig gegen mich, und als ich mich verabschiedete, küßte er meine Hände und segnete mich. Es hat mich ziemlich aufgeregt; ich muß weinen, wenn ich an ihn denke. Das ist eine neue Schwäche, vor der ich mich hüten muß. Jonathan wäre unglücklich, wenn er wüßte, daß ich geweint habe. Er und die Anderen waren bis kurz vor dem Abendtisch unterwegs und kamen recht ermüdet nach Hause. Ich tat mein Möglichstes, Jonathan aufzuheitern; ich glaube, dies tat mir gut, denn ich vergaß, wie müde ich war. Nach Tisch baten mich die Herren, schlafen zu gehen, und gaben vor, noch ein wenig miteinander rauchen zu wollen. Ich weiß aber sehr wohl, daß sie sich lediglich erzählen wollten, was sie im Laufe des Tages alles erlebt hatten. Ich konnte an Jonathans Verhalten erkennen, daß er wichtige Mitteilungen zu machen hatte. Ich war nicht so schläfrig als ich hätte sein müssen, und bat deshalb, ehe wir uns trennten, Dr. Seward, mir ein kleines Schlafmittel zu geben, da ich letzte Nacht nicht gut geschlafen hätte. Er bereitete mir bereitwilligst ein Tränkchen und bemerkte, daß es mild wirke und mir deshalb nicht schaden werde. Ich habe es genommen und warte auf den Schlaf, der sich immer noch fern hält. Ich hoffe, ich habe keine Dummheit gemacht, als ich darum bat, denn in dem Augenblick, als ich meine Lider zusinken fühlte, kam mir der Gedanke, daß ich mich leichtsinnigerweise der Fähigkeit, wach zu bleiben, beraubt habe. Vielleicht könnte es nötig werden. Nun kommt der Schlaf. Gute Nacht.

Zwanzigstes Kapitel.

Jonathan Harkers Tagebuch

1. Oktober, abends. – Ich fand Thomas Snelling zuhause in Bethnal Green; leider war er aber nicht in der Verfassung, sich an irgend etwas zu erinnern. Allein die Aussicht auf reichliches Bier, die ihm mein angemeldeter Besuch eröffnete, hatte schon gewirkt, er hatte sich schon im voraus allzu viel gegönnt. Ich erfuhr aber von seiner Frau, daß er nur der Helfer Smollets, der verantwortlichen Persönlichkeit, war. Ich fuhr sofort nach Walworth und traf Smollet zu Hause an; er saß in Hemdärmeln und trank seinen Abendtee aus einer Saucenschüssel. Er ist ein höflicher, intelligenter Mensch, der Typus eines guten, zuverlässigen Arbeiters, von ganz besonderem Verstande. Er erinnerte sich genau an den Transport der Kisten und gab mir aus einem mit Eselsohren geschmückten Notizbuche, das er einem merkwürdigen Behältnis in der Nähe seines Hosenbodens entnahm und das mit dicken, halbverwischten Bleistifthieroglyphen vollgeschrieben war, Aufschluß über den Verbleib der Kisten. Es befanden sich in der Wagenladung, die er von Carfax abholte, sechs Kisten, die er in Chicksandstreet 197, Mile End New Town, und sechs andere, die er in Jamaika Lane, Bermondsey, ablud. Der Graf hatte scheinbar die Absicht, seine Zufluchtsstätten über ganz London auszubreiten; dies waren die ersten Stationen, von denen aus er dann das weitere Verteilungswerk vornehmen wollte. Die systematische Art, in der er vorging, brachte mich zu der Überzeugung, daß er jedenfalls nicht daran dachte, sich nur auf zwei Seiten Londons zu beschränken. Bis jetzt war er an den äußersten Osten des nördlichen, an den Osten des südlichen Viertels und an den Süden gebunden. Der Norden und der Westen lagen sicher nicht außerhalb des Bereiches seiner teuflischen Pläne, ebenso wenig wie die City selbst und das Herz des vornehmen London im Westen und Südwesten. Ich wandte mich nochmals an Smollet und fragte, ob er nichts davon wisse, daß noch mehr Kisten aus Carfax geholt worden seien.

Er antwortete:

»Nun, Herr, Sie haben mich so nobel belohnt« – – ich hatte ihm einen halben Sovereign gegeben – – »ich werde Ihnen alles sagen, was ich weiß. Ich hörte einen Mann, namens Bloxam, vor vier Tagen im Wirtshaus ›Zum Hafen und zu den Hunden‹ in der Pinchers Allee sagen, daß er und noch jemand eine recht staubige Arbeit in einem alten Hause in Purfleet zu verrichten hatten. Sehr oft kommen ja solche Sachen nicht vor; ich glaube, daß Ihnen vielleicht Sam Bloxam einiges wird sagen können.« Ich bat ihn mir zu sagen, wo ich jenen wohl treffen würde, und fügte hinzu, daß er sich noch einen halben Sovereign verdienen könne, wenn er mir die genaue Adresse des Mannes verschaffe. Er verschluckte den Rest seines Tees und versprach mir, daß er sein Möglichstes tun werde. An der Tür drehte er sich noch einmal um und sagte:

»Es hat ja gar keinen Sinn, wenn ich Sie hier aufhalte. Entweder finde ich Sam bald oder ich finde ihn überhaupt nicht; es kann aber auch sein, daß er heute abend nicht in der Verfassung ist, Ihnen viel zu erzählen. Er macht gern Bierreisen. Wenn Sie mir ein Kuvert mit einer Marke geben, auf dem Ihre Adresse steht, will ich mich auf die Suche machen und die Mitteilung heute abend aufgeben. Aber Sie müssen morgen recht früh bei der Hand sein, oder Sie werden seiner nicht habhaft, denn Sam ist ein Frühaufsteher trotz der Bierreise vom Abend vorher.«

Das schien mir praktisch, weshalb ich ein Kind mit einem Penny fortschickte, um einen Bogen Papier nebst Umschlag zu holen; das Übrigbleibende sollte ihm gehören. Als es zurückkam, schrieb ich die Adresse, klebte eine Marke auf und begab mich dann, nachdem Smollet noch wiederholt versprochen hatte, mir sofort die gefundene Adresse mitzuteilen, auf den Heimweg. Wieder eine Spur mehr. Ich bin recht müde und bedarf des Schlafes. Mina liegt in tiefem Schlummer, sie sieht mir fast ein wenig zu blaß aus; ihre Augen sehen verweint aus. Arme Frau! Sie leidet zweifellos darunter, daß sie im Dunklen gehalten wird, und ist doppelt ängstlich um mich und die anderen. Aber es ist am besten so. Es ist besser, sie sorgt und kränkt sich darüber, als daß ihre Nerven Schaden leiden. Die Ärzte haben ganz recht, wenn sie darauf bestehen, daß sie dieser entsetzlichen Geschichte ferngehalten wird. Ich muß stark sein, denn auf mir lastet diese Pflicht des Schweigens besonders schwer. Ich darf unter keinen Umständen über die Dinge mit ihr sprechen. In einer Hinsicht erleichtert sie mir ja die Durchführung meines Vorsatzes, denn sie schweigt standhaft und hat, seit sie von unserem Beschlusse weiß, mit keinem Worte mehr des Grafen und seiner Missetaten Erwähnung getan.

2. Oktober, Abends. – Ein langer, ermüdender, aufregender Tag. Mit der ersten Post erhielt ich das von mir adressierte Kuvert, in dem ein schmutziger Zettel war; auf ihm stand, von einer ungefügen Hand mit einem Zimmermannsstift geschrieben:

> »Sam Bloxam, Korkrans, 4, Poters
> Cort, Bartel Street, Walworth.
> Fragen Sie nach dem Stellvertreter.«

Ich erhielt den Brief im Bett und stand sofort auf, ohne Mina zu wecken. Sie sah müde, abgespannt und bleich aus und schien nichts weniger als wohl zu sein. Ich nahm davon Abstand sie aufzuwecken, beschloß aber, wenn ich von diesem Gange zurück sei, schleunigst die Vorbereitungen zu ihrer Heimkehr nach Exeter zu treffen. Ich glaube, sie wird in ihrem eigenen Heim sich glücklicher fühlen als hier unter uns und in völliger Unwissenheit; zu Hause hat sie ihre Haushaltungssorgen, die ihre Gedanken in Anspruch nehmen werden. Ich sah niemand als Dr. Seward, und auch diesen nur auf einen Augenblick. Ich sagte ihm, was ich vorhabe, und versprach ihm, sofort nach meiner Rückkehr alles zu erzählen, was ich erkundet habe. Ich fuhr nach Walworth und fand nicht ohne Schwierigkeiten Potters Court. Herrn Smollets Schreibweise hatte mich etwas irregeführt, denn ich fragte immer nach Poters statt nach Potters Court. Nachdem ich aber doch Potters Court gefunden, war es nicht mehr schwer, Corcorans Herberge zu entdecken. Ein Mann erschien unter der Tür. Ich fragte ihn nach dem »Stellvertreter«, er schüttelte den Kopf und fragte: »Den kenne ich nicht. So einer wohnt nicht hier; ich hab meiner Lebtag nichts von ihm gehört. Ich glaube nicht, daß hier oder in der Nähe ein solcher wohnt.« Ich zog Smollets Brief heraus, und als ich ihn durchlas, kam mir der Gedanke, daß auch hier die ungeschickte Ausdrucksweise des Briefschreibers vielleicht ein Mißverständnis erzeugt habe. »Wer sind denn Sie?« fragte ich ihn.

»Ich bin der Verwalter«, antwortete er. Ich wußte sofort, daß ich auf der richtigen Spur war. Eine halbe Krone Trinkgeld, und alles, was der Verwalter wußte, stand zu meiner Verfügung. Ich erfuhr, daß Bloxam, der die Folgen seiner gestrigen Bierreise in Corcorans Herberge verschlafen hatte, heute früh fünf Uhr auf seine Arbeitsstelle in Poplar gegangen sei. Er konnte mir den Platz nicht genau angeben, aber er wußte ungefähr, daß es ein neumodisches Warenhaus sei. Mit diesem mehr als ungenügenden Aufschluß begab ich mich nach Poplar. Es war zwölf Uhr geworden, bis ich ein derartiges Gebäude erfragt hatte; ich war in eine kleine Kaffeekneipe gegangen, wo mehrere Arbeiter ihre Mahlzeit einnahmen. Einer von ihnen erinnerte sich, daß an der Ecke der Croß Angel Street ein Lagerspeicher errichtet wurde. Da diese Beschreibung einigermaßen dem entsprach, was ich mir unter dem »neumodischen Warenhaus« vorstellen konnte, fuhr ich sofort dorthin. Eine Unterredung mit dem groben Aufseher und dem noch gröberen Vorarbeiter, die ich mit etwas Reichsmünze milder stimmte, brachte mich Bloxams Spuren immer näher. Ich versprach dem Vorarbeiter, ihm den ganzen Tageslohn auszuzahlen, wenn er mir einige Worte mit Bloxam in einer Privatsache zu sprechen erlaubte; daraufhin schickte er nach ihm. Er war ein kluger Bursche, etwas rauh im Sprechen und Benehmen. Nachdem ich ihm versprochen, für die Auskunft gut zu zahlen, und ihm den Ernst dieses Vorhabens bewiesen hatte, erzählte er mir, daß er zweimal von Carfax nach einem Hause in Piccadilly gefahren sei und von dem ersteren nach dem letzteren Hause neun große, gehörig schwere Kisten transportiert habe; Wagen und Pferd habe er eigens zu diesem Zwecke gemietet. Ich fragte ihn um die Nummer des Hauses in Piccadilly und er erwiderte:

»Herr, die Nummer habe ich vergessen, aber es war nur ein paar Türen von einer großen, weißen Kirche oder so etwas, das neugebaut war, entfernt. Es war ein staubiges, altes Haus, aber noch lange nicht so schlimm wie das Haus, aus dem wir die verflixten Kisten abholten.«

»Wie kamen Sie denn in die Häuser, wenn sie doch beide, wie Sie sagen, leer waren?«

»Der alte Herr, der mir den Auftrag erteilt hatte, erwartete mich im Hause in Purfleet. Er half mir, die Kisten heraustragen und auf den Wagen laden. Hol's der Teufel, er war der stärkste Mann den ich meiner Lebtage gesehen; und er war doch schon sehr alt, mit weißem Schnurrbart und so mager, daß man meinen konnte, er werfe keinen Schatten.«

Wie es mir da kalt über den Rücken lief!

»Ja, und er hob die Kisten an einem Ende, als seien sie Teebüchsen, während ich pustend und blasend das andere Ende kaum heben konnte, und ich bin doch, weiß Gott, kein schwacher Kerl!«

»Wie kamen Sie in das Haus in Piccadilly?« fragte ich.

»Da war er auch. Er muß vor mir weggegangen und vor mir angekommen sein, denn als ich die Klingel zog, öffnete er selbst das Tor und half mir die Kisten in die Halle tragen.«

»Alle neun?« frage ich wiederum.

»Jawohl, in der ersten Ladung waren es fünf, in der zweiten vier. Es war eine verdammt trockene Arbeit; ich weiß nicht mehr so recht, wie ich eigentlich heimgekommen bin.« Ich unterbrach ihn:

»Sind die Kisten alle in der Halle geblieben?«

»Ja, es war eine große Halle, es stand nichts anderes darinnen.« Ich machte weitere Versuche, noch mehr zu erfahren:

»Sie hatten keinen Schlüssel?«

»Wir brauchten keinen Schlüssel oder etwas dergleichen. Der alte Herr öffnete die Tür, wenn ich kam, und verschloß sie wieder, wenn ich wegfuhr. Das letzte erinnere ich mich nicht mehr es wird wohl das Bier gewesen sein.«

»Und Sie können sich tatsächlich nicht mehr der Hausnummer erinnern?«

»Nein, Herr, aber es wird Ihnen nicht schwer werden, das Haus zu finden. Es ist hoch, aus weißen Steinen gebaut und hat einen Balkon; zum Tor führen hohe

Treppen. Ich kenne die Treppen genau, denn ich hatte die schweren Kisten hinaufzu-
tragen; drei Bummler halfen mir, weil sie sich einen Groschen verdienen wollten. Der
alte Herr gab jedem einen Schilling, und als sie sahen, daß sie so gut entlohnt wurden,
verlangten sie noch mehr; er aber nahm einen von ihnen bei der Schulter und warf ihn
die Stiege hinab, worauf sie alle fluchend davonrannten.«

Die Beschreibung war so deutlich, daß ich hoffen durfte, das Haus zu finden; ich
bezahlte den Mann für seine Auskunft und machte mich auf den Weg nach Piccadilly.
Ich hatte eine neue schmerzliche Erfahrung gemacht, nämlich, daß der Graf offenbar
imstande war, allein die Kisten zu tragen. Wenn es sich tatsächlich so verhielt, dann
war die Zeit noch kostbarer; denn nachdem er die Verteilung der Kisten einmal in
einer gewissen Weise vorgenommen hatte, konnte er das Weitere nach Gutdünken
und allein vornehmen. Am Zirkus in Piccadilly entließ ich meinen Wagenlenker und
ging zu Fuß westwärts. Jenseits der Junior Konstitutional fand ich das bezeichnete
Haus, den von Dracula zunächst eingerichteten Schlupfwinkel. Das Haus sah aus, als
sei es schon lange nicht mehr bewohnt. Die Fenster waren dick verstaubt und die Läden standen offen. Das gesamte Holzwerk war schwarz vor Alter, und von allen Eis-
enteilen hatte sich die Farbe fast völlig abgelöst. Augenscheinlich war bis vor kurzem
an der Vorderwand des Balkons ein Reklameschild angebracht gewesen; jedenfalls war
es in gewalttätiger Weise weggerissen worden; die Haken, an denen es befestigt gewesen war, ragten noch hervor. Hinter den Gitterstäben des Balkons bemerkte ich einige
lose Bretter, deren Ränder weiß aussahen. Ich hätte viel darum gegeben, wenn ich die
Reklametafel unbeschädigt hätte lesen können; vielleicht wäre es mir dadurch möglich
geworden, einen Schluß auf den Besitzer zu ziehen. Ich erinnerte mich, wie ich Carfax
ausfindig gemacht und gekauft hatte; ich wußte, daß wenn ich den früheren Eigentümer des Hauses in Erfahrung brachte, ich auch Mittel finden würde, mir Eintritt in
das Haus zu verschaffen. Von dieser Seite aus war für heute nichts mehr zu sehen und
zu erfahren; ich begab mich also auf die Rückseite des Gebäudes, um zu erkunden, ob
sich vielleicht von hier aus etwas erspähen ließe. In der Hintergasse war es lebendig,
wie ja die meisten Straßen in Piccadilly sehr dicht bewohnt sind. Ich fragte einige
Grooms und Burschen, die herumstanden, ob sie mir etwas über das leere Haus sagen
könnten. Einer von ihnen erzählte mir, daß es vor kurzem vermietet worden sei, an
wen, wisse er nicht. Er fügte noch hinzu, daß noch vor wenigen Tagen ein Schild: »Zu
verkaufen!« angebracht gewesen sei und daß vielleicht Mitchell, Söhne & Candy – er
meinte, sich dieser Firma auf dem Schild zu erinnern – imstande wären, mir einige
Aufschlüsse zu erteilen. Ich wollte nicht sehen lassen, wie erregt ich war, und mich
auch sonst nicht verraten, deshalb bedankte ich mich in unauffälliger Weise und ging

fort. Es begann schon zu dämmern und die Herbstnacht brach herein; ich hatte also gar keine Zeit zu verlieren. Ich hatte mir aus einem Adreßbuch noch rasch das Nötige über Mitchell, Söhne & Candy notiert und begab mich dann sofort in ihr Bureau in der Sackville Straße.

Der Herr, der mich empfing, war ebenso außerordentlich liebenswürdig wie er zugeknöpft war. Nachdem er mir einmal gesagt hatte, daß das Haus in Picadilly – er nannte es während unserer ganzen Unterredung »Herrensitz« – verkauft sei, schien er meine Aufgabe als erledigt zu betrachten. Als ich ihn fragte, wer es erworben habe, öffnete er seine Augen eine Spur weiter und antwortete nach einer mehrere Sekunden langen Pause:

»Es ist verkauft, mein Herr.«

»Verzeihen Sie,« sagte ich eben so höflich, »aber ich habe einen besonderen Grund, mich dafür zu interessieren, wer es gekauft hat.«

Die Pause wurde noch länger und seine Augenbrauen zogen sich noch höher. »Es ist verkauft, mein Herr«, war wieder seine lakonische Erwiderung.

»Ich glaube,« sagte ich, »Sie haben die Absicht, mich nichts darüber wissen zu lassen.«

»Gewiß habe ich diese Absicht,« antwortete er. »Die Angelegenheiten der Klienten sind in den Händen der Firma Mitchell, Söhne & Candy gut aufgehoben.« Er war ein Geck von reinstem Wasser, und ich sah, daß mit ihm nicht zu rechten war. Ich hielt es für das beste, ihm in seiner Art zu begegnen und sagte:

»Ihre Klienten, mein Herr, dürfen glücklich sein, einen so zuverlässigen Hüter ihrer Privatangelegenheiten zu besitzen. Ich verstehe das um so besser, zu würdigen, als ich selbst Fachmann bin.« Ich überreichte ihm meine Karte. »In dieser Sache handle ich nicht aus Neugierde. Ich handle im Auftrage des Lord Godalming, der einiges über das Grundstück, das bis vor kurzem zu verkaufen war, wissen möchte.« Diese Worte brachten einen auffallenden Wechsel in seinem Verhalten hervor. Er sagte:

»Ich möchte Ihnen gern gefällig sein, Herr Harker, und ganz besonders auch Seiner Lordschaft. Wir haben früher schon einmal einen kleinen Mietsauftrag für ihn erledigt, als er noch nicht Lord Godalming war. Wenn Sie die Güte haben wollen, mir Seiner Lordschaft Adresse zu hinterlassen, will ich die Firma in dieser Angelegenheit konsultieren und werde auf jeden Fall Seiner Lordschaft mit der heutigen Abendpost Nachricht zukommen lassen. Es wird uns ein Vergnügen sein, ausnahmsweise von unserem Geschäftsprinzip abzugehen, um Seiner Lordschaft gefällig sein zu können.«

Ich wollte ihn lieber als Helfer gewinnen wie ihn mir zum Feinde machen, deshalb bedankte ich mich, gab Dr. Sewards Adresse an und empfahl mich. Es war schon dunkel und ich war müde und hungrig. Ich ging in ein Kaffeehaus und fuhr dann mit dem nächsten Zuge nach Purfleet.

Alle Freunde waren schon zu Hause. Mina sah müde und blaß aus, aber sie bemühte sich tapfer, fröhlich und frisch zu sein. Es tat mir weh, daß ich etwas vor ihr zu verbergen hatte und ihr dadurch Leid verursachen mußte. Gott sei Dank, es ist heute die letzte Nacht, daß sie unseren Konferenzen zusehen muß, ohne daß wir sie, so leid es mir tut, einweihen können. Ich mußte alle meine Willenskraft zusammennehmen, um dem vernünftigen Beschluß, sie von unserem Unternehmen fernzuhalten, nicht zuwider zu handeln. Sie scheint sich ja schon mit dieser Tatsache abgefunden zu haben oder aber die ganze Angelegenheit ekelt sie an; denn wenn eine zufällige Anspielung gemacht wird, schaudert sie förmlich. Ich bin froh, daß wir den Entschluß noch frühzeitig gefaßt haben, denn dies Gefühl des Abscheues würde mit unserer sich immer mehr erweiternden Kenntnis nur noch größer geworden sein.

Ich konnte den Kameraden von den Erlebnissen des Tages erst erzählen, als wir allein waren. Nach Tisch – wir hatten ein wenig musiziert, um den Schein zu wahren – brachte ich Mina auf ihr Zimmer und bat sie, sich niederzulegen. Sie war leidenschaftlich erregt und klammerte sich an mich, als wolle sie mich nicht von sich lassen. Aber es war noch sehr viel zu erledigen, deshalb trennte ich mich bald von ihr. Glücklicherweise hat dieses Schweigen noch keinen Schatten auf unsere Liebe geworfen.

Als ich wieder hinunterkam, waren die Anderen schon alle im Arbeitszimmer versammelt. Ich hatte mein Tagebuch aufs laufende gebracht und las es ihnen vor, weil ich es für das beste hielt, sie rasch mit dem bekannt zu machen, was ich festgestellt hatte. Als ich mit dem Vorlesen fertig war, sagte Van Helsing:

»Das war ein schönes Stück Tagewerk, Freund Jonathan. Zweifellos sind wir den fehlenden Kisten auf der Spur. Wenn wir sie alle in jenem Hause beieinander finden, ist unsere Arbeit ihrem Ende nahe. Sollten aber einige fehlen, so müssen wir suchen, bis wir sie gefunden haben. Dann führen wir unsern Hauptstreich und hetzen den Verruchten in den natürlichen Tod.« Wir saßen eine Weile schweigend da, plötzlich sagte Morris:

»Sagt einmal, wie kommen wir denn in jenes Haus?«

»Wir sind ja in das andere auch gekommen,« antwortete Lord Godalming rasch.

»Mein lieber Arthur, das ist doch ein Unterschied. Wir sind in Carfax eingebrochen, da war es aber Nacht und eine hohe Mauer schützte uns vor unberufenen Blicken. Es ist wesentlich anders, wenn wir in Piccadilly, bei Tage oder bei Nacht Einbruch verüben. Ich muß gestehen, ich sehe keinen Weg, wie wir hineinkommen sollten, außer dieser eingebildete Agent gibt uns irgend einen Aufschluß. Vielleicht gibst Du uns

Nachricht, wenn morgen sein Brief einläuft.« Lord Godalming zog die Brauen zusammen, stand auf und ging im Zimmer auf und nieder. Dann blieb er stehen und sagte, indem er sich an uns der Reihe nach wandte:

»Quinceys Kopf ist hell. Diese Einbrechereien beginnen nachgerade gefährlich zu werden. Einmal sind wir ja mit heiler Haut davongekommen, aber nun haben wir eine etwas schwierigere Aufgabe vor uns, außer es gelingt uns, des Schlüsselbundes des Grafen habhaft zu werden.«

Da wir vor morgen nichts mehr tun konnten und es rätlich schien, zu warten, bis Lord Godalming von der Firma Mitchell Nachricht bekäme, beschlossen wir, vor dem Frühstück keinen entscheidenden Schritt zu tun. Eine Zeit lang blieben wir noch bei einander, indem wir die Angelegenheit von allen Seiten beleuchteten und alle Möglichkeiten überlegten. Ich benützte die Gelegenheit, das Tagebuch zu ergänzen. Ich bin sehr schläfrig und werde mich zu Bett begeben.

Noch ein paar Worte. Mina liegt in tiefem Schlummer und atmet regelmäßig. Ihre Stirn ist in Falten gezogen, als ob sie sogar im Schlafe nachdenke. Sie ist immer so bleich, aber sie sieht nicht mehr so abgehärmt aus wie heute früh. Der morgige Tag wird, so hoffe ich, all dem ein Ende bereiten; sie wird dann wieder daheim in Exeter sein. Ich bin schläfrig!

Dr. Sewards Tagebuch.

1. Oktober. – Renfields Verhalten gibt mir wieder neue Rätsel auf. Die Stadien wechseln so rasch, daß es mir unmöglich ist, sie einzeln festzuhalten. Da sie aber immer mehr verraten, als es ihm selbst liebt ist, so bilden sie ein recht interessantes Studium. Heute früh, kurz nachdem er sich Van Helsing gegenüber so abweisend gezeigt, suchte ich ihn auf. Er trug die Miene eines Mannes zur Schau, der dem Schicksal gebietet. Und in der Tat gebot er – wenigstens subjektiv – dem Schicksal. Er kümmerte sich wirklich nichts um die Dinge, die auf dieser Erde vor sich gingen; er schwebte in den Wolken und sah mitleidig nieder auf all die Schwächen und Mängel der Sterblichen. Ich dachte die Gelegenheit wahrzunehmen und etwas zu lernen; ich frage ihn deshalb:

»Wie steht es denn jetzt mit den Fliegen?« Er lächelte mich überlegen an und antwortete:

»Die Fliege, verehrter Herr, hat einen auffallenden Zug: ihre Flügel sind typisch für die Gewalt der Psyche über die Luft. Die Alten wußten recht wohl, warum sie die Seele als Schmetterling darstellten.«

Ich wollte die Logik seiner Aussage prüfen und antwortete:

»Sie sind also jetzt hinter einer Seele drein, nicht wahr?« Sein Irrsinn ward wieder Herr über seinen Verstand und ein erstaunter Ausdruck trat in sein Gesicht. Er schüttelte den Kopf so energisch, wie ich es noch nie bei ihm gesehen und sagte:

»O nein, o nein! Ich brauche keine Seelen. Leben ist alles, dessen ich bedarf.« Jetzt wurde er fröhlicher. »Gegenwärtig ist mir alles gleichgültig. Leben habe ich genug; ich habe, was ich brauche. Sie müssen sich einen neuen Patienten suchen, Herr Doktor, wenn Sie noch weiter Zoophagie studieren wollen!«

Ich war ein wenig überrascht und fragte demnach:

»Dann befehlen Sie also über das Leben und sind ein Gott.« Er lächelte mit einer unaussprechlich gütigen, überlegenen Miene.

»O nein! Es sei ferne von mir, mir selbst die Attribute der Gottheit anzumaßen. Bin ich ja doch nicht einmal der geistigen Fähigkeiten Gottes teilhaftig. Wenn ich meine intellektuelle Stellung in rein irdischen Dingen präzisieren darf, so bin ich etwa auf der Stufe die Enoch in geistiger Hinsicht einnahm!« Das war mir nun eine recht harte Nuß. Ich konnte mir im Augenblick nicht ins Gedächtnis zurückrufen, welche Eigenschaften Enoch besessen hatte. Ich mußte also, wenn ich folgen wollte, direkt fragen, wenn ich mir auch darüber klar war, daß ich mir damit in den Augen des Kranken eine Blöße geben würde.

»Warum vergleichen Sie sich mit Enoch?«

»Weil er mit Gott gehen durfte.« Ich begriff nicht ganz, was er meinte, wollte es aber auch nicht merken lassen. Ich griff deshalb noch einmal auf das zurück, was er schon verneint hatte, und fragte:

»So wollen Sie also nichts mehr mit dem Leben zu schaffen haben und bedürfen keiner Seelen? Warum denn nicht?« Ich stellte die Frage schnell und ziemlich strengen Tones, um ihn zu verblüffen. Die Absicht gelang; augenblicklich fiel er unbewußt in seine gewöhnlich kriechende Manier zurück; er verbeugte sich und schmiegte sich förmlich an mich, als er antwortete:

»Ich bedarf keiner Seelen, wirklich nicht! Ich brauche keine. Ich könnte ja auch keinen Gebrauch davon machen, wenn ich welche hätte. Ich könnte sie ja doch nicht essen oder –« er hielt plötzlich inne und der alte verschmitzte Ausdruck huschte über sein Gesicht, wie ein Windstoß über den Wasserspiegel. »Herr Doktor, was das Leben betrifft, was soll ich schließlich damit? Wenn ich doch weiß, daß ich so viel davon habe, als ich bedarf, und daß ich nichts weiter mehr wünschen werde. Ich habe Freunde, wie Sie, Herr Dr. Seward«, er sagte das mit einem unaussprechlich schlauen Blinzeln, »und ich weiß, daß ich niemals an Lebenskraft Mangel leiden werde.«

Ich glaube, er hat durch die Wolken seines Irrsinns doch die Abneigung erkannt, die er mir einflößte, denn plötzlich verfiel er auf das letzte Zufluchtsmittel, das die Irren anwenden, ein hartnäckiges Schweigen. Nach kurzer Zeit war ich mir im klaren darüber, daß es augenblicklich zwecklos sei, mit ihm weiter zu sprechen. Er ist ein eigensinniger Patron, deshalb ging ich fort.

Etwas später schickte er aber nach mir. Unter gewöhnlichen Verhältnissen hätte ich ja diese Bitte nicht erfüllt, aber sein gegenwärtiger Zustand interessiert mich derartig, daß ich die Mühe nicht scheute. Außerdem bin ich froh, daß ich etwas habe, um mir die Zeit zu vertreiben. Harker ist ausgegangen, um die Spuren des Grafen weiter zu verfolgen, ebenso Quincey und Lord Godalming. Van Helsing sitzt in meinem Arbeitszimmer und brütet über den von den Harkers zusammengestellten Akten. Er meint, daß eine genaue Kenntnis sämtlicher Details imstande sei, mehr Licht in das Dunkel zu bringen, das uns noch umgibt. Er hat gebeten, man möchte ihn in seiner Arbeit nicht stören, ohne daß ein wichtiger Grund vorliegt. Ich hätte ihn ganz gern wieder zu meinem Patienten mitgenommen, dachte mir aber, daß er nach der erfahrenen Zurückweisung keine Lust dazu mehr haben werde. Außerdem hatte ich noch einen anderen Grund: Renfield würde in Gegenwart eines Dritten nicht so frei sprechen, als wenn wir beide allein sind.

Als ich bei ihm eintrat, saß er mitten im Zimmer auf seinem Stuhl, eine Gewohnheit, aus der ich immer auf eine geistige Arbeit bei ihm schließen konnte. Kaum hatte ich die Tür geschlossen, da sagte er schon, als habe er die Frage schon auf den Lippen gehabt:

»Wie ist es mit den Seelen?« Ich hatte also in meiner Mutmaßung recht gehabt. Das Gehirn hatte unbewußt weitergearbeitet. Ich beschloß, der Sache noch weiter auf den Grund zu gehen. »Wie steht es denn bei Ihnen damit?« fragte ich ihn. Er antwortete nicht sofort, sondern sah um sich herum, bald nach aufwärts, bald nach abwärts, als besänne er sich auf irgend eine Antwort.

»Ich bedarf keiner Seelen!« sagte er in einem schwachen, entschuldigenden Tone. Die Sache schien sich doch seines Denkens bemächtigt zu haben und ich beschloß, die Situation auszunützen, deshalb sagte ich:

»Sie lieben das Leben und bedürfen der Lebenskraft?«

»Ja, aber das ist alles in Ordnung; Sie brauchen sich darum gar nicht zu sorgen.«

»Aber«, sagte ich, »wie können wir das Leben nehmen, ohne die Seele auch zu nehmen?« Dies schien ihn zu verwirren, und ich fuhr absichtlich in dieser Tonart weiter:

»Eine hübsche Himmelfahrt werden Sie einmal machen, wenn die Seelen der Tausenden von Fliegen, Spinnen, Vögel, Katzen rings um Sie summen, zwitschern und miauen. Sie haben ihnen das Leben genommen und müssen sich nun mit ihren Seelen abfinden.« Das schien seine Phantasie zu packen, denn er steckte die Finger in die Ohren, schloß die Augen und preßte sie fest zusammen, wie ein unartiger Junge, dem man das Gesicht seift. Es lag etwas Ergreifendes in dieser Geste, zugleich kam mir der Gedanke, daß ich es nur mit einem Kinde zu tun habe, – einem Kinde, obgleich seine Züge verwittert und die Stoppeln auf seinem Kinn grau waren. Ich wollte in erster Linie sein Vertrauen gewinnen und fragte ihn deshalb ziemlich laut, damit er es durch seine verschlossenen Ohren hören konnte:

»Möchten Sie nicht gern etwas Zucker haben, um wieder Fliegen einfangen zu können?« Er schien plötzlich zu erwachen und schüttelte den Kopf. Lachend antwortete er:

»Nicht besonders. Die Fliegen sind schließlich armselige Geschöpfe!« Nach einer Pause fügte er hinzu: »Ich möchte ihre Seelen auch nicht um mich summen hören.«

»Oder Spinnen?« fuhr ich fort.

»Hol der Teufel die Spinnen! Was soll ich denn mit Spinnen? Es ist ja nichts an ihnen zu essen oder zu – –.« Er hielt plötzlich inne, als fiele ihm ein, daß er einen Ausdruck nicht gebrauchen dürfe.

»So, so«, dachte ich bei mir selbst, »das ist das zweite Mal, daß er bei dem Worte »Trinken« unvermittelt stecken blieb; was kann das zu bedeuten haben?« Renfield schien gemerkt zu haben, daß er eine Dummheit gemacht, denn er fuhr eilig fort, als wolle er meine Aufmerksamkeit ablenken:

»Ich habe überhaupt keine rechte Freude an solchen Dingen. ›Ratten und Mäuse und das kleine Getier‹ könnte man mit Shakespeare ›Hühnerfutter der Speisekammer‹ nennen. Ich bin über jeden derartigen Unsinn hinaus. Sie könnten mit demselben Erfolg jemand auffordern, Moleküle mit dem Eßstäbchen zu verzehren, wie mich für die niederen Fleischfresser zu interessieren, da ich doch weiß, was ich zu erwarten habe.«

»Ich begreife«, sagte ich, »Sie wollen große Dinge, damit Sie Ihre Zähne ordentlich hineinschlagen können? Möchten Sie nicht einmal einen Elephanten frühstücken?«

»Was für lächerlichen Blödsinn Sie reden!« Er war mir schon wieder zu sehr Herr der Situation, und ich beschloß, ihn wieder zu verwirren. »Ich möchte wissen«, sagte ich nachdenklich, »wie die Seele eines Elephanten ist.«

Der von mir beabsichtigte Effekt war erreicht. Er stieg plötzlich von seinem hohen Roß herunter und wurde wieder ein kleines Kind.

»Ich brauche keine Elephantenseele, überhaupt keine Seele«, sagte er. Einige Minuten saß er mutlos da. Plötzlich sprang er auf, sein Gesicht war gerötet und trug alle Anzeichen äußerster, seelischer Erregung. »Zur Hölle mit Ihnen und Ihren verfluchten Seelen«, brüllte er. »Was quälen Sie mich mit den Seelen. Habe ich nicht schon genug gelitten, mich gekränkt und abgehärmt, auch ohne die Seelen!« Er sah mich so feindselig an, daß ich jeden Augenblick einen Mordanfall befürchten mußte; ich gab deshalb ein Signal mit einem Pfeifchen. Im gleichen Moment aber wurde er ruhig und sagte, indem er sich entschuldigte:

»Verzeihen Sie, Herr Doktor, ich habe mich vergessen. Sie bedürfen keiner Hilfe. Mein Gemüt ist dermaßen erschüttert, daß jede Kleinigkeit mich furchtbar aufregt. Wenn Sie eine Ahnung hätten von dem Problem, dem ich gegenüberstehe und das ich auszuarbeiten habe, würden Sie mich bemitleiden, mich verstehen und mir verzeihen. Ich bitte, lassen Sie mich nicht in die Zwangsjacke stecken. Ich muß nachdenken, denken kann ich aber nur, wenn mein Körper nicht beengt ist. Ich weiß, Sie werden mich begreifen.« Er hatte sich augenscheinlich wieder in der Gewalt. Als die Wärter herbeieilten, sagte ich ihnen, es sei nichts von Bedeutung und sie zogen sich wieder zurück. Renfield lauerte, bis sie gegangen waren; als der letzte die Tür geschlossen hatte, sagte er mit Würde und Liebenswürdigkeit:

»Dr. Seward, Sie haben sehr rücksichtsvoll gegen mich gehandelt. Glauben Sie mir, daß ich Ihnen sehr dankbar bin.« Ich hielt es für das beste, ihn jetzt in diesem Zustande zu verlassen und ging. Es ist im Verhalten dieses Mannes etwas, was zu denken gibt. Einzelne seiner Eigenheiten scheinen das zu ergeben, was der amerikanische Reporter »eine Geschichte« nennt, wenn man sie in den richtigen Zusammenhang zu bringen weiß. Hier folgen einige:

Will das Wort »trinken« nicht aussprechen.

Fürchtet sich vor dem Gedanken, mit der Seele von irgend etwas belastet zu werden. Befürchtet nicht, in Zukunft Mangel an »Leben« zu haben.

Verabscheut die niederen Formen des Lebens, obgleich er fürchtet, von ihren »Seelen« verfolgt zu werden.

Logisch weisen alle diese Dinge auf einen Punkt hin. Er hat von irgend einer Seite die Zusage zu erhalten vermeint, daß er eine Art höheres Leben erringen werde. Er fürchtet die Konsequenz, von der Seele belastet zu werden. Dann ist es also ein menschliches Wesen, auf das er es abgesehen hat!

Und die Zusage? – – – – –

271

Offenbar ist der Graf bei ihm gewesen. Da ist etwas Neues, Entsetzliches im Gange! Später. – – Ich ging nach meiner Runde noch zu Van Helsing und berichtet ihm von meinem Verdacht. Er wurde sehr ernst, und nachdem er eine Weile über die Sache nachgedacht, bat er mich, ihn zu Renfield zu bringen. Ich erfüllte seinen Wunsch. Als wir an die Tür des Irren kamen, hörten wir ihn innen vergnügt singen, wie er es in der Zeit zuweilen zu tun pflege, die weiter hinter uns liegt. Bei unserem Eintritt bemerkten wir zu unserem Erstaunen, daß er, wie früher, seinen Zucker ausgestreut hatte; die Fliegen, die schon herbstmüde waren, summten herein. Wir versuchten, ihn über das Thema unseres vorhergegangenen Gesprächs zum Reden zu bringen, aber er schien nicht darauf zu achten. Er sang ruhig weiter, als seien wir nicht für ihn vorhanden. Er hatte ein Stückchen Papier in der Hand und legte es in Form eines Notizbuches zusammen. Wir zogen uns ebenso klug zurück, wie wir gekommen waren.

Jedenfalls eine ganz absonderliche Geschichte; wir müssen heute Nacht sehr auf ihn Obacht geben.

Brief.
Mitchell Söhne & Candy
an Lord Godalming.

1. Oktober.

Mylord!

Wir schätzen es uns zur außerordentlichen Ehre, Ihren Wünschen entsprechen zu können. Wir beehren uns, Ihnen Nachfolgendes über den Kauf und Verkauf des Hauses Nr. 347, Piccadilly, dem uns durch Herrn Harker übermittelten Auftrag Euer Lordschaft nachkommend, mitzuteilen. Die Verkäufer sind die Testamentsvollstrecker des verstorbenen Herrn Winter-Suffield. Der Käufer ist ein fremder Adliger, ein Graf de Ville, der den Kauf selbst perfekt machte und auch selbst das Kaufgeld in Noten »auf den Zahltische legte«, wenn Euer Lordschaft den populären Ausdruck anzuwenden gestatten. Weiteres wissen wir leider nicht von ihm. Wir verbleiben Euer Lordschaft ergebenste Diener

Mitchell Söhne & Candy.

Dr. Sewards Tagebuch.

2. Oktober. – Ich beauftragte einen Wärter, die Nacht über auf dem Korridor zu verbleiben und scharf auf jedes Geräusch zu achten, das aus Renfields Zimmer käme; ich instruierte ihn auch dahin, daß er mich bei irgend einem außergewöhnlichen Vorkommnis sofort rufen solle. Nach Tische waren wir alle im Arbeitszimmer versammelt – Frau Mina war zu Bett gegangen – und besprachen die Unternehmungen und Erlebnisse des Tages. Harker war der einzige, der wirkliche Resultate aufzuweisen hatte; wir hegen alle die bestimmte Hoffnung, daß wir auf der richtigen Fährte sind.

Ehe ich schlafen ging, trieb es mich, noch einmal nach meinem Patienten zu sehen. Ich schlich an seine Tür und sah durch den Beobachtungsschlitz hinein. Er lag im tiefsten Schlummer, seine Brust hob und senkte sich in regelmäßigen Zwischenräumen.

Heute früh erzählte mir der Wärter, daß Renfield kurz nach Mitternacht unruhig geworden sei und immerfort laut Gebete hergesagt habe. Ich fragte ihn, ob das alles sei. Er antwortete, das sei alles, was er gehört. Die Antwort schien mir verdächtig, weshalb ich ihn fragte, ob er denn geschlafen habe. Er verneinte es, gab aber zu, etwas »gedöst« zu haben. Es ist zu traurig, daß man den Menschen nur trauen darf, wenn man hinter ihnen her ist.

Heute ist Harker fort, um die Spuren weiter zu verfolgen, und Arthur und Quincey sehen sich nach Pferden um. Godalming ist der Ansicht, daß es zweckmäßig ist, immer Pferde in Bereitschaft zu haben, denn wenn wir die erwartete Information erhalten, wird keine Zeit zu verlieren sein. Wir müssen die fremde Erde zwischen Sonnenaufgang und Sonnenuntergang sterilisieren. Wir werden so den Grafen abfassen, wenn er am schwächsten ist und wenn er keinen Platz mehr hat, zu dem er flüchten kann. Van Helsing ist ins Britische Museum gegangen, um dort einige Autoritäten der alten Medizin einzusehen. Die alten Ärzte bezogen Dinge in ihre Wissenschaft ein, die von den heutigen nicht mehr anerkannt werden; der Professor sucht einiges über Hexen- und Dämonenkuren, das uns später vielleicht zu statten kommen kann.

Mir ist oft, als seien wir alle verrückt und würden in Zwangsjacken gesund wieder erwachen.

Später. – Wir sind wieder zusammen gekommen. Wir sind nun scheinbar auf der Spur, und das Werk des morgigen Tages wird wohl der Anfang vom Ende sein. Ich möchte wissen, ob Renfields Ruhe damit in irgend einem Zusammenhang steht. Sein Befinden hat sich immer in so auffallender Weise nach dem Verhalten des Grafen gerichtet, daß ihn sicher auch die kommende Vernichtung des Vampyrs nicht überraschen wird. Wenn wir nur irgend die geringste Vermutung hätten, was in seinem Geiste vorging von dem Augenblick an, wo ich mit ihm heute sprach, bis zur Wiederaufnahme seiner Fliegenfängerei; es konnte von unschätzbarer Bedeutung für uns sein. Er ist nun wohl für einige Zeit beruhigt. – – Ist *er* das? – Dieses wilde Schreien schien aus seinem Zimmer zu kommen.

Der Wärter kam in mein Zimmer gestürzt und berichtete daß Renfield von einem Unfall betroffen worden sein müsse. Er hatte ihn schreien hören, und als er sogleich herbeieilte, fand er ihn mit abwärts gerichtetem Gesicht blutüberströmt am Boden liegen. Ich muß sofort zu ihm.

Einundzwanzigstes Kapitel.

Dr. Sewards Tagebuch

3. Oktober. – Ich will alles, was seit dem letzten Eintrag geschah, genau niederschreiben, so weit ich mich daran erinnern kann. Nicht die kleinste Einzelheit, die mir gegenwärtig ist, darf vergessen werden; ich muß in aller Ruhe vorgehen.

Als ich in Renfields Zimmer trat, fand ich ihn in einer großen Blutlache auf der linken Seite liegend auf dem Boden ausgestreckt. Als ich ihn aufheben wollte, bemerkte ich, daß er einige fürchterliche Verletzungen erlitten hatte. Die einzelnen Körperteile schienen völlig außer Zusammenhang. Als ich das Gesicht näher untersuchte, sah ich, daß es schrecklich zugerichtet war; man hätte meinen können, sein Kopf wäre von jemand auf den Boden geschlagen worden. Das Blut auf der Erde rührte von diesen Gesichtsverletzungen her. Der Wärter, der neben dem Körper kniete, sagte leise, als wir ihn aufhoben:

»Ich glaube, Herr Doktor, das Kreuz ist gebrochen. Sehen Sie, der rechte Fuß, der rechte Arm und die ganze Gesichtshälfte sind gelähmt.« Wie das hatte geschehen können, gab dem Wärter über alle Maßen zu denken. Er sah ganz verstört aus. Seine Augenbrauen waren zusammen gezogen, als er sagte:

»Ich kann nicht verstehen, wie das geschehen konnte. Er konnte sein Gesicht doch nur so zerschlagen, indem er mit dem Kopf auf den Boden schlug. Ich sah dasselbe einmal von einer jungen Frau im Asyl Eversfield, ehe ihr jemand zu Hilfe kam. Das Rückgrat kann er sich doch nur durch einen Fall aus dem Bett gebrochen haben; allerdings ein sehr merkwürdiger Zufall. Aber ich kann mir nicht denken, wie es möglich war, beides zugleich. Wenn sein Kreuz gebrochen war, so war es ihm unmöglich, seinen Kopf so zu zerschlagen; und wenn sein Gesicht schon so aussah, ehe er aus dem Bett fiel, müßte man doch Spuren davon bemerken.« Ich erwiderte:

»Gehen Sie zu Dr. Van Helsing und sagen Sie ihm, ich lasse ihn bitten, sogleich hierher zu kommen. Ich bedarf seiner Hilfe ohne Aufschub.« Der Mann eilte davon, und wenige Minuten später erschien Van Helsing im Schlafrock und Pantoffeln. Als er Renfield auf dem Boden liegen sah, blickte er ihn einen Augenblick scharf an und wandte sich dann an mich. Ich bin der festen Überzeugung, daß er meine Gedanken in meinen Augen las, denn er sagte sehr ruhig, offenbar mit Rücksicht auf den Wärter:

»Ach, ein unglückseliger Zufall! Renfield wird einer peinlich genauen Pflege bedürfen und äußerster Sorgfalt. Ich werde selbst bei Ihnen bleiben, aber ich muß mich etwas umkleiden. Wenn Sie sich geduldigen wollen, ich bin in wenigen Augenblicken wieder zurück.«

Der Patient atmete keuchend; es war unschwer zu erkennen, daß er entsetzliche Verletzungen erlitten hatte. Van Helsing kehrte nach kurzer Zeit zurück und brachte ein chirurgisches Instrumentarium mit. Er hatte offenbar alles überlegt und seinen Entschluß gefaßt, denn er flüsterte mir zu, noch ehe er den Patienten angesehen hatte:

»Schicken Sie den Wärter weg. Wir müssen mit ihm allein sein, wenn er nach der Operation zu sich kommt.« Ich sagte:

»Ich denke, es genügt für heute, Simmons. Wir haben alles getan, was für den Augenblick geschehen kann. Sie machen am besten Ihren Rundgang weiter, Herr Dr. Van Helsing wird dann operieren. Lassen Sie mich sofort wissen, wenn etwas Außergewöhnliches vorkommt.«

Der Wärter zog sich zurück und wir begannen eine genaue Untersuchung des Kranken. Die Wunden im Gesicht waren nur oberflächlich, die Hauptverletzung war ein eingedrückter Schädelbruch, der sich über die ganze motorische Zone erstreckte. Der Professor sagte:

»Wir müssen den Druck vermindern und zur normalen Höhe zurückführen, so weit es uns möglich ist; die Geschwindigkeit der Ergießung beweist die gefährliche Art der Verletzung. Die ganze motorische Zone scheint in Mitleidenschaft gezogen. Der Erguß ins Gehirn wird rasch anwachsen; wir müssen ihn sofort trepanieren, oder es ist zu spät.« Während er sprach, hörten wir ein leises Gehen vor der Tür. Ich öffnete sie und sah im Korridor Arthur und Quincey in Pyjamas und Schlafschuhen. Arthur sprach:

»Ich hörte Ihren Wärter, Herrn Dr. Van Helsing rufen und konnte entnehmen, daß er von einem Unfall sprach. Ich weckte deshalb Quincey. Die Dinge verlaufen so rasch und sind zu seltsam, als daß uns ein Schlaf gegenwärtig möglich wäre. Die morgige

Nacht wird die Dinge wohl nicht mehr so sehen, wie sie bisher waren. Wir werden rückwärts zu schauen haben, und auch vorwärts noch ein wenig mehr, als wir bisher konnten. Dürfen wir herein kommen?« Ich nickte und sie traten vollends ein. Als Quincey die Lage und den Zustand des Patienten erkannte und die Blutlache auf der Diele erblickte, sagte er mitleidig:

»Mein Gott! Was ist denn mit Renfield geschehen?« Ich erzählte ihm alles kurz und fügte hinzu, wir hofften, daß er nach der Operation das Bewußtsein wiedererlangen werde, wenigstens auf kurze Zeit. Quincey setzte sich auf die Bettkante und Godalming neben ihn.

»Wir müssen uns noch gedulden«, sagte Van Helsing, »und den richtigen Zeitpunkt zum Trepanieren abwarten, um den Blutpfropf möglichst rasch und gründlich zu entfernen; es ist ersichtlich, daß die Blutung immer ausgedehnter wird.«

Die Minuten, die wir untätig bleiben mußten, schlichen mit tödlicher Langsamkeit dahin. Ich war entsetzlich niedergeschlagen und Van Helsings Züge verrieten mir, daß auch er Sorge vor dem empfand, was kommen mußte. Ich fürchtete mich vor den Worten, die Renfield sprechen würde. Ich wagte gar nicht daran zu denken, aber die Ahnung des Kommenden lag auf mir wie auf einem, der schon die Totenuhr hat ticken hören. Der Atem des Irren kam in unregelmäßigen Stößen aus der Brust. Jeden Augenblick schien es, als wolle er die Augen öffnen und sprechen; aber dann folgte ein langer, röchelnder Atemzug und er verfiel in noch tiefere Bewußtlosigkeit. Trotzdem ich gegen die Schrecken von Krankenlagern und Totenbetten abgehärtet bin, ergriff mich doch ein unsägliches Grauen, das immer mehr sich steigerte. Ich konnte mein eigenes Herz schlagen hören; das Blut drängte sich mir in die Schläfen und pochte darin wie Hammerschläge. Das Schweigen wurde schließlich unerträglich. Ich sah meine Freunde an und bemerkte an ihren geröteten Gesichtern und düstern Gesichtszügen, daß sie die gleichen Qualen ausstanden. Es lag eine nervöse Spannung über allen und es war, als warteten wir auf den Schlag irgend einer unheimlichen Glocke, der dann ertönen würde, wenn wir am wenigsten darauf gefaßt waren.

Schließlich konnten wir uns doch nicht mehr im unklaren sein, daß die Kräfte des Patienten rasch dahinschwanden; er konnte jeden Augenblick sterben. Ich sah zum Professor hinüber und bemerkte, daß er seine Augen unverwandt auf mich gerichtet hielt. Sein Gesicht trug einen entschlossenen Ausdruck, als er sagte:

»Nun ist aber keine Zeit mehr zu verlieren. Seine Worte sind vielleicht manches Menschenleben wert; ich habe mir das gedacht, wie ich so hier stand. Es kann sich um Seelen handeln. Wir müssen gerade hier über dem Ohr die Inzision machen.«

Ohne ein Wort weiter zu verlieren, vollzog er die Operation. Einige Augenblicke noch blieb der Atem des Kranken keuchend. Dann kam ein Atemzug, so lang und tief, daß man hätte meinen können, es zerreiße ihm die Brust. Plötzlich riß er die Augen auf und starrte hilfesuchend umher. Das dauerte einige Zeit; der wilde Ausdruck seines Gesichtes wich dann dem froher Überraschung, und von den Lippen löste sich ein Seufzer der Erleichterung. Er bewegte sich krampfhaft und sagte:

»Ich werde mich ganz ruhig verhalten, Herr Doktor. Sagen Sie doch den Leuten, sie sollen mir die Zwangsjacke abnehmen. Ich habe einen grausigen Traum gehabt; er hat mich so mitgenommen, daß ich mich nicht mehr rühren kann. Was habe ich denn im Gesicht? Es scheint vollkommen verschwollen und tut schrecklich weh.« Er machte den Versuch, seinen Kopf zu drehen, da aber seine Augen dabei sofort wieder glasig zu werden anfingen, verhinderte ich ihn daran. Dann sagte Van Helsing in ruhigem, gütigem Tone:

»Erzählen Sie uns Ihren Traum, Renfield.« Als er die Stimme erkannte, sah man sogar durch die Verstümmelungen hindurch das Gesicht sich aufheitern, und er sagte:

»Sie sind es, Dr. Van Helsing. Wie gut ist es, daß Sie hier sind. Geben Sie mir etwas Wasser, meine Lippen sind trocken, ich möchte Ihnen gern erzählen. Ich träumte« – er stockte und schien ohnmächtig zu werden, deshalb flüsterte ich Quincey zu: »Rasch den Brandy, er ist in meinem Arbeitszimmer!« Er eilte davon und kam mit einem Glas, der Brandyflasche und einer Wasserkaraffe zurück. Wir benetzten die aufgesprungenen Lippen und er erholte sich ziemlich rasch. Wahrscheinlich aber hatte sein zerstörtes Gehirn unterdessen weitergearbeitet, denn als er wieder vollkommen bei Bewußtsein war, sah er mich mit einem durchdringenden Blicke der Todesangst und des Schreckens an, den ich nie in meinem Leben vergessen werden, und sprach:

»Ich darf mich nicht täuschen; es war kein Traum, es war alles grausige Wirklichkeit.« Dann irrten seine Augen durch den Raum und blieben an den zwei Gestalten hängen, die geduldig auf dem Bettrand saßen. Dann fuhr er fort:

»Wenn ich meiner Sache nicht schon ohnehin sicher wäre, an diesen Herrn hier schwindet jeder Zweifel.« Einen Augenblick schloß er die Augen, nicht aus Schmerz oder aus Schlafbedürfnis, sondern freiwillig, als wolle er alle Kräfte sammeln. Als er die Lider wieder aufschlug, sagte er rasch und mit mehr Energie wie bisher:

»Rasch, Herr Doktor, nur rasch. Ich muß sterben! Ich fühle, daß ich nur noch wenige Minuten zu leben habe; dann heißt es für mich, in den Tod gehen oder etwas Schlimmeres. Befeuchten Sie mir die Lippen noch einmal. Ich habe Ihnen noch manches zu sagen, ehe ich sterbe oder ehe mein zerschmettertes Gehirn versagt. Ich danke Ihnen. Es war heute Nacht, kurz nachdem Sie mich verlassen hatten, nachdem ich Sie gebeten hatte mich freizugeben. Damals konnte ich nicht sprechen, denn ich fühlte meine Zunge gefesselt. Aber ich war sonst so gesund, wie ich es jetzt ohne diese Verletzungen wäre. Ich war noch lange in Verzweiflung und Todesangst, nachdem Sie gegangen waren; es schienen Stunden vergangen zu sein, da kam plötzlich ein tiefer Friede über mich. Mein Kopf begann sich wieder abzukühlen und ich machte mir meine Lage klar. Ich hörte die Hunde hinter unserem Hause bellen, aber nicht da, wo *Er* war.« Als er das sagte, blieb Van Helsings Auge ruhig auf ihm haften, aber er griff versteckt nach meiner Hand und drückte sie. Er verriet sich nicht im geringsten, sondern nickte leicht und sagte mit leiser Stimme: »Nur weiter.« Renfield fuhr fort:

»Er kam im Nebel an meinem Fenster herauf, wie ich ihn schon oft zuvor gesehen; heute jedoch kam er in Menschengestalt, greifbar, nicht als Gespenst, und seine Augen glühten wie die eines Menschen, der in höchster Wut ist. Aber sein roter Mund lächelte; seine scharfen, weißen Zähne glänzten im Mondenschein, als er sich gegen die Allee umwandte, hinter der die Hunde bellten. Ich wollte ihn zuerst nicht einladen, hereinzukommen, obgleich ich wußte, daß er es wünschte. Dann begann er mir alles mögliche zu versprechen, nicht mit Worten, sondern indem er es mich sehen ließ.« Ein Wort des Professors unterbrach ihn:

»Wie?«

»Indem er alles erscheinen ließ; gerade wie er mir die Fliegen hereingesandt hat, wenn die Sonne freundlich schien. Große, fette Fliegen am Tage, mit Stahl und Saphir auf den Flügeln, und dicke Schmetterlinge in der Nacht, mit Totenschädel und Totengebein auf dem Rücken.« Van Helsing nickte ihm zu und flüsterte:

»Die Acherontia atropos Sphingorum, das, was man bei uns ›Totenkopfschmetterlinge‹ nennt.« Der Patient ließ sich dadurch nicht beirren, sondern fuhr fort:

»Dann begann er zu flüstern: › ‹Ratten, Ratten, Ratten! Hunderte, Tausende, Millionen, und jede ein Leben; und Hunde, die sie fressen sollen und Katzen dazu. Alle warmes Leben! Alle mit rotem Blut, mit Jahren von Lebenskraft in ihren Leibern, und nicht nur brummende Fliegen!‹ Ich lachte, denn ich wollte sehen, was er noch tun würde. Dann heulten die Hunde hinter seinem Hause, hinter den düstern Bäumen. Er winkte mich ans Fenster heran. Ich kam näher und sah hinaus. Er erhob die Hand und schien etwas zu rufen, ohne daß ich einen Laut hörte. Eine dunkle Masse bewegte sich über den Rasen, wie der Rauch von einer großen Feuerflamme; dann teilte er den Nebel und ich sah Tausende von Ratten, mit Augen glühend wie die seinen, aber viel kleiner. Er hob die Hand auf und sie blieben stehen. Dann war mir, als sagte er: ›All diese Leben will ich dir schenken und viel mehr und größere, durch ungezählte Jahrhunderte, wenn du niederfällst und mich anbetest!‹ Dann legte sich eine blutrote

Wolke vor meine Augen, und ehe ich wußte, was ich tat, hatte ich schon das Fenster geöffnet und zu ihm gesagt: ›Kommt herein, Herr und Meister!‹ Die Ratten waren alle verschwunden, er aber glitt durch die schmale Ritze – ich hatte das Fenster kaum einen Zoll weit geöffnet – herein, gerade wie der Mond oft durch den feinsten Spalt hereinleuchtet in seiner Größe und in seinem Glänze.«

Seine Stimme war schwächer geworden; ich befeuchtete seine Lippen nochmals mit Brandy, damit er fortfahren könne. Aber es war, als habe sein Gedächtnis inzwischen weitergearbeitet, denn als er wieder begann, war die Erzählung schon ein Stück vorgeschritten. Ich wollte ihn auf den Punkt zurückbringen, wo er aufgehört hatte, aber Van Helsing flüsterte mir zu: »Lassen Sie ihn weiter erzählen. Unterbrechen Sie ihn nicht; er kann nicht mehr zurück und wäre vielleicht nicht mehr imstande fortzufahren, wenn seine Gedankenreihe einmal gestört ist.« Er sprach weiter:

»Den ganzen Tag wartete ich darauf, etwas von ihm zu hören, aber er sandte mir nichts, nicht einmal eine Schmeißfliege, und als der Mond emporstieg, war ich recht erbost auf ihn. Wie er durch das Fenster hereinglitt, obgleich es geschlossen war, und nicht einmal anklopfte, war ich wütend über ihn. Er grinste mich spöttisch an; ich sah sein bleiches Gesicht mit den roten Augen durch den Nebel. Dann ging er fort, als sei er Herr hier und ich nicht für ihn vorhanden. Er roch ganz anders, als er an mir vorbeischlich. Ich konnte ihn nicht halten. Ich hatte das Gefühl, als sei Frau Harker in das Zimmer getreten.«

Die zwei Männer, die bisher auf dem Bettrande gesessen, standen auf und traten hinter ihn, so daß er sie nicht sehen, sie ihn aber besser verstehen konnten. Sie schwiegen beide, aber der Professor erschrak und zitterte; sein Gesicht wurde noch strenger und ernster. Renfield fuhr fort, ohne es zu bemerken:

»Als Frau Harker heute nachmittag mich besuchte, war sie nicht mehr wie sonst; sie kam mir vor wie ein zum zweiten Male aufgegossener Tee.« Wir waren alle tief erschüttert, aber keiner sagte ein Wort. Er fuhr fort:

»Ich wußte nicht, daß sie hier war, bis sie sprach; sie sah ganz anders aus. Ich mag die blassen Leute nicht leiden; ich ziehe die Menschen vor, die ordentlich Blut in den Adern haben, bei ihr schien alles Blut herausgeronnen zu sein. Im ersten Augenblick dachte ich nicht daran; als sie aber hinausging, begann ich nachzudenken, und es machte mich rasend, zu wissen, daß er ihr das Leben aus dem Leibe gesaugt hatte.« – Ich sah, daß auch die anderen vor Entsetzen zitterten, wie ich; aber wir blieben ruhig. »Wie er dann heute Abend wiederkam, war ich bereit, ihn gebührend zu empfangen. Ich sah den Nebel sich hereinstehlen und packte ihn fest an. Ich hatte gehört, daß Wahnsinnige übernatürliche Kräfte besitzen, und da ich wußte, ich bin ein

Wahnsinniger – wenigstens zeitweise – so beschloß ich, meine Kräfte nicht unbenutzt zu lassen. Er schien es auch zu empfinden, denn er trat aus dem Nebel heraus, um mit mir zu kämpfen. Ich hielt wacker Stand, dachte schon Sieger zu werden und hoffte, daß er nimmermehr Blut aus ihrem Leibe trinken sollte, da sah ich seine Augen. Sie brannten förmlich, und meine Kraft zerrann wie Wasser. Er entwand sich meiner Umschlingung, und als ich von neuem versuchte, ihn zu umklammern, da hob er mich hoch und schleuderte mich zu Boden. Blutrote Dämmerung umfing mich und in meinen Ohren dröhnte es wie Donner; der Nebel schien unter der Tür zu verschwinden.«
– Seine Stimme war wieder schwächer geworden und sein Atem rang sich röchelnd aus der Brust. Van Helsing stand unwillkürlich auf.

»Wir wissen nun das Schlimmste«, sagte er. »Er ist hier und wir kennen seine Absicht. Vielleicht ist es noch nicht zu spät. Wir wollen uns bewaffnen, gerade so wie in jener Nacht, und keine Zeit verlieren. Jeder Augenblick ist kostbar.« Wir hatten es nicht für nötig gehalten, unseren Befürchtungen, unserer Überzeugung Worte zu verleihen, wir waren unserer Übereinstimmung gewiß. Wir eilten in unsere Zimmer und holten die Gegenstände, die wir beim Eindringen in das Haus des Grafen benützt hatten. Der Professor hatte die seinigen schon bereitgelegt; als wir uns im Korridor trafen, deutete er auf sie und sagte:

»Ohne das kann ich nicht mehr sein; es wird mich auch nicht verlassen, bis dieses unglückliche Geschäft zu Ende geführt ist. Seid vorsichtig, liebe Freunde. Es ist ja kein gewöhnlicher Feind, mit dem wir es hier zu tun haben. Leider mußte es Frau Mina am eigenen Leibe erfahren.« Er hielt inne; seine Stimme versagte; ob in meinem Herzen Zorn oder Schrecken vorherrschte, weiß ich nicht.

Vor der Tür zu dem Zimmer der Harkers blieben wir stehen. Arthur und Quincey hielten sich etwas zurück. Arthur sagte:

»Sollen wir sie denn stören?«

»Wir müssen«, sagte Van Helsing fest. »Wenn die Tür verschlossen ist, so müssen wir sie eindrücken.«

»Wird sie nicht furchtbar erschrecken? Es ist nicht üblich, in das Zimmer einer Dame einzubrechen!« Van Helsing erwiderte feierlich:

»Sie haben ganz recht, aber hier handelt es sich um Leben oder Sterben. Für den Arzt sind alle Zimmer gleich. Selbst wenn es nicht der Fall wäre, für mich wäre es heute Nacht doch der Fall. Freund John, wenn ich die Klinke drücke und die Tür geht nicht auf, dann lehnen Sie Ihre Schultern dagegen und stemmen, und Ihr Andern auch. Nun los!«

Er drückte auf die Klinke, aber die Tür gab nicht nach. Wir stemmten uns mit aller Kraft dagegen. Mit einem lauten Krach barst das Schloß, die Tür sprang auf und wir fielen fast der Länge nach in das Zimmer. Der Professor war tatsächlich zu Boden gefallen; ich konnte noch sehen, wie er sich rasch wieder aufrichtete. Der Anblick, der sich uns bot, lähmte mich fast. Ich fühlte, wie sich meine Haare sträubten und mein Herz still zu stehen schien.

Das Mondlicht war so hell, daß es sogar durch den dicken gelben Vorhang das Zimmer noch so weit erleuchtete, daß man gut sehen konnte. Auf dem Bett zunächst dem Fenster lag Jonathan Harker; sein Gesicht war gerötet und sein Atem mühsam, als habe ihn ein Schlag getroffen. Auf der Kante des dem Fenster ferner stehenden Bettes kniete die weiße Gestalt seiner Frau. Neben ihr stand ein großer, hagerer Mann, vollkommen schwarz gekleidet. Sein Gesicht war abgewandt; aber als er sich umdrehte, erkannten wir den Grafen zweifellos, sogar die Narbe auf seiner Stirn war zu sehen. Mit seiner linken Hand hatte er Frau Minas Hände umfaßt und hielt sie mit ausgestrecktem Arm weit von sich; seine Rechte umklammerte ihren Nacken und drückte sie mit dem Gesicht an seine Brust. Ihr weißes Nachthemd war mit Blut besprizt, und Blut rann wie ein feiner Faden über des Mannes Brust, die er entblößt hatte. Ihre Stellung hatte verzweifelte Ähnlichkeit mit der eines kleinen Kätzchens, dem ein Kind die Nase in die Milch stößt, um es zum Trinken zu zwingen. Als wir in das Zimmer hineinpolterten, wandte sich der Graf um; sein dämonischer Blick, von dem ich schon so oft in den Berichten gelesen, richtete sich auf uns. Seine Augen flammten in roter Höllenglut, die weiten Nüstern der weißen Adlernase öffneten sich und zitterten; die weißen scharfen Zähne, die hinter den vollen Lippen des bluttriefenden Mundes sichtbar wurden, schlugen zusammen wie die eines wilden Tieres. Mit einem mächtigen Stoß warf er sein Opfer auf das Bett zurück, daß es sich überschlug, wie von einem Berge herabgeworfen, und stürzte sich auf uns. Eben hatte der Professor sich aufgerafft und hielt dem Vampyr die Büchse entgegen, in der sich die heilige Hostie befand. Der Graf blieb sofort stehen, genau wie es Lucy vor der Gruft getan, und zog sich zurück. Immer weiter und weiter wich er von uns, die ihn mit den hocherhobenen Kruzifixen bedrängten. Der Mond verdunkelte sich einen Augenblick, scheinbar zog eine Wolke an ihm vorüber; und als das Gaslicht unter dem Streichholz Quinceys aufflammte, sahen wir nichts mehr als einen dünnen Dampf. Dieser verschwand, ehe wir uns noch zu fassen vermochten, durch den Spalt unter der Tür, die sich in demselben Schwung, mit dem sie aufgestoßen worden war, wieder geschlossen hatte. Van Helsing, Arthur und ich gingen auf Frau Harker zu, die unterdessen ihr Bewußtsein wiedererlangt hatte. Sie stieß einen wilden, gellenden Schrei aus, der so verzweifelt klang, daß ich ihn bis zu meiner Sterbestunde nicht vergessen werde. Einige Sekunden lag sie noch verwirrt und hilflos. Ihr Gesicht war von einer erschreckenden Blässe, die noch auffallender wurde durch das Blut, das ihre Lippen, ihre Wangen und das Kinn beschmutzte; von ihrer Kehle rann ein dünner Blutfaden nieder. Ihre Augen waren vor Entsetzen weit aufgerissen. Dann schlug sie ihre Hände vor das Gesicht, die noch die roten Spuren von dem furchtbaren Griff des Grafen trugen. Ein leises, wehes Weinen schüttelte ihren Leib und gab uns Kunde von dem unermeßlichen Jammer, der sich vorher schon in dem entsetzlichen Schrei Luft gemacht hatte. Van Helsing trat näher und bedeckte ihren Körper mit dem Bettuch, während Arthur, nachdem er einen langen, mitleidigen Blick auf ihr Antlitz geworfen, aus dem Zimmer rannte. Van Helsing flüsterte mir zu:

»Jonathan liegt in der Lethargie, von der wir wissen, daß sie der Vampyr hervorrufen kann. Wir können vorerst nichts für Frau Mina tun, sondern müssen warten, bis sie sich selbst wieder etwas erholt. Ich werde Jonathan wecken.« Er tauchte das Ende eines Handtuches ins Wasser und fuhr ihm damit über das Gesicht, während Frau Harker noch ihr Antlitz zwischen den Händen verborgen hielt und herzbrechend schluchzte. Ich zog den Vorhang auf und sah aus dem Fenster. Klarer Mondschein lag draußen; ich konnte Quincey Morris sehen, der über den Rasen lief und sich im Schatten eines großen Eibenbaumes versteckte. Ich begriff nicht, was er damit wollte; da hörte ich plötzlich den Schrei Harkers, der halb zu sich gekommen war, und begab mich an sein Bett. Auf seinem Gesicht lag ein Zug wildesten Entsetzens. Einige Augenblicke noch schien er wie betäubt, dann aber, als ob ihm auf einmal das volle Bewußtsein zurückgekehrt sei, richtete er sich auf. Sein Weib war durch die rasche Bewegung aufmerksam geworden und breitete die Arme nach ihm aus, als wolle sie ihn umschlingen; zog sie aber sofort instinktiv zurück, preßte ihre Hände wieder vor die Augen und weinte heftig.

»Um Gottes Willen, was soll das?« schrie Harker, »Dr. Seward, Dr. Van Helsing, was ist geschehen? Was hat man ihr getan? Mina, was ist mit dir? Was soll das Blut? Mein Gott! Ist es soweit gekommen?« Er warf sich auf die Knie und rang in wütender Verzweiflung die Hände. »Großer Gott, hilf uns! Hilf ihr!« Mit raschem Entschluß sprang er aus dem Bett und kleidete sich hastig an; seine ganze Tatkraft war erwacht. »Was ist geschehen? Sagen Sie mir alles!« rief er. »Dr. Van Helsing, tun Sie etwas, Mina zu retten. Es kann doch noch nicht zu spät sein. Schützen Sie meine Frau, während ich *Ihn* aufsuche!« Frau Mina sah durch all den Jammer und Schrecken und all das Leid die sichere Gefahr für ihn; sie vergaß sofort ihr eigenes Elend, klammerte sich an ihn und schrie:

»Nein, nein, Jonathan, du darfst nicht von mir gehen. Ich habe heute Nacht schon genug gelitten, und nun soll ich auch noch befürchten müssen, daß er dir ein Leid antut. Du mußt bei mir bleiben und bei deinen Freunden, die dich schützen werden!« Sie war wie irrsinnig. Er gab ihren Bitten nach, sie zog ihn neben sich auf die Bettkante und schlang ihre Arme um ihn.

Van Helsing und ich suchten beide zu beruhigen. Der Professor hob sein Kruzifix hoch und sprach:

»Fürchten Sie sich nicht, liebe Frau Mina. Wir sind bei Ihnen, solange das in Ihrer Nähe ist, kann Ihnen nichts Böses etwas anhaben. Für heute Nacht sind Sie sicher, wir müssen uns nun beruhigen und ratschlagen.« Sie schauderte und schwieg, ihr Haupt in ihres Mannes Brust gepreßt. Als sie aufsah, war sein weißes Nachthemd mit Blut befleckt, da, wo ihre Lippen geruht hatten und wohin aus der kleinen, unscheinbaren Wunde an ihrer Kehle die Blutstropfen gefallen waren. Sie erschrak, als sie es sah, riß sich mit einem leisen Seufzer los und flüsterte unter qualerfülltem Schluchzen:

»Unrein, unrein! Ich darf ihn nicht mehr küssen, nicht mehr berühren. O daß gerade ich ihm der ärgste Feind werden, daß er sich gerade vor mir am meisten in Acht nehmen muß.« Da sagte er entschlossen:

»Mina, ich schäme mich, solche Dinge hören zu müssen. Ich will es nicht gehört haben und hoffe, es auch fernerhin nicht mehr zu hören. Gott strafe mich und sende mir noch bittereres Leid als das dieser Stunde, wenn je durch eine meiner Handlungen oder mit meinem Willen etwas zwischen uns träte.« Er legte seine Arme um sie und zog sie an seine Brust; eine Zeit lang blieb sie an ihn gelehnt und weinte. Er sah über ihren gebeugten Kopf zu uns herüber; seine Augen glänzten feucht und seine Nasenflügel bebten, aber sein Mund war hart, wie aus Stahl gemeißelt. Nach einiger Zeit wurden ihre Seufzer seltener und ruhiger; dann sagte Arthur zu mir mit gekünstelter Ruhe, die seine Nerven bis aufs äußerste anspannen mußte:

»Nun, Herr Dr. Seward, sagen Sie mir alles, was sich ereignet hat. Die Hauptsachen kenne ich ja, ich möchte aber auch die Einzelheiten wissen.« Ich schilderte ihm alles und er hörte scheinbar ruhig zu; aber seine Nasenflügel bebten und seine Augen glühten, als ich ihm erzählte, wie die ruchlose Hand des Grafen seine Frau in der furchtbaren Stellung festgehalten, wie er ihren Mund an die klaffende Wunde seiner Brust gepreßt hatte. Gerade hatte ich geendet, als Quincey und Godalming an die Tür klopften. Sie traten auf unsern Zuruf ein. Van Helsing sah mich fragend an. Ich verstand ihn sofort. Er meinte, ob es nicht zweckmäßig sei, von der Rückkehr der beiden dadurch Nutzen zu ziehen, daß wir die Gedanken von Jonathan und Mina von sich selbst auf andere Dinge lenkten. Ich nickte ihm bejahend zu, und er fragte die Eingetretenen, was sie gesehen und getan hätten. Lord Godalming antwortete:

»Ich konnte den Vampyr auf dem Gange nirgends entdecken, auch nicht in einem unserer Zimmer. Ich sah auch in das Arbeitszimmer; er war dort gewesen, aber schon wieder fort. Er hatte aber –«. Er hielt inne und sah mitleidig auf die zusammengesunkene Gestalt auf dem Bette. Van Helsing sagte ernst:

»Fahren Sie fort, Freund Arthur. Wir haben jetzt keine Geheimnisse mehr. Unsere einzige Rettung ist nun, alles zu wissen. Sprechen Sie rückhaltlos!« Arthur fuhr fort:

»Er war dort; aber obgleich es nur für ganz kurze Zeit gewesen sein konnte, hatte er doch kostbare Beute gemacht. Alle Manuskripte waren verbrannt, die blauen Flammen flackerten noch über der weißen Asche. Auch die Zylinder Ihres Phonographen hatte er in das Feuer geworfen, und das schmelzende Wachs hatte die Glut noch genährt.« Hier unterbrach ich ihn. »Gottlob haben wir noch eine Kopie im Geldschrank.« Seine Augen leuchteten einen Augenblick auf, dann aber wurde er wieder traurig und fuhr fort: »Ich eilte die Treppe hinunter, konnte aber keine Spur von ihm entdecken. Ich sah in Renfields Zimmer, aber auch hier keine Spur, außer – –!« Wiederum stockte er. »Weiter«, sagte Harker mit heiserer Stimme. Da senkte er den Kopf und sagte, indem er sich die Lippen mit der Zunge befeuchtete, »außer, daß der arme Irre tot ist.« Frau Harker erhob den Kopf und sagte feierlich, wobei sie uns der Reihe nach anblickte:

»Gott sei ihm gnädig!« Ich hatte das Gefühl, daß Arthur noch etwas zu sagen hätte; da ich aber merkte, daß er absichtlich schwieg, sagte ich weiter nichts. Van Helsing wandte sich an Morris und fragte:

»Haben Sie uns nichts zu berichten, Freund Quincey?«

»Etwas«, sagte er. »Unter Umständen kann es auch viel bedeuten, aber das kann ich jetzt noch nicht beurteilen. Ich hielt es für nützlich, festzustellen, wohin sich der Graf nach Verlassen dieses Hauses wenden würde. Ich sah ihn nicht; aber ich bemerkte, daß eine Fledermaus aus Renfields Fenster kam und nach Westen flatterte. Ich hatte erwartet, daß er in irgend einer Gestalt nach Carfax zurückkehren würde, aber er hat offenbar einen anderen Schlupfwinkel aufgesucht. Heute Nacht wird er wohl nicht wieder kommen, denn der Himmel rötet sich schon im Osten und der Tag ist nahe. Wir müssen morgen ans Werk!«

Die letzten Worte zischte er zwischen den Zähnen hervor. Zwei Minuten etwa währte das Schweigen; ich meinte, wir müßten gegenseitig unsere Herzen pochen hören. Dann sagte Van Helsing, indem er zärtlich seine Hand auf Frau Minas Gesicht legte:

»Und nun liebe Frau Mina, sagen Sie uns ausführlich, was Sie erlebt haben. Es ist mir nicht darum zu tun, Ihnen neue Schmerzen zu bereiten, aber wir müssen unbedingt alles wissen. Jetzt noch mehr als bisher handelt es sich darum, rasch und durchgreifend zu verfahren. Der Tag, der alles enden muß, ist nahe, wenn es das Schicksal will; jetzt haben wir noch das Leben und können lernen.«

Frau Harker zitterte; ich konnte die nervöse Erregung genau beobachten, mit der sie sich eng an ihren Gatten schmiegte. Nach einer Pause, in der sie offenbar ihre Gedanken ordnete, begann sie:

»Ich nahm den Schlaftrunk, den Sie mir verschrieben hatten, aber lange blieb die Wirkung aus. Ich glaube, ich wurde dadurch sogar noch munterer; zahllose unheimliche Phantasien begannen sich in meinem Gehirn zu drängen, alle standen in Verbindung mit dem Tode und mit Vampyren, mit Blut, Schmerz und Leid.« Ihr Gatte stöhnte unwillkürlich; sie wandte sich zu ihm und sagte zärtlich: »Rege dich nicht auf, Liebster. Du mußt stark und tapfer sein und mir helfen, das Entsetzliche zu ertragen. Wenn du verstündest, welche Überwindung es mich kostet, von diesen furchtbaren Dingen überhaupt zu sprechen, würdest du begreifen, wie sehr ich deiner Hilfe bedarf. Nun, ich sah, daß ich der Arznei mit meiner Willenskraft nachhelfen müsse, wenn sie mir etwas Schlaf verschaffen sollte; ich nahm mir also ernstlich vor zu schlafen. Jedenfalls ist dann der Schlaf rasch gekommen, denn ich erinnere mich an gar nichts mehr. Jonathan, der nach Hause kam, störte mich nicht in meiner Ruhe; als ich erwachte, lag er in seinem Bette. Im Zimmer war derselbe dünne Nebel, den ich schon vorher bemerkt hatte. Aber ich weiß ja nicht, ob Sie darüber informiert sind. Sie werden Näheres in meinem Tagebuch finden, das ich Ihnen nachher zu lesen gebe. Ich fühlte dieselbe unbewußte Angst wie vorher und hatte das unangenehme Gefühl, als sei noch jemand bei mir. Ich wollte Jonathan wecken; er schlief aber so fest, daß man meinen konnte, er habe an meiner Stelle den Schlaftrunk eingenommen. Ich versuchte nochmals ihn zu wecken, aber vergebens. Eine fürchterliche Angst ergriff mich und ich sah mich entsetzt um. Dann überwältigte mich das Grauen: neben meinem Bett, als sei er aus dem Nebel herausgestiegen, oder besser, als hätte der Nebel seine Gestalt angenommen, stand ein großer, schlanker Mann, ganz in Schwarz gekleidet. Ich erkannte ihn sofort aus den früheren Beschreibungen. Das wachsbleiche Gesicht, die hohe Adlernase, deren schmaler Rücken sich wie ein scharfes, weißes Band vom Gesicht abhob; die geöffneten roten Lippen, zwischen denen die scharfen, weißen Zähne hervorschimmerten; die roten Augen, die ich damals bei Sonnenuntergang bei der Marienkirche in Whitby gesehen zu haben vermeinte. Ich sah die rote Narbe auf seiner Stirn, die ihm mein Gatte geschlagen. Einen Augenblick stand mir das Herz still; ich hätte gern geschrieen, aber ich war vollkommen gelähmt. Da sprach er in scharfem, durchdringendem Flüstertone, indem er auf Jonathan deutete:

›Schweig! Wenn Du einen Laut von Dir gibst, dann nehme ich den da und zerschmettere ihm den Kopf vor deinen Augen.‹ Ich war so entsetzt und kraftlos, daß ich nicht wußte, was sagen und was tun. Mit höhnischem Lächeln legte er eine Hand auf meine Schulter und sagte, indem er mit der anderen meinen Hals entblößte: ›Vorerst aber noch eine kleine Erfrischung zur Entschädigung für meine Mühe. Du wirst dich ruhig verhalten; es ist nicht das erste oder zweite Mal, daß ich meinen Durst an deinem Blute stille.‹ Ich war entsetzt, vermochte ihm aber seltsamerweise keinen Widerstand zu leisten. Es ist das wohl ein Teil des Zaubers, der auf dem Opfer lastet. Und er preßte seine heißen Lippen an meine Kehle!« Ihr Gatte stöhnte wieder. Sie umklammerte seine Hand noch fester und sah ihn mitleidig an, als sei ihm all das Leid geschehen, statt ihr, und fuhr fort:

»Ich fühlte meine Widerstandskraft völlig schwinden und war halb ohnmächtig. Wie lange das Furchtbare währte, ich weiß es nicht. Eine ziemlich lange Zeit schien aber verflossen zu sein, als er seinen unheimlichen, blutbefleckten Mund von meinem Halse löste. Ich sah schwere, rote Tropfen davon herniederfallen!« – Die Erinnerung schien sie zu überwältigen und sie sank zusammen; hätte der starke Arm ihres Mannes sie nicht gestützt, wäre sie zu Boden gefallen. Mit großer Anstrengung raffte sie sich wieder auf und erzählte weiter:

»Dann sagte er höhnisch zu mir: ›Auch Du wolltest wie jene Anderen, dein Gehirn gegen mich ausspielen. Du wolltest den Männern helfen, Jagd auf mich zu machen, und mich in meinen Plänen zu stören! Du weißt nun, und die Anderen wissen es schon zum Teil und sollen es nun bald alle wissen, was es heißt, meine Pfade zu kreuzen. Sie sollten ihre Kräfte besser zu Hause zusammengehalten haben. Während sie ihre Kombinationsgabe gegen mich ins Treffen führten, gegen mich, der über Nationen geboten, für sie gedacht und für sie gefochten hat; Jahrhunderte, ehe ihr geboren waret – untergrub ich ihre Stellung. Du aber, die sie alle lieb haben, bist nun mein Eigen, Fleisch von meinem Fleisch, Blut von meinem Blut, bist meinesgleichen, bist eine Zeit lang meine vortreffliche Weinkelter und später meine Genossin und Helferin. Aber jetzt muß ich dich erst strafen für das, was du mir getan. Du hast mit geholfen gegen mich zu streiten; von nun an sollst du meinem Rufe Folge leisten. Wenn ich in Gedanken sage: »Komm!«, so sollst du über Länder und Meere hinweg zu mir kommen; darum noch dies eine!‹ Er riß sein Hemd auf und öffnete mit seinen langen, spitzen Nägeln eine Ader an seiner Brust. Als das Blut zu spritzen begann, nahm er meine beiden Hände in eine der seinen und hielt sie fest umspannt; mit der anderen Hand ergriff er meinen Nacken und preßte meinen Mund auf die Wunde, sodaß ich entweder ersticken oder schlucken mußte von dem – – – o mein Gott, o mein Gott! Was habe ich getan? Womit habe ich dieses entsetzliche Schicksal verdient, die ich doch mein Leben lang in Bescheidenheit und Rechtschaffenheit zu wandeln mich bemüht habe. Gott sei mir gnädig! Schau hernieder auf die arme Seele in schlimmerer als Todesgefahr und erbarme dich in Gnaden derer, die mich lieb haben!« Dann begann sie ihre Lippen heftig zu reiben, wie um sich von einer eklen Beschmutzung zu reinigen.

Während sie ihr schreckliches Erlebnis erzählte, begann der Himmel sich im Osten zu röten und es wurde immer heller. Harker war schweigsam und ruhig; aber sein Gesicht nahm, je weiter die Erzählung fortschritt, eine seltsame Färbung an, die sich im Morgengrauen mehr und mehr bemerkbar machte. Als dann der erste Schein des erwachten Tages ins Zimmer fiel, stach seine Gesichtsfarbe auffallend von seinem weißgewordenen Haar ab.

Wir haben uns dahin verabredet, daß immer einer von uns sich in Rufweite von den unglücklichen Gatten aufhält, bis wir wieder zusammenkommen und über unser weiteres Vorgehen beraten können.

Eines aber weiß ich sicher: die Sonne wird heute in ihrem Laufe kein unglückseligeres Haus bescheinen als dieses.

Zweiundzwanzigstes Kapitel.

Jonathan Harkers Tagebuch

3. Oktober. – Ich muß etwas tun, sonst werde ich wahnsinnig; deshalb schreibe ich dies Tagebuch. Es ist jetzt 6 Uhr, in einer halben Stunde wollen wir im Studierzimmer zusammenkommen um zu essen. Van Helsing und Dr. Seward stimmen darin überein, daß wir kräftig essen müssen, wenn wir etwas leisten wollen. Unsere größte Leistung aber wird heute von uns gefordert werden. Jedenfalls darf ich nicht aufhören zu schreiben, damit ich nicht nachdenken muß. Alles, Großes und Kleines, muß niedergelegt werden: vielleicht lehrt uns gerade das Kleinste am meisten. Jedenfalls konnten Mina und ich nicht schlimmer belehrt werden als durch unser heutiges Erlebnis. Aber wir dürfen die Hoffnung und das Vertrauen nicht verlieren. Meine Frau sprach eben davon, wie unsere Treue sich in Leid und Not bewährt habe, und die Tränen rannen ihr dabei über die Wangen; wir müssen noch weiter ausharren bis zum Ende. Das Ende! Mein Gott! Was für ein Ende? … An die Arbeit! An die Arbeit!

Als Dr. Van Helsing und Dr. Seward von der Besichtigung der Leiche Renfields zurückkamen, gingen wir sofort mit Eifer daran zu beraten, was zunächst zu geschehen habe. Zuerst erzählte Dr. Seward, daß sie beim Eintritt in das Zimmer unter uns Renfield auf dem Boden liegend gefunden hätten. Sein Gesicht war ganz zerschlagen und eingedrückt, und das Kreuz war gebrochen.

Dr. Seward fragte den Wärter, der auf dem Gang Aufsicht gehabt hatte, ob er etwas Verdächtiges gehört habe. Er sagte, er habe sich eben ein wenig niedergesetzt, als er laute Stimmen in dem Zimmer vernahm und Renfield mehrere Male rufen hörte: »Gott! Gott! Gott!« Danach habe er einen Fall gehört, und als er dann eintrat, fand er ihn auf der Diele liegen, mit dem Gesicht nach unten, genau wie die beiden Ärzte ihn gesehen. Van Helsing fragte ihn, ob er eine oder mehrere Stimmen gehört habe, worauf er keine bestimmte Antwort zu geben vermochte. Allerdings habe er anfangs gemeint, zwei Stimmen zu vernehmen, da aber doch weiter niemand in dem Zimmer war, konnte es eben nur eine gewesen sein. Das aber glaubte er beschwören zu können, daß das Wort »Gott« von dem Patienten ausgerufen wurde. Dr. Seward sagte, als wir allein waren, er wünsche nicht allzu genau auf die Sache einzugehen; man müßte auf eine gerichtliche Untersuchung gefaßt sein, die doch nie ein Resultat zu Tage fördern würde, da niemand an die Sache glaube. So wie die Dinge lagen, meinte er, auf Grund der Zeugenaussage des Wärters einen Totenschein darüber ausstellen zu dürfen, daß Renfield durch Fall aus dem Bette verunglückt sei. Falls die Polizei doch noch eine Untersuchung verlangen würde, könnte man sie immer noch vor sich gehen lassen, ihr Resultat wäre dann das gleiche.

Als wir darüber sprachen, welches die nächsten Schritte seien, die wir vornehmen müßten, beschlossen wir vor allem, Frau Mina wieder vollkommen ins Vertrauen zu ziehen, daß nichts, auch nicht das Schmerzlichste, ihr verborgen bleiben dürfte. Sie selbst war mit dieser Wendung einverstanden, und es war rührend, sie mitten in ihrem Elend und ihrer Trauer so tapfer zu sehen. »Nichts darf mehr verheimlicht werden«, sagte sie. »Leider haben wir bisher zu viel Geheimnisse gehabt. Außerdem kann es ja nichts geben, das mir mehr Leid schaffen könnte als jenes, das ich schon erleben mußte und noch jetzt trage. Was auch immer sich ereignen möge, für mich kann es nur neue Hoffnung, neuen Mut bringen!« Van Helsing hatte sie aufmerksam angesehen, während sie sprach, und sagte dann plötzlich, aber ruhig:

»Liebe Frau Mina, fürchten Sie nichts? Nicht für sich selbst, sondern für andere von Ihrer Seite, nach alledem, was geschehen ist?« Ihr Gesicht nahm einen entschlossenen Ausdruck an, aber ihre Augen leuchteten mit dem hingebenden Glanz von Märtyreraugen, als sie antwortete:

»Nein! Ich weiß genau, was ich zu tun habe.«

»Wie meinen Sie das?« fragte er freundlich, während wir uns schweigend verhielten, denn jeder hatte ihre Worte in seinem Sinn aufgefaßt. Ihre Antwort lautete ruhig und sachlich, als wolle sie lediglich eine Tatsache konstatieren:

»Wenn ich an mir selbst – und ich werde mich scharf beobachten – ein Zeichen finde, daß ich einem meiner Lieben Schaden zufüge, werde ich sterben.«

»Sie werden sich doch nicht selbst töten wollen?« fragte er heiser.

»Gewiß; wenn nicht ein Freund mir zu liebe mir diesen Schritt, diese Qual erspart.«

Sie sah ihn dabei bedeutungsvoll an. Er hatte bisher gesessen; nun aber stand er auf, trat nahe an sie heran und legte seine Hand auf ihren Kopf, indem er feierlich sagte:

»Mein liebes Kind, hier steht einer, der Ihnen das Furchtbare ersparen wird, wenn es zu Ihrem Besten geschehen müßte. Ich würde es meinem Herrgott gegenüber schon zu verantworten wissen, wenn ich Ihnen in dem Augenblick, wo es nötig würde, einen sanften, leichten Tod verschaffte. Sind Sie meiner Treue sicher? Aber, mein Kind – – –« einen Moment schien er erschüttert und ein tiefer Seufzer entrang sich seiner Brust; er überwand die Rührung und fuhr fort:

»Hier sind ja einige, die sich gern zwischen Sie und den Tod werfen. Sie dürfen nicht sterben. Keines anderen Hand braucht Ihnen den Tod zu geben, noch weniger aber Ihre eigene. Bis der Andere, der Ihr junges Leben vergiftet hat, wirklich zu Tode gebracht ist, dürfen Sie nicht sterben; denn wenn jenes noch nicht geschehen ist, würden Sie nach Ihrem Tode so werden wie er. Nein, Sie müssen leben bleiben! Sie müssen sich ans Leben klammern und sich schonen, wenn auch der Tod jetzt für Sie eine unaussprechliche Wohltat wäre. Sie müssen sich gegen den Tod selbst zur Wehr setzen, ob er nun in Schmerz oder in der Freude, bei Tag oder bei Nacht, in Sicherheit oder Gefahr zu Ihnen kommt. Um Ihrer unsterblichen Seele willen bitte ich Sie, sterben Sie nicht; nein, denken Sie nicht einmal daran, bis das große Übel abgewendet ist.« Frau Mina wurde bleich wie der Tod, schauderte und zitterte, wir alle waren schweigsam und wußten keine Hilfe. Schließlich beruhigte sie sich aber und streckte ihm dann die Hand hin, indem sie freundlich und doch traurig zu ihm sagte:

»Ich verspreche Ihnen, teurer Freund, daß ich, wenn Gott mich leben läßt, ihm nicht in den Weg trete, bis der entsetzliche Druck von uns genommen ist.« Sie war so tapfer, daß wir uns im Herzen gelobten, unentwegt für sie zu kämpfen und auszuhalten. Dann begannen wir über unsere nächsten Aufgaben zu sprechen. Ich sagte ihr, daß sie alle Papiere im Geldschrank aufbewahren solle, ebenso alle Aufzeichnungen, Tagebücher und Phonographenwalzen, die etwa noch entstehen sollten. Auch daß sie die Berichte sammeln sollte, wie früher. Sie war sehr erfreut – ich weiß nicht, ob der

Ausdruck »erfreut« in einer so grausigen Angelegenheit anwendbar ist – daß sie nun endlich wieder eine Beschäftigung zugewiesen erhielt.

Wie gewöhnlich hatte Van Helsing schon wieder voraus überlegt und war damit beschäftigt, unser Werk genau festzulegen.

»Es ist vielleicht gut«, sagte er, »daß wir bei unserer Zusammenkunft nach der Besichtigung von Carfax beschlossen haben, nichts mit den Kisten zu tun, die dort standen. Hätten wir das getan, so hätte der Graf wohl Argwohn gefaßt und unsere Absicht erraten; zweifellos hätte er dann auch Maßregeln getroffen, unsere Pläne bezüglich der anderen Kisten zu vereiteln. Aber jetzt kennt er unsere Absichten nicht. Noch mehr, er hat wahrscheinlich gar keine Ahnung davon, daß wir über Mittel verfügen, seine Schlupfwinkel zu sterilisieren, so daß er sie nicht mehr benützen kann. Wir wissen nun so viel über ihre Verteilung, daß wir nach dem Besuch des Hauses in Piccadilly auch die Spuren der letzten von ihnen zu finden vermögen. Auf dem heutigen Tage beruht unsere Hoffnung. Dieselbe Sonne, die heute über unserem Elend aufgegangen ist, leuchtet uns zu unserem Werk. Bis sie zur Rüste geht, muß das Scheusal in der Gestalt verbleiben, die es angenommen hat. Er ist an die Bedingungen seiner irdischen Hülle gebunden. Er kann sich nicht unsichtbar machen und auch nicht durch Ritzen, Löcher oder Spalten verschwinden. Wenn er durch eine Tür will, muß er sie öffnen wie jeder Sterbliche. Wir müssen also heute alle seine Schlupfwinkel ausfindig machen und sterilisieren. So werden wir ihn, wenn wir ihn nicht bei dieser Gelegenheit antreffen und vernichten können, auf irgend einem Platze in die Enge treiben, wo wir ihn dann in kurzem fangen und vernichten.«

Hier stand ich auf, denn ich konnte den Gedanken nicht ertragen, daß die Minuten und Sekunden, die doch so kostbar für Minas Leben und Glück waren, ungenützt dahinschwanden, daß wir plauderten anstatt zu handeln. Aber Van Helsing hob warnend die Hand. »Mein Freund Jonathan«, sagte er, »in diesem Falle ist der schnellste Weg der längste, wie es in Ihrem Heimatlande heißt. Wir werden alle handeln, und zwar werden wir mit verzweifelter Geschwindigkeit handeln, wenn die Zeit gekommen ist. Überlegen Sie doch, daß dieses Rätsels Lösung höchstwahrscheinlich in dem Hause in Piccadilly eingeschlossen ist. Der Graf kann mehrere Häuser gekauft haben. Von ihnen wird er jedenfalls Kaufverträge, Schlüssel und andere Dinge besitzen. Es gibt noch genug solcher Dinge, die er doch irgendwo aufbewahren muß. Warum soll er sie nicht hier aufbewahren, wo es so ruhig ist, mitten im Zentrum, wo er zu jeder Zeit von vorn oder von rückwärts hereingelangen kann, wo in dem großen Straßenverkehr keine Seele sich um ihn kümmert. Wir werden erst dorthin gehen und das Haus durchsuchen. Wenn wir seine Geheimnisse kennen, dann tun wir das, was Freund Arthur in seiner Waidmannssprache ›die Röhren verstopfen‹ nennt und fallen dann über den alten Fuchs her. Nicht wahr?«

»Dann wollen wir aber sofort darangehen«, rief ich, »wir verschwenden kostbare Zeit!« Der Professor regte sich nicht, sondern sagte:

»Wie aber kommen wir in das Haus in Piccadilly?«

»Irgendwie«, rief ich, »wir brechen dort ein, wenn es nötig ist.«

»Und wie steht es mit der Polizei? Wird sie nicht gleich zur Stelle sein und was wird sie sagen?«

Ich war ärgerlich; aber ich wußte, daß er seine Gründe haben mußte, wenn er noch zurückhielt. Ich sagte deshalb so ruhig als ich vermochte:

»Warten Sie nicht länger als unbedingt nötig; Sie wissen doch sicherlich, welche Qualen es für mich bedeutet.«

»Gewiß lieber Freund, ich weiß es; glauben Sie mir, wir wollen Ihre Qualen doch nicht noch vermehren. Aber denken Sie selbst darüber nach, was können wir tun, so lange noch nicht alle Welt auf den Beinen ist? Dann allerdings ist unsere Zeit gekommen. Ich habe nachgedacht und bin zu dem Resultat gekommen, daß der einfachste Weg eben doch der beste ist. Wir wollen in das Haus gelangen, aber wir haben keinen Schlüssel; verhält sich das so?« Ich nickte

»Nun stellen Sie sich vor, Sie wären in der Tat der Eigentümer des Hauses und könnten aus irgend einem Grunde nicht hinein. Stellen Sie sich weiter vor, der Gedanke an einen Einbruch läge Ihnen vollkommen fern, was würden Sie tun?«

»Ich ließe einen geschickten Schlosser holen und beauftragte ihn, das Schloß zu öffnen.«

»Und was wäre mit der Polizei? Würde sie einschreiten oder nicht?«

»O nein, wenn sie weiß, daß der Mann eigens zu diesem Zweck engagiert ist.«

»Dann«, er sah mich scharf an, »ist das einzige, was an der Sache unbekannt ist, die Absicht des Arbeiters, und es liegt im Belieben des Polizisten zu glauben, ob der Mann ein gutes oder ein schlechtes Gewissen hat. Der Polizist muß wirklich ein sehr eifriger Mann und fähig sein, Gedenken zu lesen, wenn er sich in die Sache hineinmischt. Nein, Freund Jonathan, Sie können Hunderte von Schlössern an leeren Häusern hier in Ihrem London oder in jeder Stadt der Welt öffnen lassen, Sie müssen sich nur stellen, als hätten Sie das Recht dazu, und wenn es zu einer Zeit geschieht, wo solche Dinge in der Regel zu geschehen pflegen, wird niemand Einspruch erheben. Ich habe eine Geschichte von einem vornehmen Herrn gelesen, der ein Haus in London besaß. Er verreiste nach der Schweiz, um die Sommermonate dort zu verbringen, und schloß sein Haus ab. Da kam ein Dieb und stieg durch ein Hinterfenster ein. Er begab sich nach vorn, öffnete die Läden an der Front und ging im Hause aus und ein, alles vor den Augen der Polizei. Dann hielt er eine Auktion in dem Hause ab, schrieb sie vorher aus und ließ große Zettel aushängen; später verkaufte er dann noch alles Eigentum des Anderen an einen Händler. Schließlich ging er noch zu einem Baumeister, verkaufte ihm das Haus und schloß mit ihm einen Vertrag, daß es in kurzer Zeit abgerissen und der Schutt entfernt sein müsse. Die Polizei und die Behörden unterstützten ihn dabei in jeder Weise. Als dann der Besitzer von seinem Schweizer Aufenthalt zurückkehrte, fand er an der Stelle, wo sein Haus gestanden, einen leeren Platz. Das war alles ordnungsmäßig geschehen, ebenso werden wir bei unserem Werk verfahren. Wir gehen natürlich nicht zu einer Zeit, wo die Polizisten noch viel zu denken haben und deshalb gegen uns Verdacht schöpfen könnten. Wir beginnen erst nach zehn Uhr, wenn schon viele Leute unterwegs sind, zu einer Zeit, zu der wir auch als Eigentümer des Hauses eventuell diese Dinge vornehmen lassen würden.«

Ich konnte nicht umhin, ihm innerlich recht zu geben; die schreckliche Hoffnungslosigkeit in Minas Antlitz ward einen Augenblick von einem Strahl der Hoffnung verdrängt, den der praktische Rat hervorrief. Van Helsing fuhr fort:

»Wenn wir einmal im Hause sind, werden wir weitere Anhaltspunkte finden. Jedenfalls kann ein Teil von uns dort bleiben, bis die Anderen die Plätze gefunden haben, wo sich noch Erdkisten befinden sollen, in Bermondsey und in Mile End.«

Lord Godalming erhob sich. »Vielleicht kann ich mich hier nützlich erweisen«, sagte er. »Ich will meinen Leuten telegraphieren, daß sie Wagen und Pferde dahin schicken, wo wir sie bedürfen.«

»Schau, schau, lieber Freund«, erwiderte Morris, »es ist ja eine Prachtidee von dir, alles für den Fall bereitzuhalten, daß wir Eile haben sollten. Aber meinst du denn nicht, daß eine unserer eleganten Equipagen mit Wappenschild in einer Nebenstraße von Walworth oder Mile End zu viel Aufmerksamkeit auf uns ziehen würde? Ich halte es für zweckmäßiger, wenn wir Droschken nehmen, falls sich das Bedürfnis ergeben sollte, nach dem Süden oder Osten zu gelangen. Sogar diese müßten wir in der Nähe unserer Arbeitsstelle warten lassen.«

»Freund Quincey hat recht«, sagte der Professor. »Sein Kopf ist, wie man so schön sagt, in gleicher Höhe mit dem Horizont. Es ist eine böse Sache, die wir vor uns haben; je weniger Leute uns dabei zusehen, um so besser.«

Minas Interesse an der Sache wuchs zusehends. Ich war froh, daß die Beschäftigung mit dieser Angelegenheit sie die gräßlichen Ereignisse der Nacht etwas vergessen ließ. Sie war blaß, fast gespensterhaft blaß, und so schwach, daß ihr die Lippen herunterhingen und die etwas hervorstehenden Zähne sehen ließen. Ich ließ mir nichts merken, um ihr nicht neuen Gram zu bereiten. Aber das Blut stockte mir in den Adern, wenn ich daran dachte, was der Graf seinerzeit aus Lucy gemacht hatte. Bis jetzt war ja noch kein Anzeichen dafür vorhanden, daß die Zähne schärfer wurden, denn die Zeit war noch zu kurz; immerhin aber hatten wir alle Ursache ängstlich zu sein.

Als wir darauf zu sprechen kamen, in welcher Reihenfolge wir die verschiedenen Tätigkeiten vornehmen und wie wir die Kräfte verteilen wollten, gab es wieder neue Zweifel. Schließlich kamen wir dahin überein, ehe wir uns nach Piccadilly begaben, den zunächstliegenden Schlupfwinkel des Grafen zu zerstören. Für den Fall, daß er es zu früh bemerkte, wären wir im Zerstörungswerk doch schon etwas voraus; sein Erscheinen in materieller Gestalt, und gerade in seinem schwächsten Zustande, würde uns weitere wertvolle Anhaltspunkte liefern.

Was die Kräfteverteilung betrifft, so schlug der Professor vor, daß wir uns alle nach dem Besuch in Carfax in das Haus in Piccadilly begeben sollten. Die beiden Ärzte und ich sollten dort zurückbleiben, während Lord Godalming und Quincey die Schlupfwinkel in Walworth und in Mile End aufsuchen und zerstören mußten. Es sei möglich, wenn auch nicht wahrscheinlich, meinte der Professor, daß der Graf im Laufe des Tages in Piccadilly erscheinen werde; in diesem Falle würden wir es unter Umständen mit ihm zu tun bekommen. Jedenfalls müßten wir uns bereit halten, ihm in möglichster Stärke gegenüberzutreten. Diesem Plan konnte ich nicht ganz zustimmen, wenigstens soweit er meine Mithilfe betraf, denn ich hatte die Absicht, bei Mina zu bleiben und sie zu beschützen. Ich führte meine Gründe an, aber Mina wollte nichts davon wissen. Sie sagte, es könne sich irgend etwas ereignen, das meine juristischen Kenntnisse in Anspruch nähme; oder es könnte sich unter den Papieren des Grafen manches befinden, was nur mir auf Grund meiner Erlebnisse in Transsylvanien verständlich sei, und daß wir schließlich alle unsere Streitkräfte heranziehen müßten, um uns einigermaßen mit den übernatürlichen Mächten des Grafen messen zu können. Ich mußte nachgeben, denn Minas Wunsch stand unerschütterlich fest; sie sagte, es sei ihre letzte Hoffnung, daß wir alle zusammenwirken würden. »Was mich betrifft«, sagte sie, »ich fürchte mich nicht. Schlechter als es ist, kann es nicht mehr werden; es liegt also in allem, was auch geschehen mag, etwas Trost oder Hoffnung für mich. Geh, mein lieber Mann! Gott kann, wenn er will, mich ebenso gut allein beschützen und braucht nicht unsere Unterstützung.« Ich stand auf und rief: »Dann wollen wir sofort aufbrechen und keine Zeit verlieren. Der Graf kann eher nach Piccadilly kommen, als wir denken.«

»Unmöglich!« sagte Van Helsing und winkte mit der Hand ab.

»Aber warum denn?« fragte ich.

»Haben Sie denn vergessen«, sagte er und lächelte dazu, »daß er heute Nacht lange gezecht hat und sich ordentlich ausschlafen wird?«

Vergessen! Werde ich je vergessen – kann ich je vergessen? Kann auch nur einer von uns diese grausigen Bilder vergessen? Mina wurde es sehr schwer, ihre Fassung zu bewahren; aber dann überwältigte sie doch der Schmerz; sie schlug die Hände vors Gesicht und weinte, daß ihr ganzer Leib erzitterte. Van Helsing hatte nicht die Absicht gehabt, ihre schrecklichen Erinnerungen wieder aufzufrischen. Er hatte jedenfalls übersehen, daß sie zugegen war und welchen großen Anteil sie an der Sache hatte. Als es ihm aber dann zum Bewußtsein kam, was er gesagt, erschrak er über seine Gedankenlosigkeit und versuchte sie zu trösten. »Frau Mina«, sagte er, »teure, gute Frau Mina, warum mußte ich, der ich Sie doch so tief verehre, gerade derjenige sein, der Ihnen, ohne es zu wollen, solche Dinge sagte? Aber Sie werden es doch wieder vergessen, nicht wahr? Diese alten, stupiden Lippen und der alte Schädel haben es nicht so böse gemeint.« Er verbeugte sich tief vor ihr; sie ergriff seine Hand und sagte leise unter Tränen:

»Nein, vergessen werde ich es nicht, denn es ist gut, wenn ich dessen eingedenk bleibe, und dabei gedenke ich dann auch des vielen Guten, das Sie an mir getan. Nun müssen Sie aber bald gehen. Das Frühstück ist fertig.«

Ein eigentümliches Mahl war dieses Frühstück. Wir versuchten, heiter und vergnügt zu sein und uns gegenseitig aufzumuntern, und Mina schien die vergnügteste und früheste zu sein. Nachdem das Frühstück beendet war, erhob sich Van Helsing und sagte:

»Nun meine lieben Freunde, gehen wir zu unserem schrecklichen Unternehmen. Sind Sie alle gerüstet, wie Sie es damals waren, als wir das erste Mal in der Nacht den Schlupfwinkel unseres Feindes aufsuchten; gerüstet gegen geistige und physische Angriffe?« Wir bejahten. »Dann ist es gut. Jetzt, Frau Mina, sind Sie in jeder Hinsicht bis Sonnenuntergang vor dem Ungeheuer geborgen, bis dahin aber sind wir wieder zurück, wenn –. Nun, wir kehren zurück! Aber ehe wir gehen, lassen Sie mich sehen, ob Sie gegen physische Angriffe hinreichend gesichert sind. Ich selbst habe Ihr Zimmer hergerichtet, indem ich die Dinge, die er nicht vertragen kann, so gelegt habe, daß ihm der Eingang versperrt ist. Nun will ich Sie selbst noch fest machen. Ich berühre Ihre Stirn mit dieser geweihten Hostie im Namen des Vaters, des Sohnes und – – –.«

Sie stieß einen furchtbaren Schrei aus, der uns das Blut in den Adern gerinnen ließ. Kaum hatte er die Hostie an Minas Stirn gelegt, da verbrannte sie auch schon das weiße Fleisch wie ein Stück weißglühendes Eisen. So schnell wie die Nerven meines unglücklichen Weibes den Schmerz empfanden, so schnell hatte ihr Verstand die ganze furchtbare Bedeutung des Geschehnisses überblickt. Aus der tiefsten Tiefe ihres gequälten Herzens hatte der Schrei sich losgerungen. Aber rasch fand sie auch die Worte zu dem, was ich dachte. Der Schrei gellte noch an den Wänden nieder, als sie schon in furchtbarster Verzweiflung in die Knie sank. Sie zog ihr prachtvolles Haar vor dem Gesicht zusammen, wie ein Aussätziger seinen Mantel, und rief weinend: »Unrein! Unrein! Sogar der Allmächtige ekelt sich vor meinem geschändeten Fleisch. Ich muß dies Zeichen der Schande an der Stirn tragen bis zum jüngsten Gericht.« Wir alle schwiegen, tief ergriffen. Ich hatte mich neben ihr in fassungslosem Jammer auf die Knie geworfen und hielt meine Arme fest um sie geschlungen. Ein paar Augenblicke pochten unsere gemarterten Herzen aneinander, während die Freunde, die uns umstanden, sich abwendeten, um die Zähren zu verbergen, die ihnen unter den Wimpern hervorquollen. Da trat Van Helsing an uns heran und sagte mit tiefem Ernst, mit der Geberde eines Sehers, der Dinge spricht, die ihm eine übernatürliche Macht einflüstert:

»Es mag sein, daß Sie dieses Mal an der Stirn tragen müssen, bis Gott der Herr am jüngsten Tages alles Leid von der Erde und von seinen Kindern, die auf ihr wohnen, wegnimmt. Möchte es uns, liebe, teure Frau Mina, die wir Sie innig lieb haben, vergönnt sein zu sehen, wie das Mal, mit dem Gott Sie gezeichnet, verschwindet und Ihre Stirn so rein und weiß zurückläßt wie Ihr Herz, das wir so genau kennen. So wahr wir leben, dieses Mal wird schwinden, wenn Gott es für gut hält, die Bürde, die so schwer auf uns lastet, von unseren Schultern zu nehmen. Bis dahin wollen wir unser Kreuz tragen, wie es sein Sohn getan hat, gehorsam dem Willen des Vaters. Vielleicht sind wir auserwählte Werkzeuge seiner göttlichen Gnade und steigen auf sein Geheiß empor wie jener andere durch Geißelhiebe und Schmach, durch Blut und Tränen, durch Angst und Zweifel und alles, was den Menschen von Gott zu trennen vermag.«

Es lag Trost und Hoffnung in seinen Worten und eine Mahnung, alles geduldig hinzunehmen. Mina und ich fühlten es beide; gleichzeitig ergriffen wir des alten Mannes Hände, beugten uns nieder und küßten sie. Dann knieten wir alle, ohne ein Wort zu sagen, nieder, reichten uns im Kreis die Hände, als wollten wir uns schwören, treu zueinander zu halten. Wir Männer gelobten, den düsteren Schleier des Leides vom Haupte derjenigen zu lösen, die wir alle, jeder auf seine Art, lieb hatten. Und wir beteten um Hilfe und Führung in der Aufgabe, die noch vor uns lag.

Bald wurde es Zeit aufzubrechen. Ich verabschiedete mich von Mina. Ein Scheiden war es, das wir beide wohl unser Leben lang nicht vergessen werden, dann gingen wir.

Über eines bin ich mir klar. Wenn Mina schließlich doch ein Vampyr werden muß, dann wird sie nicht allein in jenes unbekannte, furchtbare Land gehen. Es ist eben heute noch wie vor Zeiten; wie die verfluchten Leiber nur in geweihter Erde ruhen können, so dient die heiligste Liebe als Werberin für die gespenstischen Reihen der Un-Toten.

Wir betraten Carfax ohne jedes Hindernis und fanden alles genau so wie bei unserem ersten Besuch. Man hätte es nicht für möglich halten sollen, daß inmitten dieser prosaischen Umgebung von Staub, Verfall und Verwahrlosung eine Ursache zu den Befürchtungen zu finden sei, wie wir sie hegten. Wären wir nicht so fest entschlossen gewesen und hätten uns nicht die entsetzlichen Erinnerungen angespornt, wir wären kaum geneigt gewesen, unsere Aufgaben noch durchzuführen. Wir fanden kein Schriftstück im Hause und keine Spur einer Benützung; in der alten Kapelle standen die Kisten noch genau so, wie wir sie das letzte Mal gesehen. Dr. Van Helsing sagte, als wir angelangt waren:

»Zuerst müssen wir diese Erde sterilisieren, die für ihn voll von heiligen Erinnerungen ist und die er zu seinen unheiligen Zwecken aus fernem Lande hierher gebracht hat. Er hat diese Erde gewählt, weil sie ihm heilig ist. Wir schlagen ihn nun mit seinen eigenen Waffen, denn wir machen sie noch heiliger. Sie war dem Gebrauche von Menschen geweiht, wir weihen sie nun Gott.« Unterdessen hatte er seinem Koffer einen Schraubenschlüssel und ein Brecheisen entnommen, und bald war der Deckel der ersten Kiste abgehoben. Die Erde roch dumpfig und drückend, aber wir nahmen keine Notiz davon, denn unsere Aufmerksamkeit war auf den Professor gerichtet. Er zog aus der Büchse ein Stückchen der Hostie und legte es ehrerbietig auf die Erde in der Kiste; dann schloß er den Deckel wieder und schraubte ihn zu, wobei wir ihm behilflich waren.

Eine der großen Kisten nach der anderen behandelten wir in gleicher Weise. Als wir fortgingen, war nichts zu bemerken, nur lag in jeder ein Stück Hostie. Nachdem wir das Tor hinter uns geschlossen, sagte der Professor:

»So weit ist alles gediehen. Wenn wir mit dem Übrigen so rasch Erfolg haben, dann wird vielleicht im Abendsonnenschein Frau Minas Stirn weiß wie Elfenbein und fleckenlos glänzen.«

Wir gingen über die Wiese der Station zu, um den Zug zu erreichen, und konnten die Front des Asyls genau übersehen. Ich schaute gespannt hinüber und sah am Fenster meines Zimmers Mina stehen. Ich winkte ihr mit der Hand und nickte ihr zu, zum Zeichen, daß dieser Teil unserer Expedition erfolgreich verlaufen war. Sie nickte gleichfalls, um zu zeigen, daß sie verstanden habe. Ich sah dann noch, wie sie uns mit der Hand ein Lebewohl zuwinkte. Wir erreichten die Station mit schwerem Herzen und kamen gerade rechtzeitig an, als der Zug hereinbrauste.

Dies habe ich in der Eisenbahn geschrieben.

Piccadilly, 12 Uhr 30. – Kurz ehe wir Fenchurch Street erreichten, sagte Lord Godalming zu mir:

»Quincey und ich werden einen Schlosser bestellen. Es ist besser, Sie gehen nicht mit, denn es ist nicht ausgeschlossen, daß uns Unannehmlichkeiten erwachsen. Uns würde man es unter den gegebenen Umständen vielleicht nicht so sehr verübeln, daß wir in ein leeres Haus eingebrochen sind. Sie aber sind Jurist, und die Anwaltskammer würde Ihnen sicher zu verstehen geben, daß Sie als solcher sich doch besser hätten vorsehen müssen.« Ich machte Einwendungen und erwiderte, es sei mir ganz gleichgültig, ob ich mir Unannehmlichkeiten zuzöge oder nicht. »Außerdem wird es weniger auffallen, wenn wir nicht in großer Zahl erscheinen. Mein Name wird die Bedenken des Schlossers zerstreuen und auch die jedes Polizisten, der sich vielleicht hineinmischt. Sie gehen besser mit John und dem Professor und warten in Green-Park an einer Stelle, wo Sie das Haus beobachten können. Wenn Sie dann sehen, daß das Tor geöffnet ist und der Schlosser sich entfernt hat, kommen Sie herüber. Wir werden nach Ihnen Ausschau halten und Sie dann einlassen.«

»Der Rat ist gut«, sagte Van Helsing, und wir hatten nun nichts mehr einzuwenden. Godalming und Morris fuhren eiligst in einer Droschke davon, wir stiegen in eine andere. An der Ecke der Arlington-Straße stiegen wir aus und schlenderten gemächlich in den Green-Park. Mein Herz schlug stark, als ich das Haus erblickte, auf das sich unsere Hoffnung baute. Düster und schweigend ragte es in seiner Verwahrlosung unter seinen freundlicheren Nachbarn empor. Wir ließen uns auf einer Bank nieder, von der aus wir eine gute Aussicht hatten, und begannen zu rauchen, um möglichst wenig Aufmerksamkeit auf uns zu ziehen. Die Minuten schienen mit bleiernen Füßen dahinzuschleichen, wie wir so auf die Ankunft der anderen warteten.

Endlich kam eine Droschke gefahren. Herausstiegen in unbefangener Weise Lord Godalming und Morris; vom Bock kletterte ein untersetzter Handwerker mit seinem Werkzeugkorb. Morris bezahlte den Kutscher, der seinen Hut lüftete, und davon fuhr. Die beiden anderen stiegen die Treppe hinauf und Lord Godalming erläuterte dem Manne, was zu tun sei. Der Handwerker zog seinen Rock aus und hing ihn an einen der Gitterstäbe, indem er einem gerade des Weges kommenden Polizisten etwas zurief. Der Polizist nickte zustimmend, der Handwerker kniete nieder und stellte seinen Korb neben sich. Eine Weile suchte er darin und entnahm ihm dann eine Anzahl Werkzeuge, die er in einer gewissen Ordnung auf der Stufe niederlegte. Dann stand er auf, sah in das Schlüsselloch, blies hinein und sagte etwas zu seinen Auftraggebern. Lord Godalming lächelte, und der Mann brachte ein großes Bündel Schlüssel hervor; er suchte einen davon heraus und probierte ihn im Schloß. Nachdem er noch ein paar

Mal herumgedreht hatte, versuchte er es mit einem zweiten und dann mit einem dritten. Plötzlich öffnete sich das Tor und er trat mit den beiden Anderen ein. Wir warteten geduldig; dann kam der Handwerker wieder heraus und holte seinen Werkzeugkorb. Er hielt das Tor mit den Knieen halb offen und machte einen passenden Schlüssel zurecht. Diesen überreichte er schließlich Lord Godalming, der seine Börse zog und ihn bezahlte. Der Mann lüftete die Mütze, zog seinen Rock wieder an und ging. Keine Seele hatte sich das Geringste um den ganzen Vorgang gekümmert.

Als der Mann ein Stück entfernt war, gingen wir drei über die Straße und klopften am Tor. Sofort wurde uns geöffnet. In der Türfüllung stand Quincey Morris und neben ihm Lord Godalming, der sich eine Zigarre anzündete.

»Es riecht ganz scheußlich«, sagte letzterer, als wir eintraten. Es roch in der Tat schrecklich – wie in der alten Kapelle in Carfax –, unsere Erfahrung lehrte uns, daß der Graf ziemlich oft hier gewesen sein mußte. Wir machten uns daran, das Haus zu durchsuchen, hielten uns aber eng zusammen, im Falle wir angegriffen würden. Wir wußten ja, daß wir es mit einem starken und verschlagenen Feinde zu tun hatten, außerdem konnten wir auch nicht wissen, ob nicht der Graf im Hause sei. Im Speisezimmer, das am rückwärtigen Ende des Ganges lag, fanden wir acht Kisten mit Erde. Neun suchten wir und acht waren nur hier! Unser Werk war nicht vollendet und konnte nicht vollendet werden, wenn wir über den Verbleib der fehlenden Kiste nichts in Erfahrung brachten. Zuerst öffneten wir die Läden des Fensters, das auf einen kleinen, gepflasterten Hof hinaussah; draußen sah man die öde Wand eines Stalles. Sie zeigte keine Fenster, so brauchten wir nicht zu befürchten, beobachtet zu werden. Wir gingen ohne Aufenthalt an die Untersuchung der Kisten, öffneten mittels der mitgebrachten Instrumente eine nach der anderen und verfuhren mit ihnen in gleicher Weise wie mit denen in der alten Kapelle. Es wurde uns klar, daß der Graf nicht anwesend war, wir machten uns daran, einige seiner Gebrauchsgegenstände zu suchen.

Wir hatten noch die übrigen Räume vom Keller bis zum Speicher durchsucht und kamen zu der Überzeugung, daß im Speisezimmer sich die vom Grafen benützten Gegenstände befinden müßten. Wir durchstöberten es deshalb überall. Und mit Erfolg. Da lag auf dem Speisetische Verschiedenes in beabsichtigter Unordnung; Eigentumstitel des Hauses in Piccadilly in einem dicken Bunde, Akten über den Kauf der Häuser in Bermondsey und Mile End, Briefpapier, Umschläge, Tinte und Feder. Alles war mit dünnem Einschlagpapier zum Schutze gegen den Staub bedeckt. Wir fanden auch noch eine Kleiderbürste, einen Kamm, einen Krug und eine Waschschüssel; in dieser befand sich schmutziges Wasser, das wie von Blut gerötet schien. Schließlich entdeckten wir eine Anzahl Schlüssel aller Größen und Formen, die anscheinend zu den übrigen Häusern gehörten. Nachdem wir noch diesen letzten Fund hinreichend geprüft, notierten Lord Godalming und Quincey die genauen Adressen der verschiedenen Häuser im Osten und Süden, nahmen den Bund Schlüssel an sich und begaben sich auf den Weg, um dort die Kisten unbrauchbar zu machen. Wir übrigen müssen geduldig warten, bis die beiden zurückkehren – oder bis der Graf kommt.

Dreiundzwanzigstes Kapitel.

Dr. Sewards Tagebuch

3. Oktober. – Die Zeit kam uns sehr lang vor, als wir auf Godalming und Quincey warteten. Der Professor bemühte sich, uns geistig rege zu erhalten. Ich erkannte seine wohlmeinende Absicht aus den Seitenblicken, die er von Zeit zu Zeit auf Harker warf. Dieser leidet furchtbar; es dreht einem fast das Herz im Leibe um. Gestern Nacht war er noch ein frischer, glücklich aussehender Mann, mit einem Gesicht von Energie, starker Jugendkraft und mit braunem Haar. Heute ist er ein gebeugter, leidender gealterter Mann, dessen weißes Haar mit den brennenden Augen in den tiefliegenden Höhlen und dem vergrämten, faltigen Gesicht übereinstimmt. Aber seine Energie ist noch unangetastet, er ist von glühendem Eifer beseelt. Das ist vielleicht seine einzige Rettung, denn wenn alles gut geht, wird es ihm über die Periode der schlimmsten Verzweiflung hinweghelfen; er wird dann wieder zum alltäglichen Leben zurückzukehren imstande sein. Ich meinte schon, mein eigenes Leid sei unermeßlich, nun aber seines – – –! Der Professor weiß dies wohl und tut sein Möglichstes, ihn nicht zum Nachgrübeln kommen zu lassen. Das, was er erzählte, war unter den gegebenen Verhältnissen von höchstem Interesse. Ich will es niederschreiben, so weit ich mich noch entsinnen kann:

»Ich habe immer und immer wieder alle Berichte betreffs dieses Ungeheuers studiert, und je tiefer ich eingedrungen bin, desto fester steht bei mir die Überzeugung, daß es verjagt werden muß. Überall machen sich Zeichen seines Fortschrittes bemerkbar. Nicht nur in Bezug auf Fähigkeiten, sondern insbesondere darin, daß er sich ihrer immer mehr bewußt wird. Wie ich den Studien meines Freundes Arminius in Budapest entnahm, war Dracula in seinem Leben ein hervorragender Mensch: Krieger, Diplomat und Alchymist. Letzteres bedeutete in jenen Zeiten den Höhepunkt wissenschaftlicher Entwicklung. Er hatte einen mächtigen Verstand, eine unvergleichliche Erfahrung und ein Herz, das nicht Furcht, nicht Gewissen kannte. Keine Wissenschaft der Zeit gab es, in der er sich nicht versucht hat. In ihm überlebten die geistigen Kräfte den physischen Tod, wenn es auch aussieht, als sei sein Gedächtnis nicht immer ganz lückenlos. In manchen Beziehungen ist er geistig noch vollkommen ein Kind; aber er wächst, und viele Dinge, die bisher noch in ihm unentwickelt waren, sind mit ihm gewachsen. Er macht seine Erfahrungen und weiß sie zu benützen. Wenn wir nicht seine Pfade gekreuzt hätten, so wäre er – – wenn unser Plan mißlingt, so wird er es noch – – der Vater und Schöpfer einer neuen Art von Wesen geworden, deren Weg durch den Tod, nicht durchs Leben geht.«

Harker seufzte und sprach: »Das alles ist gegen meine liebe Frau gerichtet! Aber wie macht er seine Erfahrungen? Vielleicht finden wir dadurch Fingerzeige, wie wir ihn unschädlich machen können.«

»Er hat die ganze Zeit, seitdem er hier ist, seine Kräfte versucht, langsam aber sicher. Sein Gehirn ist an der Arbeit. Zu unserm Glück ist es trotz allem immer noch ein Kindergehirn; denn hätte er von Anfang an gewagt, gewisse Dinge zu vollbringen, er wäre längst außer unserem Machtbereich. Aber jedenfalls hat er Erfolge zu verzeichnen; ein Mann, der Jahrhunderte vor sich hat, kann es sich erlauben, zu warten und langsam vorzugehen. ›Festina lente‹ ist wohl sein Wahlspruch.«

»Da komme ich nicht mehr mit«, sagte Harker traurig. »Setzen Sie es mir doch genauer auseinander. Vielleicht haben Gram und Schmerz mir die Fähigkeit zu denken genommen.« Der Professor legte ihm sanft die Hand auf die Schulter und sagte:

»Gewiß, lieber Freund, will ich Ihnen die Sache erklären. Sehen Sie nicht, wie dieses Scheusal sich allmählich die Erfahrungen erworben hat? Wie er den Zoophagus benützt hat, um sich in Johns Haus Eintritt zu verschaffen; denn der Vampyr muß, wenn er auch später kommen und gehen kann, wie er will, doch, wenn er das erste Mal kommt, von einem Bewohner zum Eintreten aufgefordert werden. Aber das sind noch lange nicht seine wichtigsten Erfahrungen. Haben wir nicht gesehen, daß er anfangs all die großen Kisten von Anderen transportieren ließ. Er wußte es damals noch nicht anders. Aber nach und nach kam er mit seinem Kinderverstand darauf, zu versuchen, ob er das nicht allein bewerkstelligen könne. So begann er damit, und als er merkte, daß alles gut ging, probierte er es allein. Und so geht es weiter. Er verteilt selbst seine Gräber, ohne fremde Hilfe, und niemand außer ihm weiß, wo sie verborgen sind. Vielleicht hatte er die Absicht, sie tief in der Erde zu versenken. Niemand wird eine Ahnung haben, daß dort einer seiner Schlupfwinkel ist. Aber verzweifeln Sie nicht, mein Freund, diese Erkenntnis ist ihm viel zu spät gekommen. Schon sind alle seine Lagerstätten bis auf eine für ihn unbrauchbar gemacht, und ehe es Nacht wird, werden wir auch diese sterilisiert haben. Dann hat er keinen Fleck mehr, zu dem er flüchten, wo er sich verstecken könnte. Ich habe heute morgen absichtlich gezögert, damit wir unserer Sache auch ganz gewiß sind. Steht für uns nicht mehr auf dem Spiele als für ihn? Auf meiner Uhr ist es ein Uhr; wenn alles gut gegangen ist, müssen Arthur und Quincey schon auf dem Rückwege zu uns sein. Heute ist unser Tag; wir müssen ganz sicher und vorsichtig gehen, und seine Möglichkeit außer Acht lassen. Sehen Sie, wir sind unser fünf, wenn die zwei Abwesenden zurück sind.«

Wir wurden in unserem Gespräch unterbrochen. Wir erschraken, als wir am Tore ein Klopfen, den doppelten Schlag des Postboten, vernahmen. Wir begaben uns zusammen auf den Gang, und Van Helsing schritt, indem er uns mit der Hand Stillschweigen gebot, auf das Tor zu und öffnete. Ein Depeschenbote stand draußen und hielt ihm ein Telegramm hin. Der Professor schloß das Tor wieder, riß, nachdem er die Adresse gelesen, die Depesche auf und las sie vor.

»Habt Acht auf D. Er hat eben, 12 Uhr 45 Min., eiligst Carfax verlassen und ist in südlicher Richtung davon. Es scheint, als wolle er einen Rundgang antreten und mit Euch zusammentreffen. Mina.«

Es entstand eine Pause, die Jonathan Harker unterbrach. »Dann werden wir ja, Gott sei Dank, bald mit ihm zusammenkommen!«

»Überlassen wir das Wann und Wie unserem Herrgott. Fürchten oder freuen Sie sich jetzt noch nicht; denn das, was uns im Augenblick begehrenswert erscheinen mag, ist vielleicht zu unserem Schaden.«

»Ich habe keinen anderen Wunsch«, erwiderte er leidenschaftlich, »als dieses Scheusal aus dem Antlitz der Erde getilgt zu wissen. Ich gäbe gern meine Seele darum!«

»Ruhe, Ruhe, lieber Freund!« sagte Van Helsing, »Gott schachert nicht in dieser Weise mit Seelen; der Teufel tut es zwar, hält aber nicht Wort. Aber Gott ist gnädig und gerecht und weiß, was wir leiden und wie wir an Frau Mina hängen. Stellen Sie sich doch vor, wie sehr Sie ihre Sorge vergrößern würden, könnte sie diese wilden, unüberlegten Worte hören. Fürchten Sie nicht, daß wir unserer Sache untreu werden könnten; wir haben das Ziel fest im Auge und der heutige Tag soll das Ende sehen. Die Zeit zum Handeln ist gekommen; heute ist dieser Vampyr nur mit menschlichen Eigenschaften begabt und kann sich nicht verwandeln, ehe die Sonne hinuntergeht. Es hat ihm immerhin Zeit gekostet, hierher zu kommen. Sehen Sie, es ist zwanzig Minuten nach ein Uhr. So bald wird er nicht hier sein, mag er sich auch noch so sehr beeilen. Das zunächst Wichtigste ist, daß Arthur und Quincey vor ihm eintreffen.«

Etwa eine halbe Stunde, nachdem wir Frau Harkers Telegramm erhalten, ließ sich ein energisches Klopfen an der Haustür vernehmen. Es war nur ein gewöhnliches

Klopfen, wie man es schon tausendmal in seinem Leben gehört hat, aber dennoch pochten das Herz des Professors und das meine zum Zerspringen. Wir sahen einander an, gingen zusammen auf den Flur hinaus und hielten unsere Waffen gebrauchsbereit, die geistigen in der Linken, die weltlichen in der Rechten. Van Helsing öffnete und trat, die Tür halb offen haltend, zurück, um beide Hände frei zu haben. Die Freude unserer Herzen muß sich auf unseren Gesichtern gespiegelt haben, als wir draußen auf der Treppe, ganz nahe am Tor, Lord Godalming und Quincey Morris erblickten. Sie kamen rasch herein und schlossen hinter sich ab; Arthur sagte, während wir den Gang hinunterschritten:

»Alles in Ordnung. Wir haben beide Häuser gefunden; sechs Kisten in jedem, und haben sie alle zerstört.«

»Zerstört?« fragte der Professor.

»Ja, für ihn unbrauchbar gemacht.« Wir schwiegen eine Weile, dann sagte Quincey: »Wir haben nun nichts weiter mehr zu tun, als hier zu warten. Wenn er aber bis fünf Uhr noch nicht da sein sollte, müssen wir gehen, denn wir können Frau Mina nach Sonnenuntergang nicht mehr allein lassen.«

»Er muß in Kürze hier sein«, sagte Van Helsing, der sein Taschenbuch zu Rate gezogen hatte. »Notabene, in Frau Minas Telegramm hieß es, daß er von Carfax aus südlich gegangen sei, d. h. er mußte über den Fluß; das konnte er aber nur zur Zeit des Stillwassers, also etwas vor ein Uhr. Daß er nach Süden ging, ist von Bedeutung für uns. Er begab sich von Carfax aus zuerst dahin, wo er eine Einwirkung am wenigsten vermutete. Sie dürften nur ganz kurz vor ihm in Bermondsey gewesen sein. Daß er jetzt noch nicht hier ist, beweist, daß er zunächst sich noch nach Mile End begeben hat. Das hat ihm wieder Zeit gekostet, denn er mußte dann nochmals den Fluß überschreiten. Glaubt mir, liebe Freunde, wir werden nicht mehr allzulange zu warten haben. Wir sollten uns einen Angriffsplan zurechtlegen, damit wir keine Möglichkeit aus den Augen lassen. Halt, es ist zu spät. Nehmt Eure Waffen zur Hand! Fertig!« Er hob lauschend den Finger, denn es war vom Gang her deutlich zu vernehmen, wie ein Schlüssel vorsichtig in das Schlüsselloch gesteckt wurde.

Wie ein überragender Geist sich bewährt, konnte ich selbst in diesem Augenblick bewundern. Bei allen unseren Jagden und Abenteuern in den verschiedenen Weltteilen hatte Quincey Morris immer die Leitung, während ihm Arthur und ich gewohnheitsmäßig blindlings gehorchten. In diesem Augenblick schien die Erinnerung an jene Zeiten ihm wiederzukehren. Er maß mit einem raschen Blick das Zimmer und wies dann jedem von uns wortlos, mit einem Wink, seinen Platz an. Van Helsing, Harker und ich standen direkt hinter der Tür, so daß Van Helsing sie sofort, wenn sie geöffnet wurde, besetzen konnte, während wir beiden anderen uns sogleich zwischen den Eingang und den Ankömmling werfen sollten. Am Fenster standen Quincey vorn und Godalming hinten, die Übrigen hielten sich zum Eingreifen bereit. Wir warteten in höchster Spannung; die Sekunden vergingen uns so langsam, als läge ein Alpdruck auf uns. Die leisen, vorsichtigen Schritte kamen durch den Gang immer näher; der Graf war offenbar auf eine Überraschung gefaßt, zum mindesten fürchtete er sie.

Plötzlich sprang er mit einem Satz ins Zimmer, an uns vorbei, ehe wir noch Zeit gefunden ihn zu halten. Es lag etwas so Raubtierähnliches, etwas so Außermenschliches in seinen Bewegungen, daß wir uns sofort von der Bestürzung erholten, die die Art seines Eintretens hervorgerufen hatte. Der erste, der handelte, war Harker; er warf sich schnell zwischen die Tür und den Grafen. Als dieser uns erblickte, ließ er ein häßliches Knurren ertönen und fletschte seine langen, spitzigen Zähne. Aber dieser Ausdruck wich rasch dem der Verachtung, wie ihn der Löwe seinen Angreifern gegenüber zur Schau trägt. Plötzlich drangen wir, von einem gemeinsamen Impuls getrieben, auf ihn ein. Es war bedauerlich, daß wir unseren Angriff vorher nicht besser organisiert hatten. Gerade in diesem kritischen Augenblick wußte ich nicht, was ich eigentlich zu tun hätte. Ich wußte auch nicht, ob uns unsere weltlichen Waffen etwas nützen würden. Harker schien jedenfalls die Sache versuchen zu wollen, denn er zog sein langes Kukrimesser und führte einen plötzlichen, kräftigen Stoß nach dem Grafen. Der Stoß mußte eine furchtbare Gewalt gehabt haben; nur die dämonische Gewandtheit, mit der sich der Graf dem Angriff entzog, rettete ihn. Einen Augenblick später hätte ihm die scharfe Schneide das Herz durchbohrt. So aber traf der Stoß nur seinen Rock und riß eine weite Öffnung, aus der ein Bündel Banknoten und ein Strom von Goldmünzen herausfiel. Der Gesichtsausdruck des Grafen war ein unheimlicher, sodaß ich einen Augenblick für Harker fürchtete, obgleich ich sah, wie er das Messer schon wieder zu einem zweiten Stoß bereit hielt. Unwillkürlich trat ich näher heran, das Kruzifix und die Hostie in der hocherhobenen Linken. Ich fühlte eine überirdische Kraft meinen Arm durchfluten, und es überraschte mich nicht, daß der Graf bei jedem Schritt zurückwich, den einer von uns in dieser Weise gegen ihn machte. Es ist unmöglich, den Ausdruck des Hasses und der höhnischen Bosheit, der Wut und des teuflischen Zornes zu beschreiben, die das Gesicht Draculas verzerrten. Seine wächserne Farbe verwandelte sich in ein Grüngelb, von dem die rotglühenden Augen auffallend abstachen, und die rote Narbe auf der bleichen Haut sah aus wie eine zuckende Wunde. Im nächsten Augenblick duckte er sich katzenartig unter Harkers Arm zusammen, ehe dieser den zweiten Stoß führen konnte. Er raffte eine Handvoll der auf dem Boden liegenden Goldmünzen zusammen und schoß quer durch das Zimmer auf das Fenster zu. Das Glas klirrte und splitterte, als er auf den gepflasterten Hof hinaussprang. Durch das Klirren des Glases konnte ich das feine Klingen von Gold hören, als hätte er bei seinem Sprung einige Sovereigns verloren.

Wir eilten ans Fenster und sahen, wie er sich unverletzt aufraffte. Er raste über das Pflaster des Hofes und stieß die Stalltür auf. Dort dreht er sich nach uns um und schrie: »Ihr habt gedacht, mich überlisten zu können, Ihr – – –da steht Ihr da mit Euren blassen Gesichtern, in einer Reihe wie die Schafe. Ich will Euch noch zu schaffen machen, euch allen! Ihr glaubt, ihr habt mir meine Ruheplätze genommen; ich habe ihrer noch mehr. Meine Rache hat erst begonnen. Ich habe sie auf Jahrhunderte verteilt, und ich habe die Zeit auf meiner Seite. Eure Frauen sind jetzt schon mein, durch sie sollt ihr und andere auch mein werden; meine Kreaturen, die meine Befehle ausführen, und meine Schakale, wenn ich speise. Pfui!« Mit verächtlichem Lachen huschte er rasch in die Tür, und wir hörten den rostigen Riegel knirschen, mit dem er sie hinter sich absperrte. Wir hörten noch eine weitere Tür sich öffnen und schließen. Der erste von uns, der wieder die Sprache fand, war der Professor, als wir in der Erkenntnis, daß wir dem Grafen doch nicht durch den Stall zu folgen imstande waren, zum Gange eilten.

»Wir haben etwas gelernt, sogar viel! Trotz seiner wilden Worte fürchtet er uns doch; er fürchtet die Zeit, er fürchtet den Mangel. Denn wenn das nicht so ist, warum eilt er so? Seine eigenen Worte haben ihn verraten, oder ich darf meinen Ohren nicht mehr trauen. Warum hat er noch das Geld mitgenommen? Geht ihm schnell nach. Ihr habt schon wilde Tiere gejagt und versteht das Handwerk. Ich für meine Person sorge dafür, daß er nichts Brauchbares mehr vorfindet, wenn er hierher zurückkehrt.« Dabei las er das auf dem Boden liegende Geld auf und steckte es in die Tasche. Dann nahm er noch die übrigen Besitztitel an sich, warf sie mit all den anderen Sachen in den Kamin und zündete sie mit einem Streichholz an.

Godalming und Morris waren in den Hof gelaufen, und Harker hatte sich zum Fenster hinausgelassen, um dem Grafen zu folgen. Dieser hatte das Stalltor fest verriegelt, und als sie es endlich aufgebrochen hatten, fanden sie keine Spur mehr von ihm vor. Van Helsing und ich suchten die andere Seite des Hauses ab, aber die engen Hintergassen waren wie ausgestorben und niemand hatte ihn entweichen sehen.

Es war schon später Nachmittag geworden, bald ging die Sonne unter. Wir mußten uns gestehen, daß unser Spiel für heute verloren war. Mit schweren Herzen gaben wir dem Professor recht, als er sagte:

»Wir wollen nun zu Frau Mina zurückkehren. Alles was wir bis jetzt tun konnten, ist geschehen; wenn wir bei ihr sind, können wir sie wenigstens schützen. Aber wir wollen die Hoffnung nicht aufgeben. Es ist nur noch eine Kiste übrig, wir werden unser möglichstes tun, um auch sie noch aufzuspüren. Wenn das geschehen ist, dann ist alles gut.« Ich sah, daß er so zuversichtlich sprach, um Harker zu trösten, der sehr niedergeschlagen war; er gedachte seiner Frau.

Bedrückt kehrten wir nach meinem Hause zurück, wo uns Frau Mina erwartete. Sie trug eine frohe Miene zur Schau, die ihrem Mut und ihrer Schlaflosigkeit alle Ehre machte. Als sie uns in die Gesichter sah, wurde sie blaß. Sie schloß für einige Sekunden die Augen, dann sagte sie freundlich:

»Ich weiß nicht, wie ich Ihnen das alles danken soll. O mein lieber Mann! Alles wird noch gut werden. Gott wird uns gnädig sein.«

Wir nahmen rasch unser Abendbrot ein; ich muß sagen, es stärkte uns. Es war der Heißhunger erschöpfter Menschen, keiner hatte seit dem ersten Frühstück einen Bissen über die Lippen gebracht – oder das Gefühl der Zusammengehörigkeit. Jedenfalls fühlten wir uns alle weniger elend und sahen dem kommenden Morgen nicht ganz hoffnungslos entgegen. Getreu unserem Versprechen erzählten wir Frau Harker alles, was sich ereignet hatte. Trotzdem sie weiß wurde, als sie hörte, wie ihr Gatte in Gefahr war, und rot, wenn von unserer Anhänglichkeit an sie die Rede war, lauschte sie doch tapfer und ruhig unseren Worten. Als wir erzählten, wie Jonathan sich mutig auf den Grafen gestürzt, klammerte sie sich fest an seinen Arm und drückte ihn an sich, als müsse sie ihn vor dem kommenden Unheil schützen. Sie sagte aber kein Wort, bis wir sie über alles unterrichtet hatten. Dann stand sie auf, ohne ihres Gatten Hand loszulassen, und begann zu sprechen. Wie das edle Weib dastand in der strahlenden Schönheit ihrer Jugend, in warmer Begeisterung! Die rote Narbe auf ihrer Stirn ließ uns alle mit Zähneknirschen daran denken, wie und wodurch sie entstand. Wir waren voll grimmen Haß, voll von Befürchtungen und Zweifeln. Sie, voll liebender Güte und starkem Glauben; und trotz all ihrer Güte, Reinheit und ihres Glaubens hat sie Gott gezeichnet.

»Lieber Jonathan«, sagte sie »und ihr alle, meine treuen Freunde, ich bitte euch, in dieser schrecklichen Zeit eins nicht aus den Augen zu verlieren. Ich weiß, daß ihr das Ungeheuer bekämpfen, daß ihr es vernichten müßt, wie ihr die falsche Lucy vernichten mußtet, um der wirklichen Lucy das ewige Leben zu geben. Aber es darf kein Werk des Hasses sein. Die Seele, die all das Leid durchgefochten hat, ist ja selbst am übelsten dran. Denkt nur an die reine Freude, die sie haben wird, wenn ihr schlimmeres Teil zu Gunsten des edleren vernichtet ist, um seiner Unsterblichkeit willen. Ihr müßt Mitleid mit ihm haben, wenn es auch eure Hände nicht davon abhalten darf, ihn zu vernichten.«

Während sie sprach, wurde das Gesicht ihres Mannes immer finsterer und zog sich zusammen. Unwillkürlich wurde der Griff seiner Hand fester; er drückte die Hand seines Weibes so gewaltsam, daß die Knöchel weiß wurden. Sie ertrug den Schmerz, ohne zu zucken, und sah ihn nur mit flehenden Augen an. Als sie zu Ende war, sprang er auf, indem er seine Hand aus der ihren riß und rief:

»Gott gebe ihn in meine Hände, damit ich das irdische Leben an ihm zerstören kann, nach dem wir alle trachten. Wenn ich aber dabei seine Seele für alle Ewigkeiten in die tiefste, brennende Hölle senden könnte, bei Gott, ich täte es.«

»Ruhe, nur Ruhe. Sage nicht solche Dinge, Jonathan. Oder willst Du mich aus Angst und Schrecken sterben sehen? Denke doch, Liebster – ich habe heute den ganzen langen Tag darüber nachgedacht – daß vielleicht eines Tages ich auch eines solchen Mitleides bedürfen könnte und daß Andere in der gleichen Lage, wie jetzt du, und mit dem gleichen Grunde mich zu hassen, mir dieses Mitleid versagen könnten. Gern hätte ich dir dies erspart, hätte ich einen andern Weg gesehen, aber ich flehe zu Gott, daß er deine zornigen, häßlichen Worte dir nicht strenger anrechne als das Weinen aus dem gebrochenen Herzen eines liebenden und gramerfüllten Mannes. Gott im Himmel, möchten diese weißen Haare dir Zeugen sein dessen, was er erlitten, der doch sein Leben lang kein Unrecht getan und den doch das Schicksal so hart verfolgt.«

Ehe Frau Harker sich zur Ruhe begab, sicherte der Professor das Zimmer gegen den Vampyr und versicherte ihr, daß sie nun in Frieden schlafen könne. Sie schien der Versicherung Glauben beizumessen und, offenbar um ihres Gatten willen, gefaßt zu sein. Es war ein harter Sieg; aber er wird, wie ich sicher überzeugt bin, seine Belohnung finden. Van Helsing hatte jedem von ihnen eine Handglocke hingestellt, um im Notfall uns rufen zu können. Als das Ehepaar schlafen gegangen war, beschlossen Quincey, Godalming und ich, im Wechsel die Nacht über aufzubleiben und Frau Mina zu bewachen. Die erste Wache hatte Quincey; wir Übrigen sollten so bald als möglich zu Bett gehen. Godalming hat es schon getan, denn er hat die zweite Ablösung. Nun, da meine Arbeit getan, werde auch ich zur Ruhe gehen.

Jonathan Harkers Tagebuch.

3.–4. Oktober, kurz vor Mitternacht. – Ich glaubte, der gestrige Tag wolle kein Ende nehmen. Ich hatte eine wahre Sehnsucht nach Schlaf, weil ich das unbestimmte Gefühl hatte, daß nach dem Erwachen alles anders sein werde, und jede Änderung eine Besserung bedeutete. Ehe wir uns trennten, berieten wir, was wir nun zunächst tun wollten, kamen aber zu keinem festen Resultat. Alles, was wir wußten, war, daß nur eine Kiste mit Erde übrig und ihr Verbleib nur dem Grafen bekannt war. Wenn er auf die Idee kommt, in seinem Versteck liegen zu bleiben, kann er uns noch auf Jahre hinaus in Bewegung halten. Und in der Zwischenzeit? Der Gedanke ist gräßlich, ich darf ihn gar nicht ausdenken. Eines weiß ich aber: wenn es je ein Weib ohne Fehl gab, dann ist es meine gequälte Frau. Ich liebe sie noch tausendmal mehr, um des edlen Mitleids willen, das sie heute Nacht zeigte, dem gegenüber mein eigener Haß gegen das Ungeheuer nur um so häßlicher erschien. Sicher wird es Gott nicht zulassen, daß die Welt um dieses edle Geschöpf ärmer werde. Das ist meine Hoffnung. Wir treiben nun alle riffwärts, der Glaube ist unser einziger Anker. Mina schläft und träumt nicht. Ihre Träume müßten ja furchtbar sein, wenn sie ihren Inhalt all den entsetzlichen Erinnerungen entnähmen. Als die Sonne unterging, kam eine Ruhe in ihr Antlitz, wie sanfter Frühling nach den Märzstürmen. Ich dachte zuerst, es sei die Röte des untergehenden Gestirns, die ihr Gesicht erglühen machte; nun aber weiß ich, daß die Ursache tiefer lag. Ich bin selbst gar nicht schläfrig, aber müde – todmüde. Aber ich muß mich zum Schlafen zwingen; ich muß auch wieder an das Morgen denken, Ruhe aber gibt es nicht für mich, bis ...

Später. – Ich muß eingeschlafen sein, denn ich wurde von Mina geweckt, die aufrecht in ihrem Bette saß und erstaunt um sich blickte. Ich konnte sie genau sehen, denn wir hatten das Zimmer nicht verdunkelt; sie legte ihre Hand auf meinen Mund und flüsterte mir ins Ohr:

»Pst, es geht jemand auf dem Korridor!« Ich stand auf, ging leise durch das Zimmer und öffnete geräuschlos die Türe.

Draußen lag, auf einer Matratze ausgestreckt, Herr Morris, vollkommen wach. Er erhob warnend den Finger und sagte leise:

»Gehen Sie nur zu Bett; es ist alles in Ordnung. Einer von uns ist immer hier, die ganze Nacht über. Wir haben alle Vorsichtsmaßregeln getroffen.«

Sein Blick und seine Geberden unterdrückten jede weitere Einrede, deshalb ging ich zu Mina zurück und erzählte ihr, was ich gesehen. Sie seufzte, aber ein Schimmer glücklichen Lächelns flog über ihr verhärmtes, bleiches Gesicht, als sie ihre Arme um mich schlang und sagte:

»Wie danke ich Gott für diese guten, wackeren Männer!« Mit einem Seufzer sank sie zurück. Ich schreibe dies, da ich keinen Schlaf finde; aber ich muß wenigstens versuchen, ihn herbeizurufen.

4. Oktober, morgens. – Zum zweiten Mal in dieser Nacht hat Mina mich aufgeweckt. Wir mußten unterdessen gut geschlafen haben, denn im Grau des erwachenden

Tages hoben sich die Rechtecke der Fenster scharf von der Wand ab und die Gasflamme leuchtete nur noch schwach. Sie sagte hastig zu mir:

»Geh, rufe den Professor. Ich habe ihm sofort etwas zu sagen.«

»Was denn?« fragte ich.

»Ich habe eine Idee. Ich glaube, sie ist mir über Nacht gekommen und in mir reif geworden, ohne daß ich es wußte. Er muß mich hypnotisieren, ehe es Tag wird, dann werde ich imstande sein zu sprechen. Beeile dich, Liebster, die Zeit ist knapp.« Ich ging zur Tür. Dr. Seward lag noch auf der Matratze und sprang auf, als er mich erblickte.

»Ist etwas geschehen?« fragte er erschreckt.

»Nein«, erwiderte ich, »aber Mina möchte sofort Dr. Van Helsing sprechen.«

»Ich werde ihn holen«, sagte er und lief nach dem Zimmer des Professors.

Sogleich war Van Helsing zur Stelle, auch Morris und Lord Godalming waren erschienen und sprachen in der Tür mit Dr. Seward. Als der Professor Mina lächeln sah, wich der Ausdruck der Angst in seinem Gesicht einem Lächeln. Er rieb sich die Hände und sagte:

»Welch ein Wechsel, liebe Frau Mina! Sehen Sie, Jonathan, nun haben wir unsere teure Frau Mina wieder wie ehedem!« Dann wandte er sich zu ihr und fragte besorgt: »Was soll ich für Sie tun? Denn zu einer solchen Stunde haben Sie mich nicht ohne einen wichtigen Grund holen lassen.«

»Ich möchte Sie bitten, mich zu hypnotisieren«, sagte sie. »Und zwar ehe es Tag wird, denn ich fühle, ich werde sprechen können. Aber rasch, die Zeit drängt!« Ohne ein Wort zu erwidern, gab er ihr einen Wink sich aufzusetzen.

Er sah ihr fest in die Augen und begann seine hypnotischen Striche; erst über die Stirn, dann abwechselnd mit beiden Händen vom Kopf abwärts. Mina sah im starr in die Augen; mein Herz pochte wie ein Hammer, denn ich fühlte, daß eine Entscheidung nahe war. Nach und nach schlössen sich ihre Augen und sie saß ganz steif da; nur das ruhige Heben und Senken ihrer Brust verriet, daß noch Leben in ihr war. Noch einige Striche, dann hielt der Professor inne; seine Stirn war mit dicken Schweißtropfen bedeckt. Mina öffnete die Augen, aber sie sah ganz anders aus. Sie blickte wie in weite Fernen, und ihre Stimme hatte einen traurigen, träumerischen Klang, der mir an ihr fremd war. Der Professor hob die Hand, um Stillschweigen zu gebieten, und machte mir ein Zeichen, die anderen hereinzuholen. Sie kamen leise herein und stellten sich am Fußende des Bettes auf, um sie genau sehen zu können. Mina nahm keine Notiz von ihnen. Die Stille wurde unterbrochen durch Van Helsings Worte. Er sprach mit leiser, tiefer Stimme, um den Fluß ihrer Gedanken nicht zu unterbrechen:

»Wo sind Sie?« Es erfolgte eine unklare Antwort.

»Das weiß ich nicht. Der Schlaf hat keinen Platz, den er sein eigen nennen könnte.« Einige Minuten tiefes Schweigen. Mina saß steif aufrecht, während der Professor keinen Blick von ihr wandte. Wir wagten kaum zu atmen. Im Zimmer wurde es immer heller. Ohne seine Augen von Mina abzuwenden, winkte Van Helsing, die Vorhänge aufzuziehen. Ich tat es und der Tag strömte herein. Ein rötlicher Strahl schoß in die Höhe und ein rosiges Licht schien sich im Zimmer zu verbreiten. In diesem Augenblick fragte der Professor wiederum:

»Wo sind Sie jetzt?« Träumerisch, aber verständlich kam die Antwort; es war, als wolle sie etwas erklären. Sie sprach in dem Tone, der ihr eigen war, wenn sie ihre stenographischen Notizen vorlas.

»Ich weiß nicht. Es ist mir alles fremd.«

»Was sehen Sie?«

»Ich kann nichts sehen; es ist alles dunkel.«

»Was hören Sie?« Durch des Professors geduldige Fragen konnte man die Anspannung bemerken.

»Das Klatschen von Wasser. Es gurgelt vorbei und macht kleine Wellen. Ich höre sie außen.«

»Dann sind Sie wohl auf einem Schiff?« Wir sahen einander an, als wollten wir gegenseitig unsere Gedanken lesen. Es waren schreckliche Gedanken. Rasch erfolgte die Antwort:

»Ja!«

»Was hören Sie noch?«

»Ich höre Männer stampfend über mir herumrennen. Eine Kette rasselt, das Gangspill dreht sich flirrend.«

»Was tun Sie?«

»Ich liege still. Es ist wie der Tod.« Die Stimme ging in einen tiefen Atemzug über und die offenen Augen fielen wieder zu.

Unterdessen war die Sonne aufgegangen und wir standen im vollen Tageslicht. Dr. Van Helsing legte seine Hände auf Minas Schulter und drückte sie sanft auf die Kissen zurück. Sie lag einige Sekunden ruhig, wie ein schlafendes Kind, dann erwachte sie mit einem langen Seufzer und starrte verwundert auf uns, die wir sie umstanden. »Hab' ich im Schlafe gesprochen?«, war alles, was sie sagte. Sie schien die ganze Situation zu übersehen, schwieg aber, obgleich man ihr anmerkte, daß sie gern gewußt hätte, was sie gesagt. Der Professor wiederholte ihr das Gespräch und sie sagte:

»Dann ist kein Augenblick zu verlieren; vielleicht ist es noch nicht zu spät.« Morris und Godalming wollten davoneilen, aber des Professors ruhige Stimme hielt sie zurück:

»Halt, meine Freunde. Was für ein Schiff es auch sei, jedenfalls hat es die Anker gelichtet, während sie sprach. In diesem Augenblick werden aber wohl viele Schiffe in dem großen Londoner Hafen das gleiche getan haben. Welches von ihnen ist es, das ihr suchen wollt? Seien wir froh, daß wir wieder eine Spur haben; wohin sie uns führen wird, wissen wir nicht. Wir sind einigermaßen blind gewesen; denn wenn wir jetzt zurückblicken, so erkennen wir, daß wir das auch im voraus hätten wissen können, wenn wir dazu imstande gewesen wären! Leider! Aber das war soeben ein recht verwirrter Satz, nicht wahr? Wir wissen jetzt, was der Graf vorhatte, als er das Geld vom Boden aufraffte, obgleich ihm dadurch die Gefahr drohte, von Jonathans Messer getroffen zu werden. Er wollte entfliehen. Hört – *entfliehen!* Er sah, daß mit einer einzigen Erdkiste und einer Anzahl Männer, die, wie Hunde hinter dem Fuchs, hinter ihm her sind, London keinen Raum mehr für ihn bietet. Er hat diese seine letzte Erdkiste an Bord eines Schiffes gebracht und verläßt das Land. Er meint uns entwischen zu können, aber wir folgen ihm. Wir rufen Tally-ho, wie Freund Arthur, wenn er den roten Rock trägt! Unser alter Fuchs ist sehr listig, und mit List müssen wir ihn verfolgen. Aber auch ich bin listig und werde seine Absicht in kurzer Zeit erfaßt haben. Unterdessen können wir ruhen, und zwar in vollkommener Zuversicht, denn es trennen uns Wasser von ihm, die er wohl nicht mehr zu überschreiten wünscht und die er auch nicht überschreiten könnte, selbst wenn er wollte, außer das Schiff geht an Land; und auch dies nur zur Zeit der Ebbe oder der vollen Flut oder des Stillwassers. Die Sonne ist eben aufgegangen, der ganze Tag bis zu ihrem Untergang ist unser. Wir wollen baden und frühstücken, was uns allen not tut. Wir können mit aller Ruhe uns dem Genuß hingeben, da er nicht mehr in unserem Lande weilt.« Mina sah ihn flehend an und sprach:

»Aber warum müssen wir ihn noch fernerhin verfolgen, da er doch von uns gegangen ist?« Er ergriff ihre Hand und streichelte sie, indem er sagte:

»Fragen Sie jetzt nicht. Wenn wir gefrühstückt haben, bin ich gern bereit Ihnen zu antworten.« Er sagte nichts weiter und wir trennten uns.

Nach dem Frühstück wiederholte Mina ihre Frage. Er sah sie eine Weile ernst an und sagte dann bekümmert:

»Weil wir ihn jetzt, liebe Frau Mina, unbedingt haben müssen, und ginge es bis zu den Pforten der Hölle!« Sie fragte leise:

»Warum?«

»Er kann«, antwortete er feierlich, »noch Jahrhunderte lang leben, und Sie sind nur ein sterblicher Mensch. Die Zeit ist für uns das Kostbarste, seit er jenes Wahrzeichen auf Ihre Kehle gedrückt.«

Ich griff gerade recht zu, um die ohnmächtig Zusammenbrechende in meinen Armen aufzufangen.

Vierundzwanzigstes Kapitel.

Wiedergabe eines Gespräches,
von Van Helsing in Dr. Sewards Phonographen gesprochen

Dies für Jonathan Harker:

Sie werden bei Frau Mina bleiben. Wir werden auf die Suche gehen, wenn man eine Suche ohne bestimmte Anhaltspunkte so nennen kann und wir einstweilen nur Gewißheit suchen. Aber Sie bleiben hier und leisten Ihrer Frau Gesellschaft. Das ist jetzt Ihre heiligste Pflicht. Diesen Tag kann er nicht kommen. Ich will Ihnen auch das sagen, was die anderen schon wissen, weil ich es ihnen gesagt habe. Er, unser Feind, ist fort. Er ist auf sein Schloß nach Transsylvanien zurück. Ich weiß das so gewiß, als hätte es eine feurige Hand in glühenden Lettern an die Wand geschrieben. Er hat das schon in irgend einer Weise vorbereitet, die letzte Erdkiste hat er schon irgendwo zum Einschiffen fertig gehalten. Darum nahm er noch Geld an sich, darum diese Eile, damit wir ihn nicht vor Sonnenuntergang in unsere Gewalt bekämen. Er ist sehr schlau! Er weiß, daß sein Spiel hier verloren ist, und kehrt nach Hause zurück. Er findet ein Schiff, das dieselbe Strecke zurückfährt, die er hergekommen ist, und geht an Bord. Wir haben nun zu erforschen, welches Schiff das ist und wohin es ging. Wenn wir dies wissen, kommen wir heim und berichten alles. Das wird Ihnen und Frau Mina neue Hoffnung geben. Denn Hoffnung besteht noch, wenn Sie es genau überlegen. Es ist nicht alles verloren. Diese Kreatur, die wir verfolgen, kann sich hundert Jahre von London fernhalten; wir aber können seiner in einem Tage habhaft werden, wenn wir seine Pläne kennen. Auch ihm sind Grenzen gesetzt, obgleich er uns noch viel Böses antun kann und nicht so leidet wie wir. Aber wir sind stark in unserem Vorsatz, und gemeinschaftlich werden wir noch viel stärker sein. Halten Sie den Kopf hoch um Ihres Weibes willen. Die Schlacht hat eben erst begonnen, der Sieg wird unser sein. Also seien Sie guten Mutes bis wir zurückkehren.

Van Helsing.

Jonathan Harkers Tagebuch.

4. Oktober. – Als ich Mina Van Helsings Mitteilung vom Phonographen vorsprechen ließ, wurde sie bedeutend froher. Schon die Gewißheit, daß der Graf das Land verlassen hat, gewährt ihr Trost, Trost aber bedeutet für sie Kraft. Ich für meine Person kann jetzt, da wir der Gefahr nicht mehr Auge in Auge gegenüber stehen, nicht mehr daran glauben. Sogar meine eigenen entsetzlichen Erlebnisse auf Schloß Dracula kommen mir wie ein langvergessener Traum vor. Hier im fröhlichen Sonnenlicht des klaren Herbsttages.

Aber leider muß ich doch glauben! Mitten in meinen freundlichen Gedanken fiel mein Blick auf die rote Narbe an der weißen Stirn meines lieben Weibes. Solange diese nicht verschwindet, ist ein Zweifel undenkbar. Auch späterhin wird die Erinnerung daran auch den Glauben erhalten. Mina und ich fürchten den Müßiggang und haben deshalb all die Tagebücher und Papiere wieder vorgenommen. Je größer uns die Wahrheit der Sache erscheint, desto mehr schwinden Furcht und Angst. In allem liegt es wie eine feste Fügung, das ist unser Trost. Mina sagt, daß wir vielleicht zu Werkzeugen der göttlichen Gnade ausersehen sind. Es kann sein! Ich will mir wenigstens Mühe geben es zu glauben. Wir haben die ganze Zeit über nicht von der Zukunft zu sprechen gewagt. Es ist besser, wir warten ab, bis der Professor und die Anderen von ihrer Forschungsreise zurück sind.

Der Tag läuft rascher dahin, als ich je geglaubt, daß er verrinnen könne. Es ist schon drei Uhr.

Jonathan Harkers Tagebuch.

5. Oktober, 5 Uhr abends. – Wir kommen zusammen, um zu berichten. Gegenwärtig sind: Professor Van Helsing, Lord Godalming, Dr. Seward, Herr Quincey Morris, Jonathan Harker, Mina Harker.

Professor Van Helsing berichtet, welche Schritte heute unternommen worden sind, um zu entdecken, auf welchem Schiff und in welcher Richtung der Graf seine Flucht bewerkstelligt hat:

»Als mir klar geworden war, daß er nach Transsylvanien zurück wollte, wußte ich auch, daß er die Donaumündung zu erreichen beabsichtigte oder irgend einen anderen Punkt des Schwarzen Meeres, da er ja von dort gekommen war. Vor uns stand eine gähnende Leere. So machten wir uns denn schweren Herzens auf, zu erkunden, welche

Schiffe heute Nacht nach dem Schwarzen Meer abgegangen seien. Er war auf einem Segelschiff, da Frau Mina erzählt hatte, daß Segel gesetzt wurden. Da diese meistens nicht die Bedeutung haben, um in der Segelliste der ›Times‹ aufgeführt zu werden, so gingen wir auf Anregung von Godalming zum Lloyd, wo eine Liste sämtlicher abgehenden Schiffe aufliegt, seien sie auch noch so klein. Dort fanden wir, daß nur ein einziges Schiff, das nach dem Schwarzen Meer bestimmt war, mit der Ebbe hinausging. Es war die Czarina Catharina, die von Doolittles Werft nach Varna abging; von dort sollte sie noch andere Städte berühren und schließlich die Donau hinauffahren. Das ist das Schiff, auf dem sich der Graf befindet. Wir begaben uns zu Doolittles Werft und trafen dort einen Mann in einem kleinen Bureau. Bei ihm erkundigten wir uns wegen der Abfahrt der Czarina Catharina. Er fluchte viel, hatte ein rotes Gesicht und eine laute Stimme. Als Quincey ihm ein Trinkgeld gab, nahm er es hastig auf, versteckte es in einem kofferartigen Geldbeutel, den er der tiefsten Tiefe seiner Tasche entnahm, und wurde dann liebenswürdiger und dienstwilliger. Er ging mit uns und fragte viele Leute, die gerötet und schwitzend dort arbeiteten. Auch sie waren zugänglicher, nachdem man ihnen die Stillung ihres Durstes in Aussicht gestellt hatte. Sie fluchten viel, auch verstand ich sie fast nicht, obgleich ich erriet, was sie meinten; dennoch aber gaben sie uns Auskunft über alles, was wir von ihnen zu wissen begehrten.

Sie erzählten uns, daß gestern nachmittag gegen 5 Uhr ein Mann in größter Eile gelaufen kam. Ein großer, hagerer, bleicher Mann, mit einer großen Nase und Augen, die zu brennen schienen. Er sei ganz in Schwarz gekleidet gewesen, habe aber einen unmodernen Strohhut getragen, der gar nicht zu seinem sonstigen Aussehen paßte. Er warf mit dem Gelde nur so herum, um möglichst rasch in Erfahrung zu bringen, welches Schiff in das Schwarze Meer ginge und wohin. Einige von ihnen führten ihn zum Bureau und dann zum Schiff; er ging aber nicht an Bord, sondern blieb am Ende der Laufbrücke stehen, indem er den Kapitän bat, zu ihm herauszukommen. Der Kapitän kam, als man ihm gesagt, hatte, daß er gut bezahlt würde, und obgleich er anfangs entsetzlich fluchte und schimpfte, tat er es schließlich doch. Dann ging der Schwarze wieder und einige Leute sagten ihm, wo er Wagen und Pferd zu mieten bekäme. Er begab sich dahin und kam bald wieder, wobei er selbst den Wagen lenkte, auf dem eine große Kiste stand. Er hob sie herunter, obgleich sie so schwer war, daß später auf dem Schiffe mehrere Leute helfen mußten, um sie vom Fleck zu bringen. Er gab dem Kapitän Anweisung, wo und wie er seine Kiste gestellt haben wollte, aber dem Kapitän war das nicht recht, er fluchte in mehreren Sprachen und sagte ihm, er solle selbst kommen und sich darum kümmern. Aber jener sagte: ›nein‹, er könne jetzt nicht kommen, weil er noch viel zu tun habe. Darauf erwiderte der Kapitän, daß er sich beeilen müsse –

zum Teufel – daß sein Schiff – Hölle und Teufel – den Hafen verlassen werde – beim Teufel –, ehe die Ebbe zu Ende. Der hagere Mann lächelte und sagte, daß er ja ohne Zweifel kommen müsse, wenn es der Kapitän wünsche, aber er würde sich sehr wundern, wenn er schon so bald ausfahren könnte. Der Kapitän stieß wieder sein vielsprachigen Flüche aus. Der Hagere verbeugte sich, dankte und versprach, rechtzeitig vor Abfahrt des Schiffes an Bord zu kommen. Schließlich sagte der Kapitän mit noch röterem Gesicht und in noch mehr Sprachen als gewöhnlich, daß er – Hölle und Teufel – keinen Franzosen an Bord brauche. Er sagte noch, wo sich in der Nähe ein Laden befinde, in dem man Schiffsmodelle kaufen könne, und empfahl sich dann.

Niemand wußte, wohin er gegangen war. Man kümmerte sich auch wenig darum, es gab anderer Dinge genug zu denken, denn bald war es allen klar, daß die Czarina Catharina nicht zur festgesetzten Zeit auslaufen könne. Ein dünner Nebel begann vom Flusse heraufzukriechen und wurde immer dichter und dichter, bis schließlich eine graue Wand das Schiff und die nächste Umgebung einhüllte. Der Kapitän fluchte in allen Sprachen Stein und Bein, Hölle, Blut und Teufel, aber es half nichts. Das Wasser stieg und stieg; er begann auch zu fürchten, daß er die Ebbe versäumen werde. Er war nicht in allzu rosiger Laune, als gerade mit dem Höhepunkt der Flut der hagere Mann über das Laufbrett daherkam und sich erkundigte, wo seine Kiste verstaut sei. Der Kapitän gab ihm zu Antwort, er solle sich mit samt seiner Kiste zum Teufel scheren. Aber der Hagere war nicht beleidigt, sondern ging mit dem Maat hinunter und sah nach seiner Kiste, kam wieder herauf und blieb im Nebel eine Weile an Deck stehen. Bald begann der Nebel zu zerfließen und alles lag wieder klar. Meine durstigen Freunde mit ihrer blumigen Sprache lachten, als sie schilderten, wie der Wortschwall des Kapitäns an diesem Tage noch den gewöhnlichen überboten habe; besonders wütend aber soll er deswegen geworden sein, daß er von anderen Seeleuten, die zu dieser Zeiten den Fluß auf- oder abwärts passiert hatten, hörte, sie hätten außer am Kai keine Spur von Nebel gesehen. Zur Ebbezeit ging das Schiff dann hinaus und war morgens jedenfalls schon weit draußen in der Flußmündung! Zu der Zeit, als wir die Erkundigungen einzogen, war es wohl schon auf hoher See.

Und nun, Frau Mina, können wir uns eine Weile ausruhen. Unser Feind ist auf der See, mit dem Nebel als treuen Bundesgenossen, und seine Fahrt geht zur Mündung der Donau. Die Fahrt mit dem Segelschiff erfordert viel Zeit, mag es auch noch so rasch gehen; wir werden die Reise zu Lande unternehmen und mit ihm zusammentreffen. Ich hoffe, daß es uns gelingen wird, ihn zwischen Sonnenaufgang und Sonnenuntergang zu fassen, und zwar in seiner Kiste, wo er sich nicht wehren kann und wir mit ihm verfahren können, wie wir es müssen. Wir haben noch Tage vor uns Zeit, unseren Plan fertig zu machen. Wir wissen genau, wohin er geht, denn wir haben den Schiffseigentümer gesehen, der uns alle erdenklichen Frachtbriefe und Papiere gezeigt hat. Die Kiste wird in Varna gelöscht und einem dortigen Agenten, einem gewissen Ristics, übergeben, der sich legitimieren muß. So weit geht also der Anteil unseres kaufmännischen Freundes. Was dann noch zu geschehen hat, müssen wir allein auf unsere Weise tun.«

Als Van Helsing geendet, fragte ich ihn, ob er sicher wüßte, daß der Graf an Bord des Schiffes geblieben sei. Er erwiderte: »Wir haben dafür den besten Beweis: die Aussagen, die Sie heute früh in Trance gemacht haben.« Ich fragte ihn neuerdings, ob es denn wirklich unumgänglich nötig sei, den Grafen zu verfolgen. Ich fürchtete, Jonathan werde mich verlassen, denn er werde sich auch nicht zurückhalten lassen, wenn all die anderen gingen. Seine Leidenschaft steigerte sich beim Sprechen. Anfangs war er ganz ruhig. Er wurde aber immer ärgerlicher und heftiger, und die Eigenschaften seiner persönlichen Überlegenheit, die ihm eine so gebietende Stellung unter den Männern eingeräumt hatte, traten noch mehr zu Tage.

»Ja, es ist notwendig! In erster Linie um Ihrer selbst willen, dann aber auch um der Menschheit willen. Dieses Scheusal hat schon genug Übles angerichtet in dem beschränkten Spielraum, den es hatte, und in der kurzen Zeit, noch dazu als unwissendes Geschöpf, das seine Fähigkeiten erst ausprobieren mußte. All das habe ich den anderen schon erläutert; Sie, Frau Mina, können es den Aufzeichnungen Ihres Mannes oder aus dem phonographischen Tagebuch meines Freundes nachträglich erfahren. Ich habe ihnen dargelegt, daß der Entschluß, sein eigenes, dünnbevölkertes Land zu verlassen und ein neues Land aufzusuchen, wo die Menschen dicht wie Kornähren wachsen, das Werk von Jahrhunderten war. Einem anderen Un-Toten als ihm, der das versucht hätte, was er versucht hat, wären vielleicht die vergangenen und zukünftigen Jahrhunderte nicht so zu Hilfe gekommen. Bei diesem Einen müssen alle verborgenen tiefen, starken Kräfte der Natur in merkwürdiger Weise zusammengewirkt haben. Schon das Land, in dem dieser Un-Tote seit Jahrhunderten gelebt hat, ist voll von geologischen und chemischen Wundern. Es gibt tiefe Höhlen und Riffe, die sich unendlich weit in das Innere der Erde erstrecken. Es gab dort Vulkane, deren Krater noch heute Wasser von besonderer Beschaffenheit ausspeien, und Gase, die töten oder heilen. Zweifellos sind einige dieser Kombinationen geheimer Kräfte magnetischer oder elektrischer Natur und wirken eigenartig auf das animalische Leben ein, und auch in ihm scheinen Kräfte solcher Art zu wirken. In einer rauhen, kriegerischen Zeit war er wegen seiner eisernen Nerven, seiner Klugheit und seiner Tapferkeit vor allen berühmt. In ihm haben einige vitale Prinzipien in unfaßbarer Weise ihre höchste

Vollendung erlangt, und ebenso wie sein Körper stark bleibt, wächst und gedeiht, so wächst auch sein Gehirn. Neben diesem allem gehen die dämonischen Kräfte einher, über die er verfügt; aber sie werden das Feld den Mächten räumen müssen, die im Guten ihren Ursprung haben und feine Symbole sind. Nun wissen wir also, was wir von ihm zu halten haben. Er hat Sie vergiftet – verzeihen Sie mir, teure Frau, daß ich das sagen muß, aber es ist nur zu Ihrem Besten, daß ich so spreche. Er hat Sie in der Weise vergiftet, daß Sie weiter nichts zu tun haben, als in Ihrer bisherigen Art fortzuleben; aber später, wenn der Tod kommt, der nach Gottes Ratschluß unser aller Los ist, dann werden Sie sein wie er. Das darf nicht geschehen! Wir haben es einander geschworen, daß es nicht sein darf. Wir sind in diesem Falle Vollstrecker des göttlichen Willens; die Welt und die Menschen auf ihr, für die sein eigener Sohn in den Tod gegangen ist, will Gott nicht einem solchen Ungeheuer überlassen, dessen Existenz allein schon ihn schändet. Er hat es uns schon vergönnt, eine Seele zu erretten, und wir ziehen nun aus wie die alten Kreuzritter, um noch mehr zu befreien. Wie sie ziehen wir gegen Morgenland, und wenn wir fallen müssen, fallen wir wie sie um einer guten Sache willen.« Er machte eine kurze Pause und ich sagte:

»Aber wird der Graf aus diesem Mißerfolg keine Lehren ziehen? Wird er nicht, nachdem er aus England vertrieben worden ist, dieses Land meiden, wie der Tiger das Dorf, in dem man Jagd auf ihn gemacht hat.«

»Ja«, sagte er, »Ihr Beispiel mit dem Tiger ist gut und ich will näher darauf eingehen. Ihr ›Menschenesser‹, wie der Inder den Tiger nennt, der schon einmal Menschenblut gekostet, berührt keine andere Beute mehr, sondern streift nur mehr, von der Begierde nach jenem getrieben, umher. Auch *er* weicht nicht zurück und hält sich fern. Zu seinen Lebzeiten überschritt er die türkische Grenze und griff den Feind auf eigenem Grund und Boden an. Er wurde zurückgeschlagen – aber hielt ihn dies ab, erneut einzubrechen? Nein! Er kam immer und immer wieder. Beachten Sie seine Ausdauer und Hartnäckigkeit. Mit seinem Kindergehirn faßt er den Plan, in eine große Stadt zu gehen. Was tut er? Er findet diejenige heraus, die ihm von allen Städten der Welt die günstigsten Aussichten bietet. Dann macht er sich in wohlüberlegter Weise an die Durchführung seiner Idee. Er legte sich in Geduld das Maß seiner Stärke, die Ausdehnung seiner Fähigkeiten zurecht. Er studierte neue Sprachen. Er unterrichtete sich über neues soziales Leben, über Justiz, Politik, Geldwesen und Wissenschaften, die Gebräuche eines neuen Landes und eines neuen Volkes, das erst geworden ist, seit er lebt. Die Aussichten, die er hat, vermehren nur seinen Appetit und schärfen sein Begierde. Und das alles vermehrt auch seine geistigen Kräfte, denn er erhielt ja den Beweis, wie recht er mit seiner ersten Voraussetzung hatte. Er hat dies alles allein zu Wege gebracht; ganz allein kam er aus einem zerfallenen Grab in einem weltfernen Lande. Wieviel mehr wird er noch vermögen, wenn eine weitere Gedankenwelt sich ihm auftut. Er, der des Todes spottet, wie wir wissen; er, der inmitten von Seuchen gedeiht, kann ganze Menschengeschlechter dahinraffen! Wenn Gott ein solch begabtes Wesen schaffen würde, und nicht der Teufel, welche Ströme des Guten könnten von ihm ausgehen! Aber wir haben uns gegenseitig gelobt, die Welt von dem Ungeheuer zu befreien. Unser Handwerkszeug muß im stillen vorbereitet, unsere Pläne im geheimen überlegt werden. In unserem erleuchteten Zeitalter, in dem die Menschen nicht einmal das glauben, was sie sehen, wäre ein Zweifel der Klugen seine größte Stärke. Es wäre zugleich sein Schutz, sein Schild und seine Waffe, um uns zu vernichten, seine Feinde, die gewillt sind, sogar ihre eigenen Seelen für das Heil der einen, die sie lieb haben, zu wagen zum Wohle der Menschheit und zu Gottes Ruhm und Ehre.«

Nach einer allgemeinen Diskussion beschlossen wir, heute Nacht keine Entscheidungen mehr zu treffen; wir sollten alle über die Sache schlafen und versuchen, jeder seinen eigenen Plan zu fassen. Morgen beim Frühstück wollten wir uns zu einem endgültigen Plan entschließen.

*

Wunderbarer Friede und heilige Ruhe sind heute über mich gekommen. Mir ist, als sei etwas Störendes von uns gewichen. Vielleicht …

Ich dachte den Gedanken nicht zu Ende, ich konnte ihn nicht zu Ende denken, denn ich sah im Spiegel das rote Mal auf meiner Stirn und wußte, daß ich unrein war.

Dr. Sewards Tagebuch.

5. Oktober. – Wir standen alle früh auf, und ich glaube, der Schlaf hat uns recht wohl getan. Als wir uns zum Frühstück setzten, herrschte mehr allgemeine Fröhlichkeit, als wir gedacht hatten, je wieder empfinden zu können.

Es ist merkwürdig, welche Spannkraft in der menschlichen Natur wohnt. Laß irgend eine störende Einwirkung, ganz gleich welche, auf irgend eine Weise – sogar durch den Tod – aufhören, sofort federn wir wieder zu den Grundprinzipien der Hoffnung und der Freude zurück. Als wir so um den Tisch versammelt saßen, kam mir immer wieder der Gedanke, all das, was wir erlebt, sei nur ein gräßlicher Traum gewesen. Nur der Blick auf die rote Narbe an Frau Minas Stirn belehrte mich, daß wir mitten in der vollen Wirklichkeit standen. Auch jetzt, wenn ich die Sache immer wieder überlege, ist es mir fast unmöglich, zu glauben, daß der Urheber alles unseres Leides noch existiert. Selbst Frau Harker scheint auf Augenblicke ihr Elend zu vergessen; nur dann und wann, wenn irgend etwas sie darauf bringt, denkt sie noch ihrer schrecklichen Narbe. In einer halben Stunde wollen wir hier in meinem Arbeitszimmer zur Beratung über unser weiteres Vorgehen zusammenkommen. Nur eine unmittelbare Schwierigkeit glaube ich vorauszusehen, es ist mehr eine Ahnung als ein Resultat des Nachdenkens. Wir werden alle offen sprechen, und dennoch fürchte ich, daß Frau Harkers Zunge in dieser oder jener Weise gebunden sein wird. Ich weiß, daß sie selbst ihre Schlüsse zieht; aus all dem, was ich bisher hörte, sind sie sehr klar und zutreffend. Aber sie wird ihnen vielleicht keinen Ausdruck geben können oder wollen. Ich habe Van Helsing meine Meinung gesagt und er versprach mir, mit mir darüber sprechen zu wollen, wenn wir allein sind. Ich fürchte fast, daß jenes furchtbare Gift schon in ihr zu wirken beginnt. Der Graf hatte ihr doch nicht ohne tiefere Absicht das gegeben, was Van Helsing die Bluttaufe des Vamphyrs nannte. Nun, es kann ja auch ein Gift sein, das sich aus ganz harmlosen Stoffen herausdestilliert. In unserem Zeitalter, wo die Existenz der Ptomaine uns noch nicht einmal klar ist, sollten wir uns über gar nichts dergleichen wundern. Eins weiß ich aber: wenn mich meine Ahnung nicht täuscht bezüglich Frau Harkers Schweigen, dann liegt noch eine große Schwierigkeit, eine unbekannte Gefahr in unserem Werke. Dieselbe Kraft, die sie zum Schweigen zwingt, kann sie auch zum Reden zwingen. Ich will nicht weiter daran denken, um nicht in meinen Gedanken der edlen Frau Unrecht zu tun.

Van Helsing ist ein wenig früher als die anderen zu mir ins Arbeitszimmer gekommen. Ich werde das Thema anschneiden.

Später. – Nachdem der Professor sich niedergelassen hatte, sprachen wir über die ganze Lage der Dinge. Ich sah ihm an, daß er etwas zu sagen hatte, aber doch immer wieder zögerte, mit der Sprache herauszurücken. Nachdem er ein bischen auf den Busch geklopft, sagte er plötzlich:

»Freund John, ich muß etwas mit Ihnen allein besprechen, wenigstens fürs erste. Später können wir dann auch die Anderen ins Vertrauen ziehen.« Er hielt inne. Als ich schwieg, fuhr er fort:

»Frau Mina, unsere gute Frau Mina, ist ganz anders geworden.« Eiskalt rann es mir über den Rücken, als ich meine schlimmsten Befürchtungen so bestätigt sah. Van Helsing sprach weiter:

»Wir haben schon eine böse Erfahrung mit Fräulein Lucy gemacht; wir müssen also hier besonders auf unserer Hut sein, ehe es zu spät ist. Unsere Aufgabe ist gegenwärtig schwieriger als je, diese neue Sorge läßt jede Stunde, die verrinnt, zu einer schauderhaften Anklage werden. Ich sehe, wie die Kennzeichen des Vamphyrismus sich auf ihrem Gesicht zu zeigen beginnen. Noch ist es sehr wenig, aber man muß es bemerken, wenn man sie ohne Vorurteil anblickt. Ihre Zähne sind schärfer, und ihr Blick scheint mir etwas härter als sonst. Aber das ist noch nicht alles; sie ist jetzt oft so schweigsam, genau so wie seinerzeit Fräulein Lucy. Sie sprach auch nicht, selbst wenn sie das, was sie bekannt zu machen wünschte, für später aufschrieb. Nun befürchte ich Folgendes: Wenn sie in der Hypnose uns sagen kann, was der Graf hört und sieht, ist es nicht noch wahrscheinlicher, daß er, der sie zuerst hypnotisiert hat, der ihr Blut getrunken und ihr das seine zu trinken gegeben hat, sie zwingen kann, wenn er will, ihm das zu sagen, was sie von uns weiß?« Ich nickte zustimmend, und er fuhr fort:

»Wenn das so ist, dann müssen wir alles daran setzen, um es zu verhindern; wir müssen sie über unsere Absichten im Dunkeln lassen, denn das, was sie nicht weiß, kann sie ihm auch nicht verraten. Es ist eine schlimme Sache! Wenn wir wieder zusammenkommen, werde ich ihr sagen, daß sie aus einem Grunde, der ihr vorerst verborgen bleiben muß, unseren Beratungen fernzubleiben habe und von uns lediglich beschützt würde.« Er wischte sich die Stirn, auf der große Schweißperlen standen; so sehr hatte ihn die grausame Notwendigkeit angegriffen, die ohnehin schon so geplagte Frau wieder kränken zu müssen. Ich glaubte, ihm dadurch etwas Trost geben zu können, daß ich bemerkte, ich sei zu der gleichen Folgerung gekommen; zum mindesten befreite es ihn von den quälenden Zweifeln. Ich sagte es ihm also und erreichte auch meine Absicht.

Nur kurze Zeit trennt uns noch von dem Zusammentreffen aller. Van Helsing ist weggegangen, um sich darauf vorzubereiten, insbesondere auf das für ihn Schmerzlichste. Ich glaube wirklich, daß man sich am wohlsten allein fühlt, wenn man solch eine Aufgabe vor sich sieht.

Später. – Kurz vor Beginn der Versammlung ward Van Helsing und mir eine sehr angenehme Botschaft zuteil. Frau Harker hatte ihren Gatten beauftragt, uns mitzuteilen, daß sie nicht kommen werde; sie sei der Ansicht, daß wir dann freier über unseren Plan beraten könnten, während ihre Anwesenheit uns stören würde. Der Professor und ich wechselten rasche Blicke des Einverständnisses und fühlten uns sehr erleichtert. Ich wußte, daß uns viele Unannehmlichkeiten und manche Gefahr erspart blieben, wenn Frau Harker selbst auf die Idee gekommen war, sich fernzuhalten. Unter dieser Voraussetzung kamen wir, den Finger an den Lippen, Frage und Antwort zugleich in den Blicken, dahin überein, bezüglich unseres Verdachtes Stillschweigen zu bewahren, bis es uns wieder möglich war, ungestört darüber zu sprechen. Wir gingen nun sofort an die Besprechung unseres Feldzugsplanes. Van Helsing machte uns in Kürze mit den Erfahrungen der letzten Stunden bekannt:

»Die Czarina Catharina ist gestern früh aus der Themse ausgelaufen. Ich nehme an, daß sie die schnellste Fahrt macht, dann braucht sie bis Varna drei Wochen. Wir können diese Stadt über Land in drei Tagen erreichen. Rechnen wir noch zwei Tage weniger für die Fahrt des Schiffes – – wir wissen ja, daß der Graf imstande ist, das Wetter für seine Zwecke dienstbar zu machen; für Zeitverluste, die uns treffen können, rechnen wir einen ganzen Tag und eine ganze Nacht, dann bleiben uns immer noch reichlich zwei Wochen. Wir müssen also, um sicher zu gehen, spätestens am 17. dieses Monats abfahren. Dann sind wir mindestens einen Tag vor Ankunft des Schiffes in Varna und haben noch Zeit, die nötigen Maßregeln zu treffen. Auf alle Fälle gehen wir bewaffnet, bewaffnet gegen alles Böse, sei es geistiger oder weltlicher Natur.« Quincey Morris fügte hinzu:

»Ich habe daran gedacht, daß der Graf aus dem Lande der Wölfe kommt und daß er unter Umständen schon vor uns dort eintrifft. Ich schlage vor, daß wir unsere Ausrüstung noch durch Winchesterbüchsen vervollständigen. Ich habe einen festen Glauben an den Winchester, wenn Gefahren mich rings umgeben. Erinnerst du dich, Arthur, wie wir bei Tobolsk eine solche Meute hinter uns her hatten? Was hätten wir da nicht darum gegeben, wenn jeder von uns einen Winchester in der Hand gehabt hätte!«

»Einverstanden!« sagte Van Helsing, »Sie sollen Ihre Winchesters haben. Quincey ist immer der Situation gewachsen, insbesondere wenn es ans Jagen geht. Hier können wir eigentlich in der Zwischenzeit doch nichts tun, und da wir Varna ohnehin noch nicht kennen, könnten wir etwas früher dahin aufbrechen. Wir müssen hier ebenso lange warten wie dort. Wir können uns von heute auf morgen fertig machen, und wenn alles in Ordnung ist, reisen wir vier ab.«

»Wir vier?« fragte Harker, indem er seine Blicke von einem zum anderen gleiten ließ.

»Natürlich«, antwortete der Professor rasch, »Sie müssen hier bleiben und auf Ihre liebe Frau achten.« Harker schwieg eine Weile und sagte mit rauher Stimme:

»Diese Angelegenheit wollen wir morgen weiterbesprechen. Ich werde mit Mina reden.« Ich glaubte nun die Zeit gekommen, daß man Harker warnen müsse, seiner Frau etwas von unseren Absichten zu enthüllen; aber Van Helsing tat es nicht. Ich räusperte mich und machte ihm Zeichen. Zur Antwort legte er den Finger an die Lippen und wendete sich ab.

Jonathan Harkers Tagebuch.

5. Oktober. Nachmittags. – Noch einige Zeit nach unserer Beratung heute früh war ich nicht imstande zu denken. Die neue Phase, in die unsere Angelegenheit getreten war, hatte meinen Geist in einen Zustand versetzt, der ein positives Denken nicht zuließ. Minas Weigerung, noch irgendwie an unseren Beratungen teilzunehmen, hatte mich stutzig gemacht, und da es mir nicht möglich war, Gründe von ihr zu erfahren, mußte ich mich aufs Raten verlegen. Ich bin heute aber von einer Lösung des Rätsels weiter entfernt als je. Die Art und Weise, wie die anderen die Nachricht aufnahmen, ist mir unverständlich; so oft wir in letzter Zeit über diese Dinge sprachen, waren wir doch alle einig, daß Mina nicht das Geringste mehr verheimlicht werden sollte. Mina schläft gerade ruhig und sanft, ihre Lippen sind leicht geöffnet und ihr Gesicht strahlt vor Glück. Ich bin froh, daß es doch noch solche Augenblicke für sie gibt.

Später. – Wie seltsam mir alles vorkommt. Ich saß und bewachte mein schlafendes Weib; ein Glücksgefühl zog mir durch die Brust, wie ich es lange nicht gekannt habe. Als der Abend herankam und die sinkende Sonne lange Schatten auf die Erde malte, ward mir in der schweigenden Stube immer feierlicher zu Mute. Plötzlich schlug Mina die Augen auf, sah mich zärtlich an und sagte:

»Jonathan, du mußt mir etwas auf dein Ehrenwort versprechen. Du versprichst es mir nur, aber Gott ist Zeuge; du darfst deinem Wort nicht untreu werden, und sollte ich mich vor dir auf den Knieen winden und dich mit heißen Tränen darum anflehen. Schnell, du mußt es mir sofort versprechen.«

»Mina«, sagte ich, »ein solches Versprechen kann ich nicht so ohne weiteres geben. Vielleicht habe ich gar kein Recht dazu.«

»Aber Liebster«, sagte sie mit Nachdruck, und ihre Augen leuchteten wie Sterne, »ich bin es ja, die es wünscht, und ich tue es ja nicht um meinetwillen. Du kannst Van Helsing fragen, ob ich recht handle. Wenn er mir Unrecht gibt, kannst du tun, was du für nötig hältst. Nein, noch mehr als das: wenn ihr alle später dahin übereinstimmt, daß es anders wird, entbinde ich dich von deinem Versprechen.«

»Ich verspreche es!« sagte ich, und einen Augenblick schoß ein Ausdruck des Glückes über ihr Gesicht. Ich aber glaube nicht an ihr Glück, solange ich die rote Narbe an ihrer Stirn sehe. Sie fuhr fort:

»Versprich mir, daß du mir gegenüber nie etwas von dem verlauten läßt, was ihr gegen den Grafen im Schilde führt. Weder in Worten, noch durch Zeichen, noch durch Andeutungen. So lange nicht, als ich dieses Zeichen hier trage.« Und sie zeigte bedeutungsvoll auf die Narbe an ihrer Stirn. Ich sah, daß es ihr ernst war, und antwortete:

»Ich verspreche es.« Als ich das sagte, hatte ich das Gefühl, als schlösse sich eine Tür zwischen uns beiden.

Später, Mitternacht. – Mina ist den ganzen Abend froh und heiter gewesen. So sehr, daß wir alle wieder Mut faßten, als hätte sich diese Fröhlichkeit auch auf uns übertragen. Selbst mir, auf dem doch das Leid wie eine dunkle Trauerdecke besonders schwer gelastet, kam es vor, als lüfte sich die Decke etwas. Wir zogen uns alle früh zurück. Mina schläft nun wie ein Kind; es ist eigentümlich, daß sie ihre Fähigkeit zu schlafen selbst im tiefsten Leide nicht einbüßt. So vergißt sie wenigstens ihre Sorgen. Vielleicht wirkt auch in dieser Beziehung ihr gutes Beispiel, wie auch heute Abend ihre Fröhlichkeit ansteckend auf uns gewirkt hat. Ich will es versuchen. Was gäbe ich für einen Schlaf ohne Träume.

6. Oktober, morgens. – Eine neue Überraschung. Mina weckte mich zur selben Zeit wie gestern und bat, Van Helsing zu holen. Ich dachte, sie wolle wieder hypnotisiert sein, und ging ohne weitere Frage, um ihn zu wecken. Er hatte es scheinbar erwartet gerufen zu werden, denn er saß vollkommen angekleidet in seinem Zimmer. Die Tür stand offen, so daß er es sofort hören konnte, wenn sich bei uns etwas rührte. Er kam sofort mit. Als er ins Zimmer trat, fragte er Mina, ob die Anderen auch kommen sollten.

»Nein«, sagte sie, »es ist nicht nötig. Sie können es ihnen ja sagen. Ich muß mit Ihnen auf die Reise gehen.« Van Helsing war ebenso erstaunt wie ich. Nach einer Pause fragte er:

»Aber warum denn?«

»Sie müssen mich mitnehmen. Ich bin sicherer bei Ihnen, und Sie sind sicherer, wenn ich bei Ihnen bin.«

»Aber wie ist das zu verstehen, Frau Mina? Sie wissen, daß Ihre Sicherheit unsere heiligste Pflicht ist. Wir gehen der Gefahr entgegen, von der Sie mehr zu fürchten haben oder zu fürchten haben können als einer von uns, in Rücksicht auf die Umstände, auf die Dinge, die geschehen sind.« Er schwieg verlegen.

Als sie antwortete, erhob sie ihren Finger und deutete auf ihre Stirn:

»Ich verstehe. Darum eben muß ich mitgehen. Ich kann ja jetzt, bis die Sonne aufgegangen ist, darüber sprechen, später ist es nicht mehr möglich. Ich weiß, daß ich gehen muß, wenn der Graf es will. Ich weiß, wenn er mir im geheimen befiehlt zu kommen, so muß ich ihm folgen; jede List muß ich anwenden, sogar meinem Jonathan gegenüber. Ihr Männer seid stark und tapfer. Ihr seid auch stark an Zahl, denn Ihr könnt vielem trotzen, unter dessen Last ein einzelner zusammenbräche. Außerdem kann ich Euch vielleicht von Nutzen sein, da Sie mich hypnotisieren und von mir Dinge erfahren können, die ich selbst nicht weiß.« Dr. Van Helsing sagte ernst:

»Frau Mina, Sie haben wie immer das Richtige getroffen. Sie sollen mit uns kommen, und gemeinschaftlich wollen wir das tun, zu dessen Vollendung wir ausziehen.« Als er geendet hatte, fiel mir Minas langes Schweigen auf und ich sah nach ihr hin. Sie war eingeschlafen und auf ihr Kissen zurückgesunken. Sie wachte auch dann nicht auf, als ich die Vorhänge öffnete und das Sonnenlicht in das Zimmer flutete. Van Helsing gab mir einen leisen Wink, mit ihm zu kommen. Wir gingen auf sein Zimmer, und bald waren auch Lord Godalming, Dr. Seward und Herr Morris bei uns. Er berichtete ihnen über das Gespräch mit Mina und fuhr fort:

»Morgen früh werden wir nach Varna abreisen. Wir haben nun mit einem neuen Faktor zu rechnen, mit Frau Mina. Aber ihre Seele ist treu. Es ist qualvoll für sie, uns manches zu berichten, wie sie es schon getan hat; aber es ist das Richtigste und wir werden dadurch gewarnt. Wir dürfen keine Möglichkeit außer Acht lassen, und in Varna müssen wir uns bereit halten sofort zu handeln, wenn das Schiff landet.«

»Was werden wir dann tun?« fragte Morris lakonisch. Einen Augenblick zögerte der Professor, dann antwortete er:

»Wir werden zunächst an Bord gehen. Wenn wir die Anwesenheit der Kiste festgestellt haben, wollen wir einen Zweig wilder Rosen darauflegen. Das wird ihn festhalten, denn so lange der Zweig auf der Kiste liegt, ist es dem Grafen unmöglich herauszukommen; wenigstens behauptet so der Aberglaube. Und auf diesen müssen wir uns vorerst verlassen, er war der Vorläufer des menschlichen Glaubens und wurzelt noch tief in ihm. Dann, wenn sich günstige Gelegenheit bietet, wenn niemand in der Nähe ist, uns zu beobachten, werden wir die Kiste öffnen und alles wird gut werden.«

»Ich werde nicht lange auf eine Gelegenheit warten«, sagte Morris. »Wenn ich die Kiste sehe, werde ich sie öffnen und das Scheusal vernichten, und wenn tausend Menschen zusehen und wenn man mich dafür auspeitscht!« Ich faßte unwillkürlich seine Hand und fühlte, daß sie hart war wie ein Stück Stahl. Ich glaube, er verstand, was ich meinte, ich hoffe es.

»Lieber Freund«, sagte Van Helsing, »Quincey ist ein wahrer Mann, aber glauben Sie mir, auch keiner von uns wird der Gefahr ausweichen oder nur mit der Wimper zucken. Ich sage nur, was wir tun wollen, was wir tun müssen. Aber es läßt sich heute noch nicht sagen, was wir tun werden. Es können sich allerlei Dinge ereignen und der Möglichkeiten sind allzu viele. Wir sind in jeder Weise bewaffnet, und wenn die Zeit zum Handeln kommt, dann soll es nicht an uns fehlen. Wir wollen nun alle unsere

Angelegenheiten in Ordnung bringen, besonders was die berührt, die wir lieben oder die von uns abhängen, denn keiner weiß, wie das Ende sein wird. Meine Angelegenheiten sind geordnet, und da ich nichts anderes zu tun habe, werde ich meine Reisevorbereitungen treffen. Ich werde alle Billets lösen und das Notwendigste besorgen.«

Es war nun nichts mehr zu besprechen und wir trennten uns. Ich will nun alle meine irdischen Dinge in Ordnung bringen und dann auf alles vorbereitet sein ...

Später. – Alles in Ordnung. Mein Testament ist gemacht und alles bis ins kleinste geregelt. Mina ist meine Universalerbin, wenn sie mich überlebt. Sollte das nicht der Fall sein, so sollen die Anderen alle, die so gut gegen uns waren, die Erben sein.

Die Sonne geht langsam hinunter; Minas Unruhe lenkt meine Aufmerksamkeit darauf. Ich bin sicher, es ist etwas in ihr, das genau bei Sonnenuntergang sich enthüllen wird. Diese Sonnenauf und -untergänge sind für uns wirklich immer neue Gefahren, auf immer neue Schmerzen, die aber doch hoffentlich zu einem guten Ende führen. Ich schreibe diese Dinge in mein Tagebuch, da mein liebes Weib sie ja nicht hören darf. Wenn es ihr aber beschieden ist, diese Blätter wieder zu sehen, dann sollen sie wenigstens vollzählig sein.

Sie ruft nach mir.

Fünfundzwanzigstes Kapitel.

Dr. Sewards Tagebuch

11. Oktober, abends. – Jonathan Harker hat mich gebeten dies niederzuschreiben, da er sich, wie er sagte, dieser Aufgabe nicht gewachsen fühlt und dennoch wünscht, daß die Berichte vollständig sind.

Keiner von uns wird wohl überrascht gewesen sein, als wir kurz vor Sonnenuntergang zu Frau Harker gerufen wurden. Wir haben in letzter Zeit die Erfahrung gemacht, daß sie zur Zeit des Sonnenaufganges und des Sonnenunterganges am freiesten ist; dann zeigt sich ihr wahres Ich, ohne daß eine über sie herrschende Macht sie einschränkt oder zum Schweigen bringt oder ihr ein besonderes Handeln vorschreibt. Dieser Zustand beginnt eine halbe Stunde oder mehr vor der genauen Zeit des Sonnenauf- oder -unterganges und dauert, bis die Sonne hoch steht oder bis die letzten Strahlen der scheidenden Sonne auf den Abendwolken verglühen. Zuerst ist es ein mehr negativer Zustand, als ob sich eine Fessel löse, dann aber folgt rasch die vollkommene Freiheit. Wenn dieser Zustand der Freiheit aufhört, kommt der Rückfall in kürzester Zeit; nur eine längere Pause zeigt die Rückkehr des Zwanges an.

Als wir abends zusammenkamen, war sie etwas bedrückt und trug alle Zeichen inneren Kampfes. Ich sagte es ihr, damit sie sich so rasch als möglich aufraffen könne. Nach wenigen Augenblicken hatte sie schon wieder die Herrschaft über sich gewonnen. Sie bat ihren Gatten, sich neben sie aufs Sofa zu setzen, auf dem sie halb zurückgelehnt lag. Wir Übrigen sollten uns in ihrer Nähe niederlassen. Sie ergriff die Hand ihres Gatten und begann:

»Wir sind hier alle zusammen, vielleicht zum letzten Mal! Ich weiß, Liebster, ich weiß, daß du bis ans Ende bei mir bleiben wirst.« Dies sagte sie zu ihrem Gatten, der, wie wir sehen konnten, seine Hände in die ihrigen verschlungen hielt. »Morgen ziehen wir aus, unserer Aufgabe entgegen; nur Gott allein weiß, was jedem von uns beschieden ist. Ihr habt in eurer Güte den Entschluß gefaßt, mich mit zu nehmen. Ich weiß, daß Ihr alles tun werdet, was Ihr für die arme, schwache Frau tun könnt, deren Seele vielleicht verloren ist, wenn auch nicht sogleich, so doch in einiger Zeit. Ihr müßt bedenken, daß ich nicht so bin wie ihr. In meinem Blut, in meiner Seele ist ein schleichendes Gift, das mich zerstören muß, das mich vernichtet, wenn uns nicht Hilfe von oben kommt. Meine Freunde, Ihr wißt recht wohl, genau so wie ich, daß meine Seele in Gefahr ist, und obgleich ich einen Weg kenne, der mich davor retten könnte, so dürft Ihr, so darf auch ich ihn nicht einschlagen.« Sie sah betrübt in die Runde und ließ ihren Blick auf ihrem Manne haften.

»Welchen Weg meinen Sie?« fragte Van Helsing heiser. »Welches ist der Weg, den wir nicht einschlagen dürfen, nicht einschlagen werden?«

»Daß ich jetzt sterbe, entweder durch meine eigene Hand oder durch die eines Anderen, ehe das größere Übel eintritt. Ich weiß es und Ihr wißt es, daß Ihr, wenn ich tot bin, meine unsterbliche Seele retten könnt und retten werdet, wie Ihr es bei der lieben Lucy schon getan habt. Wäre der Tod oder die Furcht vor dem Tode das einzige, was im Wege stünde, ich würde keinen Augenblick zögern, hier mitten unter euch zu sterben. Aber der Tod ist nicht alles. Ich kann nicht glauben, daß es Gottes Wille ist, mich jetzt sterben zu lassen, wo uns die Hoffnung leuchtet, unsere bittere Aufgabe zu erfüllen. Deshalb gebe ich für meinen Teil die Gewißheit, die ewige Ruhe zu erlangen, auf und gehe mit euch hinaus ins Ungewisse, wo die schlimmsten Dinge unser warten, die die Erde und die Hölle erzeugt.« Wir schwiegen, denn wir fühlten, daß dies nur eine Einleitung war. Unsere Gesichter waren finster, das Harkers war aschgrau. Vielleicht erriet er besser als wir andern, was kommen mußte. Sie fuhr fort:

»Das ist es, was ich beisteuern kann. Was gibt jeder von Euch dazu? Euer Leben, das glaube ich gern«, setzte sie rasch hinzu. »Das ist eine Kleinigkeit für einen tapferen Mann. Euer Leben gehört Gott, Ihr könnt es ihm zurückgeben, aber was wollt Ihr es mir geben?« Sie sah fragend im Kreise umher, vermied es aber diesmal, ihren Mann anzusehen. Quincey schien zu verstehen und nickte; ihr Gesicht leuchtete auf. »Dann will ich Euch offen sagen, was ich meine, denn es darf in dieser Hinsicht keine Unklarheit zwischen uns bestehen. Ihr müßt mir versprechen, alle ohne Ausnahme – auch du, mein lieber Mann – daß Ihr mich, wenn es nötig werden sollte, töten wollt.«

»Wann wird diese Zeit kommen?« Quincey war es, der fragte, aber seine Stimme klang leise und gepreßt.

»Wenn Ihr der Überzeugung seid, daß ich mich so verändert habe, um mich besser für den Tod als für das Leben erscheinen zu lassen. Wenn ich tot bin, dann müßt Ihr mir, ohne nur einen Augenblick zu zögern, einen Pfahl ins Herz treiben und mir den Kopf abschneiden, oder tut eben das, was Ihr für nötig haltet, um mich zu erlösen.«

Quincey war der erste, der sich wieder faßte. Er nahm ihre Hand und sagte feierlich: »Ich bin nur ein rauher Mann, der vielleicht nicht so gelebt hat, wie ein Mann leben müßte, um sich solche Auszeichnung zu verdienen. Aber ich schwöre Ihnen bei allem, was mir lieb und heilig ist, daß ich, wenn die Zeit je kommen sollte, nicht vor der Pflicht zurückschrecke, die Sie uns da soeben auferlegt haben, Ich verspreche Ihnen sogar, um meiner Sache ganz sicher zu sein, daß ich es tun werde, wenn ich auch nur die geringsten Anhaltspunkte dafür habe, daß die Zeit gekommen ist.«

»Mein treuer Freund!« war alles, was sie unter Tränen sagen konnte. Sie beugte sich über ihn und küßte seine Hand.

»Ich schwöre Ihnen das Gleiche, teuerste Frau Mina!« sagte Van Helsing.

»Auch ich«, fügte Lord Godalming hinzu. Jeder leistete so den erbetenen Eid. Auch ich tat es. Dann wandte ihr Gatte sich ihr zu, so totenblaß, daß sein schneeweißes Haar fast nicht von seinem Gesicht abstach. Er sprach:

»Muß auch ich, mein liebes Weib, Dir dies Versprechen geben?«

»Auch Du, Geliebter!« sagte sie. »Du darfst nicht davor zurückschrecken. Du stehst mir am nächsten und bist mir am teuersten. Unsere Seelen sind eins für Zeit und Ewigkeit. Bedenke doch, daß es Zeiten gegeben hat, wo tapfere Männer ihre Frauen und Kinder getötet haben, damit sie nicht in Feindeshände fielen. Ihre Hände werden doch nicht deshalb mehr gezittert haben, weil ihre Lieben sie darum baten, sie zu töten. Es ist einfach die Pflicht des Mannes, die, welche er liebt, vor einem furchtbaren Lose zu schützen. Und, wenn es doch sein muß, daß ich durch eines anderen Hand falle, dann ist es sicherlich am schönsten, es geschieht durch die Hand dessen, den ich am meisten geliebt habe. Dr. Van Helsing, ich erinnere mich recht wohl, daß Sie im Falle von Lucy das Liebeswerk dem überließen, den sie« – sie hielt, flüchtig errötend, inne und vollendete dann ihren Satz – »der das nächste Unrecht dazu hatte sie zu erlösen. Wenn wieder einmal ein solcher Fall eintreten sollte, dann weiß ich, Ihr werdet meinem Manne das hohe Glück nicht streitig machen, derjenige gewesen zu sein, dessen liebende Hand mich frei machte von dem unheimlichen Fluche, der auf mir lastete.«

»Auch das schwöre ich Ihnen!« sagte der Professor mit vernehmlicher Stimme. Frau Harker lächelte; sie lächelte in der Tat, als sie sich mit einem Seufzer der Erleichterung zurücklehnte und sagte:

»Nun noch eine Warnung, die Ihr nimmermehr vergessen dürft: Die Zeit kann schnell und unerwartet kommen, in diesem Falle dürft Ihr keinen Augenblick zögern, Eure Schuldigkeit zu tun. Zu dieser Zeit könnte ich, vielmehr, wenn diese Zeit kommt, werde ich sogar sicherlich mit ihm gegen Euch verbündet sein.«

»Und zuletzt noch eine Bitte«, sie wurde sehr ernst, »es ist nicht so unbedingt erforderlich wie das andere, das ich erbat, aber es wäre mir lieb, wenn Ihr mir noch einen Gefallen erweisen wolltet.« Wir stimmten zu, aber keiner sprach ein Wort; es war auch nicht nötig, denn sie fuhr unmittelbar darauf fort:

»Ich bitte Euch, mir das Totengebet vorzulesen.« Ein tiefes Schluchzen ihres Mannes unterbrach sie. Sie ergriff seine Hand und sagte: »Einmal muß es doch über mich gelesen werden. Wie auch dieses entsetzliche Werk ausgehen mag, es wird uns allen oder einigen von uns ein Trost sein. Ich hoffe, daß Du, Geliebter, das Gebet lesen wirst, denn dann wird es zusammen mit deiner lieben Stimme für immer in meinem Gedächtnis haften, komme, was da will.«

»Aber, Liebste«, warf er ein, »der Tod ist Dir ja noch fern.«

»Wer weiß?« sagte sie, und erhob warnend den Finger. »Ich bin vielleicht in einem tieferen Tod, als wenn das Gewicht der Grabeserde auf mir ruhte.«

»Mein Weib, muß ich denn lesen?« sagte er, ehe er begann.

»Es ist mir ein Trost, mein Gatte«, war alles, was sie erwiderte. Sie hatte das Buch bereit gelegt, und er begann zu lesen.

Wie könnte ich diese seltsame Szene mit all ihrer Feierlichkeit, Unheimlichkeit, Traurigkeit und ihrem Schrecken schildern, schließlich war sie doch von eigenartiger Schönheit. Auch der härteste Mensch hätte bei diesem Anblick gerührt werden müssen, wie diese kleine Gruppe treuer und ergebener Treue um die unglückliche, gequälte Frau stand, wenn er die Liebe und das Leid in der Stimme ihres Mannes hätte zittern hören, der das einfache, herrliche Totengebet las. Ich kann nicht weiter erzählen, die Stimme und die Worte versagen mir.

Sie hatte recht gehabt in ihrer unbewußten Ahnung. So seltsam auch die Szene war, so bizarr sie uns vielleicht später erscheinen wird, wenn wir daran zurückdenken, wie sehr sie uns alle ergriff, so sehr tröstete sie uns wenigstens. Das Schweigen, das dann dem Rückfall Frau Minas vorherging, schien uns nicht mehr so hoffnungslos, als wir gefürchtet hatten.

Jonathan Harkers Tagebuch.

15. Oktober. Varna. – Wir verließen Charing Croß am Morgen des 12., kamen in derselben Nacht noch nach Paris und nahmen dann unsere belegten Plätze im Orient Expreß ein. Wir reisten Tag und Nacht ohne Unterbrechung und kamen hier etwa um fünf Uhr an. Lord Godalming begab sich sofort aufs Konsulat, um zu fragen, ob kein Telegramm für ihn eingetroffen sei; wir übrigen begaben uns ins Hotel Odessa. Es kann sich ja unterdessen Verschiedenes ereignet haben; mich berührte es nicht, ich war zu sehr auf den Ausgang unserer Sache gespannt, als daß ich noch Interesse für etwas anderes gehabt hätte. Bis die »Czarina Catharina« in den Hafen einläuft, ist mir alles auf der weiten Welt gleichgültig. Zum Glück ist Mina wohl, es hat den Anschein, als kehrten ihre Kräfte wieder; auch Farbe scheint sie zu bekommen. Sie schläft sehr viel; während der Reise schlief sie fast die ganze Zeit. Vor Sonnenaufgang und Sonnenuntergang ist sie aber sehr lebendig und frisch; diese Zeit benützt Van Helsing stets, um sie zu hypnotisieren. Anfangs hatte es ihm viele Mühe gekostet, und es dauerte ziemlich lange, bis er zu einem Resultat kam, jetzt aber unterliegt sie ganz gewohnheitsmäßig rasch seinem Einfluß und hypnotische Striche sind fast gar nicht mehr nötig. Es scheint, als brauchte er in diesen Augenblicken nur zu wollen, um sich sofort ihre Gedanken Untertan zu machen. Er fragt sie immer, was sie sieht und hört. Zuerst antwortete sie:

»Nichts, alles ist dunkel.« Beim zweitenmal sagte sie: »Ich höre Wellen gegen das Schiff schlagen und das Wasser vorbeirauschen. Segel und Tauwerk sind angespannt und die Mäste und Raaen ächzen. Es weht ein frischer Wind, ich höre es in den Wanten knirschen und der Bug schneidet zischend den Schaum.« Offenbar ist also die »Czarina Catharina« noch auf hoher See und eilt mit vollen Segeln Varna zu. Soeben ist Lord Godalming zurückgekommen. Er hatte vier Telegramme erhalten, für jeden Tag, den wir unterwegs waren, eines, alle des gleichen Inhalts: die »Czarina Catharina ward dem Lloyd von nirgendsher gemeldet. Er hatte vor unserer Abfahrt den Agenten beauftragt, ihm jeden Tag ein Telegramm zu senden und ihm über die Fahrt des Schiffes Bericht zu erstatten. Er sollte auch dann telegraphieren, wenn über das Schiff keine Nachricht eingelaufen war, so daß man sicher war, nicht vergessen zu werden.

Wir aßen und begaben uns bald zu Bett. Morgen werden wir den Vizekonsul aufsuchen und uns, wenn möglich, die Erlaubnis einholen, sofort an Bord des Schiffes zu gehen, wenn es einläuft. Van Helsing sagte, daß es nur zweckmäßig sei, wenn es zwischen Sonnenaufgang und Sonnenuntergang geschehen könnte. Der Graf kann, auch wenn er die Gestalt einer Fledermaus annimmt, das fließende Wasser nicht ohne weiteres überfliegen und muß auf dem Schiffe bleiben. Da er sich aber auch, ohne Verdacht zu erregen, nicht in Menschengestalt zeigen kann, so muß er in seiner Kiste bleiben. Wenn es uns gelingt, nach Sonnenaufgang an Bord zu kommen, so ist er in unserer Gewalt; dann können wir die Kiste öffnen und ihn erlösen, ehe er wieder erwacht, wie wir es einst mit Lucy getan haben. Wir werden mit den Beamten und den Seeleuten keine besonderen Schererein haben. Man kann in diesem Lande mit Trinkgeldern viel erreichen, und an Geld fehlt es uns ja nicht. Wir müssen darauf achten, daß das Schiff nicht nach Sonnenuntergang in den Hafen einläuft, ohne daß wir davon wissen, aber wir werden ja unterrichtet sein. Der Geldbeutel wird uns schon dazu behilflich sein.

16. Oktober. – Minas Aussage ist immer noch die gleiche; klatschende Wasser, rauschende Wellen, Dunkelheit und günstiger Wind. Wir sind offenbar frühzeitig genug daran, und wenn wir von der »Czarina Catharina« hören, werden wir mit unseren Vorbereitungen fertig sein. Sie muß ja die Dardanellen passieren, von dort muß unbedingt eine Nachricht eintreffen.

17. Oktober. – Ich glaube, es ist nun alles aufs beste vorbereitet, um den Grafen bei seiner Landung würdig zu empfangen. Godalming erzählte dem Schiffseigentümer, er vermute, daß die an Bord befindliche Kiste Verschiedenes enthalte, was einem seiner Freunde gestohlen worden sei, worauf jener ihm halb und halb seine Zustimmung gab, die Kiste auf eigene Verantwortung zu öffnen. Er gab ihm einen Brief an den Kapitän mit, in dem er die Erlaubnis erteilte, an Bord alles zu tun, was wir für nötig hielten. Ein Schreiben gleichen Inhalts richtete er an seinen Agenten in Varna. Wir besuchten den Agenten, der von Godalmings hinreißender Liebenswürdigkeit ganz bezaubert war. Wir waren sehr zufrieden, als er uns versprach, alles zu tun, um die Erfüllung unserer Wünsche zu ermöglichen. Wir haben schon beratschlagt, was wir tun wollen, wenn wir die Kiste geöffnet haben. Wenn der Graf darin ist, werden Van Helsing und Seward ihm sofort den Kopf abschneiden und ihm einen Pfahl durch das Herz treiben. Morris, Godalming und ich sollen jeder Störung entgegentreten; wenn es sein müßte, mit der Waffe in der Hand. Van Helsing sagt, daß, wenn es uns gelingt, den Körper des Grafen in der angegebenen Weise zu behandeln, er sofort zu Staub zerfallen wird. In diesem Falle läge auch kein Beweis gegen uns vor, wenn eventuell der Verdacht eines Mordes auf uns fallen sollte. Aber selbst, wenn dies nicht der Fall wäre, wir stehen und fallen mit unserem Vorhaben; vielleicht rettet uns eines Tages diese Berichterstattung vor dem Galgen. Wir werden kein Mittel unversucht lassen, unseren Plan auszuführen. Wir haben mit mehreren Beamten verabredet, daß sie uns einen Boten schicken, sobald die »Czarina Catharina« in Sicht kommt.

24. Oktober. – Eine ganze Woche ungeduldigen Wartens. Täglich trifft ein Telegramm an Godalming ein, aber immer derselbe Inhalt: bis jetzt noch nicht gemeldet. Minas hypnotische Morgen- und Abendberichte sind unverändert gleich; klatschende Wasser, rauschende Wellen, krachende Mäste.

Telegramm.
Rufus Smith, Lloyd, London,
an Lord Godalming,
zu Händen des k. Vizekonsuls, Varna.

24. Oktober. – »Czarina Catharina« hat heute früh die Dardanellen passiert.

Dr. Sewards Tagebuch.

25. Oktober. – Wie ich meinen Phonographen vermisse! Das Tagebuch mit der Hand zu schreiben ist mir eine beschwerliche Arbeit. Aber Van Helsing sagt, es muß sein. Wir waren alle in größter Erregung, als Godalming gestern sein Lloydtelegramm erhielt. Ich weiß jetzt, was der Soldat fühlen mag, wenn er in der Schlacht die Trompeten zum Angriff rufen hört. Frau Harker war die einzige, die kein Zeichen der Aufregung merken ließ. Es ist auch begreiflich, daß dies so war, denn wir hatten ihr die Neuigkeit verheimlicht und bemühten uns, in ihrer Gegenwart nicht das geringste merken zu lassen. Vor einiger Zeit noch hätte sie trotz aller unserer Bemühungen, es ihr zu verbergen, doch den Zusammenhang erraten; aber in dieser Hinsicht hat sie sich in den letzten drei Wochen seltsam verändert. Eine große Gleichgültigkeit bemächtigt sich ihrer. Obgleich sie stark und gesund aussieht und wieder etwas Röte ihre Wangen färbt, sind Van Helsing und ich mit ihrem Zustande doch nicht recht zufrieden. Wir beide sprechen oft über sie, den anderen gegenüber aber haben wir noch kein Wort verlauten lassen. Wir würden Harkers Nerven einen gewaltigen Stoß versetzen, wenn wir ihn wissen ließen, daß wir einen solchen Verdacht hegen. Van Helsing beobachtet, während sie im hypnotischen Schlafe liegt, genau ihre Zähne. Er meint, daß keine unmittelbare Gefahr einer Veränderung vorliegt, so lange diese sich nicht in auffälliger Weise schärfen. Wenn aber diese Veränderung eintreten sollte, dann sei es nötig, Schritte zu tun ... Wir beide wissen wohl, welche Schritte damit gemeint waren, obgleich wir unseren Gedanken darüber keine Worte verleihen. Keiner von uns würde vor der Aufgabe zurückschrecken, so furchtbar sie auch erscheint.

Die »Czarina Catharina« hat nur noch etwa 24 Stunden zu fahren, vorausgesetzt daß sie dieselbe Geschwindigkeit beibehält, die sie für die Reise von London bis zu den Dardanellen hatte. Sie wird also am Morgen eintreffen. Da sie aber vorher auf keinen Fall hier sein kann, werden wir alle früh zu Bett gehen. Wir wollen um ein Uhr aufstehen, um rechtzeitig zur Stelle zu sein.

25. Oktober. Mittags. – Kein Anzeichen, daß das Schiff kommt. Der hypnotische Bericht Frau Harkers war heute früh derselbe wie bisher; es ist also möglich, daß wir jeden Augenblick etwas erfahren. Wir Männer befinden uns in einem förmlichen Fieber der Erregung, außer Harker, der eine merkwürdige Ruhe zeigt. Seine Hände sind kalt wie Eis; vor einer Stunde sah ich ihn sein langes Gurkamesser schleifen, das er jetzt nicht mehr von der Seite läßt. Es ist eine schlechte Aussicht für den Grafen, die scharfe Schneide dieses »Kukri«, das von dieser entschlossenen, eiskalten Hand geführt wird, an seiner Kehle zu fühlen.

Van Helsing und ich waren heute etwas beunruhigt über Frau Harker. Nachmittags verfiel sie in eine Art Lethargie, die uns nicht recht gefallen wollte. Obgleich wir mit den anderen nicht darüber sprachen, waren wir doch sehr unglücklich darüber. Am Morgen war sie sehr unruhig gewesen, so daß wir anfänglich froh waren, als sie endlich schlief. Als aber dann ihr Mann erwähnte, seine Frau schlafe so tief, daß er sie nicht aufwecken könne, gingen wir in ihr Zimmer, um selbst nachzusehen. Sie atmete regelmäßig und sah so frisch und friedlich aus, daß wir übereinkamen, daß für sie der Schlaf das beste sei. Frau Mina hat so viel zu vergessen, daß es kein Wunder ist, daß der Schlaf, wenn er wirklich Vergessenheit bringt, auch eine Erholung für sie bedeutet.

Später. – Unsere Ansicht war gerechtfertigt, denn als sie aus dem tiefen Schlaf nach mehreren Stunden erwachte, war sie heiter und wohler, als sie seit Tagen gewesen war. Bei Sonnenuntergang erstattete sie wie gewöhnlich ihren hypnotischen Bericht. Wo immer der Graf auch im Schwarzen Meer schwimmen mag, er schwimmt seinem Verhängnis entgegen. Ich hoffe, sein Untergang ist nahe.

26. Oktober. – Wieder ein Tag vorbei und noch keine Nachricht über die »Czarina Catharina«. Sie müßte eigentlich schon hier sein. Daß sie noch irgendwo herumfährt, geht aus den hypnotischen Mitteilungen Frau Harkers hervor, die immer noch gleich lauten. Es könnte ja sein, daß das Schiff durch Nebel zum Stilliegen gezwungen ist. Mehrere der in den letzten Tagen einlaufenden Dampfer berichten von dichten Nebelwänden nördlich und südlich des Hafens. Wir dürfen in unserer Wachsamkeit keinen Augenblick nachlassen, da das Schiff jeden Augenblick gemeldet werden kann.

27. Oktober. Mittags. – Zu merkwürdig; immer noch keine Nachricht von dem Schiff. Frau Harker berichtete gestern abend und heute früh wie sonst: »klatschende Wellen; sehr schwach.« Auch die Telegramme von London bringen immer dasselbe; »keine weitere Meldung«. Van Helsing ist in großer Sorge und vertraute mir an, er glaube, daß der Graf uns entwischen werde. Er fügte bedeutsam hinzu:

»Diese Lethargie Frau Minas gefiel mir vom ersten Augenblick an nicht recht. Die Seele und das Gedächtnis macht im Trance die seltsamsten Sprünge.« Ich wollte ihn eben noch etwas fragen, da kam Harker herein und erhob abwehrend die Hand. Wir müssen heute abend bei Sonnenuntergang, wenn sie in hypnotischem Schlaf liegt, den Versuch machen, noch mehr aus ihr herauszubringen.

Telegramm.
Rufus Smith. Lloyd, London,
an Lord Godalming,
zu Händen des k. Vizekonsuls, Varna.

28. Oktober. – »Czarina Catharina« ist heute um ein Uhr vor Galatz eingetroffen.

Dr. Sewards Tagebuch.

28. Oktober. – Als das Telegramm eintraf, das uns die Ankunft des Schiffes vor Galatz meldete, waren wir alle weit weniger erschreckt, als man hätte vermuten können. Allerdings wußten wir nicht, woher, wie und wo der Blitzstrahl nun auf uns herunterzucken würde, aber sicherlich erwarteten wir alle, daß etwas Besonderes eintreffen müsse. Schon der Umstand, daß sich die Ankunft des Schiffes dermaßen verzögerte, ließ uns ahnen, daß nicht alles so kommen werde, wie wir es uns vorgestellt hatten. Trotzdem waren wir überrascht. Die Natur läßt uns die Dinge oft gegen unseren Willen so voraussehen, wie sie kommen müssen, nicht wie wir glauben, daß sie kommen sollen. Transzendentalismus ist für die Engel ein Leitstern, für die Menschen aber ein Irrlicht. Es war merkwürdig, wie jeder von uns die Sache anders trug. Van Helsing rang die Hände, als kämpfe er mit dem Allmächtigen selbst; aber er sagte kein Wort und stand nach einigen Augenblicken wieder innerlich gefestigt da. Lord Godalming wurde kreidebleich und saß schwer atmend auf seinem Stuhl. Ich selbst war vollkommen bestürzt und sah erstaunt einen nach dem anderen an. Quincey Morris zog mit rascher Bewegung seinen Gürtel fester; ich weiß aus unseren Wanderjahren, daß das »vorwärts« bedeutet. Frau Harker war von gespenstischer Blässe, so daß die Narbe auf ihrer Stirn zu brennen schien. Sie faltete demütig die Hände und blickte wie im Gebet empor. Aber Harker lächelte – er lächelte wirklich – das finstere, bittere Lächeln derer, die alle Hoffnung aufgeben. Aber seine Bewegung strafte seine Mienen Lügen, denn seine Hand suchte instinktiv nach dem Griffe seines Kukrimessers und klammerte sich dort fest. »Wann geht der nächste Zug nach Galatz?« fragte uns plötzlich Van Helsing.

»Morgen früh 6.30.« Wir waren äußerst überrascht, denn die Antwort war aus Frau Minas Mund gekommen.

»Wie um Himmels willen wissen Sie das?« fragte Arthur.

»Sie vergessen – oder vielleicht wissen Sie es nicht, wie Jonathan und Dr. Van Helsing – daß ich darin Spezialistin bin. Zu Hause in Exeter pflegte ich mich stets für die Fahrpläne zu interessieren, um Jonathan behilflich sein zu können. Ich fand es so zweckmäßig, daß ich auch jetzt zuweilen die Fahrpläne studiere. Ich wußte, daß, wenn wir Schloß Dracula aufsuchen wollen, wir entweder über Galatz oder über Bukarest fahren müßten; deshalb habe ich mir diese Züge eingeprägt. Es war dabei nicht viel zu lernen, da der einzige Zug, wie ich schon sagte, morgen früh fährt.«

»Eine prächtige Frau!« murmelte der Professor.

»Können wir keinen Extrazug nehmen?« fragte Lord Godalming. Van Helsing schüttelte den Kopf: »Ich fürchte fast, nein. Dieses Land ist ganz anders wie das unsere; selbst wenn wir einen Extrazug bestellen, wird er wahrscheinlich nicht viel früher eintreffen wie der fahrplanmäßige. Außerdem haben wir doch noch Verschiedenes vorzubereiten. Wir müssen überlegen, dann wollen wir uns organisieren. Sie, Freund Arthur, gehen zur Bahn und besorgen die Fahrkarten; außerdem richten Sie alles so her, daß wir morgen früh abfahren können. Sie, Freund Jonathan, gehen zu dem Schiffsagenten und lassen sich von ihm einen Empfehlungsbrief an den Agenten in Galatz ausstellen, damit wir auch dort die Erlaubnis bekommen, das Schiff zu durchsuchen. Quincey Morris, Sie begeben sich zum Vizekonsul und bitten ihn, uns seinem Kollegen in Galatz zu empfehlen und uns die Wege so gut als möglich zu ebnen, damit wir keine Zeit verlieren, wenn wir jenseits der Donau sind. John bleibt bei mir und Frau Mina, wir wollen dann weiter beraten, denn alle die Dinge würden Euch aufhalten. Es hat aber nichts zu sagen, wenn darüber die Sonne untergeht, denn ich bin ja zur Stelle und nehme die hypnotischen Mitteilungen Frau Minas entgegen.«

»Und ich«, sagte Frau Harker fröhlich, fast so wie in vergangenen Tagen, »ich werde mich bemühen, Ihnen in jeder Beziehung nützlich zu sein, für Sie zu denken und zu schreiben, wie ich es bisher getan. Es ist mir, als hebe sich irgend ein böser Einfluß von mir, ich fühle mich freier wie seit langer Zeit.« Die drei jüngeren Männer sahen ganz glücklich aus, weil sie meinten, den Sinn ihrer Worte günstig auslegen zu dürfen. Aber Van Helsing und ich sahen uns an und jeder blickte in ein paar ernste, bekümmerte Augen. Aber wir sagten nichts.

Als die drei an die Ausführung ihrer Aufträge gegangen waren, bat Van Helsing Frau Harker, die Kopien der Tagebücher zu holen und den Teil herauszusuchen, den Harker auf Schloß Dracula geschrieben. Als sie hinausgegangen war, um das Erbetene zu holen, sagte er:

»Sie vermuten dasselbe wie ich; sprechen Sie!«

»Es ist irgend eine Veränderung eingetreten. Diese Möglichkeit macht mich krank, wir können uns aber auch täuschen.«

»Ganz richtig. Wissen Sie, warum ich sie bat, mir das Manuskript zu holen?«

»Nein«, sagte ich, »höchstens, um eine Gelegenheit zu haben, mit mir allein zu sprechen.«

»Zum Teil haben Sie ja recht. Ich muß Ihnen etwas sagen. Ich übernehme ein großes, furchtbares Risiko; aber ich denke, es ist das Richtige. In dem Augenblick, als Frau Mina die Worte sagte, die uns beide stutzig machten, kam mir eine Eingebung. Vor drei Tagen hat ihr der Graf in ihrem Trance seinen Geist gesandt, um in ihrem Geiste zu lesen, deutlicher gesagt, er nahm sie zu sich in seine Erdkiste auf dem Schiff im rauschenden Wasser. Er erfuhr, daß wir hier seien, denn sie, mit ihren offenen Augen und hörenden Ohren, weiß ihm mehr zu erzählen, als er in seiner engen Kiste weiß. Nun macht er die größten Anstrengungen, uns zu entkommen. Gegenwärtig bedarf er ihrer nicht. Er ist sich seiner großen Macht wohl bewußt, daß er sie nur zu rufen braucht. Er hat sie augenblicklich frei gemacht, hat sie, wie es ja in seinem Belieben steht, auf einige Zeit aus seiner Macht entlassen, damit sie nicht zu ihm komme. Aber ich hege die Hoffnung, daß unsere Gehirne, die schon so lange als Menschengehirne wirken, doch den Sieg davontragen über sein Kindergehirn, das seit Jahrhunderten im Grabe liegt, das noch lange nicht die Fähigkeiten des unseren erreicht hat und nur eigennützige und daher kleinliche Werke verrichtet. Da kommt Frau Mina; nicht ein Wort von ihrem Trance! Sie weiß es nicht, und es würde sie zur Verzweiflung bringen, da wir sie doch gerade jetzt bei gutem Mut erhalten müssen, ihre Hoffnung nicht zerstören dürfen. Wir brauchen ihren Verstand, der geschult ist wie der eines Mannes, und doch ist sie nur ein zartes Weib. Aber sie verfügt noch über eine besondere Gabe, die der Graf ihr verlieh, die er – obgleich er glaubt nicht mehr ganz von ihr nehmen kann. Wir sind in einer bösen Klemme. Ich bin in Furcht, mehr als ich Ihnen sagen kann. Still, da kommt sie schon.«

Ich befürchtete fast, der Professor bekäme wieder einen nervösen Anfall wie damals, als Lucy starb, aber er raffte sich mit der größten Anstrengung auf und hatte wieder sein vollkommenes seelisches Gleichgewicht, als Frau Harker ins Zimmer trat, fröhlich und glücklich. Sie schien über ihrer Arbeit ihr Elend völlig vergessen zu haben und gab Van Helsing eine Anzahl maschinengeschriebener Blätter. Er sah erst ziemlich ernst darauf hin, allmählich aber klärte sich sein Gesicht auf. Dann sprach er:

»Freund Jonathan, Ihnen, der schon so viel Erfahrung hat, und auch Ihnen, Frau Mina, die Sie noch so jung sind, es soll eine Lehre für Sie sein: fürchten Sie sich nie vor dem Nachdenken. Oft ist ein halber Gedanke in meinem Kopf herumgegangen, aber ich fürchtete mich, daß er seine Schwingen entfalte. Jetzt aber, mit mehr Kenntnissen, kehre ich dahin zurück, woher der halbe Gedanke kam, und ich erkenne, daß es gar kein halber Gedanke war, daß es ein ganzer Gedanke war, wenn auch noch zu jung, um den Flug zu wagen. Und wie es der ›häßlichen kleinen Ente‹ im Märchen meines Freundes Hans Andersen erging, nämlich, daß sie sich plötzlich auf stolzen Schwanesschwingen in die Lüfte erhob, als ihre Zeit gekommen war, so ergeht es auch meinem kleinen Gedanken. Hören Sie, ich lese Ihnen das vor, was Jonathan einst geschrieben:

»Dieser Andere seines Geschlechts, der später immer und immer wieder seine Scharen über den breiten Strom ins Türkenland einfallen ließ, kehrte, obgleich zurückgetrieben, als einziger von der blutigen Wahlstatt heim, auf der sein Stamm niedergemetzelt worden war. Dennoch kehrte er wieder, weil er wußte, daß er allein den Sieg erringen werde.«

»Was sagt uns das? Nicht viel? Nein! Des Grafen Kinderverstand sieht nichts, deshalb spricht er sich so frei aus. Ihr Mannesverstand sieht auch nichts; der meinige ebenfalls nicht, bis jetzt. Nein. Aber es kommt dann plötzlich ein Wort von irgend jemand, ganz ohne Hintergedanken ausgesprochen, weil er selbst nicht weiß, was es bedeutet – was es bedeuten könnte. Es gibt ja auch Elemente, die an sich tot sind; wenn sie aber im Lauf der Dinge sich berühren, dann flammen mächtige Lichtblitze auf, die blenden, töten und zerstören; aber sie erleuchten die Erde auf Meilen hinaus. Ist es nicht so? Ich will mich deutlicher ausdrücken. In erster Linie, haben Sie schon die Philosophie des Verbrechens studiert? Ja und nein. Sie, Freund Jonathan, ja, denn es hängt mit dem Studium des Irrsinns eng zusammen. Sie, Frau Mina, nein, denn mit dem Verbrechen hatten Sie nie zu tun, außer ein einziges Mal. Ihr Verstand arbeitet richtig und urteilt nicht vom Einzelnen auf das Ganze. Das Verbrechen ist ziemlich einseitig. Es ist dies eine so konstante Eigenschaft des Verbrechens in allen Ländern und zu allen Zeiten, daß sogar die Polizei, der doch die Philosophie ein Buch mit sieben Siegeln ist, erfahrungsmäßig darauf kommt, daß es überall so ist. Der Verbrecher geht nur auf eine Art des Verbrechens aus – das ist der wahre kriminalistische Typus, der zum Verbrechen prädestiniert erscheint – und will von keiner anderen etwas wissen. Der Verbrecher hat keinen vollkommenen Verstand. Er ist klug, schlau und erfinderisch, aber sein Gehirn ist doch nicht ausgereift. Er hat mehr ein Kindergehirn. Auch unser Verbrecher ist zum Verbrechen prädestiniert, auch er hat ein Kindergehirn und arbeitet wie ein Kind. Der junge Vogel, der junge Fisch, überhaupt das junge Tier lernt nicht theoretisch, sondern erfahrungsmäßig. Wenn Dracula etwas kennen gelernt hat, so ist das für ihn ein Anstoß, in derselben Weise weiter zu verfahren. ›Gib mir einen Stützpunkt, und ich hebe die Welt aus den Angeln‹, sagte Archimedes. Das einmal Erreichte ist für das Kindergehirn der Stützpunkt, von dem aus es sich zum Mannesgehirn entwickelt, und bis es auf die Idee kommt, mehr zu erreichen, tut es immer das Gleiche, genau wie bisher. Frau Mina, ich sehe, Ihre Augen sind offen und erblicken den hellen Lichtstrahl, der meilenweit hinaus alles erhellt.« Denn Frau Mina begann in die Hände zu klatschen und ihre Augen glänzten. Er fuhr fort:

»Nun sollen Sie sprechen. Erzählen Sie uns trockenen Männern der Wissenschaft, was Sie mit Ihren leuchtenden Augen erblicken.« Er nahm ihre Hand und hielt sie fest, während sie sprach. Er umfaßte ihren Puls mit Daumen und Zeigefinger, wie ich glaubte instinktiv und absichtslos. Sie sprach:

»Der Graf ist ein Verbrecher und zwar ein Verbrechertypus. Nordau sowohl als Lombroso würden ihn so klassifizieren, und weil er Verbrecher ist, ist er auch von unvollkommen ausgebildetem Verstand. Er greift also unter schwierigen Verhältnissen zu dem, was ihm die Gewohnheit eingibt. Seine Vergangenheit mag uns vielleicht einen Anhaltspunkt geben. Das eine Blatt aus dem Buche seiner Vergangenheit, das wir kennen – es sind seine eigenen Worte – sagt uns, daß er früher schon, wenn er in der Klemme war, aus dem Lande, in das er eingefallen war, wieder in sein eigenes zurückkehrte. Von da aus bereitete er dann, ohne seinen Zweck einen Augenblick aus den Augen zu lassen, einen neuen Einfall vor. Er kam wieder, besser ausgerüstet, und gewann. So kam er auch nach London, um so sich ein neues Land Untertan zu machen. Er wurde zurückgeschlagen, und als er sah, daß alle seine Hoffnung auf Erfolg umsonst, daß seine Existenz in Gefahr war, flüchtete er über das Meer in sein Heimatland zurück, gerade wie er vor Jahren aus dem Türkenlande über die Donau entwichen war.«

»Sehr gut, o Sie kluge Frau!« sprach Van Helsing enthusiastisch, beugte sich nieder und küßte ihr die Hand. Einen Augenblick später sagte er zu mir, so still, als handle es sich um die Konsultation am Krankenbett:

»Nur zweiundsiebzig; und dabei tiefe Erregung. Ich beginne wieder zu hoffen.« Er wandte sich ihr wieder zu und sagte in froher Erwartung:

»Aber nun weiter. Sie können uns noch mehr erzählen, wenn Sie wollen. Seien Sie ohne Sorge; John und ich wissen alles. Ich auf jeden Fall, und ich werde es Ihnen sagen, wenn ich glaube, daß Sie recht haben. Sprechen Sie ohne Furcht!«

»Ich will es versuchen, aber Sie dürfen es mir nicht verübeln, wenn ich immer von mir spreche.«

»Sie brauchen keine Sorge zu haben. Sie interessieren uns speziell, deshalb dürfen Sie von sich selbst soviel reden als Sie wollen.«

»Ferner ist er ebenso selbstsüchtig als verbrecherisch, und da sein Intellekt minimal und sein Handeln nur auf Selbstsucht begründet ist, so beschränkt er sich nur auf eines. Dies Eine aber verfolgt er skrupellos. Wie er damals über die Donau entfloh und seine Heerscharen in Stücke hauen ließ, so ist er auch heute nur darauf aus, sich in Sicherheit zu bringen, ohne an andere zu denken. Auf diese Weise ist durch seinen Egoismus meine Seele frei geworden von der entsetzlichen Macht, die er seit jener Unglücksnacht über mich besitzt. Ich fühle es! Meine Seele ist freier als je seit jener grauenvollen Stunde; alles, was mich quält, ist nur die Sorge, er könnte meinen Trance oder meine Träume zu seinen Zwecken ausgenützt haben.« Der Professor stand auf:

»Er hat Ihren Geist auch in dieser Weise ausgenützt. Dadurch ist es ihm gelungen, uns hier in Varna festzuhalten, während das Schiff, das ihn trägt, mit Hilfe des umhüllenden Nebels nach Galatz fuhr, wo er sicherlich schon Vorbereitungen für seine Flucht getroffen hat. Aber sein kurzsichtiger Verstand hat nur bis hierher gereicht. Es ist leicht möglich, daß das, worauf der Bösewicht, als seinen egoistischen Zwecken am meisten dienlich, besonders rechnete, ihm gerade am schädlichsten ist. Der Jäger hat sich in den eigenen Fallstricken gefangen. Denn jetzt, wo er sich vor unserer Verfolgung sicher und uns mit einem großen Vorsprung entronnen zu sein glaubt, wird ihn sein egoistisches Kindergehirn in Ruhe wiegen. Auch denkt er, daß, weil er den Faden des Denkens zwischen sich und Ihnen zerschnitten hat, auch wir keine Kenntnis von ihm haben können. Da befindet er sich aber im Irrtum. Diese entsetzliche Bluttaufe, die er Ihnen gab, hat Ihnen die Fähigkeit gegeben, im Geiste zu ihm zu kommen, wie Sie es ja zur Zeit des Sonnenauf- und -unterganges schon mehrfach getan haben. Zu dieser Zeit gehen Sie nach meinem Willen und nicht nach dem seinen. Diese Fähigkeit, die Ihnen und anderen zum Heile gereicht, haben Sie durch das Leid gewonnen, das seine Hand Ihnen zugefügt. Das ist alles umso wertvoller, als er selbst es nicht weiß; seine Vorsicht hat ihm auch die Möglichkeit genommen, zu erfahren, wo wir uns befinden. Wir aber sind alle ohne jegliche Selbstsucht. Wir werden den Grafen verfolgen und nicht mit der Wimper zucken, selbst wenn wir zu Grunde gehen und werden sollten wie er. Freund Jonathan, das war eine gesegnete Stunde, wir sind ein gut Stück auf unserem Wege weiter gekommen. Sie müssen nun wieder alles zu Papier bringen, damit die anderen, wenn Sie von ihrem Werke heimkehren, alles gleich fertig finden. Dann wird es ihnen so klar werden wie uns.«

Ich habe dies niedergeschrieben, während wir auf die Heimkehr der Genossen warteten. Frau Harker hat alles mit der Maschine geschrieben.

Sechsundzwanzigstes Kapitel.

Dr. Sewards Tagebuch

29. Oktober. – Geschrieben im Zuge von Varna nach Galatz. Gestern Abend versammelten wir uns kurz vor Sonnenuntergang. Jeder hatte seine Arbeit so gut getan, als er vermochte; was Nachdenken und Fleiß betrifft, sind wir für alle Wechselfälle der Reise gerüstet, ebenso für das Werk, das unser in Galatz wartet. Als die gewohnte Zeit herankam, richtete Frau Harker alles zum Hypnotisieren her. Es bedurfte einer längeren Tätigkeit Van Helsings als sonst, ehe sie in Trance fiel. In der Regel genügte sonst ein Wink, um sie zum Sprechen zu bringen; diesmal aber mußte der Professor sie fragen, und zwar ziemlich energisch, bis endlich die Antwort kam:

»Ich kann nichts sehen, wir liegen still. Ich höre keine Wogen rauschen, sondern nur ein ständiges sanftes Gurgeln gegen den Bug. Ich höre das Rufen von menschlichen Stimmen, nahe und fern, und das Rollen und Knirschen von Rudern in den Klampen. Ein Geschütz wird irgendwo abgefeuert; von weiter Ferne scheint das Echo herzurollen. Ich höre das Trampeln von Füßen über mir und kann deutlich unterscheiden, daß Taue und Ketten gezogen werden. Was ist das? Ich sehe einen Lichtschimmer; frische Luft weht mich an.«

Sie hielt inne. Sie hatte sich vom Sofa erhoben, wie unter einem raschen Impuls, und hob ihre beiden Hände, mit den Flächen nach aufwärts, als ob sie eine Last trüge. Van Helsing und ich sahen einander verständnisvoll an. Quincey zog seine Augenbrauen hoch und blickte scharf zu ihr hin, während Harkers Hand instinktiv nach dem Knauf seines Kukrimessers griff. Es entstand eine lange Pause. Wir wußten, daß die Zeit, in der sie sprechen konnte, unwiederbringlich dahinfloß; aber wir fühlten, daß es zwecklos war, etwas zu fragen. Plötzlich stand sie auf, öffnete die Augen und fragte freundlich:

»Wünscht keiner der Herren eine Tasse Tee zu trinken? Sie müssen doch alle sehr müde sein!« Wir wollten ihr die Freude machen und gingen auf ihren Wunsch ein. Geschäftig eilte sie hinaus, um den Tee zu bereiten. Kaum aber hatte sie die Türe hinter sich geschlossen, fragte Van Helsing:

»Sie sehen, meine Freunde, er ist nahe am Land; er hat seine Erdkiste verlassen. Immerhin aber muß das Schiff noch anlegen. In der Nacht kann er ja irgendwo verborgen liegen; wenn er aber nicht ans Ufer getragen wird oder das Schiff es nicht berührt, kann er seine Landung nicht vollenden. In diesem Falle kann er, wenn es Nacht ist, seine Gestalt verändern und an Land springen oder fliegen, wie er es in Whitby tat. Wenn aber der Tag anbricht, ehe er landet, dann kann er nicht entrinnen, außer er wird herausgetragen. Wenn er aber herausgetragen wird, dann werden die Zollbeamten entdecken, was die Kiste enthält. Mit einem Wort, wenn er heute Nacht nicht mehr an Land entkommen kann, so ist ein ganzer Tag für ihn verloren. Wir kommen dann zur rechten Zeit; denn wenn er nicht nachts entflieht, kommen wir bei Tage über ihn und er ist uns in seiner Kiste auf Gnade und Ungnade verfallen. Er darf nicht wieder er selbst werden, wach und sichtbar, ohne daß er entdeckt ist.«

Weiter war nichts mehr zu sagen. So warteten wir in Geduld bis zum Morgengrauen, zu welcher Zeit wir hoffen durften, mehr aus Frau Harkers Munde zu erfahren.

Früh am Morgen lauschten wir in atemloser Spannung der Worte, die sie im Trance sprach. Es dauerte länger als je, bis der hypnotische Schlaf erreicht war. Als er eintrat war die Zeit, die noch bis Sonnenaufgang blieb, nur noch so kurz, daß wir zu verzweifeln begannen. Van Helsing legte seine ganze Seele in seine Aufgabe. Schließlich antwortete Frau Mina, gehorsam seinem Willen:

»Alles ist dunkel. Ich höre klatschendes Wasser in gleicher Höhe mit mir und ein Knirschen, wie von Holz auf Holz.« Sie hielt inne, und rotleuchtend stieg die Sonne empor. Wir müssen nun bis zum Abend warten.

So kommt es, daß wir in äußerster Spannung unsere Reise nach Galatz fortsetzen. Wir müssen unbedingt um zwei oder drei Uhr morgens ankommen, ab jetzt schon, in Bukarest, haben wir drei Stunden Verspätung. Wir werden unser Ziel also wohl erst ein gut Stück nach Sonnenaufgang erreichen. Bis dahin werden wir zweimal hypnotische Aufschlüsse von Frau Harker erhalten. Vielleicht werden beide oder wenigstens einer von ihnen imstande sein, Licht über das Geschehene zu bringen.

Später. – Sonnenuntergang ist vorüber. Glücklicherweise hatten wir zu dieser Zeit keine Ablenkung. Wären wir gerade auf einer Station gewesen, so hätten wir kaum die nötige Ruhe und Einsamkeit gefunden. Frau Harker gab sich dem hypnotischen Einfluß noch weniger hin als heute morgen. Ich fürchte, daß ihre Fähigkeit, die Gefühle des Grafen zu empfinden, gerade dann hinschwindet, wenn wir ihrer am meisten bedürfen. Ich habe den Eindruck, als gäbe sie ihrer Fantasie immer mehr Spielraum. Bisher hat sie sich im Trance auf die Aufgabe der einfachsten Tatsachen beschränkt. Wenn das so weiter geht, lassen wir uns unter Umständen irre führen. Es wäre ja eine Freude, annehmen zu dürfen, daß des Grafen Macht über sie mit ihrem geistigen Zusammenhang dahinschwindet; aber ich fürchte, es könnte doch nicht so sein. Als sie wieder sprach, waren ihre Worte vollkommen rätselhaft:

»Irgend etwas geht heraus; es weht über mich hin wie ein kühler Wind. Ich höre, weit weg wirre Stimmen; Menschen, die in fremden Zungen reden; donnernde Wasserfälle und das Heulen von Wölfen.« Sie schwieg und erschauerte; einige Sekunden schüttelte es sie, bis sie sich schließlich streckte, wie vom Schlage gerührt. Sie sagte nichts mehr, auch nicht auf des Professors befehlende Fragen. Als sie aus dem Trance erwachte, fror sie und war erschöpft und schlaff, aber ihr Geist war vollständig klar. Sie konnte sich an nichts erinnern, erkundigte sich aber, was sie im Schlafe gesagt habe. Als wir es ihr mitteilten, dachte sie lange und schweigend darüber nach.

30. Oktober. 7 Uhr morgens. – Wir sind nun nahe an Galatz; es kann sein, daß ich später keine Zeit zum Schreiben mehr habe. Wir haben den Sonnenaufgang mit ängstlicher Spannung erwartet. Van Helsing war sich der immer wachsenden Schwierigkeit bewußt, den Trance herbeizuführen, und hatte deshalb früher mit dem Hypnotisieren begonnen. Er hatte jedoch keinen Erfolg, und erst kurz ehe die Sonne heraufkam, unterlag sie endlich dem übermächtigen Einfluß. Der Professor stellte unverzüglich seine Fragen und ebenso rasch erfolgte ihre Antwort:

»Alles ist dunkel. Ich höre Wasser vorbeirauschen in gleicher Höhe mit meinen Ohren, und ein Krachen wie von Holz auf Holz. Vieh höre ich in weiter Ferne brüllen. Da, ein anderer Ton, ein ganz seltsamer – –« sie schwieg und wurde bleich und bleicher.

»Weiter! Weiter! Sprechen Sie, ich befehle es Ihnen!« sagte Van Helsing mit heißer Angst in der Stimme. Zugleich kam tiefe Verzweiflung in seine Züge, denn die aufsteigende Sonne warf einen roten Schein auf Frau Harkers bleiches Angesicht. Sie öffnete die Augen. Wir erstaunten, als sie freundlich und scheinbar mit großer Gelassenheit fragte:

»Ach, Herr Professor, warum verlangen Sie etwas von mir, von dem Sie wissen, daß ich es nicht kann? Ich erinnere mich an nichts mehr.« Dann, als sie unsere erschreckten Mienen sah, sagte sie, indem sie ihre besorgten Blicke von einem zum anderen schweifen ließ:

»Was habe ich gesagt? Was habe ich getan? Ich weiß nichts, außer daß ich im Halbschlafe hier lag und Sie sagen hörte: Weiter! Weiter! Sprechen Sie, ich befehle es Ihnen!« Es kam mir so komisch vor, mich von Ihnen schelten zu lassen wie ein unartiges Kind.«

»Frau Mina«, sagte er traurig, »es ist ein Beweis, wenn ein Beweis überhaupt nötig wäre, wie sehr ich Sie liebe und verehre, daß ein Wort, das in Ihrem eigensten Interesse strenger gesprochen wurde als üblich, Ihnen so seltsam erscheint, weil es derjenigen zu befehlen hat, der gehorchen zu dürfen ich stolz bin!«

Die Zugpfeife ertönt; wir fahren in Galatz ein. Wir sind in Sorge und glühen vor Eifer.

Mina Harkers Tagebuch.

30. Oktober. – Herr Morris begleitete mich ins Hotel, wo unsere Zimmer bereits telegraphisch vorausbestellt waren. Er ist am besten abkömmlich, da er keine fremde Sprache spricht. Die Rollen waren verteilt wie in Varna, nur daß sich Lord Godalming zum Vizekonsul begab, da wir annehmen konnten, daß sein hoher Rang den Beamten gegenüber der schleunigen Erledigung unserer Angelegenheiten zugute kommen könnte. Jonathan und die zwei Ärzte gingen zum Schiffsagenten, um Näheres über die Ankunft der »Czarina Catharina« zu erfahren.

Später. – Lord Godalming ist zurückgekehrt. Der Konsul ist verreist, der Vizekonsul krank; so mußte die wichtige Angelegenheit von einem Sekretär erledigt werden. Er war äußerst zuvorkommend und versprach sein möglichstes zu tun.

Jonathan Harkers Tagebuch.

30. Oktober. – Um 9 Uhr sprachen Dr. Van Helsing, Dr. Seward und ich bei den Herren Mackenzie & Steinkoff, den Vertretern der Londoner Firma Hapgood, vor. Sie hatten ein Telegramm aus London erhalten, das sie, Lord Godalmings telegraphischem Ersuchen an die Firma entsprechend, anwies, uns in jeder Weise behilflich zu sein. Sie waren freundlich und höflich und führten uns sofort an Bord der »Czarina Catharina«, die im Flußhafen vor Anker lag. Dort sprachen wir den Kapitän, Donelson mit Namen, der uns von seiner Reise erzählte. Er sagte, daß er nie in seinem Leben eine so flotte Fahrt gehabt habe.

»Wir hatten Sorge«, sagte er, »denn wir fürchteten, daß wir dafür büßen müßten, mit einem Schiffbruch oder sonst einem Unglück für die schnelle Fahrt. Es ist nicht ungefährlich, von London nach dem Schwarzen Meer zu fahren vor einem Winde, daß man hätte glauben können, der Teufel selbst bliese einem in die Segel, so rasch ging es dahin. Dabei konnten wir fast gar nichts sehen. Wenn wir uns einem Schiffe, einem Hafen oder einem Kap näherten, fiel ein dichter Nebel herab und begleitete uns; wenn er dann in die Höhe ging und wir hinausschauten, war wieder alles außer Sicht. Wir fuhren an Gibraltar vorbei, ohne ein Signal geben zu können. Als wir in die Dardanellen kamen und dort auf die Ausfertigung unseres Passierscheines warten mußten, hielten wir uns stets außer Rufweite. Zuerst dachte ich daran, Segel wegzunehmen und zu lavieren, bis der Nebel geschwunden sei. Dann dachte ich aber wieder, daß, wenn es dem Teufel darum zu tun sei, uns recht rasch ins Schwarze Meer zu bringen, er dies doch tun würde, ob wir damit einverstanden wären oder nicht. Wenn wir eine rasche Reise machten, so würde uns das bei den Schiffseigentümern nur in Ansehen und dies auch unserem Geschäft keinen Schaden bringen, und auch der alte Herr, dessen Interessen wir durch unsere flotte Fahrt so gut vertraten, würde sich sicher erkenntlich erweisen.« Diese Mischung von Einfalt und Schlauheit, von Aberglaube und kaufmännischer Berechnung erheiterten Van Helsing und er sagte:

»Dieser Teufel ist viel schlauer, als manche denken; er weiß recht wohl, wer ihm gewachsen ist!« Der Seemann fühlte sich durch das Kompliment geschmeichelt und fuhr fort:

»Als wir den Bosporus passiert hatten, begann meine Mannschaft zu murren. Einige von ihnen, die Rumänen, kamen und baten mich, eine große Kiste über Bord werfen zu dürfen, die kurz vor unserer Abfahrt von London ein alter, merkwürdig aussehender Mann hatte verstauen lassen. Ich hatte schon gesehen, wie sie nach dem Kerl hinschielten und zwei Finger gabelförmig gegen ihn ausstreckten, um sich vor dem bösen Blick zu schützen. Dieser Aberglaube der Ausländer ist doch wirklich zu lächerlich. Ich hieß sie schnell wieder an ihre Arbeit gehen. Als uns aber wieder ein undurchdringlicher Nebel einschloß, fühlte ich doch ein gewisses Unbehagen, wenn ich auch nicht gerade sagen kann, daß es sich auf die Kiste bezog. Wir fuhren weiter, und als der Nebel fünf Tage lang nicht wich, beschloß ich, mich vom Winde treiben zu lassen. Denn wenn der Teufel uns irgendwo hintreiben wollte, so ließ ich ihm eben sein Vergnügen.

Jedenfalls hatten wir die ganze Zeit guten Wind und tiefes Wasser, und als vor zwei Tagen die Morgensonne durch den Nebel drang, befanden wir uns schon im Flusse, Galatz gegenüber. Die Rumänen waren aufgebracht und verlangten im guten oder bösen, daß ich die Kiste herausholen und in den Fluß werfen ließe. Ich mußte mich mit ihnen vermittels eines Hebebaumes auseinandersetzen, und als der letzte von ihnen seinen Kopf haltend, das Deck verließ, hatte ich sie überzeugt, daß – ob böser Blick oder nicht böser Blick – das Eigentum meiner Auftraggeber bei mir besser aufgehoben sei als auf dem Grunde der Donau. Sie hatten die Kiste schon auf Deck geschleppt, um sie hinauszuwerfen, und da sie mit Galatz via Varna gezeichnet war, dachte ich, ich lasse sie gleich da, bis wir im Hafen gelöscht hatten oder wir sie auf eine andere Weise los würden. Wir kümmerten uns diesen Tag nicht mehr viel um die Deklaration und blieben über Nacht vor Anker liegen. Am Morgen, eine Stunde vor Sonnenaufgang, kam ein Mann an Bord, der eine aus England an ihn gerichtete Ordre vorwies, eine für Graf Dracula bestimmte Kiste in Empfang zu nehmen. Offenbar war die Sache gut vorbereitet. Seine Papiere waren in Ordnung, und ich war herzlich froh, das verwünschte Ding loszuwerden, denn es begann mir selbst unheimlich zu werden. Wenn ich das Gepäck des Teufels an Bord gehabt hätte, konnte mir auch nicht unbehaglicher sein.«

»Wie hieß der Mann, der die Kiste in Empfang nahm?« fragte Dr. Van Helsing mit verhaltener Neugierde.

»Das kann ich Ihnen sogleich sagen«, antwortete der Kapitän. Er stieg in seine Kabine hinunter und brachte eine Empfangsbestätigung mit der Unterschrift »Immanuel Hildesheim«; seine Adresse war Burgenstraße 16. Das war alles, was der Kapitän wußte; deshalb dankten wir und verabschiedeten uns.

Wir trafen Hildesheim in seinem Kontor, einen Juden, wie man ihn auf der Bühne sieht, mit einer großen, krummen Nase und einem Fez. Seine Mitteilungen ließ er sich mit barem Geld bezahlen und erzählte, nachdem er noch ein wenig gehandelt hatte, alles, was er wußte. Es war einfach, aber sehr wichtig. Er hatte von einem Herrn de Ville aus London einen Brief erhalten mit dem Auftrage, wenn möglich vor Sonnenaufgang, um den Zoll zu umgehen, eine Kiste abholen zu lassen, welche auf der »Czarina Catharina« in Galatz ankommen würde. Hier sollte er sie einem gewissen Petroff Skinsky übergeben, der mit den Slovaken in Verbindung stand, welche den Fluß hinunter bis zum Hafen Handel treiben. Er war für seine Mühewaltung mit einer englischen Banknote bezahlt worden, die ihm bei der Internationalen Donaubank bereitwillig umgewechselt wurde. Als Skinsky zu ihm gekommen war, hatte er ihn zum Schiff mitgenommen und ihm dort die Kiste übergeben, um die Zustellungsgebühr für die Mitteilung zu ersparen. Das war alles, was wir erfahren konnten.

Wir machten uns nun auf den Weg, um Skinsky zu suchen; aber vergebens. Einer seiner Nachbarn, der ihm nicht gerade sehr gewogen schien, sagte, er sei vor zwei Tagen fortgegangen; wohin, wisse man nicht. Dies wurde von seinem Mietsherrn bestätigt, dem Skinsky durch einen Boten den Hausschlüssel und die schuldige Miete in englischem Gelde übersandt hatte. Das war gestern Nacht zwischen zehn und elf Uhr geschehen. So waren wir also auf einem toten Punkte angelangt.

Während wir noch verhandelten, kam jemand gelaufen und berichtete atemlos, daß man Skinskys Leichnam auf der Innenseite der Friedhofmauer gefunden hätte; seine Kehle sei aufgerissen gewesen, wie von einem wilden Tier. Die, mit denen wir eben gesprochen hatten, eilten davon, um sich das Entsetzliche selbst anzusehen, und die Weiber kreischten: »Das hat ein Slovak getan!« Wir machten uns aus dem Staube, weil wir fürchteten, irgendwie in die Angelegenheit verwickelt und aufgehalten zu werden.

Zuhause angekommen, konnten wir zu einem festen, definitiven Entschluß nicht gelangen. Wir waren überzeugt, daß die Kiste auf dem Wasserwege irgend wohin geschafft wurde; wohin aber, das zu entdecken, war sehr schwierig. Es ist begreiflich, daß wir mit schwerem Herzen bei Mina im Hotel ankamen.

Als wir zusammen waren, beschlossen wir, Mina wieder ins Vertrauen zu ziehen. Da die Sache verzweifelt liegt, so ist dieses Mittel, wenn auch gewagt, doch vielleicht geeignet uns zu helfen. Das nächste war, daß ich von meinem Schweigegelübde ihr gegenüber entbunden wurde.

Mina Harkers Tagebuch.

30. Oktober, abends. – Sie waren alle so müde, erschöpft und entmutigt, daß ihnen keine Arbeit mehr zugemutet werden konnte, bis sie sich ausgeruht hatten. Ich bat sie deshalb, sich auf eine halbe Stunde niederzulegen, während ich meine Eintragungen bis zur Stunde ergänzen wollte. Ich bin dem Manne, der die Reiseschreibmaschine erfand, sehr dankbar und auch Herrn Morris, der mir eine solche verschaffte. Es wäre mir sehr schwer geworden, wenn ich die viele Schreibarbeit mit der Feder hätte ausführen sollen.

Es ist alles geschehen. Guter Jonathan, was mußt du schon gelitten haben und was mußt du jetzt noch leiden! Er liegt auf dem Sofa. Sein Atem geht fast unmerklich, und sein ganzer Körper macht den Eindruck, als sei seine Kraft gebrochen. Seine

Augenbrauen sind zusammengezogen, sein Gesicht ist vor Kummer verzerrt. Armer Mann, vielleicht denkt er nach, denn sein ganzes Antlitz ist mit Fältchen bedeckt, wie von langer, angestrengter Gedankenarbeit. Wenn ich ihm nur ein wenig helfen könnte ... ich will ja gern tun, was ich kann.

Ich habe Van Helsing gebeten, mir die Papiere zu geben, die ich bis jetzt noch nicht gesehen habe. Während sie ruhen, will ich alles sorgfältig durchsehen, vielleicht komme ich doch zu einem bestimmten Resultat. Ich werde versuchen, dem Beispiele des Professors zu folgen und über die vorliegenden Tatsachen ohne Vorurteil nachzudenken.

Ich glaube, Gottes Gnade hat mich eine Entdeckung machen lassen. Ich muß die Landkarten holen und studieren.

Ich bin meiner Sache vollkommen sicher. Mein Plan ist fertig. Ich will meine Freunde zusammenrufen, um es ihnen vorzulesen.

Mina Harkers Denkschrift.

(In ihr Tagebuch eingetragen.)

Grundlage der Untersuchung: Graf Draculas Plan ist, in seine Heimat zurückzukehren.

a) Er muß von irgend jemand *zurückgebracht* werden. Das ist offenbar. Denn hätte er die Macht, sich nach seinem Wunsche zu bewegen, so würde er es tun, entweder als Mensch, als Wolf, als Fledermaus oder in einer anderen Gestalt. Er fürchtet entschieden eine Entdeckung oder eine Störung in seinem Zustande der Hilflosigkeit; ist er doch zwischen Sonnenaufgang und Sonnenuntergang in seiner Kiste gefangen.

b) Wie können wir seiner habhaft werden? – Hier muß uns ein indirekter Schluß zu Hilfe kommen. Ist es auf der Straße, auf der Eisenbahn oder auf dem Wasser?

1. Auf der Straße. – Dies hätte endlose Schwierigkeiten, besonders beim Passieren von Städten.

x) Dort gibt es Leute, diese sind immer neugierig und spüren gern etwas auf. Ein Wink, ein Argwohn, der Wunsch, zu wissen, was in der Kiste sei, könnten ihm verderblich werden.

y) Es könnten Wach- oder Zollstationen zu passieren sein.

z) Seine Feinde könnten ihn verfolgen. Das ist seine größte Sorge. Um sich nicht zu verraten, hat er sogar auf sein Opfer, auf mich, verzichtet.

2. Mittels Eisenbahn – Hier wäre niemand, der die Kiste beaufsichtigt. Es könnte möglicherweise eine Verzögerung im Transport eintreten; jede Verzögerung müßte ihm aber verhängnisvoll werden, da seine Feinde ihm auf den Fersen sind. Allerdings könnte er ja nächtlicherweise entfliehen; aber was würde aus ihm werden, auf unbekannter Erde, ohne Schlupfwinkel, in den er sich verkriechen könnte? Diesen Weg wird er also auch nicht einzuschlagen wagen.

3. Auf dem Wasserwege. – Dies ist wohl in mancher Hinsicht der sicherste Weg für ihn; allerdings drohen ihm auch hier genug Gefahren. Auf dem Wasser ist er machtlos, außer bei Nacht; selbst dann kann er nur Nebel, Sturm und Schnee und seine Wölfe herbeirufen. Würde er Schiffbruch erleiden, so würde ihn das Wasser rettungslos verschlingen und er wäre verloren. Er könnte auch das Schiff an Land treiben; wäre es aber ungeeignetes Land, wo er sich nicht frei bewegen könnte, so wäre seine Lage gleichfalls eine verzweifelte.

Wir wissen, daß er sich auf dem Wasser befindet. Es handelt sich also darum, festzustellen, auf *welchem* Wasser.

In erster Linie müssen wir genau wissen, was er bis jetzt getan hat. Wir können daraus vielleicht einen Schluß ziehen auf das, was er weiterhin zu tun beabsichtigt.

Erstens: Wir müssen wissen, was er in London für den wichtigsten Teil seines Feldzugsplanes hielt und was er davon ausführte, trotzdem die Zeit drängte.

Zweitens müssen wir sehen, so gut es die uns bekannten Tatsachen ermöglichen, was er *hier* getan hat.

Er hatte offenbar die Absicht, nach Galatz zu kommen, fertigte aber den Frachtbrief nach Varna aus, um uns zu täuschen und damit wir im unklaren wären, auf welchem Wege er aus England entkommen ist. Sein unmittelbarer und einziger Zweck war also, uns zu entgehen; Beweis hierfür ist der Brief, in welchem Immanuel Hildesheim beauftragt wird, die Kiste vor *Sonnenaufgang* wegzuschaffen. Hier haben wir auch die Instruktion für Petroff Skinsky. Dies können wir allerdings nur vermuten; es muß aber noch ein Brief oder eine Botschaft eingelaufen sein, da sich Skinsky zu Hildesheim begab.

Wir wissen, daß bis hierher sein Plan gelungen war. Die »Czarina Catharina« machte eine so außerordentlich rasche Fahrt, daß Kapitän Donelsons Verdacht erregt wurde. Aber sein Aberglauben im Verein mit seiner Schlauheit kamen dem Grafen sehr zu statten und er fuhr mit dem günstigen Winde, dem Nebel zum Trotz, bis er blindlings in Galatz landete. Daß die Vorbereitungen des Grafen sehr sorgfältig getroffen waren, ist bewiesen. Hildesheim nahm die Kiste in Empfang, brachte sie fort und übergab sie Skinsky. Skinsky übernahm sie – hier aber verloren wir den Faden. Wir wissen nur, daß die Kiste irgendwo auf dem Wasser schwimmt. Wachen und Zollbehörden sind glücklich umgangen worden.

Nun kommen wir zu dem, was der Graf nach seiner Ankunft in Galatz *an Land* getan haben muß.

Die Kiste war Skinsky vor Sonnenuntergang übergeben worden. Bei Sonnenaufgang konnte der Graf in eigener Gestalt erscheinen. Hier fragen wir uns, warum Skinsky überhaupt zur Hilfeleistung herbeigezogen worden ist? In meines Mannes Tagebuch ist Skinsky als ein Mann erwähnt, der mit den Slovaken, die den Fluß hinunter bis zum Hafen Handel treiben, Verbindung hat, und die Bemerkung des Mannes, daß der Mord das Werk eines Slovaken sei, zeigt die allgemeine Stimmung, die gegen diese Menschenrasse herrscht. Der Graf wollte allein sein.

Ich bin folgender Ansicht: In London beschloß der Graf, auf dem Wasserwege nach seinem Schlosse zurückzukehren, also auf dem sichersten und am wenigsten auffallenden Wege. Er war von Zigeunern vom Schlosse weggebracht worden; wahrscheinlich haben diese ihre Ladung den Slovaken übergeben, die die Kisten nach Varna transportierten. Von dort aus sind diese ja auch nach London eingeschifft worden. Auf diese Weise wußte also der Graf, welche Personen imstande waren, ihm Dienste zu leisten. Als dann die Kiste an Land war, zwischen Sonnenuntergang und Sonnenaufgang, kam er heraus, traf mit Skinsky zusammen und instruierte ihn, wie er den Transport der Kiste auf einem der Flüsse zu bewerkstelligen habe. Als das geschehen und alles im Gange war, meinte er seine Spur dadurch verlöschen zu können, daß er seinen Agenten ermordete.

Ich habe die Karte genau geprüft und gefunden, daß der für die Slovaken am leichtesten zu erreichende Fluß der Sereth oder der Pruth ist. Ich las in unseren Akten, daß ich in meinem Trance das Brüllen von Kühen, das Wirbeln von Wasser in gleicher Höhe mit meinen Ohren und das Krachen von Holzwerk gehört hatte. Der Graf mußte also damals in seiner Kiste in einem offenen Boot auf einem Flusse transportiert worden sein. Das Boot muß mit Rudern oder Stangen getrieben worden sein, denn Sandbänke sind in der Nähe gewesen, und es muß stromaufwärts gegangen sein. Wäre das Boot stromabwärts gefahren, so wäre jedenfalls das Krachen der Ruder oder Stangen nicht so laut zu hören gewesen. Ich bin der festen Überzeugung, daß nur der Sereth oder der Pruth für ihn in Betracht kommen; trotzdem dürfen wir aber unsere Nachforschungen nicht einstellen. Während der Pruth leichter zu befahren ist, hat der Sereth den Vorzug, daß er sich bei Fundu mit der Bistritza vereinigt, die den Borgopaß umfließt. Die Schleife, die der Fluß macht, liegt so nahe an Schloß Dracula, daß es bequemer gar nicht zu erreichen ist.

Mina Harkers Tagebuch.

Als ich fertig gelesen hatte, nahm mich Jonathan in seine Arme und küßte mich. Die anderen ergriffen und drückten meine Hände und Dr. Van Helsing sagte:

»Unsere liebe Frau Mina ist wieder einmal unsere Führerin gewesen. Ihre Augen allein waren sehend, wo wir blind waren. Jetzt haben wir die verloren gegangene Fährte wieder, und diesmal werden wir Erfolg haben. Unser Feind hat den Höhepunkt seiner Schwäche erreicht. Wenn wir am Tage und auf dem Wasser über ihn kommen, ist er verloren und unsere Aufgabe vollendet. Er hat ja einen Vorsprung, aber er kann ihn nicht ausnützen, da er seine Kiste nicht verlassen darf, wenn er nicht den Verdacht derer, die ihn transportieren, erregen will. Wenn er ihren Verdacht erregt, so würden sie ihn zweifellos in den Fluß werfen, wo er zu Grunde ginge. Das weiß er und möchte es vermeiden. Nun zum Kriegsrat, denn auf der Stelle müssen wir jedem das zuteilen, was er zu tun haben wird.«

»Ich werde eine Dampfbarkasse kaufen und ihn verfolgen«, sagte Lord Godalming.

»Und ich nehme Pferde und verfolge ihn längs des Ufers, bis er landen muß,« sagte Herr Morris.

»Gut,« sagte der Professor, »ich bin mit beidem einverstanden. Aber keiner darf allein gehen. Wir müssen die Kräfte so verteilen, daß wir etwaigen Widerstand zu überwinden vermögen. Der Slovak ist stark und wild und hat ein Paar feste Arme.« Alle lächelten, denn das, was sie an sich trugen, machte ein kleines Arsenal aus. Herr Morris fügte noch hinzu:

»Ich habe einige Winchesters besorgt. Sie sind sehr handlich; vielleicht können wir sie gegen Wölfe gut brauchen. Der Graf hat, wie wir wissen, noch einige andere Vorsichtsmaßregeln getroffen. Wir müssen auf alles gefaßt sein.« Dr. Seward sagte:

»Ich denke, es ist am besten, ich gehe mit Quincey. Wir sind durch lange Jagdreisen aneinander gewöhnt. Wir beide werden, bis an die Zähne bewaffnet, nicht zu unterschätzende Gegner sein für alles, was sich uns in den Weg stellen mag. Du, Arthur, darfst auch nicht allein bleiben. Es kann nötig werden, mit den Slovaken zu fechten, und der kleinste Mißerfolg – allerdings glaube ich ja nicht, daß die Kerle Flinten haben – kann unser ganzes Unternehmen in Frage stellen. Diesmal darf es für uns keine Zufälligkeiten geben. Wir werden nicht eher ruhen, bis wir den Kopf des Grafen vom Rumpfe getrennt haben und sicher sein können, daß er nimmer wieder kommt.« Er sah beim Sprechen Jonathan an und Jonathan mich. Ich bemerkte, daß dieser innerlich von Zweifeln gepeinigt wurde. Ich weiß gewiß, daß er gern bei mir geblieben wäre; aber er wäre ebenso gern im Boote mitgefahren, um den … den …: Vampyr – warum zögere ich, dieses Wort zu schreiben – zu vernichten. Er schwieg und Dr. Van Helsing sprach:

»Freund Jonathan, das ist Ihre Sache, aus zwei Gründen. Erstens weil Sie jung und tapfer sind, fechten können und weil die äußerste Anspannung dazu nötig ist. Sodann ist es auch Ihr Recht, den zu vernichten, der solches Leid über Sie und Ihre liebe Frau gebracht hat. Wegen Frau Mina machen Sie sich keine Sorge, sie ist bei mir gut aufgehoben. Ich bin alt. Meine Beine können nicht mehr so rasch laufen wie ehemals; ich bin auch nicht gewöhnt, so lange zu reiten, wie es bei der Verfolgung unter Umständen nötig werden kann, oder mit Mordwaffen umzugehen. Aber ich kann anderweitig nützlich sein, ich kann auf andere Weise kämpfen. Ich kann auch sterben, wenn es sein muß, ebenso gut wie ein Jüngerer. Nun lassen Sie mich meinen Vorschlag machen: Während Sie, mein lieber Lord Godalming, und Sie, Freund Jonathan, in Ihrem kleinen, flinken Dampfboot den Fluß hinauffahren und während John und Quincey das Ufer bewachen und den Feind abfassen, wo er auch landen mag, werde ich Frau Mina direkt ins Herz des Feindeslandes führen. Während der alte Fuchs in seiner Kiste festgebannt auf dem Flusse schwimmt und nicht an Land kommen kann – den Deckel seiner Kiste kann er nicht aufheben, weil er fürchten muß, daß seine slovakischen Begleiter ihn vernichten – werden wir, den Spuren Jonathans folgend, von Bistritz über den Borgopaß gehen und den Weg zum Schlosse Dracula einschlagen. Hier wird mir Frau Minas hypnotische Kraft den Weg weisen – sonst wäre ja alles dunkel und unbekannt – nach dem ersten Sonnenaufgang, wenn wir in der Nähe des verhängnisvollen Platzes angekommen sind. Es muß noch vieles andere geschehen und es gilt auch noch manche Sterilisierungen vorzunehmen, damit das Vipernnest endlich ausgehoben wird.« Hier unterbrach ihn Jonathan hitzig:

»Wollen Sie damit sagen, Professor Van Helsing, daß Sie Mina, die ohnehin unglücklich genug und von jenem Teufel gezeichnet ist, mit in jene Hölle führen wollen? Nicht um alles in der Welt! Das dürfen Sie nicht!« Seine Stimme versagte auf ein paar Augenblicke, dann fuhr er fort:

»Wissen Sie denn, was das für ein Platz ist? Haben Sie die Fallgrube voll höllischer Infamien gesehen, wo selbst das Mondlicht grauenhafte Gespenster gebiert und jedes im Winde wirbelnde Staubkörnchen ein gräßlicher Ungeheuerembryo ist? Haben Sie schon des Vampyrs Lippen an Ihrer Kehle gefühlt?« Er sah mich an. Als seine Augen auf meiner Stirn hafteten, rang er die Hände und rief: »Mein Gott, was haben wir getan, daß du solche Schrecken um uns anhäufst?« Dann sank er auf das Sofa nieder und barg sein Gesicht in den Händen, von seinem Elend überwältigt. Die klare, freundliche Stimme des Professors beruhigte uns:

»Mein Freund, verstehen Sie denn nicht, daß ich Mina eben vor dem grauenhaften Platze retten will, den ich betreten muß? Ich werde Sie mit mir nicht hineinnehmen. Es muß dort etwas geschehen – etwas Furchtbares – das ihre Augen nicht erblicken dürfen. Wir alle, außer Jonathan, wissen, was ich meine, was geschehen muß, um das Nest unschädlich zu machen. Denken Sie daran, daß wir in einer entsetzlichen Lage sind. Wenn es dem Grafen diesmal gelingt zu entkommen – und er ist stark und gewandt und schlau – wird er vielleicht ein Jahrhundert in seinem Sarge schlafen. Dann wird unsere verehrte Frau Mina« – er ergriff meine Hand – »zu ihm kommen, um ihm Genossin zu sein, und würde wie die anderen, die Sie, Jonathan, gesehen haben. Sie haben uns von ihren schwellenden Lippen erzählt, Sie haben das grausige Gelächter gehört, als sie das zuckende Bündel ergriffen, das ihnen der Graf zuwarf. Sie schaudern, und dennoch könnte der Fall eintreten. Vergeben Sie mir, daß ich Ihnen Schmerz bereite, aber ich kann nicht anders. Ist es nicht eine gräßliche Aufgabe, für die ich, wenn es sein muß, mein Leben hingebe? Wenn irgend einer dort am Platze bleibt und den Gespenstern Genosse werden muß, so will ich es sein.«

»Tun Sie, wie Sie wollen«, sagte Jonathan mit einem Seufzer. »Wir sind alle in Gottes Hand.«

Später. – Wie wohl tat es mir zu sehen, wie diese braven Männer sich anstrengten. Solche Männer muß eine Frau doch lieb haben, die so treu und tapfer sind. Außerdem muß ich daran denken, welche Rolle das Geld in unserem Falle gespielt hat. Was kann es tun, wenn es richtig angewendet wird, und welches Unheil kann es in der Hand böser Menschen anrichten! Ich bin froh, daß Lord Godalming reich ist und daß er und Herr Morris, der auch über bedeutende Mittel verfügt, diese so großherzig in den Dienst unserer Sache stellen. Denn würden sie das nicht, so könnte unsere kleine Expedition nicht so pünktlich und nicht so wohlausgerüstet, wie sie in einer Stunde sein wird, abgehen. Noch keine drei Stunden sind es her, daß jedem von uns seine Rolle zugeteilt worden ist, und schon haben Lord Godalming und Jonathan eine schöne Barkasse, die unten am Flusse unter Dampf liegt, um jeden Augenblick abfahren zu können. Dr. Seward und Herr Morris haben ein halbes Dutzend guter Pferde mit voller Ausrüstung erworben. Wir haben Karten und Reisegegenstände aller Art, die für unseren Zweck irgend in Betracht kommen konnten, gekauft. Van Helsing und ich wollen mit dem Zuge um 11 Uhr 40 Min. abends nach Veresti fahren, von dort aus werden wir einen Wagen nach dem Borgopaß nehmen. Wir haben ziemlich viel Bargeld bei uns, da wir den Wagen und die Pferde kaufen wollen. Wir haben die Absicht selbst zu kutschieren, denn wir haben niemand, dem wir in dieser Sache trauen könnten. Der Professor kennt eine Anzahl fremder Sprachen; ich hoffe, daß uns dies

zustatten kommen wird. Sie alle haben Waffen, und auch für mich hat man einen groß-
kalibrigen Revolver angeschafft. Jonathan wollte durchaus haben, daß ich genau so
bewaffnet würde wie die anderen. Leider kann ich eines der Kampfmittel, das die anderen haben, nicht an mir tragen wegen der Narbe an meiner Stirn. Dr. Van Helsing
tröstete mich und sagte, ich sei hinreichend bewaffnet, um mich gegen Wölfe zur Wehr
setzen zu können. Das Wetter wird stündlich kälter, wie Vorboten des Winters fegten
zeitweise Schneeschauer über das Land.

Später. – Ich mußte all meine Kraft zusammenraffen, als es galt, von meinem geliebten Manne Abschied zu nehmen. Wer weiß, ob wir uns lebend wiedersehen werden. Mut, Mina! Der Professor sieht dich scharf an; sein Blick ist wie eine Aufmunterung. Tränen dürfen jetzt nicht fließen.

Jonathan Harkers Tagebuch.

30. Oktober. Nachts. – Ich schreibe beim Scheine der Kesselfeuerung unserer
Dampfbarkasse; Lord Godalming heizt eben. Er versteht die Sache vollkommen, denn
er hatte selbst Jahre lang sein eigenes Dampfboot auf der Themse und ein zweites auf
den Norfolk Broads. Wir waren zu der Überzeugung gelangt, daß Mina richtig gefolgert hatte und daß für die Flucht des Grafen, wenn er überhaupt den Wasserweg gewählt hatte, nur der Sereth, und dann von der Einmündung der Bistritza ab diese in
Betracht kommen konnte. Nach unserer Meinung war etwa auf dem 47. Grad nördli-
cher Breite der günstigste Platz, um die Landstrecke zwischen dem Fluß und den Karpathen zu überwinden. Wir glaubten auf dem Flusse auch bei Nacht eine große Geschwindigkeit annehmen zu dürfen, denn es war reichlich Wasser vorhanden und die
Sandbänke traten nicht so dicht heran, daß sie unsere flotte Fahrt behindert hätten.
Lord Godalming forderte mich auf, mich schlafen zu legen, da es zur Zeit genüge,
wenn einer wache. Aber ich kann nicht schlafen. Wie wäre das denkbar, da ich weiß,
in welcher Gefahr mein liebes Weib schwebt und welch gräßlicher Stelle sie sich nähert. Mein einziger Trost ist noch, daß wir in Gottes Hand sind. Ohne diesen Glauben
wäre es besser zu sterben als zu leben und sich so von all der Qual zu befreien. Herr
Morris und Dr. Seward haben ihren langen Ritt angetreten, ehe wir abfuhren. Sie be-
absichtigten, sich auf dem rechten Ufer zu halten und zwar weit genug vom Flusse
entfernt, um von den Höhen aus lange Strecken übersehen zu können und sich von
den Windungen unabhängig zu machen. Sie haben für die ersten Etappen zwei Leute
engagiert, um die Reservepferde zu reiten und zu führen. Sie sind also nur zu vieren

und lenken die Aufmerksamkeit weniger auf sich. Wenn sie die Leute entlassen, was in Kürze der Fall sein wird, müssen sie die Pferde selbst übernehmen. Es kann nötig werden, daß sich alle die getrennten Kräfte vereinigen. Auch hierfür ist gesorgt, denn wir können uns dann alle beritten machen. Einer der Sättel ist so eingerichtet, daß er rasch in einen Damensattel verwandelt werden kann.

Es ist ein wildes Abenteuer, in das wir uns gestürzt haben. Wir fahren da in Windeseile über den nächtlichen Fluß, von dem kalte Nebel aufsteigen und um unsere Gesichter flattern. Und rings um uns hören wir die geheimnisvollen Stimmen der Nacht. Wir treiben auf unbekannten Wegen unbekannten Zielen entgegen, in eine ganze Welt dunkler und schrecklicher Dinge. Godalming schließt die Heiztüre ...

31. Oktober. – In großer Eile geht es weiter. Der Tag ist angebrochen und Godalming schläft. Ich halte Wache. Der Morgen ist bitter kalt; trotzdem wir in dicke Pelze gehüllt sind, tut uns die Glut der Heizung wohl. Eben haben wir ein paar offene Boote überholt, aber keines von ihnen hat eine Kiste oder Ladung von der Art an Bord, wie wir sie suchen. Die Schiffer erschraken, als wir das Licht unserer elektrischen Lampen auf sie fallen ließen, sanken auf die Knie und beteten.

1. November. Abends. – Die ganze Zeit nichts Neues. Wir haben nichts von dem gefunden, was wir suchen. Wir sind nun in die Bistritza eingelaufen; wenn wir uns in unserer Voraussetzung getäuscht haben, dann ist all unsere Hoffnung dahin. Wir haben jedes Boot, ob groß oder klein, untersucht. Heute früh hielt uns die Bemannung eines der Boote für ein Regierungsschiff und kam uns dementsprechend höflich entgegen. Wir erkannten daraus, daß wir uns die Sache wesentlich erleichtern konnten. Wir beschafften uns in Fundu, wo sich die Bistritza mit dem Sereth vereinigt, eine rumänische Flagge und ließen sie recht auffällig flattern. Bei sämtlichen Booten, die wir seitdem durchsucht haben, hat der Trick uns viel geholfen. Man begegnete uns allenthalben mit der größten Bereitwilligkeit und wir fanden nicht den geringsten Widerstand, was wir auch tun und fragen mochten. Einige der Slovacken berichteten uns, daß ihnen ein großes Boot vorangefahren sei, dessen außergewöhnliche Eile und doppelte Rudermannschaft ihnen aufgefallen war. Das war aber schon gewesen, ehe sie nach Fundu kamen, sie konnten uns also nicht sagen, ob das genannte Boot in die Bistritza eingebogen sei oder den Sereth weiter verfolgt habe. In Fundu konnten wir in dieser Sache nichts erfahren und mußten deshalb annehmen, daß das Fahrzeug dort in der Nacht vorbeigekommen war. Ich bin sehr schläfrig; vielleicht ist die Kälte daran schuld; etwas Ruhe muß die Natur doch haben. Godalming besteht darauf, zuerst die Wache zu übernehmen. Gott segne ihn für all das Gute, das er mir und meiner lieben Mina tut.

2. November. Morgens. – Es ist heller Tag. Godalming hat mich nicht wecken wollen. Er sagt, es wäre eine Sünde gewesen, denn ich hätte so friedlich geschlummert und ausgesehen, als hätte ich alle Sorgen vergessen. Ich mache mir Vorwürfe, daß ich in meinem geradezu verwerflichen Egoismus so lange schlief und ihn die ganze Nacht wachen ließ. Aber er hatte erkannt, was mir not tat. Ich fühle mich heute Morgen wie neugeboren; ich sitze hier und tue alles, was geschehen muß. Ich bediene die Maschine, ich steuere, ich beobachte den Fluß und hüte Godalmings Schlaf. Ich habe das Gefühl, als kehrte mir Kraft und Energie wieder. Ich möchte wissen, wo jetzt Mina ist und Van Helsing. Sie müssen Mittwoch gegen Mittag in Veresti angekommen sein. Sie werden wohl einige Zeit gebraucht haben, um Wagen und Pferde zu beschaffen. Wenn sie dann abgefahren sind und sich etwas beeilt haben, können sie schon bald in der Nähe des Borgopasses sein. Gott leite und schütze sie! Ich denke mit Schrecken an das, was sich ereignen könnte. Wenn wir nur rascher vorwärts kämen! Aber es ist unmöglich. Die Maschine keucht und leistet ihr Äußerstes. Auch möchte ich wissen, wie Dr. Seward und Morris vorwärts kommen. Unermeßlich viele Bäche fließen vom Gebirge herab in den Strom, aber da keiner von ihnen sehr breit ist – im Frühjahr, wenn der Schnee schmilzt, mögen sie ja ohne Zweifel entsetzlich wüten – haben die Reiter wahrscheinlich nicht allzuviele Hindernisse auf ihrem Wege zu überwinden. Ich hoffe, daß wir, noch ehe wir Strasba erreichen, ihrer ansichtig werden; denn falls wir bis dahin den Grafen noch nicht eingeholt haben sollten, wird es nötig werden zu beraten, was weiter geschehen muß.

Dr. Sewards Tagebuch.

2. November. – Drei Tage im Sattel. Keine Nachrichten. Hätte auch keine Zeit, sie niederzuschreiben, da jeder Augenblick kostbar. Wir haben nur die im Interesse der Pferde unerläßlichen Rasten eingelegt; aber wir befinden uns dabei prächtig. Die Abenteuer vergangener Tage kehren in unserer Erinnerung wieder. Wir müssen eilen, daß wir weiter kommen; wir dürfen nicht eher beruhigt sein, als bis wir die Dampfbarkasse in Sicht haben.

3. November. – Wir erfuhren in Fundu, daß die Barkasse die Bistritza hinaufgefahren sei. Ich wünschte, es wäre nicht so kalt. Es scheint, als wolle es schneien; wenn viel Schnee fällt, wird er uns rechte Schwierigkeiten bereiten. In diesem Falle müßten wir eben einen Schlitten nehmen und unsere Verfolgung nach russischer Art fortsetzen.

4. November. – Heute hörten wir, daß die Barkasse einen Unfall erlitten habe, indem sie eine Stromschnelle zu forcieren versuchte. Die Slovackenboote sind alle ohne weitere Schwierigkeiten hinaufgekommen, indem sie sich an Seilen hinaufziehen ließen; außerdem kam ihnen ja auch ihre Ortskenntnis zu gute. Erst vor ein paar Stunden sind wieder einige heraufgekommen. Godalming ist selbst Fachmann; offenbar hat er das Boot wieder so weit repariert, daß es die Fahrt fortsetzen konnte. Schließlich kamen sie dann doch über die Stromschnellen herauf, indem sie die Hilfe der Anwohner in Anspruch nahmen, und begannen wieder ihre unterbrochene Jagd. Ich glaube, daß das Boot durch den Unfall wesentlich gelitten hat. Die Bauern sagen, daß es, nachdem es wieder in ruhigeres Wasser gekommen war, jeden Augenblick stoppte, bis sie es außer Sicht verloren. Wir müssen uns noch mehr beeilen, vielleicht bedarf man bald unserer Hilfe.

Mina Harkers Tagebuch.

31. Oktober. – Wir sind mittags in Veresti angelangt. Der Professor sagte mir, daß er heute Morgen mich fast gar nicht hypnotisieren konnte und daß alles, was ich sagte, war: »Dunkel und ruhig.« – Er ist gerade weggegangen, um Wagen und Pferde zu besorgen. Er sagt, er wolle dann später unterwegs noch Reservepferde kaufen, damit wir auch imstande wären zu wechseln. Wir haben etwas mehr als 70 Meilen vor uns. Das Land ist lieblich und sehr interessant. Wie herrlich wäre es, wenn wir unter erfreulicheren Umständen seiner Schönheit froh werden könnten. Welche Freude wäre es für Jonathan und mich, zusammen das Land zu durchfahren, da und dort anzuhalten, das Volk zu studieren, etwas über sein Leben und seine Sitten zu erfahren und die Seele mit all der Pracht und malerischen Wildheit des Landes zu erfüllen. Aber leider!

Später. – Dr. Van Helsing ist zurück. Er hat Pferde und einen Wagen gekauft; wir wollen etwas essen und dann in einer Stunde abreisen. Die Wirtin packt uns gerade einen mächtigen Korb mit Lebensmitteln auf das Gefährt; er schien für eine Kompagnie Soldaten berechnet. Der Professor redet ihr immer noch zu und sagt mir leise, daß vielleicht eine Woche vergehen kann, bis wir wieder etwas Anständiges zu essen bekämen. Er hat noch eine Menge anderer Dinge eingekauft, eine prächtige Kollektion von Pelzmänteln und Decken und sonstigen warm haltenden Hüllen. Ich habe keine Angst, daß wir frieren werden.

*

Bald werden wir abfahren. Ich denke mit Schrecken an das, was uns passieren kann. Aber Gott hält ja seine Hand über uns. Er allein weiß, was die Zukunft bringt, und ich flehe ihn aus der Tiefe meiner traurigen, gequälten Seele an, er wolle meinen heißgeliebten Gatten beschirmen. Was sich auch ereignen möge, Jonathan soll wissen, daß ich ihn mehr geliebt und verehrt habe, als Worte es zu sagen vermögen, und daß mein letzter, mein einziger Gedanke *er* war.

Siebenundzwanzigstes Kapitel.

Mina Harkers Tagebuch

1. November. – Den ganzen Tag setzten wir unsere Reise fort und zwar mit beträchtlicher Eile. Die Pferde scheinen es zu fühlen, daß sie gut behandelt werden, denn sie legen mit größtem Eifer ihre Etappen zurück. Wir haben nun schon oft Pferdewechsel gehabt und immer dieselbe Beobachtung gemacht, so daß wir wohl mit Recht annehmen dürfen, die Reise werde glücklich verlaufen. Dr. Van Helsing ist sehr wortkarg. Er erzählt den Bauern, daß er möglichst bald Bistritz erreichen wolle, und bezahlte sie gut, damit sie den Pferdewechsel beschleunigen. Währenddem nehmen wir heiße Suppe oder Tee oder Kaffee zu uns, dann geht es wieder weiter. Es ist ein wunderschönes Land, voll von Schönheiten aller erdenklichen Art, und die Leute dort sind mutig, stark und einfach und scheinen viele gute Eigenschaften zu besitzen. Sie sind sehr, sehr abergläubisch. In dem ersten Hause, wo wir abstiegen, bekreuzigte sich die Frau, die uns diente, als sie die Narbe auf meiner Stirn sah, und streckte zwei Finger gegen mich aus, um den bösen Blick zu bannen. Ich glaube, sie haben in ihrer Angst unser Essen mit einer doppelten Portion Knoblauch gewürzt, und Knoblauch kann ich gar nicht ausstehen. Seitdem habe ich es immer vermieden, meinen Hut und meinen Schleier abzunehmen, und habe mich so ihrer abergläubischen Bräuche erwehrt. Wir reisen sehr rasch, und da wir keinen Kutscher bei uns haben, der Gerüchte verbreiten könnte, so vermeiden wir ernste Schwierigkeiten. Knapp auf unseren Fersen aber folgt uns die Angst vor dem bösen Blick. Der Professor scheint unermüdlich; den ganzen Tag ruht er nicht, obgleich er mich lange Zeit schlafen ließ. Gegen Sonnenuntergang hypnotisierte er mich und sagte mir, daß ich antwortete wie immer: »Dunkelheit, plätscherndes Wasser und krachendes Holzwerk.« Unser Feind ist also immer noch auf dem Flusse. Ich habe Sehnsucht nach Jonathan, aber Furcht empfinde ich weder für ihn noch für mich. Ich schreibe dies, während wir in einem Bauernhause warten, bis die Pferde eingespannt sind. Dr. Van Helsing schläft gerade. Armer Mann, er sieht sehr abgemattet, alt und grau aus, aber um seinen Mund liegt, wie um den eines Siegers, ein Zug unbeugsamer Energie. Sogar im Schlafe verliert er nicht den Ausdruck festester Entschlossenheit. Nach unserer Abfahrt werde ich ihn veranlassen zu ruhen, während ich kutschiere. Ich werde ihm vorstellen, daß wir noch schwere Tage vor uns haben und daß er nicht in dem Augenblick versagen darf, wo wir aller seiner Kraft bedürfen ... Es ist alles bereit; bald fahren wir ab.

2. November. Morgens. – Ich hatte Erfolg mit meinen Vorstellungen und wir kutschieren abwechselnd die Nacht über; nun steigt der Tag über uns herauf, freundlich aber kalt. Es liegt eine merkwürdige Schwere in der Luft; ich sage Schwere, weil mir augenblicklich kein besseres Wort einfällt. Ich will damit sagen, daß wir beide uns ziemlich bedrückt fühlen. Es ist sehr kalt, nur unsere warmen Pelze schützen uns einigermaßen. Bei Einbruch der Dämmerung hypnotisierte mich Van Helsing. Er fragte, ich habe geantwortet:»Dunkelheit, krachendes Holzwerk und rauschendes Wasser.« Der Fluß scheint sich also zu verändern, je weiter sie ihn hinauffahren. Ich hoffe, daß mein Gatte sich nicht in Gefahr begibt, jedenfalls nicht mehr, als nötig ist.

2. November. Nachts. – Den ganzen Tag über sind wir gefahren. Das Land wird wilder, je weiter wir kommen; die mächtigen Ausläufer der Karpathen, die uns in Veresti soweit entfernt und niedrig am Horizont erschienen, türmen sich nun ringsum vor uns. Wir sind in bester Laune; eines sucht das andere aufzuheitern und kommt dadurch selbst in bessere Stimmung. Dr. Van Helsing sagt, daß wir gegen Morgen den Borgopaß erreichen werden, Häuser gibt es sehr wenige hier; der Professor sagt, daß wir die zuletzt erhaltenen Pferde behalten müssen, da an ein Wechseln nicht zu denken ist. Er hat noch zwei weitere dazugekauft, wir fahren vierspännig. Die Tiere sind geduldig und gutmütig und machen uns keine Mühe. Wir werden von anderen Reisenden nicht gestört, deshalb kann auch ich zuweilen kutschieren. Es wird schon Tag sein, wenn wir den Paß erreichen; es ist nicht nötig, früher anzukommen. So können wir es uns bequem machen und wollen uns abwechselnd längere Ruhe gönnen. Was wird der morgige Tag uns bringen? Wir wollen den Ort aufsuchen, wo mein lieber Mann so Furchtbares erlitten hat. Gott führe uns den richtigen Weg und halte seine schützende Hand über Jonathan und die, die uns teuer sind; es drohen ihnen die entsetzlichsten Gefahren. Aber ich bin unrein vor Gottes Augen und werde es solange sein, bis er in seiner Gnade das Zeichen von mir nimmt, daß ich seinen Grimm erregt habe.

Abraham Van Helsings Memorandum.

4. November. – Dies meinem treuen Freund John Seward, Dr. med., von Purfleet, London, falls ich ihn nicht mehr sehen sollte. Es mag dann zur Aufklärung dienen. Es ist Morgen; ich schreibe beim Scheine eines Feuers, das ich – mit Frau Minas Hilfe – die ganze Nacht unterhalten habe. Es ist sehr kalt; so kalt, daß der graue Himmel ganz voll schwerer Schneewolken hängt, die, wenn sie herunterkommen, die Landschaft in ein dichtes Winterkleid hüllen werden, um so rascher, als auch der Boden schon hart gefroren ist. Frau Mina ist wahrscheinlich sehr angegriffen; sie ist die Tage her so ganz anders gewesen als sonst. Sie schläft und schläft und schläft. Sie, die sonst doch so eifrig ist, hat den ganzen Tag buchstäblich nichts getan; sogar ihren Appetit hat sie verloren. Sie macht keine Einträge in ihr Tagebuch, sie, die doch sonst jede Pause dazu benützte. Mir ist, als flüstere mir jemand zu, daß nicht alles in Ordnung sei. Heute abend ist sie aber wieder munterer. Ihr langer Schlaf den ganzen Tag über hat sie erfrischt und gestärkt, nun ist sie wieder lieb und fröhlich wie immer. Gegen Sonnenuntergang machte ich den Versuch sie zu hypnotisieren, aber leider vergeblich. Mein Einfluß auf sie ist von Tag zu Tag geringer geworden und heute fehlt er vollkommen.

Was das Historische betrifft, so muß ich, da Frau Mina keine stenographischen Aufzeichnungen mehr macht, dies in meiner altmodischen, schwerfälligen Weise besorgen, damit kein Tag ohne den üblichen Bericht vergeht.

Wir kamen gestern früh kurz nach Sonnenaufgang zum Borgopaß. Als ich die Zeichen der herannahenden Dämmerung bemerkte, traf ich die nötigen Vorbereitungen zur Hypnose. Wir hielten den Wagen an und stiegen ab, damit keine Störung einträte. Ich machte ein Lager aus Pelzen zurecht und Frau Mina legte sich nieder. Sie verfiel in hypnotischen Schlaf, der allerdings weniger lang und tief war als gewöhnlich. Wie bisher erhielt ich die Antwort: »Dunkelheit und wirbelnde Wasser«. Dann erwachte sie, munter und freudig. Wir setzten unseren Weg fort und erreichten den Paß. Von da an begann sie vor Eifer zu glühen; irgend eine neue Fähigkeit schien sich in ihr zu entwickeln, denn sie deutete auf einen Weg und sagte:

»Dorthin müssen wir fahren.«

»Woher wissen Sie das?« fragte ich.

»Ich weiß es ganz genau«, antwortete sie und fügte nach einer kleinen Pause hinzu: »Ist nicht mein Jonathan diesen Weg gefahren und hat seine Notizen darüber gemacht?«

Erst kam es mir ziemlich sonderbar vor, dann aber bemerkte ich, daß es der einzige Seitenweg war. Er ist nur wenig befahren und unterscheidet sich wesentlich von der

Poststraße Bukowina-Bistritz, welche breiter und härter ist und größere Spuren der Benützung aufweist.

So schlugen wir diesen Weg ein; wenn andere Wege uns irre zu machen drohten – nicht immer wußten wir gewiß, ob es überhaupt Wege waren, denn sie waren vernachlässigt und eine leichte Schneedecke lag auf ihnen – so fanden sich doch die Pferde allein zurecht. Ich lasse ihnen einfach die Zügel, und geduldig laufen sie dahin. Nach und nach erkannten wir all die Dinge, die Jonathan in seinem merkwürdigen Tagebuche erwähnt. So geht es weiter, Stunde um Stunde. Ich riet Frau Mina zu schlafen; sie versuchte es, und es gelang ihr auch. Sie schlief die ganze Zeit; schließlich wurde ich aber mißtrauisch und bemühte mich sie zu wecken. Aber sie schlief weiter, und alle meine Versuche, sie ins Bewußtsein zurückzurufen, waren vergebens. Ich wollte nicht allzu gewaltsam verfahren, um sie nicht zu schädigen; denn ich weiß, daß sie viel ausgestanden hat und daß zeitweiliger Schlaf alles für sie ist. Ich glaube, ich schlafe selbst, denn plötzlich fühlte ich mich schuldig, als ob ich irgend etwas begangen hätte. Kerzengerade saß ich auf dem Wagen, die Zügel in den Händen, die Pferde trotteten dahin wie bisher. Ich sehe mich um und bemerke, daß Mina immer noch schläft. Es ist nicht mehr lange bis Sonnenuntergang; über den Schnee lagern sich die Sonnenstrahlen in breiten, goldigen Fluten, so daß wir lange, große Schatten werfen bis dahin, wo die Berge steil ansteigen. Bergan geht es, immer bergan, und alles ist so wild und felsig, als seien wir am Ende der Welt.

Dann aber weckte ich Frau Mina auf. Diesmal gelang es mir ohne besondere Schwierigkeit und ich versuchte sogleich, sie in hypnotischen Schlaf zu versetzen. Aber sie schlief nicht, gerade als ob ich nicht vorhanden wäre. Wiederum versuchte ich es, bis ich plötzlich bemerkte, daß es rings um uns dunkel geworden war. Wie ich umher schaute, sehe ich, daß die Sonne untergegangen war. Frau Mina lacht, ich drehe mich um und sehe nach ihr. Sie ist wieder ganz munter und sieht so wohl aus wie nie mehr seit jener Nacht in Carfax, als wir das erste Mal das Haus des Grafen betraten. Ich bin erstaunt, die Sache ist mir nicht geheuer; aber Frau Mina ist so freundlich und fürsorglich zu mir, daß ich alle Furcht vergesse. Ich zünde ein Feuer an, wir haben Holzvorrat mitgebracht. Sie bereitet das Essen, während ich die Pferde abschirre, an einem geschützten Platze festbinde und füttere. Als ich an das Feuer zurückkehrte, hatte sie das Essen schon fertig. Ich wollte ihr vorlegen, aber sie lächelte und sagte, daß sie bereits gegessen habe, daß sie vor Hunger nicht mehr habe warten können. Das gefiel mir gar nicht, ich habe meine schweren Bedenken; aber ich fürchte sie zu erschrecken und schweige deshalb still. Sie legt mir vor, ich esse allein. Dann wickeln wir uns in die Pelze und legen uns neben das Feuer, ich sage ihr, daß sie schlafen solle, während ich wache. Aber bald hatte ich meiner Wache vergessen. Wenn ich plötzlich auffuhr und mich erinnerte, daß ich ja wachen sollte, fand ich sie ruhig aber schlaflos liegen und mich mit fröhlichen Augen anblinzeln. Mehrere Male wiederholte sich dasselbe; ich habe auf diese Weise ziemlich viel geschlafen, ehe es Morgen wurde. Als ich mich erhob, versuchte ich sie zu hypnotisieren, aber leider konnte sie, obgleich sie gehorsam die Augen schloß, nicht einschlafen. Die Sonne stieg höher und höher; dann kam der Schlaf über sie, sehr spät zwar, aber so tief, daß sie nicht mehr aufzuwecken war. Ich mußte sie aufheben und schlafend in den Wagen legen, als ich die Pferde angespannt und alles zur Abfahrt vorbereitet hatte. Sie sieht in ihrem Schlummer noch gesünder und frischer aus als zuvor. Das ist es gerade, was mir nicht gefällt. Ich fürchte, ich fürchte! Ich fürchte alles, sogar das Denken; aber ich muß meinen Weg gehen. Es handelt sich um Leben oder Tod, oder um mehr als das, und wir dürfen nicht zurückschrecken.

5. November, Morgens. – Lassen Sie mich alles genau berichten. Obgleich wir beide manch seltsame Dinge erlebt haben, könnten Sie doch vielleicht zuerst auf den Gedanken kommen, daß ich, Van Helsing, verrückt sei, daß die mancherlei Schrecken und die lang andauernden Angriffe auf meine Nerven mich schließlich doch um meinen Verstand gebracht haben.

Wir reisten den ganzen gestrigen Tag und kamen immer weiter in das Gebirge hinein, in Landstriche, die immer wüster und wilder wurden, vorbei an tiefen, gähnenden Abgründen und vielen Wasserfällen. Es sah aus, als hätte Mutter Natur hier Karneval gefeiert. Frau Mina schläft und schläft, und obgleich ich Hunger hatte und mir etwas zubereitete, konnte ich sie nicht einmal zur Mahlzeit wecken. Ich begann zu fürchten, daß der unheimliche Zauber dieses Platzes auf sie einwirke, da sie doch schon die Vampyrtaufe empfangen. Wenn sie den ganzen Tag schläft, sagte ich mir, so muß ich es eben auch tun, damit ich wenigstens die Nacht über munter bin. Als wir die holperige Straße weiter entlang fuhren, – es war eine Straße von alter, unvollkommener Bauart – schlief ich ein. Wieder erwachte ich mit einem Gefühl der Schuld und versäumter Zeit. Frau Mina schlief noch immer, die Sonne war schon tief heruntergegangen. Aber alles hatte sich vollkommen verändert. Die drohenden Berge schienen in weitere Entfernung gerückt zu sein und wir befanden uns nahe der Spitze eines steil ansteigenden Hügels, den ein Schloß krönte, wie es Jonathan in seinem Tagebuch beschrieben hat. Frohlocken und Furcht bemächtigten sich gleichzeitig meiner, denn, ob gut oder schlimm, das Ende war nahe. Ich weckte Frau Mina auf und versuchte sie zu hypnotisieren. Leider vergeblich, wie immer in letzter Zeit. Dann, ehe die Dunkelheit hereinbrach – bisher hatten wir noch Zwielicht, das der von der untergegangenen

Sonne noch gerötete Himmel zusammen mit dem frisch gefallenen Schnee erzeugte – spannte ich die Pferde aus und fütterte sie an einer geschützten Stelle. Dann zündete ich ein Feuer an, in dessen Nähe es sich Frau Mina, die nun vollkommen erwacht war und lieblicher aussah als je, inmitten ihrer Reisedecken bequem machte. Ich bereitete das Essen, aber sie wollte nichts zu sich nehmen, weil sie, wie sie sagte, keinen Hunger hatte. Ich nötigte sie nicht, da ich wußte, daß es doch vergebens gewesen wäre. Aber ich selbst aß, weil ich mir in aller Interesse meine Kräfte erhalten mußte. Dann, in Sorge um das, was sich ereignen könnte, zog ich einen schützenden Ring um den Platz, wo Frau Mina saß. Auf den Ring streute ich ein Teilchen der Hostien, so dicht als möglich, damit der Schutz ein recht ausgiebiger sei. Sie saß die ganze Zeit still, so still wie eine Tote. Dann wurde sie bleicher und bleicher, so daß sie schließlich so weiß war wie der Schnee ringsum, und sagte kein Wort. Aber als ich zu ihr trat, klammerte sie sich fest an mich, und ich fühlte, wie das arme Geschöpf vom Kopf bis zu den Füßen zitterte und bebte. Als sie sich etwas beruhigt hatte, sprach ich zu ihr:

»Wollen Sie denn nicht näher ans Feuer herankommen?« Ich wollte erfahren, ob sie dazu imstande wäre. Sie erhob sich, aber als sie einen Schritt getan hatte, blieb sie stehen wie festgebannt.

»Warum kommen Sie nicht näher?« fragte ich. Sie schüttelte den Kopf und begab sich auf ihren Platz zurück, wo sie sich niederließ. Sie sah mich mit weit offenen Augen an, als ob sie aus tiefem Schlafe erwacht wäre, und sagte leise:

»Ich kann nicht!« und schwieg dann. Ich war zufrieden, denn ich wußte nun, daß das, was sie nicht vermochte, auch keiner von denen konnte, die wir fürchteten. Mochte ihrem Leibe auch noch Gefahr drohen, ihre Seele war wenigstens gerettet!

Plötzlich begannen die Pferde zu wiehern und an ihren Halftern zu zerren; ich trat zu ihnen und beruhigte sie. Als sie meine streichelnden Hände fühlten, wieherten sie leise und freudig und leckten meine Hände. Mehrere Male mußte ich zu ihnen gehen, bis zu der kältesten Stunde der Nacht, in der sich alles Leben der Natur im Tiefstand befindet; jedesmal wirkte meine Nähe beruhigend auf sie ein. In dieser kalten Stunde erlosch das Feuer. Ich machte mich daran, ein neues anzuzünden, denn in wehenden Strichen kam der Schnee hernieder und mit ihm ein kalter Nebel. Sogar in der Dunkelheit bemerkte ich eine gewisse Helle, wie sie über Schneeflächen zu liegen pflegt. Es kam mir vor, als nähmen die flatternden Flocken und die Nebelfetzen die Gestalten von Frauen in wehenden Gewändern an. Alles lag in tiefem, düsterem Schweigen, nur die Pferde wieherten und stampften, als ob sie sich vor etwas Schrecklichem fürchteten. Angst bemächtigte sich meiner, entsetzliche Angst. Aber dann kam wieder das Gefühl der Sicherheit über mich, als ich mir vergegenwärtigte, daß ich mich ja innerhalb des schützenden Ringes befand. Meine Einbildungen waren doch wohl Kinder der Nacht und des Grausens, der immerwährenden Unruhe und furchtbaren Angst. Es war, als ob mich die Erinnerung an all die schauerlichen Erlebnisse Jonathans überfallen hätte. Die Schneeflocken und der Nebel tanzten und wirbelten im Kreise; ich glaubte wieder die durchsichtigen Schatten der gespenstischen Frauen zu erkennen, die Jonathans Mund geküßt hatten. Dann drängten sich die Pferde immer enger und enger zusammen und schrieen wie Menschen in Todesnot. Aber die Angst des Schreckens kam nicht so stark über sie, daß sie sich losgerissen hätten. Ich fürchtete für Frau Mina, als diese unheimlichen Schatten immer näher kamen und um uns herumtanzten. Ich sah mich nach ihr um, aber sie saß still da und lächelte mir zu. Als ich ans Feuer gehen wollte, um nachzulegen, hielt sie mich fest und flüsterte mit leiser Stimme, wie im Traum:

»Nein, nein! Gehen Sie nicht hinaus. Hier sind Sie sicher!« Ich sah sie an und sagte: »Aber Sie? Für Sie habe ich Sorge!«, worauf sie lachte – ein tiefes, traumhaftes Lachen – und erwiderte:

»Sorge um *mich?* Warum Sorge um *mich?* Niemand in der Welt kann sicherer sein vor ihnen als ich.« Als ich mir den Sinn ihrer Worte klar zu machen suchte, ließ ein Windstoß die Flamme hoch aufflackern, so daß ich die rote Narbe auf ihrer Stirne erblickte. Da allerdings begriff ich. Immer näher und näher kamen die wirbelnden Gebilde aus Schnee und Nebel, hielten sich aber außerhalb des geweihten Kreises. Dann begannen sie sich zu materialisieren bis – Gott wird mir wohl den Verstand genommen haben, denn ich sah es mit sehenden Augen – in Fleisch und Blut die drei Frauen vor mir standen, die Jonathan in dem Saale des Schlosses gesehen hatte, als sie seinen Hals küssen wollten. Ich erkannte die schwellenden Formen, die klaren, grausamen Augen, die weißen Zähne, die frische Farbe, die wollüstigen Lippen. Sie lächelten Frau Mina zu, und als ihr Lachen durch das Schweigen der Nacht drang, winkten sie mit den Armen und deuteten auf sie. Dann riefen sie mit dem seltsamen, süßen, nervenerregenden Klang gestrichenen Glases:

»Komm, Schwesterchen, komm! Komm zu uns! Komm! Komm!« Angsterfüllt wandte ich mich Frau Mina zu. Mein Herz flackert froh auf wie die Flamme, denn in ihren schönen Augen lag ein solcher Ausdruck des Entsetzens und Abscheus, daß ich wieder Hoffnung zu fassen wagte. Gott sei gedankt, sie gehörte noch nicht zu jenen. Ich ergriff ein Stück Brennholz und ging, ein Stück der Hostie vor mich hinhaltend, auf das Feuer zu. Sie zogen sich vor mir zurück und lachten ihr schauerliches, tiefes Lachen. Ich legte das Holz in die Glut und fürchtete mich nicht, denn ich wußte, welch starker Zauber uns beschützte. Mir konnten sie nicht nahe kommen, solange ich solche Waffen trug, und Frau Mina nicht, solange sie sich in dem Ringe aufhielt, den sie selbst ebensowenig verlassen konnte, als jene in ihn einzudringen vermochten. Die Pferde hatten unterdessen zu wiehern aufgehört und lagen still auf der Erde. Der Schnee bedeckte sie langsam und leise, und ich bemerkte, daß sie immer weißer wurden. Da wußte ich, daß es für die armen Tiere fürderhin keine Furcht mehr gab.

So blieben wir, bis das Rot des Morgenhimmels durch das Schneegestöber drang. Ich war verzweifelt, erschreckt und voll von Schmerz und Angst; aber als die herrliche Sonne am Horizont emporstieg, durchzog es mich wie neues Leben. Bei den ersten Anzeichen der Morgendämmerung vermischten sich die Gespenster allmählich mit dem stöbernden Schnee und flatternden Nebel. Wie Wölkchen aus durchsichtigen Schatten flogen sie in der Richtung auf das Schloß davon und verschwanden.

Wie gewohnt, begab ich mich bei Beginn des Morgengrauens zu Frau Mina und wollte sie hypnotisieren; aber sie lag in tiefem Schlafe, aus dem ich sie nicht zu erwecken vermochte. Ich versuchte sie im Schlafe zu hypnotisieren, aber sie reagierte nicht. So wurde es Tag. Ich fürchte mich noch immer, den Platz zu verlassen. Ich habe mein Feuer angezündet und nach den Pferden gesehen, sie sind alle tot. Heute gibt es viel zu tun; ich will warten, bis die Sonne höher steht, denn ich muß einige Plätze finden, wo mir das Sonnenlicht, mag es auch durch Nebel und Schneegestöber verfinstert werden, einige Sicherheit gewähren wird. Ich will mich noch durch ein Frühstück stärken und dann an mein schweres Werk gehen. Frau Mina schläft noch immer; sie ist glücklicherweise ruhig in ihrem Schlafe ...

Jonathan Harkers Tagebuch.

4. November, abends. – Der Unfall der Barkasse ist etwas Schreckliches für uns gewesen. Ohne ihn hätten wir das Boot schon lange überholt und jetzt wäre meine liebe Mina bereits frei. Ich denke mit heißer Sorge an sie, die drüben, jenseits der Wälder, nahe dem entsetzlichen Platze weilt. Wir haben Pferde genommen und folgen der Spur. Ich schreibe dies, während Godalming alles vorbereitet. Unsere Waffen haben wir mitgenommen. Die Zigeuner müssen gut aufpassen, wenn sie mit uns kämpfen wollen. Wenn nur Morris und Seward bei uns wären. Wir können nun nichts weiter tun als hoffen. Wenn ich nicht mehr zum Schreiben kommen sollte, so lebe wohl, Mina!

Dr. Sewards Tagebuch.

5. November. – Mit Anbruch der Morgendämmerung sahen wir den Zug der Zigeuner in Eile mit ihren Leiterwagen vom Flusse weg landeinwärts fahren. Sie umgaben ihn in einem dichten Schwarm und flogen dahin wie besessen. Leise fällt der Schnee, und in der Luft ist eine seltsame Unruhe. Unsere eigenen überreizten Gefühle mögen uns dies vielleicht glauben machen, jedenfalls liegt ein eigentümlicher Druck auf uns. In weiter Ferne höre ich das Bellen von Wölfen, der Schnee treibt sie von den Bergen herunter; sie sind eine Gefahr, die uns von allen Seiten umgibt. Die Pferde sind bereit, wir werden sogleich abreiten. Irgend jemandes Tod ist es, zu dem wir reiten.

Dr. Van Helsings Memorandum.

5. November, nachmittags. – Als ich Frau Mina verließ, die noch immer schlafend inmitten des geweihten Kreises lag, schlug ich den Weg zum Schlosse ein. Der Schmiedehammer, den ich im Wagen von Veresti mitgebracht hatte, war mir sehr nützlich. Obgleich die Türen alle offen waren, zertrümmerte ich deren rostige Angeln, damit nicht böser Wille oder böser Zufall nach meinem Eintreten die Türen zuwerfen und mich einsperren konnte. Jonathans schlimme Erfahrungen kamen mir sehr zu statten. Ich erinnerte mich des im Tagebuche beschriebenen Weges zu der alten Kapelle. Dort hatte ich, wie ich wußte, meine Aufgabe zu erfüllen. Die Luft war drückend; sie roch wie Schwefeldampf; mehreremale glaubte ich umsinken zu müssen. Ein dumpfes Dröhnen klang in meinen Ohren; ich wußte nicht gewiß, ob es nicht das ferne Heulen von Wölfen war. Dann gedachte ich wieder der Frau Mina und war in großer Sorge um sie. Ich hatte nicht gewagt sie mitzunehmen, sondern hatte sie, vor dem Vampyr durch den geweihten Kreis geschützt, zurückgelassen. Und nun drohte ihr Gefahr von den Wölfen! Ich war mir klar, daß ich hier mein Werk zu vollenden hatte; was die Wölfe betraf, so mußten wir eben Gottes Willen hinnehmen. Jedenfalls war es nicht mehr als der Tod und darüber hinaus die Erlösung. Hätte ich für mich zu wählen gehabt, so wäre mir die Wahl leicht gefallen: im Magen eines Wolfes wäre es jedenfalls besser gewesen als in der Gruft des Vampyrs. So mußte ich mich entschließen, mein Werk zu Ende zu führen.

Ich wußte, daß mindestens drei Gräber vorhanden seien – belegte Gräber. So suchte ich und fand eines von ihnen. Da lag eines der Weiber in seinem Vampyrschlaf, so voll Leben und wollüstiger Schönheit, daß es mich kalt überlief, als sei ich gekommen um zu morden. Ich begreife nun, daß, wenn in vergangenen Zeiten jemand eine solche Aufgabe zu erfüllen sich vornahm, er schließlich nicht den Mut dazu fand oder daß ihm die Nerven versagten. So zögerte er und zögerte, bis die Schönheit und der Zauber der arglistigen Un-Toten ihn gebannt hatte; und er bleibt, bis die Sonne untergegangen und der Vampyrschlaf vorüber ist. Dann öffnen sich die herrlichen Augen des Weibes und erstrahlen in heißer Liebe, der wollüstige Mund bietet sich zum Küssen dar und der Mensch ist schwach. Und wieder ist ein Opfer mehr dem Vampyrtum verfallen; wieder eines mehr, das in die entsetzlichen, grausigen Reihen der Un-Toten tritt!

Es war ohne Zweifel ein Zauber, daß ich durch die Gegenwart einer dieser Frauen in Erregung geriet, die in ihrem vom Alter zerfressenen und dicht mit jahrhundertealtem Staub bedeckten Sarge schlief, obgleich der gräßliche Geruch auch hier herrschte wie in den Schlupfwinkeln des Grafen. Ja, ich war erregt – ich, Van Helsing, mit allen meinen Vorsätzen und all dem grimmen Haß; es erfüllte mich ein Verlangen, das meine Kräfte zu lähmen und auf meiner Seele zu lasten schien. Vielleicht war es das natürliche Schlafbedürfnis, vielleicht auch die seltsam drückende Luft, was mich überwältigte. Jedenfalls verfiel ich in Schlaf, in einen Schlaf mit offenen Augen, wie einer, der sich einem süßen Zauber hingibt. Da ertönte durch die klare Schneeluft ein langgezogener Weheruf, so voll Angst und Schmerz, daß ich emporfuhr, wie vom schmetternden Klang einer Trompete. Es war die Stimme Frau Minas, die ich vernahm.

Da raffte ich mich auf, um mein furchtbares Werk zu vollenden. Ich fand, als ich die Sargdeckel abhob, eine andere der Schwestern, die zweite Dunkelhaarige. Ich wagte es nicht sie anzusehen, wie ihre Schwester, damit ich nicht wieder diesem bestrickenden Zauber verfiele. Ich suchte schnell weiter und fand in einem großen, erhöht gestellten Sarge, wie man wohl einen besonders lieben Toten bettet, die dritte schöne Schwester, die ich wie seinerzeit Jonathan, sich aus den Nebelatomen hatte entwickeln sehen. Sie war so schön anzuschauen, von so bestrickendem Liebreiz, daß der Instinkt, der den Mann zwingt, das weibliche Geschlecht zu lieben und zu beschützen, mich in neue heiße Erregung versetzte. Aber der Weheruf Frau Minas klang mir immer noch in den Ohren. Ich machte mich, ehe noch der Zauber sich meiner vollständig bemächtigen konnte, an die weitere Durchführung meines grausamen Vorhabens. Ich hatte nunmehr alle Gräber der Kapelle durchsucht, soweit ich es zu beurteilen vermochte, und da uns in der Nacht nur diese drei Gespenster erschienen waren, nahm ich an, daß nicht mehr als drei Un-Tote hier in Tätigkeit seien. Noch ein Grabmal war da, auffallender als die übrigen. Es war sehr groß und schön ausgeführt. Nur ein Wort stand darauf:

DRACULA.

Das also war die unheimliche Ruhestätte des Königs der Vampyre, dem so viele untertan sind. Das Grab war leer; dies bewies mir in beredter Weise das, was ich ohnehin schon wußte. Ehe ich daran ging, diese Frauen durch mein grauenhaftes Werk dem natürlichen Tode zu überliefern, legte ich in Draculas Grab etwas von der Hostie und verbannte ihn, den Un-Toten, für immer daraus.

Dann begann ich mein schweres Werk, vor dem ich mich wirklich fürchtete. Wäre es wenigstens nur eine Frau gewesen, es wäre mir leicht erschienen. Aber drei! Wenn ich einmal das Entsetzliche getan, es noch zweimal wiederholen! War es schon schrecklich bei der guten Lucy, wie mußte es dann bei diesen werden, die Jahrhunderte überlebt, die ihre Kräfte im Lauf der Zeiten ins Ungeheure verstärkt haben mußten, die, wenn es ihnen möglich gewesen wäre, für ihre gespenstische Existenz gekämpft hätten.

Lieber Freund John, es war wirklich Fleischerarbeit. Hätte mir nicht der Gedanke an andere Tote und an die Lebenden, über deren Häuptern eine furchtbare Gefahr schwebte, die Kraft gegeben, ich wäre unterlegen. Ich zitterte, und zittere heute noch, obgleich meine Nerven aushielten, bis alles vorüber war. Hätte ich nicht den Frieden im Gesicht der ersten gesehen und die Freude, die vor der endgiltigen Auflösung noch darüber hinhuschte wie eine Bestätigung, daß die Seele nun erlöst sei, ich hätte die blutige Arbeit nicht zu Ende führen können. Ich hätte das entsetzliche Knirschen, das der Pfahl beim Einschlagen in den Leib verursachte, nicht zu ertragen vermocht, ebenso wenig wie den Anblick der sich windenden Gestalt und der Lippen voll blutigen Schaums. Ich wäre entsetzt geflohen und hätte mein Werk unvollendet gelassen. Aber nun ist alles geschehen und ich kann die armen Seelen nun bedauern. Ich trage keinen Groll mehr gegen sie, jetzt, da ich weiß, daß sie ihren vollen Todesschlaf schlafen. Denn, Freund John, kaum hatte mein Messer den Kopf abgetrennt, da schwanden die Leiber dahin und zerfielen zu Staub, aus dem sie geworden. Es war, als machte der Tod, der einige Jahrhunderte früher hätte kommen sollen, jetzt sein Recht besonders geltend und sagte: »Hier bin ich!«

Ehe ich das Schloß verließ, sicherte ich die Eingänge, sodaß der Graf als Un-Toter sie nicht mehr betreten kann.

Als ich wieder in den Kreis zurückkam, in dem Frau Mina wieder schlief, erwachte sie: Wie sie meiner ansichtig wurde, weinte sie darüber, daß ich so viel hätte ertragen müssen.

»Kommen Sie«, sagte sie. »Kommen Sie fort von diesem unseligen Platze! Wir wollen meinem Mann entgegeneilen, der, ich weiß es gewiß, auf dem Wege zu uns ist.« Sie sah schmal, bleich und krank aus, aber ihre Augen waren klar und glühten vor Eifer. Ihre Blässe und Schwäche zu sehen, war mir förmlich eine Wohltat, denn vor meinen Augen standen noch die Frauen mit ihrem frischen Aussehen im Vampyrschlaf.

Voll von Vertrauen und Hoffnung, aber auch von Furcht, zogen wir ostwärts, um unseren Freunden zu begegnen – und ihm, von dem mir Frau Mina sagte, daß wir ihn sicher treffen würden.

Mina Harkers Tagebuch.

6. November. – Es war spät am Nachmittag, als der Professor und ich gegen Osten aufbrachen, woher ich wußte, daß Jonathan kommen werde. Wir liefen nicht rasch, obgleich es steil bergab ging, denn wir hatten einige Decken und Pelze zu tragen, da wir uns der Kälte und dem Schnee nicht schutzlos aussetzen durften. Wir führten auch einige Lebensmittel mit, denn wir befanden uns ja in einer vollkommenen Einöde und konnten, soweit wir überhaupt durch den fallenden Schnee zu sehen vermochten, keine Spur einer menschlichen Wohnstätte entdecken. Als wir etwa eine Meile gegangen waren, fühlte ich mich von dem schwierigen Abstieg ermüdet und setzte mich nieder, um zu rasten. Dann wendeten wir die Blicke rückwärts und sahen Schloß Dracula liegen, das in klaren Linien vom Himmel sich abhob. Wir waren so tief unter der Spitze des Hügels, auf der es stand, daß es hoch über die oberen Konturen der schroffen Felsgebilde der Karpathen emporragte. Wir sahen es in seiner ganzen imponierenden Größe, tausend Fuß über uns am Rande eines ungeheuren Abgrundes; eine tiefe Schlucht trennte es auf einer Seite von dem nächstliegenden Berge. Der Platz hatte etwas Wildes und Unheimliches an sich. Wir konnten das ferne Heulen von Wölfen vernehmen. Sie waren wohl noch weit entfernt, aber dennoch war uns der Klang ihrer Stimmen, obwohl gedämpft durch den dichten Schneefall, unbehaglich. Dr. Van Helsing suchte, wie ich aus seinen Bewegungen entnahm, einen geschützten Punkt, auf dem wir einem Angriff weniger ausgesetzt wären. Der steinige Weg führte immer noch weiter in die Tiefe; wir konnten ihn noch weithin durch die sich anhäufenden Schneemassen erkennen.

Nach einer Weile rief mir der Professor zu und ich stieg zu ihm hinauf. Er hatte einen prächtigen Platz entdeckt, eine Art natürlicher Höhle mit einem torartigen

Eingang. Er ergriff mich bei der Hand und zog mich hinein: »Sehen Sie«, sagte er, »hier sind Sie vollkommen geschützt; und wenn die Wölfe kommen sollten, so können wir mit ihnen, einem nach dem anderen, abrechnen.« Er brachte unsere Pelze herbei und richtete ein behagliches Nest für mich ein; dann holte er etwas von unserem Proviant herbei und nötigte mich zu essen. Aber es war mir unmöglich; schon der Gedanke daran erregte mir Ekel. So gern ich es ihm zu Liebe getan hätte, konnte ich mich nicht einmal zu einem Versuch entschließen. Er sah traurig drein, machte mir aber keine Vorwürfe. Nachdem er seinen Feldstecher aus dem Koffer genommen, stieg er auf einen der Felsblöcke und begann sorgfältig den Horizont abzusuchen. Plötzlich rief er:

»Da! Frau Mina! Da! Sehen Sie!« Ich sprang auf und stellte mich an seine Seite auf den Felsen. Er gab mir sein Glas und deutete hinaus. In schweren Flocken fiel der Schnee herab und wirbelte in dem scharfen Winde, der sich erhoben hatte. Immerhin wurde es manchmal lichter in dem Gestöber und man hatte dann eine bessere Aussicht. Von der Höhe, auf der wir standen, bot sich ein weiter Ausblick. Weit draußen, mitten durch die weiße Schneewüste, sah ich den Fluß sich wie ein schwarzes Band in weiten Schleifen und Krümmungen dahin winden. Gerade vor uns und nicht allzuweit entfernt – in der Tat so nahe, daß ich gar nicht verstehe, warum wir sie nicht schon früher sahen – erblickten wir eine Gruppe berittener Männer, die in größter Eile heran flogen. In ihrer Mitte hatten sie ein Fahrzeug, einen langen Leiterwagen, der auf der gefrorenen, unebenen Straße von einer Seite zur anderen schwankte. Die Gestalten der Reiter hoben sich scharf vom Hintergrunde ab und ich konnte an ihrer Kleidung genau erkennen, daß es Bauern oder Zigeuner waren.

Auf dem Wagen befand sich eine große, viereckige Kiste. Mein Herz pochte, als ich sie sah, denn ich wußte, daß wir nun am Ziele waren. Der Abend senkte sich schon hernieder und ich wußte, daß bei Sonnenuntergang der Körper, der dort jetzt noch in der Kiste gefangen lag, seine Freiheit gewinnen und in irgend einer Gestalt unseren Nachstellungen entrinnen würde. In meiner Angst drehte ich mich nach dem Professor um, aber – o Schrecken – er war nicht da. Doch einen Augenblick später sah ich ihn am Fuße des Felsblockes. Er hatte einen Ring um diesen gezogen, gleich dem, der uns heute Nacht Schutz gewährt hatte. Als er sein Werk vollendet, kam er wieder zu mir herauf und sagte:

»Hier sind Sie wenigstens vor *ihm* sicher!« Er nahm mir das Glas aus der Hand und sah, als der Schnee einen Augenblick lang weniger dicht fiel, scharf hinaus. »Sehen Sie«, sagte er, »sie kommen rasch heran; sie peitschen ihre Pferde und galoppieren so rasch sie können.« Er schwieg und fuhr dann mit hohler Stimme fort:

»Sie eilen so sehr wegen des Sonnenunterganges. Wir werden wohl zu spät gekommen sein. Gott sei uns gnädig!«

Ein neuer Schauer wirbelnden Schnees kam hernieder und verhüllte die ganze Landschaft vor unseren Blicken. Es ging jedoch rasch vorüber, und wieder richtete er sein Glas hinaus gegen die weite Ebene. Plötzlich schrie er:

»Schauen Sie, Frau Mina, schauen Sie! Da kommen zwei Reiter rasch von Süden. Es müssen Quincey und John sein. Da, nehmen Sie mein Glas. Sehen Sie rasch, ehe der Schnee uns wieder die Aussicht nimmt.« Ich nahm das Glas und sah hinaus. Die zwei Männer mußten wohl Dr. Seward und Morris sein. Jedenfalls erkannte ich, daß keiner von beiden Jonathan war. Ich wußte aber auch gewiß, daß Jonathan nicht mehr fern sein konnte. Ich sah herum und bemerkte weiter nördlich zwei Männer, die mit verhängten Zügeln daher sprengten. Einer von ihnen war Jonathan, das wußte ich; der andere war ohne Zweifel Lord Godalming. Sie verfolgten die Bande mit dem Wagen. Als ich dies dem Professor sagte, sprang er vor Freude auf und sah scharf hinaus, bis ihm ein neuer Schneefall die Aussicht nahm. Dann ergriff er seine Winchesterbüchse und lehnte sie schußfertig gegen den Felsblock am Eingang unserer Höhle. »Sie kommen alle zusammen«, sagte er. »Wenn es Zeit ist, werden wir die Zigeuner von allen Seiten fassen.« Ich zog meinen Revolver heraus, denn während unseres Gesprächs wurde das Heulen von Wölfen in immer größerer Nähe vernehmbar. Der Schneesturm ließ ein wenig nach und wir konnten wieder sehen. Es war seltsam, in unserer nächsten Umgebung fiel der Schnee in schweren Flocken, während draußen die Sonne immer freundlicher schien, je weiter sie zu den fernen Bergspitzen herniederstieg. Ich suchte mit dem Glas die weite Schneefläche ab und bemerkte dunkle Punkte, die einzeln, zu zweien und dreien oder in noch größerer Anzahl sich gegen uns heran bewegten. Es waren die Wölfe, die sich sammelten, lüstern nach Beute.

Jeder Augenblick, den wir warten mußten, erschien uns wie eine Ewigkeit. Der Wind brauste in wilden Stößen heran und der Schnee wirbelte wie toll um uns. Zeitweise konnten wir keine Armeslänge vor uns schauen; dann aber wieder, wenn die heulenden Windstöße an uns vorbeigefegt waren, schien sich der Raum um uns aufzuhellen und wir hatten wieder weiten Ausblick. Wir waren seit langem daran gewöhnt, auf Sonnenuntergang und Sonnenaufgang zu achten, so daß wir auch heute genau wußten, wann die Sonne unterging, es mußte in ganz kurzer Zeit geschehen.

Wir konnten gar nicht glauben, daß weniger als eine Stunde vergangen war, während der wir das konzentrische Zusammentreffen der verschiedenen Abteilungen beobachtet hatten. Der Wind drang in wilderen und kälteren Stößen auf uns ein und kam mehr von Norden. Er hatte offenbar die Schneewolken von uns weggetrieben, denn nur ganz selten kamen neue Massen hernieder. Wir konnten jetzt deutlich die verschiedenen Abteilungen unterscheiden, die Verfolger und die Verfolgten. Es fiel mir auf, daß die Verfolgten nicht zu bemerken schienen, daß ihnen jemand auf den Fersen sei, oder sie machten sich nichts daraus. Sie vergrößerten aber ihre Eile, je weiter sich die Sonne den Bergspitzen näherte.

Immer kleiner wurde die Entfernung zwischen uns und ihnen. Wir kauerten uns hinter unserem Felsen nieder und hielten die Waffen schußbereit. Wir waren fest entschlossen, die Zigeuner nicht vorbei zu lassen. Jedenfalls hatten sie keine Ahnung von dem Hinterhalt, der ihnen gelegt worden war.

Plötzlich riefen zwei Stimmen: »Halt!« Die eine, vor Erregung hochklingende, war die meines Jonathan; die zweite, die des Herrn Morris, war laut und hatte einen befehlenden Klang. Die Zigeuner werden die Sprache wohl nicht gekannt haben; der Ton aber, in dem das Wort gerufen wurde, ließ keine Mißdeutung zu. Unwillkürlich hielten sie ihre Pferde an; im selben Augenblick sausten Lord Godalming und Jonathan von der einen, Dr. Seward und Herr Morris von der anderen Seite heran. Der Führer der Zigeuner, ein hübscher Bursche, der mit seinem Pferde fast verwachsen schien, gab seinen Leuten einen Wink und befahl ihnen mit tönender Stimme weiter zu reiten. Sie hieben auf ihre Pferde ein, die sich aufbäumten; aber die vier Angreifer rissen ihre Winchesterbüchsen heraus und gaben so in unzweideutiger Weise den Befehl zum Halten. Zugleich sprangen auch Dr. Van Helsing und ich hinter dem Felsen hervor und legten unsere Waffen auf sie an. Als die Zigeuner sahen, daß sie vollständig umzingelt waren, zogen sie die Zügel an und hielten. Der Führer rief ihnen etwas zu, worauf jeder die Waffe, die er führte, Messer oder Pistole, heraus zog und sich kampfbereit machte. Nun mußte die Entscheidung fallen.

Der Führer riß mit flinker Bewegung sein Pferd herum und rief seinen Leuten etwas zu, was ich nicht verstand, nachdem er zuerst auf die Sonne – sie mußte sogleich hinter den den Horizont begrenzenden Höhenzügen versinken – und dann auf das Schloß gedeutet hatte. Daraufhin warfen sich die vier Männer unserer Partei von ihren Pferden und drangen gegen den Wagen vor. Ich hätte eigentlich furchtbare Angst empfinden müssen, als ich Jonathan in solcher Gefahr sah; aber der Kampfeseifer hatte mich ebenso ergriffen wie die übrigen. Ich fühlte keine Furcht, sondern nur ein wildes Verlangen zu handeln. Als der Führer der Zigeuner unsere Absicht erkannte, gab er seinen Leuten einen Befehl. Diese scharten sich in undiszipliniertem Eifer um den Wagen, einer den anderen stoßend und verdrängend, um den Befehl auszuführen.

Ich konnte sehen, wie Jonathan von der einen und Quincey von der anderen Seite versuchten, sich einen Weg zum Wagen zu bahnen. Offenbar war es ihnen darum zu tun, ihre Aufgabe noch zu erfüllen, ehe die Sonne hinunterging. Unaufhaltsam drangen sie vorwärts. Weder die zielenden Pistolen und die blitzenden Messer der Zigeuner vor ihnen, noch das grimmige Heulen der Wölfe hinter ihnen schienen sie zu beachten. Jonathans Ungestüm und seine unerschütterliche Beharrlichkeit lähmten sichtlich den Mut der Gegner. Instinktiv wichen sie aus und gaben ihm den Weg frei. Im Nu hatte er sich auf den Wagen gestürzt, mit außergewöhnlicher Kraft die große Kiste ergriffen und über die Räder herabgeworfen. Unterdessen hatte auch Herr Morris seine ganze Kraft daran gesetzt, den Ring der Zigeuner zu durchbrechen. Ich hatte die ganze Zeit atemlos Jonathan zugesehen, zuweilen aber auch einen Blick auf Morris geworfen, und bemerkte, daß er wie ein Verzweifelter kämpfte. Ich hatte die Messer der Zigeuner aufblitzen und auf ihn herniederzucken sehen, als er sich einen Weg durch sie bahnte. Er hatte mit seinem langen Jagdmesser pariert, und ich glaubte, daß es ihm gelungen sei, unversehrt durchzudringen. Als er an Jonathans Seite sprang, der wieder vom Wagen herabgestiegen war, konnte ich bemerken, daß er mit der Hand nach seiner Brust griff und daß Blut zwischen seinen Fingern hervorspritzte. Trotzdem gab er nicht nach, sondern bearbeitete die Kiste mit seinem Jagdmesser wütend von der einen Seite, während Jonathan von der anderen mit seinem Kukridolch in verzweifelter Hast den Deckel von der Kiste wegzusprengen versuchte. Bald begann dieser den Anstrengungen der beiden Männer zu weichen, man vernahm das kreischende Herausziehen der Nägel aus dem Holz und der Deckel wurde zurückgeschlagen.

Unterdessen hatten sich die Zigeuner, die die Mündungen der Winchesterbüchsen auf sich gerichtet sahen, Lord Godalming und Dr. Seward ergeben und wagten keinen ferneren Widerstand. Die Sonne berührte beinahe die Bergspitzen und die Gruppe warf lange Schatten über den Schnee. Ich sah den Grafen in der Kiste auf der Erde liegen, die ihn infolge des Sturzes vom Wagen teilweise bedeckte. Er war totenbleich, wie eine Wachsfigur, und die roten Augen glühten in dem unheimlichen sieghaften Feuer, das ich so genau kannte.

Als diese Augen die sinkende Sonne erblickten, wich der Ausdruck des Hasses aus ihnen und sie leuchteten in wildem Triumph.

Aber im gleichen Augenblick sauste blitzend Jonathans großes Messer hernieder. Ich erschrak, als ich sah, wie es im scharfen Schnitt die Kehle des Grafen durchhieb; kurz darauf durchbohrte Herrn Morris scharfes Jagdmesser das Herz Draculas.

Da geschah ein Wunder: vor unser aller Augen und ehe wir es noch recht fassen konnten, zerfiel der ganze Körper in Staub und entschwand unsern Blicken.

Ich werde mein ganzes Leben lang mit Freude daran denken, daß im Augenblick der endlichen Auflösung ein Schimmer von Glück über des Grafen Antlitz huschte, das ich eines solchen Ausdrucks gar nicht für fähig gehalten hätte.

Schloß Dracula lag im roten Lichte der untergehenden Sonne vor uns, jeder Stein der zerbrochenen Zinnen hob sich scharf gegen den Abendhimmel ab.

Die Zigeuner, die in uns die Urheber des seltsamen Verschwindens des toten Mannes erkannten, rissen ihre Pferde herum und ritten davon, als gälte es ihr Leben, die Unberittenen sprangen auf den Leiterwagen und riefen den Reitern zu, sie nicht zu verlassen. Die Wölfe, die sich vorsichtig zurückgezogen hatten, folgten jenen und ließen von uns ab.

Herr Morris, der zu Boden gesunken war, lag auf einen Arm gestützt und preßte die Hand auf die Brust. Das Blut floß immer noch zwischen seinen Fingern hervor. Ich eilte zu ihm, denn der geweihte Kreis hielt mich nun nicht mehr gebannt; auch die zwei Ärzte kamen heran. Jonathan hatte sich zu dem Todwunden gekniet und dieser legte sein Haupt an die Schulter des Freundes. Seufzend und mit großer Anstrengung nahm er meine Hand in die seine. Er muß die furchtbare Angst auf meinem Gesicht gesehen haben, denn er lächelte mir zu und sagte:

»Ich bin glücklich, daß ich Ihnen einen Dienst erweisen konnte! O Gott!«, schrie er plötzlich, indem er sich mühsam aufrichtete und mit dem Finger auf mich deutete, »das war des Sterbens wert! Seht! Seht!«

Die Sonne versank gerade hinter den Bergspitzen; die glühenden Strahlen fielen auf mein Gesicht und überfluteten es mit rosigem Licht. Wie auf ein Zeichen knieten alle Männer nieder, und ein tiefes, ernstes »Amen« kam von ihren Lippen als sie erkannt hatten, was der sterbende Morris meinte, indem er auf mich zeigte und sagte:

»Gott sei gelobt, nun ist doch nicht alles umsonst gewesen! Seht! Der Schnee ist nicht fleckenloser als ihre Stirn! Der Fluch ist von ihr gewichen!«

In heißem Schmerze umstanden wir ihn, als er, mit einem Lächeln auf den Lippen, schweigend hinüberging, der ritterliche, brave Mann.

Notiz.

Es sind nun sieben Jahre vergangen, seit wir so bittere Qualen erduldet haben. Das Glück, das einige von uns seitdem gefunden, wiegt all das Furchtbare jedoch reichlich auf. Es ist mir und Mina eine besondere Freude, daß der Geburtstag unseres Jungen gerade mit Quincey Morris' Todestag zusammenfällt. Ich weiß, daß seine Mutter im stillen die Überzeugung hegt, daß er einst unserm edlen, toten Freund ähnlich werden wird. Die Namen alle, die der Kleine trägt, erinnern uns an die Männer, die in jenen traurigen Tagen uns so treu zur Seite standen; aber sein Rufname ist Quincey.

Im Sommer dieses Jahres machten wir eine Reise nach Transsylvanien und besuchten die Stätten, mit denen uns so viel lebendige und furchtbare Erinnerungen verknüpften. Es war fast unmöglich zu glauben, daß all die Dinge, die wir mit eigenen Augen gesehen, mit eigenen Ohren gehört, nicht Traumgebilde waren. Jede Spur davon war ausgelöscht. Das Schloß stand noch wie damals, hoch emporragend über eine trostlose Wildnis.

Als wir nach Hause zurückgekehrt waren, plauderten wir viel über die vergangen Zeiten. Wir können auf sie zurückblicken, ohne zu verzweifeln, denn Godalming und Seward sind beide glücklich verheiratet. Ich nahm die Papiere aus dem feuerfesten Schrank, wo sie seit Vollendung unserer Aufgabe geruht hatten. Wir waren nachträglich erstaunt über den Umstand, daß in der ganzen Menge von Material, aus dem der Bericht sich zusammensetzt, kaum ein einziges authentisches Dokument sich befindet; nichts als eine Masse von Blättern voll Maschinenschrift, außerdem Notizbücher von Mina, Seward und mir selbst und ein Memorandum Van Helsings. Wir können von niemand verlangen, so lieb es uns auch wäre, daß er diese als vollgültige Beweisstücke für unsern unheimlichen Bericht gelten lasse. Van Helsing zog sein Resümee, indem er, unsern Knaben auf den Knieen schaukelnd, sagte:

»Wir brauchen keine Beweise; wir verlangen von niemand, daß er uns Glauben schenke! Aber dieser Junge hier wird eines Tages erfahren, welch tapfere und edle Frau seine Mutter ist. Jetzt kennt er ja erst ihre Güte und ihre liebevolle Sorgfalt; später aber wird er begreifen, warum wir alle sie so lieb hatten und so Schweres um ihretwillen unternahmen.«

Jonathan Harker.

Inhalt

Milton Keynes UK
Ingram Content Group UK Ltd.
UKHW031323271124
451618UK00008B/296

9 783965 428799